LEW TOLSTOI

Gesammelte Werke in zwanzig Bänden

Herausgegeben von Eberhard Dieckmann
und Gerhard Dudek

II

LEW TOLSTOI

Auferstehung

Rütten & Loening · Berlin

1988

Titel der russischen Originalausgabe:

ВОСКРЕСЕНИЕ

Übersetzt
von Hermann Asemissen

Verantwortlicher Herausgeber:
Gerhard Dudek

4. Auflage 1988

Einbandgestaltung Heinz Hellmis
Satz Grafischer Großbetrieb Völkerfreundschaft Dresden III/9/I
Druck und Binden Karl-Marx-Werk, Graphischer Großbetrieb, Pößneck V 15/30
Printed in the German Democratic Republic
Lizenznummer 220. 415/33/88
Bestellnummer 617 939 2
00930

Tolstoi, Ges. Werke 1–20
ISBN 3-352-00145-6
Bd. 11
ISBN 3-352-00200-2

Erster Teil

Da trat Petrus zu ihm und sprach: Herr, wie oft muß ich denn meinem Bruder, der an mir sündigt, vergeben? Ist's genug siebenmal? *(Matthäus 18, 21)*

Jesus sprach zu ihm: Ich sage dir: Nicht siebenmal, sondern siebzigmal siebenmal. *(18, 22)*

Was siehest du aber den Splitter in deines Bruders Auge, und wirst nicht gewahr des Balkens in deinem Auge? *(7, 3)*

... Wer unter euch ohne Sünde ist, der werfe den ersten Stein auf sie. *(Johannes 18, 7)*

Der Jünger ist nicht über seinem Meister; wenn der Jünger ist wie sein Meister, so ist er vollkommen.

(Lukas 6, 40)

1

Wie immer die auf engem Raum zu Hunderttausenden zusammengedrängten Menschen auch bemüht waren, die Erde zu verunstalten; wie immer sie die Erde mit Steinen bepflasterten, um jedes Wachstum zu unterdrücken, jeden hervorsprießenden Grashalm ausrissen, die Luft durch Steinkohlenqualm und Petroleumgeruch verpesteten, die Bäume verstümmelten und alle Tiere und Vögel verscheuchten – Frühling blieb dennoch Frühling, selbst in der Stadt. Die Sonne wärmte allenthalben; nicht nur auf den Rasenflächen der Boulevards, nein, auch zwischen den Pflastersteinen wuchs und grünte, soweit es nicht ausgemerzt war, wieder auflebendes Gras; Birken, Pappeln und Faulbeerbäume entfalteten ihre klebrigen, duftenden Blättchen, und an den Linden brachen die schwellenden Knospen auf; Dohlen, Spatzen und Tauben bauten bereits mit frühlingsmäßiger Geschäftigkeit ihre Nester, und an den von der Sonne erwärmten Mauern summten Fliegen. Alle Pflanzen, alle Vögel, Insekten und Kinder waren von Frohsinn erfüllt. Allein die Menschen – die Großen, die erwachsenen Menschen – hörten nicht auf, sich gegenseitig zu täuschen und einander das Leben schwer zu machen. Die Menschen hielten nicht diesen Frühlingsmorgen für heilig und wichtig, nicht die Schönheit der Welt Gottes, die sich zum Wohle aller Lebewesen darbot und, so sollte man meinen, zu Friedfertigkeit, Eintracht und Liebe stimmte, sondern für heilig und wichtig hielten sie nur, was sie selber ersonnen hatten, um übereinander zu herrschen.

So galt auch im Büro des Gouvernementsgefängnisses nicht die von Tieren und Menschen mit Freude und Rührung empfundene Herrlichkeit des Frühlings als heilig und wichtig, nein, als heilig und wichtig galt dort vielmehr, daß tags zuvor ein mit Siegel und Amtsstempel versehenes Aktenstück eingetroffen war, dem zufolge drei Untersuchungsgefangene – zwei Frauen und ein Mann – heute, am 28. April, um neun Uhr morgens zur Aburteilung ins Gerichtsgebäude gebracht werden sollten. Die eine der Frauen, die des schwersten Verbrechens angeklagt war, sollte getrennt von den andern hingeführt werden. Auf Grund dieser Anordnung fand sich also am 28. April um acht Uhr morgens der Oberaufseher in dem dunklen, ekelhaft riechenden Flur der Frauenabteilung ein. Ihm folgte eine Frau mit zerquältem Gesicht und gewelltem grauem Haar, die eine Jacke mit blaugerändertem Gürtel und betreßten Ärmeln anhatte. Das war die Aufseherin.

„Sie wollen die Maslowa holen?" fragte sie und trat mit dem diensthabenden Wächter vor eine der sich nach dem Flur hin öffnenden Zellentüren.

Der Aufseher schloß, laut mit den Schlüsseln rasselnd, die Zelle auf, aus der einem eine noch üblere Luft als die im Flur entgegenschlug.

„Maslowa, zum Gericht!" rief er in die Zelle hinein, worauf er die Tür wieder anlehnte und wartend davor stehenblieb.

Selbst auf dem Gefängnishof spürte man den frischen, belebenden Luftzug, der von den Feldern in die Stadt wehte. Im

Flur hingegen herrschte eine beklemmende, typhöse Luft, die von dem Geruch nach Ausscheidungen, Teer und Fäulnis durchtränkt war und jeden, der von draußen hereinkam, sofort bedrückte und schwermütig machte. Das verspürte sogar die an schlechte Luft gewöhnte Aufseherin, als sie, vom Hof kommend, den Flur betreten hatte. Sie fühlte sich plötzlich matt und wurde schläfrig.

In der Zelle entstand Bewegung; man hörte Frauenstimmen und das Schlurfen bloßer Füße.

„Mach zu, Maslowa, beeile dich!" rief der Oberaufseher durch die Tür.

Kurz darauf trat eine mittelgroße, vollbusige junge Frau in weißer Jacke, weißem Rock und einem grauen Kittel darüber forschen Schrittes aus der Zelle, wandte sich rasch um und stellte sich neben den Aufseher. Ihre Füße waren mit Leinenstrümpfen und Gefängnisschuhen bekleidet, um den Kopf hatte sie ein weißes Tuch geschlungen, unter dem ein paar Löckchen ihres schwarzen Haares offenbar nicht zufällig hervorlugten. Das ganze Gesicht der Frau war von jener besonderen Blässe, die lange von der Außenwelt abgeschlossenen Menschen eigen ist und die an die fahlen Triebe eingekellerter Kartoffeln erinnert. Von der gleichen Färbung waren ihre kleinen, breiten Hände und der aus dem weiten Kittelkragen herausragende volle Hals. Bei der Blässe des Gesichts fielen um so mehr ihre glänzenden tiefschwarzen, ein wenig geschwollenen, doch ungemein lebhaft blickenden Augen auf, von denen das eine leicht schielte. Die volle Brust straffend, hielt sie sich außerordentlich gerade.

Nachdem sie den Flur betreten hatte, blieb sie mit leicht zurückgeworfenem Kopf stehen und sah dem Aufseher erwartungsvoll in die Augen – bereit, alles zu tun, was man von ihr verlangen würde. Der Aufseher war schon im Begriff, die Tür zu schließen, als aus der Zelle das blasse, strenge, von Runzeln durchfurchte Gesicht einer grauhaarigen Frau herausschaute. Die Alte wollte der Maslowa noch etwas sagen, doch der Aufseher drückte die Tür gegen ihren bloßen Kopf, und der Kopf verschwand. In der Zelle ertönte Gekicher. Auch die Maslowa lächelte und wandte sich nach dem vergitterten Guckloch in der

Tür um. Die Alte kam von der Innenseite an das Guckloch heran und redete mit heiserer Stimme auf die Maslowa ein:

„Vor allem – sag nicht zuviel; bleib bei dem einen, und damit basta!"

„Na, wenn's bloß irgendwie zu einem Ende kommt", erwiderte die Maslowa und schüttelte den Kopf. „Schlimmer, als es jetzt ist, kann's nicht werden."

„Natürlich zu einem und nicht zu zweien", bemerkte der Oberaufseher würdevoll, überzeugt von seinem eigenen Scharfsinn. „Vorwärts, marsch!"

Das am Guckloch aufgetauchte Auge der alten Frau verschwand wieder, und die Maslowa trat in die Mitte des Flurs und folgte mit kurzen, schnellen Schritten dem vorausgehenden Oberaufseher. Nachdem sie eine Steintreppe hinuntergegangen waren, kamen sie an den Männerzellen vorüber, wo es noch widerwärtiger roch und noch geräuschvoller zuging als in der Frauenabteilung, und gelangten – aus sämtlichen Türluken von den Blicken der Häftlinge verfolgt – schließlich ins Büro, wo bereits zwei mit Gewehren bewaffnete Begleitsoldaten standen. Ein Schreiber, der dort saß, übergab einem der Soldaten ein von Tabakrauch durchtränktes Schriftstück und sagte, auf die Maslowa zeigend: „Führt sie ab!"

Der Soldat, ein Bauer aus der Nowgoroder Gegend, mit rotem, pockenharbigem Gesicht, steckte das Schriftstück hinter den Aufschlag seines Mantelärmels und blinzelte, mit dem Kopf auf die Gefangene weisend, lächelnd seinem Kameraden zu, einem Tschuwaschen mit vorstehenden Backenknochen. Die Soldaten gingen mit der Gefangenen die Treppe hinunter und wandten sich dem Hauptausgang zu.

Nachdem die Schwelle der im Tor eingelassenen kleinen Pforte überschritten und der ummauerte Hof überquert war, führten die Soldaten die Gefangene mitten auf den gepflasterten Straßen durch die Stadt.

Droschkenkutscher, Händler, Köchinnen, Arbeiter und Beamte blieben stehen und musterten neugierig die Gefangene. Manche von ihnen schüttelten den Kopf und dachten im stillen: Ja, dazu kommt es, wenn man nicht ein so gesittetes Leben führt wie unsereins. Kinder betrachteten entsetzt die Räuberin und beruhigten sich nur bei dem Gedanken, daß sie von Soldaten begleitet war und nun nichts mehr anstellen konnte. Ein Bauer vom Lande, der Kohlen verkauft und sich in einer Gastwirtschaft an Tee gütlich getan hatte, trat auf sie zu, bekreuzigte sich und reichte ihr eine Kopeke. Die Gefangene wurde rot, senkte den Kopf und murmelte etwas vor sich hin.

Da sie die Blicke der Passanten bemerkte, schielte sie, ohne den Kopf zu wenden, unauffällig zu den sie anstarrenden Leuten hinüber und freute sich über die ihr allgemein geschenkte Aufmerksamkeit. Freude machte es auch, nach dem langen Aufenthalt in der stickigen Zelle die frische Frühlingsluft einzuatmen. Schmerzhaft indessen war es für sie, mit ihren des Laufens entwöhnten und in plumpen Gefängnisschuhen steckenden Füßen über die Pflastersteine zu gehen, so daß sie immer wieder auf den Boden blickte und sich bemühte, möglichst vorsichtig aufzutreten. Vor einer Mehlhandlung, an der sie vorbeikamen, tummelten sich, von niemand gestört, eine Menge Tauben, und die Gefangene hätte mit ihrem Fuß beinahe eine graublaue Taube gestreift; die Taube flatterte auf und flog so dicht an ihrem Ohr vorbei, daß sie den vom Flügelschlag erzeugten Luftzug spürte. Sie lächelte, besann sich dann aber auf ihr Schicksal und stieß einen schweren Seufzer aus.

2

Die Geschichte der Gefangenen Maslowa war eine höchst einfache Geschichte. Sie war die Tochter einer ledigen Hofmagd, die zusammen mit ihrer Mutter, einer Viehmagd, auf einem Gut gedient hatte, das zwei alten unverheirateten Schwestern gehörte. Die ledige Hofmagd brachte alljährlich ein Kind zur Welt, und wie das auf dem Lande gang und gäbe ist, wurden die Kinder wohl getauft, dann aber von ihrer Mutter, die in ihnen nur einen unerwünschten, sie bei der Arbeit behindernden Familienzuwachs sah, nicht mehr genährt, so daß sie bald Hungers starben.

So waren bereits fünf Kinder zugrunde gegangen. Alle waren getauft, dann nicht mehr genährt worden und gestorben. Dem sechsten Kind, einem Mädchen, das von einem durch das Dorf gekommenen Zigeuner stammte, wäre gewiß das gleiche Geschick beschieden gewesen, hätte sich nicht zufällig die eine der beiden alten Jungfern in den Kuhstall begeben, um die Viehmägde zu schelten, weil der Sahne Stallgeruch anhaftete. Im Stall lag die Wöchnerin mit einem prächtigen, gesunden Kind. Nachdem die alte Dame ihrem Unmut sowohl wegen der Sahne als auch darüber Ausdruck gegeben hatte, daß man die Magd zur Niederkunft in den Stall gebracht hatte, und schon gehen wollte, fiel ihr Blick auf das Neugeborene; der Anblick des kleinen Würmchens rührte die alte Jungfer, und sie erbot sich, die Patenschaft zu übernehmen. Sie richtete die Taufe aus und gab der Mutter hernach aus Mitleid mit ihrem Patenkind Milch und Geld. Das Mädchen blieb am Leben und wurde von den alten Damen daraufhin „die Gerettete" genannt.

Als das Kind drei Jahre alt war, erkrankte seine Mutter und starb. Da die Enkelin ihrer Großmutter, der Viehmagd, zur Last fiel, nahmen die alten Jungfern die Kleine zu sich. Das schwarzäugige Mädchen entwickelte sich zu einem ungewöhnlich lebhaften und lieblichen Kind, an dem die alten Jungfern viel Freude hatten.

Die jüngere der beiden Damen, Sofja Iwanowna, die auch die Patenschaft übernommen hatte, war gutmütiger als ihre ältere Schwester, Marja Iwanowna, die sich durch große Strenge auszeichnete. Sofja Iwanowna kleidete das Mädchen nett, brachte ihm das Lesen bei und wollte es als Pflegetochter behalten. Marja Iwanowna hingegen meinte, man müsse aus dem Mädchen eine Arbeiterin, ein tüchtiges Stubenmädchen machen; sie stellte daher größere Ansprüche an das Kind und bestrafte, ja schlug es sogar mitunter, wenn sie schlechter Laune war. So kam es unter dem Einfluß von zwei Seiten zu keiner einheitlichen Erziehung, und als das Mädchen herangewachsen war, wurde es halb als Stubenmädchen, halb als Pflegetochter behandelt. Dementsprechend nannte man sie auch durchweg Katjuscha, was nicht so zärtlich wie Katenka, aber doch weniger gewöhnlich als Katka klingt.

Katjuscha nähte, räumte die Zimmer auf, putzte mit Kreide die Heiligenbilder, röstete, mahlte und servierte den Kaffee, besorgte die kleine Wäsche und wurde von den alten Damen hin und wieder zum Vorlesen herangezogen.

Es fanden sich Freier ein, aber sie lehnte alle Anträge ab, weil sie voraussah, daß ihr das Leben mit den einfachen Arbeitsleuten, die sich um sie bewarben, nicht behagen würde, nachdem sie durch die Annehmlichkeiten eines herrschaftlichen Lebens verwöhnt worden war.

So lebte sie bis zu ihrem sechzehnten Lebensjahr. Als sie es gerade vollendet hatte, wurden die beiden alten Jungfern von ihrem Neffen, einem reichen Fürsten, besucht, der damals noch Student war, und Katja verliebte sich in ihn, was sie indes nicht einmal sich selbst und noch viel weniger ihm einzugestehen wagte. Zwei Jahre später kehrte derselbe Neffe auf der Reise zum Kriegsschauplatz wieder bei seinen Tanten ein und blieb vier Tage auf dem Gut. Am Abend vor seiner Abreise verführte er Katjuscha, steckte ihr dann am letzten Tag einen Hundertrubelschein zu und fuhr weiter. Fünf Monate nach seiner Abreise wurde es Katjuscha zur Gewißheit, daß sie ein Kind erwartete.

Von da an verlor sie jegliche Lust zum Arbeiten und sann immer nur darüber nach, wie sie der ihr bevorstehenden Schande entgehen könne. Sie bediente ihre Herrinnen nur noch widerwillig und nachlässig, und eines Tages kam es so weit, daß sie in einem plötzlichen, für sie selbst überraschenden Anfall von Gereiztheit die alten Damen mit Grobheiten überschüttete, die sie nachträglich selbst bereute, und ihre Papiere verlangte.

Die alten Damen waren über ihr Benehmen entrüstet und entließen sie. Hierauf nahm sie eine Stelle als Stubenmädchen beim Landpolizeihauptmann an, wo sie jedoch nur drei Monate blieb, weil ihr Brotherr, ein Mann von schon fünfzig Jahren, zudringlich wurde. Eines Tages, als er sich besonders unternehmungslustig zeigte, brauste sie auf, nannte ihn einen Schafskopf, einen alten Teufel und stieß ihn so heftig gegen die Brust, daß er umfiel. Sie wurde wegen groben Benehmens aus dem Haus gewiesen. Eine neue Stelle anzunehmen hatte keinen Sinn, da sie bald niederkommen mußte, und so zog sie zu einer Dorfhebamme, die verwitwet war und mit Branntwein handelte. Die Niederkunft war leicht. Aber die Hebamme, die im Dorf kurz zuvor eine kranke Frau entbunden hatte, infizierte Katjuscha mit Kindbettfieber, und das Neugeborene, ein Knabe, wurde in ein Findelhaus geschafft, wo es – so erzählte die alte Frau, die es hingebracht hatte – gleich nach seiner Einlieferung starb.

Als Katjuscha zu der Hebamme zog, besaß sie alles in allem hundertsiebenundzwanzig Rubel: die hundert Rubel von ihrem Verführer und weitere siebenundzwanzig, die sie sich erarbeitet hatte. Als sie von der Hebamme wegzog, war ihre Barschaft jedoch auf ganze sechs Rubel zusammengeschrumpft. Sie verstand nicht mit dem Geld hauszuhalten, gab für sich selbst unnötig viel aus und lieh jedem etwas, der sie darum bat. Vierzig Rubel hatte ihr die Hebamme für zwei Monate Kost und Logis abgenommen, fünfundzwanzig Rubel waren für das Wegbringen des Kindes draufgegangen, vierzig Rubel hatte sie der Hebamme zur Anschaffung einer Kuh geliehen, und ungefähr zwanzig Rubel waren nebenher für Kleider, Geschenke und verschiedene Kleinigkeiten ausgegeben worden, so daß Katjuscha nach ihrer Genesung so gut wie gar kein Geld mehr besaß und sich eine Stelle suchen mußte. Sie fand eine bei einem Förster. Obwohl der Förster verheiratet war, stellte er ihr, ebenso wie es der Polizeihauptmann getan hatte, gleich vom ersten Tag an nach. Er war ihr widerwärtig, und sie bemühte sich, ihm aus dem Wege zu gehen. Doch er war erfahrener und durchtriebener als sie. Auch konnte er, als Hausherr, sie nach Belieben überall hinschicken; so paßte er eine günstige Gelegenheit ab und zwang sie, ihm zu Willen zu sein. Seine Frau erfuhr davon, und als sie den Mann eines Tages allein mit Katjuscha im Zimmer antraf, stürzte sie auf sie zu und wollte sie schlagen. Katjuscha wehrte sich, es kam zu einer Rauferei, die damit endete, daß man sie aus dem Haus trieb, ohne ihr den bereits verdienten Lohn zu zahlen. Nun fuhr Katjuscha in die Stadt, wo sie bei einer Tante Unterkunft fand. Der Mann der Tante, von Beruf Buchbinder, hatte früher ein gutes Leben geführt, dann aber alle Kunden verloren, weil er dem Trunk verfallen war und alles Geld vertrank, das ihm unter die Finger kam.

Die Tante hatte jetzt eine kleine Wäscherei, mit der sie den Unterhalt für sich, die Kinder und ihren verkommenen Mann verdiente. Sie schlug der Maslowa vor, bei ihr als Waschfrau zu arbeiten. Doch nachdem die Maslowa gesehen hatte, welch schweres Leben die bei der Tante beschäftigten Frauen führten, zögerte sie, das Angebot anzunehmen, und versuchte, durch ein Stellenvermittlungsbüro irgendwo als Dienstmädchen unterzukommen. Es fand sich eine Stelle bei einer Dame mit zwei Söhnen, die das Gymnasium besuchten. Eine Woche nach ihrem Dienstantritt begann der ältere Sohn, Schüler der sechsten Klasse, auf dessen Oberlippe sich bereits ein Bärtchen abzeichnete, die Schule Schule sein zu lassen und scharwenzelte dauernd um das neue Dienstmädchen herum. Die Mutter schob die ganze Schuld auf die Maslowa und entließ sie fristlos. Eine andere Stelle war nicht gleich zu haben, doch im Vermittlungsbüro, in das die Maslowa gegangen war, traf sie mit einer Dame zusammen, deren Finger und volle bloße Arme mit Ringen und Armbändern überladen waren. Als die Dame hörte, daß die Maslowa arbeitslos sei und eine Stelle suche, gab sie ihr ihre Adresse und lud sie ein, sie zu besuchen. Die Maslowa ging hin. Die Dame empfing sie sehr freundlich, bewirtete sie mit Kuchen und Süßwein und schickte ihr Dienstmädchen mit einem Briefchen fort. Gegen Abend erschien ein stattlicher Herr mit langem graumeliertem Haar und grauem Bart. Er setzte sich gleich neben die Maslowa, musterte sie mit blitzenden Augen von Kopf bis Fuß, lächelte und scherzte mit ihr. Dann zog sich die Hausfrau mit dem Herrn ins Nebenzimmer zurück, und die Maslowa hörte, wie sie dort zu ihm sagte: „Ein frisches Mädel, eben vom Lande gekommen.“ Anschließend rief sie die Maslowa zu sich und erklärte ihr, dieser Herr sei ein sehr reicher Schriftsteller, dem es aufs Geld nicht ankommen werde, wenn er an ihr Gefallen finden sollte. Der Schriftsteller fand an ihr Gefallen, gab ihr fünfundzwanzig Rubel und versprach, öfter mit ihr zusammenzukommen. Das Geld war bald für die Verpflegung bei der Tante, für ein neues Kleid, einen Hut und Bänder ausgegeben. Nach wenigen Tagen schickte der Schriftsteller ein weiteres Mal nach ihr. Sie ging wieder hin. Er gab ihr abermals fünfundzwanzig Rubel und schlug ihr vor, in eine eigene Wohnung überzusiedeln.

Während sie in der Wohnung hauste, die der Schriftsteller für sie gemietet hatte, verliebte sie sich in einen lebenslustigen Verkäufer, dessen Wohnung auf denselben Hof führte. Sie teilte das dem Schriftsteller mit und zog in eine kleinere, abgeschlossene Wohnung um. Der Verkäufer, der versprochen hatte, sie zu heiraten, fuhr jedoch, ohne ihr vorher etwas zu sagen und offenbar auf Nimmerwiedersehen, nach Nishni und überließ sie ihrem Schicksal. Die Maslowa wollte die Wohnung für sich allein behalten, doch wurde ihr das nicht erlaubt. Der Reviervorsteher erklärte ihr, das sei nur möglich, wenn sie sich das gelbe Billett* ausstellen lasse und sich der Gesundheitskontrolle unterwerfe. Nun begab sie sich wieder zu ihrer Tante. Als diese sie in einem modernen Kleid, mit Umhang und Hütchen kommen sah, empfing sie die Nichte, die inzwischen offensichtlich eine höhere Lebensstufe erklommen hatte, mit großer Hochachtung und traute sich nun nicht mehr, ihr nochmals eine Stelle als Waschfrau anzubieten. Für die Maslowa kam die Frage, ob sie in der Wäscherei arbeiten solle oder nicht, jetzt auch gar nicht mehr in Betracht. Sie blickte mitleidig auf das Galeerenleben herab, das die blassen, ausgemergelten und zum Teil schon schwindsüchtigen Waschfrauen führten, die in den Vorderzimmern, ständig von Seifendampf eingehüllt, im Sommer und im Winter bei geöffneten Fenstern und dreißig Grad Hitze die Wäsche wuschen und plätteten; sie erschauerte bei dem Gedanken, daß auch ihr ein solches Sträflingsleben beschieden sein könnte. Gerade um diese Zeit, als es der Maslowa besonders schlecht ging und sie schutzlos sich selbst überlassen war, wurde sie von einer Vermittlerin aufgesucht, die junge Mädchen für öffentliche Häuser anwarb.

Geraucht hatte die Maslowa schon seit langem, doch in der letzten Zeit ihres Verhältnisses mit dem Verkäufer und nachdem sie von ihm im Stich gelassen worden war, hatte sie sich mehr und mehr auch das Trinken angewöhnt. Sie griff zum Alkohol nicht nur, weil er ihr schmeckte, sondern vor allem, weil er

* Anmerkungen am Schluß des Buches.

sie all das Schwere vergessen ließ, das sie erlebt hatte, und ihr zu dem ungezwungenen, selbstbewußten Auftreten verhalf, das ihr sonst fehlte. Ohne kleinen Rausch war sie niedergeschlagen und schämte sich ihrer selbst. Die Vermittlerin bewirtete die Tante, sorgte dafür, daß die Maslowa betrunken wurde, und machte ihr dann den Vorschlag, in ein gutes, in das beste Etablissement der Stadt einzutreten, wobei sie ihr alle Vorteile und Vorzüge einer solchen Stellung nachdrücklich auseinandersetzte. Die Maslowa stand nun vor der Wahl, entweder wieder die erniedrigende Stelle eines Dienstmädchens anzunehmen, in der sie sicherlich stets den Nachstellungen der Männer ausgesetzt und zu geheimen zeitweiligen Liebesverhältnissen gezwungen sein würde, oder sich für die gesicherte, ruhige, gesetzlich sanktionierte und gut bezahlte Stellung in einem öffentlichen Haus mit ständiger Unzucht zu entscheiden. Sie entschied sich für das letztere, zumal sie sich damit an ihrem Verführer und dem Verkäufer sowie an allen andern Leuten zu rächen gedachte, die ihr Böses zugefügt hatten. Außerdem verlockte es sie – und das war einer der Hauptgründe für ihre Entscheidung –, daß es ihr, wie die Vermittlerin sagte, freistehen würde, alle Kleider zu bestellen, die sie sich nur wünschte – aus Samt und Seide, schulterfreie und ärmellose Balltoiletten. Als die Maslowa sich ausmalte, wie sie in einem grellgelben Seidenkleid mit schwarzer Samtgarnitur und tiefem Dekolleté aussehen würde, konnte sie nicht widerstehen und gab ihren Paß ab. Die Vermittlerin nahm noch am selben Abend eine Droschke und brachte sie in das berühmte Haus der Kitajewa.

Nun begann für die Maslowa jenes mit fortgesetzten Verstößen gegen göttliche und menschliche Gebote verbundene Leben, das Tausende und aber Tausende von Frauen nicht nur mit Billigung, sondern sogar unter dem Schutz der um das Wohl ihrer Bürger besorgten Staatsmacht führen und das für die allermeisten von ihnen mit qualvollen Krankheiten und vorzeitigem Siechtum und Tod endet.

Nach den Orgien der Nacht folgt bis in den hellen Tag hinein ein schwerer Schlaf. Um drei oder vier Uhr nachmittags erhebt man sich träge aus den schmutzigen Betten; man trinkt erst Selterswasser gegen Sodbrennen und dann Kaffee, schlendert in Nachtjacken, Schlafröcken oder Morgenkleidern unlustig durch die Zimmer, blickt zwischen den Vorhängen durch die Fenster und zankt müde miteinander; dann wäscht man sich, der Körper wird mit wohlriechenden Salben eingerieben, das Haar mit Parfüm bespritzt, man probiert Kleider an und gerät darüber in Streit mit der Wirtin, betrachtet sich im Spiegel, schminkt das Gesicht, färbt die Brauen, ißt fette süße Speisen, zieht dann ein grelles, den Körper kaum verhüllendes Seidenkleid an und begibt sich in den geschmückten, hell erleuchteten Saal, in dem sich allmählich die Gäste einfinden. Musik spielt, man tanzt, Konfekt, Wein, Zigaretten werden herumgereicht, und dann beginnt aufs neue die Unzucht mit Männern jugendlichen und mittleren Alters, mit kaum dem Kindesalter entwachsenen Jungen und siechen Greisen, mit Ledigen und Verheirateten, mit Kaufleuten, Verkäufern, Armeniern, Juden und Tataren, mit Reichen und Armen, Gesunden und Kranken, Betrunkenen und Nüchternen, Groben und Zärtlichen, mit Soldaten, Zivilisten, Studenten und Gymnasiasten – mit Leuten jeglichen Standes, jeden Alters und jeder Wesensart. Geschrei und Scherze, Raufereien und Musik, Wein, Tabak und wiederum Musik – so geht es vom Abend bis zum Hellwerden. Erst der Morgen bringt Erlösung und tiefen Schlaf. Und das alles wiederholt sich Tag für Tag, die ganze Woche hindurch. Am Wochenende schließlich kommt dann die Fahrt zum Polizeirevier, einer Behörde, in der im Staatsdienst stehende Ärzte und Beamte – männliche Personen – unter Verletzung aller Scham, mit der die Natur nicht nur die Menschen, sondern auch die Tiere zum Schutz gegen Verbrechen ausgestattet hat, bald ernst und streng, bald mit jovialer Aufgeräumtheit diese Frauen untersuchen und ihnen dann einen Freibrief zur Fortsetzung der Verbrechen aushändigen, die sie im Laufe der Woche mit ihren Komplicen begangen haben. Und dann folgt eine ebensolche Woche. Ob im Winter oder im Sommer, ob wochen- oder feiertags – es ist immer wieder dasselbe.

Diesen Lebenswandel führte die Maslowa sieben Jahre lang. Während dieser Zeit wechselte sie zweimal die Häuser und lag einmal eine Weile im Krankenhaus. Im siebenten Jahr ihres Aufenthalts in öffentlichen Häusern, dem achten seit ihrem ersten Fehltritt, als sie sechsundzwanzig Jahre alt war, ereignete sich das, wofür sie eingekerkert worden war und jetzt, nachdem sie sechs Monate im Gefängnis unter Mörderinnen und Diebinnen zugebracht hatte, zur Aburteilung ins Gericht gebracht wurde.

3

Zur selben Zeit, als sich die Maslowa, erschöpft von dem weiten Weg, mit den sie eskortierenden Soldaten dem Gebäude des Bezirksgerichts näherte, lag jener Neffe ihrer Erzieherinnen, der sie verführt hatte, Fürst Dmitri Iwanowitsch Nechljudow, noch in seinem hohen zerwühlten Bett auf der federnden Daunenmatratze, in einem blendendweißen Nachthemd mit frisch gebügelten Brustfalten und offenem Kragen, und rauchte eine Zigarette. Er blickte versonnen vor sich hin und dachte darüber nach, was ihm heute bevorstehe und wie der gestrige Tag verlaufen war.

Als er sich des gestrigen Abends erinnerte, den er bei den Kortschagins, sehr reichen und angesehenen Leuten, verbracht hatte, deren Tochter allgemein für seine künftige Frau gehalten wurde, warf er den Stummel der aufgerauchten Zigarette weg und stieß einen Seufzer aus. Er wollte dem silbernen Etui schon eine zweite Zigarette entnehmen, besann sich dann aber eines anderen, schwang sich mit seinen glatten weißen Beinen aus dem Bett, fand mit den Füßen die Pantoffeln, warf sich einen seidenen Morgenrock über die vollen Schultern und ging mit schnellen, festen Schritten in das neben dem Schlafgemach liegende Toilettenzimmer, in dem es durchdringend nach Eau de Cologne, künstlichen Essenzen, Pomaden und Parfüms duftete. Hier putzte er die schon vielfach plombierten Zähne mit einem besonderen Pulver, spülte den Mund mit einem wohlriechenden Mundwasser, wusch sich dann gründlich und rieb sich mit verschiedenen Handtüchern ab. Nachdem er anschließend die Hände mit einer stark duftenden Seife gewaschen und die langen Fingernägel sorgfältig mit verschiedenen Bürsten bearbeitet hatte, spülte er das Gesicht und seinen starken Hals über einem großen Marmorwaschbecken ab und begab sich in einen weiteren neben dem Schlafzimmer liegenden Raum, in dem sich die Dusche befand. Er duschte seinen muskulösen, schon reichlich Fett ansetzenden weißen Körper mit kaltem Wasser, frottierte ihn mit einem flauschigen Badelaken, zog saubere, frisch gebügelte Wäsche und blitzblank geputzte Schuhe an und setzte sich vor den Toilettentisch, wo er mit zwei Bürsten seinen kurzen, gekräuselten schwarzen Bart und das sich oberhalb der Stirn bereits lichtende gewellte Haar bürstete.

Alles, was er benutzte – die Toilettenartikel, die Wäsche, die Anzüge, das Schuhzeug, die Krawatten und die Nadeln dazu, die Manschettenknöpfe –, alles war von bester Qualität, unauffällig, schlicht, solide und sehr teuer.

Nachdem er unter einem Dutzend Krawatten und Nadeln die erstbesten gewählt hatte – früher einmal hatte das den Reiz der Neuheit gehabt und ihm Vergnügen bereitet, doch jetzt ließ es ihn völlig kalt –, zog er den gebürsteten, auf einem Stuhl bereitliegenden Anzug an und begab sich, wenn auch nicht ganz frisch, so doch sauber und duftend in das große, längliche Speisezimmer, dessen Parkettboden tags zuvor von drei Männern gebohnert worden war. Hier stand ein riesengroßes Eichenbüfett und ein ebensogroßer Ausziehtisch, von dem mit seinen weitgeschweiften, in Form von Löwentatzen geschnitzten Füßen eine gewisse Feierlichkeit ausging. Auf dem Tisch, der mit einem feinen gestärkten Leinentuch, an dessen einer Ecke sich ein großes Monogramm abzeichnete, bedeckt war, standen eine silberne Kanne mit duftendem Kaffee, eine ebenfalls silberne Zuckerdose, ein Krüglein mit heißer Sahne und ein Korb mit frischen Semmeln, Zwiebäcken und Biskuits. Neben dem Gedeck lagen die eingegangenen Briefe, mehrere Zeitungen und die neueste Nummer der „Revue des Deux Mondes". Nechljudow wollte sich gerade den Briefen zuwenden, als in der zum Flur führenden Tür eine beleibte ältere Frau in Trauerkleidung erschien, deren sich lichtender Scheitel durch ein Spitzenhäubchen verdeckt war. Es war Agrafena Petrowna, das Stubenmädchen von

Nechljudows Mutter, die erst kürzlich in dieser Wohnung gestorben war; sie versah jetzt bei dem Sohn die Stelle einer Wirtschafterin.

Agrafena Petrowna war mit der Mutter Nechljudows mehrmals längere Zeit – im ganzen wohl an die zehn Jahre – im Ausland gewesen und hatte das Aussehen und Benehmen einer Dame. Sie gehörte seit ihrer Kindheit zum Nechljudowschen Haushalt und hatte Dmitri Iwanowitsch bereits gekannt, als er noch ein kleiner Junge gewesen war und Mitenka genannt wurde.

„Guten Morgen, Dmitri Iwanowitsch!"

„Guten Morgen, Agrafena Petrowna. Was gibt's Schönes?" fragte Nechljudow scherzend.

„Ein Brief von der Frau Fürstin ist gekommen oder vielleicht von der Prinzeß. Das Mädchen hat ihn schon vor einer ganzen Weile gebracht und wartet bei mir", antwortete Agrafena Petrowna und reichte ihm mit einem vielsagenden Lächeln den Brief.

„Schön, einen Augenblick", sagte Nechljudow, ihr den Brief abnehmend, und runzelte die Stirn, als er Agrafena Petrownas Lächeln bemerkte.

Das Lächeln der Wirtschafterin besagte, daß der Brief von der Prinzessin Kortschagina war, um deren Hand sich Nechljudow der Meinung Agrafena Petrownas nach bewarb. Und diese Annahme, die durch ihr Lächeln zum Ausdruck kam, war ihm unangenehm.

„Ich werde ihr also sagen, daß sie noch warten soll", bemerkte Agrafena Petrowna und verließ, indem sie im Vorbeigehen eine am falschen Platz liegende Krümelbürste woanders unterbrachte, das Speisezimmer.

Nechljudow riß den nach Parfüm duftenden Brief auf und begann zu lesen.

„In Erfüllung der von mir übernommenen Verpflichtung, Ihnen Ihr Gedächtnis zu ersetzen", war mit spitzen, weitläufigen Schriftzügen auf den dicken grauen Bogen Büttenpapier geschrieben, „erinnere ich Sie daran, daß Sie heute, am 28. April, als

Geschworener einer Gerichtsverhandlung beiwohnen müssen und somit keinesfalls in der Lage sind, mit uns und Kolossow in die Gemäldegalerie zu fahren, wie Sie es gestern mit dem Ihnen eigenen Leichtsinn zugesagt haben; à moins que vous ne soyez disposé à payer à la cour d'assises les 300 roubles d'amende que vous refusez pour votre cheval dafür, daß Sie nicht rechtzeitig erschienen sind. Mir fiel es gestern abend ein, gleich nachdem Sie gegangen waren. Also vergessen Sie es nicht.

Prinz. M. Kortschagina."

Auf der Rückseite war hinzugefügt:

„Maman vous fait dire que votre couvert vous attendra jusqu'à la nuit. Venez absolument à quelle heure que cela soit.

M. K."

Nechljudows Gesicht verfinsterte sich. Dieser Brief stellte eine Fortsetzung jener konsequenten Bemühungen der Prinzessin Kortschagina dar, denen er nun schon seit zwei Monaten ausgesetzt war und die zum Ziel hatten, ihn durch unmerkliche Fäden immer mehr an sie zu fesseln. Doch abgesehen von der Unentschlossenheit, die allen nicht mehr ganz jungen und nicht leidenschaftlich verliebten Junggesellen bei dem Gedanken an eine Heirat meist eigen ist, gab es für Nechljudow noch einen triftigen Grund, der es ihm unmöglich machte, selbst wenn er es gewollt hätte, im gegenwärtigen Augenblick um die Prinzessin anzuhalten. Dieser Grund bestand nicht darin, daß er vor zehn Jahren Katjuscha verführt und im Stich gelassen hatte – daran dachte er überhaupt nicht mehr, und er hätte es auch nicht als ein Heiratshindernis betrachtet –, der Grund lag vielmehr darin, daß er zu dieser Zeit intime Beziehungen zu einer verheirateten Frau unterhielt, die er seinerseits jetzt zwar gelöst hatte, die von ihr indessen noch nicht als gelöst anerkannt waren.

Nechljudow war Frauen gegenüber sehr schüchtern, aber gerade seine Schüchternheit hatte in jener verheirateten Frau den Wunsch geweckt, ihn zu erobern. Sie war mit dem Adelsmarschall des Kreises verheiratet, in den Nechljudow regelmäßig zu den Wahlen fuhr. So hatte sie ihn in ein Verhältnis verstrickt, durch das er sich mit jedem Tag mehr gefesselt fühlte und das ihn zugleich immer mehr abstieß. Zuerst hatte er der Verlockung nicht zu widerstehen vermocht, und dann glaubte er, das Verhältnis nicht ohne das Einverständnis der Frau lösen zu können, weil er sich ihr gegenüber schuldig fühlte. Das war der Grund, weshalb sich Nechljudow nicht für berechtigt hielt, der Prinzessin Kortschagina, selbst wenn es sein Wunsch gewesen wäre, einen Antrag zu machen.

Auf dem Tisch lag gerade ein Brief des Mannes jener Frau. Als Nechljudow die Handschrift erkannte und den Stempel sah, wurde er rot und verspürte sofort eine Aufwallung von Energie, wie sie ihn stets befiel, wenn sich eine Gefahr abzeichnete. Doch seine Aufregung war unbegründet. Der hintergangene Ehemann, der Adelsmarschall jenes Kreises war, in dem die meisten und größten Güter Nechljudows lagen, teilte ihm lediglich mit, daß für Ende Mai eine außerordentliche Tagung der Semstwo-Verwaltung anberaumt sei, und bat ihn dringend, an dieser Tagung teilzunehmen, um bei den zur Debatte stehenden wichtigen Fragen wegen der Schulen und Zufahrtsstraßen, bei denen man mit einer heftigen Opposition der reaktionären Partei rechnen müsse, „donner un coup d'épaule".

Der Adelsmarschall, ein liberal eingestellter Mann, der in Gemeinschaft mit einigen Gesinnungsgenossen gegen die unter Alexander III. aufgekommene Reaktion ankämpfte und ganz in diesem Kampf aufging, ahnte nichts von seinem unglücklichen Familienleben.

Nechljudow erinnerte sich all der peinvollen Augenblicke, die er bei Begegnungen mit diesem Mann durchlebt hatte; er erinnerte sich, wie er einmal geglaubt hatte, der Mann habe alles erfahren, und wie er darauf gefaßt gewesen war, von ihm zu einem Duell gefordert zu werden, bei dem er seinerseits in die Luft zu schießen gedachte; und ihm fiel auch jene schreckliche Szene mit der Frau ein, als sie in den Garten gelaufen war, um sich im Teich zu ertränken, und er ihr nacheilte, um sie zu suchen. Nein, ich kann jetzt nicht hinfahren und überhaupt nichts unternehmen, bevor sie mir geantwortet hat, dachte Nechljudow. Vor einer Woche hatte er ihr einen energischen Brief geschrieben, in dem er seine Schuld bekannte und sich bereit erklärte, sie auf jede beliebige Weise zu sühnen, zugleich aber teilte er ihr mit, daß er das zwischen ihnen bestehende Verhältnis – auch in ihrem Interesse – als endgültig gelöst betrachte. Die auf diesen Brief von Tag zu Tag erwartete Antwort war bis jetzt ausgeblieben. Das ließ sich zum Teil sogar als gutes Zeichen deuten. Wäre sie mit dem Bruch nicht einverstanden gewesen, hätte sie längst geschrieben oder wäre sogar selber erschienen, wie sie es schon früher getan hatte. Ihm war zu Ohren gekommen, daß ihr neuerdings ein Offizier den Hof mache. Das erfüllte ihn einerseits mit Eifersucht, freute ihn andererseits jedoch, weil es ihn auf eine Befreiung aus der Verlogenheit seiner jetzigen Lage hoffen ließ.

Ein weiterer Brief war von dem Verwalter seiner Güter. Der Verwalter schrieb, es sei notwendig, daß er, Nechljudow, persönlich hinkomme, um die Formalitäten zur Inbesitznahme seines Erbes zu erfüllen, und daß jetzt außerdem die Frage zu entscheiden sei, wie man die Wirtschaft weiterführen wolle – ob in der zu Lebzeiten der Fürstin üblichen Weise oder wie er es bereits der Fürstin vorgeschlagen habe und jetzt auch ihm empfehle: den Bestand an Inventar zu vergrößern und die Bewirtschaftung aller bisher an die Bauern verpachteten Ländereien selbst in die Hand zu nehmen. Der Verwalter meinte, eine solche Methode würde bedeutend vorteilhafter sein. Zugleich entschuldigte er sich wegen der etwas verspäteten Überweisung der am Ersten des Monats fällig gewesenen dreitausend Rubel. Das Geld gehe nun mit der nächsten Post ab. Die Verzögerung sei dadurch entstanden, daß es ihm auf keine Weise gelungen sei, rechtzeitig den Pachtzins von den Bauern zusammenzubekommen, deren Gewissenlosigkeit einen solchen Grad erreicht habe, daß man gezwungen gewesen sei, sich wegen einer Zwangseintreibung an die Behörden zu wenden. Dieser Brief berührte Nechljudow teils angenehm, teils unangenehm. Angenehm war es ihm, seine Verfügungsgewalt über große Besitztümer zu fühlen, unangenehm hingegen, daß ihn, der einst in seiner frühen Jugend ein begeisterter Anhänger Herbert Spencers war, die jetzige Stellung als Großgrundbesitzer in schroffen Gegensatz zu den „Social statics“ brachte, in denen der Autor die Ansicht vertrat, privater Landbesitz widerspreche der Gerechtigkeit. Gradlinig und schnell entschlossen, wie die Jugend ist, hatte er nicht nur in Gesprächen geäußert, daß Land nicht Privateigentum sein dürfe, nicht nur auf der Universität eine Abhandlung darüber verfaßt, sondern auch in der Tat ein kleines Stück Land (das nicht seiner Mutter gehörte, sondern ihm persönlich als väterliches Erbteil zugefallen war) den Bauern übereignet, weil er nicht im Widerspruch zu seinen Überzeugungen Land besitzen wollte. Jetzt, nachdem er durch Erbschaft Großgrundbesitzer geworden war, mußte er eins von beiden tun: entweder auf sein Eigentum verzichten, wie er es schon vor zehn Jahren mit den von seinem Vater geerbten zweihundert Deßjatinen Land getan hatte, oder stillschweigend zugeben, daß alle seine früheren Ideen irrig und falsch gewesen waren.

Das erste konnte er nicht tun, weil ihm außer den Einkünften von seinen Gütern keine Existenzmittel zur Verfügung standen. Wieder in den Staatsdienst eintreten wollte er nicht, und die luxuriösen Lebensgewohnheiten aufzugeben, die er sich mittlerweile zu eigen gemacht hatte, erschien ihm ebenfalls unmöglich. Dies wäre ihm auch gar nicht gelungen, denn er besaß nicht mehr, wie in seiner Jugend, den Elan der Überzeugung, nicht die Entschlußkraft und auch nicht mehr den Ehrgeiz und den Wunsch, sich vor anderen auszuzeichnen. Das zweite aber – die klaren und unwiderlegbaren Erkenntnisse von der Unrechtmäßigkeit privaten Grundbesitzes zu verleugnen, die er aus Spencers „Social statics“ geschöpft und für die er, geraume Zeit später, in den Werken Henry Georges eine glänzende Bestätigung gefunden hatte –, das war ihm ebensowenig möglich.

Aus all diesen Gründen war ihm der Brief des Verwalters unangenehm.

4

Als Nechljudow mit dem Kaffeetrinken fertig war, stand er auf, um sich in sein Arbeitszimmer zu begeben; er wollte dort an Hand der Vorladung feststellen, um wieviel Uhr er im Gericht sein mußte, und außerdem den Brief der Prinzessin beantworten. Um ins Arbeitszimmer zu gelangen, mußte man durch das Atelier gehen, das er sich eingerichtet hatte. Hier stand eine Staffelei, auf der mit der Rückseite nach vorn ein angefangenes Bild stand, und an den Wänden hingen verschiedene Skizzen. Der Anblick dieses Bildes, mit dem er sich zwei Jahre abgemüht hatte, sowie all der Skizzen und des ganzen Ateliers erinnerte Nechljudow an das in letzter Zeit besonders stark empfundene Gefühl, sein Talent reiche nicht aus, um in der Malerei vorwärtszukommen. Wenn er es auch auf sein allzu fein ausgeprägtes ästhetisches Empfinden zurückführte, so war diese Erkenntnis für ihn doch sehr schmerzlich.

Vor sieben Jahren war er aus dem Staatsdienst ausgeschieden, weil er sich zur Malerei berufen fühlte, und hatte dann von der Höhe seiner künstlerischen Tätigkeit auf alle anderen Betätigungsarten mit einer gewissen Geringschätzung herabgeblickt. Jetzt hatte sich herausgestellt, daß er dazu nicht berechtigt gewesen war. Deshalb war ihm jede Erinnerung daran unangenehm. Er überblickte mißmutig die ganze luxuriöse Einrichtung des Ateliers und betrat in gedrückter Stimmung sein großes hohes Arbeitszimmer, das mit allen möglichen Verzierungen, Vorrichtungen und Bequemlichkeiten ausgestattet war.

Nachdem er in seinem Schreibtisch im Fach „Dringendes“ bald die Gerichtsvorladung gefunden und daraus ersehen hatte, daß die Verhandlung, an der er teilnehmen sollte, für elf Uhr anberaumt war, setzte er sich und schrieb der Prinzessin einen kurzen Brief, in dem er für die Einladung dankte und sich zu bemühen versprach, rechtzeitig zum Diner zu erscheinen. Doch als er den Brief noch einmal las, zerriß er ihn: der Ton war zu intim; er schrieb einen zweiten, doch der wiederum klang zu kalt, fast verletzend. Er zerriß auch ihn und drückte auf die an der Wand befindliche Klingel. In der Tür erschien ein älterer, finster blickender Diener mit Backenbart, der eine graue Kalikoschürze umhatte.

„Lassen Sie bitte eine Droschke holen.“

„Zu Befehl!“

„Ja, und dann ... Da wartet ja wohl jemand von den Kortschagins: bestellen Sie, ich ließe danken und würde bemüht sein zu kommen."

„Zu Befehl!"

Es ist unhöflich, aber ich kann jetzt nicht schreiben. Ich sehe sie ja heute sowieso noch, sagte sich Nechljudow und ging sich ankleiden.

Als er, fertig angezogen, vor die Haustür trat, war dort bereits ein ihm schon bekannter Kutscher mit einer Droschke auf dicken Gummirädern vorgefahren.

„Gestern waren Sie gerade vom Fürsten Kortschagin abgefahren, als ich kam", sagte der Kutscher, indem er seinen von einem weißen Hemdkragen umschlossenen, kräftigen, sonnengebräunten Hals halb zu ihm umdrehte. „Aber der Portier sagte: ‚Ist gerade fort.' "

Sogar die Droschkenkutscher wissen schon von meinen Beziehungen zu den Kortschagins, dachte Nechljudow, während sich seine Gedanken wieder der ihn in letzter Zeit unablässig beschäftigenden Frage zuwandten, ob er die Prinzessin heiraten solle oder nicht. Und wie fast bei allen Fragen, die sich ihm zu jener Zeit aufdrängten, konnte er auch diesmal zu keinem Entschluß kommen.

Für eine Heirat ganz allgemein ließ sich anführen, daß die Ehe außer den Annehmlichkeiten eines häuslichen Herdes die Möglichkeit mit sich brächte, das unstete Liebesleben zu beenden und einen – wie Nechljudow es nannte – moralischen Lebenswandel zu führen; vor allem aber hoffte er außerdem, daß sein Leben durch Familie und Kinder einen ihm bis jetzt fehlenden Inhalt bekommen würde. Alles dies sprach für eine Heirat. Dagegen standen die von allen Junggesellen empfundenen Hemmungen, ihre persönliche Freiheit aufzugeben, und eine unbewußte Scheu vor dem geheimnisvollen Wesen der Frau.

Zugunsten einer Heirat, im besonderen mit Missy (die Prinzessin Kortschagina hieß Marja, ihr war jedoch, wie es in allen Familien gewisser Kreise üblich ist, ein besonderer Rufname zugelegt), fiel erst einmal in die Waagschale, daß sie von edlem Geblüt war und sich in allem, sowohl in der Kleidung als auch in der Art zu sprechen, zu gehen, zu lachen, von einfachen Leuten unterschied, und zwar nicht durch irgend etwas Außergewöhnliches, sondern einfach durch Anstand – er fand keinen andern Ausdruck für diese Eigenschaft, eine Eigenschaft, der er sehr hohen Wert zuschrieb; und zweitens sprach für die Prinzessin, daß sie ihn mehr als alle anderen Männer schätzte und demnach, wie er meinte, auch verstehen mußte. Daß sie ihn so gut verstand, das heißt alle seine Vorzüge zu würdigen wußte, zeugte nach Nechljudows Ansicht von ihrer Intelligenz und der Treffsicherheit ihres Urteils.

Gegen die Heirat mit Missy war indessen einzuwenden, daß sich höchstwahrscheinlich ein junges Mädchen finden ließe, das noch weit größere Vorzüge aufzuweisen hätte als Missy und daher seiner noch würdiger wäre; außerdem war zu bedenken, daß Missy bereits siebenundzwanzig Jahre alt und infolgedessen in der Liebe höchstwahrscheinlich kein unbeschriebenes Blatt war – ein Gedanke, den Nechljudow als unerträglich empfand. Sein Stolz vermochte sich nicht damit abzufinden, daß sie, wenn auch nur in der Vergangenheit, einem anderen ihr Herz geschenkt haben könnte. Natürlich konnte sie nicht voraussehen, daß sie ihm begegnen würde, doch allein schon der Gedanke, sie könnte einen andern Mann geliebt haben, verletzte ihn.

Es gab also ebenso viele Gründe für wie gegen eine Heirat; zum mindesten in ihrem Gewicht hielten sie sich die Waage, so daß Nechljudow sich selbst verspottete, indem er sich mit Buridans Esel verglich, der zwischen zwei Heubündeln stand und am Verhungern war, weil er nicht wußte, welchem von beiden er sich zuwenden sollte.

Übrigens kann ich ja doch nichts unternehmen, bevor ich von Marja Wassiljewna (das war die Frau des Adelsmarschalls) eine Antwort erhalten und mit dieser Sache endgültig Schluß gemacht habe, dachte Nechljudow und empfand es angenehm, daß er einer Entscheidung ausweichen konnte und mußte.

Das werde ich mir alles später überlegen, beschloß er in Gedanken, als die Droschke lautlos auf dem asphaltierten Platz am Gerichtsportal vorfuhr. Jetzt muß ich erst einmal gewissenhaft, wie ich es immer tue und für notwendig halte, eine der Allgemeinheit dienende Pflicht erfüllen – was übrigens oftmals ganz interessant sein kann, fügte er im stillen hinzu und begab sich an dem Portier vorbei in die Vorhalle des Gerichts.

5

Bei Nechljudows Ankunft herrschte in den Gängen des Gerichtsgebäudes bereits lebhaftes Treiben. Gerichtsdiener schlurften oder liefen fast galoppierend und schwer atmend in Erledigung von Aufträgen und mit Akten unter dem Arm hin und her. Polizeioffiziere, Rechtsanwälte und Gerichtsbeamte kamen bald aus der einen, bald aus der anderen Richtung vorüber; Antragsteller und nicht in Haft befindliche Angeklagte schlenderten niedergeschlagen die Wände entlang oder saßen wartend da.

„Wie komme ich in den Saal des Bezirksgerichts?“ wandte sich Nechljudow an einen Gerichtsdiener.

„Welchen meinen Sie? Wir haben hier die Zivilabteilung und den Strafsenat.“

„Ich bin Geschworener.“

„Also die Kriminalabteilung. Das hätten Sie gleich sagen sollen. Von hier nach rechts und dann links die zweite Tür.“

Nechljudow ging in die angegebene Richtung.

Vor der von dem Diener bezeichneten Tür standen zwei Männer und warteten. Der eine, ein großer, beleibter Kaufmann mit gutmütigem Gesicht, hatte offenbar eben gefrühstückt und getrunken und befand sich in allerbester Gemütsverfassung; der andere war ein Verkäufer jüdischer Herkunft. Sie unterhielten sich gerade über Wollpreise, als Nechljudow hinzutrat und sich erkundigte, ob hier das Zimmer für Geschworene sei.

„Hier, mein Herr, hier. Wohl auch einer von unsrer Zunft – ein Geschworener?“ fragte, ihm lustig zublinzelnd, der gutmütige Kaufmann. – „Nun, da werden wir uns zusammen abmühen“, fuhr er auf Nechljudows bejahende Antwort fort. „Baklaschow, Kaufmann zweiter Gilde“, stellte er sich vor und reichte ihm seine weiche, breite, sich nicht schließende Hand. „Man muß eben seine Pflicht tun. Mit wem hab ich das Vergnügen?“

Nechljudow nannte seinen Namen und begab sich in das für die Geschworenen bestimmte Zimmer.

In dem nicht sehr großen Raum hatten sich etwa zehn Menschen verschiedenster Art versammelt, die alle eben erst gekommen waren. Einige saßen, andere gingen auf und ab, musterten einander und stellten sich gegenseitig vor. Ein verabschiedeter Offizier war in Uniform erschienen, die anderen trugen Gehröcke oder Straßenanzüge, und nur ein einziger hatte einen Arbeitskittel an.

Obwohl die meisten von der Ausübung ihrer Geschäfte abgehalten wurden und das Amt des Geschworenen, wie sie sagten, als lästig empfanden, war doch allen eine gewisse Befriedigung anzumerken, die durch das Bewußtsein hervorgerufen wurde, einer wichtigen, der Allgemeinheit dienenden Pflicht nachzukommen.

Die Geschworenen, die sich zum Teil gegenseitig vorgestellt hatten, zum Teil nur zu erraten suchten, wer und was der andere sei, unterhielten sich über das Wetter, über den frühen Anbruch des Frühlings und über die bevorstehende Gerichtsverhandlung. Alle, die mit Nechljudow nicht bekannt waren, beeilten sich, an ihn heranzutreten und sich ihm vorzustellen. Und wie immer, wenn er sich unter fremden Leuten befand, nahm Nechljudow dies als etwas ganz Selbstverständliches hin, worauf er Anspruch hatte. Wenn ihn jemand gefragt hätte, woraufhin er sich für erhaben über die meisten anderen Menschen hielt, wäre er um eine Antwort verlegen gewesen, denn er hatte in seinem Leben noch nie etwas Außergewöhnliches vollbracht. Die Tatsache, daß er eine gute Aussprache im Französischen, Englischen und Deutschen hatte, daß er Wäsche, Kleider, Krawatten und Manschettenknöpfe trug, die von den allerersten Lieferanten stammten – diese Tatsache, das sah er selbst ein, war noch längst kein hinreichender Grund, sich anderen überlegen zu fühlen. Nichtsdestoweniger war er von seiner Überlegenheit fest überzeugt, nahm alle ihm erwiesenen Zeichen von Hochachtung als etwas ihm Gebührendes entgegen und war gekränkt, wenn sie einmal unterblieben. Der Zufall brachte es nun mit sich, daß er ausgerechnet hier, im Geschworenenzimmer, dem unangenehmen Gefühl ausgesetzt war, von jemand nicht mit dem ihm gebührenden Respekt behandelt zu werden. Unter den Geschworenen befand sich ein Bekannter Nechljudows. Es war Pjotr Gerassimowitsch (den Familiennamen hatte sich Nechljudow nie gemerkt, womit er sich sogar brüstete), ein Hauslehrer, der früher bei seiner Schwester für die Kinder angestellt war. Jetzt bekleidete dieser Pjotr Gerassimowitsch die Stelle eines Gymnasiallehrers. Nechljudow hatte ihn wegen seines familiären Gehabes, wegen seines selbstzufriedenen Lachens, wie überhaupt wegen seiner, wie Nechljudows Schwester zu sagen pflegte, „kommunen“ Manieren nie ausstehen können.

„Ach, Sie haben auch dran glauben müssen?“ rief Pjotr Gerassimowitsch laut lachend, als er Nechljudow begrüßte. „War's nicht möglich, sich zu drücken?“

„Ich habe nie die Absicht gehabt, mich zu drücken“, antwortete Nechljudow in strengem, mißmutigem Ton.

„Nun, das ist bürgerliches Heldentum. Aber warten Sie nur, wenn Sie erst mal ausgehungert sind und wenn man Sie nicht schlafen läßt, dann werden Sie schon ein anderes Lied anstimmen!“ rief Pjotr Gerassimowitsch und brach in noch lauteres Gelächter aus.

Dieser Popensohn wird gleich noch dazu übergehen, mich zu duzen! dachte Nechljudow und machte ein so bekümmertes Gesicht, als hätte er eben die Nachricht vom Ableben seiner sämtlichen Angehörigen erhalten. Er ließ den Lehrer stehen und gesellte sich einer Gruppe zu, in deren Mitte ein glattrasierter, imposant aussehender Herr stand und lebhaft erzählte. Der Herr sprach von einem Prozeß, der gerade in der Abteilung für Zivilsachen verhandelt wurde, nannte dabei die Richter und berühmte Rechtsanwälte bei Vor- und Vatersnamen und schien sich überhaupt im Gericht wie zu Hause zu fühlen. Er berichtete von der erstaunlichen Wendung, die ein berühmter Rechtsanwalt einem Prozeß zu geben verstanden hatte und der zufolge die eine Partei, eine alte Dame, obwohl sie völlig im Recht sei, der gegnerischen Partei für nichts und wieder nichts eine große Summe werde zahlen müssen.

„Ein genialer Rechtsanwalt!“ sagte der Herr.

Man hörte ihn ehrerbietig an, wobei einige der Zuhörer hin und wieder den Versuch machten, auch ihrerseits eine Bemerkung einzuflechten; doch jedesmal unterbrach er sie sofort und tat so, als könnte nur er allein über den wahren Sachverhalt Bescheid wissen.

Obwohl Nechljudow später als zu der festgelegten Zeit gekommen war, mußte er noch lange Zeit warten. Der Beginn der Verhandlung verzögerte sich, weil sich ein Mitglied des Richterkollegiums verspätet hatte.

6

Der Vorsitzende des Gerichtshofs war früh erschienen. Er war ein großer, korpulenter Mann mit langem, graumeliertem Backenbart. Obwohl verheiratet, führte er ein äußerst lockeres Leben, worin ihm seine Frau übrigens nicht nachstand. Sie legten einander keinen Zwang auf. Heute morgen hatte er ein Briefchen von der jungen Schweizerin erhalten, die während des Sommers in seinem Haushalt als Gouvernante angestellt gewesen war und jetzt aus dem Süden nach Petersburg zurückfuhr; sie hatte die Reise hier unterbrochen und erwartete ihn, wie sie schrieb, zwischen drei und sechs Uhr nachmittags im Hotel „Italia". Deshalb lag ihm daran, die heutige Sitzung möglichst früh zu eröffnen und so zeitig zu beenden, daß er bis sechs bei der netten rothaarigen Klara Wassiljewna sein konnte, mit der er im letzten Sommer ein Techtelmechtel angeknüpft hatte.

Nach Eintritt in sein Arbeitszimmer schloß er die Tür ab und entnahm dem untersten Fach im Schrank zwei Hanteln, die er zwanzigmal in die Höhe, nach vorn, nach den Seiten und nach unten drückte, worauf er, die Hanteln über dem Kopf, noch dreimal leicht in die Kniebeuge ging.

Nichts hält einen so frisch wie eine kalte Dusche und Gymnastik, sagte er sich in Gedanken, während er mit der linken Hand, an der ein goldener Ring blitzte, die gespannten Muskeln des rechten Oberarms befühlte. Als er nun noch etliche Armschwingungen ausführen wollte, wie er es vor langen Sitzungen immer tat, wurde von außen die Türklinke heruntergedrückt. Jemand wollte herein. Der Vorsitzende legte die Hanteln schnell in den Schrank zurück und schloß die Tür auf.

„Entschuldigen Sie", sagte er, als nun einer der Richter, ein nicht sehr großer Mann mit goldener Brille, steifen Schultern und mürrischem Gesichtsausdruck, das Zimmer betrat.

„Matwej Nikititsch ist wieder nicht rechtzeitig da", sagte der Richter ungehalten.

„Nein, er ist noch nicht gekommen", antwortete der Vorsitzende, während er seinen Uniformrock anzog. „Er muß sich immer verspäten."

„Eine unglaubliche Gewissenlosigkeit!" bemerkte der Richter, indem er sich setzte und sein Zigarettenetui herauszog.

Dieser Richter, ein peinlich auf Ordnung bedachter Herr, hatte morgens einen unangenehmen Zusammenstoß mit seiner Frau gehabt, weil sie ihr Wirtschaftsgeld für den Monat vor der Zeit ausgegeben hatte. Als er den von ihr gewünschten Vorschuß aus grundsätzlichen Gründen ablehnte, war es zu einer heftigen Auseinandersetzung gekommen. Seine Frau hatte erklärt, wenn er bei seiner Weigerung bliebe, würde es kein Mittagessen geben, er brauchte dann gar nicht erst nach Hause zu kommen. Darauf war er ins Gericht gefahren und fürchtete nun, sie würde ihre Drohung wahr machen, denn bei ihr konnte man auf alles gefaßt sein. Da soll man nun ein geordnetes, gesittetes Leben führen! dachte er. Und als er den Blick auf den gutmütigen, vor Gesundheit und Lebensfreude strahlenden Vorsitzenden richtete, der die Ellbogen abspreizte und mit seinen schönen weißen Händen den langen, dichten, graumelierten Backenbart zu beiden Seiten des gestickten Kragens glattstrich, fügte er in Gedanken hinzu: Ja, der ist immer zufrieden und guter Dinge, während ich meine Last habe.

Der Sekretär erschien und brachte ein Aktenstück.

„Danke sehr", sagte der Vorsitzende und zündete sich eine Zigarette an. „Was nehmen wir zuerst vor?"

„Ich denke, den Giftmord", antwortete der Sekretär scheinbar gleichmütig.

„Na schön, meinetwegen den Giftmord", stimmte der Vorsitzende zu, nachdem er schnell überlegt hatte, daß sich dieser Prozeß bis vier Uhr erledigen lassen würde und er dann seiner Wege gehen könnte. „Ist Matwej Nikititsch immer noch nicht gekommen?"

„Nein, er ist noch nicht da."

„Und Brewe?"

„Der ist da", antwortete der Sekretär.

„Dann sagen Sie ihm, wenn Sie ihn sehen, daß wir mit dem Giftmord anfangen werden."

Brewe war ein junger Staatsanwalt, der bei der heutigen Verhandlung als Ankläger fungieren sollte.

Der Sekretär traf ihn auf dem Flur. In steifer Haltung, den Uniformrock aufgeknöpft und eine Aktenmappe unter dem Arm, kam er, mit den Absätzen polternd, fast im Laufschritt den Korridor entlang und schwenkte den freien Arm dabei derart, daß sich die Handfläche wie ein Perpendikel in Laufrichtung bewegte.

„Ich soll Sie von Michail Petrowitsch fragen, ob Sie bereit sind", redete ihn der Sekretär an.

„Selbstverständlich, ich bin immer bereit", antwortete der Staatsanwalt. „Was ist heute als erstes an der Reihe?"

„Der Giftmord."

„Sehr schön", antwortete der Staatsanwalt, obwohl er es durchaus nicht schön fand, daß als erstes gerade der Giftmord verhandelt werden sollte. Er hatte nämlich die ganze Nacht kein Auge zugemacht; am Abend zuvor war der Abschied eines Kollegen gefeiert worden, man hatte viel getrunken, bis zwei Uhr nachts Karten gespielt und war dann noch in ein öffentliches Haus gefahren – in dasselbe, in dem vor sechs Monaten noch die Maslowa gelebt hatte. So war er noch nicht dazu gekommen, die Akten des Giftmordes zu studieren, und wollte sie jetzt schnell noch überfliegen. Der Sekretär aber, ein liberal, ja sogar radikal gesinnter Mensch, konnte Brewe, der konservativ und, wie alle in russischen Staatsdiensten stehenden Deutschen, besonders orthodox war, nicht leiden und beneidete ihn um seinen Posten. Er wußte, daß Brewe sich noch nicht mit den Akten des

Giftmordes vertraut gemacht hatte, und hatte dem Vorsitzenden deshalb absichtlich vorgeschlagen, diesen Prozeß als ersten vorzunehmen.

„Und wann soll der Prozeß gegen die Skopzen verhandelt werden?“ fragte der Sekretär.

„Ich habe doch schon gesagt, daß es nicht geht, weil nicht alle Zeugen zur Stelle sind“, erwiderte der Staatsanwalt. „Das werde ich auch dem Gericht erklären.“

„Ist das denn so wichtig ...“

„Es geht nicht“, schnitt ihm der Staatsanwalt das Wort ab und eilte, unverändert den Arm schwenkend, in sein Zimmer.

Den Prozeß gegen die Sektierer hatte er in Wirklichkeit nicht wegen der Abwesenheit eines unwichtigen, zur Klärung des Sachverhalts gar nicht nötigen Zeugen zurückgestellt, sondern vielmehr, weil der Prozeß vor einem Gericht, in dem sich die Geschworenen zumeist aus gebildeten Leuten zusammensetzten, womöglich mit einem Freispruch enden konnte. Einer Absprache mit dem Vorsitzenden zufolge sollte der Prozeß bis zu der nächsten Gerichtssitzung in einer Kreisstadt verschoben werden, wo die Geschworenen vorwiegend aus der Landbevölkerung kommen würden und daher mit größerer Sicherheit eine Verurteilung zu erwarten war.

Das Treiben im Flur nahm immer mehr zu. Am größten war das Gedränge vor dem Saal der Zivilabteilung, in dem jener Prozeß verhandelt wurde, von dem der imposante Herr, ein passionierter Besucher von Prozessen, vorhin den Geschworenen erzählt hatte. In einer Verhandlungspause kam aus dem Saal auch die kleine alte Dame heraus, der durch eine geschickte Taktik des genialen Rechtsanwalts ihr Vermögen genommen und einem Geschäftsmann zugesprochen worden war, der hierauf nicht das geringste Anrecht hatte. Das wußten die Richter und erst recht der Kläger und sein Rechtsanwalt; doch auf Grund eines fein ausgeklügelten Manövers gab es gar keine andere Möglichkeit, als der Alten ihr Hab und Gut zu nehmen und es dem Geschäftemacher zu übereignen. Die alte Dame, eine korpulente Frau, hatte sich für die Gerichtsverhandlung in Staat geworfen und trug einen mit riesigen Blumen garnierten Hut.

Als sie aus dem Saal trat, blieb sie im Flur stehen, breitete verzweifelt ihre kurzen, dicken Arme aus und redete auf ihren Rechtsanwalt ein: „Was soll nun werden? Helfen Sie mir doch! Wie ist das bloß möglich?“ Der Anwalt blickte auf die Blumen ihres Hutes und hörte gar nicht zu, weil er mit seinen Gedanken woanders war.

Kurz nach der alten Dame trat mit blendendweißem Vorhemd unter der tief ausgeschnittenen Weste und mit vor Selbstzufriedenheit strahlendem Gesicht schnellen Schrittes der berühmte Rechtsanwalt aus dem Gerichtssaal, der es fertiggebracht hatte, das alte Mütterchen mit den Blumen an den Bettelstab zu bringen und seinem Mandanten, von dem er zehntausend Rubel erhalten hatte, mehr als hunderttausend zuzuschanzen. Aller Augen richteten sich auf ihn, was er auch fühlte; während er schnell an der Menge vorüberging, schien er durch sein ganzes Äußere ausdrücken zu wollen: Eure Ehrenbezeigungen könnt ihr euch schenken!

7

Nachdem endlich auch Matwej Nikititsch eingetroffen war, erschien der Gerichtskommissar, ein hagerer langhalsiger Mensch mit schiefer Haltung und nach einer Seite vorgeschobener Unterlippe, im Geschworenenzimmer.

Der Gerichtskommissar war ein ehrbarer, akademisch gebildeter Mann, der jedoch immer bald seine Stellung verlor, weil er ein Quartalssäufer war. Auf seinem jetzigen Posten im Gericht, den er der Vermittlung einer Gräfin verdankte, die sich um seine Frau kümmerte, hatte er nun schon drei Monate durchgehalten, worüber er froh war.

„Nun, meine Herren, sind alle zur Stelle?“ fragte er, wobei er seinen Kneifer aufsetzte und die Versammelten überblickte.

„Ja, alle, scheint's“, erklärte der gutgelaunte Kaufmann.

„Nun, dann vergewissern wir uns mal“, sagte der Kommissar und zog eine Liste aus der Tasche, von der er die Namen der Geschworenen ablas und die Aufgerufenen dann bald durch den Kneifer, bald über die Gläser hinweg ansah.

„Staatsrat J. M. Nikiforow!"

„Jawohl!" rief jener imposante Herr, der sich in allen Gerichtsdingen auskannte.

„Oberst außer Dienst Iwan Semjonowitsch Iwanow!"

„Hier!" meldete sich ein schmächtiger Herr in Uniform.

„Kaufmann zweiter Gilde Pjotr Baklaschow!"

„Zur Stelle!" rief der gutmütige Kaufmann, vergnügt lächelnd. „Wir sind bereit!"

„Gardeleutnant Fürst Dmitri Nechljudow!"

„Das bin ich", antwortete Nechljudow.

Der Kommissar blickte über seinen Kneifer hinweg besonders höflich und verbindlich zu Nechljudow hinüber und verneigte sich, als gebühre ihm eine Auszeichnung vor den anderen.

„Hauptmann Juri Dmitrijewitsch Dantschenko, Kaufmann Grigori Jefimowitsch Kuleschow ..." Der Kommissar rief alle der Reihe nach auf. Bis auf zwei waren alle versammelt.

„Jetzt, meine Herren, belieben Sie, sich in den Saal zu bemühen", sagte der Kommissar und wies mit einer verbindlichen Handbewegung auf die Tür.

Alle setzten sich in Bewegung und gingen, einander an der Tür den Vortritt lassend, auf den Flur und von da in den Sitzungssaal.

Der Gerichtssaal war ein großer, länglicher Raum. Das eine Ende nahm eine podiumartige Erhöhung ein, zu der drei Stufen hinaufführten. In der Mitte des Podiums stand ein Tisch, auf dem ein grünes Tuch mit Fransen in etwas dunklerer Tönung lag. Hinter dem Tisch zeichneten sich drei Sessel mit hohen, geschnitzten Eichenlehnen ab, über denen in goldenem Rahmen ein prächtiges, lebensgroßes Bildnis des Zaren hing, das ihn in Galauniform, mit einer Schärpe über der Brust, vorgestelltem Fuß und auf den Säbelgriff gestützter Hand darstellte. In der rechten Ecke hing ein Heiligenschrein mit einem Bild von dem dornenumwundenen Haupt Christi, und darunter stand ein Chorpult. Ebenfalls rechter Hand stand das Pult des Staatsanwalts. Auf der linken Seite, genau dem Pult des Staatsanwalts gegenüber, befand sich im Hintergrund der Tisch des Sekretärs und etwas weiter vorn, hinter einer gedrechselten Barriere, die im

Augenblick noch leere Anklagebank. Auf der rechten Seite des Podiums waren zwei Reihen Stühle mit ebenfalls hohen Rückenlehnen für die Geschworenen und etwas darunter die Tische der Rechtsanwälte aufgestellt. Das alles befand sich im vorderen Teil des durch eine Barriere halbierten Saales. Der ganze übrige Raum war von Bänken eingenommen, die sich, eine Reihe höher als die andere, bis zur Rückwand hinzogen. Hier saßen auf einer der vorderen Bänke zwei Frauen, die ihrem Aussehen nach Fabrikarbeiterinnen oder Dienstmädchen sein konnten, und zwei gleichfalls dem Arbeiterstande angehörende Männer; sie alle waren von der majestätischen Ausstattung des Saales offenbar so überwältigt, daß sie nur leise miteinander tuschelten.

Bald nach dem Einzug der Geschworenen trat der leicht hinkende Gerichtskommissar in die Mitte des Saales und rief mit so lauter Stimme, als wollte er alle Anwesenden einschüchtern: „Achtung, der Gerichtshof!“

Alle erhoben sich, und das Richterkollegium betrat das Podium. Voran schritt der Vorsitzende mit seinen prallen Muskeln und dem schönen Backenbart; dann folgte der griesgrämige Richter mit der goldenen Brille, der jetzt noch griesgrämiger aussah, weil ihm sein Schwager, ein Gerichtsreferendar, dem er unmittelbar vor der Sitzung begegnet war, erzählt hatte, er habe seine Schwester besucht und von ihr gehört, es würde heute kein Mittagessen geben.

„Da werden wir wohl in eine Kneipe fahren müssen“, hatte der Schwager lachend hinzugefügt.

„Da gibt's gar nichts zu lachen!“ war ihm der griesgrämige Richter über den Mund gefahren und vollends schlechter Laune geworden.

Und schließlich kam der dritte Richter, jener Matwej Nikititsch, der sich ständig verspätete – ein Mann mit langem Vollbart, über dessen große, gütige Augen müde die Lider herabhingen. Dieser Richter litt an einem chronischen Magenkatarrh und hatte auf Anraten des Arztes heute morgen mit einer neuen Behandlungsmethode begonnen, wodurch er noch später als sonst aus dem Hause gekommen war. Als er jetzt die Stufen zum Podium hinaufstieg, schien er tief in Gedanken versunken zu sein. Er hatte nämlich die Angewohnheit, die Antwort auf verschiedene Fragen, die er sich stellte, von allen möglichen Zufällen abhängig zu machen. Diesmal hatte er sich in den Sinn gesetzt, daß ihn die neue Behandlungsmethode von seinem Magenleiden befreien werde, wenn sich die Zahl der Schritte von der Tür bis zu seinem Sessel durch drei teilen ließe, hingegen erfolglos blieben, falls die Teilung nicht aufgehen sollte. Es waren sechsundzwanzig Schritte, doch er verkürzte den letzten und erreichte so genau mit dem siebenundzwanzigsten seinen Sessel.

Als der Vorsitzende und die Richter in ihren Uniformen mit goldbestickten Kragen das Podium betraten, machten sie einen außerordentlich respekteinflößenden Eindruck. Sie fühlten das auch selbst und beeilten sich alle drei, gleichsam verwirrt durch ihre Erhabenheit, mit bescheiden gesenkten Augen auf ihren geschnitzten Sesseln an dem mit grünem Tuch bedeckten Tisch Platz zu nehmen. Auf dem Tisch sah man einen dreieckigen, mit einem Adler geschmückten Gegenstand, ein paar Glasschalen von der Art, wie sie in Restaurants mit Konfekt gefüllt auf dem Büfett stehen, ein Tintenfaß sowie Schreibpapier, Federhalter und frisch angespitzte Bleistifte verschiedener Länge und Dicke. Zugleich mit den Richtern erschien auch der junge Staatsanwalt. Er ging, unter den einen Arm die Aktenmappe geklemmt und den andern auch jetzt in der ihm eigenen Weise schwenkend, schnell an seinen Platz vor dem Fenster und vertiefte sich sofort in die Akten, um jeden Augenblick zur Vorbereitung für die Verhandlung auszunutzen. Es war heute erst sein viertes Auftreten als Ankläger. Da er sehr ehrgeizig und fest entschlossen war, Karriere zu machen, hielt er es für notwendig, in jedem Prozeß, bei dem er als Ankläger fungierte, eine Verurteilung der Beschuldigten zu erreichen. Die den Giftmord betreffenden Zusammenhänge waren ihm in großen Zügen bereits bekannt, und er hatte sich auch schon einen Plan für seine Rede zurechtgelegt; doch fehlten ihm noch einige Anhaltspunkte, die er jetzt in aller Eile aus den Akten heraussuchte und notierte.

Der Sekretär, der auf der gegenüberliegenden Seite des Podiums saß, hatte alle Schriftstücke bereitgelegt, die möglicherweise zur Verlesung kommen konnten, und sah jetzt einen von der Polizei verbotenen Artikel durch, den er gestern unterderhand bekommen und gelesen hatte. Er beabsichtigte, über diesen Artikel mit dem langbärtigen Richter zu sprechen, der seine Ansichten teilte, und wollte sich vorher noch genauer mit dem Inhalt vertraut machen.

8

Nachdem der Vorsitzende die Akten durchgesehen und auf einige an den Gerichtskommissar und an den Sekretär gerichtete Fragen bejahende Antworten erhalten hatte, ordnete er die Vorführung der Angeklagten an. Gleich darauf wurde die hinter der Barriere befindliche Tür geöffnet, und geführt von den zwei Gendarmen mit Mützen auf dem Kopf und gezogenen Säbeln in den Händen, betraten die Angeklagten den Saal: ein rothaariger, sommersprossiger Mann und zwei Frauen. Der Sträflingskittel, den der Mann anhatte, war ihm zu weit und zu lang, so daß er beim Eintreten in den Saal die Hände mit gespreizten Daumen krampfhaft gegen die Hosennähte preßte, um ein Herunterrutschen der zu langen Ärmel zu verhindern. Er schenkte weder den Richtern noch dem Publikum Beachtung, sondern blickte aufmerksam auf die Anklagebank, um die er herumgehen mußte. Als er um sie herumgegangen war, raffte er seinen Kittel zusammen und setzte sich, um den anderen Platz zu lassen, aufs äußerste Ende; dann heftete er die Augen gespannt auf den Vorsitzenden, wobei sich seine Backenmuskeln zu bewegen begannen, als murmelte er etwas. Ihm auf dem Fuße folgte eine nicht mehr junge Frau, die ebenfalls mit einem Kittel bekleidet war. Um den Kopf hatte sie eins der üblichen Gefängnistücher gebunden, aus dem das grauweiße Gesicht ohne Brauen und die wimpernlosen geröteten Augen herausblickten. Diese Frau schien völlig ruhig zu sein. Als sie zu ihrem Platz ging und dabei mit dem Kittel hängenblieb, löste sie ihn sorgfältig, ohne sich zu übereilen, und setzte sich dann.

Die dritte Angeklagte war die Maslowa.

Sofort bei ihrem Eintritt wandten sich ihr die Blicke sämtlicher im Saal anwesenden Männer zu und konnten sich lange nicht von ihrem blassen Gesicht, von den blitzenden tiefschwarzen Augen und der sich unter dem Kittel abzeichnenden vollen Brust losreißen. Selbst der Gendarm, an dem sie vorüberging, blickte ihr unverwandt nach, und erst nachdem sie sich gesetzt hatte, riß er sich, gleichsam schuldbewußt, zusammen, drehte sich hastig um und starrte auf das gegenüberliegende Fenster.

Der Vorsitzende wartete, bis sich die Angeklagten gesetzt hatten, und wandte sich, sobald auch die Maslowa ihren Platz eingenommen hatte, an den Sekretär.

Nun folgte die übliche Prozedur – das Nachzählen der Geschworenen, die Erörterungen über die Nichterschienenen sowie die Strafen, mit denen sie zu belegen waren, und schließlich die Entscheidung, welche Ersatzmänner für diejenigen einspringen sollten, die ihr Fernbleiben entschuldigt hatten. Der Vorsitzende rollte kleine Zettel zusammen und legte sie in eine der Glasschalen; dann streifte er, seine stark behaarten Handgelenke entblößend, die betreßten Uniformärmel ein Stück hoch, nahm mit dem Gehabe eines Gauklers jeden Zettel einzeln wieder aus der Schale, rollte ihn auseinander und verlas den darauf vermerkten Namen. Nun streifte er die Ärmel wieder herab und forderte den Geistlichen auf, die Vereidigung der Geschworenen vorzunehmen.

Der Geistliche, ein altes Männchen mit gelblich blassem Gesicht, in brauner Soutane, ein goldenes Kreuz auf der Brust und einen kleinen Orden seitlich an der Soutane, ging, seine geschwollenen Beine unter der langen Soutane langsam fortbewegend, auf das unter dem Heiligenbild stehende Chorpult zu.

Die Geschworenen standen auf und drängten ebenfalls zum Chorpult hin.

„Bitte heranzutreten", sagte der Geistliche, während er, mit seiner rundlichen Hand das Kreuz auf der Brust berührend, abwartete, bis alle Geschworenen versammelt waren.

Dieser Geistliche übte sein Priesteramt schon sechsundvierzig Jahre aus und beabsichtigte, sein Dienstjubiläum in drei Jahren in gleicher Weise zu begehen, wie der in der Kathedrale amtierende Oberpriester kürzlich das seine gefeiert hatte. Im Bezirksgericht waltete er seines Amts seit Einführung dieser Institution, und er war äußerst stolz darauf, daß er im Laufe der Zeit einigen zehntausend Menschen den Eid abgenommen hatte, wie auch darauf, daß er sich trotz seines hohen Alters noch immer zum Heile der Kirche, des Vaterlandes und seiner eigenen Familie abmühte, der er einst außer einem Hause ein Kapital von mindestens zehntausend Rubel in verzinslichen Wertpapieren zu hinterlassen gedachtc. Der Gedanke, daß seine Mühewaltung im Gericht, die darin bestand, Menschen einen Eid auf das Evangelium abzunötigen, das einen Eid ausdrücklich verbietet, kein löbliches Bemühen sei, dieser Gedanke war ihm noch nie gekommen; seine schon zur Gewohnheit gewordene Tätigkeit im Gericht bedrückte ihn keineswegs, sondern wurde von ihm sogar sehr gern ausgeübt, weil er dabei schon oft die Bekanntschaft vornehmer Herren gemacht hatte. So war es ihm auch heute ein Vergnügen gewesen, den berühmten Rechtsanwalt kennenzulernen, der ihm große Achtung einflößte, weil er schon für den Prozeß gegen das alte Mütterchen mit den riesigen Blumen am Hut zehntausend Rubel erhalten hatte.

Als alle Geschworenen die Stufen zum Podium hinaufgestiegen waren, neigte er den Kopf zur Seite, steckte ihn durch den fettrandigen Ausschnitt des Epitrachilions und wandte sich, nachdem er sein spärliches graues Haar rings um die Glatze zurechtgestrichen hatte, an die Geschworenen: „Erheben Sie die rechte Hand und legen Sie die Finger so, auf diese Weise zusammen“, sagte er langsam mit greisenhafter Stimme, während er seine rundliche Hand, wo sich an jedem Finger ein Grübchen abzeichnete, hob und die Finger in der Art zusammendrückte, wie es jemand tut, der eine Prise genommen hat. „Und nun wiederholen Sie, was ich Ihnen vorsprechen werde“, fuhr er fort und begann, nach jedem Satz eine Pause einlegend, die Eidesformel herzusagen: „Ich gelobe und schwöre bei Gott, dem Allmächtigen, bei seinem heiligen Evangelium und dem lebenspendenden Kreuz, daß ich in dem Prozeß, der . . .“ Er unterbrach den Satz und wandte sich an einen jungen Mann, der die Hand hatte sinken lassen. „Halten Sie die Hand hoch!“ sagte er zu ihm und setzte dann den abgebrochenen Satz fort: „. . . daß ich in dem Prozeß, der . . .“

Der imposante Herr mit Backenbart, der Oberst, der Kaufmann sowie einige andere hatten die Finger in der vom Geistlichen verlangten Weise zusammengefügt und hielten die Hand anscheinend mit besonderer Genugtuung übertrieben hoch, während manche es offenbar nur widerstrebend und lässig taten. Die einen wiederholten die Worte, jedes einzelne betonend, gleichsam herausfordernd mit überlauter Stimme, als wollten sie damit sagen: Ich werde dennoch reden, so wie es mir paßt!, wogegen andere nur murmelten, hinter dem Priester zurückblieben, dann zu erschrecken schienen und ihn nicht rechtzeitig einholen konnten; die einen hielten ihre Finger so krampfhaft zusammengepreßt, als fürchteten sie, es könnte ihnen etwas entgleiten, während andere die Finger manchmal unbewußt spreizten und dann schnell wieder schlossen. Alle empfanden diese Prozedur als lästig, nur der kleine alte Priester war offensichtlich überzeugt, eine höchst wichtige und nützliche Aufgabe zu erfüllen.

Im Anschluß an die Vereidigung forderte der Vorsitzende die Geschworenen auf, aus ihrer Mitte einen Obmann zu wählen. Die Geschworenen standen auf und drängten alle durcheinander dem Beratungszimmer zu, in dem fast jeder gleich nach seinen Zigaretten griff und zu rauchen begann. Jemand schlug vor, den imposanten Herrn zum Obmann zu wählen, worauf alle sofort ihre Zustimmung erklärten, die Zigarettenstummel wegwarfen und in den Saal zurückkehrten. Der imposante Herr eröffnete dem Vorsitzenden, daß er zum Obmann gewählt sei, und die Geschworenen begaben sich, einer über des anderen Füße stolpernd, wieder zu ihren in zwei Reihen stehenden hochlehnigen Stühlen und setzten sich.

Alles wickelte sich reibungslos, schnell und mit einer gewissen Feierlichkeit ab, wobei diese Exaktheit, Planmäßigkeit und Feierlichkeit von den Teilnehmern offenbar mit Genugtuung empfunden wurden und sie in dem Bewußtsein bestärkten, eine ernste und wichtige Bürgerpflicht zu erfüllen. Dieses Gefühl hatte auch Nechljudow.

Gleich nachdem die Geschworenen wieder ihre Plätze eingenommen hatten, wandte sich der Vorsitzende an sie mit einer Rede, in der er ihnen ihre Rechte, ihre Pflichten und ihre Verantwortung auseinandersetzte. Während er sprach, änderte er fortwährend seine Stellung: bald stützte er sich auf die linke, bald auf die rechte Hand, bald auf die Rücken-, bald auf die Armlehne des Sessels, oder er ordnete Aktenstücke, strich über das Papiermesser, befühlte den Bleistift.

Die Rechte der Geschworenen bestanden den Worten des Vorsitzenden zufolge darin, daß sie durch seine Vermittlung an die Angeklagten Fragen richten, Bleistiftnotizen machen und sich das gegenständliche Beweismaterial ansehen durften. Ihre Pflicht bestand darin, sich nicht von Gefühlen leiten zu lassen, sondern gerecht zu urteilen. Und ihre Verantwortung endlich bestand darin, daß sie sich strafbar machten, wenn sie das Geheimnis der Beratungen nicht wahrten oder mit Dritten Verbindung aufnähmen.

Alle hörten mit ehrerbietiger Aufmerksamkeit zu. Der Kaufmann, der Alkoholgeruch um sich verbreitete, unterdrückte immer wieder ein leises Aufstoßen und nickte nach jedem Satz, den der Vorsitzende sprach, zustimmend mit dem Kopf.

9

Nach Beendigung seiner Rede wandte sich der Vorsitzende den Angeklagten zu.

„Simon Kartinkin, stehen Sie auf", sagte er.

Simon sprang nervös auf, und seine ohnehin in Bewegung befindlichen Backenmuskeln begannen sich noch schneller zu bewegen.

„Ihr Name?"

„Simon Petrow Kartinkin", antwortete der Angeklagte, der sich seine Antworten offenbar im voraus zurechtgelegt hatte, hastig mit schnarrender Stimme.

„Ihr Stand?"

„Bauer."

„Aus welchem Gouvernement und Kreis?"

„Aus dem Gouvernement Tula, Krapiwensker Kreis, Kupjansker Amtsbezirk, Dorf Borki."

„Ihr Alter?“

„Dreiunddreißig Jahre, geboren achtzehnhundertund ...“

„Welchen Glaubens?“

„Glauben hab ich den russischen, rechtgläubigen.“

„Sind Sie verheiratet?“

„Nein, verheiratet bin ich nicht.“

„Womit sind Sie beschäftigt?“

„Beschäftigt war ich als Diener im Hotel ‚Mauritania‘.“

„Sind Sie vorbestraft?“

„Nein, niemals, denn wie wir früher lebten ...“

„Also nicht vorbestraft?“

„Nein, Gott behüte.“

„Haben Sie eine Kopie der Anklageschrift bekommen?“

„Ja, die hab ich bekommen.“

„Setzen Sie sich!“ sagte der Vorsitzende und rief die nächste Angeklagte auf: „Jewfimija Iwanowna Botschkowa!“

Doch Simon blieb stehen und verdeckte die Botschkowa.

„Kartinkin, setzen Sie sich!“

Kartinkin rührte sich nicht.

„Kartinkin, Sie sollen sich setzen!“

Aber Kartinkin stand immer noch da und setzte sich erst, als der Kommissar mit zur Seite geneigtem Kopf und weit aufgerissenen Augen auf ihn zugestürzt kam und ihn entgeistert anzischte: „Hinsetzen, hinsetzen!“

Kartinkin setzte sich hierauf, den langen Kittel zusammenraffend, ebenso schnell hin, wie er aufgestanden war, und begann wieder lautlos die Backenmuskeln zu bewegen.

„Ihr Name?“ wandte sich mit einem müden Seufzer der Vorsitzende an die zweite Angeklagte, ohne sie anzusehen, und las zugleich etwas in den vor ihm liegenden Akten nach. Die Prozeßführung war für ihn eine so routinemäßige Tätigkeit, daß er zur Beschleunigung des Verfahrens gleichzeitig zweierlei Dinge erledigen konnte.

Die Botschkowa war dreiundvierzig Jahre alt, war Kleinbürgerin aus Kolomna und als Stubenmädchen – ebenfalls im Hotel „Mauritania“ – angestellt gewesen. Sie war weder vorbestraft noch jemals vorher gerichtlich belangt worden, eine Kopie der Anklageschrift hatte sie erhalten. Die Angeklagte antwortete auf die ihr gestellten Fragen ungemein resolut und mit solcher Betonung ihrer Worte, als fügte sie im stillen jedesmal hinzu: Jawohl, ich heiße Jewfimija und Botschkowa, die Kopie hab ich bekommen, bin stolz darauf und werde niemand erlauben, mich zu verhöhnen! Ohne eine Aufforderung abzuwarten, setzte sie sich wieder, sobald sie alle Fragen beantwortet hatte.

„Ihr Name?" wandte sich der für weibliche Reize empfängliche Vorsitzende nun in auffallend mildem Ton an die dritte Angeklagte. „Sie müssen aufstehen", fügte er nachsichtig hinzu, als er sah, daß die Maslowa sitzen geblieben war.

Die Maslowa stand daraufhin mit einem Ruck auf, streckte ihre volle Brust vor und sah dem Vorsitzenden mit ihren lächelnden, ein wenig schielenden schwarzen Augen gerade ins Gesicht, antwortete aber nichts.

„Wie Sie heißen, frage ich?"

„Ljubow", stieß sie hastig hervor.

Nechljudow hatte den Kneifer aufgesetzt und musterte die jeweils aufgerufenen Angeklagten. Das ist doch nicht möglich! dachte er, während er gebannt das Gesicht der Angeklagten betrachtete. Und sie hieß ja auch nicht Ljubow, fügte er in Gedanken hinzu, als er die Maslowa diesen Namen nennen hörte.

Der Vorsitzende wollte seine Fragen schon fortsetzen, doch da unterbrach ihn der Richter mit der Brille, indem er ihm aufgeregt etwas zuflüsterte. Der Vorsitzende nickte zustimmend und fragte dann die Angeklagte:

„Wieso Ljubow? In den Akten steht ein anderer Name."

Die Angeklagte schwieg.

„Ich frage Sie, welches Ihr richtiger Name ist?"

„Auf den Sie getauft sind!" fiel barsch der griesgrämige Richter ein.

„Früher hieß ich mal Katerina."

Das ist doch ausgeschlossen, redete sich Nechljudow weiter ein, während es für ihn in Wirklichkeit nicht mehr den geringsten Zweifel daran gab, daß eben sie es war, jenes junge Mädchen, in das er sich einst – als es bei seinen Tanten halb die Rolle einer Pflegetochter, halb die eines Stubenmädchens spielte –

verliebt, richtig ernsthaft verliebt, das er dann im jähen Sinnenrausch verführt und hierauf seinem Schicksal überlassen hatte. Seitdem hatte er nie mehr an sie gedacht, weil die Erinnerung an dieses Erlebnis zu bedrückend war, ihm allzu deutlich seine Schuld zum Bewußtsein brachte und ihn erkennen ließ, daß er, der sich so viel auf seine Ehrbarkeit einbildete, an diesem Mädchen nicht nur ehrlos, sondern geradezu schändlich gehandelt hatte.

Ja, sie war es wirklich. Er erkannte an ihr jetzt deutlich jene eigentümlichen, undefinierbaren Züge, die die Menschen voneinander unterscheiden und die jeden zu einem besonderen, einmaligen, sich nicht wiederholenden Wesen machen. Trotz der unnatürlichen Blässe und Fülle des Gesichts lag darin, in der Form der Lippen, in den leicht schielenden Augen und vor allem in ihrem naiven, lächelnden Blick sowie in dem Ausdruck von Bereitwilligkeit, der nicht nur im Gesicht, sondern in ihrer ganzen Gestalt lag, ein besonderer, eben nur ihr eigener Scharm.

„So hätten Sie das gleich sagen sollen", sagte, wiederum in äußerst mildem Ton, der Vorsitzende. „Wie heißen Sie mit Vatersnamen?"

„Ich bin unehelich geboren."

„Nun, wie hat man Sie dann nach Ihrem Taufpaten genannt?"

„Michailowna."

Was kann sie bloß verbrochen haben? überlegte unterdessen Nechljudow mit fast stockendem Atem.

„Wie ist Ihr Familienname? Welchen Familiennamen haben Sie geführt?" setzte der Vorsitzende seine Fragen fort.

„Maslowa, wie meine Mutter."

„Ihr Stand?"

„Kleinbürgerin."

„Rechtgläubigen Glaubens?"

„Ja, rechtgläubigen Glaubens."

„Und Ihr Beruf? Welche Beschäftigung hatten Sie?"

Die Maslowa schwieg.

„Welche Beschäftigung Sie hatten?" wiederholte der Vorsitzende seine Frage.

„Ich war in einem Haus angestellt", antwortete die Angeklagte.

„In was für einem Haus?“ fragte der Richter mit der Brille streng.

„Das wissen Sie doch selber, in was für einem“, erwiderte die Maslowa lächelnd, blickte schnell um sich und richtete die Augen dann wieder auf den Vorsitzenden.

Es lag etwas so Ergreifendes in ihrem Gesichtsausdruck, in der furchtbaren, mitleiderregenden Bedeutung der von ihr gesagten Worte, in ihrem Lächeln und dem raschen Blick, den sie dabei über den Saal schweifen ließ, daß der Vorsitzende die Augen senkte und im Saal für einige Augenblicke lautlose Stille eintrat. Unterbrochen wurde die Stille erst durch ein Gelächter aus den Reihen des Publikums. Jemand zischte. Der Vorsitzende hob den Kopf und fuhr mit seinen Fragen fort.

„Haben Sie sich früher schon einmal vor Gericht verantworten müssen?“

„Nein, noch nie“, antwortete die Maslowa und seufzte tief.

„Eine Kopie der Anklageschrift haben Sie bekommen?“

„Ja.“

„Setzen Sie sich!“ sagte der Vorsitzende.

Die Angeklagte raffte ihren Rock rückwärts so, wie Damen in großer Toilette es mit der Schleppe tun, setzte sich, steckte ihre kleinen weißen Hände in die Ärmel des Sträflingskittels und sah wieder unverwandt den Vorsitzenden an.

Nun wurden die Zeugen aufgerufen, die dann den Saal verlassen mußten, man beriet, ob der medizinische Sachverständige vernommen werden sollte, und beschloß, ihn in den Saal kommen zu lassen. Dann erhob sich der Sekretär und begann mit der Verlesung der Anklageschrift. Er sprach deutlich und laut, doch so schnell, daß seine Stimme – er konnte die Buchstaben l und r nicht richtig aussprechen – zu einem langgezogenen einschläfernden Gesumm wurde. Die Richter stützten sich bald auf die eine, bald auf die andere Armlehne oder auf den Tisch; bald lehnten sie sich im Sessel zurück und schlossen die Augen, bald öffneten sie sie wieder und tuschelten miteinander. Einer der Gendarmen unterdrückte mehrmals krampfhaft ein Gähnen.

Was die Angeklagten betraf, so bewegte Kartinkin noch immer die Backenmuskeln. Die Botschkowa saß völlig ruhig und gerade da und steckte nur hin und wieder die Finger unter das Tuch, um sich den Kopf zu kratzen.

Die Maslowa, die reglos auf ihrem Platz saß, den die Anklageschrift verlesenden Sekretär ansah und ihm zuhörte, zuckte hin und wieder zusammen, wurde rot und schien etwas sagen zu wollen; doch dann stieß sie nur einen schweren Seufzer aus, änderte die Lage der Arme, sah sich im Saal um und richtete den Blick erneut auf den Vorlesenden.

Nechljudow saß in der ersten Reihe auf seinem hochlehnigen Stuhl, dem zweiten vom Gang aus, und blickte, ohne seinen Kneifer abzunehmen, zu der Maslowa hinüber, während in seiner Seele eine komplizierte und qualvolle Arbeit vor sich ging.

10

Die Anklageschrift hatte folgenden Wortlaut:

„Am 17. Januar 188... starb der aus Kurjansk zugereiste Kaufmann II. Gilde Ferapont Jemeljanowitsch Smelkow im Hotel ‚Mauritania' eines plötzlichen Todes.

Der örtliche Amtsarzt des vierten Polizeireviers stellte als Todesursache Herzschlag infolge von übermäßigem Alkoholgenuß fest. Die Leiche Smelkows wurde daraufhin beerdigt.

Als einige Tage später der Kaufmann Timochin, ein Landsmann und Freund Smelkows, aus Petersburg zurückkehrte und von den Umständen hörte, unter denen Smelkow gestorben war, äußerte er den Verdacht, daß ihn jemand vergiftet habe, um das in seinem Besitz befindliche Geld zu rauben.

Dieser Verdacht fand seine Bestätigung durch die eingeleitete Voruntersuchung, bei der folgendes ermittelt wurde: erstens, Smelkow hatte kurz vor seinem Tod dreitausendachthundert Rubel in Silber von der Bank abgehoben, während bei der zur Sicherstellung seiner Habe erfolgten Bestandsaufnahme nur dreihundertzwölf Rubel und sechzehn Kopeken vorgefunden wurden; zweitens, Smelkow verbrachte den Tag und die ganze Nacht vor seinem Tode in einem öffentlichen Haus mit der Prostituierten Ljubka (Jekaterina Maslowa) und schickte sie dann, um Geld zu holen, ins Hotel ‚Mauritania', wo die besagte Jekaterina Maslowa in Smelkows Abwesenheit mit dem ihr von ihm mitgegebenen Schlüssel seinen Koffer aufschloß und im Beisein der im Hotel ‚Mauritania' angestellten Jewfimija Botschkowa und Simon Kartinkin das Geld herausnahm. Als die Maslowa Smelkows Koffer öffnete, haben die dabei anwesenden Botschkowa und Kartinkin gesehen, daß darin mehrere Bündel Hundertrubelscheine lagen; drittens, die Prostituierte Ljubka schüttete, als Smelkow mit ihr zusammen ins Hotel ‚Mauritania' zurückgekehrt war, ihm auf Anraten des Dieners Kartinkin ein weißes Pulver in den Kognak, das ihr Kartinkin gegeben hatte; viertens, die Prostituierte Ljubka (Jekaterina Maslowa) verkaufte am nächsten Morgen ihrer Arbeitgeberin, der Zeugin Kitajewa, die ein öffentliches Haus unterhält, Smelkows Brillantring, den er ihr angeblich geschenkt hatte; fünftens, die im Hotel ‚Mauritania' als Stubenmädchen beschäftigte Jewfimija Botschkowa zahlte am Tag nach Smelkows Tod eintausendachthundert Rubel in Silber auf ihr laufendes Konto bei der örtlichen Kommerzbank ein.

Der gerichtsärztliche Befund bei der Obduktion der Leiche und der chemischen Untersuchung der Eingeweide Smelkows ergab, daß der Organismus des Verstorbenen Gift enthielt, woraus sich mit Sicherheit schließen läßt, daß er vergiftet wurde.

Die Angeklagten Maslowa, Botschkowa und Kartinkin bekannten sich bei ihrer Vernehmung nicht schuldig, sondern erklärten folgendes: Die Maslowa sagte aus, Smelkow habe sie aus dem öffentlichen Haus, in dem sie, wie sie sich ausdrückte, ‚arbeitete', tatsächlich ins Hotel ‚Mauritania' geschickt, um ihm Geld zu holen; im Hotel habe sie dann mit dem ihr von Smelkow mitgegebenen Schlüssel seinen Koffer aufgeschlossen und, wie ihr aufgetragen war, vierzig Rubel in Silber und keine Kopeke mehr herausgenommen, was auch die Botschkowa und Kartinkin bezeugen könnten, in deren Gegenwart sie den Koffer aufgeschlossen, das Geld herausgenommen und ihn dann wieder verschlossen habe. Weiter sagte sie aus, sie habe, als sie das zweite Mal mit dem Kaufmann zusammen ins Hotel zurückkehrte, ihm wirklich auf Anstiftung Kartinkins irgendein Pulver, das sie für ein Schlafmittel hielt, in den Kognak geschüttet, damit der Kaufmann einschlafe und sie möglichst bald von ihm loskäme. Und den Ring hätte er ihr geschenkt, nachdem sie von ihm geschlagen worden sei, geweint habe und wegfahren wollte.

Jewfimija Botschkowa sagte aus, sie wisse von dem verschwundenen Geld nichts, sie sei überhaupt nicht in des Kaufmanns Zimmer gegangen, in dem sich allein Ljubka zu schaffen gemacht habe, und wenn etwas geraubt worden sei, dann könne nur Ljubka es geraubt haben, als sie mit des Kaufmanns Schlüssel kam, um Geld zu holen."

An dieser Stelle zuckte die Maslowa zusammen, öffnete den Mund und wandte sich zur Botschkowa um. Der Sekretär las indes weiter: „Als dann der Jewfimija Botschkowa die Bankquittung über die von ihr eingezahlten eintausendachthundert Rubel vorgezeigt wurde und man sie fragte, wie sie zu dieser großen Summe gekommen sei, sagte sie, das habe sie gemeinsam mit Simon Kartinkin, den sie heiraten wolle, während ihrer zwölfjährigen Dienstzeit erspart. Simon Kartinkin seinerseits gestand bei seiner ersten Vernehmung, er habe auf Anstiftung der Maslowa, als diese aus dem öffentlichen Haus mit dem Schlüssel gekommen war, das Geld zusammen mit der Botschkowa geraubt und zwischen sich, der Maslowa und der Botschkowa verteilt."

Hier zuckte die Maslowa wieder zusammen, sprang auf, wurde feuerrot und wollte etwas sagen, doch der Gerichtskommissar hielt sie zurück.

„Auch gab Kartinkin zu", fuhr der Sekretär mit der Verlesung fort, „der Maslowa ein Pulver zur Einschläferung des Kaufmanns gegeben zu haben. Bei seiner zweiten Vernehmung bestritt er jedoch, sich am Raub beteiligt und der Maslowa das Pulver gegeben zu haben, und bezichtigte in allem diese allein. Und was das Geld betrifft, das die Botschkowa bei der Bank eingezahlt hat, so sagte er, in Übereinstimmung mit ihr, aus, daß sie es beide während des zwölfjährigen Dienstes von Hotelgästen als Trinkgeld bekommen und erspart hätten."

Nun folgten Angaben über Konfrontationen, Zeugenaussagen, die Ansicht der Sachverständigen und so weiter.

Die Schlußfolgerung der Anklageschrift lautete wie folgt:

„In Anbetracht aller oben angeführten Umstände haben sich der aus dem Dorf Borki stammende 33 Jahre alte Bauer Simon Kartinkin, die 43 Jahre alte Kleinbürgerin Jewfimija Iwanowna Botschkowa und die 27 Jahre alte Kleinbürgerin Jekaterina Michailowna Maslowa dafür zu verantworten, daß sie am 17. Januar 188 . . . nach vorheriger Verabredung gemeinsam das dem Kaufmann Smelkow gehörende Geld im Betrage von zweitausendfünfhundert Rubeln und seinen Brillantring raubten und ihm dann, mit der Absicht, ihn zu töten, ein vergiftetes Getränk zu trinken gaben, wodurch sein, des Kaufmanns Smelkow, Tod herbeigeführt wurde.

Dieses Verbrechen fällt unter die gemäß Absatz 4 und 5 des Paragraphen 1453 des Strafgesetzbuches angeführten Straftaten. Demzufolge und auf Grund des Paragraphen 201 der Strafprozeßordnung unterliegen der Bauer Simon Kartinkin, die Kleinbürgerin Jewfimija Botschkowa und die Kleinbürgerin Jekaterina Maslowa der Aburteilung des Bezirksgerichts unter Beisitz von Geschworenen."

Nachdem der Sekretär damit die Verlesung der weitschweifigen Anklageschrift beendet hatte, legte er die Aktenbogen zusammen, setzte sich und strich mit beiden Händen sein langes Haar zurecht. Alle atmeten erleichtert auf, in dem angenehmen Gefühl, daß nun die Beweisführung begonnen habe, daß alles bald aufgeklärt und der Gerechtigkeit Genüge getan sein würde. Einzig Nechljudow teilte dieses Gefühl nicht: er war starr vor Entsetzen über das, was der Maslowa alles zur Last gelegt wurde, die er vor zehn Jahren als reizendes, unschuldiges junges Mädchen gekannt hatte.

11

Nach der Verlesung der Anklageschrift beriet sich der Vorsitzende mit den übrigen Richtern und wandte sich dann an Kartinkin mit einer Miene, die augenscheinlich besagen sollte: Jetzt werden wir alles gleich ganz genau erfahren.

„Bauer Simon Kartinkin", begann er und beugte sich nach links.

Simon Kartinkin stand auf, legte die Hände an die Hosennaht, neigte sich mit dem ganzen Körper nach vorn und bewegte nach wie vor lautlos die Backenmuskeln.

„Sie werden beschuldigt, daß Sie am 17. Januar 188 . . . gemeinsam mit Jewfimija Botschkowa und Jekaterina Maslowa aus dem Koffer des Kaufmanns Smelkow das diesem gehörende Geld geraubt haben, dann der Jekaterina Maslowa Arsen gaben und sie überredeten, das Gift dem Kaufmann Smelkow in den Wein zu schütten, was dessen Tod zur Folge hatte. Bekennen Sie sich schuldig?" fragte der Vorsitzende und beugte sich nach rechts.

„Das alles konnte ich gar nicht tun, weil ich die Gäste zu bedienen . . ."

„Das können Sie später vorbringen. Bekennen Sie sich schuldig?"

„Nein, ich bin an nichts schuld. Ich habe nur . . ."

„Darüber später. Bekennen Sie sich schuldig?" wiederholte der Vorsitzende in ruhigem, doch festem Ton.

„Wie kann ich was zugeben, was ich . . ."

Wieder kam der Gerichtskommissar auf Simon Kartinkin zugestürzt, zischte ihn wütend an und brachte ihn zum Schweigen.

Der Vorsitzende legte das Aktenstück, das er in der Hand hielt, beiseite, womit er offenbar zu verstehen gab, daß er diesen Punkt als erledigt betrachtete, und wandte sich an Jewfimija Botschkowa.

„Jewfimija Botschkowa, Sie werden beschuldigt, daß Sie am 17. Januar 188 . . . im Hotel ‚Mauritania' zusammen mit Simon Kartinkin und Jekaterina Maslowa aus dem Koffer des Kaufmanns Smelkow Geld und einen Ring geraubt haben und nach Verteilung des Raubes untereinander dem Kaufmann Smelkow, um die Aufdeckung des Verbrechens zu verhindern, vergifteten Wein zu trinken gaben, was seinen Tod zur Folge hatte. Bekennen Sie sich schuldig?"

„Ich hab an alldem keine Schuld", erwiderte die Angeklagte in resolutem, festem Ton. „Ich bin ja gar nicht in sein Zimmer gegangen. Und wenn dieses verkommene Frauenzimmer bei ihm gewesen ist, dann kann nur sie das alles gemacht haben."

„Darüber können Sie später aussagen", bemerkte der Vorsitzende wieder mit sanfter, doch fester Stimme. „Sie bekennen sich also nicht schuldig?“

„Nicht ich hab das Geld genommen, und nicht ich hab ihm irgendwas zu trinken gegeben, ich bin überhaupt nicht in seinem Zimmer gewesen. Wäre ich ins Zimmer gekommen, dann hätte ich sie an die Luft gesetzt.“

„Sie bekennen sich also nicht schuldig?“

„Nie und nimmer!“

„Sehr schön“, sagte der Vorsitzende und wandte sich an die dritte Angeklagte: „Jekaterina Maslowa, Sie werden beschuldigt, daß Sie, als Sie aus dem öffentlichen Haus mit dem Schlüssel zum Koffer des Kaufmanns Smelkow ins Hotel ‚Mauritania‘ kamen, aus dessen Koffer Geld und einen Ring geraubt haben“, leierte er die Worte wie eine eingetrichterte Lektion herunter und beugte sich, als er bis zu dieser Stelle gekommen war, mit dem Ohr zu dem links neben ihm sitzenden Richter hinüber, der ihm zuflüsterte, von den im Verzeichnis aufgeführten Beweisstücken fehle ein Gläschen. „... aus dem Koffer Geld und einen Ring geraubt haben“, wiederholte er, „und daß Sie, als Sie nach Aufteilung des Raubes zusammen mit dem Kaufmann Smelkow ins Hotel ‚Mauritania‘ zurückkamen, ihm vergifteten Wein zu trinken gaben, was seinen Tod zur Folge hatte. Bekennen Sie sich schuldig?“

„Ich bin an nichts schuld“, antwortete, sich überhastend, die Angeklagte. „Was ich von Anfang an gesagt habe, sage ich auch jetzt: Nichts, nichts, nichts, gar nichts hab ich genommen, und den Ring hat er mir selbst geschenkt.“

„Sie leugnen also, sich zweitausendfünfhundert Rubel angeeignet zu haben?“

„Ich sage doch, daß ich nichts genommen hab außer den vierzig Rubeln.“

„Nun, aber das geben Sie doch zu, daß Sie dem Kaufmann Smelkow das Pulver in den Wein geschüttet haben?“

„Ja, das gebe ich zu. Aber ich dachte, daß es, wie man mir gesagt hatte, ein Schlafmittel sei, das nichts schaden konnte. Das habe ich nicht vermutet und nicht gewollt. Gott ist mein Zeuge, das wollte ich nicht.“

„Sie leugnen demnach, das Geld und den Ring des Kaufmanns Smelkow geraubt zu haben, geben aber zu, daß Sie das Pulver in den Wein schütteten?“

„Das sagte ich ja schon, aber ich hielt es für ein Schlafmittel. Ich gab es ihm nur, damit er einschlafen sollte. Schaden wollte ich ihm nicht.“

„Sehr schön“, sagte, offenbar von den Ergebnissen seines Verhörs befriedigt, der Vorsitzende. „Erzählen Sie nun, wie sich alles abgespielt hat“, forderte er die Angeklagte auf und legte, sich im Sessel zurücklehnend, beide Hände auf den Tischrand. „Verschweigen Sie nichts. Durch ein offenherziges Geständnis können Sie Ihr Los erleichtern.“

Die Maslowa blickte den Vorsitzenden unverwandt an, antwortete aber nichts.

„Erzählen Sie, wie sich alles abgespielt hat!“

„Wie es sich abgespielt hat?“ raffte sich die Maslowa plötzlich zu einer Antwort auf. „Ich kam ins Hotel, man führte mich in sein Zimmer, da wartete er und war schon stark angetrunken“, berichtete sie, wobei sie das Wörtchen *er*, die Augen weit aufreißend, mit besonderem Entsetzen aussprach.

„Ich wollte gleich wieder gehen, aber er ließ mich nicht fort . . .“

Sie hielt inne, als hätte sie plötzlich den Faden verloren oder als sei ihr etwas anderes eingefallen.

„Nun, und weiter?“

„Was weiter? Dann bin ich eine Weile bei ihm geblieben und fuhr wieder nach Hause.“

Hier erhob sich der Staatsanwalt, den einen Ellbogen auf den Tisch stützend, halb von seinem Platz.

„Sie wünschen eine Frage zu stellen?“ wandte sich der Vorsitzende an den Staatsanwalt und gab ihm auf dessen bejahende Antwort durch eine Handbewegung zu verstehen, daß er statt seiner fragen dürfe.

„Ich möchte die Frage stellen, ob die Angeklagte mit Simon Kartinkin schon früher bekannt gewesen ist“, erklärte, ohne die Maslowa anzusehen, der Staatsanwalt, worauf er die Lippen zusammenpreßte und die Stirn in Falten legte.

Der Vorsitzende wiederholte die Frage. Die Maslowa starrte erschrocken den Staatsanwalt an.

„Mit Simon? Ja, den kannte ich", antwortete sie.

„Ich möchte gern wissen, welcher Art die Bekanntschaft der Angeklagten mit Kartinkin gewesen ist. Sind beide häufig zusammengekommen?"

„Die Bekanntschaft? Er hat mich zu den Hotelgästen geholt – das war die ganze Bekanntschaft", erklärte die Maslowa, während sie unruhig bald den Staatsanwalt, bald den Vorsitzenden ansah.

„Es interessiert mich", sagte der Staatsanwalt mit einem leichten, diabolisch listigen Lächeln und kniff die Augen zusammen, „warum Kartinkin zu den Gästen ausschließlich die Maslowa und nicht auch andere Mädchen geholt hat."

„Das weiß ich nicht. Woher soll ich das wissen?" antwortete die Maslowa, wobei sie hilflos um sich schaute und ihr Blick für einen Moment auf Nechljudow haftenblieb. „Wen er wollte, den hat er eben geholt."

Ob sie mich womöglich erkannt hat? dachte Nechljudow mit Entsetzen und fühlte, wie ihm das Blut ins Gesicht schoß; doch die Maslowa unterschied ihn nicht von den andern, wandte den Kopf gleich wieder ab und starrte aufs neue ängstlich den Staatsanwalt an.

„Die Angeklagte verneint also, zu Kartinkin in näheren Beziehungen gestanden zu haben. Sehr schön. Mehr habe ich nicht zu fragen", sagte der Staatsanwalt.

Er zog hierauf den Ellbogen vom Pult zurück und schien in seinen Akten irgendwelche Vermerke zu machen. In Wirklichkeit jedoch notierte er sich gar nichts, sondern zeichnete mit der Feder nur die Buchstaben seines Konzepts nach; er hatte nämlich gesehen, daß Staatsanwälte und Rechtsanwälte nach einer spitzfindigen Frage dem Konzept ihrer Rede Notizen hinzufügen, mit denen sie den Gegner dann zu vernichten gedenken.

Der Vorsitzende wandte sich nicht gleich wieder an die Angeklagte, weil er gerade den Richter mit der Brille fragte, ob er mit der schon im voraus aufgestellten Reihenfolge und Art der Fragen einverstanden sei.

„Und was geschah weiter?“ setzte er dann die Vernehmung fort.

„Ich kam nach Hause, lieferte der Wirtin das Geld ab und ging zu Bett“, antwortete die Maslowa, die den Vorsitzenden jetzt bereits etwas weniger ängstlich ansah. „Doch kaum war ich eingeschlafen, da wurde ich von unserem Mädchen, der Berta, geweckt. ‚Komm‘, sagte sie, ‚dein Kaufmann ist schon wieder da!‘ Ich wollte nicht gehen, aber unsere Madam zwang mich. Er ...“ – das Wörtchen *er* sprach sie wieder mit unverkennbarem Entsetzen aus –, „er hatte unsere Mädchen die ganze Zeit mit Wein traktiert und wollte noch mehr bestellen, aber sein Geld war ausgegangen. Auf Pump wollte die Wirtin nichts verabfolgen. Da schickte er mich ins Hotel, Geld zu holen. Er sagte, wo es in seinem Zimmer liege und wieviel ich nehmen solle. So fuhr ich hin ...“

Der Vorsitzende tuschelte währenddessen mit dem zu seiner Linken sitzenden Richter und hörte gar nicht, was die Maslowa sagte; doch um den Eindruck zu wecken, als habe er alles gehört, wiederholte er ihre letzten Worte:

„Sie fuhren hin. Und was taten Sie dann?“

„Als ich hinkam, tat ich alles so, wie er es mich geheißen hatte. Ich ging in sein Zimmer. Aber ich ging nicht allein ins Zimmer, ich ließ Simon Michailowitsch und die da“, sie zeigte auf die Botschkowa, „mit mir mitkommen.“

„Das lügt sie, ich hab keinen Fuß über die Schwelle ...“, wollte die Botschkowa schon loslegen, aber man gebot ihr zu schweigen.

„Im Beisein von beiden hab ich dann vier Zehnrubelscheine aus dem Koffer genommen“, fuhr die Maslowa mit finsterem Gesicht und ohne die Botschkowa anzusehen fort.

„Nun, und hat die Angeklagte vielleicht auch bemerkt, wieviel Geld sonst noch im Koffer lag?“ mischte sich wieder der Staatsanwalt ein.

Die Maslowa zuckte jedesmal zusammen, sobald der Staatsanwalt sie anredete. Sie wußte nicht, worauf seine Fragen abzielten, fühlte jedoch instinktiv, daß er ihr Verderben wollte.

„Gezählt habe ich es nicht, ich sah nur, daß noch Hundertrubelscheine im Koffer lagen.“

„So, die Angeklagte hat Hundertrubelscheine gesehen – mehr habe ich im Augenblick nicht zu fragen.“

„Nun, und haben Sie das Geld dann hingebracht?“ fragte hierauf wieder der Vorsitzende und warf einen Blick auf die Uhr.

„Ja, dann brachte ich ihm das Geld.“

„Nun, und danach?“ fuhr der Vorsitzende fort.

„Danach nahm *er* mich wieder mit ins Hotel“, antwortete die Maslowa.

„Nun, und wie haben Sie ihm das Pulver eingegeben?“

„Das Pulver? Ich hab's in den Wein geschüttet und ihm den zu trinken gegeben.“

„Und warum taten Sie das?“

Die Maslowa stieß einen schweren Seufzer aus und antwortete nicht gleich.

„Er ließ und ließ mich nicht fort“, antwortete sie dann nach kurzem Schweigen. „Ich war von ihm schon ganz zerquält. Da ging ich in den Flur und sagte zu Simon Michailowitsch: ‚Wenn er mich bloß gehen lassen wollte, ich bin so müde.‘ Darauf sagte Simon Michailowitsch: ‚Er läßt auch uns nicht zur Ruhe kommen. Wir wollen ihm ein Schlafpulver geben; er wird einschlafen, dann kannst du fort.‘ – ‚Gut‘, sagte ich, denn ich hielt es für ein unschädliches Mittel. Er gab mir also ein Tütchen. Als ich ins Zimmer zurückkam, wo er hinter dem Bettschirm lag, mußte ich ihm gleich wieder Kognak bringen. Ich nahm die Flasche Fin Champagne, die auf dem Tisch stand, füllte zwei Gläser – eins für ihn und eins für mich –, schüttete in seins das Pulver und gab es ihm. Hätt ich's ihm denn gegeben, wenn ich gewußt hätte, daß es Gift war?“

„Nun, und wie sind Sie zu dem Ring gekommen?“ fragte der Vorsitzende.

„Den Ring hat er mir von selbst geschenkt.“

„Wann hat er ihn Ihnen geschenkt?“

„Als ich mit ihm in sein Zimmer gekommen war und dann wieder wegwollte, gab er mir einen solchen Schlag auf den

Kopf, daß der Kamm zerbrach. Ich wurde wütend und wollte nach Hause. Da zog er den Ring vom Finger und schenkte ihn mir, damit ich bleiben sollte."

Hier erhob sich wieder der Staatsanwalt und bat mit seiner gemacht harmlosen Miene um Erlaubnis, noch einige Fragen zu stellen, worauf er, nachdem der Vorsitzende zugestimmt hatte, den Kopf über den gestickten Rockkragen vorstreckte und sagte:

„Ich möchte wissen, wie lange sich die Angeklagte im Zimmer des Kaufmanns Smelkow aufgehalten hat?"

Die Maslowa schrak abermals zusammen, sah abwechselnd den Staatsanwalt und den Vorsitzenden an und antwortete hastig:

„Wie lange, das weiß ich nicht mehr."

„Aber vielleicht kann sich die Angeklagte entsinnen, ob sie, nachdem sie das Zimmer des Kaufmanns Smelkow verlassen hatte, noch in irgendeinen anderen Raum des Hotels gegangen ist?"

Die Maslowa dachte einen Augenblick nach.

„Ins Zimmer nebenan, das leer stand, bin ich gegangen", antwortete sie.

„Und zu welchem Zweck sind Sie in dieses Zimmer gegangen?" wandte sich der Staatsanwalt, in seinem Eifer den Vorsitzenden übergehend, diesmal unmittelbar an die Angeklagte.

„Ich wollte mich dort in Ordnung bringen und wartete dann auf die Droschke."

„Und ist Kartinkin dabei zugegen gewesen?"

„Er kam auch herein."

„Und wozu ist er hereingekommen?"

„In der Flasche Kognak, die der Kaufmann bestellt hatte, war noch ein Rest geblieben, den haben wir zusammen ausgetrunken."

„Ah, zusammen ausgetrunken! Sehr schön. Und was haben Sie mit Kartinkin dabei gesprochen?"

Das Gesicht der Maslowa verfinsterte sich jäh, sie wurde purpurrot und sprudelte hastig hervor:

„Was ich gesprochen habe? Nichts hab ich gesprochen. Wie es gewesen ist, das hab ich alles erzählt. Mehr weiß ich nicht. Machen Sie mit mir, was Sie wollen. Ich bin nicht schuldig, mehr kann ich nicht sagen."

„Weitere Fragen habe ich nicht", wandte sich der Staatsanwalt an den Vorsitzenden, worauf er affektiert die Schultern hochzog und eifrig zu schreiben begann: er ergänzte das Konzept seiner Rede durch die Notiz, daß die Angeklagte ihrem eigenen Geständnis zufolge mit Kartinkin in ein leerstehendes Zimmer gegangen war.

Eine Weile schwiegen alle.

„Sie haben also nichts mehr zu sagen?" fragte schließlich der Vorsitzende.

„Ich habe alles gesagt", antwortete die Maslowa und setzte sich seufzend auf ihren Platz.

Hierauf machte der Vorsitzende eine Notiz in den Akten, und nachdem der zu seiner Linken sitzende Richter ihm etwas zugeflüstert hatte, verkündete er eine Unterbrechung der Verhandlung für zehn Minuten, stand schnell auf und verließ den Saal. Es handelte sich darum, daß der hochgewachsene, langbärtige Richter mit den großen gütigen Augen von leichten Magenbeschwerden befallen war und sich daher einer Massage unterziehen und Tropfen einnehmen wollte. Dies hatte er dem Vorsitzenden mitgeteilt, der dann auf seine Bitte die Sitzung unterbrach.

Nach den Richtern erhoben sich auch die Geschworenen, die Rechtsanwälte sowie die Zeugen und gingen, in dem wohltuenden Bewußtsein, einen Teil ihrer wichtigen Pflicht bereits vollbracht zu haben, auseinander.

Nechljudow begab sich in das Zimmer für die Geschworenen und setzte sich dort ans Fenster.

12

Ja, es war Katjuscha.

Nechljudows Beziehungen zu Katjuscha reichten weit zurück.

Zum erstenmal war er ihr begegnet, als er im dritten Studienjahr seine Arbeit über ländlichen Grundbesitz vorbereitete und den Sommer bei seinen Tanten verlebte. In der Regel verbrachte er den Sommer zusammen mit Mutter und Schwester in der Nähe von Moskau auf dem großen Gut seiner Mutter. Doch in jenem Jahr hatte seine Schwester geheiratet, und die Mutter war zu einer Kur ins Ausland gereist. Er selbst hingegen mußte an seiner Abhandlung weiterarbeiten und beschloß daher, für den Sommer zu den Tanten zu fahren. Bei ihnen, in der ländlichen Abgeschiedenheit, konnte er in Ruhe arbeiten, dort gab es keine Zerstreuungen. Überdies vergötterten die alten Damen ihren Neffen und Erben, und er seinerseits fand Gefallen an ihrer altmodischen, einfachen Lebensweise.

In diesem Sommer durchlebte Nechljudow auf dem Gut seiner Tanten jene Begeisterung, die einen jungen Menschen erfaßt, wenn ihm zum erstenmal nicht nach Hinweisen von dritter Seite, sondern aus eigener Erkenntnis die ganze Schönheit und der Wert des Lebens sowie die Größe der Aufgabe offenbar wird, vor die es den Menschen stellt, wenn er die unerschöpflichen Möglichkeiten zur Vervollkommnung seiner eigenen und der ganzen übrigen Welt wahrnimmt und sich um diese Vervollkommnung nicht nur in der Hoffnung, sondern in der festen Überzeugung bemüht, daß die ihm vorschwebenden Ziele durchaus erreichbar sind. In jenem Jahr, noch vor den Semesterferien, hatte er das Werk „Social Statics“ von Spencer gelesen, dessen Ausführungen über ländlichen Grundbesitz auf ihn um so mehr einen nachhaltigen Eindruck gemacht hatten, als er selbst der Sohn einer Großgrundbesitzerin war. Sein Vater war von Hause aus nicht reich gewesen, doch die Mutter hatte als Mitgift etwa zehntausend Deßjatinen Land in die Ehe gebracht. Damals war er sich zum erstenmal der ganzen Ungerechtigkeit privaten Landbesitzes bewußt geworden, und da er zu jener Zeit einer der Menschen war, für die ein um moralischer Forderungen willen gebrachtes Opfer den höchsten geistigen Genuß bedeutet, hatte er beschlossen, von seinem Besitzrecht auf das vom Vater geerbte Land keinen Gebrauch zu machen, und das Land den Bauern übereignet. Dieses Thema legte er auch der Abhandlung zugrunde, die er damals schrieb.

Sein Leben auf dem Gut der Tanten spielte sich in jenem Jahr folgendermaßen ab: Er stand sehr früh auf, mitunter schon um drei Uhr morgens, ging noch vor Sonnenaufgang, manchmal ehe sich der Frühnebel gelichtet hatte, zum Baden an den sich am Fuß eines Berges hinschlängelnden Fluß und kehrte zurück, wenn auf Gräsern und Blumen noch Tau lag. Nach dem Kaffeetrinken setzte er sich gewöhnlich an seine Arbeit oder las Bücher, um daraus Material für sie zu schöpfen; doch oft ging er, statt zu schreiben und zu lesen, nochmals ins Freie und schlenderte durch Feld und Wald. Vor dem Mittagessen ließ er sich irgendwo im Garten zu einem Schläfchen nieder, erheiterte dann beim Essen die Tanten durch seine Fröhlichkeit, unternahm hierauf einen Ritt oder eine Kahnfahrt, um dann abends wieder zu lesen oder den Tanten Gesellschaft zu leisten und mit ihnen eine Patience zu legen. Nachts, besonders wenn der Mond schien, fand er oftmals keinen Schlaf, weil er von allzu übersprühender Lebensfreude erregt war; dann begab er sich in den Garten und ging dort, seinen Wünschen und Gedanken nachhängend, mitunter bis zum Morgengrauen auf und ab.

So verlebte er glücklich und ruhig den ersten Monat seines Aufenthalts bei den Tanten, ohne daß er der flinken schwarzäugigen Katjuscha, die im Hause halb die Stellung eines Stubenmädchens, halb die einer Pflegetochter einnahm, irgendwelche Beachtung geschenkt hätte.

Nechljudow, aufgewachsen unter den Fittichen seiner Mutter, war mit neunzehn Jahren noch ein völlig unschuldiger Jüngling. An das weibliche Geschlecht dachte er nur, indem er sich seine künftige Frau vorstellte. Weibliche Wesen, die nach seinen Begriffen nicht seine Frau werden konnten, waren für ihn nicht Frauen, sondern einfach Menschen. In jenem Sommer nun wurden seine Tanten am Himmelfahrtstag von einer Gutsnachbarin besucht, die außer ihren Kindern – zwei jungen Mädchen und einem Gymnasiasten – auch einen aus dem Bauernstand stammenden jungen Maler mitbrachte, der bei ihnen den Sommer verlebte.

Nach dem Tee wurde auf der bereits gemähten Wiese vor dem Haus Haschen gespielt. Auch Katjuscha mußte mitspielen. Nachdem die Paare mehrmals gewechselt hatten, erhielt Nechljudow Katjuscha zur Partnerin. Der Anblick Katjuschas war ihm schon immer angenehm gewesen, aber noch nie war ihm auch nur im entferntesten der Gedanke gekommen, zwischen ihm und ihr könnten irgendwelche besonderen Beziehungen möglich sein.

„Nun, die beiden zu fangen wird wohl nicht glücken!" rief der lebenslustige Maler, der mit seinen kurzen, krummen, doch starken Bauernbeinen erstaunlich schnell laufen konnte und jetzt haschen mußte. „Höchstens, wenn sie stolpern!"

„Sie – und nicht fangen!"

„Eins, zwei, drei!"

Man klatschte dreimal in die Hände. Bemüht, nicht laut aufzulachen, tauschte Katjuscha, mit ihrer festen, rauhen kleinen Hand die viel größere Hand Nechljudows drückend, schnell mit ihm den Platz und lief, mit dem gestärkten Rock raschelnd, nach links.

Nechljudow, der ein guter Läufer war und sich vom Maler nicht übertrumpfen lassen wollte, lief, so schnell er nur konnte. Als er sich einmal umblickte, sah er, daß der Maler hinter Katjuscha herlief, die sich jedoch nicht einholen ließ und mit ihren jugendlich elastischen Beinen immer weiter am linken Rand der Wiese vorwärtsstürmte. Am Ende der Wiese stand Fliedergebüsch, um das noch niemand herumgelaufen war, doch Katjuscha wandte sich zu Nechljudow um und machte ihm mit dem Kopf ein Zeichen, daß sie sich hinter dem Gebüsch treffen sollten. Er verstand, was sie meinte, und lief auf das Gebüsch zu. Hinter dem Gebüsch zog sich indes, was ihm nicht bekannt war, ein kleiner, von Brennesseln überwucherter Graben hin. Er strauchelte und fiel hinein, verbrannte sich die Hände und wurde vom bereits gefallenen Abendtau naß. Er arbeitete sich jedoch schnell wieder heraus, ordnete seine Kleider und lief auf den freien Platz.

Katjuscha, deren Augen wie feuchte schwarze Johannisbeeren glänzten, kam ihm mit strahlendem Gesicht entgegengeflogen. Sie erreichten einander und faßten sich an den Händen.

„Da haben Sie sich wohl tüchtig verbrannt", sagte sie, während sie schwer atmend mit der freien Hand ihren in Unordnung geratenen Zopf zurechtzupfte und mit leicht gesenktem Kopf lächelnd zu ihm aufschaute.

„Ich wußte ja nichts von dem kleinen Graben dort", antwortete er, ebenfalls lächelnd und ohne ihre Hand loszulassen.

Sie stand dicht vor ihm, und er beugte sich – ohne selbst zu wissen, wie es dazu kam – mit dem Gesicht zu ihr vor; sie wich nicht zurück, er drückte ihre Hand fester und küßte sie auf den Mund.

„Sieh mal einer an!" rief sie, entriß ihm mit einem Ruck die Hand und lief davon.

Als sie an das Gebüsch gekommen war, pflückte sie zwei Zweige des schon verblühenden weißen Flieders und fächelte damit ihr glühendes Gesicht; dann blickte sie sich noch einmal nach ihm um und ging, erregt die Arme schwenkend, zu den Spielenden zurück.

Von diesem Tage an änderte sich das Verhältnis zwischen Nechljudow und Katjuscha, und es bildeten sich jene besonderen Beziehungen heraus, die zwischen einem unschuldigen jungen Mann und einem ebenso unschuldigen jungen Mädchen bestehen, die einander zugetan sind.

Schon wenn Katjuscha das Zimmer betrat oder Nechljudow auch nur von weitem ihre weiße Schürze erblickte, erschien ihm alles ringsum von der Sonne verklärt, erschien ihm alles interessanter, heiterer und bedeutsamer; das ganze Leben machte mehr Freude. Und dasselbe empfand auch sie. Doch nicht nur Katjuschas Anwesenheit oder Nähe übten auf Nechljudow diese Wirkung aus; sie wurde bei ihm allein schon durch das Bewußtsein erzeugt, daß es Katjuscha gab, und bei ihr in gleicher Weise dadurch, daß es ihn gab. Ob Nechljudow einen unangenehmen Brief von seiner Mutter erhalten hatte, ob er mit seiner Arbeit nicht weiterkam oder ohne ersichtlichen Grund von jugendlicher Schwermut befallen war – er brauchte nur an Katjuscha zu denken und sich vorzustellen, daß er sie sehen werde, und im Nu hellte sich alles auf.

Katjuscha hatte viel im Haushalt zu tun, aber alle Arbeit ging ihr rasch von der Hand, und sie fand noch Zeit zum Lesen. Nechljudow gab ihr Bücher von Dostojewski und Turgenjew, die er selbst gerade gelesen hatte. Am besten gefiel ihr „Stiller Winkel" von Turgenjew. Gespräche zwischen ihnen kamen nur bruchstückweise zustande – bei einer Begegnung im Flur, auf dem Balkon, im Hof oder gelegentlich auch in dem Stübchen der alten Hausmagd Matrjona Pawlowna, mit der zusammen Katjuscha hauste und wo sich Nechljudow ab und zu einfand, um zwanglos ein Glas Tee mit ihnen zu trinken. Diese im Beisein Matrjona Pawlownas geführten Gespräche waren am angenehmsten. Mit einer Unterhaltung unter vier Augen war es schwieriger. Die Augen begannen bald etwas ganz anderes, viel Bedeutsameres zu sagen als die Worte, die ihnen über die Lippen kamen, sie wurden befangen und beeilten sich auseinanderzugehen.

Diese Beziehungen zwischen Nechljudow und Katjuscha hielten während seines ganzen ersten Aufenthalts bei den Tanten an. Die alten Damen nahmen diese Beziehungen wahr, erschraken und schrieben hierüber sogar an Nechljudows Mutter, die zu jener Zeit im Ausland weilende Fürstin Jelena Iwanowna. Seine Tante Marja Iwanowna fürchtete damals, Dmitri könnte ein Verhältnis mit Katjuscha anknüpfen. Doch diese Befürchtung war unbegründet: ohne sich dessen bewußt zu sein, liebte Nechljudow Katjuscha so rein, wie unverdorbene Menschen lieben, und seine Liebe bildete sowohl für ihn als auch für sie den sichersten Schutz gegen einen Fehltritt. Ihm lag nicht nur der Wunsch fern, sie körperlich zu besitzen – nein, allein schon der Gedanke an die Möglichkeit eines solchen Verhältnisses zu ihr erfüllte ihn mit Abscheu. Weit stichhaltiger war indessen die Besorgnis der romantisch veranlagten Sofja Iwanowna, Dmitri könnte bei seinem festen, entschiedenen Charakter den Beschluß fassen, ein junges Mädchen, das er liebte, auch zu heiraten, ohne dessen Herkunft und gesellschaftliche Stellung zu berücksichtigen.

Wenn sich Nechljudow seiner Liebe zu Katjuscha damals klar bewußt gewesen wäre und besonders, wenn man ihm einzureden versucht hätte, daß er sein Schicksal unmöglich mit einem Mädchen niederen Standes verknüpfen könne und dürfe, dann hätte ihn dies infolge seiner in allem geradlinigen Denkart leicht zu dem Schluß bringen können, daß es keinerlei Gründe und Umstände gäbe, die ihn von der Heirat mit einem Mädchen abzuhalten vermöchten, wenn er es nur richtig liebte. Die alten Damen verrieten ihm indessen nichts von ihren Befürchtungen, und er reiste schließlich ab, ohne sich seiner Liebe zu Katjuscha bewußt geworden zu sein.

Er war überzeugt, daß das, was er für Katjuscha empfand, nur eine der Auswirkungen der Lebensfreude sei, die damals sein ganzes Wesen erfüllte und die von diesem lieben, fröhlichen jungen Mädchen geteilt wurde. Erst bei seiner Abreise, als Katjuscha mit den Tanten vor der Haustür stand und ihm, während er sich zum Wagen begab, aus ihren leicht schielenden schwarzen, jetzt tränenfeuchten Augen nachblickte, fühlte er, daß er etwas Schönes, Kostbares zurücklasse, das sich nie wiederholen werde. Und ihm wurde weh ums Herz.

„Lebe wohl, Katjuscha, hab Dank für alles!" rief er ihr über das Häubchen Sofja Iwanownas hinweg zu, als er sich in den Wagen setzte.

„Leben Sie wohl, Dmitri Iwanowitsch!" rief sie, mühsam die Tränen zurückhaltend, mit ihrer klangvollen, einschmeichelnden Stimme zurück und lief in den Flur, wo sie ungehemmt weinen konnte.

13

In den folgenden drei Jahren traf Nechljudow nicht wieder mit Katjuscha zusammen. Er sah sie erst wieder, als er, eben erst zum Offizier befördert, auf der Durchreise zur Front bei seinen Tanten einkehrte – nunmehr ein völlig anderer Mensch als jener, der vor drei Jahren den Sommer bei ihnen verlebt hatte.

Damals war er ein ehrlicher, selbstlos denkender Jüngling gewesen, bereit, einer guten Sache jedes Opfer zu bringen; jetzt war er ein demoralisierter, raffinierter, einzig auf seinen Genuß bedachter Egoist. Damals war ihm die Welt Gottes voller Geheimnisse erschienen, die er mit Lust und Begeisterung zu enträtseln suchte; jetzt schien ihm auf Erden alles höchst einfach, klar und von den Bedingungen bestimmt zu sein, unter denen er lebte. Damals hatte er die Verbundenheit mit der Natur sowie die geistige Gemeinschaft mit großen Denkern – Philosophen und Dichtern –, die vor ihm gelebt hatten, für notwendig und wichtig gehalten; jetzt hielt er nur die von Menschen geschaffenen Einrichtungen und den Verkehr mit seinen Kameraden für notwendig und wichtig. Damals hatte er in Frauen geheimnisvolle, liebreizende, gerade durch das Geheimnisvolle liebreizende Geschöpfe gesehen; jetzt hatte er über Frauen, über alle Frauen, ausgenommen seine weiblichen Familienangehörigen und die Gattinnen seiner Freunde, eine ganz bestimmte Ansicht: sie waren das beste, bereits erprobte Mittel, sich Genuß zu verschaffen. Damals war er nie in Geldverlegenheit gewesen, hatte er nicht einmal den dritten Teil des ihm von seiner Mutter ausgesetzten Betrages verbraucht und auf das vom Vater ererbte Gut verzichtet und es den Bauern übereignet; jetzt kam er nicht einmal mit den tausendfünfhundert Rubeln aus, die er monatlich von der Mutter erhielt, mit der er deswegen schon unerquickliche Auseinandersetzungen gehabt hatte. Damals hatte er sein geistiges Wesen für sein eigentliches Ich gehalten; jetzt hatte für ihn nur sein gesundes, lebenstüchtiges, animalisches Ich Geltung.

Und diese erschreckende Veränderung seines Wesens war nur darauf zurückzuführen, daß er den Glauben an sich selbst verloren hatte und dazu übergegangen war, anderen zu glauben. Daß er sich selbst untreu geworden und sich nun von anderen leiten ließ, lag aber daran, daß es ihm zu schwerfiel, nach seinen eigenen Überzeugungen zu leben, denn dann hätte er die an ihn herantretenden Fragen fast ausnahmslos nicht zugunsten, sondern gegen sein animalisches, auf leichte Freuden bedachtes Ich entscheiden müssen; ließ er sich hingegen von anderen leiten, dann gab es nichts zu entscheiden, dann war bereits alles entschieden, und zwar immer gegen sein geistiges und im Sinne seines animalischen Ich. Darüber hinaus war er, wenn er sich von seinen eigenen Überzeugungen leiten ließ, stets der abfälligen Kritik seiner Umgebung ausgesetzt, deren Billigung er dagegen fand, sofern er dem Beispiel anderer folgte.

Wenn er sich zum Beispiel Meditationen über Gott hingab, philosophische Werke las und Erörterungen über Gerechtigkeit,

Reichtum und Armut anstellte, dann hielten das alle in seiner Umgebung für unangebracht, ja zum Teil sogar für lächerlich, und seine Mutter und die Tanten nannten ihn mit gutmütigem Spott notre cher philosophe; wenn er hingegen Romane las, schlüpfrige Anekdoten erzählte, sich im Französischen Theater amüsante Possen ansah und angeregt ihren Inhalt wiedergab, dann wurde er allerseits gelobt und zur Fortsetzung dieser Lebensweise ermuntert. Wenn er es für angebracht hielt, seine Bedürfnisse einzuschränken, einen alten Mantel trug und keinen Wein trank, dann hielten ihn alle für einen Sonderling, der sich durch Originalität hervortun wollte; gab er hingegen große Summen für die Jagd oder für eine ungewöhnlich luxuriöse Ausstattung seines Arbeitszimmers aus, dann lobten alle seinen Geschmack und steuerten kostbare Geschenke bei. Solange er seine Keuschheit bewahrte und sie auch bis zur Ehe zu bewahren gedachte, fürchteten seine Angehörigen für seine Gesundheit, und selbst seine Mutter zeigte sich eher erfreut denn betrübt, als ihr zu Ohren kam, daß er ein richtiger Mann geworden war, indem er einem seiner Kameraden eine Französin abspenstig gemacht hatte. An die Episode ihres Sohnes mit Katjuscha hingegen und an die Möglichkeit, er könnte auf den Gedanken kommen, sie zu heiraten, vermochte die Fürstin nicht ohne Entsetzen zu denken.

Auch damals, als Nechljudow, nachdem er volljährig geworden war, das vom Vater geerbte Gut den Bauern übereignete, weil er privaten Grundbesitz für ungerecht hielt, hatte diese Handlungsweise seine Mutter und alle Familienangehörigen in Schrecken versetzt und war zu einem ständigen Anlaß für Vorhaltungen und Spötteleien der ganzen Verwandtschaft geworden. Man lag ihm unaufhörlich damit in den Ohren, daß die mit Land bedachten Bauern dadurch keineswegs zu Wohlstand gekommen, sondern im Gegenteil verarmt seien, weil sie bei sich im Dorf drei Schenken eingerichtet hatten und überhaupt nicht mehr arbeiteten. Als er aber nach dem Eintritt in die Garde mit seinen vornehmen Regimentskameraden so große Summen verjubelte und beim Spiel verlor, daß sich Jelena Iwanowna genötigt sah, Kapital anzugreifen, war sie gar nicht sonderlich bekümmert, sondern hielt es für ganz natürlich und sogar für gut, daß eine solche Art Schutzimpfung bereits in der Jugend und in guter Gesellschaft vorgenommen wurde.

Anfangs hatte Nechljudow für seine Überzeugungen gekämpft, doch dieser Kampf war zu schwer, weil alles, was er seinen Überzeugungen nach für gut hielt, von den anderen für schlecht gehalten wurde, und umgekehrt alles, was seinen Überzeugungen nach schlecht war, bei seiner ganzen Umgebung auf Billigung stieß. Es endete damit, daß Nechljudow sich geschlagen gab, an seinen Überzeugungen irre wurde und anderen Menschen Glauben schenkte. In der ersten Zeit bedrückte es ihn, sich selbst untreu geworden zu sein, doch hielt das bedrückende Gefühl nicht lange an; sehr bald schon – er begann zu jener Zeit auch zu rauchen und zu trinken – war er keineswegs mehr bedrückt, sondern im Gegenteil erleichtert.

Von nun an gab sich Nechljudow mit der ganzen Leidenschaftlichkeit seiner Natur diesem neuen, von allen Menschen seiner Umgebung gebilligten Leben hin und erstickte in seinem Innern gänzlich die Stimme, die etwas anderes forderte. Diese Lebensweise begann mit seiner Übersiedelung nach Petersburg und erreichte ihren Höhepunkt bei seinem Eintritt ins Militär.

Der Militärdienst demoralisiert die Menschen überhaupt, indem er den Offizieren völligen Müßiggang aufzwingt, das heißt sie jeglicher vernünftigen und nützlichen Betätigungsmöglichkeit beraubt, sie von allen allgemeingültigen menschlichen Verpflichtungen befreit und an deren Stelle nur die Wahrnehmung der bedingten Ehre des Regiments, der Uniform und der Fahne setzt, wobei er ihnen einerseits unbeschränkte Macht über andere Menschen verleiht, sie andererseits aber zu sklavischer Unterwürfigkeit gegen Vorgesetzte zwingt.

Doch wenn zu dieser ohnehin demoralisierenden Wirkung des Militärdienstes mit seinen Ehrbegriffen in bezug auf Uniform und Fahne, mit der Erlaubnis zu Gewalttätigkeiten und Mord auch noch die demoralisierende Wirkung des Reichtums, der Nähe und des Umgangs mit Mitgliedern der Zarenfamilie hinzukommt, wie es bei den exklusiven Garderegimentern der Fall ist, deren Offizierskorps sich ausschließlich aus reichen und vornehmen Leuten zusammensetzt, dann artet die Demoralisierung bei den Menschen, die ihr preisgegeben sind, vollends zu einem wahnwitzigen Egoismus aus. Von einem solchen wahnwitzigen Egoismus war auch Nechljudow beherrscht, seitdem er dem Militär angehörte und das gleiche Leben führte wie seine Kameraden.

Ein Offizier hatte nichts weiter zu tun, als in einer tadellos sitzenden, von anderen Leuten genähten und gesäuberten Uniform, angetan mit Helm und Waffen, die ebenfalls von anderen hergestellt, geputzt und ihm gereicht waren, auf einem prächtigen, wiederum nicht von ihm selbst, sondern von anderen aufgezogenen, eingerittenen und gefütterten Pferd zusammen mit seinen Kameraden auf den Exerzierplatz oder zu einer Parade zu reiten, über den Platz zu sprengen, den Säbel zu schwingen, zu schießen und andern Menschen dasselbe beizubringen. Eine andere Beschäftigung gab es für Offiziere nicht, und die allerhöchsten Persönlichkeiten, junge und alte, der Zar und die Angehörigen seiner nächsten Umgebung, billigten eine solche Tätigkeit nicht nur, sondern lobten sie und zollten ihr Beifall. Anschließend an diese Beschäftigung galt es für Offiziere als gut und wichtig, sich zum Essen und vor allem zum Trinken in die Offiziersklubs oder in die teuersten Restaurants zu begeben und dort mit Geld um sich zu werfen, das ihnen ständig aus unsichtbaren Quellen zufloß. Dann besuchte man Theater, Bälle, man amüsierte sich mit Frauen, und am nächsten Tag wiederholte sich genau dasselbe: es wurde wiederum geritten, der Säbel geschwungen, über den Platz galoppiert, Geld in Mengen ausgegeben, Wein getrunken, Karten gespielt, geflirtet.

Diese Lebensweise wirkt auf Offiziere um so mehr demoralisierend, als ein Zivilist, der ein solches Leben führt, nicht umhinkönnte, sich dessen bis in die Tiefe seiner Seele zu schämen. Offiziere dagegen halten eine derartige Lebensführung für ganz in Ordnung, brüsten sich damit und sind, namentlich in Kriegszeiten, stolz darauf, was auch auf Nechljudow zutraf, der sich nach der Kriegserklärung an die Türkei zum Heeresdienst gemeldet hatte. – Wir sind bereit, im Krieg unser Leben zu opfern, deshalb ist es nicht nur verzeihlich, sondern für uns geradezu notwendig, daß wir dieses unbekümmerte, fröhliche Leben führen. Und so führen wir es eben.

Ungefähr so dachte auch Nechljudow während jenes Abschnitts seines Lebens. Er genoß immer wieder aus vollen Zügen das Gefühl, von den Schranken befreit zu sein, die er sich in moralischer Hinsicht früher selbst gesetzt hatte, und war dauernd von einem an Wahnsinn grenzenden Egoismus beherrscht.

In einer solchen Verfassung befand er sich auch, als er nach drei Jahren wieder seine Tanten besuchte.

14

Zu dem Besuch der Tanten hatte sich Nechljudow entschlossen, weil ihr Gut auf dem Weg zu seinem schon vorher ausgerückten Regiment lag und die alten Damen ihn sehr darum gebeten hatten, vor allem aber, um Katjuscha wiederzusehen. Vielleicht hegte er schon im Grunde seines Herzens gegen Katjuscha schlechte Absichten, die ihm sein inzwischen entfesseltes animalisches Ich eingeflüstert hatte, doch war er sich dieser Absichten nicht bewußt, sondern er wollte einfach wieder jene Stätten aufsuchen, an denen er sich wohl gefühlt hatte, seine ein wenig komischen, doch herzensguten Tanten wiedersehen, die ihn ganz unauffällig stets mit einer von Liebe und Bewunderung erfüllten Atmosphäre umgaben, und zugleich auch der reizenden Katjuscha wieder begegnen, an die er eine so angenehme Erinnerung bewahrte.

Er kam Ende März an, am Karfreitag, als die Wege schon völlig aufgeweicht waren und es gerade in Strömen goß, so daß er bei seiner Ankunft zwar bis auf die Haut durchnäßt und durchfroren, aber dennoch frisch und frohen Mutes war, wie er es zu jener Zeit immer zu sein pflegte. Ob sie überhaupt noch bei ihnen ist? ging es ihm durch den Kopf, als er in den vertrauten, von einer Backsteinmauer eingefaßten und mit den vom Dach abgerutschten Schneemassen überschütteten altertümlichen Gutshof seiner Tanten einfuhr. Er erwartete, daß Katjuscha, auf das Schellengeläut seines Wagens aufmerksam geworden, aus dem Haus gestürzt kommen werde; doch nur aus der zu den Gesinderäumen führenden Tür kamen zwei barfüßige Frauen mit aufgeschürzten Röcken und mit Eimern in den Händen, die offenbar die Fußböden gescheuert hatten. Auch vor dem Hauptportal war nichts von ihr zu sehen; von dort kam ihm nur der Diener Tichon entgegen, dessen Schürze darauf hindeutete, daß auch er mit Hausputz beschäftigt war. Im Vorraum kam Nechljudow dann Sofja Iwanowna entgegen, im seidenen Kleid und mit einem Häubchen auf dem Kopf.

„Das ist aber lieb von dir, daß du gekommen bist!“ sagte Sofja Iwanowna, als sie ihn zur Begrüßung küßte. „Maschenka fühlt sich nicht ganz wohl, sie ist in der Kirche müde geworden. Wir waren zum Abendmahl.“

„Möge es Ihnen gut gehen, Tante Sonja“, erwiderte Nechljudow und küßte ihr die Hände. „Verzeihen Sie, ich habe Sie ganz naß gemacht.“

„Geh in dein Zimmer. Du bist wirklich ganz durchnäßt. Und einen Schnurrbart hast du auch schon ... Katjuscha! Katjuscha! Schnell Kaffee für ihn!“

„Sofort!“ ertönte aus dem Flur die ihm bekannte angenehme Stimme, und sein Herz zuckte freudig.

Sie ist da! Es war ihm, als hätte die Sonne plötzlich die Wolken durchbrochen. In beste Stimmung versetzt, folgte er Tichon in sein früheres Zimmer, um sich umzukleiden.

Er hätte sich bei Tichon gern wegen Katjuscha erkundigt – wie es ihr gehe, was sie mache, ob sie nicht zu heiraten gedenke. Doch Tichon hatte eine so ehrerbietige, strenge Miene aufgesetzt und bestand so hartnäckig darauf, ihm selber das Wasser über dem Waschbecken auf die Hände zu gießen, daß Nechljudow sich nicht entschließen konnte, nach Katjuscha zu fragen, und ihn nur nach seinen Enkeln, nach dem alten braven Hengst und nach dem Hofhund Polkan fragte. Alle waren noch am Leben und gesund, bis auf Polkan, der im vorigen Jahr tollwütig geworden war.

Nachdem Nechljudow alles nasse Zeug abgelegt hatte und gerade im Begriff war, sich frisch anzuziehen, vernahm er im Flur schnelle Schritte, und gleich darauf wurde an die Tür geklopft. Er erkannte die Schritte und auch das Klopfen. Dieser Gang und diese Art zu klopfen waren nur ihr eigen.

Er warf sich den nassen Mantel über die Schultern und ging zur Tür.

„Herein!"

Ja, es war Katjuscha. Immer noch dieselbe, nur noch reizender als früher. Ebenso wie früher senkte sie ein wenig den Kopf, wenn sie mit dem naiven Ausdruck ihrer leicht schielenden schwarzen Augen lächelnd zu ihm aufblickte; ebenso wie früher hatte sie eine saubere weiße Schürze um. Sie brachte von den Tanten ein eben erst ausgepacktes Stück duftender Seife und zwei Handtücher: ein großes russisches und ein Frottiertuch. Die noch unbenutzte Seife mit eingepreßter Schrift, die Handtücher und sie selbst – alles machte den angenehmen Eindruck von Sauberkeit, Frische und Unberührtheit. Ihre festen, schön geschwungenen roten Lippen verzogen sich ebenso wie früher bei seinem Anblick zu einem unaufhaltsamen freudigen Lächeln.

„Willkommen, Dmitri Iwanowitsch!" stieß sie mühsam hervor und wurde über und über rot.

„Sei . . . seien Sie gegrüßt", verbesserte sich Nechljudow, der nicht recht wußte, ob er sie mit Du oder mit Sie anreden sollte, und wurde ebenso rot wie Katjuscha. „Immer wohlauf und gesund?"

„Ja, gottlob . . . Hier schickt Ihnen Sofja Iwanowna ein Stück Rosenseife, die Sie doch so gern haben", sagte sie, während sie die Seife auf den Tisch und die Handtücher über die Armlehne eines Sessels legte.

„Der gnädige Herr hat alles selber", bemerkte Tichon, auf die Selbständigkeit des Gastes hinweisend, und zeigte stolz auf Nechljudows großes und offen daliegendes, silberbeschlagenes Reisenecessaire mit den unzähligen Fläschchen, Bürsten, Pomaden, Parfüms und allem möglichen Toilettenzubehör.

„Bestellen Sie meiner Tante, ich ließe sehr danken. Ich bin ja so froh, hergekommen zu sein!" sagte Nechljudow und fühlte, daß ihm ums Herz ebenso licht und wohl wurde wie früher.

Katjuscha antwortete hierauf nur mit einem Lächeln und zog sich wieder zurück.

Die Tanten, die Nechljudow von jeher ins Herz geschlossen hatten, empfingen ihn diesmal noch herzlicher als sonst. Dmitri fuhr an die Front, wo er verwundet oder gar getötet werden konnte. Das rührte die alten Damen.

Ursprünglich hatte Nechljudow in seinem Reiseplan nur einen Aufenthalt von vierundzwanzig Stunden bei den Tanten vorgemerkt; doch nach dem Wiedersehen mit Katjuscha willigte er ein, zwei Tage zuzulegen und auch den Ostersonntag bei ihnen zu verbringen. Seinen Regimentskameraden und Freund Schönbock, mit dem er eigentlich in Odessa zusammentreffen wollte, forderte er telegraphisch auf, ebenfalls herzukommen.

Gleich am ersten Tag seines Wiedersehens mit Katjuscha empfand Nechljudow das frühere Gefühl für sie. Ebenso wie damals konnte er nicht ohne innere Erregung ihre weiße Schürze sehen, konnte nicht ohne Freude ihre Schritte, ihre Stimme, ihr Lachen hören, konnte nicht ohne Rührung in ihre schwarzen Augen blicken, die, besonders wenn sie lachte, wie feuchte schwarze Johannisbeeren glänzten, und konnte vor allem nicht, ohne verwirrt zu werden, sehen, wie sie bei jeder Begegnung mit ihm errötete. Er fühlte, daß er verliebt war, doch nicht auf dieselbe Art wie früher; früher war die Liebe für ihn von Geheimnissen umwittert gewesen, er hatte sich selbst nicht einzugestehen gewagt, daß er liebte, und war überzeugt gewesen, man könne nur einmal im Leben lieben. Jetzt war er verliebt, wußte es und freute sich darüber und ahnte dunkel, obwohl er es vor sich verbarg, worin die Liebe bestand und was sich daraus ergeben konnte.

In Nechljudow lebten, wie in allen Menschen, zwei verschiedene Wesen. Das eine – sein geistiges Ich – erstrebte für sich nur solcherart Gutes, das auch anderen Menschen zum Wohle gereichen würde; das andere – sein animalisches Ich – war einzig auf das eigene Wohl bedacht und bereit, diesem das Wohl der ganzen übrigen Welt zu opfern. In dieser Periode seiner wahnwitzigen Selbstsucht, hervorgerufen durch das Leben in Petersburg und beim Militär, hatte das animalische Wesen in ihm die Herrschaft an sich gerissen und das geistige Wesen völlig unterdrückt. Nach dem Wiedersehen mit Katjuscha jedoch, als sein früher für sie empfundenes Gefühl wieder wach wurde, da erhob das geistige Wesen das Haupt und begann, auf seine Rechte zu pochen. An diesen zwei Tagen bis zum Osterfest spielte sich daher in Nechljudows Innern, unbewußt für ihn selbst, ein ununterbrochener Kampf ab.

Im Grunde seines Herzens wußte er, daß er hätte abreisen müssen, daß es keinen Grund gab, noch länger bei den Tanten zu verweilen, und daß dies zu nichts Gutem führen könne; doch ihm war so wohl, so warm ums Herz, daß er den Gedanken unterdrückte und eine sofortige Abreise unterließ.

Am Samstagabend erschienen der Pope, der Diakon und ein Vorsänger, die, wie sie erzählten, auf den drei Werst von der Kirche bis zum Gutshaus in ihrem Schlitten nur mit Mühe und Not durch die Pfützen und über die vom Schnee entblößte Erde vorwärts gekommen waren, um vor dem heiligen Osterfest auf dem Gut die Frühmesse abzuhalten.

Nechljudow, der zusammen mit seinen Tanten und dem Hauspersonal dem ganzen Gottesdienst stehend beiwohnte, blickte unausgesetzt zu Katjuscha hinüber, die das Weihrauchbecken gebracht hatte und an der Tür stehengeblieben war. Als er dann mit dem Priester und den Tanten den Osterkuß getauscht hatte und – schon im Begriff, sich für die Nacht zurückzuziehen – die Vorbereitungen wahrnahm, die Matrjona Pawlowna, das alte Stubenmädchen Marja Iwanownas, im Flur traf, um zusammen mit Katjuscha in die Kirche zu gehen und dort die Osterkuchen weihen zu lassen, beschloß er sofort, sich ebenfalls in die Kirche zu begeben.

Da auf dem aufgeweichten Weg zur Kirche weder im Wagen noch im Schlitten vorwärts zu kommen war, ließ sich Nechljudow, der bei den Tanten wie zu Hause schaltete und waltete, kurzerhand den alten Hengst satteln, zog, anstatt schlafen zu gehen, seine glänzende Uniform mit den straff anliegenden Reithosen und den Offiziersmantel an und ritt auf dem dick und schwerfällig gewordenen und unaufhörlich wiehernden Gaul in der Dunkelheit durch Pfützen und Schneematsch zur Kirche.

15

Die Frühmesse prägte sich ihm fürs ganze Leben als eine der lichtesten und eindrucksvollsten Erinnerungen ein.

Als er in der stockfinsteren, nur hie und da von schimmerndem Schnee etwas erhellten Nacht auf seinem mühsam durch den Schlamm watenden und beim Anblick der rings um die Kirche brennenden Öllämpchen die Ohren spitzenden Gaul vor der Kirche anlangte, hatte der Gottesdienst bereits begonnen.

Einige Bauern, die in ihm den Neffen Marja Iwanownas erkannten, führten das Pferd an einen verhältnismäßig trockenen Platz, wo er absitzen konnte, banden es an und geleiteten ihn in die von einer festlich gestimmten Menge überfüllte Kirche.

Rechter Hand standen die Männer: die alten in hausgefertigten Bauernröcken, Bastschuhen und sauberen weißen Fußlappen, die jüngeren in hohen Stiefeln und neuen, von grellfarbenen Gürteln zusammengehaltenen Tuchröcken. Linker Hand standen die Frauen in rotseidenen Kopftüchern, Samtmiedern mit grellroten Ärmeln, blauen, grünen oder roten Röcken und eisenbeschlagenem Schuhzeug. Hinter ihnen sah man bescheiden alte Mütterchen in weißen Kopftüchern, grauen Kitteln, altertümlichen Faltenröcken und in Lederschuhen oder neuen Bastschuhen; zwischen den Frauen standen feiertagsmäßig angezogene Kinder mit eingefettetem Haar. Die Männer warfen das Haar zurück, wenn sie das Kreuz schlugen und sich verneigten; die Frauen, besonders die alten, hefteten die mit der Zeit glanzlos gewordenen Augen auf das eine oder andere der von brennenden Kerzen umgebenen Heiligenbilder, drückten beim Bekreuzigen die fest zusammengepreßten Finger andächtig auf das Tuch über der Stirn, auf die Schultern und den Leib und murmelten etwas, bevor sie sich stehend verneigten oder niederknieten. Die Kinder ahmten die Erwachsenen nach und beteten eifrig, wenn sie sich beobachtet fühlten. Der goldene Ikonostas leuchtete im Widerschein der ringsum aufgestellten goldumrankten hohen Kerzen; der Kronleuchter strahlte im Lichterglanz, und von der Empore des Chores erklang der Jubelgesang der freiwilligen

Sänger, in dem dröhnende Bässe mit dem Diskant heller Knabenstimmen verschmolzen.

Nechljudow ging nach vorn. In der Mitte hatte die Aristokratie Aufstellung genommen: ein Gutsbesitzer mit seiner Frau und einem Sohn in Matrosenbluse, der Landpolizeihauptmann, der Telegraphenbeamte, ein Kaufmann in hohen Schaftstiefeln, der Dorfälteste mit einer Medaille auf der Brust, und rechts vom Lesepult, hinter der Gutsbesitzerin, standen Matrjona Pawlowna in einem schillernden lila Kleid und einem von einer Bordüre eingefaßten weißen Schal und Katjuscha in einem weißen, in der Taille in Falten gelegten Kleid mit blauem Gürtel und mit einer roten Schleife im schwarzen Haar.

Alles war festlich, feierlich, erbaulich und schön: die Priester in ihren silbernen, mit einem goldenen Kreuz geschmückten Soutanen, der Diakon und die Vorsänger in feiertagsmäßigen silbernen und goldenen Chorgewändern, die freiwilligen Sänger im Sonntagsstaat und mit pomadisiertem Haar, die fröhlichen Melodien der festlichen Lieder, das unausgesetzte Segnen der Menge durch die Priester mit drei blumengeschmückten Kerzen und die sich ständig wiederholenden Ausrufe: „Christus ist auferstanden! Christus ist auferstanden!" Alles war wunderschön, doch am allerschönsten war Katjuscha in ihrem weißen Kleid mit blauem Gürtel, mit der roten Schleife im schwarzen Haar und den vor Begeisterung leuchtenden Augen.

Nechljudow fühlte, daß sie ihn, ohne sich zu ihm umzuwenden, sah. Er bemerkte es, als er auf dem Wege zum Altar dicht an ihr vorbeikam. Obgleich er ihr nichts auszurichten hatte, flüsterte er ihr auf gut Glück im Vorbeigehen zu: „Meine Tante läßt sagen, daß sie zur Beendigung der Fasten ein Fleischgericht nach der Spätmesse zu sich nehmen will."

Wie immer, wenn sie mit ihm zusammentraf, ergoß sich ihr junges Blut über das ganze reizende Gesicht. Und den Kopf leicht senkend, blickte sie mit ihren schwarzen, vor Freude strahlenden Augen zu ihm auf.

„Ich weiß", antwortete sie lächelnd.

Ein Diakon, der sich in diesem Augenblick mit einem Kupfergefäß in den Händen durch die Menge drängte, streifte Katjuscha im Vorbeigehen versehentlich mit dem Saum seines Chorhemdes. Offenbar aus Ehrerbietung vor Nechljudow war er diesem ausgewichen und hatte dabei, ohne es selber zu bemerken, Katjuscha gestreift. Nechljudow indes wunderte es, wie dieser Diakon nicht begreifen konnte, daß alles ringsum, ja in der ganzen Welt einzig und allein für Katjuscha da war und daß man alles in der Welt achtlos behandeln mochte außer Katjuscha, die den Mittelpunkt des Ganzen darstellte. Um ihretwillen glänzte das Gold des Ikonostas und brannten all die Kerzen im Kronleuchter und in den Kandelabern, um ihretwillen erklangen die Jubelgesänge: „Der Herr ist auferstanden, freuet euch, ihr Menschen!" Und alles, was immer es Gutes in der Welt gab, war einzig für sie da. Auch Katjuscha selbst, so schien es Nechljudow, begriff offenbar, daß alles ringsum nur für sie bestimmt war. Das erschien ihm so, wenn er den Blick auf ihre schlanke Gestalt in dem weißen, gerafften Kleid und auf ihr strahlendes Gesicht richtete, an dessen konzentriertem Ausdruck er zu erkennen glaubte, daß genau dasselbe, was in seinem Herzen jubelte, auch das ihre erfüllte.

In der Pause zwischen der Früh- und der Spätmesse begab sich Nechljudow vor das Kirchenportal. Die Menge machte ihm den Weg frei und verneigte sich vor ihm. Die einen erkannten ihn, andere erkundigten sich, wer er sei. Auf der Treppe oben blieb er stehen. Von Bettlern umringt, verteilte er unter sie das ganze Kleingeld, das er bei sich hatte, und ging dann die Stufen hinunter.

Es war mittlerweile so weit hell geworden, daß man ringsum alles erkennen konnte, aber die Sonne ging noch nicht auf. An den die Kirche umgebenden Grabstätten kauerten überall Menschen. Katjuscha war noch in der Kirche geblieben, und Nechljudow blieb stehen, um auf sie zu warten.

Unterdessen kamen immer mehr Leute aus der Kirche, sie gingen, laut mit ihren eisenbeschlagenen Stiefeln polternd, die Stufen hinunter und zerstreuten sich auf dem Platz vor der Kirche oder auf dem Friedhof.

Ein weißhaariger Greis, der Zuckerbäcker Marja Iwanownas, kam mit zitterndem Kopf auf Nechljudow zu, um mit ihm den

Osterkuß zu tauschen, während seine Frau, ein altes Mütterchen mit runzliger Kehle unter dem seidenen Kopftuch, ihrem Bündel ein goldgelb gefärbtes Ei entnahm und es Nechljudow reichte. Zugleich trat lächelnd ein stämmiger junger Bauer in einem Kittel mit grünem Gürtel heran.

„Christus ist auferstanden!" sagte er, indem er Nechljudow seine frischen vollen Lippen entgegenstreckte, ihn mit einem Hauch angenehmen, typisch bäuerlichen Geruchs umfing und ihn, mit seinem krausen Bart kitzelnd, dreimal auf den Mund küßte.

Noch während Nechljudow mit dem Bauern Küsse tauschte und von ihm ein dunkelbraunes Ei entgegennahm, erblickte er das schillernde Kleid Matrjona Pawlownas und daneben das reizende Köpfchen Katjuschas mit der roten Schleife im schwarzen Haar.

Sie entdeckte ihn sofort über die Köpfe der vor ihr gehenden Leute hinweg, und er sah, wie sich ihr Gesicht verklärte.

Matrjona Pawlowna und Katjuscha blieben vor dem Kirchenportal stehen und verteilten Almosen unter die Armen. Ein Bettler, in dessen Gesicht sich an Stelle der Nase eine verkrustete rote Narbe abzeichnete, trat an Katjuscha heran. Nachdem sie etwas aus ihrem Bündel genommen und es ihm gegeben hatte, beugte sie sich zu ihm hinüber und tauschte mit ihm, ohne sich im geringsten zu ekeln, nein, mit unverändert strahlenden Augen dreimal einen Kuß. Während sie den Bettler küßte, begegneten ihre Augen dem Blick Nechljudows. Es schien, als wollte sie fragen: Ist es recht, was ich tue?

Es ist recht, es ist recht, Liebste, alles ist gut und schön, und ich hab dich so lieb!

Sie kam mit Matrjona Pawlowna auf den Platz vor der Kirche, und Nechljudow gesellte sich zu ihnen. Ihn trieb nicht die Absicht, mit ihnen den Osterkuß zu tauschen, sondern einfach der Wunsch, in Katjuschas Nähe zu sein.

„Christus ist auferstanden!" sagte da Matrjona Pawlowna mit einem verschmitzten Lächeln, als wollte sie damit andeuten, daß es heute keine Standesunterschiede gäbe; zugleich wischte sie sich mit dem in der Hand zusammengeknüllten Taschentuch den Mund ab und hielt ihm ihre Lippen hin.

„In Wahrheit auferstanden“, antwortete Nechljudow und küßte sie.

Er wandte sich nach Katjuscha um. Sie wurde feuerrot und trat zugleich dicht an ihn heran.

„Christus ist auferstanden, Dmitri Iwanowitsch!“

„In Wahrheit auferstanden“, erwiderte Nechljudow. Sie küßten einander zweimal, zauderten einen Augenblick, als überlegten sie, ob sie fortfahren sollten, und küßten sich – gleichsam zu dem Schluß gekommen, daß es so nötig sei – ein drittes Mal. Beide lächelten.

„Wollen Sie nicht in die Kirche zurückgehen?“ fragte Nechljudow.

„Nein, Dmitri Iwanowitsch, wir setzen uns lieber hier ein Weilchen hin“, antwortete Katjuscha, wie nach einer mit Freuden geleisteten Arbeit aus voller Brust schwer atmend, und blickte ihm dabei mit ihren leicht schielenden, Demut und Liebe ausdrückenden Augen offen an.

In der Liebe zwischen einem Mann und einer Frau tritt immer ein Augenblick ein, in dem die Liebe ihren Höhepunkt erreicht und aller Vernunftsgründe, Erwägungen und Sinnlichkeit bar ist. Einen solchen Augenblick erlebte Nechljudow in jener Nacht vor dem Ostersonntag, an dem die Auferstehung Christi gefeiert wird. Wenn er jetzt an Katjuscha zurückdachte, überdeckte die Erinnerung an das Zusammensein mit ihr in der Osternacht alle anderen mit ihr verbundenen Erinnerungen. Ihr Köpfchen mit dem glatt anliegenden, glänzend schwarzen Haar, das in Falten gelegte weiße Kleid, das keusch ihre schlanke Figur und den jungfräulich zarten Busen umschloß, die rosigen Wangen, der zärtliche Blick ihrer glänzenden, nach der schlaflosen Nacht ein wenig stärker schielenden schwarzen Augen und vor allem ein Zug, der ihrem ganzen Wesen das Gepräge gab: die Reinheit ihrer jungfräulichen Liebe, die sie – das wußte er – nicht nur für ihn, nicht nur für alles Gute und Schöne auf Erden empfand, sondern auch für den Bettler, den sie geküßt hatte, alles dies wurde in seinem Gedächtnis wieder wach.

Weil er eine solche Liebe in jener Nacht, an jenem Morgen selbst ausgekostet und gespürt hatte, wußte er, daß auch sie von ihr beseelt gewesen war, daß er mit ihr in dieser Liebe zu einer Einheit verschmolzen gewesen war.

Ach, wenn es bei jenem Gefühl geblieben wäre, das er in jener Nacht empfunden hatte! All das Schreckliche hat sich ja erst im Anschluß an jene lichte Osternacht zugetragen! dachte Nechljudow, während er im Geschworenenzimmer am Fenster saß.

16

Nach der Rückkehr aus der Kirche nahm Nechljudow zusammen mit seinen Tanten den zum Abschluß der Fastenzeit üblichen Imbiß zu sich und trank dazu, wie er es sich beim Regiment angewöhnt hatte, zur Kräftigung ein paar Schnäpse und Wein; dann ging er in sein Zimmer und schlief, ohne sich erst auszukleiden, auf der Stelle ein. Geweckt wurde er durch ein Klopfen an der Tür. An der Art des Klopfens erkannte er, daß sie es war; er richtete sich auf, rieb sich die Augen und reckte die Glieder.

„Katjuscha, bist du's? Komm herein!" rief er und sprang aus dem Bett.

Sie öffnete einen Spalt weit die Tür.

„Sie möchten zum Essen kommen", sagte sie.

Sie hatte noch dasselbe weiße Kleid an, aber nicht mehr die Schleife im Haar. Als sie ihm in die Augen blickte, erstrahlte sie so, als hätte sie ihm eine außergewöhnlich freudige Nachricht überbracht.

„Ich komme gleich", antwortete er und griff nach dem Kamm, um sein Haar in Ordnung zu bringen.

Sie blieb noch einen Augenblick zögernd stehen. Er bemerkte ihr Zögern, warf den Kamm hin und ging auf sie zu. Doch nun drehte sie sich schnell um und eilte mit den ihr eigenen leichten, flinken Schritten über einen hanfleinenen Läufer den Korridor hinunter.

Ich Narr! dachte Nechljudow. Daß ich sie nicht zurückgehalten habe!

Er lief ihr nach und holte sie noch im Korridor ein.

Was er von ihr wollte, wußte er selber nicht. Doch er hatte das Gefühl, etwas versäumt zu haben, weil er, als sie zu ihm ins Zimmer kam, nicht das getan hatte, was jeder andere an seiner Stelle getan hätte.

„Katjuscha, einen Augenblick!" rief er ihr zu.

Sie wandte sich um.

„Was wünschen Sie?" fragte sie und blieb stehen.

„Nichts weiter, aber ..."

Er faßte sich ein Herz, dachte daran, wie alle anderen in einer solchen Situation handeln würden, und schlang den Arm um ihre Taille. Sie blickte ihm in die Augen.

„Nicht doch, Dmitri Iwanowitsch, nicht doch", sagte sie, bis zu den Haarwurzeln errötend, und schob mit ihrer rauhen, kräftigen Hand seinen Arm zurück.

Nechljudow gab sie frei, und für einen Augenblick fühlte er sich nicht nur unbeholfen und beschämt, sondern empfand geradezu Abscheu vor sich selbst. Er hätte sich von seinem Gefühl leiten lassen sollen, allein er begriff nicht, daß sich in dieser Beklommenheit und Scham die besten Eigenschaften seiner Seele offenbarten und nach außen drängten, sondern glaubte, sie seien eine Folge seiner Dummheit, nicht ebenso wie andere zu handeln.

Er lief ihr nochmals nach, umschlang sie und küßte sie auf den Hals. Dieser Kuß war indes von anderer Art als die ersten beiden – jener, den er ihr einst ganz unvermittelt hinter dem Fliedergebüsch, und der andere, den er ihr heute morgen vor der Kirche gegeben hatte. Dieser Kuß bedeutete Schlimmes, und das fühlte auch Katjuscha.

„Was tun Sie?" rief sie so verzweifelt, als hätte er endgültig etwas unendlich Kostbares zerstört, und hastete davon.

Er begab sich ins Speisezimmer. Beide Tanten, festlich gekleidet, der Hausarzt und eine Nachbarin standen vor dem Tisch, auf dem verschiedener Imbiß aufgetragen war. In alldem lag nichts Aufregendes, doch in Nechljudow tobte ein Sturm. Er verstand nicht, was zu ihm gesagt wurde, antwortete zerstreut und dachte einzig an Katjuscha und an das, was er empfunden, als er sie vorhin im Korridor eingeholt und geküßt hatte. Sooft sie den Raum betrat, spürte er, ohne sie anzusehen, mit allen Fibern seines Seins ihre Anwesenheit, und es kostete ihn große Überwindung, nicht zu ihr hinzublicken.

Nach dem Essen begab er sich sofort in sein Zimmer und ging dort lange auf und ab, wobei er auf alle Geräusche im Haus horchte und auf das Ertönen ihrer Schritte wartete. Jenes animalische Wesen, das sich in seinem Innern barg, hatte jetzt nicht nur das Haupt erhoben, es hatte mit Füßen das geistige Wesen zerstampft, das er bei seinem ersten Besuch und selbst noch heute morgen in der Kirche gewesen war: es übte jetzt die alleinige Herrschaft über ihn aus. Obwohl er Katjuscha unablässig auflauerte, glückte es ihm während dieses ganzen Tages kein einziges Mal, sie allein anzutreffen. Offenbar ging sie ihm aus dem Weg. Gegen Abend brachte es indes ein Zufall mit sich, daß sie in dem Zimmer zu tun hatte, das neben dem von Nechljudow bewohnten lag. Der Doktor blieb zur Nacht, und Katjuscha mußte dort das Bett für ihn richten Als Nechljudow ihre Schritte hörte, schlich er ihr wie jemand, der ein Verbrechen im Sinne führt, auf Zehenspitzen und mit angehaltenem Atem ins Nebenzimmer nach.

Sie hatte beide Hände in den Kissenbezug gesteckt und hielt die Ecken des Kissens fest, als sie sich zu ihm umwandte und ihn lächelnd ansah; doch es war jetzt nicht wie früher ein fröhliches, freudiges Lächeln, sondern ein erschrockenes, schmerzliches. Dieses Lächeln schien ihm sagen zu wollen, daß das, was er vorhatte, schlecht sei. Einen Augenblick blieb er stehen. Noch bestand die Möglichkeit, gegen sich selbst anzukämpfen. Noch hörte er, wenn auch nur leise, in seinem Innersten die Stimme der reinen Liebe zu ihr, die ihm von *ihr*, von *ihren* Gefühlen, von *ihrem* Glück sprach. Aber eine andere Stimme sagte: Sieh zu, daß du dir nicht *deinen* Genuß, *dein* Glück entgehen läßt! Und diese zweite Stimme erstickte die erste. Er ging entschlossen auf Katjuscha zu. Das böse, nicht zu bändigende animalische Gefühl in ihm hatte ihn überwältigt.

Ohne sie aus den Armen zu lassen, zwang er Katjuscha, sich aufs Bett zu setzen, und setzte sich, in dem Gefühl, daß er nun weiter handeln müsse, neben sie.

„Dmitri Iwanowitsch, Herzensguter, lassen Sie mich doch bitte", stammelte sie mit flehender Stimme. „Matrjona Pawlowna kommt!" schrie sie auf, als jetzt draußen Schritte laut wurden, und riß sich von ihm los.

„Dann komme ich in der Nacht zu dir!" raunte ihr Nechljudow zu. „Du schläfst doch allein?"

„Wo denken Sie hin? Um keinen Preis! Das geht nicht", widersprach sie; aber ihr ganzes erregtes und verwirrtes Wesen besagte etwas anderes als das, was ihr über die Lippen kam.

Es war wirklich Matrjona Pawlowna, deren Schritte man im Flur gehört hatte. Sie kam mit einer Bettdecke über dem Arm ins Zimmer, warf Nechljudow einen vorwurfsvollen Blick zu und erteilte Katjuscha einen strengen Verweis, weil sie eine falsche Decke genommen hatte.

Nechljudow ging schweigend hinaus. Er schämte sich nicht einmal. An Matrjona Pawlownas Gesichtsausdruck merkte er, daß sie ihn verurteilte, er sah auch ein, daß sie es mit Recht tat und daß alles, was er im Sinn führte, schlecht sei; doch das animalische Wesen in ihm, das sich vom Zwang seiner früheren reinen Liebe zu Katjuscha befreit hatte, beherrschte ihn jetzt ganz und ließ nichts anderes gelten. Er wußte nun, was er zur Befriedigung seines animalischen Wesens tun mußte, und suchte nur noch nach dem Weg, um es auszuführen.

Den ganzen Abend über quälte ihn eine innere Unruhe: bald ging er zu den Tanten, bald verließ er sie wieder und begab sich in sein Zimmer oder auf die Terrasse. Er dachte immer nur daran, wie er mit Katjuscha unter vier Augen zusammentreffen könnte; aber sie mied ihn, und überdies war Matrjona Pawlowna darauf bedacht, sie nicht aus den Augen zu lassen.

17

So verlief der ganze Abend, und die Nacht brach an. Der Doktor zog sich zurück, um zu Bett zu gehen. Auch die Tanten bereiteten sich für die Nachtruhe vor. Nechljudow wußte, daß sich Matrjona Pawlowna jetzt im Schlafzimmer der alten Damen aufhielt und Katjuscha allein im Mädchenzimmer sein mußte. Er trat wieder auf die Terrasse vor dem Haus. Draußen war es dunkel, und in der feuchten, warmen Luft lag jener milchige Nebel, der im Frühjahr den letzten Schnee vertreibt oder von tauenden Schneeresten ausgeht. Vom Fluß her, der sich etwa hundert Schritt vom Haus entfernt am Abhang hinzog, schallten eigentümliche Laute herüber: Das Eis brach auf.

Nechljudow stieg die Stufen der Veranda hinunter und begab sich, durch die vereisten Lachen des geschmolzenen Schnees stapfend, zum Fenster des Mädchenzimmers. Sein Herz hämmerte so laut, daß er es hören konnte; bald stockte ihm der Atem, bald entlud er sich in einem schweren Aufseufzen. Im Mädchenzimmer brannte eine kleine Lampe. Katjuscha saß allein am Tisch und blickte in Gedanken versunken vor sich hin. Nechljudow beobachtete sie, ohne sich zu rühren, eine ganze Weile und wollte abwarten, was sie, in der Annahme, daß niemand sie sehe, tun werde. Zwei Minuten etwa blieb sie reglos sitzen, dann blickte sie auf, lächelte, schüttelte den Kopf, als wiese sie einen sich selbst gemachten Vorwurf zurück, legte, ihre Stellung wechselnd, beide Hände ruckartig auf den Tisch und starrte wieder vor sich hin.

Während Nechljudow am Fenster stand und zu ihr hinblickte, hörte er zugleich das Klopfen seines Herzens und die eigentümlichen Laute, die vom Fluß herüberdrangen. Dort, in dem über dem Fluß lagernden Nebel, vollzog sich unaufhörlich eine langsame Arbeit: bald zischte, bald krachte es, bald stürzte etwas ein, bald stießen, wie Glas klirrend, die dünnen Eisschollen zusammen.

Er sah von seinem Platz aus das versonnene, von schweren Gedanken zerquälte Gesicht Katjuschas, und sie tat ihm leid; doch seltsamerweise steigerte das Mitleid, das er für sie empfand, seine Begierde nach ihr nur noch mehr.

Diese Begierde beherrschte ihn jetzt ganz.

Er klopfte ans Fenster. Sie zuckte, wie von einem elektrischen Schlag getroffen, mit dem ganzen Körper zusammen, und in ihrem Gesicht drückte sich Entsetzen aus. Dann sprang sie auf, kam ans Fenster gelaufen und beugte das Gesicht zur Scheibe vor. Der Ausdruck von Entsetzen wich aus ihrem Gesicht auch nicht, als sie beide Hände scheuklappenartig an die Augen legte und ihn erkannte. Ihr Gesicht war ungewöhnlich ernst, so wie er es noch nie gesehen hatte. Zu einem Lächeln verzog sie es nur – sich ihm gleichsam unterwerfend –, wenn er lächelte; aber in ihrem Herzen war kein Lächeln, nur Entsetzen. Er machte ihr ein Zeichen, zu ihm auf den Hof zu kommen. Aber sie schüttelte den Kopf und blieb am Fenster stehen. Er drückte das Gesicht nochmals gegen die Scheibe und wollte ihr zurufen, sie möge doch herauskommen; aber in diesem Augenblick wandte sie sich zur Tür: anscheinend war sie von jemand gerufen worden. Nechljudow zog sich vom Fenster zurück. Der Nebel war jetzt so dicht, daß man fünf Schritt vom Haus entfernt nichts mehr von den Fenstern, sondern nur noch eine dunkle Masse sah, aus der ungeheuer groß das Licht der Lampe hervorleuchtete. Vom Fluß her tönte immer noch das eigentümliche Zischen, das Knistern, Krachen und Klirren des Eises herüber. Durch den Nebel hindurch hörte er auf dem Hof einen Hahn krähen, in der Nähe antworteten andere, und aus der Ferne schallte, sich gegenseitig überbietend und dann miteinander verschmelzend, das Krähen der Dorfhähne herüber. Sonst war es ringsum ganz still. Es war in dieser Nacht bereits das zweite Krähen der Hähne.

Nachdem Nechljudow hinter der Hausecke, mit dem Fuß mehrmals in Pfützen versinkend, eine Weile auf und ab gegangen war, begab er sich aufs neue ans Fenster des Mädchenzimmers. Die Lampe brannte immer noch, und Katjuscha saß wieder am Tisch und schien etwas zu überlegen. Kaum daß er herangetreten war, da richtete sie den Blick auf das Fenster. Er klopfte. Ohne sich erst zu vergewissern, wer geklopft hatte, lief sie nun schnell aus dem Zimmer, und er hörte, wie die Außentür knarrend aufging. Schon im nächsten Augenblick stand er vor dem Flurausgang und schloß sie wortlos in die Arme. Sie schmiegte sich an ihn, hob den Kopf und bot ihre Lippen seinem Kusse dar. Ganz von seinen quälenden, unbefriedigten Wünschen besessen, stand er mit ihr an der Hausecke auf einer schon schneefreien, trockenen Stelle. Plötzlich knarrte abermals die

Flurtür und zugleich ertönte Matrjona Pawlownas zornige Stimme: „Katjuscha!“

Sie riß sich von ihm los und kehrte ins Mädchenzimmer zurück. Er hörte, wie der Türriegel vorgeschoben wurde. Gleich darauf trat ringsum Stille ein, der rote Schein im Fenster erlosch, und nur vom Fluß her war noch das Getöse des Eisgangs zu hören.

Nechljudow trat an das Fenster heran – niemand war zu sehen. Er klopfte – nichts rührte sich. Nun kehrte er durch das Hauptportal ins Haus zurück, ging jedoch nicht zu Bett. Er zog die Stiefel aus und schlich im Korridor an die Tür zu Katjuschas Zimmer, das neben dem Matrjona Pawlownas lag. Anfangs hörte er, wie Matrjona Pawlowna ruhig schnarchte, und wollte schon bei Katjuscha eintreten, als Matrjona Pawlowna plötzlich zu husten begann und sich im knarrenden Bett auf die andere Seite drehte. Er erstarrte und blieb ein paar Augenblicke reglos stehen. Nachdem alles wieder ruhig geworden war und aufs neue das ruhige Schnarchen Matrjona Pawlownas ertönte, ging er – ängstlich bemüht, das Knarren der Dielenbretter zu verhüten – weiter und blieb an Katjuschas Tür stehen. Nichts war zu hören. Zu schlafen schien sie jedoch nicht, denn er vernahm keine Atemzüge. Und als er nun leise ihren Namen rief, kam sie an die Tür gestürzt und redete, scheinbar entrüstet, auf ihn ein, wieder zu gehen.

„Gehört sich denn so was? Wie können Sie bloß? Ihre Tanten werden es noch hören!“ strömten ihr die Worte über die Lippen, während ihr ganzes Wesen sagte: Ich bin dein!

Und nur dies hörte Nechljudow heraus.

„Mach wenigstens für einen Augenblick auf! Ich beschwöre dich“, stammelte er, seiner selbst nicht mehr mächtig.

Sie sagte nichts mehr, doch dann hörte er, wie sie mit der Hand nach dem Riegel tastete. Der Riegel knirschte, und er drang durch die aufgehende Tür zu ihr ein.

So wie sie vor ihm stand, nur mit einem grobleinenen ärmellosen Hemd bekleidet, ergriff er sie und trug sie auf seinen Armen zur Tür hinaus.

„Ach! Was machen Sie?“ stammelte sie.

Doch er achtete nicht auf ihre Worte und trug sie in sein Zimmer.

„Ach, das ist nicht recht, lassen Sie mich!“ sagte sie, schmiegte sich aber zugleich an ihn.

Nachdem sie ihn zitternd und schweigend, ohne auf seine Worte zu antworten, wieder verlassen hatte, ging er auf die Veranda hinaus und blieb stehen, um seine Gedanken zu sammeln und über die Bedeutung des Geschehenen Klarheit zu gewinnen.

Draußen war es mittlerweile heller geworden. Unten, auf dem Fluß, hatte sich das Knistern, Krachen und Klirren der Eisschollen noch verstärkt, und zu den vorherigen Geräuschen war noch das Plätschern von Wasser hinzugekommen. Der Nebel begann zu sinken, und aus seinem Schleier schob sich langsam der abnehmende Mond hervor und beleuchtete trübselig etwas Schwarzes und Schreckliches.

Was ist mir nun widerfahren – ein großes Glück oder ein großes Unglück? fragte sich Nechljudow. So ist es immer, so machen es alle, antwortete er sich selbst und kehrte ins Haus zurück, um zu Bett zu gehen.

18

Um Nechljudow abzuholen, traf am nächsten Tag Schönbock auf dem Gut ein, ein schneidiger, lebensfroher Offizier, der die Tanten sofort durch Eleganz, Liebenswürdigkeit, Fröhlichkeit und Freigebigkeit sowie durch Anhänglichkeit an Dmitri bezauberte. Seine Freigebigkeit imponierte den alten Damen sehr, versetzte sie aber durch ihr übertriebenes Ausmaß doch in einige Verwirrung. Er gab blinden Bettlern, die aufs Gut kamen, einen ganzen Rubel, verteilte fünfzehn Rubel Trinkgelder an das Hauspersonal, und als sich Sjusetka, das Schoßhündchen Sofja Iwanownas, während seines Aufenthalts eine Pfote wundgerieben hatte, zerriß er, ohne sich auch nur einen Augenblick zu besinnen, sein handgesäumtes Batisttaschentuch (Sofja Iwanowna wußte, daß solche Taschentücher mindestens fünfzehn Rubel je Dutzend kosteten) und benutzte es zum Verbinden des Hündchens. Die alten Damen hatten so etwas noch nicht erlebt und wußten nicht, daß Schönbock zweihunderttausend Rubel Schulden hatte, die er – darüber war er sich im klaren – nie tilgen würde, so daß für ihn fünfundzwanzig Rubel mehr oder weniger überhaupt keine Rolle spielten.

Schönbock blieb nur einen Tag und reiste in der darauffolgenden Nacht zusammen mit Nechljudow ab. Sie konnten nicht länger warten, weil bereits die letzte Frist für ihre Meldung beim Regiment gekommen war.

An diesem letzten bei den Tanten verbrachten Tag, als er sein Erlebnis der vorausgegangenen Nacht noch frisch in Erinnerung hatte, lagen in Nechljudows Seele zwei verschiedene Gefühle miteinander im Widerstreit: das eine bestand in der Erinnerung an den Genuß glühender sinnlicher Liebe, obgleich ihm diese bei weitem nicht gegeben, was sie verheißen hatte, sowie in einer gewissen Selbstzufriedenheit darüber, das gesteckte Ziel erreicht zu haben; das andere beruhte auf der Erkenntnis, daß er etwas sehr Schlechtes begangen hatte und daß dieses Schlechte, wenn auch nicht dem Mädchen zuliebe, so doch seinetwegen wieder in Ordnung gebracht werden mußte.

In dem Zustand wahnwitziger Selbstsucht, von dem Nechljudow damals beherrscht war, dachte er nur an seine eigene Person, nur daran, ob und inwieweit man ihn verurteilen würde, wenn es herauskäme, wie er an Katjuscha gehandelt hatte; wie ihr zumute war, wie sich ihr Schicksal gestalten werde, darüber machte er sich keine Gedanken.

Er wußte, daß Schönbock seine Beziehungen zu Katjuscha erraten hatte, und das schmeichelte seiner Eigenliebe.

„Daher also plötzlich eine so große Liebe zu deinen Tanten, daß du gleich eine ganze Woche hiergeblieben bist“, hatte Schönbock zu ihm gesagt, nachdem er Katjuscha gesehen hatte. „Na, auch ich wäre da an deiner Stelle nicht abgereist. Ein Prachtmädel!“

Er dachte auch daran, daß es zwar schade sei abzureisen, ohne vorher die Liebe zu Katjuscha vollauf ausgekostet zu haben, daß die Notwendigkeit der Abreise aber insofern etwas Gutes hatte, als sich dadurch ganz von selbst der Abbruch seiner Beziehungen zu ihr ergab, deren Aufrechterhaltung ja doch schwierig gewesen wäre. Ferner dachte er daran, daß er ihr Geld geben müsse – nicht um ihretwillen, nicht weil sie das Geld vielleicht nötig haben würde, sondern weil das immer so gemacht wird und man ihn für ehrlos halten könnte, wenn er, nachdem er sie ausgenutzt hatte, nicht dafür bezahlte. So beschloß er denn auch, ihr einen Betrag zu geben, den er seiner und ihrer Lage nach für angemessen hielt.

Am Tag der Abreise lauerte er ihr nach dem Mittagessen im Flur auf. Als sie ihn erblickte, wurde sie feuerrot und wollte, mit den Augen auf die offenstehende Tür des Mädchenzimmers deutend, an ihm vorübergehen; doch er hielt sie zurück.

„Ich möchte mich verabschieden", sagte er, während er in der Hand den Umschlag mit einem Hundertrubelschein zusammenknüllte. „Hier habe ich . . ."

Sie erriet, worum es sich handelte, verzog unwillig das Gesicht, schüttelte den Kopf und stieß seine Hand zurück.

„So nimm doch", murmelte er und steckte ihr den Umschlag in den Ausschnitt; dann lief er, als hätte er sich die Hand versengt, zutiefst aufgewühlt und stöhnend in sein Zimmer.

Dort ging er noch lange auf und ab, krümmte sich, setzte sich, sprang wieder auf und stöhnte laut, wie von einem physischen Schmerz gequält.

Doch was war zu tun? So geht es immer. So war die Liebschaft zwischen Schönbock und der Gouvernante ausgegangen, von der ihm dieser erzählt hatte, so war es mit Onkel Grischa und auch mit seinem eigenen Vater gewesen, als diesem während seines Landaufenthalts von einem Bauernmädchen ein unehelicher Sohn geboren wurde – jener Mitenka, der auch jetzt noch am Leben war. Und wenn alle dasselbe tun, dann muß es doch wohl in Ordnung sein. Mit solchen Erwägungen versuchte sich Nechljudow zu trösten, vermochte es jedoch nicht. Die Erinnerung an das Geschehene lag ihm brennend auf dem Gewissen.

Im Grunde, im tiefsten Grunde seines Herzens war er sich bewußt, schlecht, gemein und grausam gehandelt zu haben und daß es ihm infolge seines eigenen Vergehens nicht nur nicht zustand, über irgend jemand anders abfällig zu urteilen, sondern auch unmöglich war, den Menschen frei ins Auge zu blikken, geschweige denn, sich für den untadelhaften, hochgesinnten jungen Mann zu halten, der zu sein er sich einbildete. Diese Einbildung brauchte er indessen, um das fröhliche, unbekümmerte Leben fortzusetzen. Und hierfür gab es nur ein Mittel: solche Gedanken zu unterdrücken. So verfuhr er auch.

Das veränderte Leben, das jetzt für ihn begann – neue Eindrücke, der Krieg, die Kameraden –, half ihm dabei. Je mehr Zeit verstrich, um so seltener dachte er an das Gewesene zurück und vergaß es schließlich ganz.

Nur einmal, als er nach dem Krieg, in der Hoffnung, Katjuscha wiederzusehen, nochmals seine Tanten besuchte und von ihnen hörte, sie sei nicht mehr bei ihnen, sondern habe bald nach seiner Abreise ihre Stellung aufgegeben, weil sie ein Kind erwartete, sie sei dann auch wirklich irgendwo niedergekommen und seitdem dem Vernehmen nach völlig auf die schiefe Ebene geraten – da preßte sich sein Herz zusammen. Der Zeit nach zu urteilen, konnte das Kind von ihm, doch ebensogut auch von sonst jemand sein. Die Tanten meinten, Katjuscha sei ebenso wie ihre Mutter ein verdorbenes, von Natur aus zu einem lockeren Lebenswandel geneigtes Geschöpf gewesen. Dieses Urteil der Tanten war ihm sogar angenehm, weil es ihn gewissermaßen entlastete. Anfangs hatte er dennoch die Absicht, sie und das Kind ausfindig zu machen, doch dann unterließ er es – gerade deshalb, weil ihm die Erinnerung daran im Grunde seines Herzens doch zu schmerzlich und beschämend war –, die Nachforschungen mit dem nötigen Nachdruck zu betreiben. Er vergaß seine Sünde nun vollends und hörte auf, daran zu denken.

Doch nun hatte ihm dieser erstaunliche Zufall alles wieder ins Gedächtnis gerufen und verlangte von ihm, daß er bekenne, welch eine herzlose, grausame und gemeine Gesinnung es ihm ermöglicht hatte, zehn Jahre lang ruhig mit einer solchen Sünde auf dem Gewissen zu leben. Von einem solchen Bekenntnis war er freilich noch weit entfernt; im Augenblick beschäftigte ihn nur die Sorge, daß alles ans Licht kommen könnte, falls sie oder ihr Verteidiger womöglich die ganze Sache zur Sprache brächte und ihn dann in aller Öffentlichkeit bloßstellte.

19

In einer solchen Gemütsverfassung befand sich Nechljudow, als er den Gerichtssaal verließ und ins Geschworenenzimmer ging. Er saß am Fenster, hörte auf die Gespräche, die ringsum geführt wurden, und rauchte eine Zigarette nach der andern.

Dem lebensfrohen Kaufmann war die Art, wie sich der Geschäftsmann Smelkow die Zeit vertrieben hatte, offensichtlich ganz nach dem Herzen.

„Oho, der hat tüchtig gepraßt, wie ein echter Sibirier! Und Geschmack hat er auch keinen üblen gehabt, das sieht man an dem Mädel, das er sich ausgesucht hat."

Der Obmann stellte Erwägungen darüber an, daß alles vom Gutachten der Sachverständigen abhänge. Pjotr Gerassimowitsch erzählte dem jüdischen Verkäufer Witze, über die beide lachten. Nechljudow gab auf die an ihn gerichteten Fragen einsilbige Antworten und hatte nur den einen Wunsch, in Ruhe gelassen zu werden.

Als der hinkende Gerichtskommissar erschien und die Geschworenen aufforderte, wieder in den Sitzungssaal zurückzukehren, wurde Nechljudow von solchem Schrecken gepackt, als sollte er nicht richten, sondern gerichtet werden. In seinem Innersten fühlte er bereits, daß er ein ehrloser Lump war, der sich nicht trauen dürfe, andern Menschen offen in die Augen zu blicken, doch dessenungeachtet stieg er aus Gewohnheit in der üblichen selbstbewußten Haltung die Stufen zum Podium hinauf und setzte sich auf seinen Platz – den zweiten Stuhl nächst dem des Obmanns –, schlug die Beine übereinander und spielte mit dem Kneifer. Die Angeklagten, die man ebenfalls hinausgeführt hatte, wurden gerade wieder zurückgebracht.

Im Saal sah man jetzt neue Gesichter – die der Zeugen –, und Nechljudow bemerkte, daß die Maslowa mehrmals zu ihnen hinschaute und den Blick offenbar gar nicht von einer dicken, äußerst extravagant, in Samt und Seide gekleideten Frau losreißen konnte, die – einen großen, mit breitem Band garnierten Hut auf dem Kopf und eine elegante Handtasche über dem bis zum Ellenbogen entblößten Arm – in der ersten Reihe vor der Barriere thronte. Es war, wie er alsbald erfuhr, die Inhaberin des öffentlichen Hauses, in dem die Maslowa angestellt gewesen war und die hier als Zeugin vernommen werden sollte.

Nun wurden die Zeugen aufgerufen und nach Namen, Glaubensbekenntnis und so weiter befragt. Nachdem sie dann auch noch gefragt worden waren, ob sie unter Eid oder unvereidigt auszusagen wünschten, erschien wieder, mühsam die Füße fortbewegend, der alte Priester, rückte wieder das goldene Brustkreuz auf der seidenen Soutane zurecht, und ebenso ruhig und überzeugt, ein höchst wichtiges und nützliches Werk zu verrichten, nahm er jetzt den Zeugen und dem Sachverständigen den Eid ab. Nach beendeter Vereidigung wurden alle Zeugen hinausgeführt, ausgenommen die Kitajewa, die schon erwähnte Inhaberin des öffentlichen Hauses. Man fragte sie, was sie von der Sache wisse. Während ihr Hut bei jeder Bewegung wippte, schilderte sie nun, mit deutschem Akzent sprechend und gekünstelt lächelnd, der Reihe nach die Vorgänge.

Angefangen habe es damit, daß der ihr schon bekannte Hoteldiener Simon in ihr Etablissement gekommen sei, um für einen reichen sibirischen Kaufmann ein Mädchen zu holen. Sie habe die Ljubascha geschickt. Nach einiger Zeit sei Ljubascha dann zusammen mit dem Kaufmann zurückgekehrt.

„Der Kaufmann war schon in Ekstase", fuhr sie leicht lächelnd in gebrochenem Russisch fort, „zechte bei uns weiter und traktierte die Mädchen. Als sein Geld nicht mehr ausreichte, wollte er welches aus seinem Hotelzimmer holen lassen und schickte Ljubascha los, für die er besonders entflammt war", fügte sie mit einem Blick auf die Angeklagte hinzu.

Nechljudow schien es, daß die Maslowa hierauf lächelte, was er als abstoßend empfand. Er fühlte sich von einem eigentümlichen, zwischen Abscheu und Mitleid schwankenden Gefühl berührt.

„Und welcher Meinung waren Sie hinsichtlich der Maslowa?" fragte, vor Aufregung errötend, der Gerichtsreferendar, den das Gericht für die Maslowa zum Verteidiger bestimmt hatte.

„Der allerbesten", antwortete die Kitajewa. „Das Mädchen ist gebildet und hatte Schick. Sie wurde in einer vornehmen Familie erzogen und konnte auch etwas Französisch. Manchmal trank sie wohl etwas reichlich, aber nie verlor sie die Herrschaft über sich. Ein sehr braves Mädchen!"

Katjuscha, die bis jetzt die Kitajewa angesehen hatte, richtete den Blick unvermittelt auf die Geschworenen und ließ ihn dann auf Nechljudow ruhen, wobei ihr Gesicht einen ernsten, ja sogar strengen Ausdruck annahm. Mit dem einen ihrer strengblickenden Augen schielte sie. Dieses absonderlich wirkende Augenpaar haftete eine ganze Weile auf Nechljudow, und auch er vermochte trotz des Schreckens, der ihn erfaßt hatte, seinen Blick nicht von diesen schielenden Augen mit ihrem leuchtenden Weiß abzuwenden. Er erinnerte sich jener entsetzlichen Nacht, in der durch den Nebel das Tosen des aufbrechenden Eises zu hören gewesen und kurz vor dem Morgengrauen die Sichel des abnehmenden Mondes aufgegangen war und etwas Schwarzes, Unheimliches beleuchtet hatte. Diese zwei schwarzen Augen, die auf ihn und an ihm vorbei ins Leere blickten, riefen ihm jenes schwarze, unheimliche Etwas ins Gedächtnis.

Sie hat mich erkannt! schoß es ihm durch den Kopf, und er zuckte zusammen, als gewärtigte er einen Schlag. Doch nein, sie hatte ihn nicht erkannt. Sie atmete leicht auf und richtete den Blick wieder auf den Vorsitzenden. Auch Nechljudow atmete auf. Ach, wenn es bloß schneller vorbei wäre! dachte er. Ihm war in diesem Augenblick wie einem Jäger zumute, der im Begriff ist, einem angeschossenen Vogel den Gnadenstoß zu geben – er empfindet zugleich Widerwillen, Mitleid und Ärger. Der Vogel schlägt in der Jagdtasche noch mit den Flügeln: man fühlt sich angewidert, der Vogel tut einem leid, man will ihn möglichst schnell vollends töten und nicht mehr daran denken.

Von solchen gemischten Gefühlen war Nechljudow erfüllt, als er der Vernehmung der Zeugen zuhörte.

20

Doch gleichsam ihm zum Trotz zog sich die Verhandlung sehr in die Länge. Nachdem alle Zeugen sowie der Sachverständige einzeln vernommen worden waren und der Staatsanwalt und die Verteidiger hierauf, wie gewöhnlich, mit wichtiger Miene allerlei überflüssige Fragen gestellt hatten, forderte der Vorsitzende die Geschworenen zur Besichtigung der Beweisstücke auf, die aus einem mächtigen Ring mit Brillantenrosette, der offenbar auf einem ungewöhnlich dicken Zeigefinger getragen worden war, und dem Filter bestanden, der zur Untersuchung des Giftes gedient hatte. Beides war versiegelt und mit kleinen Etiketten versehen.

Die Geschworenen schickten sich schon an, diese Dinge zu besichtigen, als sich wieder der Staatsanwalt erhob und den Antrag stellte, vorher den ärztlichen Bericht über den Befund der Leiche zu verlesen.

Obwohl der Vorsitzende die Verhandlung möglichst beschleunigen wollte, um rechtzeitig zu seiner Schweizerin zu kommen, und sehr wohl wußte, daß die Verlesung dieses Schriftstücks nichts weiter zur Folge haben werde als Langeweile und einen Aufschub des Mittagessens, und obwohl er außerdem wußte, daß der Staatsanwalt auf der Verlesung nur deshalb bestand, weil er sich seines Rechts dazu bewußt war, konnte er sie nicht ablehnen und gab seine Einwilligung. Der Sekretär nahm ein Schriftstück zur Hand und begann mit seiner monotonen Stimme, das l und r rollend, zu lesen:

„Der äußere Befund ergab folgendes:

1. Das Körpermaß Ferapont Smelkows beträgt 2 Arschin und 12 Werschok ..."

„Ein Mordskerl, muß ich sagen!" flüsterte der Kaufmann Nechljudow ins Ohr, indes der Sekretär fortfuhr:

„2. Dem äußeren Aussehen nach ist er ungefähr vierzig Jahre alt gewesen.

3. Der Leichnam ist aufgedunsen.

4. Die Oberfläche des Körpers hat durchweg eine grünliche Färbung und weist stellenweise dunkle Flecken auf.

5. Auf der Haut haben sich Blasen verschiedener Größe gebildet, sie hat sich stellenweise gelöst und hängt in großen Fetzen herunter.

6. Das Haar ist dunkelblond und dicht; bei Berührung löst es sich leicht vom Körper.

7. Die Augen sind aus ihren Höhlen getreten, und die Hornhaut ist getrübt.

8. Aus den Nasenlöchern, beiden Ohren und der Mundhöhle fließt eine schäumende, mit Blut vermengte Flüssigkeit, der Mund steht halb offen.

9. Vom Hals ist fast nichts zu sehen, weil Gesicht und Brust aufgedunsen sind."

Und so weiter und so weiter.

In siebenundzwanzig sich über vier Seiten erstreckenden Abschnitten war in allen Einzelheiten der grauenvolle äußere Zustand der riesigen, dicken und zudem noch aufgedunsenen, schon in Verwesung übergehenden Leiche des Kaufmanns beschrieben, der in der Stadt seinem Vergnügen nachgegangen war. Das unbestimmte Ekelgefühl, von dem Nechljudow erfüllt war, verstärkte sich noch beim Anhören dieses Berichts. Das Leben Katjuschas, das aus den Nasenlöchern hervorquellende Blut, die aus ihren Höhlen getretenen Augen und sein eigenes Verhalten gegen Katjuscha – alles dies schien Nechljudow miteinander in Zusammenhang zu stehen, und er hatte ein Gefühl, als umringten ihn diese Dinge von allen Seiten und erdrückten ihn. Als die Verlesung des äußeren Befundes endlich beendet war, atmete der Vorsitzende, in der Hoffnung, daß die Sache damit abgeschlossen sei, erleichtert auf und hob den Kopf. Doch der Sekretär begann bereits das Protokoll über den inneren Befund zu verlesen.

Der Vorsitzende senkte wieder den Kopf, stützte sich auf den Ellbogen und schloß die Augen. Der neben Nechljudow sitzende Kaufmann hatte große Mühe, nicht einzuschlafen, und sackte von Zeit zu Zeit zusammen; die Angeklagten saßen ebenso wie die Gendarmen hinter ihnen reglos auf ihren Plätzen.

„Der innere Befund ergab folgendes:

1. Die Haut der Schädeldecke läßt sich leicht ablösen; ein Bluterguß ist nirgends zu sehen.

2. Der Knochen des Schädels ist von mittlerer Stärke und unversehrt.

3. Die Haut der Hirnschale weist zwei Flecke von ungefähr vier Zoll Durchmesser auf; die Hirnschale selbst hat eine mattblasse Färbung ..."

Und so ging es noch über dreizehn Abschnitte. Dann folgten die Namen der bei der Obduktion anwesenden Zeugen, ihre Unterschriften und das Gutachten des Arztes, aus dem hervorging, daß die bei der Obduktion ermittelten und im Protokoll angegebenen Veränderungen innerhalb des Magens und zum Teil auch innerhalb der Därme und der Nieren mit großer Wahrscheinlichkeit zu der Annahme berechtigen, daß der Tod Smelkows durch ein Gift herbeigeführt wurde, das zusammen mit Spirituosen in seinen Magen gelangt war. Was für ein Gift es gewesen sei, lasse sich auf Grund der im Magen und in den Eingeweiden festgestellten Veränderungen schwer sagen; daß dieses Gift jedoch zusammen mit Spirituosen in den Magen gelangt sei, müsse man annehmen, weil sich in diesem eine große Menge Alkohol befunden habe.

„Der hat sich offenbar tüchtig was hinter die Binde gegossen", flüsterte der wieder wach gewordene Kaufmann Nechljudow zu.

Die Verlesung dieses Protokolls, die nahezu eine Stunde in Anspruch genommen hatte, genügte indessen dem Staatsanwalt noch nicht. Nach der Verlesung wandte sich der Vorsitzende an ihn:

„Ich nehme an, daß sich die Verlesung des Berichts über die Untersuchung der inneren Organe erübrigt."

„Ich möchte doch um die Verlesung bitten", erwiderte, ohne den Vorsitzenden anzusehen, der Staatsanwalt, wobei er sich, leicht zur Seite geneigt, erhob und durch den Ton seiner Stimme zu verstehen gab, daß er ein Recht auf die Verlesung habe, daß er auf diesem Recht bestehe und eine Ablehnung zum Anlaß nehmen würde, gegen das zu erwartende Urteil Berufung einzulegen.

Der vollbärtige Richter mit dem gütigen Blick und den schweren Augenlidern, der an einem Magenkatarrh litt, fühlte sich sehr ermattet und wandte sich an den Vorsitzenden: „Wozu soll das nur verlesen werden? Es bringt bloß eine Verzögerung mit sich. All diese neuen Besen fegen nicht besser, sondern nur langsamer.“

Der zweite Richter – jener, der eine goldene Brille trug – sagte nichts, sondern blickte nur mit finsterer, verbissener Miene vor sich hin und schien nichts Gutes weder von seiner Frau noch vom Leben zu erwarten.

Es folgte also die Verlesung des Protokolls.

„Am 15. Februar 188 ...“, begann der Sekretär besonders laut, als wollte er die Schläfrigkeit verscheuchen, die alle Anwesenden befallen hatte, „habe ich, der Endunterzeichnete, im Auftrag der medizinischen Abteilung und im Beisein des Medizinalinspektors unter Nr. 638 folgende inneren Organe untersucht:

1. Den rechten Lungenflügel und das Herz (enthalten in einem Sechspfund-Glasgefäß).

2. Den Inhalt des Magens (enthalten in einem Sechspfund-Glasgefäß).

3. Den Magen selbst (enthalten in einem Sechspfund-Glasgefäß).

4. Die Leber, die Milz und die Nieren (enthalten in einem Dreipfund-Glasgefäß).

5. Die Därme (enthalten in einem Sechspfund-Tongefäß).“

Der Vorsitzende, der sich bei Beginn der Verlesung nacheinander zu den beiden anderen Richtern hinübergebeugt und etwas mit ihnen getuschelt hatte, unterbrach, nachdem er sich ihrer Zustimmung versichert hatte, an dieser Stelle die Verlesung.

„Das Gericht erklärt die Verlesung dieses Aktenstückes für überflüssig“, sagte er.

Der Sekretär brach ab und legte seine Papiere zusammen, während sich der Staatsanwalt mit wütendem Gesicht irgendwelche Notizen machte.

„Die Herren Geschworenen können sich jetzt die Beweisstücke ansehen“, sagte der Vorsitzende.

Der Obmann und einige andere Geschworene traten, unschlüssig, welche Haltung sie einnehmen und wo sie mit ihren

Händen bleiben sollten, an den Tisch und betrachteten der Reihe nach den Ring, das Gläschen und den Filter. Der Kaufmann tat noch ein übriges und probierte den Ring an seinem Finger.

„Na, der hat aber Finger gehabt!“ sagte er, als er zu seinem Platz zurückkehrte. „Dick wie ausgewachsene Gurken“, fügte er hinzu, offenbar sehr amüsiert durch die Vorstellung, die er sich von dem hünenhaften Körperumfang des vergifteten Kaufmanns gebildet hatte.

21

Nachdem die Besichtigung der Beweisstücke beendet war, erklärte der Vorsitzende die gerichtliche Untersuchung für abgeschlossen, und da er die Verhandlung möglichst schnell beenden wollte, legte er nicht erst eine Pause ein, sondern erteilte sofort dem Ankläger das Wort; er baute darauf, daß dieser ja auch ein Mensch sei, ebenfalls den Wunsch haben dürfte, zu rauchen und sein Mittagessen einzunehmen, und sich ihrer aller erbarmen werde. Aber der Staatsanwalt zeigte weder mit sich noch mit anderen Erbarmen. Dieser Herr war von Natur aus sehr dumm, und da er überdies das Unglück gehabt hatte, sein Abitur mit einer goldenen Medaille zu bestehen und auf der Universität dann eine Auszeichnung für seine Arbeit über die Servituten nach römischem Recht zu erhalten, hatte ihn dies, zumal er sich auch mit Erfolgen bei den Damen brüsten konnte, sehr eingebildet gemacht und seine Dummheit maßlos gesteigert. Als ihm jetzt das Wort erteilt worden war, erhob er sich, seine ganze graziöse Erscheinung in der goldbestickten Uniform zur Geltung bringend, gewichtig von seinem Platz, stützte beide Hände auf das Pult, neigte den Kopf leicht zur Seite, ließ den Blick, die Angeklagten geflissentlich übergehend, über den Saal schweifen und begann mit seiner Rede, zu der er sich das Konzept während der Verlesung der Protokolle und Akten angefertigt hatte.

„Bei dem Prozeß, meine Herren Geschworenen, in dem Sie Ihr Urteil fällen sollen“, führte er aus, „handelt es sich, wenn man sich so ausdrücken kann, um ein höchst charakteristisches Verbrechen ..."

Die Rede eines Staatsanwalts mußte seiner Meinung nach von allgemeingültiger Bedeutung sein, ähnlich jenen Reden, durch die sich die berühmten Rechtsanwälte einen Namen gemacht hatten. In diesem Falle saßen auf den Zuhörerbänken freilich nur drei Frauen – eine Näherin, eine Köchin und die Schwester Simons – sowie ein Kutscher, doch das tat nichts zur Sache. Auch jene großen Koryphäen hatten so begonnen. Und der Staatsanwalt hatte sich zum Grundsatz gemacht, stets auf der Höhe der ihm gestellten Aufgabe zu sein, das heißt in die Tiefe der psychologischen Bedeutung jedes Verbrechens einzudringen und die Eiterbeulen der Gesellschaft bloßzulegen.

„Sie haben es hier, meine Herren Geschworenen, mit einem, wenn man sich so ausdrücken kann, charakteristischen Verbrechen des ausgehenden Jahrhunderts zu tun, das die sozusagen spezifischen Erscheinungen jener bedauerlichen Zersetzung in sich trägt, der in unserer Zeit solche Elemente der Gesellschaft verfallen sind, wie sie in diesem Prozeß in besonders grellem Scheinwerferlicht stehen ..."

Der Staatsanwalt sprach sehr lange, weil er all die klugen Argumente anbringen wollte, die er ersonnen hatte, und weil er außerdem vor allem darauf bedacht war, daß sich seine Rede in ununterbrochenem Fluß über eineinviertel Stunde erstrecken sollte. Nur einmal hielt er inne und brauchte eine ganze Weile, um den im Mund angesammelten Speichel hinunterzuschlucken; doch dann faßte er sich schnell wieder und machte die Verzögerung durch erhöhten Redefluß wett. Er sprach, von einem Fuß auf den andern tretend, bald mit zarter, einschmeichelnder Stimme zu den Geschworenen gewandt, bald in sachlichem Ton, wenn er etwas in seinen Akten nachlas, bald, sich abwechselnd den Geschworenen und dem Publikum zuwendend, mit erhobener, schneidender Stimme, wenn er die Anklagepunkte darlegte. Nur zu den Angeklagten, die ihn alle drei unverwandt anstarrten, blickte er kein einziges Mal hin. Seine Rede enthielt alles, was damals in seinen Kreisen die Geister erregte und als der Weisheit letzter Schluß galt und auch heute noch gilt. Da gab es

Vererbungstheorie und angeborene verbrecherische Neigungen, Lombroso und Tarde, den Kampf ums Dasein, Hypnose und Suggestion, Charcot und Dekadenz.

Den Kaufmann Smelkow bezeichnete der Staatsanwalt als einen Typus des kraftvollen, unverbildeten russischen Menschen mit seiner großzügigen Natur, der durch Vertrauensseligkeit und Großmut das Opfer der zutiefst entarteten Personen wurde, in deren Hände er geraten war.

Simon Kartinkin wurde von ihm als ein atavistisches Geschöpf der Leibeigenschaft bezeichnet; er sei ein verschüchterter Mensch, ohne Bildung, ohne Grundsätze, ja selbst ohne Religion. Jewfimija Botschkowa sei seine Geliebte und ein Opfer erblicher Belastung. Bei ihr erkenne man alle Merkmale einer degenerierten Persönlichkeit. Die treibende Kraft bei der Ausführung des Verbrechens sei jedoch vor allem die Maslowa gewesen, in der sich die allerniedrigsten Erscheinungen der Dekadenz verkörperten.

„Diese Frau", rief der Staatsanwalt, ohne zu der Maslowa hinzusehen, „hat, wie aus der Aussage ihrer Arbeitgeberin hervorgeht, Bildung genossen. Sie ist nicht nur des Lesens und Schreibens kundig, sondern kann auch Französisch. Als eine Waise, die wahrscheinlich die Keime zum Verbrechertum von vornherein in sich trug, wurde sie in einer intelligenten adligen Familie erzogen und hätte durch ehrbare Arbeit ihr Leben fristen können. Doch sie verläßt gewissenlos ihre Wohltäter, gibt sich ihren Leidenschaften hin und tritt zu deren Befriedigung in ein öffentliches Haus ein, wo sie sich unter den Gefährtinnen durch ihre Bildung auszeichnet und vor allem, wie Sie das, meine Herren Geschworenen, hier von ihrer Arbeitgeberin gehört haben, durch die Fähigkeit hervortut, auf die Besucher mittels jener geheimnisvollen Kraft einzuwirken, die in letzter Zeit von der Wissenschaft und namentlich von der Schule Charcots erforscht wurde und unter der Bezeichnung Hypnose bekannt geworden ist. Mittels dieser Fähigkeit macht sie sich einen reichen Gast hörig, einen russischen Recken, der durch seine Gutmütigkeit und Vertrauensseligkeit geradezu an Sadko erinnert, und benutzt das ihr geschenkte Vertrauen dazu, ihn zuerst zu bestehlen und dann erbarmungslos umzubringen."

„Na, da hat er sich doch wohl etwas vergaloppiert, scheint mir", bemerkte, sich lächelnd zu dem strengen Richter hinüberbeugend, der Vorsitzende.

„Ein furchtbarer Schwätzer!" brummte der strenge Richter.

„Meine Herren Geschworenen", fuhr indessen, sich graziös in der schlanken Taille wiegend, der Staatsanwalt fort, „in Ihrer Macht liegt das Schicksal dieser Menschen, aber zugleich auch in gewissem Grade das Schicksal der Gesellschaft, die Sie durch Ihr Urteil beeinflussen. Vergegenwärtigen Sie sich die Bedeutung dieses Verbrechens, die Gefahr, der die Gesellschaft durch solche sozusagen pathologischen Individuen von der Art der Maslowa ausgesetzt ist, und bewahren Sie sie vor Ansteckung, bewahren Sie die unschuldigen, starken Elemente unseres Volkes vor einer Infektion, die in vielen Fällen zum Verderben führt!"

Und gleichsam selber von der Wichtigkeit des zu erwartenden Urteilsspruchs überwältigt und durch seine eigene Rede offenbar in höchste Begeisterung versetzt, ließ sich der Staatsanwalt auf seinen Stuhl nieder.

Der Sinn seiner Ausführungen ließ sich, von den Stilblüten seiner Redekunst abgesehen, dahin zusammenfassen, daß die Maslowa sich durch Hypnose das Vertrauen des Kaufmanns erschlichen hatte und von ihm daraufhin mit dem Kofferschlüssel ins Hotel geschickt worden war, um Geld zu holen; sie hatte dann alles im Koffer befindliche Geld an sich genommen und die Absicht gehabt, den ganzen Betrag für sich zu behalten, war dabei jedoch von der Botschkowa und Simon ertappt worden und so gezwungen gewesen, den Raub mit ihnen zu teilen. Hierauf war sie, um die Spuren ihres Verbrechens zu verwischen, mit dem Kaufmann nochmals ins Hotel zurückgekehrt und hatte ihn dort vergiftet.

Im Anschluß an die Rede des Staatsanwalts erhob sich von der für Rechtsanwälte bestimmten Bank ein Herr mittleren Alters in Frack, weit ausgeschnittener Weste und weißer, gestärkter Hemdbrust und hielt eine schwungvolle Rede zur Verteidigung Kartinkins und der Botschkowa. Es war der Rechtsanwalt, den sich die beiden für ein Honorar von dreihundert

Rubel genommen hatten. Er sprach die beiden von jeder Schuld frei und bezichtigte in allem die Maslowa.

Die Aussage der Maslowa, daß Kartinkin und die Botschkowa zugegen gewesen seien, als sie das Geld aus dem Koffer genommen habe, ließ er nicht gelten und wies mit Nachdruck darauf hin, daß einer überführten Giftmörderin unmöglich Glauben geschenkt werden könne. Und was das von der Botschkowa bei der Bank eingezahlte Geld betreffe, so sei es durchaus möglich, sagte er, daß zwei arbeitsame, rechtschaffene Menschen, die mitunter drei bis fünf Rubel täglich Trinkgelder von den Hotelgästen erhielten, einen Betrag von zweitausendfünfhundert Rubel gespart hätten. Das Geld des Kaufmanns sei zweifellos von der Maslowa geraubt und entweder jemandem übergeben oder womöglich auch verloren worden, da sie sich in keinem normalen Zustand befunden habe. Auch die Vergiftung habe die Maslowa allein ausgeführt. Er bitte die Herren Geschworenen daher, Kartinkin und die Botschkowa sowohl von der Mittäterschaft am Giftmord als auch vom Raub des Geldes freizusprechen; sollten sie die beiden aber dennoch des Geldraubes für schuldig erachten, dann möchten sie zumindest die vorgefaßte Absicht verneinen.

Abschließend bemerkte der Rechtsanwalt mit einem Hieb gegen den Staatsanwalt, die glänzenden Ausführungen des Herrn Staatsanwalts über Vererbungstheorie seien zwar vom wissenschaftlichen Standpunkt höchst interessant, im vorliegenden Falle jedoch insofern nicht stichhaltig, als die Botschkowa ein Kind unbekannter Eltern sei.

Der Staatsanwalt zuckte nur verächtlich die Achseln und machte sich mit wütendem, verbissenem Gesicht irgendwelche Notizen.

Nun erhob sich der Verteidiger der Maslowa und begann zaghaft und stotternd mit seinem Plädoyer. Er bestritt nicht die Beteiligung der Maslowa am Raub des Geldes und beharrte nur darauf, daß sie Smelkow nicht vergiften wollte, sondern ihm das Pulver lediglich gegeben habe, um ihn zum Einschlafen zu bringen. In dem Wunsch, mit seiner Redekunst zu glänzen, erging er sich in Betrachtungen darüber, daß die Maslowa von einem

Mann verführt und auf den Weg des Lasters gestoßen wurde, der Mann sei unbestraft geblieben, während sie die ganze Schwere ihres Fehltritts zu tragen habe; doch dieser Abstecher auf das Gebiet der Psychologie gelang ihm so wenig, daß alle Zuhörer ein peinliches Gefühl hatten. Als er dann etwas von der Grausamkeit des Mannes und der Schutzlosigkeit der Frau stammelte und damit nicht recht weiterkam, ermahnte ihn der Vorsitzende, der ihm aus der Verlegenheit helfen wollte, sich mehr an die Sache zu halten.

Nach dem Plädoyer dieses Verteidigers stand abermals der Staatsanwalt auf, um seinen Standpunkt hinsichtlich der Vererbungstheorie gegen den ersten Verteidiger zu wahren; wenn die Botschkowa auch ein Kind unbekannter Eltern sei, sagte er, so könne dies doch keineswegs die Lehre über Vererblichkeit widerlegen, denn die Wissenschaft habe deren Richtigkeit so einwandfrei erwiesen, daß man nicht nur ein Verbrechen aus der Vererblichkeit, sondern auch die Vererblichkeit aus einem Verbrechen folgern könne. Und was die Annahme der Verteidigung betreffe, daß die Maslowa von einem imaginären (dieses Wort sprach er besonders höhnisch aus) Verführer auf den Weg des Lasters gestoßen worden sei, so sprächen alle Tatsachen weit eher dafür, daß sie ihrerseits viele, viele Opfer verführt habe, die ihr in die Hände geraten seien. Nach diesen Worten setzte er sich triumphierend wieder hin.

Nun wurde den Angeklagten anheimgestellt, zu sagen, was sie zu ihrer Entlastung vorbringen konnten.

Jewfimija Botschkowa behauptete aufs neue, sie habe nichts gewußt und an nichts teilgenommen, und bezeichnete beharrlich die Maslowa als Alleinschuldige. Simon wiederholte nur ein über das andere Mal: „Sie können machen, was Sie wollen, aber ich bin unschuldig, hab nichts verbrochen."

Die Maslowa sagte gar nichts. Als der Vorsitzende sie fragte, was sie zu ihrer Verteidigung zu sagen habe, blickte sie zu ihm auf, sah sich wie ein gehetztes Wild nach allen Seiten um, senkte die Augen gleich wieder und brach in lautes Schluchzen aus.

„Was haben Sie?" wandte sich der neben Nechljudow sitzende Kaufmann an ihn, als er von ihm plötzlich einen sonderbaren glucksenden Laut vernahm. Dieser Laut war ein unterdrücktes Schluchzen.

Nechljudow hatte immer noch nicht die ganze Bedeutung seiner jetzigen Situation begriffen und schrieb das in ihm aufsteigende, nur mit Mühe zurückgehaltene Schluchzen und die ihm in die Augen getretenen Tränen der Schwäche seiner Nerven zu. Er setzte seinen Kneifer auf, um die Tränen zu verbergen, zog sein Taschentuch und schneuzte sich.

Die Angst vor der Schmach, der er preisgegeben sein würde, wenn alle hier im Gerichtssaal von seiner Handlungsweise erführen, lähmte die in seinem Innern vor sich gehende Wandlung. Diese Angst überwog in jener ersten Zeit alles andere.

22

Im Anschluß an das letzte Wort der Angeklagten und nachdem in den sich zwischen den Parteien noch ziemlich lange hinziehenden Erörterungen über die Form der Fragestellung endlich eine Einigung erzielt worden war, schritt der Vorsitzende zu einer zusammenfassenden Darstellung des Sachverhalts.

Bevor er auf Einzelheiten einging, wandte er sich an die Geschworenen und erklärte ihnen in anheimelndem, familiärem Ton lang und breit, daß Raub eben Raub, Diebstahl eben Diebstahl, eine Entwendung aus verschlossenem Raum eben eine Entwendung aus verschlossenem Raum und eine solche aus einem unverschlossenen Raum eben eine solche aus unverschlossenem Raum sei. Während dieser Ausführung richtete er den Blick auffallend oft auf Nechljudow, als wolle er ihm diesen wichtigen Umstand besonders eindringlich einschärfen – in der Hoffnung, daß Nechljudow, nachdem er alles begriffen, auch die übrigen Geschworenen entsprechend aufklären werde. Als er dann voraussetzte, daß die Geschworenen sich diese Tatsachen hinreichend zu Gemüte gezogen hatten, ging er zu einer andern über, nämlich zu der Tatsache, daß man eine Handlung, die zum Tode eines Menschen führe, einen Mord nenne und daß die

Vergiftung eines andern daher ebenfalls ein Mord sei. Und als sich die Geschworenen seiner Ansicht nach auch diese Tatsache zu eigen gemacht hatten, klärte er sie darüber auf, daß, sofern ein Raub zugleich mit einem Mord ausgeführt werde, der Tatbestand eines Raubmordes vorliege.

Obgleich ihm selber daran lag, sich möglichst schnell seiner Pflichten zu entledigen, und die Schweizerin schon auf ihn wartete, war er so an die Ausübung seiner Tätigkeit gewöhnt, daß er, hatte er erst einmal angefangen zu reden, gar nicht wieder aufhören konnte. Deshalb belehrte er die Geschworenen noch ausführlich darüber, daß sie, falls sie die Angeklagten für unschuldig hielten, auch berechtigt seien, sie für unschuldig zu erklären, und ebenso das Recht hätten, sie für schuldig zu erklären, falls sie zu der Überzeugung kämen, daß sie schuldig seien; sollten sie jedoch zu der Erkenntnis gelangen, daß die Angeklagten wohl des einen, nicht aber des anderen Vergehens schuldig seien, dann stehe es ihnen frei, sie wegen des einen Vergehens zu verurteilen und vom andern freizusprechen. Dann setzte er den Geschworenen noch eindringlich auseinander, daß ihnen all diese Rechte zwar zustünden, daß sie aber auch verpflichtet seien, nur nach bestem Wissen und Gewissen von ihnen Gebrauch zu machen. Eigentlich wollte er ihnen auch erklären, daß sie, wenn sie eine der gestellten Fragen bejahten, mit dieser Antwort alles für zutreffend erklärten, was in dieser Frage enthalten sei, und daß sie, falls sie nicht alles in der Frage Enthaltene für zutreffend hielten, einen Vorbehalt wegen des von ihnen nicht für zutreffend gehaltenen Teils der Frage machen könnten; doch als er einen Blick auf die Uhr warf und sah, daß es bereits fünf Minuten vor drei war, beschloß er, unverzüglich zur Erläuterung des Sachverhalts überzugehen.

„Der Tatbestand in diesem Prozeß ist folgender", begann er und wiederholte nun alles, was bereits mehrmals von den Verteidigern, dem Staatsanwalt und den Zeugen gesagt worden war.

Während der Vorsitzende sprach, hörten die zu seiner Rechten und Linken sitzenden Richter mit tiefsinniger Miene zu und warfen von Zeit zu Zeit einen Blick auf die Uhr; sie fanden die Rede sehr gut, das heißt genau so, wie sie sein mußte, nur etwas zu lang. Derselben Meinung war auch der Staatsanwalt wie überhaupt alle am Prozeß Beteiligten und sonst im Gerichtssaal Anwesenden.

Endlich war der Vorsitzende mit der Erläuterung des Sachverhalts fertig. Alles schien nun gesagt zu sein. Doch der Vorsitzende brachte es noch nicht über sich, auf sein Recht zum Weiterreden zu verzichten – er empfand den eindrucksvollen Klang seiner Stimme so angenehm –, und hielt es für nötig, noch einige Worte über die Bedeutung des Rechts zu sagen, das den Geschworenen gegeben sei, über ihre Pflicht, sich dieses Rechts mit Aufmerksamkeit und Vorsicht zu bedienen und es nicht zu mißbrauchen, über die Tatsache, daß sie einen Eid geleistet hätten, daß sie das Gewissen der Gesellschaft darstellten und das Geheimnis des Beratungszimmers als unantastbares Heiligtum betrachten müßten und dergleichen mehr.

Da die Maslowa seit Beginn der Rede des Vorsitzenden ihre ganze Aufmerksamkeit auf ihn konzentriert hatte, als sei sie besorgt, irgendeins seiner Worte zu überhören, brauchte Nechljudow nicht zu fürchten, ihrem Blick zu begegnen, und schaute unverwandt zu ihr hinüber. In seiner Vorstellung kam es zu jener Erscheinung, zu der es gewöhnlich kommt, wenn jemand nach langer Zeit das Gesicht eines geliebten Menschen wiedersieht; zuerst ist er von den äußeren Veränderungen betroffen, die in der Zwischenzeit eingetreten sind, doch allmählich nimmt das Gesicht wieder dasselbe Aussehen an, das es vor vielen Jahren gehabt hat, die Veränderungen verflüchtigen sich, und vor seinem geistigen Auge erscheinen allein die dominierenden Züge der einmaligen, sich nicht wiederholenden geistigen Persönlichkeit.

Etwas Derartiges erlebte jetzt Nechljudow.

Ja, ungeachtet des Gefängniskittels, des stärker gewordenen Körpers, der volleren Brust, ungeachtet der in die Breite gegangenen unteren Gesichtspartie, der Furchen auf der Stirn und an den Schläfen und der geschwollenen Augenlider war es unverkennbar dieselbe Katjuscha, die in einer feierlichen Osternacht mit ihren Liebe und Lebensfreude ausstrahlenden Augen zu ihm, den sie liebte, so unschuldig aufgeblickt hatte.

Welch ein außergewöhnlicher Zufall! dachte Nechljudow. Es ist doch wie verhext, daß dieser Prozeß ausgerechnet in meine Session fallen mußte und ich sie, nachdem ich zehn Jahre nichts von ihr gehört habe, jetzt hier, auf der Anklagebank, antreffe! Und wie wird das alles noch enden? Ach, wenn ich es bloß möglichst bald hinter mir hätte!

Er wollte sich noch immer nicht dem Gefühl der Reue ergeben, das sich in ihm bereits zu regen begann. Ihm schien das Ganze ein Zufall zu sein, der auf sein Leben keine nachhaltige Wirkung ausüben würde. Er befand sich in einer ähnlichen Lage wie ein kleiner Hund, der sich im Zimmer schlecht aufgeführt hat, von seinem Herrn daraufhin beim Fell gepackt und mit der Schnauze in die von ihm angerichtete Bescherung gestoßen wird. Der kleine Köter winselt, sträubt sich, will nach rückwärts und ist bemüht, sich möglichst weit von den Folgen seiner Missetat zu entfernen und sie zu vergessen; doch sein unerbittlicher Herr läßt ihn nicht los. So fühlte auch Nechljudow bereits die ganze Schändlichkeit dessen, was er angerichtet hatte, spürte auch die mächtige Hand des Herrn, begriff aber immer noch nicht die Bedeutung seiner Schuld und erkannte die Macht des Herrn nicht an. Er wollte immer noch nicht glauben, daß das, was er vor sich sah, sein Werk sei. Doch die unsichtbare Hand hielt ihn unerbittlich umfaßt, und er ahnte bereits dunkel, daß es ihm nicht gelingen werde, sie abzuschütteln. Noch nahm er sich zwar zusammen, saß in selbstbewußter Haltung auf seinem Platz – dem zweiten Stuhl in der ersten Reihe –, schlug seiner Gewohnheit gemäß ein Bein über das andere und spielte nachlässig mit dem Kneifer. Aber im Grunde seines Herzens war er sich schon über die Grausamkeit, Gemeinheit und Frevelhaftigkeit nicht nur seines Verhaltens gegen Katjuscha, sondern auch über sein müßiges ausschweifendes, herzloses und selbstgefälliges Leben im klaren, und der schreckliche Vorhang, der wie durch ein Wunder so lange – während ganzer zwölf Jahre – sein Verbrechen und sein darauffolgendes Leben vor ihm verdeckt hatte, schwankte bereits, und er warf jetzt schon hin und wieder einen Blick hinter diesen Vorhang.

23

Als der Vorsitzende seine Rede schließlich beendet hatte, nahm er den Fragebogen vom Tisch und überreichte ihn mit einer graziösen Bewegung dem auf ihn zukommenden Obmann. Erfreut, hinausgehen zu können, standen die Geschworenen auf, und unschlüssig, wo sie mit ihren Händen bleiben sollten, gingen sie, sich gleichsam aus irgendeinem Grunde schämend, in das Beratungszimmer. Kaum hatte sich die Tür hinter ihnen geschlossen, da trat ein Gendarm heran, zog den Säbel, legte ihn an die Schulter und stellte sich vor der Tür auf. Die Richter erhoben sich und verließen den Saal. Auch die Angeklagten wurden hinausgeführt.

Das erste, was die Geschworenen nach ihrem Eintritt ins Beratungszimmer taten, bestand wieder darin, daß sie nach ihren Zigaretten griffen und zu rauchen begannen. Jenes beklemmende Gefühl von Unaufrichtigkeit und Heuchelei, das sie – der eine mehr, der andere weniger – empfunden hatten, solange sie auf ihren Plätzen im Sitzungssaal saßen, legte sich sofort, nachdem sie ins Beratungszimmer gekommen waren und sich erleichtert aufatmend eine Zigarette angezündet hatten. Alle ließen sich zwanglos nieder, und es entspann sich sofort ein lebhaftes Gespräch.

„Das Mädchen ist unschuldig, sie ist da hineingeschlittert", meinte der gutmütige Kaufmann. „Man muß mit ihr nachsichtig sein."

„Darüber werden wir eben beraten", erklärte der Obmann. „Wir dürfen uns nicht von persönlichen Eindrücken leiten lassen."

„Die Rede des Vorsitzenden war ausgezeichnet", bemerkte der Oberst.

„Na – ausgezeichnet! Ich war nah dran einzuschlafen."

„Ausschlaggebend ist, daß die Hotelangestellten nichts vom Gelde wissen konnten, wenn die Maslowa nicht gemeinsame Sache mit ihnen gemacht hätte", sagte der jüdisch aussehende Verkäufer.

„Sie meinen also, daß sie es war, die das Geld geraubt hat?" fragte einer der Geschworenen.

„Das glaub ich auf keinen Fall!" schrie der gutmütige Kaufmann. „Das ist alles das Werk dieses abgefeimten rotäugigen Frauenzimmers."

„Alle drei sind gut", meinte der Oberst.

„Aber die Botschkowa sagt doch, daß sie das Zimmer überhaupt nicht betreten habe."

„Ja, glauben Sie der nur! Diesem Biest glaub ich mein Lebtag kein Wort."

„Ja, aber damit ist noch nichts bewiesen, ob Sie ihr glauben oder nicht", wandte der Verkäufer ein.

„Den Schlüssel hat die Maslowa gehabt."

„Na und? Was hat das zu sagen?" fragte der Kaufmann.

„Und der Ring?"

„Das hat sie doch erklärt", schrie wieder der Kaufmann. „Unser Handelsmann war halt ein Kraftmensch und noch angetrunken dazu, da hat er ihr eine gelangt. Na, und hinterher hat er's natürlich bedauert. Da – nimm, heul nicht! So ein Mordskerl, wie wir gehört haben: zwölf Werschok lang und wohl seine acht Pud schwer."

„Darauf kommt es nicht an", fiel Pjotr Gerassimowitsch ein. „Die Frage dreht sich darum, ob sie die Sache ausgeheckt und die anderen überredet hat oder umgekehrt."

„Die Hotelleute allein konnten nichts machen. Den Schlüssel hatte sie."

„Darf ich also bitten, meine Herren", sagte der Obmann, nachdem sich dieses Durcheinander von Meinungsäußerungen noch eine ganze Weile hingezogen hatte. „Setzen wir uns an den Tisch, beraten wir! Nehmen Sie Platz", forderte er die Geschworenen auf, während er sich auf den Präsidialsessel setzte.

„Das ist alles eine Sorte, dieses Dirnenpack", sagte der Verkäufer und erzählte nun, um seine Meinung von der Hauptschuld der Maslowa zu erhärten, wie seinem Freund auf dem Boulevard von einem solchen Frauenzimmer die Uhr gestohlen worden war.

Der Oberst erzählte daraufhin einen noch verblüffenderen Fall, bei dem es sich um den Diebstahl eines silbernen Samowars gehandelt hatte.

„Ich bitte, sich an die Fragen zu halten, meine Herren", sagte der Obmann und klopfte mit dem Bleistift auf den Tisch.

Alle verstummten. Die Fragen waren folgendermaßen formuliert:

1. Wird der dreiunddreißig Jahre alte Bauer Simon Petrow Kartinkin aus dem Dorf Borki im Krapiwensker Kreis für schuldig befunden, daß er am 17. Januar 188 . . . in der Stadt N. dem Kaufmann Smelkow, mit der Absicht, ihn umzubringen und dann zu berauben, im Einvernehmen mit anderen Personen Gift in den Kognak geschüttet hat, woran der Kaufmann gestorben ist, und daß er dann das dem Kaufmann gehörende Geld im Betrage von zweitausendfünfhundert Rubel sowie einen Brillantring raubte?

2. Wird die dreiundvierzig Jahre alte Kleinbürgerin Jewfimija Iwanowna Botschkowa für schuldig befunden, die unter Punkt 1 angeführten Verbrechen begangen zu haben?

3. Wird die siebenundzwanzig Jahre alte Kleinbürgerin Jekaterina Michailowna Maslowa für schuldig befunden, die unter Punkt 1 angeführten Verbrechen begangen zu haben?

4. Falls die Angeklagte Jewfimija Botschkowa gemäß Frage 1 nicht für schuldig befunden wird, ist sie dann so weit schuldig, daß sie am 17. Januar 188 . . . in der Stadt N., als sie als Stubenmädchen im Hotel „Mauritania" arbeitete, insgeheim aus dem verschlossenen Koffer des in selbigem Hotel abgestiegenen Kaufmanns Smelkow, der sich in dessen Zimmer befand, zweitausendfünfhundert Rubel geraubt hat, wozu sie sich zum Öffnen des Koffers einen passenden Schlüssel beschaffte?

Der Obmann verlas die erste Frage.

„Nun, was sagen Sie dazu, meine Herren?"

Diese Frage wurde sehr schnell erledigt. Alle stimmten darin überein, daß Kartinkin schuldig sei und sich sowohl an der Vergiftung als auch am Raub beteiligt habe. Nicht bereit, ihn für schuldig zu erklären, war einzig ein alter Artelangehöriger, der alle Fragen im Sinne eines Freispruchs beantwortete.

Der Obmann glaubte, er habe den Sachverhalt nicht erfaßt, und erklärte ihm, Kartinkin und die Botschkowa seien nach allen vorliegenden Feststellungen zweifellos schuldig; doch der

Arbeiter erwiderte, daß er das alles verstehe, daß es aber dennoch besser sei, Mitleid walten zu lassen. „Wir sind allesamt keine Heiligen", sagte er und ließ sich von seiner Meinung nicht abbringen.

Die zweite Frage, bei der es sich um die Botschkowa handelte, wurde nach langem Hin und Her mit „Nicht schuldig" beantwortet, weil – hierauf pochte besonders ihr Verteidiger – keine klaren Beweise für ihre Teilnahme an der Vergiftung vorlagen.

Der Kaufmann, der die Maslowa zu entlasten wünschte, blieb hartnäckig dabei, die Botschkowa sei in allem die Hauptanstifterin gewesen, und fand dafür auch die Zustimmung vieler anderer Geschworener. Aber der Obmann wollte sich streng unparteiisch zeigen und erklärte, ihre Mittäterschaft bei der Vergiftung sei nicht hinreichend bewiesen. Nach längerem Disput siegte die Ansicht des Obmanns.

Auf die vierte Frage, die ebenfalls die Botschkowa betraf, wurde hingegen ein „Schuldig" gesprochen und nur auf Drängen des Arbeiters hinzugefügt: „Unter Zubilligung mildernder Umstände."

Bei der dritten Frage – die Maslowa betreffend – kam es zu einem erbitterten Meinungsstreit. Der Obmann bestand darauf, sie sowohl des Mordes als auch des Raubes für schuldig zu erklären, während der Kaufmann und, ihm beipflichtend, der Oberst, der Verkäufer und der Arbeiter widersprachen und die übrigen noch zu schwanken schienen. Doch dann begann sich der Obmann immer mehr mit seiner Ansicht durchzusetzen, vor allem deshalb, weil alle Geschworenen erschöpft waren und dazu neigten, sich derjenigen Meinung anzuschließen, die am schnellsten zu einer Einigung zu führen und sie alle zu befreien verhieß.

Nach allem, was die Voruntersuchung ergeben hatte, und soweit er selbst die Maslowa kannte, war Nechljudow überzeugt, daß sie weder den Mord noch den Raub begangen haben konnte, und er hatte zunächst mit Bestimmtheit angenommen, auch alle anderen würden zu dieser Erkenntnis kommen. Doch als er nun merkte, daß infolge der ungeschickten Verteidigung durch den

Kaufmann – die offensichtlich darauf beruhte, daß ihm, was er auch gar nicht verhehlte, die Maslowa gut gefiel – und der sich dadurch nur noch mehr versteifenden Haltung des Obmanns, vor allem aber infolge der allgemeinen Ermüdung immer mehr mit einer für die Maslowa ungünstigen Entscheidung gerechnet werden mußte, da drängte es ihn zu widersprechen; aber er schrak davor zurück, für die Maslowa einzutreten, weil er glaubte, dann würden alle gleich seine Beziehungen zu ihr erraten. Zugleich jedoch fühlte er, er dürfe die Sache nicht einfach ihren Lauf nehmen lassen, sondern müsse etwas zur Entlastung der Maslowa sagen. Er wurde abwechselnd rot und blaß und war schon im Begriff, das Wort zu ergreifen, als Pjotr Gerassimowitsch, der bis dahin geschwiegen hatte, offenbar gereizt durch den autoritären Ton des Obmanns, plötzlich seine Zurückhaltung aufgab und nun dieselben Einwände erhob, die Nechljudow vorzubringen gedacht hatte.

„Erlauben Sie", wandte sich Pjotr Gerassimowitsch an den Obmann. „Sie sagen da, nur die Maslowa könne das Geld geraubt haben, weil sie im Besitz des Schlüssels gewesen sei. Ja, ist es denn nicht denkbar, daß die Hotelangestellten, nachdem sie wieder gegangen war, den Koffer mit einem anderen Schlüssel öffneten?"

„Na klar, na klar!" pflichtete ihm der Kaufmann bei.

„Daß die Maslowa das Geld genommen hat, ist schon deshalb unwahrscheinlich, weil sie in ihrer Lage gar keine Möglichkeit hatte, es irgendwo zu lassen."

„Das ist es ja, was auch ich sage", bekräftigte der Kaufmann.

„Viel wahrscheinlicher ist es, daß die Hotelangestellten durch den Aufenthalt der Maslowa im Zimmer auf den Gedanken gekommen sind, die Gelegenheit auszunutzen, um das Geld zu rauben und dann alles auf sie abzuwälzen."

Pjotr Gerassimowitsch sprach gereizt, seine Erregung übertrug sich auf den Obmann, und dieser verfocht nun besonders hartnäckig seinen gegenteiligen Standpunkt. Pjotr Gerassimowitschs Ausführungen waren indessen so überzeugend, daß die Mehrheit ihm beipflichtete und den Beschluß faßte, die Mittäterschaft der Maslowa am Raub des Geldes und des Ringes zu verneinen und als glaubwürdig anzunehmen, daß ihr der Ring geschenkt worden war. Als hierauf die Frage erörtert wurde, ob sie an der Vergiftung beteiligt gewesen sei, machte ihr eifriger Verteidiger, der Kaufmann, geltend, daß sie gar kein Interesse gehabt habe, Smelkow umzubringen, und deshalb freigesprochen werden müsse. Der Obmann wandte dagegen ein, daß man sie nicht freisprechen könne, da sie ja selbst gestanden habe, Smelkow das Pulver eingegeben zu haben.

„Eingegeben hat sie es ihm wohl, aber im Glauben, daß es sich um Opium handele", erwiderte der Kaufmann.

„Sie konnte ihn auch mit Opium ums Leben bringen", mischte sich der Oberst ein, der sich gern auf Abschweifungen einließ und nun erzählte, daß sich die Frau seines Schwagers mit Opium vergiftet habe und gestorben wäre, hätte nicht ein Arzt in der Nähe gewohnt und rechtzeitig die nötigen Maßnahmen ergriffen. Der Oberst sprach so nachdrücklich, selbstbewußt und würdevoll, daß niemand sich erkühnte, ihn zu unterbrechen. Einzig der Verkäufer, angesteckt durch das Beispiel, brachte den Mut auf und unterbrach ihn, um auch eine Geschichte zu erzählen.

„Manche gewöhnen sich so daran", begann er, „daß sie vierzig Tropfen einnehmen können. Ein Verwandter von mir ..."

Doch der Oberst ließ ihn nicht dazwischenreden und fuhr fort, die Wirkung des Opiumgenusses auf die Frau seines Schwagers zu schildern.

„Ach, die Uhr geht ja schon auf fünf, meine Herrschaften", warf einer der Geschworenen ein.

„Wie ist es nun, meine Herren?" nahm wieder der Obmann das Wort. „Sollen wir sie schuldig sprechen, mit dem Zusatz, daß sie nicht die Absicht zum Raub gehabt und nichts entwendet hat? Sind Sie damit einverstanden?"

Pjotr Gerassimowitsch, erfreut über seinen Sieg, erklärte sich einverstanden.

„Aber unter Zubilligung mildernder Umstände", fügte der Kaufmann hinzu.

Alle stimmten zu. Nur der Arbeiter bestand darauf, die Frage mit „Nein, nicht schuldig" zu beantworten.

„Das ergibt sich doch von selbst“, klärte ihn der Obmann auf. „Wenn wir sagen, ohne Absicht zu rauben und ohne daß sie etwas entwendet hat, dann ist sie eben unschuldig.“

„Also los – mit mildernden Umständen, damit sie auch vom letzten, was noch übrigbleibt, reingewaschen wird“, rief fröhlich der Kaufmann.

Alle waren so erschöpft und zermürbt von den Disputen, daß niemand daran dachte, der Antwort hinzuzufügen: *aber ohne Vorsatz zu töten.*

Nechljudow war dermaßen aufgeregt, daß auch ihm diese Unterlassung entging. In dieser Formulierung wurden somit die Antworten aufgesetzt und in den Gerichtssaal gebracht.

Rabelais schreibt an einer Stelle, daß ein Richter, dem ein Rechtsstreit vorgetragen wurde, nach Hinweis auf alle möglichen Gesetze und nach Verlesung von zwanzig Seiten Juristenlateins den Prozeßgegnern vorgeschlagen habe zu würfeln: bei einer geraden Augenzahl sollte der Kläger, bei einer ungeraden der Beklagte recht haben.

So verhielt es sich auch hier. Gerade diese und keine andere Entscheidung war nicht etwa deshalb erfolgt, weil alle einig gewesen wären, sondern erstens deshalb, weil der Vorsitzende trotz der Länge seiner Ansprache an die Geschworenen diesmal versäumt hatte, sie – wie er es sonst immer tat – darauf hinzuweisen, daß sie bei einer Bejahung der Schuldfrage den Zusatz machen konnten: „aber ohne Vorsatz zu töten“; zweitens, weil der Oberst so lange und monoton die Geschichte von der Frau seines Schwagers erzählt hatte; drittens, weil Nechljudow in seiner Aufregung die Unterlassung des Zusatzes, daß die Tötung nicht vorsätzlich herbeigeführt worden sei, nicht bemerkt hatte und in dem Glauben gewesen war, schon der Zusatz „ohne Raubabsicht“ habe die Anklage hinfällig gemacht; viertens, weil Pjotr Gerassimowitsch, der für kurze Zeit das Zimmer verlassen hatte, gerade nicht anwesend war, als der Obmann die Fragen mit den entsprechenden Antworten vorlas, und vor allem deshalb, weil alle erschöpft waren, die Sache möglichst bald hinter sich haben wollten und daher einer Entscheidung zuneigten, die am schnellsten zu einem Ende führen würde.

Die Geschworenen klingelten. Der Gendarm, der mit gezogenem Säbel vor der Tür stand, steckte den Säbel in die Scheide zurück und trat zur Seite. Die Richter nahmen wieder ihre Plätze ein, und nacheinander erschienen die Geschworenen im Saal.

Der Obmann trug mit feierlicher Gebärde den Fragebogen. Er schritt auf den Vorsitzenden zu und übergab ihm das Schriftstück. Der Vorsitzende überflog es, zuckte sichtlich erstaunt die Achseln und wandte sich zur Beratung an seine Kollegen. Erstaunt war er darüber, daß die Geschworenen, obwohl sie bei dem ersten Teil der Frage den Zusatz „ohne Raubabsicht" hinzugefügt, beim zweiten Teil den Zusatz „ohne Vorsatz zu töten" fortgelassen hatten. Dies lief darauf hinaus, daß die Maslowa laut Entscheidung der Geschworenen weder gestohlen noch geraubt, aber dennoch einen Menschen für nichts und wieder nichts ermordet hatte.

„Schauen Sie her, zu welch unsinniger Entscheidung sie gekommen sind", sagte er zu dem links neben ihm sitzenden Richter. „Darauf steht Zwangsarbeit, und dabei ist sie doch unschuldig."

„Na, wieso denn gleich unschuldig?" meinte der strenge Richter.

„Ja, einfach unschuldig. Meines Erachtens kommt hier der Paragraph 818 in Betracht." (Gemäß Paragraph 818 kann das Gericht, sofern es einen Schuldspruch für falsch erachtet, die Entscheidung der Geschworenen abändern.) „Was meinen Sie?" wandte sich der Vorsitzende an den gutmütigen Richter.

Der gutmütige Richter antwortete nicht gleich, weil er noch damit beschäftigt war, die Ziffern zu addieren, aus denen sich die Nummer eines vor ihm liegenden Aktenstückes zusammensetzte, und seine Zustimmung davon abhängig machen wollte, ob sich das Resultat durch drei teilen ließe. Die Teilung ging nicht auf, aber aus lauter Gutmütigkeit sagte er dennoch:

„Ich meine auch, man müßte es tun."

„Und Sie?" fragte der Vorsitzende den griesgrämigen Richter.

„Auf keinen Fall!" antwortete dieser entschieden. „Ohnehin

regt sich die Presse darüber auf, daß Geschworene Verbrecher freisprechen; was wird sie da erst sagen, wenn das Gericht einen Schuldspruch der Geschworenen aufhebt? Ich stimme unter keinen Umständen zu."

Der Vorsitzende warf einen Blick auf die Uhr.

Sie tut einem leid, doch es läßt sich nicht ändern, dachte er und übergab den Fragebogen dem Obmann zur Verlesung.

Alle erhoben sich von ihren Plätzen, worauf der Obmann hüstelte und, von einem Fuß auf den andern tretend, die Fragen und Antworten verlas. In den Gesichtern sämtlicher Gerichtspersonen – des Sekretärs, der Anwälte, ja selbst in dem des Staatsanwalts – malte sich Verwunderung.

Die Angeklagten saßen indessen völlig apathisch da und schienen den Sinn der Antworten überhaupt nicht zu begreifen. Nachdem sich alle wieder gesetzt hatten, fragte der Vorsitzende den Staatsanwalt, welche Strafen er für die Angeklagten beantrage.

Der Staatsanwalt, der sich über seinen unerwarteten Erfolg hinsichtlich der Maslowa freute und ihn seiner Redekunst zuschrieb, las in einem Buch nach, stand dann auf und sagte:

„Ich beantrage, Simon Kartinkin gemäß Paragraph 1452 und Absatz 4 des Paragraphen 1453, Jewfimija Botschkowa gemäß Paragraph 1659 und Jekaterina Maslowa gemäß Paragraph 1454 zu verurteilen."

In allen drei Fällen war es das Höchstmaß der in Betracht kommenden Strafen.

„Das Gericht zieht sich zur Urteilsfindung zurück", erklärte der Vorsitzende und stand auf.

Anschließend standen auch alle andern auf und begaben sich erleichtert und in dem angenehmen Gefühl, ein gutes Werk vollbracht zu haben, entweder in den Flur oder begannen im Saal auf und ab zu gehen.

„Na, guter Freund, da haben wir uns aber einen schändlichen Fehlspruch zuschulden kommen lassen", sagte Pjotr Gerassimowitsch, als er mit Nechljudow zusammentraf, dem der Obmann irgend etwas erzählte. „Der Maslowa haben wir ja Zwangsarbeit eingebrockt."

„Das ist doch unmöglich, was Sie sagen!“ schrie Nechljudow auf, der diesmal gar nicht die unangenehm familiäre Art des Lehrers bemerkte.

„Leider nicht“, erwiderte dieser. „Wir haben es unterlassen, dem Schuldspruch den Zusatz ‚aber ohne Vorsatz zu töten‘ hinzuzufügen. Wie mir eben der Sekretär sagte, wird der Staatsanwalt für sie fünfzehn Jahre Zwangsarbeit durchsetzen.“

„Aber das wurde doch alles gemeinsam beschlossen“, sagte der Obmann.

Pjotr Gerassimowitsch widersprach und sagte, es verstehe sich doch von selbst, daß sie, da sie nicht das Geld des Kaufmanns geraubt habe, auch nicht die Absicht gehabt haben konnte, ihn umzubringen.

„Ich habe ja alle Antworten noch vorgelesen, bevor wir zurückgingen“, versuchte sich der Obmann zu rechtfertigen. „Niemand hat etwas eingewandt.“

„Ich war zu der Zeit aus dem Zimmer gegangen“, antwortete Pjotr Gerassimowitsch. „Aber Sie, wie konnten Sie das versäumen?“ wandte er sich an Nechljudow.

„An eine solche Möglichkeit habe ich nicht im entferntesten gedacht“, sagte Nechljudow.

„Das ist es eben, daß Sie nicht daran gedacht haben.“

„Nun, das muß sich korrigieren lassen“, meinte Nechljudow.

„Ach nein, jetzt ist alles beendet.“

Nechljudow blickte zu den Angeklagten hinüber. Diese Menschen, deren Schicksal jetzt entschieden wurde, saßen, von Soldaten bewacht, nach wie vor reglos hinter der Barriere. Die Maslowa lächelte aus irgendeinem Grunde. Und in Nechljudows Brust regte sich ein häßliches Gefühl. Bis jetzt, solange er mit ihrem Freispruch und Verbleiben in der Stadt gerechnet hatte, war er sich unschlüssig gewesen, wie er sich ihr gegenüber verhalten sollte; jede Verbindung mit ihr wäre peinlich gewesen. Wurde sie aber zur Zwangsarbeit nach Sibirien verbannt, dann fiele damit jede Möglichkeit zu einer Verbindung mit ihr von vornherein fort: der angeschossene Vogel würde aufhören, in der Jagdtasche mit den Flügeln zu schlagen und sich in Erinnerung zu bringen.

24

Pjotr Gerassimowitschs Vermutungen erwiesen sich als berechtigt.

Nach Rückkehr des Richterkollegiums aus dem Beratungszimmer verlas der Vorsitzende die Urteile.

„Am 28. April 188 . . . hat das Kreisgericht, Abteilung für kriminelle Strafsachen, in Ausführung des Erlasses Seiner Majestät des Zaren folgendes beschlossen: Auf Grund der Entscheidung der Herren Geschworenen und gemäß Absatz 3 des Paragraphen 771, Absatz 3 des Paragraphen 776 und Paragraph 777 des Strafgesetzbuches werden der dreiunddreißig Jahre alte Bauer Simon Kartinkin und die siebenundzwanzig Jahre alte Kleinbürgerin Jekaterina Maslowa unter Aberkennung aller bürgerlichen Ehrenrechte zu Zwangsarbeit verurteilt: Simon Kartinkin zu acht Jahren und Jekaterina Maslowa zu vier Jahren, beide mit den sich aus Paragraph 28 des Strafgesetzbuches ergebenden Folgen; die dreiundvierzig Jahre alte Kleinbürgerin Jewfimija Botschkowa wird unter Aberkennung aller persönlich oder von Standes wegen erworbenen Sonderrechte und Privilegien zu drei Jahren Gefängnis mit den in Paragraph 49 des Strafgesetzbuches festgelegten Folgen verurteilt. Die entstandenen Gerichtskosten werden zu gleichen Teilen den Angeklagten auferlegt oder im Falle ihrer Zahlungsunfähigkeit von der Staatskasse übernommen. Die materiellen Beweisstücke werden verkauft, der Ring wird zurückgegeben, die Glasbehälter sind zu vernichten."

Während der Urteilsverkündung stand Kartinkin, die gespreizten Finger an die Hosennaht gedrückt, in strammer Haltung da und bewegte nach wie vor die Backenmuskeln. Die Botschkowa schien völlig ruhig zu sein. Nur die Maslowa wurde, als sie das Urteil hörte, purpurrot.

„Ich hab keine Schuld, ich hab keine Schuld!" schrie sie plötzlich mit durch den ganzen Saal gellender Stimme. „Das ist Sünde. Ich bin unschuldig. Ich hab nichts Böses gewollt, hab's nicht gewußt. Das ist die Wahrheit, die reine Wahrheit!" rief sie und sank laut schluchzend auf die Bank.

Als Kartinkin und die Botschkowa den Saal schon verlassen hatten, blieb sie noch immer auf ihrem Platz sitzen, so daß der Gendarm sie an der Schulter rütteln mußte.

Nein, darauf kann man es nicht beruhen lassen! dachte Nechljudow, der seinen häßlichen Gedanken von vorhin jetzt völlig vergessen hatte und spontan zum Flur eilte, um sie noch einmal zu sehen. An der Tür drängten sich – zufrieden, die Sitzung hinter sich zu haben – in lebhafter Unterhaltung die aus dem Saal strömenden Geschworenen und Anwälte, so daß er hier ein paar Augenblicke aufgehalten wurde. Als er dann endlich in den Flur gelangte, war die Maslowa schon weit fort. Ohne das Aufsehen zu beachten, das er damit erregte, stürmte er ihr nach, überholte sie und blieb stehen, um sie an sich vorbeikommen zu lassen. Sie weinte jetzt nicht mehr, sondern schluchzte nur hin und wieder und ging, ihr gerötetes Gesicht mit dem Zipfel des Kopftuchs abwischend, ohne aufzublicken, an ihm vorüber. Nun eilte Nechljudow zurück, um mit dem Vorsitzenden zu sprechen. Dieser hatte sich jedoch schon entfernt, und er erreichte ihn erst in der Garderobe.

„Herr Präsident", redete er den Vorsitzenden an, als dieser bereits seinen hellen Mantel anzog und den ihm vom Portier gereichten Spazierstock mit silbernem Knauf entgegennahm. „Kann ich Sie einen Augenblick wegen des eben beendeten Prozesses sprechen? Ich bin Geschworener."

„Ja, natürlich – Fürst Nechljudow, nicht wahr? Sehr angenehm, wir sind einander ja schon begegnet", sagte der Vorsitzende, während er ihm die Hand drückte und sich mit Vergnügen daran erinnerte, wie famos, an Elan alle jungen Leute übertreffend, er an jenem Abend getanzt hatte, als er mit Nechljudow zusammengetroffen war. „Womit kann ich dienen?"

„Bei der Beantwortung der die Maslowa betreffenden Schuldfragen ist ein Mißverständnis unterlaufen. An der Vergiftung trifft sie keine Schuld, aber nun ist sie zu Zwangsarbeit verurteilt", sagte Nechljudow mit finster verzogenem Gesicht.

„Das Gericht hat dem Urteil die von Ihnen, den Herren Geschworenen, für richtig befundenen Antworten zugrunde gelegt", sagte der Vorsitzende und wandte sich der Ausgangstür zu. „Allerdings schienen diese Antworten auch dem Gericht nicht recht dem Sachverhalt zu entsprechen."

Er erinnerte sich, daß er die Absicht gehabt hatte, die Geschworenen darüber zu belehren, daß eine Bejahung der Schuldfrage ohne gleichzeitige Verneinung der Absicht zu töten eine Bejahung der vorsätzlichen Tötung bedeute, daß er diese Aufklärung jedoch, in seinem Bemühen, die Sache möglichst schnell zu beenden, versäumt hatte.

„Ja, kann man denn diesen Fehler nicht noch richtigstellen?"

„Ein Vorwand, Berufung einzulegen, wird sich allemal finden lassen. Sie müßten sich an einen Rechtsanwalt wenden", erwiderte der Vorsitzende, indem er sich den Hut seitlich auf den Kopf stülpte und langsam dem Ausgang zuging.

„Aber das ist ja furchtbar."

„Ja, sehen Sie, für die Maslowa gab es nur eins von beiden ...", sagte, offenbar bemüht, Nechljudow besonders zuvorkommend zu behandeln, der Vorsitzende, während er die Enden seines Backenbarts über dem Mantelkragen zurechtstrich und mit Nechljudow, ihn leicht beim Arm fassend, auf die Ausgangstür zuschritt. „Sie gehen doch auch?"

„Ja", erwiderte Nechljudow, der nun hastig seinen Mantel anzog und sich dem Vorsitzenden anschloß.

Sie traten auf die in strahlenden, belebenden Sonnenschein getauchte Straße hinaus und mußten hier sofort lauter sprechen, um sich bei dem Rädergerassel verständlich zu machen.

„Die Sache, belieben Sie zu sehen, ist insofern ganz eigenartig", fuhr der Vorsitzende mit erhobener Stimme fort, „als es für sie, diese Maslowa, nur eins von beiden gab: entweder ein fast glatter Freispruch, das heißt eine Gefängnis- oder vielleicht sogar nur Arreststrafe, die durch die in der Untersuchungshaft zugebrachte Zeit womöglich schon abgegolten wäre, oder aber Katorga – ein Mittelding kam nicht in Frage. Hätten Sie den Zusatz gemacht: ‚aber ohne Absicht zu töten', dann wäre sie freigesprochen worden."

„Das habe ich unverzeihlicherweise versäumt", sagte Nechljudow.

„Aber es ist eben der springende Punkt", antwortete lächelnd der Vorsitzende und warf einen Blick auf die Uhr.

Es waren nur noch drei Viertelstunden bis zum Ablauf der von Klara festgesetzten Frist.

„Sie haben noch die Möglichkeit, sich an einen Rechtsanwalt zu wenden. Man müßte einen Vorwand zur Berufung finden. Das läßt sich immer machen ... In die Dworjanskaja", rief er einem Droschkenkutscher zu. „Dreißig Kopeken, mehr zahle ich nie."

„Bitte, Exzellenz, steigen Sie ein."

„Habe die Ehre. Wenn ich Ihnen dienlich sein kann – Haus Dwornikow in der Dworjanskaja, es ist leicht zu behalten."

Damit verneigte er sich freundlich und fuhr davon.

25

Nach seinem Gespräch mit dem Vorsitzenden und unter dem Einfluß der frischen Luft fühlte sich Nechljudow etwas beruhigt. Er nahm jetzt an, daß seine Aufregung übertrieben und auf die so ungewohnten Umstände zurückzuführen sei, unter denen er diesen ganzen Vormittag verbracht hatte.

Gewiß, es ist ein erstaunliches, ganz außergewöhnliches Zusammentreffen von Zufällen, dachte er. Und ich muß natürlich sofort, ohne jeden Verzug alles nur Mögliche unternehmen, um ihr Los zu erleichtern. Jetzt will ich auf der Stelle, gleich im Gericht, die Adressen von Fanarin und Mikischin feststellen, beschloß er, als er sich zweier namhafter Rechtsanwälte erinnerte.

Er ging ins Gericht zurück, legte den Mantel ab und begab sich ins Obergeschoß. Gleich im ersten Korridor begegnete ihm Fanarin. Er hielt ihn an und sagte, er möchte etwas mit ihm besprechen. Fanarin, der Nechljudow vom Ansehen und dem Namen nach kannte, antwortete, er würde sich freuen, ihm dienlich zu sein.

„Ich bin zwar abgekämpft, doch wenn es nicht lange dauert, können Sie mir Ihr Anliegen gleich darlegen. Gehen wir hier hinein ..."

Er führte Nechljudow in einen Raum, der anscheinend das Arbeitszimmer eines Richters war. Sie setzten sich an den Tisch.

„Was haben Sie auf dem Herzen?"

„Zunächst muß ich Sie bitten, die Angelegenheit diskret zu behandeln. Es darf niemand erfahren, daß ich daran Anteil nehme."

„Nun, das versteht sich von selbst. Also bitte ..."

„Ich habe heute als Geschworener fungiert, und infolge unseres Schuldspruchs wurde eine Frau zur Zwangsarbeit verurteilt, die tatsächlich unschuldig ist. Das quält mich."

Nechljudow fühlte zu seiner eigenen Überraschung, daß er errötete, und wurde verlegen.

Fanarin sah ihn prüfend an und senkte wieder die Augen. „So, so ...", sagte er.

„Eine Unschuldige ist verurteilt, und da möchte ich Berufung einlegen und die Sache vor eine höhere Instanz bringen."

„Vor den Senat", verbesserte Fanarin.

„Ja, und Sie möchte ich bitten, die nötigen Schritte einzuleiten", sagte Nechljudow – und bestrebt, sich möglichst schnell des Schwersten zu entledigen, fügte er gleich hinzu: „Die Honorierung sowie sämtliche in diesem Zusammenhang entstehenden Unkosten übernehme ich persönlich."

„Nun, hierüber werden wir uns schon einigen", antwortete, nachsichtig über Nechljudows Unerfahrenheit lächelnd, der Rechtsanwalt. „Worum handelt es sich also?"

Nechljudow setzte es ihm auseinander.

„Schön, ich werde mir morgen die Akten ansehen. Und übermorgen, nein, Donnerstag können Sie dann um sechs Uhr abends zu mir kommen und von mir Bescheid erhalten. Einverstanden? Also bis dahin – ich muß hier noch verschiedene Akten einsehen."

Nechljudow verabschiedete sich und ging.

Das Gespräch mit dem Rechtsanwalt und das Bewußtsein, jetzt bereits Maßnahmen im Interesse der Maslowa getroffen zu haben, trug weiter zu seiner Beruhigung bei. Er trat ins Freie hinaus. Es war wunderschönes Wetter, und er atmete mit Behagen die Frühlingsluft ein. Die Droschkenkutscher boten ihre

Dienste an, doch er ging zu Fuß, und sofort schwirrte ihm ein ganzer Schwarm von Gedanken und Erinnerungen an Katjuscha und an sein schändliches Verhalten gegen sie durch den Kopf. Er wurde mißgestimmt und sah alles grau in grau. Nein, darüber werde ich später nachdenken, sagte er sich, jetzt muß ich mich erst einmal zerstreuen und mich von den schweren Eindrücken befreien.

Ihm fiel die Einladung zu den Kortschagins ein, und er warf einen Blick auf die Uhr. Es war nicht zu spät, er konnte noch rechtzeitig zum Essen hinkommen. In diesem Augenblick fuhr bimmelnd eine Pferdebahn vorüber. Er lief ihr nach und sprang auf. Am Marktplatz stieg er wieder aus, nahm eine elegante Droschke und fuhr zehn Minuten später an der Freitreppe des großen Kortschaginschen Hauses vor.

26

„Bitte, Euer Erlaucht, Sie werden erwartet", sagte der freundliche, fettgepolsterte Portier des stattlichen Kortschaginschen Hauses, als er das sich in englischen Angeln geräuschlos bewegende Eichenportal öffnete. „Die Herrschaften sind beim Essen und haben befohlen, niemand außer Ihnen vorzulassen."

Der Portier ging zur Treppe und klingelte.

„Ist Besuch da?" fragte Nechljudow, während er den Mantel ablegte.

„Herr Kolossow und Michail Sergejewitsch, sonst nur der häusliche Kreis."

An der Treppe erschien ein schmucker Lakai in Frack und weißen Handschuhen.

„Haben Sie die Güte, Erlaucht", sagte er. „Ich soll Sie sofort hineinführen."

Nechljudow stieg die Treppe hinauf und begab sich durch den ihm wohlbekannten prächtigen großen Saal ins Speisezimmer. Dort war um den Tisch herum die ganze Familie versammelt, ausgenommen die Mutter, Fürstin Sofja Wassiljewna, die nie ihr Zimmer verließ. An der Stirnseite des Tisches thronte der alte Kortschagin; links neben ihm saß der Hausarzt und rechts von ihm als Gast Iwan Iwanowitsch Kolossow, ehemals Adelsmarschall des Gouvernements und jetzt Mitglied eines Bankdirektoriums, ein liberaler Kollege des Hausherrn; weiter links folgten Miß Raeder, die Gouvernante von Missys kleiner Schwester, und ihre vierjährige Schutzbefohlene; gegenüber, an der rechten Tischseite, saß Missys Bruder Petja, der einzige Sohn der Kortschagins, ein Gymnasiast der VI. Klasse, um dessentwillen die ganze Familie in Erwartung seiner Versetzungsprüfungen in der Stadt geblieben war, sowie ein Student, der ihm Nachhilfeunterricht gab; an der linken Tischseite saß ferner Jekaterina Alexejewna, eine vierzigjährige ledige Slawophilin, und ihr gegenüber Michail Sergejewitsch Telegin, ein in der Familie kurz Mischa genannter Vetter Missys; diese selbst saß am Ende des Tisches neben einem noch unberührten Gedeck.

„Na, da wären wir ja! Setzen Sie sich, wir sind gerade noch beim Fisch", stammelte, behutsam mit seinen falschen Zähnen kauend, der alte Kortschagin, während er seine blutunterlaufenen Augen, an denen nichts von den Lidern zu sehen war, auf Nechljudow richtete. „Stepan", wandte er sich mit vollem Mund an den dicken, imposanten Büfettier und deutete mit den Augen auf das reservierte Gedeck.

Obschon Nechljudow den alten Kortschagin gut kannte und ihn auch schon oft beim Essen gesehen hatte, war er diesmal beim Anblick seines roten Gesichts, der genießerisch schmatzenden Lippen, des dicken Halses, der über der in den Westenausschnitt gesteckten Serviette vorquoll, und überhaupt von dieser ganzen übersättigten Generalsfigur besonders unangenehm berührt. Ihm fiel unwillkürlich ein, was er von der Grausamkeit dieses Mannes wußte, der dank seines Reichtums und seiner Stellung auf niemand Rücksicht zu nehmen brauchte und auf dessen Befehl, als er noch Oberkommandierender des Bezirks gewesen war, unzählige Menschen um nichts und wieder nichts durchgepeitscht, ja sogar gehängt worden waren.

„Es wird sofort serviert, Euer Erlaucht", sagte Stepan, während er aus dem mit silbernen Vasen überladenen Büfett einen großen Schöpflöffel nahm und dem schmucken backenbärtigen

Lakaien zunickte, der hierauf sogleich das noch unberührt neben Missys Platz liegende, mit einer gesteiften, kunstvoll gefalteten und wappengeschmückten Serviette bedeckte Gedeck zu ordnen begann.

Nechljudow ging um den ganzen Tisch herum und drückte jedem die Hand. Außer dem alten Kortschagin und den Damen erhoben sich alle, als er auf sie zutrat. Auch diesen Rundgang um den Tisch sowie den Zwang, allen Anwesenden die Hand zu drücken, obwohl er mit den meisten von ihnen kaum jemals ein Wort gewechselt hatte, empfand er heute als besonders unangenehm und lächerlich. Er entschuldigte sich wegen seiner Verspätung und schickte sich schon an, am Ende des Tisches auf dem freien Stuhl zwischen Missy und Jekaterina Alexejewna Platz zu nehmen, als der alte Kortschagin auf einen nebenan stehenden Tisch wies, auf dem Hummer, Kaviar, Heringe und diverse Käsesorten aufgetragen waren, und darauf bestand, daß er, wenn er schon keinen Schnaps trinken wolle, vor dem Essen wenigstens einen appetitanregenden kleinen Imbiß zu sich nehme. Erst jetzt, nachdem er ein Stückchen Brot mit Käse verzehrt hatte, merkte Nechljudow, wie ausgehungert er war, und sprach allen Leckerbissen tüchtig zu.

„Nun, haben Sie die Grundpfeiler untergraben?“ fragte Kolossow, indem er ironisch auf die Ausdrucksweise einer reaktionären Zeitung anspielte, die gegen die Einrichtung der Schwurgerichte opponierte. „Haben Sie Schuldige freigesprochen und Unschuldige verurteilt?“

„Die Grundpfeiler untergraben ... die Grundpfeiler untergraben“, wiederholte lachend der Fürst, der uneingeschränkt von dem außergewöhnlichen Verstand und der Gelehrtheit seines liberalen Kollegen und Freundes überzeugt war.

Ungeachtet der Gefahr, unhöflich zu scheinen, ließ Nechljudow die Frage Kolossows unbeantwortet, setzte sich an den Tisch und machte sich sofort über seine dampfende Suppe her.

„Lassen Sie ihn doch erst essen“, sagte Missy lächelnd, wobei sie durch das Wörtchen ihn auf ihre nahe Verbundenheit mit Nechljudow hindeutete.

Kolossow erzählte indessen lebhaft und voller Entrüstung Genaueres über den gegen die Schwurgerichte erschienenen Artikel. Michail Sergejewitsch, Kortschagins Neffe, wollte nicht nachstehen und gab den Inhalt eines weiteren Artikels derselben Zeitung wieder.

Missy war wie immer höchst distinguée und gediegen – unauffällig gediegen – gekleidet.

„Sie müssen ja furchtbar abgespannt und ausgehungert sein", sagte sie zu Nechljudow, als er mit dem Essen fertig war.

„Nein, nicht besonders. Und was haben Sie gemacht? Sind Sie in der Gemäldegalerie gewesen?"

„Nein, das haben wir verschoben. Wir haben bei den Salamatows Tennis gespielt. Mister Crooks spielt wirklich erstaunlich gut."

Nechljudow war hergekommen, um sich zu zerstreuen, und er hatte sich in diesem Haus auch immer wohl gefühlt – nicht nur wegen des guten Tons und des Luxus, der hier herrschte und von ihm angenehm empfunden wurde, sondern auch wegen der Atmosphäre schmeichelhafter Auszeichnung, die ihn hier unmerklich umgab. Heute jedoch fühlte er sich in diesem Haus von allem angewidert – angefangen vom Portier, von der breiten Treppe, den Blumen, den Lakaien und der Tischdekoration bis zu Missy selbst, die ihm heute reizlos und geschraubt erschien. Unangenehm empfand er sowohl den anmaßenden, banalen Ton des sich liberal aufspielenden Kolossow als auch die stiernackige, sinnliche Gestalt des selbstgefälligen alten Kortschagin, die französischen Phrasen der Slawophilin Jekaterina Alexejewna, die verlegen dreinschauenden Gesichter der Gouvernante und des Nachhilfelehrers, und ganz besonders unangenehm empfand er, daß Missy, als sie von ihm sprach, das Fürwort ihn gebraucht hatte ... In der Beurteilung Missys hatte Nechljudow von jeher geschwankt. Manchmal sah er undeutlich, wie mit halb zusammengekniffenen Augen oder im milchigen Licht des Mondes, nur alles Gute an ihr, und sie schien ihm dann frisch, hübsch, klug und natürlich zu sein. Doch plötzlich konnte es vorkommen, daß er, wie von der Sonne hell beleuchtet, alles bemerkte, was an ihr auszusetzen war. So auch heute. Er sah heute jedes Fältchen in ihrem Gesicht, wußte und sah, wie das Haar künstlich aufgebauscht war, sah die spitzen Ellbogen und sah vor allem den breiten Daumennagel, der dem ihres Vaters glich.

„Ein höchst langweiliger Zeitvertreib", äußerte sich Kolossow über das Tennisspiel. „Die Ballspiele, mit denen wir uns in der Kindheit vergnügt haben, waren weit lustiger."

„Nein, Sie kennen es nicht genug, es ist furchtbar spannend", wandte Missy ein, wobei sie, wie es Nechljudow schien, das Wort furchtbar besonders geziert aussprach.

Nun entspann sich ein Wortstreit, an dem sich auch Michail Sergejewitsch und Jekaterina Alexejewna beteiligten. Nur die Gouvernante, der Nachhilfelehrer sowie die Kinder schwiegen und waren sichtlich gelangweilt.

„Ewig wird gestritten", sagte laut lachend der alte Kortschagin, während er die Serviette aus dem Westenausschnitt zog und, geräuschvoll seinen Stuhl zurückstoßend (der von einem Lakaien sofort beiseite geschoben wurde), vom Tisch aufstand. Anschließend erhoben sich auch alle anderen und traten an einen kleinen Tisch heran, um sich mit dem duftenden warmen Wasser, das dort in Schalen bereitstand, den Mund zu spülen. Nachdem dies geschehen war, wurde die niemand interessierende Unterhaltung fortgesetzt.

„Habe ich nicht recht?" wandte sich Missy an Nechljudow, der ihre Ansicht bekräftigen sollte, daß sich der menschliche Charakter bei keiner anderen Gelegenheit so deutlich offenbare wie im Spiel. Sie hatte jenen ernsten und, wie es ihr schien, mißbilligenden Ausdruck seines Gesichts bemerkt, den sie an ihm fürchtete, und wollte die Ursache erforschen.

„Das kann ich nicht sagen, ich habe nie darüber nachgedacht", antwortete Nechljudow.

„Wollen Sie Mama guten Tag sagen?" fragte Missy.

„Ja, gewiß", sagte er, nach einer Zigarette greifend, in einem Ton, dem deutlich zu entnehmen war, daß er keine Lust hatte, zur Fürstin zu gehen.

Doch als Missy ihm nun wortlos fragend ins Gesicht blickte, machte er sich Vorwürfe. Man kann die Leute ja nicht nur zu dem Zweck besuchen, um sie in Trübsal zu versetzen, dachte er und sagte mit erzwungener Liebenswürdigkeit, daß er der Fürstin mit Vergnügen seine Aufwartung machen wolle, falls sie bereit sei, ihn zu empfangen.

„Mama wird sich sicherlich sehr freuen. Rauchen können Sie auch dort. Iwan Iwanowitsch ist ebenfalls bei ihr."

Die Frau des Hauses, Fürstin Sofja Wassiljewna, war eine kränkliche Dame. Besuche empfing sie, in einer Wolke von Spitzen und Bändern auf der Chaiselongue liegend, schon seit über sieben Jahren nur noch in ihrem mit vergoldeten und lackierten Möbeln, Samtdraperien, Bronze- und Elfenbeingegenständen sowie Blumen ausgestatteten Zimmer; sie unternahm keinerlei Ausfahrten und empfing, wie sie sagte, einzig „ihre Freunde", das heißt alle, die nach ihrem Dafürhalten auf irgendeine Weise die Menge überragten. Nechljudow war in die Reihe dieser Freunde aufgenommen worden – erstens, weil sie ihn für einen klugen jungen Mann hielt, und zweitens, weil seine Mutter zum engsten Freundeskreis der Familie gehört hatte und es daher schön wäre, wenn er Missy heiratete.

Das Zimmer der Fürstin lag hinter dem großen und dem kleinen Salon. Auf dem Weg durch den großen Salon blieb Missy, die vorausging, unvermittelt stehen, legte die Hand auf die Lehne eines der zierlichen vergoldeten Stühle und blickte Nechljudow entschlossen ins Gesicht.

Missy war sehr erpicht darauf zu heiraten, und Nechljudow war eine gute Partie. Und da er ihr außerdem gefiel, hatte sie sich schon mit dem Gedanken vertraut gemacht, daß er der Ihrige (nicht sie die Seinige, sondern er der Ihrige) werden würde, und verfolgte ihr Ziel – wenn auch unbewußt – mit jener Beharrlichkeit und List, die man oft bei Gemütskranken antrifft. Jetzt hatte sie die Absicht, ihn zu einer Aussprache herauszufordern.

„Ich sehe, Ihnen ist etwas zugestoßen", fing sie an. „Was ist geschehen?"

Er erinnerte sich seiner Begegnung im Gericht, machte ein finsteres Gesicht und wurde rot.

„Ja, es ist etwas geschehen", gab er freimütig zu. „Ein seltsames, außergewöhnliches und wichtiges Ereignis."

„Was ist es denn? Können Sie es mir nicht sagen?"

„Nicht jetzt. Erlauben Sie, daß ich darüber schweige. Es ist etwas, was ich noch nicht bis zu Ende überdacht habe", sagte er und errötete noch mehr.

„Und Sie können es mir nicht sagen?" In Missys Gesicht zuckte ein Muskel, und sie rückte den zierlichen Stuhl, dessen Lehne sie umfaßt hielt, nervös hin und her.

„Nein, ich kann es nicht", antwortete er und fühlte, daß er, indem er ihr so antwortete, zugleich sich selbst eingestand, wirklich etwas sehr Wichtiges erlebt zu haben.

„Nun, dann gehen wir."

Sie schüttelte den Kopf, als wolle sie lästige Gedanken verscheuchen, und ging mit ungewöhnlich schnellen Schritten voraus.

Es schien ihm, daß sie krampfhaft die Lippen zusammenpreßte, um nicht in Tränen auszubrechen. Er machte sich Vorwürfe, und es tat ihm leid, daß er sie gekränkt hatte, aber er wußte auch, daß die geringste Nachgicbigkeit sein Verderben bedeuten, das heißt ihn binden würde. Und da er dies heute mehr als alles andere fürchtete, folgte er ihr schweigend bis zum Zimmer der Fürstin.

27

Die Fürstin Sofja Wassiljewna hatte eben ihr ebenso raffiniert zusammengestelltes wie nahrhaftes mittägliches Menü verzehrt, das sie immer allein zu sich nahm, um von niemand bei dieser prosaischen Tätigkeit gesehen zu werden. Neben der Chaiselongue, auf der sie lag, stand ein kleiner Tisch mit Kaffee, zu dem sie eine Zigarette mit Strohmundstück rauchte. Die Fürstin Sofja Wassiljewna war eine große, hagere, sich immer noch jugendlich gebende Frau mit braunem Haar, langen Zähnen und großen schwarzen Augen.

Über ihre Beziehungen zum Hausarzt waren allerhand Gerüchte im Umlauf. Nechljudow war das völlig entfallen, doch als er den Doktor jetzt mit seinem pomadisierten, in der Mitte geteilten Bart neben ihr sitzen sah, fiel es ihm wieder ein, und er fühlte sich angewidert.

An dem neben der Chaiselongue stehenden Tisch saß Kolossow auf einem niedrigen Polstersessel und rührte seinen Kaffee um. Daneben stand ein Gläschen Likör.

Missy hatte Nechljudow bis in das Zimmer der Mutter begleitet, hielt sich dort aber nicht länger auf.

„Wenn Mama ermüdet und Sie vertreibt, kommen Sie zu mir", sagte sie zu Kolossow und zu Nechljudow gewandt in einem Ton, als sei zwischen ihr und Nechljudow gar nichts vorgefallen, und ging über den weichen Teppich mit lautlosen Schritten und vergnügt lächelnd aus dem Zimmer.

„Guten Tag, mein Freund, setzen Sie sich her und erzählen Sie", sagte die Fürstin Sofja Wassiljewna mit einem fein erkünstelten, durchaus natürlich wirkenden Lächeln und zeigte dabei ihre prachtvollen langen Zähne, die, außerordentlich kunstvoll angefertigt, von echten nicht zu unterscheiden waren. „Wie ich hörte, sind Sie aus dem Gericht ganz deprimiert zurückgekommen. Ich kann mir denken, daß so etwas für Menschen mit Herz äußerst bedrückend sein muß", sagte sie auf französisch.

„Ja, in der Tat", stimmte Nechljudow zu. „Man fühlt sich oft selbst schul ... fühlt sich nicht berechtigt, über andere den Stab zu brechen."

„Comme c'est vrai!" stimmte sie ihm, in ihrem steten Bestreben, jedem Gesprächspartner nach dem Munde zu reden, so lebhaft zu, als hätte er ihr ganz aus der Seele gesprochen. „Und was macht Ihr Gemälde?" fuhr sie fort. „Das interessiert mich sehr. Wäre nicht mein Gebrechen, hätte ich Sie schon längst besucht."

„Die Malerei habe ich aufgegeben", antwortete Nechljudow kurz. Er durchschaute diesmal das Unehrliche ihrer Schmeichelei genauso wie ihr Bemühen, über ihr wahres Alter hinwegzutäuschen, und brachte es nicht fertig, liebenswürdig zu sein.

„Das ist nicht recht von Ihnen ... Sie müssen wissen", fuhr sie zu Kolossow gewandt fort, „daß mir Repin persönlich gesagt hat, der Fürst habe entschieden Talent."

Daß sie sich gar nicht schämt, so zu lügen! dachte Nechljudow verstimmt.

Da die Fürstin sah, daß Nechljudow mißgelaunt war und keine Aussicht zu bestehen schien, ihn in ein anregendes, vernünftiges Gespräch zu verwickeln, wandte sie sich Kolossow zu und fragte ihn nach seiner Meinung über ein neues Drama, und zwar in einem Ton, als ob seine Meinung alle Zweifel hinsichtlich des Dramas beseitigen müßte und jedem seiner Worte Ewigkeitswert zukäme. Kolossow sprach sich über das Drama abfällig aus und äußerte bei dieser Gelegenheit seine Ansichten über Kunst im allgemeinen. Die Fürstin zeigte sich von der Richtigkeit seiner Ansichten betroffen, versuchte den Verfasser des Dramas zu verteidigen, gab es jedoch schnell auf oder einigte sich mit Kolossow auf einer mittleren Linie. Nechljudow saß da, beobachtete sie und hörte zu, sah und hörte indessen ganz etwas anderes als das, was sich vor ihm abspielte.

Während er abwechselnd der Fürstin und Kolossow zuhörte, sah er, daß keiner von ihnen weder an dem Drama noch aneinander irgendwelches Interesse hatte, sondern beim Sprechen lediglich dem physiologischen Bedürfnis nachkam, nach dem Essen die Muskulatur der Zunge und der Kehle zu bewegen. Zweitens sah er, daß Kolossow, der etliche Glas Schnaps, Wein und Likör zu sich genommen hatte, leicht angetrunken war – nicht so, wie es selten trinkende Bauern sind, sondern wie jemand, der aus Gewohnheit trinkt; er schwankte nicht, redete kein dummes Zeug, befand sich jedoch in einem anormalen Zustand von Erregung und Selbstzufriedenheit. Drittens bemerkte Nechljudow, daß die Fürstin unruhig aufs Fenster blickte, durch das allmählich ein schräger Sonnenstrahl einzudringen begann, in dessen Beleuchtung die Runzeln ihres Gesichts allzu deutlich in Erscheinung treten konnten.

„Sehr richtig", sagte sie zu einer Bemerkung Kolossows und drückte den neben der Chaiselongue angebrachten Klingelknopf.

Der Arzt stand jetzt auf und verließ mit dem Gehaben eines zur Familie Gehörenden, ohne etwas zu sagen, das Zimmer. Die Fürstin blickte ihm nach und setzte dann das Gespräch fort.

„Ziehen Sie bitte den Vorhang dort zu, Filipp", sagte sie, als auf ihr Klingeln der schmucke Lakai erschien, und deutete mit dem Kopf auf das Fenster.

„Nein, was immer Sie auch sagen mögen, er hat etwas Mystisches, und ohne Mystik ist keine Poesie denkbar", wandte sie sich wieder an Kolossow, während sie mit dem einen ihrer schwarzen Augen wütend zu dem Lakaien hinüberschielte, der den Vorhang zuzog.

„Mystik ohne Poesie ist Aberglaube, und Poesie ohne Mystik ist Prosa“, erklärte sie mit einem wehmütigen Lächeln und ohne den Lakaien aus den Augen zu lassen, der die Falten des Vorhangs ordnete.

„Filipp, nicht diesen Vorhang, den am großen Fenster meinte ich“, rief sie dem Lakaien mit leidender Stimme zu; sie schien sich selbst wegen der Anstrengung zu bedauern, die ihr das Aussprechen dieser Worte bereitete, und führte zur Beruhigung mit ihrer ringgeschmückten Hand sofort die duftend qualmende Zigarette an den Mund.

Der breitschultrige, muskulöse, prächtig aussehende Filipp verneigte sich leicht, gleichsam um Entschuldigung bittend, und ging, mit seinen kräftigen Beinen und prallen Waden elastisch über den Teppich schreitend, in stummer Ergebenheit zu dem anderen Fenster hinüber, an dem er, immer wieder besorgt auf die Fürstin blickend, den Vorhang nun so dicht zuzog, daß seine Herrin von keinem vorwitzigen Sonnenstrahl getroffen werden konnte. Aber auch jetzt machte er es noch nicht recht, so daß die erschöpfte Fürstin ihre Betrachtungen über Mystizismus unterbrechen und den begriffsstutzigen, sie unbarmherzig peinigenden Lakaien nochmals zurechtweisen mußte. Für einen kurzen Moment blitzte in Filipps Augen ein jäher Funke auf.

Der Teufel soll verstehen, was du willst! wird er sich im stillen sagen, dachte Nechljudow, während er die ganze Szene beobachtete. Doch der gutgebaute, athletische Filipp unterdrückte schnell die sich in ihm regende Ungeduld und führte widerspruchslos aus, was ihm die ausgemergelte, kraftlose, nur aus Lug und Trug bestehende Fürstin befahl.

„Selbstverständlich enthält die Lehre Darwins ein gut Teil Wahrheit“, erklärte Kolossow, der in seinem niedrigen Sessel behäbig die Beine vorgestreckt hatte und mit schlaftrunkenen Augen die Fürstin betrachtete. „Aber er überschreitet die Grenzen. Das steht fest.“

„Glauben Sie an die Vererbungstheorie?“ wandte sich die Fürstin Sofja Wassiljewna an Nechljudow, von dessen Schweigen sie sich bedrückt fühlte.

„An die Vererbungstheorie? Nein, an die glaube ich nicht“, antwortete Nechljudow, der in diesem Augenblick mit den kuriosen Gebilden beschäftigt war, die er sich unwillkürlich in seiner Phantasie ausmalte. Neben dem schmucken, kraftstrotzenden Filipp, den er sich als Modell für das Bild eines Athleten denken konnte, stellte er sich den nackten, glatzköpfigen Kolossow mit seinem Schmerbauch und den kraftlosen, schlaff wie Peitschenschnüre herabhängenden Armen vor. Ebenso vage stellte er sich vor, wie die jetzt von Samt und Seide verdeckten Schultern Sofja Wassiljewnas in Wirklichkeit aussehen mochten; doch diese Vorstellung war dermaßen abstoßend, daß er sie schleunigst abzuschütteln suchte.

Sofja Wassiljewna maß ihn mit einem prüfenden Blick.

„Missy wartet sicherlich schon auf Sie“, sagte sie. „Gehen Sie zu ihr, sie wollte Ihnen eine neue Komposition von Schumann vorspielen. Ein sehr interessantes Stück.“

Gar nichts wollte sie mir vorspielen! Das alles lügt sie aus irgendeinem Grunde! dachte Nechljudow, während er aufstand und die knöcherne, durchsichtige, mit Ringen bedeckte Hand der Fürstin drückte.

Im Salon traf er Jekaterina Alexejewna an, die ihn sofort in ein Gespräch verwickelte.

„Die Obliegenheiten eines Geschworenen scheinen ja sehr niederdrückend auf Sie gewirkt zu haben“, sagte sie, sich wie immer der französischen Sprache bedienend.

„Ja, Sie müssen schon verzeihen, ich bin heute verstimmt und habe kein Recht, andere in Trübsal zu versetzen.“

„Und was ist die Ursache Ihrer Verstimmung?“

„Entschuldigen Sie, darüber möchte ich nicht sprechen“, antwortete Nechljudow und sah sich zugleich nach seinem Hut um.

„Aber Sie haben doch erst kürzlich erklärt, daß man immer die Wahrheit sprechen müsse, und uns allen dabei so harte Wahrheiten vorgehalten. Aus welchem Grunde wollen Sie jetzt selbst nicht die Wahrheit sagen? Erinnerst du dich, Missy?" wandte sich Jekaterina Alexejewna an Missy, die sich ihnen zugesellt hatte.

„Aus dem Grunde, weil es damals ein Spiel war", antwortete Nechljudow ernst. „Im Scherz kann man so etwas sagen. Aber in der Wirklichkeit sind wir so schlecht, bin zum mindesten ich so schlecht, daß ich nicht immer die Wahrheit sprechen kann."

„Sie brauchen keine Einschränkung zu machen, sondern sollten uns lieber sagen, was Sie an uns so schlecht finden", erwiderte Jekaterina Alexejewna, mit Worten spielend und geflissentlich den ernsten Ton Nechljudows überhörend.

„Es gibt nichts Schlimmeres, als sich seine eigene Mißstimmung einzugestehen", sagte Missy. „Ich gestehe sie mir nie ein und bin deshalb immer guter Laune. Kommen Sie, wir wollen in mein Zimmer gehen. Wir werden uns bemühen, Ihnen Ihre mauvaise humeur zu vertreiben."

Nechljudow empfand ungefähr dasselbe, was ein Pferd empfinden mag, wenn es gestreichelt wird, bevor man ihm das Zaumzeug anlegt, um es vor den Wagen zu spannen. Heute aber widerstrebte es ihm mehr denn je, sich ins Joch spannen zu lassen. Er schützte vor, daß er nach Hause müsse, und verabschiedete sich. Missy hielt seine Hand länger als gewöhnlich fest.

„Bedenken Sie, daß alles, was für Sie Wichtigkeit hat, auch für Ihre Freunde wichtig ist", sagte sie. „Kommen Sie morgen?"

„Wohl kaum", antwortete Nechljudow und errötete; er schämte sich, ohne zu wissen, ob über sich selbst oder für sie, und ging hastig hinaus.

„Was hat er bloß? Comme cela m'intrigue", sagte Jekaterina Alexejewna, als Nechljudow gegangen war. „Ich komme bestimmt noch dahinter. Wahrscheinlich irgendeine affaire d'amourpropre: il est très susceptible, notre cher Mitja."

Plutôt une affaire d'amour sale – hätte Missy beinahe gesagt, unterließ es jedoch, weil sie ein so frivoles Wortspiel selbst im Gespräch mit Jekaterina Alexejewna nicht anwenden wollte. Sie blickte jetzt mit erstarrtem, nach Nechljudows Weggang völlig verändertem Gesichtsausdruck vor sich hin und sagte nur: „Wir alle haben unsere schlechten und unsere guten Tage."

Sollte mich wirklich auch dieser sitzenlassen? überlegte sie. Nach allem, was gewesen ist, wäre das eine große Schlechtigkeit von ihm.

Hätte Missy erklären sollen, was sie unter den Worten „nach allem, was gewesen ist" verstehe, hätte sie nichts Bestimmtes angeben können, sosehr sie auch davon überzeugt war, daß er in ihr nicht nur Hoffnungen geweckt, sondern ihr fast soviel wie ein Eheversprechen gegeben hatte. Es war nicht durch bestimmte Worte geschehen, aber doch durch Blicke, durch ein Lächeln, durch Andeutungen, durch stillschweigendes Dulden. Sie gab jedenfalls noch nicht die Hoffnung auf, ihn halten zu können, und hätte es als schweren Schlag empfunden, ihn zu verlieren.

28

Es ist schändlich und gemein von mir, dachte inzwischen Nechljudow, als er durch die vertrauten Straßen zu Fuß nach Hause ging. Jenes beklemmende Gefühl, das er während des Gesprächs mit Missy empfunden hatte, hielt immer noch an. Er sagte sich, daß er formell, wenn man sich so ausdrücken konnte, ihr gegenüber keinerlei Verpflichtungen eingegangen sei: er hatte ihr nichts gesagt, was eine feste Bindung bedeutet hätte, hatte ihr keinen Antrag gemacht; doch zugleich fühlte er, daß er sich im Grunde genommen an sie gebunden und ihr ein Versprechen gegeben hatte, während er heute zu der unumstößlichen Erkenntnis gekommen war, daß er sie nicht heiraten konnte. Ja, ich habe schändlich und gemein gehandelt, wiederholte er im stillen, nicht nur bei dem Gedanken an seine Beziehungen zu Missy, sondern auch an alles andere. Alles ist schändlich und gemein, dachte er auch noch, als er die Stufen zur Tür seines Hauses hinaufstieg.

„Ich werde nichts essen", sagte er zu Kornej, als dieser ihm ins Speisezimmer folgte, wo für ihn zum Abendessen gedeckt war. „Sie können gehen."

„Zu Befehl!" erwiderte Kornej, ging jedoch nicht gleich, sondern machte sich daran, den Tisch abzuräumen. Nechljudow beobachtete den Diener und ärgerte sich über ihn. Er wollte von allen in Ruhe gelassen werden und hatte das Empfinden, als werde er, ihm zum Trotz, von allen mit Vorbedacht belästigt. Nachdem Kornej mit dem Geschirr hinausgegangen war, trat Nechljudow zum Samowar und schickte sich an, Tee zu brühen; doch als er Agrafena Petrownas Schritte hörte, zog er sich, um nicht mit ihr zusammenzutreffen, schnell in den neben dem Speisezimmer liegenden Salon zurück und schloß die Tür hinter sich. In diesem Zimmer – dem Salon – war vor drei Monaten seine Mutter gestorben. Als er jetzt den Salon betrat, der von zwei mit Reflektoren versehenen Lampen – eine am Porträt seines Vaters und eine an dem seiner Mutter – beleuchtet war, erinnerte er sich seiner letzten Beziehungen zur Mutter und kam rückblickend zu der Erkenntnis, daß sie unnatürlich und ebenfalls schändlich und gemein gewesen waren. Ihm fiel ein, daß er in der letzten Zeit ihrer Krankheit ihren Tod geradezu herbeigesehnt hatte. Er hatte sich zwar eingeredet, ihren Tod nur als eine Erlösung von ihren Leiden zu wünschen, doch in Wirklichkeit hatte er ihn gewünscht, um selber vom Anblick ihrer Leiden erlöst zu werden.

Um eine liebevolle Erinnerung an die Mutter wachzurufen, warf er einen Blick auf ihr Porträt, das ein berühmter Künstler für fünftausend Rubel gemalt hatte. Sie war in einem schwarzen Samtkleid und großem Dekolleté dargestellt. Der Maler hatte es sich offenbar besonders angelegen sein lassen, ihre durch den tiefen Ausschnitt fast völlig entblößte Brust, den Hals und die Schultern in ihrer ganzen blendenden Schönheit hervorzuheben. Das war besonders schändlich und gemein. In dieser Darstellung der Mutter als halbentblößte Salondame lag etwas Abstoßendes, ja Frevelhaftes, das um so abstoßender wirkte, als diese Frau vor drei Monaten in diesem selben Raum gelegen und, obschon wie eine Mumie zusammengeschrumpft, nicht nur das Zimmer, sondern auch das ganze Haus mit einem unerträglich widerwärtigen, durch nichts zu unterdrückenden Geruch erfüllt hatte. Er glaubte auch jetzt diesen Geruch zu verspüren. Ihm fiel ein, wie sie einen Tag vor ihrem Tod seine kräftige weiße Hand in ihre knöcherne, sich schwarz färbende winzige Hand genommen, ihm in die Augen geschaut und gesagt hatte: „Verurteile mich nicht, Mitja, wenn ich nicht immer recht gehandelt habe“, und wie ihr dabei Tränen in die durch Qualen glanzlos gewordenen Augen getreten waren. „Welche Schamlosigkeit!“ murmelte er nochmals vor sich hin, als er auf das Bild der halbentblößten Frau mit den prachtvollen marmornen Schultern blickte, die siegesbewußt lächelnd aus dem Rahmen herabsah. Der entblößte Busen auf dem Bild erinnerte ihn an eine andere junge Frau, die er vor einigen Tagen ebenso entblößt gesehen hatte. Das war Missy, die ihn eines Abends unter einem Vorwand zu sich bestellt hatte, um sich ihm in der großen Toilette zu zeigen, in der sie zu einem Ball fuhr. Er erinnerte sich voller Abscheu ihrer schönen Schultern und Arme. Und dazu dieser rohe, ungeschlachte Vater mit seiner Vergangenheit, seiner Grausamkeit und die sich schöngeistig gebende Mutter mit ihrem zweifelhaften Ruf! Alles dies empfand er jetzt als widerwärtig, schändlich und schamlos.

Ja, dachte er, ich muß mich befreien, befreien von all diesen verlogenen Beziehungen zu den Kortschagins, zu Marja Wassiljewna, von der Last der Erbschaft und von allem übrigen ... Ich muß frei aufatmen können, ich werde ins Ausland reisen, nach Rom, und an meinem Bild weiterarbeiten. – Hier erinnerte er sich der in ihm aufgekommenen Zweifel an seiner Begabung. Nun, das bleibt sich gleich, es kommt nur darauf an, frei aufzuatmen. Zuerst fahre ich nach Konstantinopel, dann nach Rom ... Wenn ich mich bloß erst der Pflichten als Geschworener entledigt und diese Sache mit dem Rechtsanwalt geregelt hätte!

Und unvermittelt tauchte nun in seiner Phantasie ungemein lebendig die Gestalt der Gefangenen mit den schielenden schwarzen Augen auf. Wie herzzerreißend hatte sie geweint, als sie das „letzte Wort“ zu ihrer Rechtfertigung sprach! Nechljudow zerdrückte den qualmenden Stummel seiner Zigarette im Aschenbecher, zündete sich eine neue an und begann nervös im Zimmer auf und ab zu gehen. Und nacheinander wurden in seinem Gedächtnis die mit ihr verlebten Augenblicke wieder wach. Er entsann sich seines letzten Zusammenseins mit ihr, der brutalen Leidenschaft, von der er damals beherrscht gewesen war, und der Ernüchterung, die er nach Befriedigung dieser Leidenschaft empfunden hatte, entsann sich des weißen Kleides mit dem blauen Gürtel und der Frühmesse in der Osternacht. Ich habe sie in jener Nacht doch wirklich geliebt, wahrhaft und innig geliebt, und wie rein waren meine Gefühle, die ich damals für sie empfand, als ich das erstemal zu meinen Tanten gekommen war und dort an meinem Buch arbeitete! ging es ihm durch den Kopf. Und er versetzte sich in seine damalige Gemütsverfassung. Er dachte an die jugendliche Frische, die Lebensfreude, von der er damals erfüllt gewesen war, und wurde bei diesem Gedanken von drückender Schwermut befallen.

Der Unterschied zwischen dem Menschen, der er damals gewesen und der er jetzt war, war ebenso erschreckend groß, wenn nicht gar größer als der Unterschied zwischen jener Katjuscha in der Kirche und der Prostituierten, die mit dem Kaufmann gezecht hatte und heute vormittag verurteilt worden war. Damals war er ein lebensfroher, freier Mensch gewesen, dem unbegrenzte Möglichkeiten offenstanden, jetzt fühlte er sich von allen Seiten in die Fänge eines sinnlosen, schalen und nichtswürdigen Lebens verstrickt, aus denen er keinen Ausweg sah und auch gar nicht suchte. Er dachte daran, wieviel er sich einstmals auf seinen geraden Charakter eingebildet und wie er es sich zum Grundsatz gemacht hatte, immer die Wahrheit zu sagen, und daß er auch in der Tat wahrhaft gewesen war; jetzt hingegen bestand sein ganzes Leben aus Lug und Trug, aus einem Lügengewebe, das um so fürchterlicher war, als es von allen Menschen seiner Umgebung für Wahrheit gehalten wurde.

Und aus diesem Lügengewebe gab es keinen Ausweg oder er sah jedenfalls keinen, sich zu befreien. Er war in diesen Sumpf versunken, hatte sich an ihn gewöhnt und sich darin wohl gefühlt.

Wie sollte er sein Verhältnis zu Marja Wassiljewna lösen, ohne daß er sich schämen müßte, ihrem Mann und ihren Kindern in die Augen zu blicken? Wie sich auf anständige Weise aus seinen Beziehungen zu Missy befreien? Wie mit dem Widerspruch fertig werden, der sich daraus ergab, daß er einerseits das Recht auf privaten Landbesitz verneinte, andererseits aber die von der Mutter geerbten Güter in Besitz nahm? Wie sein frevelhaftes Verhalten gegen Katjuscha wiedergutmachen? Die Sache konnte er nicht auf sich beruhen lassen. Es geht doch nicht an, dachte er, daß ich eine Frau, die ich geliebt habe, einfach im Stich lasse und mich damit begnüge, einem Rechtsanwalt dafür Geld zu zahlen, damit sie von der zudem gar nicht verdienten Zuchthausstrafe verschont bleibt, das heißt, daß ich ein Unrecht wieder durch Geld gutzumachen versuche, wie ich es damals machte, als ich ihr Geld gab und glaubte, meine Schuld damit beglichen zu haben.

Bei diesem Gedanken erinnerte er sich in allen Einzelheiten des Augenblicks, wie er im Flur hinter ihr hergelaufen war, ihr das Geld aufgedrängt und sich dann schleunigst von ihr entfernt hatte. Ach, dieses verfluchte Geld! dachte er, als er sich jenes Augenblicks erinnerte, mit demselben Abscheu und Widerwillen, den er auch damals empfunden hatte. „Ach, welche Gemeinheit!" murmelte er ebenso wie damals vor sich hin. „Nur ein Lump, ein Schuft konnte so handeln! Und ein solcher Lump, ein solcher Schuft bin ich! Ja, bin ich denn wirklich ..." – er unterbrach für einen Augenblick sein Hinundherwandern –, „... bin ich denn wirklich ein solcher Schuft? Ja, was denn sonst?" fragte er sich. „Und es ist ja nicht nur das allein!" fuhr er in seiner Selbstbezichtigung fort. „Ist mein Verhältnis mit Marja Wassiljewna, mein Verhalten gegen ihren Mann, nicht auch eine Gemeinheit, eine Nichtswürdigkeit? Und meine Einstellung zum Besitz? Daß ich unter dem Vorwand, das Geld stamme von meiner Mutter, einen Reichtum ausnutze, den ich für unrechtmäßig halte? Und dazu mein ganzer müßiger, abscheulicher Lebenswandel! Und das abscheulichste von allem: wie ich mich zu Katjuscha benommen habe! Ja, ich bin ein Lump, ein Schuft! Alle andern mögen von mir halten, was sie wollen, aber mir selber kann ich nichts vormachen."

Und er begriff plötzlich, daß jener Widerwille, den er in letzter Zeit gegen alle Menschen und insbesondere heute gegen den Fürsten, gegen Sofja Wassiljewna, Missy und Kornej empfunden hatte, nichts anderes war als Widerwille gegen sich selbst. Und so merkwürdig es auch klingen mag, in dieser Erkenntnis seiner Gemeinheit lag etwas Krankhaftes und doch zugleich Freudiges und Beruhigendes.

Im Laufe seines Lebens hatte Nechljudow schon mehr als einmal eine, wie er es nannte, „Seelenläuterung" vorgenommen. Unter Seelenläuterung verstand er jene Gemütsverfassung, in der er unvermittelt, oft nach langer Zeit, eine Stockung und zuweilen sogar einen völligen Stillstand seines Innenlebens wahrnahm und dann allen Schmutz auskehrte, der sich in seiner Seele angesammelt und die Stockung verursacht hatte.

Nach jedem solchen Vorsatz zur Besserung stellte er sich Regeln auf, die er fortan unumstößlich zu befolgen gedachte; er begann ein Tagebuch und ein neues Leben zu führen – turning a new leaf, wie er es nannte –, von dem er nie wieder abweichen wollte. Doch jedesmal war er aufs neue den Verlockungen der Welt erlegen und, ohne es selbst zu merken, wieder – oftmals sogar tiefer als vorher – in Schmutz versunken.

Auf solche Weise hatte er sich nun schon mehrmals geläutert und zu einem anständigeren Leben aufgeschwungen. Das erste Mal war dies geschehen, als er den Sommer bei seinen Tanten verbrachte. Das war die bewußteste, mit ganzem Herzen vorgenommene Läuterung, die auch verhältnismäßig lange nachgewirkt hatte. Eine weitere Läuterung fiel in die Zeit, als er die Beamtenlaufbahn aufgab und in der Bereitschaft, sein Leben zu opfern, nach Ausbruch des Krieges in den Militärdienst eintrat. Doch damals war sehr bald ein Rückfall in das ausschweifende Leben gefolgt. Noch einmal hatte er sich geläutert, als er den Militärdienst quittierte, um ins Ausland zu reisen und sich der Malerei zu widmen.

Seither war eine lange Zeit verstrichen, ohne daß er sich nochmals geläutert hätte, und seine Moral hatte daher einen Tiefstand erreicht wie nie zuvor. Zwischen jenem Leben, das ihm sein Gewissen vorschrieb, und dem, das er wirklich führte, war ein solcher Abgrund entstanden, daß er von Entsetzen gepackt wurde, als er ihn gewahrte.

Dieser Abgrund war so tief, sein sittlicher Verfall so groß, daß er im ersten Augenblick jede Hoffnung aufgab, den Abgrund überwinden zu können. Du hast es doch schon versucht, dich zu läutern, zu bessern, und es ist nichts dabei herausgekommen, raunte ihm in seinem Innern die Stimme des Verführers zu. Warum also die vergeblichen Versuche wiederholen? Nicht du allein bist so, sondern auch alle andern sind es, das ganze Leben ist so, sprach diese Stimme. Doch in Nechljudows Seele war bereits jenes freie, geistige Wesen erwacht, das als einziges wahrhaftig, als einziges allgewaltig, als einziges ewig ist. Und er konnte nicht umhin, ihm zu glauben. Wie tief auch der Abgrund war, der zwischen ihm und jenem Menschen gähnte, der er sein wollte – für das in ihm erwachte geistige Wesen gab es nichts Unüberwindliches.

„Ich werde, koste es, was es wolle, das Lügengewebe zerreißen, das mich umgarnt, werde alles bekennen, allen die Wahrheit gestehen und nie wieder lügen“, murmelte er entschlossen vor sich hin. „Zu Missy werde ich sagen, daß ich ein Wüstling bin, daß ich sie nicht heiraten kann und ihr nur aus Leichtfertigkeit das Recht gegeben habe, dies anzunehmen. Marja Wassiljewna, vielmehr ihrem Mann werde ich sagen, daß ich ein Schuft bin und ihn betrogen habe. Die Erbschaftsangelegenheit werde ich so regeln, wie es die Gerechtigkeit verlangt. Und auch Katjuscha werde ich sagen, daß ich ein Schuft bin, der sich an ihr versündigt hat, und werde alles tun, was in meiner Macht steht, um ihr Schicksal zu erleichtern. Ja, ich muß sie unbedingt sprechen und sie bitten, mir zu verzeihen. Ich werde um Verzeihung bitten, wie Kinder es tun ...“ Er sann einen Augenblick nach und fügte dann hinzu: „Und wenn es sein muß, werde ich sie auch heiraten.“

Er war stehengeblieben, faltete die Hände vor der Brust, wie er es in der Kindheit getan hatte, richtete die Augen nach oben und betete: „Herrgott, hilf mir, erleuchte mich, komm, kehre in mir ein und reinige mich von aller Untugend!“

Er betete, bat Gott, ihm zu helfen, in ihm einzukehren und ihn zu läutern, und indem er dies tat, hatte sich alles, worum er bat, auch schon vollzogen. Gott, der in ihm lebte, war in seinem Bewußtsein erwacht. Er fühlte sich mit ihm eins und fühlte sich deshalb nicht nur frei, nicht nur von Mut und Lebensfreude erfüllt, sondern er erkannte auch die Macht des Guten.

Es schien ihm, er könne jetzt alles, das Allerbeste vollbringen, wozu ein Mensch fähig ist.

Als sich Nechljudow dies sagte, füllten sich seine Augen mit Tränen – mit löblichen und nichtlöblichen Tränen. Löblich waren sie deshalb, weil sich in ihnen seine Freude über das Erwachen jenes geistigen Wesens ausdrückte, das während all dieser Jahre in ihm geschlafen hatte, nicht löblich hingegen, soweit sie ihm aus Rührung über sich selbst, über seine eigene Tugendhaftigkeit in die Augen getreten waren.

Ihm wurde heiß. Er trat an eins der Fenster, von denen die Doppelfenster bereits entfernt waren, und öffnete es. Das Fenster führte nach dem Garten. Es war eine frische, windstille Mondnacht. Eine Weile hörte man auf der Straße noch ab und zu Rädergerassel, dann wurde alles ringsum still. Unmittelbar vor dem Fenster zeichnete sich auf dem Sand des saubergefegten Gartenweges scharf der Schatten einer hohen kahlen Pappel mit allen ihren ineinander verästelten Zweigen ab. Links sah man das Dach eines Stalles, das in dem hellen Mondschein ganz weiß wirkte. Weiter vorn war zwischen den Zweigen der Bäume der schwarze Schatten des Gartenzaunes zu sehen. Nechljudow blickte auf den in Mondschein getauchten Garten, auf das Dach, auf den Schatten der Pappel und atmete aus voller Brust die belebende frische Luft ein.

„Wie schön, mein Gott, wie schön ist das!" rief er in Gedanken daran, was in seiner Seele vorging, aus.

29

Es war schon sechs Uhr abends, als die Maslowa wieder im Gefängnis anlangte und in ihre Zelle zurückkehrte. Nachdem sie fünfzehn Werst auf steinigem Straßenpflaster zurückgelegt hatte, schmerzten ihre an solche Märsche nicht gewöhnten Füße, sie war erschöpft, noch benommen von dem unerwartet harten Urteil und überdies ausgehungert.

Als die hinter ihr sitzenden Wachsoldaten im Gericht während einer Verhandlungspause ihr aus Brot und harten Eiern bestehendes Frühstück verzehrten, war ihr das Wasser im Mund zusammengelaufen, und sie hatte gespürt, daß sie hungrig war, es aber nicht über sich gebracht, die Soldaten um ein Stück Brot zu bitten. Doch als dann weitere drei Stunden vergangen waren, hatte sie schon nicht mehr zu essen begehrt und nur noch Schwäche gespürt. In diesem Zustand hörte sie dann das Urteil, auf das sie nicht im entferntesten gefaßt gewesen war. Im ersten Augenblick meinte sie, sich verhört zu haben; sie konnte noch nicht glauben, was sie hörte, konnte sich noch nicht in die Vorstellung hineinfinden, daß sie jetzt eine Zuchthäuslerin sein sollte. Erst als sie die ruhigen, sachlichen Mienen der Richter und Geschworenen sah, die dieses Urteil als etwas ganz Natürliches aufnahmen, wurde sie von Entrüstung übermannt und schrie mit durch den ganzen Saal schallender Stimme, sie sei unschuldig. Doch als auch ihr Aufschrei von allen wie etwas ganz Natürliches hingenommen wurde, das zu erwarten gewesen war und an der Sache nichts änderte, da erkannte sie, daß sie sich der Grausamkeit und der unbegreiflichen Ungerechtigkeit, die ihr widerfahren war, unterwerfen müsse, und brach in Tränen aus. Besonders wunderte es sie, daß dieses unbarmherzige Urteil über sie von Männern, von jungen, nicht alten Männern gefällt worden war – von denselben, die sie vorher so wohlgefällig betrachtet hatten. Den einen von ihnen – den Staatsanwalt – hatte sie schon in ganz anderer Stimmung gesehen. Vorher, als sie in Erwartung der Sitzungseröffnung und in den Verhandlungspausen im Häftlingszimmer saß, hatte sie bemerkt, daß diese Männer – sich den Anschein gebend, als hätten sie dort etwas zu suchen – nur zu dem Zweck an der Tür vorbeigegangen oder ins Zimmer gekommen waren, um sich an ihrem Anblick zu weiden. Und nun hatten dieselben Männer sie unbegreiflicherweise zur Zwangsarbeit verurteilt, obwohl sie nichts von dem verbrochen hatte, dessen sie angeklagt war. Zuerst weinte sie noch, doch dann verstummte sie und wartete im Zustand völliger Betäubung im Häftlingszimmer auf die Rückführung ins Gefängnis. Sie hatte jetzt nur den einen Wunsch zu rauchen. In dieser Verfassung befand sie sich, als die Botschkowa und Kartinkin nach der Urteilsverkündung in dasselbe

Zimmer geführt wurden. Die Botschkowa zog sofort über sie her und nannte sie eine Zuchthäuslerin.

„Na, läßt jetzt den Kopf hängen? Hast dich nicht rausreden können, du gemeines Frauenzimmer? Jetzt hast erreicht, was du verdienst. In Sibirien wird dir wohl die Lust vergehn, dich als feines Dämchen aufzuspielen."

Die Maslowa saß mit gesenktem Kopf und in die Ärmel des Kittels gesteckten Händen reglos da, starrte vor sich auf den schmutzigen Fußboden und sagte nur:

„Ich setze euch nicht zu, da laßt auch ihr mich in Ruhe. Ich setze euch doch nicht zu", wiederholte sie mehrmals und versank dann in Schweigen. Sie lebe erst etwas auf, als Kartinkin und die Botschkowa fortgeführt wurden und einer der Wächter ihr drei Rubel brachte.

„Heißt du Maslowa?" fragte er. „Hier, nimm, das schickt dir eine Dame", sagte er, als er ihr das Geld aushändigte.

„Was für eine Dame?"

„Nimm und sei zufrieden. Da soll man euch Pack auch noch viel Red und Antwort stehn!"

Das Geld kam von der Kitajewa, der Besitzerin des öffentlichen Hauses. Beim Verlassen des Gerichts hatte sie den Kommissar gefragt, ob sie der Maslowa etwas Geld zukommen lassen könne, und nach dessen bejahender Antwort den dreiknöpfigen Wildlederhandschuh von ihrer schwammigen Hand abgestreift, aus den hinteren Falten ihres Seidenrockes eine elegante Geldtasche hervorgezogen, zwischen den ziemlich zahlreichen frischabgeschnittenen Kupons, die sich in der Tasche befanden – sie waren von ihr in ihrem Unternehmen vereinnahmt worden –, einen im Werte von zweieinhalb Rubeln herausgesucht und ihn zusammen mit zwei Zwanzigkopekenstücken und einem Zehnkopekenstück dem Kommissar überreicht. Als der Kommissar sodann einen Wächter herbeirief und ihm das Geld in Gegenwart der Spenderin zur Weitergabe an die Maslowa aushändigte, hatte sie hinzugefügt: „Geben Sie es aber auch bestimmt ab!"

Der Wächter war über dieses Mißtrauen gekränkt und ließ nun bei Erledigung des Auftrags seinen Ärger an der Maslowa aus.

Die Maslowa freute sich über das Geld, weil es ihr die Möglichkeit verschaffte, ihren im Augenblick brennendsten Wunsch zu erfüllen.

Wenn ich bloß eine Zigarette bekäme und einen Zug machen könnte! ging es ihr durch den Kopf, während sich alle ihre Gedanken auf diesen einen Wunsch konzentrierten. Sie war so darauf versessen, zu rauchen, daß sie gierig die mit Tabakqualm erfüllte Luft einatmete, die aus den Türen der Nebenzimmer in den Flur drang. Doch sie mußte noch geraume Zeit warten, weil der Sekretär, dem ihre Entlassung oblag, sich mit einem der Rechtsanwälte in eine heftige Auseinandersetzung über den verbotenen Artikel eingelassen und die Angeklagten dabei ganz vergessen hatte. Auch jetzt noch kamen mehrere junge und auch ältere Männer ins Zimmer, gafften sie an und tuschelten etwas miteinander. Doch nun nahm sie keine Notiz mehr von ihnen.

Endlich, als die Uhr schon auf fünf ging, wurde sie entlassen, und die beiden Wachsoldaten – der aus der Nowgoroder Gegend und der Tschuwasche – führten sie durch den Hinterausgang auf die Straße. Noch im Flur des Gerichts gab sie ihnen zwanzig Kopeken und bat, ihr zwei Kalatsche und Zigaretten zu kaufen. Der Tschuwasche nahm ihr lachend das Geld ab und sagte: „Gut, wird gemacht!" Er besorgte dann auch wirklich die gewünschten Kalatsche sowie Zigaretten und lieferte gewissenhaft das Wechselgeld ab.

Unterwegs zu rauchen ging nicht an, so daß das sehnlichste Verlangen der Maslowa noch ungestillt war, als sie endlich vor dem Gefängnis ankam. Zu gleicher Zeit wurde eine aus etwa hundert Mann bestehende Sträflingskolonne hereingeführt, die mit der Bahn angekommen war. Im Durchgangsflur stieß sie mit dieser Kolonne zusammen.

Die Gefangenen – bärtige und rasierte, alte und junge, Russen und Fremdstämmige, zum Teil mit kahlgeschorenem Hinterkopf – erfüllten den Vorraum mit Kettengeklirr, Staub, lautem Getrampel, Stimmengewirr und penetrantem Schweißgeruch. Alle musterten die Maslowa im Vorbeigehen mit lüsternen Blikken, und einige kamen mit vor Begierde verzerrten Gesichtern dicht an sie heran und stießen sie an.

„Ei, bist ein schmuckes Mädel!" sagte einer.

„Hab die Ehre, Tantchen!" sagte ein anderer und blinzelte ihr schalkhaft zu.

Ein dritter, dunkelhäutig, mit Schnurrbart und blauschimmerndem ausrasiertem Nacken, kam, sich in den klirrenden Ketten seiner gefesselten Füße verhaspelnd, auf sie zugehumpelt und umarmte sie.

„Na, willst mich wohl nicht kennen, Liebchen? Blas dich bloß nicht so auf!" schrie er mit gefletschten Zähnen und blitzenden Augen, als sie ihn zurückstieß.

„Was fällt dir ein, du Halunke!" schrie ihn der Gehilfe des Kommandanten an, der von hinten dazukam.

Der Gefangene krümmte sich zusammen und sprang schleunigst fort, während der Beamte nun auf die Maslowa zustürzte.

„Weshalb bist du hier?"

Die Maslowa wollte sagen, sie sei aus dem Gericht zurückgeführt worden, aber sie war so müde, daß sie sich nicht zu einer Antwort aufraffen konnte.

„Wir haben sie aus dem Gericht gebracht, Euer Wohlgeboren", erklärte salutierend der ältere der Begleitsoldaten, nachdem er sich einen Weg durch die Sträflingskolonne gebahnt hatte.

„Dann übergib sie dem Aufseher, damit dieser Unfug hier aufhört!"

„Zu Befehl, Euer Wohlgeboren!"

„Sokolow! Nimm sie in Empfang!" rief der Gehilfe des Kommandanten.

Der Aufseher trat an die Maslowa heran, versetzte ihr wütend einen Stoß gegen die Schulter und machte ihr mit dem Kopf ein Zeichen, ihm in die Frauenabteilung zu folgen. Nachdem man sie dort von oben bis unten abgetastet und untersucht hatte, ohne etwas zu finden – die Schachtel Zigaretten hatte sie ins Weißbrot gesteckt –, wurde sie in dieselbe Zelle geführt, die sie am Morgen verlassen hatte.

30

Die der Maslowa zugewiesene Zelle war ein neun Arschin langer und sieben Arschin breiter Raum mit zwei Fenstern. Von dem vorspringenden Ofen war der Verputz abgebröckelt, und zwei Drittel der ganzen Zelle nahmen die Pritschen mit ihren vor Trockenheit geplatzten Brettern ein. In der Mitte, der Tür gegenüber, hing ein dunkles Heiligenbild mit einer daran festgeklebten Wachskerze und darunter ein verstaubter Immortellenstrauß. Links hinter der Tür zeichnete sich auf dem Fußboden eine von Fäulnis geschwärzte Stelle ab, auf der ein stinkender Kübel stand. Die Abendkontrolle hatte gerade stattgefunden, so daß die Frauen bereits für die Nacht eingeschlossen waren.

Alles in allem war die Zelle mit fünfzehn Personen belegt: mit zwölf Frauen und drei Kindern.

Es war noch ganz hell, auf den Pritschen lagen erst zwei Frauen; bei der einen, die sich bis über den Kopf mit dem Sträflingskittel bedeckt hatte, handelte es sich um eine Schwachsinnige, die fast ständig schlief. Sie war in Haft genommen worden, weil sie keinerlei Legitimationspapiere besaß. Die zweite war eine Schwindsüchtige, die eine Strafe wegen Diebstahls abbüßte. Die Kranke schlief nicht, sondern lag, den zusammengerollten Kittel unter den Kopf geschoben, mit weitaufgerissenen Augen da und würgte mühsam an dem in der Kehle aufsteigenden Schleim, um den Hustenreiz zu unterdrücken. Von den übrigen Frauen, die alle nur mit einem Hemd aus derbem Leinen bekleidet waren, saßen einige auf den Pritschen und nähten, während andere am Fenster standen und auf die im Hof vorübergehenden Sträflinge blickten. Bei der einen der drei nähenden Frauen handelte es sich um jene Alte, von der die Maslowa am Morgen bis zur Zellentür begleitet worden war; sie hieß Korabljowa und war eine große, robuste, finster dreinblickende Person mit einem sackartig herunterhängenden Doppelkinn; ihr braunes, an den Schläfen ergrautes Haar war im Nacken zu einem dürftigen Zöpfchen geflochten, und auf dem runzligen Gesicht hob sich eine behaarte Warze ab. Die Alte hatte ihren Mann mit einem Beil erschlagen und war deswegen zu Zuchthaus verurteilt worden. Erschlagen hatte sie ihn, weil er ihrer Tochter nachgestellt hatte. Sie war in der Zelle die Stubenälteste und handelte unterderhand mit Schnaps. Beim Nähen, wozu sie eine Brille aufgesetzt hatte, hielt sie die Nadel in ihren großen, rauhen Händen auf bäurische Art mit drei Fingern umfaßt und die Spitze auf sich gerichtet. Neben ihr, gleichfalls Säcke aus Segeltuch nahend, saß eine mittelgroße, stupsnäsige Gefangene mit dunkelbraunem Haar und kleinen schwarzen Augen, eine gutmütige Frau mit flinkem Mundwerk. Als Bahnwärterin angestellt, hatte sie versäumt, einem Zug mit der Fahne das nötige Signal zu geben, und dadurch ein Eisenbahnunglück verschuldet, wofür sie drei Monate bekommen hatte. Die dritte der mit Nähen beschäftigten Gefangenen, Fedossja oder Fenitschka, wie sie von ihren Leidensgefährtinnen genannt wurde, war eine noch ganz junge, nett aussehende Frau mit zarten, rosigen Wangen, kindlich klaren blauen Augen und zwei langen braunen, um den Kopf geschlungenen Zöpfen. Sie war eingekerkert, weil sie versucht hatte, ihren Mann zu vergiften. Diesen Versuch hatte sie gleich nach der Heirat unternommen, zu der sie als sechzehnjähriges Mädchen gezwungen worden war. In den acht Monaten, die bis zur Gerichtsverhandlung vergingen, hatte sie sich jedoch – gegen Bürgschaft aus der Untersuchungshaft entlassen – mit ihrem Mann nicht nur ausgesöhnt, sondern ihn so liebgewonnen, daß die beiden, als es zum Prozeß kam, wie ein Herz und eine Seele zusammen lebten. Doch ungeachtet dessen, daß sich sowohl ihr Mann als auch der Schwiegervater und insbesondere die Schwiegermutter, die sie sehr liebgewonnen hatte, vor Gericht nach besten Kräften bemühten, sie zu entlasten, war sie zur Zwangsarbeit in Sibirien verurteilt worden. Die gutmütige, von Natur fröhliche und bei jeder Gelegenheit lächelnde Fedossja, deren Pritsche neben der der Maslowa stand, hatte diese nicht nur in ihr Herz geschlossen, sondern sah es auch als ihre Pflicht an, für sie zu sorgen und ihr dienlich zu sein. Zwei weitere Gefangene saßen ohne Beschäftigung auf ihren Pritschen. Die eine von ihnen, eine etwa vierzig Jahre alte Frau, der man trotz der Blässe und Hagerkeit ihres Gesichts noch ansah, daß sie früher einmal sehr gut ausgesehen haben mußte, hielt ein Kind im Arm, das sie an ihrer schlaff herabhängenden weißen Brust nährte. Ihr Verbrechen bestand in folgendem: Als in dem Dorf, wo sie lebte, ein junger Bursche nach Ansicht der Bauern zu Unrecht zum Militärdienst eingezogen werden sollte, hatten sie sich dem Landpolizisten widersetzt, und diese Frau war die erste gewesen, die sich dem Pferd in die Zügel geworfen hatte, auf dem man den Rekruten, der ein Neffe von ihr war, abtransportieren wollte. Bei der zweiten Gefangenen, die ohne Beschäftigung auf der Pritsche saß, handelte es sich um ein gutmütiges altes Mütterchen mit grauem Haar und gekrümmtem Rücken, dessen ganzes Gesicht mit Runzeln bedeckt war. Sie saß auf ihrer neben dem Ofen stehenden Pritsche und gab sich den Anschein, als wollte sie einen vierjährigen, kurzgeschorenen Jungen fangen, der vor ihr hin und her lief und sich vor Lachen nicht lassen konnte. Jedesmal, wenn der kleine dickbäuchige Schlingel im bloßen Hemdchen an ihr vorübergelaufen kam, rief er ihr zu: „Ätsch, kriegst mich nicht!“ Diese Alte war zusammen mit ihrem Sohn wegen Brandstiftung angeklagt und ertrug ihre Haft mit gutmütiger Gelassenheit; ihre einzige Sorge galt ihrem Sohn, der gleichzeitig mit ihr im selben Gefängnis saß, und vor allem ihrem alten Mann, der, wie sie fürchtete, in ihrer Abwesenheit völlig verkommen würde, weil die Schwiegertochter auf und davon gegangen war und sich jetzt niemand um ihn kümmerte.

Außer diesen sieben Gefangenen standen weitere vier an einem der geöffneten Fenster, hielten sich an den eisernen Gitterstäben fest und unterhielten sich durch Gesten und Rufe mit jenen auf dem Hof vorübergehenden Sträflingen, mit denen die Maslowa am Tor zusammengetroffen war. Eine dieser Gefangenen, die eine Strafe wegen Diebstahls verbüßte, war eine große, rothaarige Frau mit überhängendem Leib, Sommersprossen auf dem gelblich-weißen Gesicht und den Armen und mit einem dicken Hals, der aus dem aufgebundenen Kragen herausragte. Sie rief den Sträflingen auf dem Hof durch das Fenster mit ihrer rauhen Stimme unanständige Redensarten zu. Neben ihr stand eine schwarzhaarige, unförmige Gefangene mit langem Oberkörper und ganz kurzen Beinen, die man dem Wuchs nach für ein zehnjähriges Mädchen hätte halten können. Sie hatte ein mit roten Flecken bedecktes Gesicht, weit auseinanderstehende schwarze Augen und dicke, kurze Lippen, die ihre vorstehenden weißen Zähne unbedeckt ließen. Beim Anblick dessen, was sich im Hof abspielte, brach sie von Zeit zu Zeit in lautes Gelächter aus. Diese Gefangene, die infolge ihrer Putzsucht „Zierpuppe" genannt wurde, war wegen Diebstahls und Brandstiftung angeklagt. Die dritte Gefangene, die hinter den beiden ersten am Fenster stand, eine hagere, sehnige, erbärmlich aussehende, nur mit einem schmutzigen grauen Hemd bekleidete Frau, war hochschwanger und hatte sich wegen Hehlerei zu verantworten; sie schwieg die ganze Zeit, lächelte aber unaufhörlich beifällig und sanft über das, was sie im Hof vor sich gehen sah. Die vierte der am Fenster stehenden Gefangenen, die eine Strafe wegen heimlichen Handels mit Schnaps abbüßte, war eine mittelgroße, stämmige Frau vom Lande mit Glotzaugen und gutmütigem Gesichtsausdruck; sie war die Mutter des Jungen, der mit der Alten spielte, und hatte ihn wie auch ihre siebenjährige Tochter ins Gefängnis mitgenommen, weil zu Hause niemand da war, der für die Kinder sorgen konnte. Auch sie blickte durchs Fenster, hörte dabei aber nicht auf, an einem Strumpf zu stricken, und verzog, die Augen schließend, jedesmal unwillig das Gesicht, wenn die auf dem Hof vorübergehenden Sträflinge den Frauen unanständige Worte zuriefen. Ihr Töchterchen hingegen, ein siebenjähriges Mädchen mit offenem semmelblondem Haar und nur im Hemd, stand neben der rothaarigen Gefangenen, klammerte sich mit den kleinen, schmächtigen Händen an ihren Rock, horchte gespannt auf die unflätigen Redensarten, die zwischen den Frauen und den Sträflingen gewechselt wurden, und wiederholte sie leise, als wollte sie sie auswendig lernen. Die zwölfte Gefangene war die Tochter eines Diakons, die ihr uneheliches Kind im Brunnen ertränkt hatte, ein großes, stattlich gewachsenes junges Mädchen mit starren, vorstehenden Augen und wirrem, dunkelblondem, zu einem dicken, kurzen Zopf geflochtenem Haar. Ohne dem, was um sie herum vor sich ging, irgendwelche

Beachtung zu schenken, ging sie in einem schmutzigen grauen Hemd in der Zelle auf und ab und drehte sich jedesmal mit einem scharfen Ruck um, wenn sie bis zur Wand gekommen war.

31

Als das Türschloß knarrte und die Maslowa in die Zelle hineingelassen wurde, wandten sich alle nach ihr um. Selbst die Tochter des Diakons blieb einen Augenblick stehen und musterte mit hochgezogenen Brauen die Eingetretene, sagte jedoch nichts und setzte gleich wieder mit großen, energischen Schritten ihre Wanderung fort. Die Korabljowa stach die Nadel in die rauhe Leinwand und starrte durch ihre Brille die Maslowa fragend an.

„Ach herrje, da bist du ja wieder! Und ich hab gedacht, man wird dich freisprechen", sagte sie mit ihrer heiseren, fast männlichen tiefen Stimme. „Sicher haben sie dich reingelegt."

Sie nahm die Brille ab und legte ihre Näharbeit neben sich auf die Pritsche.

„Tantchen und ich haben schon darüber gesprochen, ob man dich vielleicht auf der Stelle freiläßt, mein Täubchen", mischte sich sofort mit ihrer singenden Stimme die Bahnwärterin ein. „So was gibt's auch, heißt es. Manche kriegen noch Geld obendrein, wie jeder Glück hat. Nun ist's anders gekommen, wir haben nicht richtig geraten. Gott hat's wohl so gewollt, mein Täubchen", setzte sie unermüdlich ihre freundliche, wohlklingende Rede fort.

„Bist du wirklich verurteilt?" fragte Fedossja und sah die Maslowa aus ihren kindlich klaren blauen Augen mit teilnahmsvoller Zärtlichkeit an; ihr fröhliches junges Gesicht verzerrte sich jäh und ließ erkennen, daß sie dem Weinen nahe war.

Die Maslowa antwortete nichts; sie ging schweigend zu ihrem Platz, dem zweiten in der Reihe, neben dem der Korabljowa, und setzte sich auf die Bretter der Pritsche.

„Gegessen hast du wohl auch noch nichts?" fragte Fedossja, die aufgestanden war und auf die Maslowa zukam.

Die Maslowa legte, ohne etwas zu antworten, die Kalatsche an das Kopfende der Pritsche, zog den staubigen Sträflingskittel aus, nahm das über ihr lockiges schwarzes Haar gebundene Tuch ab und setzte sich wieder hin.

Jetzt kam auch die gekrümmte Alte, die am andern Ende der Pritschenreihe mit dem kleinen Jungen spielte, auf die Maslowa zu und blieb vor ihr stehen.

„Ach, ach, ach!“ jammerte sie, mitleidig den Kopf schüttelnd, in lallendem Tonfall.

Der kleine Junge, der der Alten gefolgt war, blickte mit weitaufgerissenen Augen und gespitztem Mund unverwandt auf die von der Maslowa mitgebrachten Kalatsche. Als die Maslowa nach alldem, was sie heute durchgemacht hatte, jetzt die vielen teilnahmsvollen Gesichter sah, begannen ihre Lippen zu zucken, und Tränen traten ihr in die Augen. Doch sie war bemüht, sich zu beherrschen, und es gelang ihr auch, bis die Alte und der Junge hinzukamen. Nun jedoch, als sie das mitleidige Jammern des alten Mütterchens hörte, und vor allem, als sie dem Blick des kleinen Burschen begegnete, der seine ernsten Augen bald auf sie, bald auf die Kalatsche richtete, vermochte sie nicht mehr an sich zu halten. Ihr ganzes Gesicht begann zu zucken, und sie brach in Schluchzen aus.

„Ich hab ja gesagt, sollst dir einen richtigen Avkat nehmen“, sagte die Korabljowa. „Wie ist's nun? Nach Sibirien?“

Die Maslowa wollte antworten, war indes unfähig, ein Wort hervorzubringen. Sie zog schluchzend aus dem Kalatsch die Zigarettenschachtel, auf der eine rotbackige Dame mit hoher Frisur und ungewöhnlich tief ausgeschnittenem Kleid abgebildet war, und reichte sie der Korabljowa. Diese sah sich das Bild an und schüttelte mißbilligend den Kopf – hauptsächlich deshalb, weil die Maslowa so leichtfertig Geld ausgab –, nahm dann eine Zigarette aus der Schachtel, zündete sie über der Lampe an, tat selbst einen Zug und gab sie der Maslowa zurück. Die Maslowa, immer noch weinend, machte gierig einen Zug nach dem andern und stieß den Rauch durch die Nase aus.

„Ja, Zwangsarbeit“, antwortete sie schluchzend.

„Sie haben keine Gottesfurcht, diese Ausbeuter, diese verfluchten Blutsauger!“ entrüstete sich die Korabljowa. „Um nichts haben sie das Mädel verurteilt!“

In diesem Augenblick erscholl bei den am Fenster stehengebliebenen Gefangenen lautes Gelächter. Das kleine Mädchen stimmte ein, und ihr kindlich helles Lachen verschmolz mit dem heiseren Gekreisch der drei andern. Einer der Sträflinge hatte auf dem Hof etwas getan, was die Zuschauerinnen am Fenster so belustigte.

„Ach, dieser kahlgeschorene Hund! Was er anstellt“, rief die Rothaarige und ließ, während sie sich mit ihrem fetten, von Lachen geschüttelten Körper vorbeugte und das Gesicht an das Gitter preßte, eine ganze Kanonade unflätiger Worte folgen.

„Nein, dieses schamlose Biest! Was sie da gackert!“ sagte, mit dem Kopf auf die Rothaarige weisend, die Korabljowa und wandte sich dann wieder an die Maslowa. „Auf lange?“

„Vier Jahre“, antwortete die Maslowa, wobei ihr die Tränen so ungestüm über das Gesicht strömten, daß eine auf die Zigarette fiel.

Die Maslowa zerdrückte sie, warf sie wütend fort und nahm eine andere.

Die Bahnwärterin hob, obgleich sie selbst nicht rauchte, sofort den Stummel auf und begann, ohne ihren Redefluß zu unterbrechen, ihn zu glätten.

„Da siehst du, daß ich recht gehabt hab, mein Täubchen“, sagte sie. „Die Wahrheit hat der Eber aufgefressen. Sie machen, was sie wollen. Die Matwejewna sagte: man wird sie freisprechen, aber ich sagte: nein, mein Herz spürt, sie werden sie vernichten, die Gute. So ist's denn auch gekommen“, fügte sie, mit Befriedigung dem Klang ihrer Stimme lauschend, hinzu.

Mittlerweile hatten alle Sträflinge den Hof passiert, und die Frauen, die sich mit ihnen unterhalten hatten, traten vom Fenster zurück und kamen nun ebenfalls zur Maslowa. Als erste kam die glotzäugige Gefangene, die wegen Branntweinhandels saß, mit ihrer Tochter heran.

„Warum hat man dich denn so hart verurteilt?“ fragte sie, indem sie sich zur Maslowa setzte und gleich wieder eifrig zu stricken begann.

„Darum, weil die Moneten fehlen", sagte die Korabljowa. „Hätt sie Geld gehabt und einen findigen Avkat genommen, dann hätten sie sie freigesprochen. Wie heißt er doch gleich, der Struwelkopf mit der langen Nase – der zieht jeden trocken aus dem Wasser. Ja, wenn man den genommen hätte."

„Na, den nimm erst mal!" sagte, ihre Zähne bleckend, die inzwischen hinzugekommene Zierpuppe. „Gibst du dem nicht gleich einen Tausender, dann spuckt er nur vor dir aus!"

„Ja, das ist dir wohl vom Schicksal so bestimmt", mischte sich das alte Mütterchen ein, das wegen Brandstiftung bestraft war. „Ich hab's auch nicht leicht: Meinem Jungen hat man die Frau abspenstig gemacht und ihn selbst obendrein zum Fraß für die Läuse ins Gefängnis gesperrt und mich auf meine alten Tage auch noch dazu", begann sie zum hundertstenmal ihre Geschichte zu erzählen. „Eins ist einem sicher: Gefängnis oder Bettelstab. Wenn nicht Bettelstab, dann Gefängnis."

„Ja, so geht es immer", sagte die Branntweinhändlerin mit einem Blick auf den Kopf ihrer Tochter, worauf sie das Strickzeug neben sich auf die Pritsche legte, das Mädchen zu sich heranzog und mit den Fingern flink auf seinem Kopf herumzusuchen begann. „Warum handelst du mit Schnaps? fragt man mich. Ja, womit soll ich denn die Kinder satt kriegen?" sagte sie und fuhr mit ihrer offenbar schon gut eingeübten Beschäftigung fort.

Die Worte der Branntweinhändlerin weckten in der Maslowa den Wunsch zu trinken.

„Einen Schnaps könntest du mir geben", sagte sie zur Korabljowa und wischte sich, jetzt nur noch hin und wieder aufschluchzend, mit dem Hemdsärmel die Tränen aus den Augen.

„Einen Sorgenbrecher? Das geht", antwortete die Korabljowa.

32

Die Maslowa zog den Kupon aus dem Kalatsch und reichte ihn der Korabljowa. Die Korabljowa, die ihr den Kupon abnahm und ihn sich ansah, konnte zwar nicht lesen, schenkte jedoch der in allem bewanderten Zierpuppe Glauben, daß dieses Stück Papier zweieinhalb Rubel wert sei, und kletterte auf den Ofen zur Luftklappe hinauf, hinter der eine Flasche Schnaps versteckt war. Als die übrigen Frauen, deren Pritschen weiter weg standen, dies sahen, zogen sie sich auf ihre Plätze zurück. Die Maslowa schüttelte inzwischen den Staub aus dem Kopftuch und dem Kittel, stieg auf ihre Pritsche und begann den Kalatsch zu essen.

„Ich habe dir Tee aufbewahrt, aber er wird wohl schon kalt geworden sein", sagte Fedossja, die aus dem Wandregal eine mit Fußlappen umwickelte Blechkanne und einen Becher genommen hatte.

Die Maslowa füllte den Becher mit Tee und trank, obwohl er wirklich ganz kalt war und mehr nach Blech als nach Tee schmeckte, zu jedem Bissen vom Kalatsch einen Schluck.

„Hier, Finaschka, nimm!" sagte sie zu dem kleinen Jungen, dessen Augen unverwandt an ihrem Mund hingen, und brach ihm ein Stück vom Kalatsch ab.

Die Korabljowa war inzwischen mit einer Flasche und einem kleinen Krug zurückgekehrt. Die Maslowa bot auch ihr und der Zierpuppe Schnaps an. Diese drei Gefangenen stellten in der Zelle die Aristokratie dar, weil sie über Geld verfügten und alles, was sie besaßen, miteinander teilten.

Nach einigen Minuten lebte die Maslowa auf und erzählte munter vom Gericht, indem sie spöttisch den Staatsanwalt nachahmte und alles schilderte, was ihr besonders aufgefallen war. Im Gericht hätten sie alle mit sichtlichem Wohlgefallen betrachtet, erzählte sie, und seien eigens zu diesem Zweck alle Augenblicke ins Angeklagtenzimmer gekommen.

„Sogar der Wachsoldat sagte: ‚Die kommen alle nur, dich anzugaffen.' Da kommt mal der eine, mal der andere ins Zimmer gelaufen und tut so, als ob er irgendeine Akte oder sonst was sucht; aber ich sehe ja, daß er in Wirklichkeit gar nichts braucht und nur mich mit den Augen verschlingt", erzählte sie lächelnd und schüttelte gleichsam verwundert den Kopf. „Das sind mir die Richtigen!"

„Ja, das stimmt schon", fiel die Bahnwärterin ein, deren singender Redefluß sofort wieder zu strömen begann. „Da sind sie hinterher wie die Fliegen nach dem Zucker. Zu was anderem rühren sie sich nicht, aber dafür sind sie zu haben. Mit Brot kann man diese Brüder nicht locken . . .“

„Und auch hier war's gleich dasselbe“, fiel ihr die Maslowa ins Wort. „Grade als ich wieder hergeführt wurde, da kam eine Kolonne vom Bahnhof. Na, die fielen so über mich her, daß ich nicht wußte, wie ich mich wehren sollte. Noch gut, daß der Kommandantengehilfe sie zurückjagte. Der eine hat mich so bedrängt, daß ich ihn mir nur mit Gewalt vom Leibe halten konnte.“

„Wie sah der denn aus?“ fragte die Zierpuppe.

„Ein schwarzhaariger Kerl war's, mit Schnurrbart.“

„Das kann nur er gewesen sein.“

„Wen meinst du?“

„Na, den Stscheglow, der eben vorbeigegangen ist.“

„Wer ist er denn, dieser Stscheglow?“

„Du weißt nicht, wer Stscheglow ist? Er ist schon zweimal aus dem Zuchthaus ausgebrochen. Jetzt haben sie ihn erwischt, aber er wird wieder ausbrechen. Sogar die Aufseher haben vor ihm Angst“, berichtete die Zierpuppe, die das Weiterleiten von Kassibern an die Häftlinge besorgte und über alles, was im Gefängnis vor sich ging, Bescheid wußte. „Der bricht bestimmt wieder aus.“

„Und wenn er auch ausbricht, uns nimmt er doch nicht mit“, bemerkte die Korabljowa und wandte sich wieder an die Maslowa: „Erzähle lieber, was dir der Avkat von wegen dem Gesuch gesagt hat – das mußt du jetzt doch einreichen?“

Die Maslowa antwortete, sie wisse nichts.

Nunmehr trat die Rothaarige – ihre beiden sommersprossigen Hände in das wuschlige rote Haar vergraben und sich mit den Fingernägeln den Kopf kratzend – an die beim Schnaps sitzenden „Aristokratinnen“ heran.

„Das werde ich dir alles sagen, Katerina“, fing sie an. „Vor allem mußt du zuallererst aufsetzen, daß du mit dem Urteil nicht zufrieden bist, und es dann dem Staatsanwalt erklären.“

„Was kümmert dich denn das?“ sagte die Korabljowa mit grimmiger Baßstimme zu ihr. „Hast Schnaps gerochen, da biederst dich an. Was gemacht werden muß, weiß man auch ohne dich. Kannst deine Weisheit für dich behalten.“

„Ich red nicht mit dir, was regst dich da auf?“

„Willst ja nur Schnaps haben, das kennen wir schon.“

„Nun gib ihr schon einen Becher“, sagte die Maslowa, die immer allen etwas von dem abgab, was sie besaß.

„Ich werde ihr gleich was andres verabreichen ...“

„Na, probier's mal!“ rief die Rothaarige und machte Miene, sich auf die Korabljowa zu stürzen.

„Zuchthausmetze!“

„Bist selber eine.“

„Ausgekochtes Gedärm!“

„Ich, ausgekochtes Gedärm? Zuchthäuslerin! Mörderin!“ schrie die Rothaarige.

„Mach, daß du fortkommst!“ sagte finster die Korabljowa.

Allein die Rothaarige rückte nur noch näher an die Korabljowa heran, und diese versetzte ihr einen Stoß gegen die nackte volle Brust. Die Rothaarige, die darauf nur gewartet zu haben schien, griff mit der einen Hand blitzschnell der Korabljowa ins Haar und holte mit der anderen zum Schlag aus; doch die Korabljowa fing ihre Hand ab und hielt sie fest. Die Maslowa und die Zierpuppe packten die Rothaarige bei den Armen und bemühten sich, sie zurückzuziehen, aber ihre Hand hatte sich so fest in den Zopf der Gegnerin verkrallt, daß sie nicht loszubekommen war. Für einen Augenblick ließ sie zwar den Zopf los, jedoch nur, um sich ihn um die Faust zu wickeln. Den Kopf geduckt, hieb die Korabljowa indessen auf die Rothaarige ein und versuchte mit den Zähnen deren Hand zu erhaschen. Die übrigen Gefangenen drängten sich um die Raufenden, versuchten sie zu trennen und schrien. Selbst die Schwindsüchtige kam hinzu und blickte hustend auf die ineinander verkrallten Weiber. Die Kinder schmiegten sich aneinander und weinten. Auf den Lärm aufmerksam geworden, erschien die Aufseherin mit dem Aufseher, und die Streitenden ließen nun voneinander ab. Die Korabljowa flocht ihren grauen Zopf auf und zog die ausgerissenen Haarbüschel heraus, die Rothaarige raffte über ihrer gelben Brust das völlig zerfetzte Hemd zusammen, und beide schrien, schoben sich gegenseitig die Schuld zu und jammerten.

„Das kommt alles vom Schnaps, ich rieche ja, daß ihr wieder getrunken habt“, sagte die Aufseherin. „Morgen erzähle ich's dem Inspektor, von dem werdet ihr was zu hören bekommen. Seht euch vor, räumt alles fort, sonst könnt ihr was erleben! Ich hab nicht Zeit, mich mit euch abzugeben, legt euch jetzt hin und seid still.“

Doch Stille trat noch lange nicht ein. Noch geraume Zeit beschimpften sich die beiden Frauen und setzten den anderen auseinander, wie es zum Streit gekommen war und wer schuld hatte. Schließlich gingen die Aufseherin und der Aufseher wieder hinaus, die Frauen beruhigten sich, und alle legten sich auf die Pritschen. Nur das alte Mütterchen stellte sich vor das Heiligenbild und begann zu beten.

„Da haben sich zwei Zuchthäuslerinnen gefunden“, rief plötzlich die Rothaarige kreischend vom andern Ende der Pritschen herüber und ließ einen Schwall ausgesucht gemeiner Schimpfwörter folgen.

„Paß auf, daß ich dich nicht noch mal verbleue!“ erwiderte prompt die Korabljowa und fügte nicht minder unflätige Schimpfwörter hinzu. Hierauf schwiegen beide.

„Hätte man mich nur gelassen, dann hätte ich dir deine Glotzaugen ausgekratzt!“ meldete sich nach einer Weile aufs neue die Rothaarige, und wieder ließ eine entsprechende Antwort der Korabljowa nicht lange auf sich warten.

Darauf folgte ein – diesmal etwas ausgedehnteres – Schweigen, dann ertönten wieder gegenseitige Beschimpfungen. Die Pausen wurden immer länger, und schließlich trat völlige Stille ein.

Alle lagen auf ihren Pritschen, einige schnarchten schon, nur das alte Mütterchen, das immer sehr lange betete, verneigte sich noch vor dem Heiligenbild, während die Tochter des Diakons gleich nach dem Weggang der Aufseherin wieder aufgestanden war und erneut ihr Auf- und Abwandern in der Zelle begonnen hatte.

Die Maslowa fand keinen Schlaf; sie mußte unausgesetzt daran denken, daß sie jetzt eine Zuchthäuslerin sei – wie sie heute schon zweimal genannt worden war: zuerst von der Botschkowa und vorhin von der Rothaarigen, sie konnte sich mit diesem Gedanken nicht abfinden. Die Korabljowa, die mit dem Rücken zu ihr lag, drehte sich um.

„Das hätte ich mir nicht träumen lassen", sagte die Maslowa leise. „Manch einer, der Gott weiß was für Schandtaten verübt, wird nicht bestraft, und ich muß unschuldig büßen."

„Laß nicht den Kopf hängen, Mädel. Auch in Sibirien leben Menschen. Du wirst auch dort nicht umkommen", versuchte die Korabljowa sie zu trösten.

„Daß ich nicht umkommen werde, weiß ich, aber es empört einen doch. Daß mir ein solches Los beschieden sein soll, nachdem ich ein so gutes Leben gewöhnt war!"

„Gegen Gottes Willen kann man nicht an", sagte die Korabljowa mit einem Seufzer. „Gegen den kann man nicht an."

„Ich weiß, ich weiß, Tantchen, aber es ist doch schwer zu ertragen."

Hierauf schwiegen beide.

„Hörst du? Jetzt flennt sie", wandte sich die Korabljowa nach einer Weile wieder an die Maslowa, als vom andern Ende der Pritschen merkwürdige Laute ertönten.

Es war das verhaltene Schluchzen der Rothaarigen. Sie weinte, weil man sie beschimpft, geschlagen und ihr keinen Schnaps gegeben hatte, nach dem es sie so verlangte. Zugleich weinte sie in der Erinnerung daran, daß sie in ihrem ganzen Leben bisher nur Beschimpfungen, Verspottungen, Beleidigungen und Schläge erfahren hatte. Um sich zu trösten, dachte sie an ihre erste Liebe zurück, an einen Fabrikarbeiter, an Fedja Molodjonkow; doch als sie sich ihrer erinnerte, besann sie sich auch darauf, wie diese Liebe geendet hatte. Geendet hatte sie damit, daß Molodjonkow ihr in betrunkenem Zustand die empfindlichste Körperstelle aus Übermut mit Schwefelsäure beschmiert hatte und mit seinen Freunden in lautes Gelächter ausgebrochen war, als er sah, wie sie sich unter Schmerzen krümmte. Bei diesem Gedanken von Mitleid mit sich selbst übermannt, konnte sie nicht mehr an sich halten und weinte nun, im Glauben, von niemand gehört zu werden, wie ein Kind schniebend und die bitteren Tränen hinunterwürgend.

„Sie tut einem leid“, sagte die Maslowa.

„Natürlich, leid tut sie einem, aber was drängt sie sich auf.“

33

Das erste, was Nechljudow beim Erwachen am nächsten Morgen empfand, war das Bewußtsein, etwas Besonderes erlebt zu haben, und noch ehe ihm klar wurde, worin dieses Erlebnis bestand, wußte er, daß es sich um etwas Wichtiges und Gutes handelte. Katjuscha vor Gericht! Ja, und er hatte den Beschluß gefaßt, nie mehr zu lügen und immer die Wahrheit zu sprechen ... Ein seltsames Spiel des Zufalls brachte es mit sich, daß an diesem Morgen endlich auch der seit langem erwartete Brief von Marja Wassiljewna, der Frau des Adelsmarschalls, eintraf, der für ihn jetzt besonders wichtig war. Sie gab ihn ohne jeden Vorbehalt frei und wünschte ihm Glück zu der beabsichtigten Heirat.

„Zur Heirat!“ murmelte er ironisch. „Wie weit bin ich jetzt davon entfernt!“

Er erinnerte sich seines gestrigen Entschlusses, ihrem Mann alles zu bekennen, ihn um Verzeihung zu bitten und seine Bereitschaft zu jeder Genugtuung zu erklären. Doch heute morgen erschien ihm das nicht so leicht wie gestern. Und warum auch, dachte er, soll ich einen Menschen unglücklich machen, wenn er nichts davon weiß? Wenn er mich zur Rede stellt, ja, dann werde ich es zugeben. Aber eigens hingehen, um es ihm zu sagen? Nein, das ist nicht nötig.

Ebenso schwer dünkte es ihn heute, Missy die volle Wahrheit zu sagen. Auch in diesem Fall hielt er es nicht für angebracht, von sich aus die Sprache darauf zu bringen – es wäre verletzend für sie. Nein, es ging nicht anders, er mußte sie, wie es im Leben bei so vielen Gelegenheiten geschieht, bei ihren vagen Vermutungen belassen. Er beschloß jetzt lediglich, seine

Besuche bei den Kortschagins einzustellen und den Grund nur zu nennen, wenn man ihn danach fragen sollte.

Dagegen durfte in seinen Beziehungen zu Katjuscha nichts unklar bleiben.

Ich werde ins Gefängnis fahren, ihr alles erklären und sie um Verzeihung bitten. Und wenn es nötig sein sollte ... ja, wenn es nötig sein sollte, werde ich sie auch heiraten, beschloß er im stillen. Der Gedanke, daß er aus rein moralischen Gründen alles opfern und sie heiraten würde, rührte ihn wiederum ganz besonders.

Schon seit langem hatte er einen neuen Tag nicht mit solcher Energie begonnen wie heute. Als Agrafena Petrowna zu ihm ins Zimmer kam, erklärte er ihr mit einer Entschlossenheit, die ihn selbst überraschte, daß er die jetzige Wohnung und ihre, Agrafena Petrownas, Dienste fortan nicht mehr benötigen werde. Bisher hatte – gewissermaßen einer stillschweigenden Übereinkunft zufolge – festgestanden, daß er diese große und teure Wohnung beibehielt, um nach der Hochzeit mit seiner jungen Frau darin zu wohnen. Wenn er die Wohnung aufgab, so mußte das etwas Besonderes bedeuten. Agrafena Petrowna sah ihn verwundert an.

„Ich danke Ihnen sehr für alle Ihre Sorge um mich, Agrafena Petrowna, aber eine so große Wohnung und das dazu nötige Personal brauche ich jetzt nicht mehr. Wenn Sie mir jedoch helfen wollen, dann seien Sie so gut, alles wegen der Sachen zu ordnen und sie vorläufig wegzuräumen, wie zu Mamas Lebzeiten. Später wird Natascha kommen und weitere Anweisungen geben." (Natascha war Nechljudows Schwester.)

Agrafena Petrowna schüttelte den Kopf.

„Was soll ich denn wegräumen? Sie brauchen doch alles", wandte sie ein.

„Nein, Agrafena Petrowna, ich brauche es nicht, werde es bestimmt nicht mehr brauchen", erklärte Nechljudow und antwortete damit auf das, was sich in ihrem Kopfschütteln ausdrückte. „Und bestellen Sie bitte auch Kornej, daß ich ihm seinen Lohn für zwei Monate im voraus zahlen werde, seine Dienste aber nicht mehr benötige."

„Das ist doch nicht recht, was Sie da tun wollen, Dmitri Iwanowitsch", antwortete Agrafena Petrowna. „Auch wenn Sie eine Zeitlang ins Ausland fahren, werden Sie doch wieder die Wohnung brauchen."

„Nein, Sie machen sich falsche Vorstellungen, Agrafena Petrowna. Ins Ausland zu reisen, habe ich nicht vor; wenn ich überhaupt verreise, dann ganz woandershin."

Er wurde jählings purpurrot. Ja, ich muß es ihr sagen, dachte er. Ich darf es nicht verschweigen, sondern muß es allen sagen.

„Ich habe gestern ein sehr seltsames und folgenschweres Erlebnis gehabt. Erinnern Sie sich noch Katjuschas, die bei meiner Tante Marja in Stellung war?"

„Natürlich, ich hab ihr ja das Nähen beigebracht."

„Nun, diese Katjuscha ist gestern vom Gericht zu einer schweren Strafe verurteilt worden, und ich habe dabei als Geschworener mitgewirkt."

„Ach, mein Gott, welch ein Jammer!" rief Agrafena Petrowna. „Weswegen ist sie denn verurteilt?"

„Wegen Mordes, und ich bin an allem schuld."

„Wie können Sie denn daran schuld sein? Das ist mir rätselhaft", sagte Agrafena Petrowna, deren alte Augen dabei einen verschmitzten Ausdruck annahmen.

Sie kannte die Geschichte mit Katjuscha.

„Ja, ich bin von allem die Ursache. Und das hat alle meine Pläne verändert."

„Warum soll sich dadurch für Sie etwas verändern?" fragte Agrafena Petrowna mit einem verhaltenen Lächeln.

„Nun, wenn mich die Schuld daran trifft, daß sie diesen Weg beschritten hat, dann muß ich auch alles tun, was in meiner Macht steht, um ihr zu helfen."

„Das ist Ihr guter Wille, aber daß Sie eine besondere Schuld trifft, davon kann keine Rede sein. So was passiert vielen, und wenn sie's mit Vernunft ertragen, dann glättet es sich mit der Zeit auch wieder, wird vergessen, und sie leben weiter", sagte Agrafena Petrowna ernst und streng. „Sie brauchen dafür nicht die Verantwortung zu übernehmen. Ich habe schon früher gehört, daß sie vom rechten Weg abgeirrt ist."

„Ich bin daran schuld und will es deshalb auch wiedergutmachen."

„Nun, wiedergutmachen läßt sich das schwer."

„Das ist meine Sache. Und sofern Sie an sich selbst denken, so wird alles, was Mama gewünscht hat . . ."

„An mich denke ich nicht. Die Verstorbene hat mich so freigebig mit Wohltaten bedacht, daß ich mir nichts weiter wünsche. Ich werde, wenn ich hier nichts mehr zu tun habe, zu Lisanka übersiedeln" (das war ihre verheiratete Nichte), „die mich schon immer dazu aufgefordert hat. Aber Sie sollten sich die Sache wirklich nicht so zu Herzen nehmen, so was kommt immer mal vor."

„Nun, ich denke hierüber anders und bitte Sie jedenfalls, mir bei der Auflösung des Haushalts und der Räumung der Wohnung zu helfen. Und seien Sie mir nicht böse. Ich bin Ihnen für alles sehr, sehr dankbar."

Und so merkwürdig es auch klingt, seitdem Nechljudow seine Schlechtigkeit erkannt hatte und sich selbst widerwärtig war, empfand er keinen Widerwillen mehr gegen andere. Im Gegenteil, er empfand jetzt sowohl für Agrafena Petrowna als auch für Kornej ein warmes Gefühl und Achtung. Er wollte seine Schuld auch Kornej gegenüber bekennen, doch dessen Haltung war so unerschütterlich ehrerbietig, daß er sich nicht dazu entschließen konnte.

Als er heute durch dieselben Straßen und in derselben Droschke wie gestern zum Gericht fuhr, staunte er selbst darüber, bis zu welchem Grade er sich jetzt als ein ganz anderer Mensch fühlte.

Die Heirat mit Missy, die er noch gestern für unmittelbar bevorstehend gehalten hatte, erschien ihm nun völlig unmöglich. Gestern hatte seiner Auffassung nach kein Zweifel darüber bestanden, daß sie glücklich sein würde, seine Frau zu werden; heute fühlte er sich unwürdig, sich ihr auch nur zu nähern, geschweige denn sie zu heiraten. Hätte sie auch nur eine Ahnung, was für ein Schuft ich bin, würde sie mich überhaupt nicht empfangen. Und da habe ich ihr noch den Flirt mit dem Herrn Soundso verübelt! Aber selbst wenn sie einwilligte, meine Frau zu werden, wie könnte ich glücklich sein oder auch nur Ruhe finden, wenn ich zugleich wüßte, daß jene andere im Gefängnis schmachtet und wenn nicht morgen, dann übermorgen per Schub nach Sibirien abtransportiert wird? Während sich ein Geschöpf, das ich ins Verderben gestürzt habe, auf dem Weg in die Katorga befindet, soll ich hier Glückwünsche entgegennehmen und mit meiner jungen Frau Antrittsbesuche machen! Oder welche Gemeinheit wäre es, würde ich mit dem Adelsmarschall, den ich schändlich mit seiner Frau hintergangen habe, in einer Versammlung zusammentreffen, gemeinsam mit ihm die für und gegen die von der Semstwo-Verwaltung vorgesehene Reform des Schulwesens oder ähnliche Dinge abgegebenen Stimmen zählen und anschließend zu einem Stelldichein mit seiner Frau gehen! Oder wenn ich weiter an meinem Bild herumdoktern wollte, obwohl ich weiß, daß es nie vollendet wird, weil ich gar nicht die Fähigkeit dazu besitze! Nein, das muß jetzt alles aufhören, dachte er und freute sich immer wieder über die Wandlung, die sich in ihm vollzogen hatte.

Vor allem, setzte er seinen Gedankengang fort, muß ich jetzt den Rechtsanwalt aufsuchen, um zu hören, was er beschlossen hat, und dann ... dann werde ich ins Gefängnis zu der Verurteilten fahren und ihr alles sagen.

Als er sich vorstellte, wie er zu ihr kommen und ihr alles sagen, wie er sich ihr gegenüber für schuldig bekennen, sie um Verzeihung bitten und sich bereit erklären werde, alles ihm Mögliche zu tun, ja sie zu heiraten, um sein Vergehen wiedergutzumachen – da übermannte ihn allein schon bei dem Gedanken daran ein beseligendes Gefühl, und ihm traten Tränen in die Augen.

34

Im Gericht traf Nechljudow schon im Flur den ihm bereits vom Vortag bekannten Gerichtskommissar, und er erkundigte sich, wo die schon Abgeurteilten inhaftiert seien und von wem man die Genehmigung für eine Zusammenkunft mit ihnen erhalten könne. Der Kommissar erklärte, die Gefangenen seien an verschiedenen Stellen untergebracht, und bis zur rechtskräftigen Verkündung des Urteils hänge die Genehmigung zu einem Besuch vom Staatsanwalt ab.

„Ich werde Ihnen Bescheid sagen und Sie nach der Sitzung selbst zu ihm hinführen. Jetzt ist er sowieso noch nicht da. Also nach der Sitzung! Und nun bemühen Sie sich bitte in den Saal. Die Verhandlung beginnt gleich."

Nechljudow bedankte sich bei dem Kommissar, der ihm heute besonders bemitleidenswert vorkam, für seine Liebenswürdigkeit und schickte sich an, ins Geschworenenzimmer zu gehen. Doch noch ehe er es erreicht hatte, kamen ihm von dort schon die anderen Geschworenen entgegen, um sich in den Sitzungssaal zu begeben.

Von dem Kaufmann, der offenbar gerade wieder einen Imbiß mit etlichen Schnäpsen verzehrt hatte und ebenso vergnügt war wie tags zuvor, wurde Nechljudow wie ein alter Freund begrüßt. Auch Pjotr Gerassimowitsch flößte ihm heute nicht den Widerwillen ein, den er sonst wegen seiner familiären Umgangsform und seines Gelächters gegen ihn empfunden hatte.

Nechljudow hatte sich vorgenommen, auch alle Geschworenen über seine Beziehungen zu der am Vortag verurteilten Angeklagten aufzuklären. Eigentlich, dachte er, hätte ich schon gestern während der Verhandlung aufstehen und öffentlich meine Schuld bekennen müssen. Doch als er dann zusammen mit den übrigen Geschworenen den Saal betrat und sich nun die ganze gestrige Prozedur wiederholte, als wieder der Ruf „Achtung, das Gericht!" ertönte, dieselben drei Richter mit ihren goldbestickten Kragen auf dem Podium erschienen und die Geschworenen sich auf ihre Stühle mit den hohen Lehnen setzten, als dann abermals für eine Weile Schweigen eintrat und er wieder die Gendarmen, das Zarenbildnis und den Priester sah, da fühlte er, daß er heute ebensowenig wie gestern den Mut aufbringen würde, diese feierliche Stimmung zu unterbrechen.

Der Verhandlung gingen die gleichen Formalitäten voraus wie tags zuvor, nur daß diesmal die Vereidigung der Geschworenen und ihre Ermahnung durch den Vorsitzenden wegfiel.

Heute handelte es sich um einen Einbruchsdiebstahl. Der Angeklagte, den zwei Gendarmen mit gezogenem Säbel bewachten, war ein schmächtiger zwanzigjähriger Bursche mit fahlem, blutleerem Gesicht. Er saß in seinem grauen Gefängniskittel als einziger auf der Anklagebank und blickte scheu auf die Eintretenden. Der Anklage zufolge hatte er gemeinsam mit einem Gefährten das Schloß einer Scheune erbrochen und daraus alte Läufer gestohlen, deren Wert mit drei Rubeln und siebenundsechzig Kopeken angegeben war. Im weiteren ging aus der Anklageschrift hervor, daß ein Polizist diesen jungen Burschen und seinen Gefährten, der die Läufer trug, in dem Augenblick gefaßt hatte, als sich beide mit der Beute entfernen wollten. Beide hatten sofort alles gestanden und waren hinter Schloß und Riegel gesetzt worden. Der Gefährte des jungen Burschen, ein Schlosser, war im Gefängnis gestorben, so daß sich dieser jetzt allein zu verantworten hatte. Die alten Läufer lagen auf dem für Beweisstücke bestimmten Tisch.

Die Verhandlung wickelte sich genauso ab wie die am Vortag, mit endlosen Zeugenvernehmungen und ihrer Vereidigung, mit Fragen, Kreuzverhören, Betrachten der Beweisstücke, Aufklärung der Schuld, Anhören der Sachverständigen. Der als Zeuge geladene Polizist antwortete auf alle Fragen des Vorsitzenden, des Anklägers und des Verteidigers stereotyp: „Jawohl, so war es!“ oder „Das kann ich nicht wissen“ und wiederum „Jawohl, so war es!“, wobei man jedoch trotz all seines durch militärischen Drill erzeugten Stumpfsinns merkte, daß ihm der junge Bursche leid tat und daß er nur ungern davon erzählte, wie er ihn ertappt hatte.

Der nächste Zeuge – ein Hausbesitzer, dem die gestohlenen Läufer gehörten – war ein alter, offenbar galliger Mann, der die Frage, ob er die Läufer als seine wiedererkenne, sehr mürrisch bejahte; als aber der Staatsanwalt nun noch weiter in ihn drang und wissen wollte, wozu er die Läufer zu benutzen beabsichtige und ob er sie dringend benötige, da brauste er auf und antwortete: „Zum Teufel mit den Läufern, ich brauche sie überhaupt nicht mehr! Hätt ich gewußt, daß mir ihretwegen so viele Scherereien entstehen, hätt ich gar nicht erst die Rückgabe verlangt und einen oder sogar zwei Zehner zugezahlt, um nur von all diesen Verhören verschont zu bleiben. Schon allein für die Droschken hab ich an die fünf Rubel verplempert. Ich bin schließlich kränklich, ich hab einen Bruch und leide an Rheumatismus."

So sprachen die Zeugen, während der Angeklagte, der wie ein gefangenes kleines Wild verschüchtert um sich schaute, alles eingestand und mit stockender Stimme erzählte, wie es sich zugetragen hatte.

Obwohl nun alles geklärt zu sein schien, stellte der Staatsanwalt ebenso wie gestern mit wichtiger Miene alle möglichen spitzfindigen Fragen, die den abgefeimten Verbrecher überführen sollten. In seiner Rede wies er nach, daß die Läufer durch gewaltsamen Einbruch in ein Wohngebäude gestohlen wurden und daß man den Angeklagten daher zu der höchstzulässigen Strafe verurteilen müsse.

Der vom Gericht bestellte Verteidiger hielt dem entgegen, daß es sich um einen Diebstahl aus einem unbewohnten Gebäude handelte und daß der Angeklagte daher, wenn sich sein Verbrechen auch nicht bestreiten lasse, doch noch nicht ein so gemeingefährlicher Verbrecher sei, wie es der Staatsanwalt behaupte.

Der Vorsitzende, der wieder eine Verkörperung von Unparteilichkeit und Gerechtigkeit zu sein schien, schärfte den Geschworenen abermals lang und breit ein, was sie bereits wußten und unmöglich nicht wissen konnten. Ebenso wie am Vortag wurden Pausen eingelegt, wieder benutzte man die Gelegenheit zum Rauchen, wieder schrie der Gerichtskommissar: „Achtung, das Gericht!", und wieder saßen zwei Gendarmen mit gezogenen Säbeln zur Bewachung des Angeklagten da und bemühten sich, nicht einzuschlafen.

Aus den Akten ging hervor, daß der Angeklagte von seinem Vater im frühesten Knabenalter in eine Tabakfabrik verdingt worden war. Nach fünfjähriger Arbeit in dieser Fabrik war er infolge von Streitigkeiten des Besitzers mit den Arbeitern in diesem Jahr entlassen worden, hatte sich dann stellenlos in der Stadt herumgetrieben und sein letztes Hab und Gut vertrunken.

In einer Kneipe lernte er einen Schlossergesellen kennen, der noch länger stellenlos war als er und stark trank. Eines Nachts hatten die beiden dann im trunkenen Zustand das Schloß der Scheune erbrochen und sich das erstbeste herausgeholt, was ihnen unter die Finger kam. Sie wurden gefaßt und gestanden alles ein. Nachdem der Schlosser während der Untersuchungshaft im Gefängnis gestorben war, sollte jetzt dieser junge Bursche wie ein gefährliches Geschöpf, vor dem die Gesellschaft geschützt werden muß, exemplarisch bestraft werden.

Ein ebenso gefährliches Geschöpf wie die gestern verurteilte Verbrecherin, dachte Nechljudow, als er vernahm, was sich vor ihm abspielte. Diese beiden sollen gefährlich sein – und wir? Sind wir etwa nicht gefährlich? Ich, der ich ein moralisch verkommener Mensch, ein Wüstling und Betrüger bin, sowie alle andern, die das von mir wissen, mich aber dennoch nicht verachten, sondern mit Hochachtung behandeln? Und selbst wenn dieser junge Bursche für die menschliche Gesellschaft gefährlicher wäre als alle andern in diesem Saal anwesenden Personen – was müßte man dann dem gesunden Menschenverstand zufolge tun, nachdem er gefaßt wurde?

Dieser Jüngling ist offensichtlich kein besonders abgefeimter Verbrecher, sondern – das sieht doch jeder – ein ganz gewöhnlicher Mensch, der nur deshalb auf Abwege geriet, weil er unter Verhältnissen lebte, die solche Leute hervorbringen. Und deshalb ist es klar, sollte man meinen, daß, um das Heranwachsen solcher Tunichtgute zu verhüten, alle Anstrengungen gemacht werden müßten, jene Verhältnisse zu beseitigen, aus denen diese unglücklichen Geschöpfe hervorgehen.

Doch was tun wir? Wir greifen einen zufällig ertappten Burschen heraus, den wir, sehr wohl wissend, daß Tausende andere seinesgleichen nicht gefaßt werden, ins Gefängnis stecken, wo ihm in Gemeinschaft gleich ihm vom Leben geschlagener und haltlos gewordener Geschöpfe völlige Untätigkeit oder die sinnlosesten, gesundheitsschädlichsten Arbeiten aufgezwungen werden, bis man ihn schließlich zusammen mit gemeinen Verbrechern auf Staatskosten aus dem Moskauer ins Irkutsker Gouvernement deportiert.

Wir unternehmen nicht nur nichts, um jene Bedingungen zu beseitigen, aus denen Geschöpfe dieser Art hervorgehen, sondern fördern geradezu alle Anstalten, die sie erzeugen. Diese Anstalten sind bekannt: es sind Fabriken, Werkstätten, Gasthäuser, Schenken, Bordelle. Der Betrieb solcher Anstalten wird nicht unterbunden, nein, im Gegenteil, wir halten sie für notwendig, spornen ihre Errichtung an und sorgen dafür, daß sie funktionieren.

Wir erziehen unter derartigen Verhältnissen nicht nur einen Menschen, sondern viele Millionen, dann fassen wir einen von ihnen und bilden uns ein, wir hätten damit etwas verbessert, man könne von uns nicht mehr verlangen und wir hätten genügend für unsere Sicherheit gesorgt, wenn wir ihn aus dem Moskauer ins Irkutsker Gouvernement befördern: so stellte sich Nechljudow in Gedanken mit ungemeiner Intensität und Klarheit die Sachlage vor, während er auf seinem Stuhl neben dem Oberst saß, die verschiedenen Intonationen in der Stimme des Verteidigers, des Staatsanwalts und des Vorsitzenden anhörte und ihr selbstsicheres Gehaben beobachtete. Und wie viele, welch ungeheure Anstrengungen kostet diese Heuchelei, setzte er den Gedankengang fort, als er diesen ganzen riesigen Saal mit all seinen Bildern, Lampen, Sesseln, den imposanten Wänden und Fenstern überblickte und sich dabei den kolossalen Umfang dieses Gerichtsgebäudes und den noch kolossaleren Apparat der ganzen Institution vorstellte, in der nicht nur hier, sondern über ganz Rußland verteilt ein Heer von Beamten, Schreibern, Wächtern und Kurieren tätig ist und für diese niemand zum Nutzen gereichende Komödie bezahlt wird. Wenn man auch nur ein Hundertstel dieser Anstrengungen darauf verwenden wollte, jenen armen, ihrem Schicksal überlassenen Menschen zu helfen, die wir jetzt einzig daraufhin ansehen, inwieweit wir ihrer Hände Arbeit und ihre Körperkraft zu unserer Ruhe und Bequemlichkeit benötigen! Es hätte sich ja nur jemand zu finden brauchen, dachte Nechljudow mit einem Blick auf das elende, verschüchterte Gesicht des jungen Burschen, der sich damals, als man ihn, durch Not gezwungen, aus dem Dorf in die Stadt schickte, seiner erbarmt und dieser Not abgeholfen hätte; und selbst später noch, als er bereits in der Stadt hauste und sich nach zwölfstündiger Tagesarbeit, von älteren Gefährten überredet, mit ihnen in Wirtshäusern herumtrieb – wenn sich da jemand gefunden und ihm gesagt hätte: „Tu das nicht, Wanja, es ist nicht gut!", dann würde er es unterlassen haben, wäre nicht ein Herumtreiber geworden und hätte nichts verbrochen.

Doch während der ganzen Zeit, in der er, verschüchtert wie ein gefangenes kleines Raubtier, seine Lehrjahre in der Stadt verbrachte und, um nicht zu verlausen, mit kahlgeschorenem Kopf herumlief und für die Meister Einkäufe besorgte – in dieser ganzen Zeit hat sich niemand seiner erbarmt; im Gegenteil, seitdem er in der Stadt lebt, hat er von den Meistern und Kameraden nichts anderes zu hören bekommen, als daß nur der ein ganzer Kerl sei, der andere betrügt und beschimpft, tüchtig trinkt, sich in Raufereien einläßt und ein ausschweifendes Leben führt.

Weil er dann – durch gesundheitsschädliche Arbeit, Trunk und Unzucht krank und stumpfsinnig geworden – wie ein Schlafwandler ziellos durch die Stadt irrte und, ohne sich viel dabei zu denken, in eine Scheune einbrach und daraus ein paar von niemand mehr gebrauchte Läufer entwendete, glauben wir, lauter gesetzte, wohlhabende und gebildete Leute, die keinen Finger rührten, um die Ursachen zu beseitigen, die zu der jetzigen Verkommenheit des jungen Burschen führten, daß wir die Sache wiedergutmachen können, indem wir ihn grausam bestrafen.

Wie furchtbar! Man fragt sich, was hier überwiegt – Grausamkeit oder Unverstand. Sowohl das eine wie das andere scheint hier den höchsten Grad erreicht zu haben!

Während Nechljudow diesen Gedanken nachhing, achtete er nicht mehr auf das, was sich vor ihm abspielte. Entsetzt über die Zustände, die sich ihm offenbart hatten, vermochte er gar nicht zu fassen, daß sie ihm bis jetzt entgangen und auch von allen andern unbeachtet geblieben waren.

35

Sobald die erste Pause eingelegt wurde, stand Nechljudow auf und begab sich, in der Absicht, nicht wieder in den Sitzungssaal zurückzukehren, in den Flur. Mochte man mit ihm machen, was man wollte, weiter an diesem abscheulichen, albernen Getue teilzunehmen, das ging über seine Kraft.

Nachdem er erfahren hatte, wo sich das Zimmer des Staatsanwalts befand, begab er sich dorthin. Der Diener wollte ihm den Eintritt verwehren, der Staatsanwalt sei jetzt beschäftigt, aber Nechljudow ließ sich nicht abspeisen, trat ins Vorzimmer ein und bat den Beamten, der ihn dort empfing, dem Staatsanwalt zu melden, er sei Geschworener und müsse ihn in einer äußerst wichtigen Angelegenheit sprechen. Der Fürstentitel und Nechljudows gute Kleidung taten das Ihrige. Der Beamte meldete ihn dem Staatsanwalt, und er wurde vorgelassen. Der Staatsanwalt, offenbar verärgert über die Hartnäckigkeit, mit der Nechljudow darauf bestanden hatte, ihn zu sprechen, empfing ihn stehend.

„Sie wünschen?“ fragte er kurz.

„Mein Name ist Nechljudow, ich bin Geschworener und muß unbedingt die Angeklagte Maslowa sprechen“, antwortete Nechljudow in hastigem, entschiedenem Ton und errötete; er fühlte, daß er damit einen Schritt getan hatte, der für sein Leben schwerwiegende Folgen haben würde.

Der Staatsanwalt war ein mittelgroßer Mann mit lebhaft glänzenden Augen, dunkler Gesichtsfarbe, kurzem graumeliertem Haar und dichtem Stutzbart zu beiden Seiten des vorspringenden Kinns.

„Die Maslowa? Ja, den Fall kenne ich. Sie wurde eines Giftmordes beschuldigt“, sagte er ruhig. „Weshalb wollen Sie sie denn sprechen?“ fragte er und fügte dann, gleichsam in dem Wunsch, seinen Ton zu mildern, hinzu: „Ich kann Ihnen dazu keine Genehmigung geben, wenn ich nicht weiß, worum es sich handelt.“

„Es handelt sich um eine für mich überaus wichtige Angelegenheit“, antwortete Nechljudow und wurde wieder feuerrot.

„Soso", sagte der Staatsanwalt und maß Nechljudow mit einem prüfenden Blick. „Hat der Prozeß gegen sie schon stattgefunden oder noch nicht?"

„Ja, die Verhandlung ist gestern gewesen, und sie wurde dabei ganz ungerechtfertigterweise zu vier Jahren Zwangsarbeit verurteilt. Sie ist unschuldig."

„Soso. Wenn sie erst gestern verurteilt worden ist", erwiderte der Staatsanwalt, ohne Nechljudows Erklärung hinsichtlich der Unschuld der Maslowa irgendwelche Beachtung zu schenken, „dann muß sie sich bis zur endgültigen Urteilsverkündung noch im Untersuchungsgefängnis befinden. Besuche sind dort nur an bestimmten Tagen erlaubt. Ich rate Ihnen daher, sich dorthin zu wenden."

„Ich muß sie aber so schnell wie irgend möglich sprechen", sagte Nechljudow mit bebender Stimme und fühlte, daß der entscheidende Augenblick nun unmittelbar bevorstand.

„Zu welchem Zweck müssen Sie das denn?" fragte der Staatsanwalt mit einem Unterton von Mißtrauen und zog die Brauen hoch.

„Weil sie unschuldig zu Zwangsarbeit verurteilt wurde und ich an allem schuld bin", antwortete Nechljudow erregt und fühlte zugleich, daß er mehr gesagt hatte, als gut war.

„Inwiefern denn das?" fragte der Staatsanwalt.

„Insofern, als ich sie verführt und in diese Lage gebracht habe. Hätte ich sie nicht verführt, dann wäre sie nicht geworden, was sie jetzt ist, und es hätte gar nicht zu einer solchen Anschuldigung kommen können."

„Trotz allem sehe ich nicht, was Sie jetzt mit Ihrem Besuch bezwecken."

„Das hängt damit zusammen, daß ich beschlossen habe, ihr in die Verbannung zu folgen und . . . sie zu heiraten", antwortete Nechljudow. Und wie immer, wenn er hierüber sprach, traten ihm Tränen in die Augen.

„Ach? Was Sie sagen!" rief der Staatsanwalt aus. „Das ist in der Tat ein ganz außergewöhnlicher Fall. Sie sind doch, wenn ich nicht irre, Abgeordneter des Krasnopersker Semstwo?" fragte der Staatsanwalt, der sich jetzt zu entsinnen schien, daß er von diesem Nechljudow, der ihm hier einen so absonderlichen Beschluß mitteilte, schon früher gehört hatte.

„Entschuldigen Sie, aber ich glaube nicht, daß das irgend etwas mit meinem Anliegen zu tun haben könnte", antwortete Nechljudow gereizt.

„Natürlich nicht", erwiderte mit einem kaum merklichen Lächeln und völlig seine Ruhe bewahrend der Staatsanwalt, „doch Ihr Wunsch ist von so außergewöhnlicher Art und fällt dermaßen aus dem Rahmen ..."

„Kann ich also die Genehmigung bekommen oder nicht?" fiel ihm Nechljudow ins Wort.

„Die Genehmigung? Ja, ich werde Ihnen gleich einen Passierschein ausstellen. Gedulden Sie sich bitte einen Augenblick", sagte der Staatsanwalt und wies auf einen Stuhl.

Er ging an den Tisch, setzte sich und begann zu schreiben.

„Nehmen Sie doch Platz!"

Nechljudow blieb stehen.

Nachdem der Staatsanwalt den Schein ausgefertigt hatte, übergab er ihn Nechljudow und sah ihn interessiert an.

„Ich habe noch zu erklären, daß ich nicht an weiteren Gerichtsverhandlungen teilnehmen kann", sagte Nechljudow.

„Dazu müssen Sie dem Gericht, wie Ihnen bekannt sein dürfte, in einer Eingabe triftige Gründe nennen."

„Der Grund liegt darin, daß ich jedes Gerichtsverfahren nicht nur für nutzlos, sondern auch für unmoralisch halte."

„Soso", sagte der Staatsanwalt, wiederum leise lächelnd, als wolle er durch sein Lächeln zu verstehen geben, daß ihm derartige Erklärungen nichts Neues sind und zu einer gewissen Kategorie komischer Zwischenfälle gehören. „Doch werden Sie gewiß Verständnis dafür haben, daß ich als amtierender Staatsanwalt Ihrer Ansicht nicht beipflichten kann. Ich rate Ihnen daher, in einer Eingabe an das Gericht Ihre Gründe darzulegen, und das Gericht wird dann entscheiden, ob sie hinreichend triftig sind oder nicht, und Ihnen im letzteren Fall eine Strafe auferlegen. Wenden Sie sich also ans Gericht."

„Ich habe hier alles erklärt und unternehme nun nichts weiter", antwortete Nechljudow schroff.

„Habe die Ehre!" sagte der Staatsanwalt und neigte leicht den Kopf; er wünschte offensichtlich, diesen merkwürdigen Besucher möglichst rasch loszuwerden.

„Wer ist der Herr, der eben bei Ihnen war?" fragte ein Richter, der, unmittelbar nachdem Nechljudow gegangen war, ins Zimmer kam.

„Nechljudow – wissen Sie, der auch schon im Krasnopersker Semstwo verschiedene absonderliche Anträge gestellt hat. Und denken Sie nur, in einem Prozeß, bei dem er als Geschworener fungierte, ist eine Frau oder ein Mädchen zu Zwangsarbeit verurteilt worden, das er, wie er sagt, früher einmal verführt hat und nun heiraten will."

„Ist denn so was möglich?"

„Er hat es mir eben selber erklärt … und in großer Erregung."

„Ja, es ist schon so, die jungen Leute von heute haben alle etwas Überspanntes."

„Nun, aus der ersten Jugend ist er wohl schon heraus."

„Und Ihr vielgepriesener Iwaschenkow, mein Lieber, der bringt einen auch zur Verzweiflung. Er hält sich an die Ermattungsstrategie: redet, redet und findet kein Ende."

„Da muß man einfach dazwischenfahren, denn sonst artet so etwas in regelrechte Obstruktion aus."

36

Unmittelbar nach seiner Unterredung mit dem Staatsanwalt fuhr Nechljudow zum Untersuchungsgefängnis. Doch es stellte sich heraus, daß sich die Maslowa dort nicht befand, daß sie vielmehr, wie ihm der Inspektor sagte, wahrscheinlich im alten Etappengefängnis untergebracht war. Nechljudow fuhr also dorthin.

Ja, eine Jekaterina Maslowa war dort inhaftiert. Dem Staatsanwalt war es offensichtlich entfallen, daß man wegen eines von der Gendarmerie ungeheuer aufgebauschten politischen Zwischenfalls vor vier Monaten eine Unzahl Studenten und Studentinnen, Ärzte, Heilgehilfinnen und Arbeiter verhaftet hatte, mit denen auch jetzt noch alle Zellen des Untersuchungsgefängnisses überfüllt waren.

Vom Untersuchungs- bis zum Etappengefängnis war es sehr weit, so daß Nechljudow erst gegen Abend vor dem Gefängnis anlangte. Als er auf die Tür des riesigen, finsteren Gebäudes zuging, hielt ihn der Posten an und klingelte erst. Daraufhin erschien ein Aufseher. Nechljudow zeigte seinen Passierschein vor, doch der Aufseher erklärte, er könne ihm nur mit Zustimmung des Inspektors Einlaß gewähren. Nechljudow begab sich also in die Wohnung des Inspektors. Schon auf der Treppe schlugen ihm die Klänge eines schwierigen, sehr effektvollen Musikstücks entgegen, das jemand auf einem Klavier spielte. Als ihm ein Dienstmädchen mit verbundenem Auge mürrisch die Tür öffnete, drangen diese Klänge, gleichsam plötzlich entfesselt, aus dem Zimmer und schlugen ihm gellend ins Ohr. Es war eine bis zum Überdruß oft gehörte Rhapsodie von Liszt, die sehr flott, doch immer nur bis zu einer bestimmten Stelle gespielt wurde. An der betreffenden Stelle wurde das Spiel jedesmal abgebrochen und aufs neue angefangen. Nechljudow fragte das Mädchen, ob der Inspektor zu Hause sei.

Nein, er sei nicht zu Hause.

„Kommt er bald?"

Die Rhapsodie brach abermals ab und wurde erneut äußerst temperamentvoll bis zu der kritischen Stelle wiederholt.

„Ich werde mal fragen", sagte das Mädchen und verschwand.

Die eben erst schwungvoll in Fluß gekommene Rhapsodie brach diesmal noch vor der bewußten Stelle jäh ab, und es ertönte eine Stimme.

„Bestell ihm, daß er nicht zu Hause ist und heute nicht mehr zu sprechen sei. Er ist zum Abend eingeladen ... Immer diese Belästigungen", hörte Nechljudow hinter der Tür eine weibliche Stimme sagen. Dann setzte aufs neue die Rhapsodie ein, wurde jedoch gleich wieder abgebrochen, und man hörte das Wegrücken eines Stuhls. Anscheinend wollte die erzürnte Klavierspielerin den aufdringlichen Besucher, der außerhalb der Dienststunden kam, selbst zurechtweisen. Einen Augenblick später erschien eine blasse, elend aussehende junge Dame mit dunklen Rändern unter den Augen und hochaufgesteckter Frisur.

„Papa ist nicht zu Hause“, sagte sie in gereiztem Ton. Doch als sie einen jungen Herrn in elegantem Mantel vor sich sah, wurde sie milder gestimmt und fügte hinzu: „Treten Sie bitte näher. Worum handelt es sich?“

„Ich möchte eine hier Inhaftierte sprechen.“

„Wohl eine Politische?“

„Nein, keine Politische. Ich habe einen Passierschein vom Staatsanwalt.“

„Nun, da kann ich nichts sagen, Papa ist nicht da. Aber treten Sie doch näher“, forderte sie ihn nochmals auf, aus der kleinen Diele ins Zimmer zu kommen. „Vielleicht wenden Sie sich an den Stellvertreter, der ist jetzt im Kontor, mit ihm könnten Sie sprechen. Wie ist Ihr Name?“

„Ich danke Ihnen“, sagte Nechljudow, ohne die Frage zu beantworten, und ging.

Kaum hatte sich die Tür hinter ihm geschlossen, da ertönten aufs neue die flotten, fröhlichen Klänge dieser Musik, die weder zu dem Ort, an dem sie erzeugt wurde, noch zu dem elenden Gesicht des jungen Mädchens paßte, das sie mit solcher Beharrlichkeit übte. Im Hof begegnete ihm ein junger Offizier mit gefärbtem, aufgezwirbeltem Schnurrbart, bei dem er sich nach dem stellvertretenden Inspektor erkundigte. Es war der Stellvertreter selbst. Er nahm den Passierschein, überflog den Text und erklärte Nechljudow, daß er ihm auf Grund eines für das Untersuchungsgefängnis ausgestellten Scheins hier keinen Zutritt gestatten könne. Zudem sei es auch schon spät ...

„Bemühen Sie sich morgen wieder her. Morgen früh um zehn ist allgemeine Besuchsstunde, wenn Sie zu dieser Zeit kommen, wird auch der Inspektor anwesend sein. Dann kann der Besuch im allgemeinen Saal oder, falls es der Inspektor gestattet, auch im Kontor stattfinden.“

So trat Nechljudow den Heimweg an, ohne an diesem Tag eine Zusammenkunft mit Katjuscha erreicht zu haben. Als er, aufgewühlt durch die Aussicht auf ein Wiedersehen mit ihr, durch die Straßen ging, dachte er nicht mehr an die Gerichtsverhandlung, sondern an seine Gespräche mit dem Staatsanwalt und den Gefängnisbeamten. Die Tatsache, daß er nun Schritte zu einer Zusammenkunft mit Katjuscha unternommen, daß er sein Vorhaben auch dem Staatsanwalt mitgeteilt hatte und deswegen schon in zwei Gefängnissen gewesen war, regte ihn so auf, daß er sich gar nicht wieder beruhigen konnte. Zu Hause angelangt, suchte er sofort sein seit langem nicht mehr aufgeschlagenes Tagebuch hervor, las einige frühere Eintragungen und schrieb folgendes hinein: „Seit zwei Jahren habe ich hier nichts mehr eingetragen und geglaubt, die Führung eines Tagebuchs sei ein kindliches Beginnen, zu dem ich nie wieder zurückkehren würde. Doch es ist keine Kinderei, sondern ein Gespräch mit mir selbst, mit jenem wahrhaften, göttlichen Wesen, das in jedem Menschen lebendig ist. Dieses Wesen in mir war die ganze Zeit in Schlaf versunken, und ich hatte niemand, mit dem ich Zwiesprache halten konnte. Zum Leben erweckt wurde es erst wieder durch ein außergewöhnliches Ereignis – durch die Gerichtsverhandlung am 28. April, an der ich als Geschworener teilnahm. Da habe ich die einst von mir verführte Katjuscha wiedergesehen, wiedergesehen auf der Anklagebank und in Gefängniskleidung. Infolge eines verhängnisvollen Mißverständnisses und meiner Unachtsamkeit wurde sie zu Zwangsarbeit verurteilt. Ich komme eben vom Staatsanwalt und aus dem Gefängnis zurück. Man hat mich nicht zu ihr gelassen, aber ich bin entschlossen, alles zu tun, um mit ihr in Verbindung zu treten, sie um Verzeihung zu bitten und meine Schuld – sei es selbst durch eine Heirat – wiedergutzumachen. Herrgott, steh mir bei! Mein Herz ist so von Freude erfüllt."

37

In der Nacht nach dem Prozeß fand die Maslowa keinen Schlaf; sie lag mit offenen Augen auf der Pritsche, starrte nach der Tür, die in regelmäßigen Abständen von der hin und her wandernden Diakonstochter verdeckt wurde, horchte auf das leise Schluchzen der rothaarigen Gefangenen und hing ihren Gedanken nach.

Sie beschloß, auf Sachalin unter keinen Umständen einen der Sträflinge zu heiraten, sondern sich so oder so die Gunst eines der Lagerkommandanten, eines Schreibers, eines Aufsehers oder auch nur eines Unteraufsehers zu erwerben. Die sind ja alle dafür zu haben! Nur nicht elend werden, denn dann ist man verloren, sagte sie sich in Gedanken. Ihr fiel dabei ein, mit welchen Blicken sie im Gericht vom Verteidiger und vom Vorsitzenden angesehen worden war und wie alle die Männer sie gemustert hatten, die eigens zu diesem Zweck an ihr vorübergekommen waren. Sie erinnerte sich, daß ihr Berta bei ihrem Besuch im Gefängnis erzählt hatte, jener Student, den sie während ihres Aufenthalts bei der Kitajewa liebgewonnen hatte, sei wiedergekommen, habe nach ihr gefragt und sie sehr bedauert. Sie dachte an die Rauferei mit der Rothaarigen und empfand Mitleid mit ihr; dachte auch an den Bäcker, der ihr zusätzlich einen Kalatsch geschickt hatte. Ihr gingen vielerlei Gedanken durch den Kopf, allein an Nechljudow dachte sie nicht. An ihre Kindheit und Jugend und insbesondere an ihre Liebe zu Nechljudow dachte sie nie zurück. Das wäre zu schmerzlich gewesen. Diese Erinnerungen schlummerten unberührt in einem verborgenen Winkel ihres Herzens. Selbst im Schlaf träumte sie nie von Nechljudow. Daß sie ihn heute im Gericht nicht wiedererkannt hatte, lag weniger daran, daß sie ihn zuletzt als jungen Offizier mit einem kleinen Schnurrbart und, wenn auch kurzem, so doch dichtem, gewelltem Haar gesehen hatte und daß er inzwischen gealtert war und einen Vollbart trug, als vielmehr daran, daß sie nie an ihn dachte. Alle Erinnerungen an ihr früheres Erlebnis mit ihm hatte sie in jener grauenvollen dunklen Nacht begraben, als er auf der Rückreise vom Kriegsschauplatz nicht bei seinen Tanten eingekehrt war.

Bis zu jener Nacht, solange sie die Hoffnung auf ein Wiedersehen mit ihm hegte, hatte sie das Kind, das sie unter dem Herzen trug, nicht als Last empfunden, sondern seine leisen und zuweilen ruckartigen Bewegungen oft mit ehrfurchtsvollem Staunen und Rührung wahrgenommen. Doch seit jener Nacht war alles anders geworden, und sie sah in dem Kind, das sie erwartete, nur noch ein Hindernis für ihr weiteres Leben.

Nechljudows Tanten hatten ihn damals aufgefordert, auf der Durchreise bei ihnen einzukehren, und fest mit seinem Besuch gerechnet; doch da telegraphierte er, daß er nicht kommen könne, weil er zu einem bestimmten Termin in Petersburg sein müsse. Als Katjuscha dies hörte, beschloß sie, zur Bahn zu gehen, um ihn wiederzusehen. Der Zug passierte die Station um zwei Uhr nachts. Nachdem sie den alten Damen beim Zubettgehen behilflich gewesen war, überredete sie Mascha, die kleine Tochter der Köchin, mit ihr zu kommen, zog altes Schuhzeug an, warf sich ein Tuch um und lief zur Station.

Es war eine dunkle, regnerische und windige Nacht. Der Regen prasselte mit kurzen Unterbrechungen in großen warmen Tropfen nieder. Auf freiem Felde konnte man keinen Schritt weit sehen, und im Wald war es so stockfinster wie in einem Ofen. Obwohl Katjuscha den Weg gut kannte, irrte sie ab und erreichte die kleine Station, auf der der Zug nur drei Minuten hielt, nicht schon vor dem Einlaufen, wie sie gehofft hatte, sondern erst nach dem zweiten Glockenzeichen. Als sie auf den Perron hinauslief, entdeckte sie durch das Fenster eines Wagens I. Klasse sofort Nechljudow. Dieser Wagen war besonders hell erleuchtet. Auf den mit Samt bezogenen Polstersesseln saßen zwei Offiziere ohne Rock einander gegenüber und spielten Karten. Vor dem Fenster stand ein kleiner Tisch, auf dem dicke, tropfende Kerzen brannten. Nechljudow saß in straff anliegenden Reithosen und weißem Hemd seitlich auf einem Sessel, stützte sich mit dem Arm auf die Rückenlehne und lachte über etwas. Gleich nachdem Katjuscha ihn erkannt hatte, klopfte sie mit der vor Feuchtigkeit klamm gewordenen Hand ans Fenster. Im selben Augenblick ertönte das dritte Glockenzeichen, der Zug machte zuerst einen leichten Ruck nach rückwärts, und dann setzten sich die Wagen in Bewegung. Einer der Spielenden stand mit Karten in den Händen auf und blickte durchs Fenster. Katjuscha klopfte noch einmal und drückte das Gesicht gegen die Scheibe. Doch nun wurde auch der Wagen, vor dem sie stand, leicht erschüttert und fuhr an. Sie folgte ihm und blickte unverwandt aufs Fenster. Der Offizier wollte es herunterlassen, kam aber nicht damit zurecht. Nunmehr stand Nechljudow auf, schob den Offizier zur Seite und machte sich seinerseits mit dem Fenster zu schaffen. Der Zug steigerte die Geschwindigkeit. Katjuscha bemühte sich, mit ihm Schritt zu halten, aber er fuhr immer schneller, und gerade in dem Augenblick, als das Fenster endlich heruntergelassen war, stieß der Schaffner sie beiseite und sprang auf den Wagen. Sie blieb zurück, lief jedoch weiter über die nassen Bretter des Perrons und wäre beinahe gefallen, als sie bis an sein Ende gekommen war und die Stufen hinunterhastete. Nun lief sie den Damm entlang weiter, doch der Wagen I. Klasse hatte sich mittlerweile bereits weit entfernt. Schon rollten die Wagen II. Klasse an ihr vorüber, mit zunehmender Geschwindigkeit folgten die der III. Klasse, doch sie rannte unermüdlich weiter. Als auch der letzte Wagen mit einer Laterne an der Rückseite vorüber war, hatte sie schon das Pumpenhäuschen passiert und befand sich außerhalb der Sperre; der Wind fiel über sie her, riß ihr das Tuch vom Kopf und klatschte ihr den nassen Rock gegen die Beine, doch sie lief immer weiter.

„Tantchen! Michailowna!" schrie das Mädchen, das kaum noch mit ihr Schritt halten konnte. „Sie haben das Kopftuch verloren!"

Er sitzt im erleuchteten Abteil auf einem Samtsessel, scherzt und trinkt, während ich hier in Schmutz und Finsternis, in Wind und Regen stehe und weine, sagte sich Katjuscha; sie blieb stehen, griff sich an den Kopf und brach in Schluchzen aus.

„Er ist fort!" rief sie verzweifelt.

Das Mädchen erschrak und umarmte sie in ihren durchnäßten Kleidern.

„Tantchen, komm nach Hause."

Wenn der nächste Zug kommt, werfe ich mich vor ihn auf die Schienen, dann ist alles aus! dachte Katjuscha, ohne dem Mädchen zu antworten.

Sie war entschlossen, dieses Vorhaben auszuführen. Doch wie es immer unmittelbar nach einer Aufregung zu geschehen pflegt, regte sich plötzlich das Kind – sein Kind – in ihrem Leib, es zuckte zusammen, streckte sich elastisch und begann mit etwas Schmalem, Spitzem sanft zu stoßen. Und alles, was sie vor wenigen Augenblicken noch so gequält hatte, daß ihr ein Weiterleben unmöglich erschien – ihre ganze Verbitterung gegen ihn und der Wunsch, sich wenigstens durch ihren Tod an ihm zu rächen –, alles das verflüchtigte sich jäh. Sie beruhigte sich, rückte ihre Kleidung zurecht, band sich das Tuch um den Kopf und trat den Heimweg an.

Damals, als sie nachts erschöpft, durchnäßt und mit Schmutz bedeckt nach Hause zurückkehrte, begann in ihr jener seelische Umschwung, der sie schließlich zu dem gemacht hatte, was sie jetzt war. Seit jener schrecklichen Nacht hörte sie auf, an das Gute zu glauben. Bis dahin hatte sie an das Gute geglaubt und war überzeugt gewesen, daß alle Menschen daran glaubten; doch in jener Nacht hatte sie sich überzeugt, daß niemand an das Gute glaubte und daß alles Gerede von Gott und Rechtschaffenheit nur den Zweck verfolgte, den Menschen Sand in die Augen zu streuen. Von dem Mann, den sie liebte und der – das wußte sie – auch sie geliebt hatte, war sie schnöde im Stich gelassen worden, nachdem er seine Lust an ihr befriedigt und ihre Gefühle schändlich mißbraucht hatte. Und dabei war er der beste von allen Menschen, die sie kannte. Alle andern waren noch schlechter. In dieser Meinung wurde sie auf Schritt und Tritt durch alles bestärkt, was ihr widerfuhr. Seine Tanten, diese frommen alten Damen, hatten sie an die Luft gesetzt, als sie ihnen nicht mehr so dienen konnte wie früher. Mit allen Menschen, denen sie begegnete, machte sie die gleiche Erfahrung: die Frauen waren darauf aus, durch sie zu Geld zu kommen, die Männer, angefangen von dem alten Landpolizeihauptmann bis zu den Gefängnisaufsehern, sahen in ihr nur ein Mittel, ihre Lust zu befriedigen. Allen, allen kam es einzig und allein auf den Genuß, einen ganz bestimmten Genuß an. Darin hatte sie vollends der alte Schriftsteller bestärkt, mit dem sie im zweiten Jahr ihres Lebens in Freiheit ein Verhältnis eingegangen war. Dieser Mann hatte ihr ohne Umschweife erklärt, daß darin – er nannte es Poesie und Ästhetik – das ganze Glück des Lebens bestehe.

Jedermann lebte nur für sich selbst, nur um des eigenen Genusses willen, und alle schönen Worte über Gott und das Gute waren Betrug. Legte man sich aber einmal die Frage vor, warum denn in der Welt alles so schlecht bestellt sei, daß jeder dem andern Böses antut und alle zu leiden haben, so durfte man nicht darüber nachdenken. Wenn sie sich bedrückt fühlte, rauchte sie, griff zur Flasche, oder, was am besten war, sie ließ sich in eine Liebschaft mit einem Mann ein – und alle Schwermut verflog.

38

Als am nächsten Tag, einem Sonntag, um fünf Uhr morgens im Flur der Frauenabteilung der übliche Pfiff ertönte, wurde die Maslowa von der bereits aufgestandenen Korabljowa geweckt.

Ich – eine Zuchthäuslerin! dachte sie voller Entsetzen, während sie sich die Augen rieb und angewidert die morgens unerträglich stinkende Luft einatmete; sie wollte wieder einschlafen, sich nochmals in die Gefilde des Unbewußten zurückziehen, doch der gewohnte Schreck vertrieb ihr den Schlaf: sie richtete sich auf, setzte sich mit angezogenen Knien hin und schaute um sich. Die Frauen waren bereits aufgestanden, nur die Kinder schliefen noch. Die Schnapshändlerin mit den Glotzaugen zog vorsichtig, um nicht ihre Kinder zu wecken, den Gefängniskittel hervor, auf dem sie lagen. Die Aufrührerin hängte am Ofen die Lappen auf, die als Windeln dienten, während das Kind, das die blauäugige Fedossja in ihren Armen schaukelte und mit zärtlicher Stimme einzuschläfern versuchte, aus vollem Halse schrie. Die Schwindsüchtige griff sich an die Brust, hustete mit hochrotem Kopf und stöhnte laut zwischen den einzelnen Anfällen. Die Rothaarige lag, nachdem sie aufgewacht war, rücklings auf der Pritsche, hatte ihre dicken Beine angezogen und erzählte angeregt und munter, was sie geträumt hatte. Die alte Brandstifterin stand wieder vor dem Heiligenbild, murmelte immer ein und dieselben Worte, bekreuzigte und verneigte sich. Die Diakonstochter hockte regungslos auf der Pritsche und starrte mit schlaftrunkenen Augen stumpf vor sich hin. Die Zierpuppe war dabei, sich ihr fettiges, sprödes schwarzes Haar um einen Finger zu wickeln.

Im Flur wurde das Schlurren von Sträflingsschuhen laut, das Schloß knarrte, und zwei Sträflinge, denen die Entleerung der Kübel oblag, betraten in Jacken und kurzen, kaum bis über die Waden reichenden grauen Hosen die Zelle, hoben ernst und grimmig dreinschauend den stinkenden Kübel mit einem Tragjoch auf und schafften ihn fort. Die Frauen gingen in den Flur, um sich an den Wasserhähnen zu waschen. Dort geriet die Rothaarige mit einer andern Gefangenen, die aus der Nebenzelle gekommen war, in Streit. Und wiederum folgten gegenseitige Beschimpfungen, Geschrei, Klagen.

„Ihr wollt wohl in die Dunkelkammer!" schrie der Aufseher und versetzte der Rothaarigen einen über den ganzen Flur schallenden Schlag auf den fetten, bloßen Rücken. „Daß ich keinen Laut mehr von dir höre!"

„Sieh mal an, dieser alte Schäker!" rief die Rothaarige, die diese Behandlung als Zärtlichkeit auffaßte.

„Los, los! Macht euch für die Messe fertig!"

Die Maslowa hatte kaum Zeit, sich das Haar zu kämmen, da erschien auch schon der Inspektor mit seinem Gefolge.

„Zur Kontrolle antreten!" rief der Aufseher.

Aus der Nebenzelle kamen weitere Gefangene, und alle stellten sich im Flur in zwei Reihen auf, wobei die Frauen der hinteren Reihe ihre Hände auf die Schultern der vor ihnen stehenden legen mußten. So wurden alle gezählt.

Anschließend erschien die Aufseherin und führte die Gefangenen in die Kirche. Die Maslowa und Fedossja gingen in der Mitte der Kolonne, die zusammen mit den aus anderen Zellen gekommenen Frauen aus mehr als hundert Personen bestand. Alle hatten weiße Kopftücher, Jacken und Röcke an, und nur hier und da sah man ein paar Frauen in ihrer eigenen und bunten Kleidung. Das waren Ehefrauen von Sträflingen, die ihren Männern mit den Kindern in die Verbannung folgten. Diese Prozession nahm die ganze Treppe ein. Man hörte das leise Getrappel der mit weichen, pantoffelartigen Schuhen bekleideten Gefangenen, Stimmengewirr und ab und zu auch Gelächter. An der Treppenwendung erblickte die Maslowa ihre Feindin, die Botschkowa, die mit wütendem Gesicht weiter vorn ging, und machte Fedossja auf sie aufmerksam. Unten angelangt, verstummten die Frauen und strömten, sich bekreuzigend und verneigend, durch die geöffnete Tür in die goldglänzende, noch leere Kirche. Den weiblichen Gefangenen war die rechte Seite des Kirchenraumes vorbehalten, wo sie nun, einander drängend und stoßend, Aufstellung nahmen. Nach den Frauen kamen mit grauen Gefängniskitteln bekleidete männliche Sträflinge, die von der menschlichen Gemeinschaft zu Zwangsarbeit und Deportation nach Sibirien verurteilt worden waren, und stellten sich laut hüstelnd und dicht aneinandergepfercht linker Hand und in der Mitte der Kirche auf. Oben, auf den Galerien, standen die bereits zuvor hergeführten Gefangenen: auf der einen Seite Zuchthäusler mit kahlgeschorenem Hinterkopf, die sich durch das Klirren ihrer Ketten bemerkbar machten, auf der andern Seite nicht geschorene und ungefesselte Untersuchungshäftlinge.

Die Gefängniskirche, die erst vor kurzem von einem reichen Kaufmann, der sich die Sache mehrere zehntausend Rubel hatte kosten lassen, neu erbaut und prunkvoll ausgestattet worden war, glänzte von unten bis oben in Gold und prächtigen Farben.

Einige Zeit herrschte in der Kirche völlige Stille, die nur hin und wieder durch ein Schneuzen, Hüsteln, das Schreien eines Säuglings oder von Kettengeklirr unterbrochen wurde. Doch plötzlich entstand unter den in der Mitte der Kirche stehenden Gefangenen Bewegung, sie drängten einander zurück und machten einen Weg frei, auf dem der Inspektor durch die Menge geschritten kam und sich vor allen anderen in der Mitte der Kirche aufstellte.

39

Jetzt begann der Gottesdienst, und zwar damit, daß der Priester, der mit einem merkwürdigen, höchst unbequemen Gewand angetan war, ein Brot in kleine Stücke zerschnitt, diese zuerst auf einer Schüssel auseinanderlegte und dann in eine Schale mit Wein schüttete, wobei er verschiedene Namen nannte und Gebete zelebrierte. Der Diakon las zugleich und sang dann, mit dem Gefangenenchor alternierend, verschiedene slawische Gebete, die ohnehin schwer zu verstehen und bei dem schnellen Lesen und Singen erst recht unverständlich waren. Der Inhalt der Gebete bestand hauptsächlich aus Fürbitten um das Wohlergehen Seiner Majestät des Zaren und seiner Familie. Diese Fürbitten wurden mehrmals entweder für sich allein oder in Verbindung mit anderen Gebeten wiederholt, wobei alle niederknieten. Der Diakon verlas außerdem einige Verse aus der Apostelgeschichte, doch klang seine Stimme so unnatürlich gespannt, daß kein Wort zu verstehen war. Hingegen wurde vom Priester sehr deutlich eine Stelle aus dem Evangelium des Apostels Markus verlesen, in der es hieß, daß Christus, bevor er nach seiner Auferstehung zum Himmel hinauffuhr und sich zur Rechten seines Vaters setzte, der Maria Magdalena erschienen sei und sieben Teufel aus ihr vertrieben habe; dann sei er elfen seiner Jünger erschienen, habe ihnen befohlen, aller Kreatur das Evangelium zu verkünden, und hinzugefügt, wer nicht glaube, dem stehe ewige Verdammnis bevor, wer aber glaube und sich taufen lasse, werde gerettet sein und außerdem die Macht haben, Teufel zu vertreiben, durch bloßes Berühren mit seiner Hand Menschen von ihren Krankheiten zu heilen, er werde in neuen Sprachen reden, Schlangen zähmen, und selbst wenn er Gift tränke, nicht daran sterben, sondern gesund bleiben.

Der Sinn des Gottesdienstes beruhte auf der Voraussetzung, daß die vom Priester zurechtgeschnittenen Brotstückchen und der Wein, in den er sie gelegt hatte, sich bei gewissen Manipulationen in den Leib und das Blut Christi verwandelten. Diese Manipulationen bestanden darin, daß der Priester, obwohl ihn sein sackartiges Brokatgewand sehr dabei behinderte, beide Arme feierlich zum Himmel hob, sich dann, in dieser Stellung verharrend, auf die Knie niederließ und den Tisch sowie die darauf befindlichen Dinge küßte. Der wichtigste Augenblick war jedoch der, in dem der Priester eine Serviette nahm und sie mehrmals feierlich über der Schüssel und der goldenen Schale schwenkte. Zugleich hiermit, so nahm man an, ging die Umwandlung des Brotes und des Weins in Fleisch und Blut vor sich, und daher wurde dieser Teil des Gottesdienstes mit ganz besonderer Feierlichkeit vollzogen.

„Insonderheit für unsere allerheiligste, allerreinste und allergesegnetste Gottesgebärerin und Jungfrau Maria!" schrie hinter der Scheidewand der Priester, und der Chor fiel feierlich ein und sang davon, daß es sehr gut sei, die Jungfrau Maria zu preisen, die nach unbefleckter Empfängnis den Heiland geboren habe und der daher mehr Ehre als allen Cherubinen und mehr Ruhm als allen Seraphinen gebühre. Nachdem die Umwandlung nun als vollzogen galt, zog der Priester die Serviette von der Schüssel, zerschnitt das mittlere Brotstück in vier Teile, tauchte eins davon in den Wein und steckte es sich in den Mund. Das sollte bedeuten, daß er ein Stück vom Leibe Christi esse und einen Schluck von seinem Blute trinke. Anschließend an diese Verrichtung zog er den Vorhang vor dem Mittelflügel des Altars zurück, nahm die goldene Schale in die Hand, trat damit vor die Tür und erklärte, wer sonst noch den Wunsch habe, von dem in der Schale befindlichen Leib und Blut Christi etwas zu sich zu nehmen, möge herantreten.

Es meldeten sich einige Kinder.

Nachdem der Priester die Kinder zuerst nach ihren Namen gefragt hatte, angelte er mit einem Löffel vorsichtig die weingetränkten Brotstückchen aus der Schale und stopfte allen Kindern der Reihe nach eins davon tief in den Mund, worauf der Diakon ihnen sofort die Lippen abwischte und dabei mit frohlockender Stimme ein Lied sang, in dem es sich darum handelte, daß Kinder den Leib Christi essen und sein Blut trinken. Nun ging der Priester mit der Schale hinter die Scheidewand, trank dort den Rest des noch vorhandenen Blutes und aß alles auf, was noch vom Leib Christi übriggeblieben war; dann beleckte er seinen Schnurrbart, wischte sorgfältig den Mund und die Schale ab und trat, mit den dünnen Sohlen der kalbsledernen Schuhe knarrend, forschen Schrittes und in allerbester Gemütsverfassung wieder hinter der Scheidewand hervor.

Damit war dieser christliche Gottesdienst eigentlich beendet; doch der Priester, der die unglücklichen Häftlinge trösten wollte, fügte dem üblichen Ablauf noch ein übriges hinzu. Dieses übrige bestand darin, daß er sich vor ein goldgeschmiedetes Bildnis stellte, das – von einem Dutzend Wachskerzen beleuchtet –

jenen Gott, dessen Leib er vermeintlich eben gegessen hatte, mit schwarzem Gesicht und schwarzen Händen darstellte, und in merkwürdig dissonanten Tönen, halb singend, folgendes ausrief:

„Süßester Jesus, Ruhm der Apostel, du mein Jesus, Lob der Märtyrer, allmächtiger Herrscher, Jesus, erlöse mich, Jesus, du mein Erlöser, du mein schönster Jesus, dich rufe ich an, erlöse mich, Jesus, erbarme dich meiner, erhöre die Fürbitten derer, die dich geboren hat, und aller deiner Heiligen, du, der Prophet aller, erbarme dich meiner und laß mich der Wonnen des Paradieses teilhaftig werden, Jesus, du Wohltäter der Menschen!"

Hier machte er eine Pause, schöpfte Atem, schlug das Kreuz über seiner Brust und verneigte sich tief, was nach ihm auch alle anderen taten. Es verneigten sich der Inspektor, die Aufseher, die Gefangenen, wobei oben verstärktes Kettengeklirr ertönte.

„Schöpfer der Engel und Herr aller Kräfte", fuhr er dann fort. „Wunderbarster Jesus, Staunen der Engel; allmächtiger Jesus, Erlöser der Vorfahren; süßester Jesus, Lobpreisung der Patriarchen; glorreichster Jesus, Stärkung der Könige; gütigster Jesus, Erfüllung der Propheten; wundertätiger Jesus, Kraft der Märtyrer; sanftester Jesus, Freude der Mönche; gnädigster Jesus, Labsal der Presbyter; barmherzigster Jesus, Enthaltsamkeit der Fastenden; allersüßester Jesus, Freude der Seligen; allerheiligster Jesus, Keuschheit der Reinen; allewiger Jesus, Erlösung der Sünder; Jesus, Sohn Gottes, erbarme dich meiner!" schloß er endlich diesen langen Satz ab, bei dem er das Wort Jesus von Mal zu Mal in einem immer stärker pfeifenden Ton ausgesprochen hatte. Er schürzte nun seine seidengefütterte Soutane, ließ sich auf ein Knie nieder und verneigte sich bis zur Erde, während der Chor seine letzten Worte wiederholte: „Jesus, Sohn Gottes, erbarme dich meiner!"

Die Sträflinge sanken auf die Knie, schüttelten, als sie wieder aufstanden, das auf der einen Seite ihrer Köpfe nicht abgeschorene Haar zurück und rasselten mit den Fesseln, an denen sich ihre mageren Fußgelenke wund rieben.

Diese Art von Gottesdienst setzte sich noch geraume Zeit fort. Zuerst wurden Lobpreisungen gesungen, die mit den Worten „Erbarme dich meiner" endeten, und dann wiederum solche, die mit dem Wort „Halleluja" abschlossen. Und immer wieder bekreuzigten sich die Gefangenen, verneigten sich und sanken auf die Knie. Anfangs taten sie dies nach jeder Epistel, doch allmählich gingen sie dazu über, es nur bei jeder zweiten oder gar dritten Unterbrechung zu tun, und freuten sich allesamt sehr, als die Lobpreisungen schließlich beendet waren, der Priester erleichtert aufatmend sein Buch zuschlug und sich hinter die Scheidewand begab. Jetzt war noch eine letzte Prozedur zu verrichten, die sich folgendermaßen abspielte: der Priester nahm ein vergoldetes, an den Enden mit Emaillemedaillons verziertes Kreuz, das auf dem großen Altartisch lag, und trat damit in die Mitte der Kirche. Als erster begab sich der Inspektor zu dem Priester und drückte einen Kuß auf das Kreuz, dann sein Stellvertreter, nach diesem die Aufseher, und schließlich folgten auch, einander stoßend und leise schimpfend, die Häftlinge. Der Priester, der sich mit dem Inspektor unterhielt, preßte das Kreuz auf den Mund oder mitunter auch gegen die Nase der herantretenden Gefangenen, die sich bemühten, sowohl das Kreuz als auch seine Hand zu küssen. So endete dieser christliche Gottesdienst, der dazu bestimmt war, vom Wege abgeirrten Mitmenschen Trost und Erbauung zu spenden.

40

Keiner der Anwesenden, angefangen vom Priester und dem Inspektor bis zur Maslowa, war dabei auf den Gedanken gekommen, daß gerade Jesus, den der Priester mit seiner pfeifenden Stimme unzählige Male angerufen und mit den überschwenglichsten Ausdrücken gepriesen hatte, alles das verboten hatte, was hier vollführt wurde, daß er nicht nur diesen sinnlosen Wortschwall, diese gotteslästerliche Zauberei der Priester mit Brot und Wein, sondern ausdrücklich auch verboten hatte, daß die einen Menschen die anderen Meister nennen; daß er das Beten in Tempeln verboten und befohlen hatte, jeder solle in Einsamkeit beten; daß er Tempel überhaupt verboten und gesagt hatte, er sei gekommen, sie zu zerstören, denn man müsse nicht in Tempeln, sondern im Geiste und in der Einkehr mit sich selbst beten; und vor allem, daß er verboten hatte, Menschen einzukerkern, sie zu quälen, zu verunglimpfen, zu richten und ihnen Gewalt anzutun, wie es hier gehandhabt wurde, sondern gesagt hatte, er sei gekommen, die Gefangenen zu befreien.

Niemand von den Anwesenden kam auf den Gedanken, daß in allem, was hier geschah, die gröbste Schmähung und Verhöhnung desselben Christus lag, in dessen Namen es geschah. Niemand kam auf den Gedanken, daß das vergoldete, an seinen Enden mit Emaillemedaillons verzierte Kreuz, das der Priester genommen und allen zum Kuß hingehalten hatte, nichts anderes darstellte als den Galgen, an dem Christus dafür hingerichtet wurde, weil er das verboten hatte, was man hier in seinem Namen ausführte. Niemand kam auf den Gedanken, daß jene Priester, die sich einbildeten, in Form von Brot und Wein den Leib Christi zu essen und sein Blut zu trinken, dies gewissermaßen auch wirklich tun – allerdings nicht, indem sie die Brotstückchen mit dem Wein verzehren, sondern weil sie auf solche Weise all die Geringen irreführen, mit denen sich Christus gleichgestellt hat, sie des höchsten Glücks berauben und den grausamsten Qualen aussetzen, indem sie vor ihnen jene Heilsbotschaft verbergen, die er den Menschen gebracht hat.

Der Priester führte dies alles mit ruhigem Gewissen aus, weil ihm von Kindheit an die Überzeugung anerzogen worden war, daß dies der einzige wahre Glaube sei, zu dem sich schon vor Urzeiten alle Heiligen bekannt hatten und auch jetzt die geistliche sowie die weltliche Obrigkeit bekennt. Er glaubte nicht daran, daß sich das Brot in Fleisch verwandelte, nicht daran, daß es für die Seele heilsam sei, viele Worte hervorzubringen, oder daß er in der Tat ein Stück vom Leibe Christi gegessen habe – das zu glauben ist unmöglich –, aber er glaubte, daß man so tun müsse, als glaubte man daran. Bestärkt in dieser Ansicht wurde er vor allem dadurch, daß er für die Ausübung der von diesem Glauben vorgeschriebenen Tätigkeit nun schon seit achtzehn Jahren die Mittel bezog, mit denen er den Lebensunterhalt seiner Familie bestreiten, den Sohn aufs Gymnasium und die Tochter in eine geistliche Lehranstalt schicken konnte. Von der Richtigkeit dieses Glaubens war auch der Diakon überzeugt, ja sogar noch fester als der Priester, weil er den Sinn der Glaubensdogmen völlig vergessen hatte und nur wußte, daß für die Erwärmung von Wasser zum Abendmahl, für Gedenkmessen und besondere Andachten, für einfache Gottesdienste und solche mit Gesang bestimmte Preise festgesetzt waren, die von wahren Christen bereitwillig gezahlt wurden; er rief daher sein „Erbarme dich, erbarme dich!" und las und sang, was vorgeschrieben war, mit derselben festen Überzeugung von der Notwendigkeit dieses Tuns, mit der andere Menschen Holz, Mehl oder Kartoffeln verkaufen. Der Gefängnisinspektor seinerseits und die Aufseher hatten zwar nie gewußt und auch nicht darüber nachgedacht, worin die Dogmen dieses Glaubens bestanden und was alles das bedeutete, was in der Kirche vor sich ging, glaubten aber schon deshalb an die Richtigkeit dieses Glaubens, weil auch die höchste Obrigkeit und der Zar selbst daran glaubten. Darüber hinaus stellten sie sich, wenn auch nur vage, vor – obwohl sie dies nie zu begründen vermocht hätten –, daß dieser Glaube ihren grausamen Dienst rechtfertige. Ohne diesen Glauben wäre es ihnen schwerer gefallen, wenn nicht gar unmöglich gewesen, andere Menschen zu quälen, wie sie es jetzt mit völlig ruhigem Gewissen taten. Der Inspektor war ein so gutmütiger Mensch, daß er gewiß außerstande gewesen wäre, ein solches Leben zu führen, hätte er nicht die Kraft dazu aus seinem Glauben geschöpft. Nur so war es zu erklären, daß er die ganze Zeit reglos und in straffer Haltung dastand, sich eifrig bekreuzigte und verneigte und bemüht war, Rührung zu empfinden, wenn dieser cherubinische Gesang ertönte; ja als die Kinder das Abendmahl erhalten sollten, trat er sogar vor, nahm eigenhändig einen Jungen hoch und hielt ihn auf dem Arm, während ihm das Abendmahl verabreicht wurde.

Abgesehen von einigen wenigen Gefangenen, die klar den ganzen Betrug erkannten, der durch diesen Glauben an den Menschen verübt wurde, und die sich im stillen darüber lustig machten, glaubten alle übrigen daran, daß den vergoldeten Heiligenbildern, den Kerzen, Ornaten, Kreuzen und den ständig wiederholten, ihnen unverständlichen kirchenslawischen Ausrufen eine geheimnisvolle Kraft innewohnte, mit deren Hilfe man sowohl in diesem als auch im künftigen Leben große Bequemlichkeiten erwerben könne. Und wenn die mehrfachen Versuche, die die meisten von ihnen bereits unternommen hatten, durch Gebete, Kerzen und Besuch von Gottesdiensten schon in diesem Leben zu solchen Bequemlichkeiten zu kommen, auch erfolglos und ihre Gebete unerhört geblieben waren, so war doch jeder von ihnen fest davon überzeugt, daß dieser Mißerfolg auf einem Zufall beruhe und eine Einrichtung, die von gelehrten Männern und der höchsten Geistlichkeit gebilligt werde, immerhin etwas sehr Wichtiges und wenn nicht für dieses, so doch für das künftige Leben Notwendiges sei.

Dasselbe glaubte auch die Maslowa. Ebenso wie die anderen hatte sie ein aus Ehrfurcht und Langeweile gemischtes Gefühl. Sie stand anfangs inmitten der Menge hinter der Scheidewand und konnte von dort außer ihren Gefährtinnen niemand sehen. Doch als dann alle vorrückten, die das Abendmahl nehmen wollten, ging auch sie zusammen mit Fedossja weiter nach vorn und bemerkte nun zwischen den Aufsehern, die hinter dem Inspektor standen, einen kleinen Bauern mit kurzem semmelblondem Bart und etwas dunklerem Haar, Fedossjas Mann, der unverwandt seine Frau anstarrte. Während des Akathistos ganz damit in Anspruch genommen, ihn zu beobachten und mit Fedossja leise Bemerkungen auszutauschen, bekreuzigte sich die Maslowa nur noch mechanisch, wenn alle es taten.

41

Nechljudow verließ frühzeitig das Haus. Durch die Straße kam ein Mann gefahren und rief mit schnarrender Stimme: „Milch, Milch, Milch!“

Tags zuvor war der erste warme Frühlingsregen niedergegangen. Überall, wo die Erde nicht mit Pflastersteinen bedeckt war, sproß unversehens frisches Gras hervor. In den Gärten überzogen sich die Birken mit grünem Flaum, die Faulbeerbäume und Pappeln entfalteten ihre länglichen duftenden Blätter, und in den Häusern und Geschäften wurden die Doppelfenster herausgehoben und die Rahmen gesäubert. Auf dem Trödelmarkt, an dem Nechljudows Weg vorbeiführte, wogte zwischen den Verkaufsbuden eine Menge Volk hin und her, unter die sich in Lumpen gekleidete Männer mit unter die Achsel geklemmten Stiefeln und über die Schulter geworfenen frischgebügelten Hosen und Westen mischten.

Vor den Gastwirtschaften drängten sich bereits die am Sonntag von ihrer Fabrikarbeit befreiten Männer in sauberen Joppen und blankgeputzten Stiefeln sowie Frauen in bunten Kopftüchern und mit Glasperlen besetzten Mänteln. Polizisten mit gelben Revolverriemen standen auf ihren Plätzen und schauten nach Zwischenfällen aus, die sie aus ihrer quälenden Langeweile befreien könnten. In den Nebenstraßen des Boulevards und auf dem eben erst frisch ergrünten Rasen tummelten sich spielende Kinder und Hunde, und auf den Bänken saßen Kinderfrauen, die sich vergnügt miteinander unterhielten.

Auf den Straßen, die auf der im Schatten liegenden linken Seite noch kühl und feucht und erst in der Mitte trocken waren, dröhnte unaufhörlich das Rädergerassel schwerer Lastwagen, fuhren federnd elegante Kutschen vorüber, bimmelten die Pferdebahnen. Von allen Seiten erzitterte die Luft unter dem Glockengeläut, das die Bevölkerung zur Teilnahme an einem ebensolchen Gottesdienst rief, wie er gerade im Gefängnis abgehalten wurde. Und die festlich gekleideten Menschen strebten – je nachdem, zu welcher Gemeinde sie gehörten – den verschiedenen Kirchen zu.

Nechljudows Droschke kam nicht unmittelbar bis zum Gefängnis durch, sondern mußte etwa hundert Schritt davon entfernt an einer Wegbiegung halten, die zu ihm führte. Dort wartete bereits, zum größten Teil mit Bündeln versehen, eine Anzahl Männer und Frauen. Rechts standen niedrige Holzbaracken, und links war ein einstöckiges Haus mit einem Schild über der Tür. Der mächtige Steinkoloß des Gefängnisses, in das noch niemand hineingelassen wurde, erhob sich am Ende der

Wegbiegung. Ein Posten, der mit geschultertem Gewehr auf und ab patrouillierte, wies jeden barsch zurück, der an ihm vorbei wollte.

Vor dem Eingang zu den Holzbaracken, dem Posten gegenüber, saß ein Aufseher in betreßter Uniform mit einem Notizbuch. An ihn traten alle heran und gaben an, welche Häftlinge sie besuchen wollten; er notierte die Namen. Auch Nechljudow ging auf ihn zu und nannte Jekaterina Maslowa. Der Aufseher trug den Namen in sein Notizbuch ein.

„Wieso wird man noch nicht hineingelassen?" fragte Nechljudow.

„Es ist noch Gottesdienst. Sowie er beendet ist, wird reingelassen."

Nechljudow trat zurück und schloß sich den Wartenden an. Ein in Lumpen gekleideter Mann, mit einem eingebeulten Hut auf dem Kopf und Bastschuhen an den bloßen Füßen, dessen ganzes Gesicht mit roten Striemen bedeckt war, sonderte sich von der Menge ab und wollte auf das Gefängnis zugehen.

„Zurück! Was fällt dir ein?" schrie ihn der Posten an.

„Was brüllst du da gleich?" antwortete der durch den Anruf des Postens nicht im geringsten eingeschüchterte Vagabund und ging zurück. „Geht's noch nicht, dann werd ich halt warten. Brauchst nicht gleich wie ein General zu schreien!"

In der Menge wurde beifälliges Gelächter laut. Die meisten Besucher waren ärmlich, ja zum Teil in Lumpen gekleidet, doch sah man unter ihnen auch Männer und Frauen, bei denen es sich, ihrem Äußeren nach zu urteilen, durchaus um solide Leute handelte. Neben Nechljudow stand ein gutgekleideter, beleibter Mann mit rosigem, glattrasiertem Gesicht, der offenbar ein Bündel mit Wäsche in der Hand hielt. Nechljudow fragte ihn, ob er zum erstenmal komme. Der Mann mit dem Bündel antwortete, er finde sich hier jeden Sonntag ein, ein Wort gab das andere, und Nechljudow erfuhr, daß der Mann als Portier bei einer Bank angestellt war und hier seinen wegen Urkundenfälschung verhafteten Bruder besuchte. Dieser gute Mann erzählte Nechljudow seine ganze Lebensgeschichte und schickte sich schon an, ihn seinerseits auszufragen, als beider Aufmerksamkeit durch die Ankunft einer mit einem mächtigen feurigen Rappen bespannten Equipage abgelenkt wurde, der ein Student und eine verschleierte Dame entstiegen. Der Student, der ein großes Paket trug, kam auf Nechljudow zu und erkundigte sich, ob es erlaubt sei und wie man es anstellen müsse, um den Gefangenen das von ihm mitgebrachte Gebäck zukommen zu lassen.

„Ich tue es auf Wunsch meiner Braut. Dies hier ist meine Braut. Ihre Eltern rieten uns, es persönlich ins Gefängnis zu bringen."

„Ich bin selbst zum erstenmal hier und weiß es nicht, nehme jedoch an, daß Sie sich an den Mann dort wenden müssen", antwortete Nechljudow und zeigte auf den uniformierten Aufseher, der rechter Hand über seinem Notizbuch saß.

Während Nechljudow noch mit dem Studenten sprach, wurde die riesige, in der Mitte mit einem kleinen Guckfenster versehene Eisentür des Gefängnisses geöffnet, und ein Offizier trat in Begleitung eines Aufsehers heraus. Der Aufseher mit dem Notizbuch verkündete, der Zutritt sei jetzt freigegeben, der Posten trat zur Seite, und alle Besucher eilten – als fürchteten sie, zu spät zu kommen – zum Teil sogar im Sturmschritt auf die Gefängnistür zu. An der Tür stand ein Aufseher, der die nacheinander an ihm vorübergehenden Besucher mit lauter Stimme zählte: „Sechzehn, siebzehn ..." und so fort. Ein zweiter Aufseher, der im Innern des Gebäudes an der nächsten Tür postiert war und alle an ihm vorüberkommenden Besucher mit der Hand berührte, zählte sie nochmals, damit ihre Zahl beim Verlassen des Gefängnisses kontrolliert und verhindert werden konnte, daß jemand im Gefängnis zurückblieb oder einer der Häftlinge unbemerkt entkam. Dieser Aufseher, der sich die Besucher beim Zählen nicht weiter ansah, klopfte auch Nechljudow, als er an ihm vorbeikam, mit der Hand auf den Rücken; im ersten Augenblick fühlte sich Nechljudow hierdurch verletzt, doch sogleich erinnerte er sich daran, was ihn hierherführte, und er schämte sich seiner Empfindlichkeit.

Durch eine zweite Tür kam man in ein großes gewölbeartiges Zimmer mit Eisengittern vor den kleinen Fenstern. In einer Nische dieses Zimmers, das allgemein Sammelraum genannt wurde, nahm Nechljudow zu seinem Befremden ein großes Bild mit der Kreuzigung Christi wahr.

Wie kommt das hierher? fragte er sich, da er gewohnt war, sich Christus immer nur in Verbindung mit Befreiten und nicht mit Eingekerkerten vorzustellen.

Während er langsam weiterging und andere Besucher an sich vorbeihasten ließ, empfand er ein gemischtes Gefühl, das sich aus Grauen vor den hier eingekerkerten gemeinen Verbrechern, aus Mitleid für die Unschuldigen, die wie der gestern verurteilte Jüngling und Katjuscha ebenfalls in diesen Mauern schmachteten, und aus Rührung und banger Erwartung vor dem ihm bevorstehenden Wiedersehen zusammensetzte. Ganz in seine Gedanken vertieft, achtete Nechljudow nicht darauf, was der Aufseher sagte, der am andern Ende des Sammelraums vor der dort befindlichen Tür stand, und ging einfach in der Richtung weiter, die von der Mehrzahl der Besucher eingeschlagen wurde, jedoch nicht zur Frauenabteilung führte, wohin er wollte, sondern in die Männerabteilung.

Die vorwärtsdrängenden Besucher vorbeilassend, betrat er als letzter den für Besuche bestimmten Raum. Das erste, was ihn dort beim Öffnen der Tür bestürzt zusammenfahren ließ, war ein ohrenbetäubendes, zu einem einzigen Getöse verschmelzendes Geschrei Hunderter von Stimmen. Erst als er näher herantrat und all die Menschen sah, die sich wie über Zucker hergefallene Fliegen an ein netzartiges Gitter klammerten, begriff Nechljudow den Sachverhalt. Der ganze Raum, dessen Fenster an der Rückwand lagen, war von zwei solchen sich parallel zueinander hinziehenden Gittern aufgeteilt, die vom Fußboden bis zur Decke hinaufreichten. Hinter dem einen Gitter befanden sich die Gefangenen, hinter dem andern standen die Besucher, und zwischen beiden Gittern patrouillierten Aufseher. Auf diese Weise durch zwei Gitter und den etwa drei Meter breiten Zwischengang voneinander getrennt, war es den Besuchern unmöglich, den Gefangenen etwas hinüberzureichen, und Kurzsichtige konnten nicht einmal ihre Gesichter unterscheiden. Ebenso schwer war eine Verständigung, denn man mußte aus vollem Hals schreien, um gehört zu werden. Von beiden Seiten waren die

Gesichter von Ehefrauen und Ehemännern, von Vätern, Müttern und Kindern gegen die Gitter gepreßt, die alle bemüht waren, ihre Angehörigen aus der Menge herauszufinden und einander das Nötige zu sagen. Und da jedem ebenso wie seinen Nachbarn darum zu tun war, von den Gesprächspartnern hinter dem gegenüberliegenden Gitter verstanden zu werden, bemühten sich alle, einander zu überschreien. Auf diese Weise entstand das Getöse, das Nechljudow bei seinem Eintritt in diesen Raum entgegengeschlagen war. Etwas davon zu verstehen, was von hüben und drüben gerufen wurde, war völlig unmöglich. Lediglich aus ihrem Mienenspiel ließ sich allenfalls erraten, was Gefangene und Besucher sich gegenseitig zuriefen und in welchem Verhältnis sie zueinander standen. In Nechljudows Nähe stand ein altes Mütterchen mit einem Tuch um den Kopf, das ihr Gesicht gegen das Gitter preßte und mit zitterndem Kinn etwas zu einem kahlgeschorenen, totenblassen Sträfling hinüberrief, der mit hochgezogenen Brauen und angespannten Gesichtszügen bemüht war, sie zu verstehen. Ein junger Mann, der hinter der Alten stand, hielt die Hände an den Ohren und hörte kopfnickend zu, was ein ihm ähnelnder graubärtiger Häftling mit zerquältem Gesicht herüberrief. Etwas weiter entfernt stand ein Mann in zerlumpter Kleidung, der mit den Händen gestikulierte und lachend etwas rief. Seitlich von ihm hockte eine in ein gutes Wolltuch gehüllte Frau mit einem Kind im Arm auf dem Fußboden und schluchzte: offenbar sah sie den Mann mit dem aschfarbenen Gesicht, der sich hinter dem jenseitigen Gitter befand, zum erstenmal im Sträflingskittel, mit kahlgeschorenem Kopf und gefesselt. Hinter der Frau stand jener Portier, mit dem Nechljudow vorhin gesprochen hatte, und schrie über sie hinweg aus vollem Halse etwas einem kahlköpfigen Sträfling zu, der sich mit blitzenden Augen gegen das jenseitige Gitter preßte.

Als Nechljudow begriff, daß auch er gezwungen sein würde, mit Katjuscha unter solchen Umständen zu sprechen, wurde er von Zorn gegen die Menschen gepackt, die fähig waren, solche Einrichtungen zu schaffen und zu dulden. Es war ihm unfaßbar, daß sich niemand gegen diese empörenden, jedem menschlichen

Empfinden hohnsprechenden Zustände auflehnte. Die Soldaten, der Inspektor, die Besucher, ja selbst die Häftlinge nahmen alles dies so hin, als sei es in Ordnung und müsse so sein.

Während der fünf Minuten, die Nechljudow in dieser Abteilung etwa zubrachte, fühlte er sich im Bewußtsein seiner Machtlosigkeit und seines Zerwürfnisses mit der ganzen Welt unsagbar bedrückt; es befiel ihn eine seelische Übelkeit, ähnlich der, die man auf einem schwankenden Schiff empfindet.

42

Wie dem auch sei, ich muß mein Vorhaben ausführen, sprach er sich in Gedanken Mut zu. Aber wie?

Er hielt Umschau nach einem Gefängnisbeamten, und als er im Hintergrund einen mittelgroßen hageren Mann mit Offiziersachselstücken auf und ab gehen sah, wandte er sich an ihn.

„Entschuldigen Sie, mein Herr", redete er ihn in ausgesucht höflichem Ton an, „können Sie mir wohl sagen, wo sich hier die weiblichen Gefangenen befinden, das heißt, wo Zusammenkünfte mit ihnen gestattet sind?"

„Sie wollen also in die Frauenabteilung?"

„Ja, ich möchte eine der inhaftierten Frauen sprechen", antwortete Nechljudow in demselben höflichen Ton.

„Das hätten Sie schon im Sammelraum sagen sollen. Wen wollen Sie denn sprechen?"

„Ich möchte Jekaterina Maslowa sprechen."

„Eine Politische?" fragte der stellvertretende Inspektor.

„Nein, sie ist einfach ..."

„Ist sie denn schon abgeurteilt?"

„Ja, sie ist vorgestern verurteilt worden", antwortete Nechljudow bescheiden, ängstlich bemüht, ja nicht die Stimmung des anscheinend eine gewisse Teilnahme zeigenden Inspektors zu verderben.

„Wenn Sie in die Frauenabteilung wollen, belieben Sie drüben den Flur entlangzugehen", sagte der Inspektor, der offenbar aus Nechljudows Äußerem schloß, daß ihm eine zuvorkommende

Behandlung gebühre. „Sidorow“, wandte er sich an einen schnauzbärtigen, ordengeschmückten Unteroffizier, „führe diesen Herrn in die Frauenabteilung!“

„Zu Befehl!“

In diesem Augenblick ertönte am Gitter herzzerreißendes Schluchzen.

Alles hier schien Nechljudow widersinnig zu sein, und am widersinnigsten empfand er es, daß er dem Inspektor und dem Oberaufseher danken und sich ihnen verpflichtet fühlen mußte, Menschen, die an all den Grausamkeiten mitwirkten, die in diesem Haus verübt wurden.

Der Aufseher führte Nechljudow aus der Männerabteilung in den Flur und von dort durch eine unmittelbar gegenüberliegende Tür in das Besuchszimmer der Frauenabteilung.

Dieses Zimmer war ebenso wie der Besucherraum für die männlichen Gefangenen durch zwei Gitter in drei Teile geteilt, dabei jedoch bedeutend kleiner; doch obwohl auch die Zahl der Besucher und der Inhaftierten hier wesentlich geringer war als drüben, ging es darin nicht minder laut und turbulent zu. Auch hier fanden die Besuche unter Aufsicht statt. Eine Aufseherin in blauer Uniform mit betreßten Ärmeln, die ebenso gegürtet war wie die männlichen Aufseher, patrouillierte zwischen den Gittern auf und ab. Und ebenso wie bei den Männern drängten sich an den beiderseitigen Gittern die Menschen: an dem einen verschiedenartig gekleidete Ortsbewohner, an dem anderen die Gefangenen in eigener Kleidung oder weißer Gefängniskleidung. Beide Gitter waren in ihrer ganzen Länge von Menschen belagert. Manche reckten sich auf Zehenspitzen in die Höhe, um über die Köpfe anderer hinweg gehört zu werden, manche hockten auf dem Fußboden und unterhielten sich in dieser Stellung mit ihren hinter dem andern Gitter befindlichen Besuchern.

Unter den Gefangenen fiel am meisten eine in Lumpen gekleidete hagere Zigeunerin auf, der das Kopftuch von ihrem krausen Haar heruntergerutscht war; sie stand jenseits des Gitters ungefähr in der Mitte des Raumes an einem Pfeiler und rief, heftig gestikulierend, mit durchdringender Stimme zu einem

Zigeuner hinüber, der einen tief unter dem Leib eng umgürteten blauen Rock anhatte. Neben dem Zigeuner hockte ein Soldat, der sich mit einer Verhafteten unterhielt. Weiter folgte ein junger Bauer in Bastschuhen, der das gerötete, von einem blonden Bart umrahmte Gesicht gegen das Gitter preßte und offensichtlich nur mit Mühe die Tränen zurückhalten konnte. Mit ihm sprach eine nett aussehende hellblonde Gefangene, die aus ihren klaren blauen Augen liebevoll zu ihrem Gesprächspartner herüberblickte. Dies waren Fedossja und ihr Mann. Weiterhin stand unter den Besuchern ein Mann in zerlumpten Kleidern, dessen Gesprächspartnerin eine Frau mit zerzaustem Haar und breiten Backenknochen war. Dann folgten noch zwei Frauen, ein Mann und wieder eine Frau, und jedem von ihnen stand eine Gefangene gegenüber. Aber die Maslowa befand sich nicht unter ihnen. Doch als Nechljudow nun halb hinter den sich am Gitter drängenden Gefangenen eine weitere Frau stehen sah, wußte er sofort, daß sie es war, und spürte zugleich, wie sein Herz heftiger zu schlagen begann und ihm der Atem stockte. Der entscheidende Augenblick war gekommen. Nechljudow trat vor das Gitter und erkannte Katjuscha. Sie stand hinter der blauäugigen Fedossja und hörte lächelnd zu, was diese sprach. Heute hatte sie nicht wie vor zwei Tagen einen grauen Gefängniskittel, sondern eine weiße Hemdbluse an, die in der Taille straff von einem Gürtel zusammengefaßt war und sich über der Brust bauschte. Unter dem Kopftuch drängten sich wie bei der Gerichtsverhandlung schwarze Löckchen hervor.

Gleich wird sich alles entscheiden, dachte Nechljudow. Wie rufe ich sie aber heran? Oder ob sie von selbst kommt?

Allein sie kam nicht. Sie wartete auf Klara und vermutete nicht im entferntesten, daß der am Gitter stehende Herr ihretwegen gekommen sein könnte.

„Wen wollen Sie sprechen?“ fragte, auf Nechljudow zukommend, die zwischen den Gittern auf und ab gehende Aufseherin.

„Jekaterina Maslowa“, antwortete er mit vor Aufregung fast versagender Stimme.

„Maslowa, Besuch für dich!“ rief die Aufseherin.

43

Die Maslowa wandte sich um, hob den Kopf, straffte die Brust und kam, sich zwischen zwei andern Frauen durchdrängend, mit dem ihm bekannten Ausdruck von Bereitwilligkeit ans Gitter. Sie musterte Nechljudow mit erstaunt fragenden Blicken, erkannte ihn aber nicht. Doch da sie aus seiner Kleidung darauf schloß, einen reichen Mann vor sich zu haben, lächelte sie.

„Sie kommen zu mir?" fragte sie, während sie ihr lächelndes Gesicht mit den schielenden Augen dicht zum Gitter vorbeugte.

„Ja, ich wollte mit . . ." Er war sich im Zweifel, ob er du oder Sie sagen sollte, entschloß sich aber dann, Sie zu sagen: „Ich wollte mit Ihnen sprechen und . . ."

„Verdreh mir nicht den Kopf!" schrie da neben ihm der zerlumpte Kerl. „Hast du's genommen oder nicht?"

„Man sagt dir doch, sie liegt im Sterben, was willst noch mehr?" schrie jemand von der anderen Seite herüber.

Die Maslowa konnte nicht verstehen, was Nechljudow sagte, zumal er nicht lauter als gewöhnlich sprach. Doch der Ausdruck, den sein Gesicht beim Sprechen annahm, weckte in ihr jäh die Erinnerung an ihn. Sie konnte es noch nicht fassen, ihn wirklich vor sich zu sehen, aber das Lächeln verschwand aus ihrem Gesicht, und ihre Stirn legte sich in Falten.

„Ich kann kein Wort verstehen", schrie sie ihm zu, wobei sie die Augen zusammenkniff und noch stärker die Stirn runzelte.

„Ich bin gekommen, um . . ."

Ja, ich muß tun, was ich mir vorgenommen habe, muß sie um Verzeihung bitten, dachte Nechljudow, und zugleich traten ihm Tränen in die Augen, schnürten ihm die Kehle zu, er brach den Satz ab, klammerte sich mit den Händen an das Gitter und mußte krampfhaft an sich halten, um nicht laut aufzuschluchzen.

„Was steckst du die Nase hin, wo du nichts zu suchen hast!" schrie jemand von der andern Seite.

„So wahr Gott lebt, ich weiß von nichts!“ rief eine Gefangene auf dieser Seite.

Als die Maslowa Nechljudows Aufregung sah, wurde ihr zur Gewißheit, daß er es war.

„Ähnlichkeit ist da, aber ich will nichts davon wissen!“ schrie sie, ohne Nechljudow anzusehen, und ihr jählings errötetes Gesicht verfinsterte sich noch mehr.

„Ich bin gekommen, dich um Verzeihung zu bitten!“ rief er mit lauter Stimme, ohne Intonation, wie eine eingeübte Lektion.

Nachdem er dies gerufen hatte, überkam ihn Scham, und er sah sich nach den Seiten um. Aber schon im nächsten Augenblick besann er sich darauf, daß es um so besser sei, wenn er sich schäme, weil er die Schande auf sich nehmen müsse. Und er rief weiter mit lauter Stimme: „Verzeih mir, ich habe mich furchtbar an dir versündigt!“

Sie stand reglos da und sah ihn unverwandt mit ihren schielenden Augen an.

Unfähig, noch ein Wort hervorzubringen, trat er vom Gitter zurück und bemühte sich, das seine Brust erschütternde Schluchzen zu unterdrücken.

Der Inspektor, der Nechljudow zur Frauenabteilung verwiesen und offenbar an ihm Interesse gewonnen hatte, kam herein, und als er sah, daß Nechljudow nicht am Gitter stand, fragte er ihn, warum er nicht mit der Gefangenen spreche, derentwegen er gekommen sei. Nechljudow schneuzte sich, nahm sich zusammen und antwortete in möglichst ruhigem Ton:

„Ich kann mich durch das Gitter nicht mit ihr verständigen, man versteht nichts.“

Der Inspektor sann einen Augenblick nach.

„Nun, dann kann man sie für eine Weile hierherführen ... Marja Karlowna“, rief er der Aufseherin zu, „holen Sie die Maslowa!“

Wenige Augenblicke später trat die Maslowa aus einer Seitentür. Sie kam mit elastischen Schritten auf Nechljudow zu, blieb dicht vor ihm stehen und sah ihn prüfend an. Von ihrem schwarzen Haar lugten ebenso wie vorgestern unter dem Kopftuch kleine Löckchen hervor, ihr krankhaft angeschwollenes und blasses Gesicht wirkte trotz allem anmutig und völlig ruhig, nur die schielenden schwarzen Augen glänzten unter den geschwollenen Lidern noch mehr als gewöhnlich.

„So, hier können Sie sprechen", sagte der Inspektor und zog sich zurück.

Nechljudow wandte sich einer an der Wand stehenden Bank zu.

Die Maslowa warf einen fragenden Blick auf den Inspektor, zuckte verwundert die Achseln, folgte dann Nechljudow zur Bank und setzte sich, ihren Rock glattstreichend, neben ihn.

„Ich weiß, daß es Ihnen schwer sein muß, mir zu verzeihen", begann Nechljudow, stockte jedoch gleich wieder, weil ihm Tränen die Kehle zuschnürten. „Aber wenn man das Gewesene auch nicht mehr ändern kann, so will ich doch alles für Sie tun, was mir möglich ist. Sagen Sie ..."

„Wie haben Sie mich denn ausfindig gemacht?" fragte sie, ohne auf seine Worte einzugehen, und sah ihn mit ihren schielenden Augen geistesabwesend an.

Großer Gott, steh mir bei! Lehre mich, was ich tun soll! betete Nechljudow im stillen, während er ihr verändertes, jetzt so entstelltes Gesicht betrachtete.

„Ich habe vorgestern als Geschworener an der Gerichtsverhandlung teilgenommen, bei der Sie verurteilt wurden. Haben Sie mich nicht erkannt?"

„Nein. Ich hatte keine Zeit, mich nach Bekannten umzusehen", antwortete sie. „Und ich hatte auch gar nicht das Bedürfnis."

„Sie haben damals doch ein Kind bekommen?" fragte er und fühlte dabei, wie ihm das Blut ins Gesicht schoß.

„Das ist gottlob gleich gestorben", antwortete sie kurz und verbittert und wandte den Blick von ihm ab.

„Gleich gestorben. Woran denn?"

„Ich war selber krank, war dem Tod nahe", antwortete sie, ohne aufzublicken.

„Wie kam es denn dazu, daß meine Tanten Sie fortließen?"

„Wer wird denn ein Dienstmädchen behalten, das ein Kind erwartet? Als sie es merkten, haben sie mich an die Luft gesetzt.

Was ist da viel zu reden – ich erinnere mich an nichts, hab alles vergessen. Das ist alles aus."

„Nein, es ist nicht aus. Ich kann mich nicht damit abfinden. Wenigstens jetzt will ich meine Schuld wiedergutmachen."

„Da gibt's nichts gutzumachen. Was gewesen ist, ist gewesen und vorbei", sagte sie und sah hierauf Nechljudow zu seiner höchsten Verwunderung unvermittelt mit einem ihn unangenehm berührenden verführerisch-wehmütigen Lächeln an.

Die Maslowa hatte nicht im entferntesten erwartet, mit Nechljudow zusammenzutreffen – insbesondere nicht jetzt und an dieser Stelle –, so daß sie durch sein plötzliches Erscheinen im ersten Augenblick aus der Fassung gebracht und an Dinge erinnert worden war, an die sie nie mehr gedacht hatte. Im ersten Augenblick erinnerte sie sich dunkel jener wundervollen neuen Gefühls- und Gedankenwelt, die ihr von dem reizenden jungen Mann erschlossen worden war, der sie geliebt und den sie geliebt hatte; doch als ihr dann seine unbegreifliche Grausamkeit und all die Demütigungen und Leiden einfielen, die jenem zauberhaften Glück gefolgt waren und die seine Grausamkeit verursacht hatte, da wurde ihr weh ums Herz. Und unfähig, sich in alldem zurechtzufinden, griff sie zu dem Mittel, das sie stets anwandte: sie verscheuchte diese Erinnerungen und bemühte sich, sie mit dem Schleier ihres liederlichen Lebens zu überdecken. Im ersten Augenblick hatte sie den jetzt neben ihr sitzenden Mann in ihrer Erinnerung mit dem einst von ihr geliebten Jüngling identifiziert, diese Erinnerung dann aber als zu schmerzlich empfunden und sie gleich wieder unterdrückt. Jetzt sah sie in diesem sorgfältig gekleideten und gepflegten Herrn mit dem parfümierten Bart nicht mehr jenen Nechljudow, den sie geliebt hatte, sondern nur noch einen der Leute, die Geschöpfe ihrer Art ausnutzten, wenn es sie danach verlangte, und die wiederum von diesen Geschöpfen so weitgehend wie irgend möglich ausgenutzt werden mußten. Aus solchen Erwägungen heraus hatte sie ihn verführerisch angelächelt. Sie schwieg eine Weile und überlegte, auf welche Weise sie Nutzen aus ihm ziehen könnte.

„Das ist alles aus", sagte sie noch einmal. „Jetzt bin ich obendrein zu Zuchthaus verurteilt."

Und ihre Lippen begannen zu beben, als sie dieses schreckliche Wort aussprach.

„Ich wußte, ich war von vornherein überzeugt, daß Sie schuldlos sind", sagte Nechljudow.

„Natürlich bin ich schuldlos. Wie kann man mich denn für eine Diebin oder Räuberin halten? Die andern hier sagen, das hängt alles vom Rechtsanwalt ab. Es heißt", fuhr sie fort, „daß man ein Gesuch einreichen muß. Aber das kostet viel Geld, sie nehmen ..."

„Ja, es muß unbedingt Berufung eingelegt werden", unterbrach Nechljudow sie. „Ich habe mich bereits mit einem Rechtsanwalt in Verbindung gesetzt."

„Wenn man einen guten bekommt, darf's einem um das Geld nicht leid tun", sagte sie.

„Ich werde alles irgendwie Mögliche tun."

Eine Weile schwiegen beide. Dann lächelte sie ihn wieder wie vorhin an und sagte unvermittelt:

„Ich möchte Sie bitten, mir ... etwas Geld zu geben, wenn Sie können. Nicht viel ... zehn Rubel, das genügt."

„Ja, schön", antwortete Nechljudow verwirrt und griff nach seiner Brieftasche.

Die Maslowa warf rasch einen Blick auf den Inspektor, der im Zimmer auf und ab ging.

„Geben Sie es nicht in seinem Beisein, erst wenn er weggegangen ist! Sonst nimmt man es mir ab."

Sobald der Inspektor ihm den Rücken gekehrt hatte, entnahm Nechljudow seiner Brieftasche einen Zehnrubelschein, doch noch bevor er dazu gekommen war, ihn der Maslowa auszuhändigen, wandte sich der Beamte wieder um. Nechljudow drückte den Schein in der Faust zusammen.

Sie ist ja eine Verlorene! dachte er, während er ihr einst so liebliches, jetzt entstelltes, geschwollenes Gesicht betrachtete und den verschlagenen Glanz ihrer schielenden schwarzen Augen wahrnahm, die sie zwischen dem Inspektor und seiner Hand mit dem zusammengeballten Geldschein hin und her schweifen ließ. Und er zweifelte für einen Augenblick an der Richtigkeit seines Vorhabens.

Wieder meldete sich in Nechljudow jener Versucher, der in der vorigen Nacht zu ihm gesprochen hatte und wie immer bestrebt war, ihn von dem abzubringen, was ihm das Gewissen vorschrieb, und ihm statt dessen die Frage vorlegte, welche Folgen sein Vorhaben zeitigen und ob es nützlich sein würde.

Du kannst diese Frau doch nicht mehr ändern, sprach diese Stimme. Du wirst dir nur einen Stein um den Hals hängen, der dich in die Tiefe ziehen und dich hindern wird, anderen nützlich zu sein ... Sollte ich ihr nicht am besten Geld geben, alles, was ich besitze, mich von ihr verabschieden und so die ganze Sache ein für allemal beenden? ging es Nechljudow durch den Kopf.

Doch da fühlte er schon, daß sich in seinem Innern gerade jetzt etwas Entscheidendes vollzog, daß sein Seelenheil in diesem Augenblick gleichsam auf einer pendelnden Waage lag, die man durch die geringste Anstrengung dazu bringen konnte, sich nach der einen oder der anderen Seite zu senken. Und er machte diese Anstrengung, indem er jenen Gott anrief, dessen Anwesenheit er gestern in seinem Innern gespürt hatte, und dieser Gott gewann wieder Einfluß auf ihn. Er beschloß, ihr sofort alles zu sagen.

„Katjuscha, ich bin gekommen, dich um Verzeihung zu bitten, aber du hast noch nicht geantwortet, ob du mir verzeihst oder jemals verzeihen wirst", sagte er, unvermittelt zum Du übergehend.

Sie hörte nicht hin, sondern blickte nur bald auf seine Hand, bald auf den Inspektor. Als dieser sich abwandte, streckte sie schnell die Hand zu Nechljudow aus, ergriff den Schein und steckte ihn hinter ihren Gürtel.

„Wie sonderbar, was Sie da reden", sagte sie mit einem, wie ihm schien, verächtlichen Lächeln.

Nechljudow hatte das Gefühl, als sei sie mit einer ausgesprochenen Feindseligkeit gegen ihn gepanzert, hinter der sie ihr jetziges Wesen verteidigte und die es ihm verwehrte, bis zu ihrem Herzen vorzudringen.

Doch merkwürdigerweise wurde er dadurch nicht abgestoßen, sondern im Gegenteil von einer neuen geheimnisvollen Kraft noch mehr zu ihr hingezogen. Er erkannte, daß er sie geistig wecken mußte und daß dies sehr schwer sein würde, aber gerade das zog ihn an. Was er jetzt für sie empfand, hatte er noch nie, weder für sie noch für sonst jemand, empfunden und war jeglichen Eigennutzes bar: er wünschte von ihr nichts für sich selbst, sondern hatte einzig den Wunsch, daß sie ihre jetzige Wesensart ablegen und wieder zu jener zurückfinden möge, die er von früher her an ihr kannte.

„Katjuscha, warum sprichst du so? Ich kenne dich doch, erinnere mich, wie du in Panowo . . ."

„Wozu Vergangenes aufwühlen!" schnitt sie ihm kurz das Wort ab.

„Ich denke daran zurück, weil ich wiedergutmachen möchte, was ich dir angetan, dir gegenüber verbrochen habe", sagte er und wollte hinzufügen, daß er sie zu heiraten beabsichtige; doch da begegnete er ihrem Blick, aus dem so viel Roheit, etwas so entsetzlich Abstoßendes sprach, daß er es nicht über sich brachte, den Satz zu vollenden.

Mittlerweile begannen die Besucher aufzubrechen. Der Inspektor kam auf Nechljudow zu und sagte, die Besuchszeit sei zu Ende. Die Maslowa stand auf und wartete ergebungsvoll darauf, von Nechljudow entlassen zu werden.

„Auf Wiedersehen! Ich habe noch viel mit Ihnen zu besprechen, aber wie Sie sehen, ist es jetzt nicht möglich", sagte er und hielt ihr die Hand hin. „Ich komme noch einmal."

„Ich meine, Sie haben schon alles gesagt", bemerkte sie, während sie ihre Hand schlaff in die seine legte.

„Nein, ich werde zusehen, ein Zusammentreffen zu ermöglichen, bei dem wir ungestört sprechen können. Dann werde ich Ihnen etwas sehr Wichtiges sagen, was mir auf dem Herzen liegt."

„Nun, Sie können ja kommen", antwortete sie und lächelte ihn dabei so an, wie sie Männer anlächelte, denen sie gefallen wollte.

„Sie stehen mir näher als eine Schwester", sagte Nechljudow.

„Wie sonderbar", sagte sie noch einmal und begab sich kopfschüttelnd hinter das Gitter zurück.

44

Vor seinem ersten Wiedersehen mit Katjuscha hatte Nechljudow geglaubt, sie würde, wenn sie ihn wiedererkannt und von ihm gehört hätte, daß er alles an ihr begangene Unrecht bereue und wiedergutzumachen beabsichtige, sehr erfreut und gerührt sein und wieder die alte Katjuscha werden; doch nun sah er mit Entsetzen, daß es eine Katjuscha nicht mehr gab, sondern nur noch eine Maslowa. Das war ihm unfaßbar und bestürzte ihn.

Vor allem konnte er es nicht fassen, daß sich die Maslowa zwar schämte, eine Zuchthäuslerin, nicht aber eine Prostituierte zu sein, sondern augenscheinlich mit dieser Stellung ganz zufrieden war, ja sich sogar etwas darauf einzubilden schien. Und doch war dies ganz natürlich. Um etwas leisten zu können, muß jeder seine Tätigkeit für wichtig und gut halten. Daher wird er sich, welcherart seine Stellung auch sein mag, stets eine Lebensanschauung bilden, die ihm seine Tätigkeit als wichtig und gut erscheinen läßt.

Gemeinhin wird angenommen, daß Diebe, Mörder, Spione oder Prostituierte ihr Treiben als verwerflich erkennen und sich dessen schämen müßten. Doch das Gegenteil ist der Fall. Menschen, die durch das Schicksal oder durch einen Fehltritt in eine bestimmte Lage geraten sind, werden sich allemal eine Lebensauffassung aneignen, die dazu führt, daß sie ihre Lage, wie verwerflich sie auch sein mag, dennoch für gut und achtenswert halten. Und um sich einen Rückhalt für diese Auffassung zu verschaffen, schließen sie sich instinktiv einem Kreis von Menschen an, in dem die Begriffe, die sie sich vom Leben und ihrer Stellung darin gebildet haben, als richtig anerkannt werden. Wir wundern uns hierüber, wenn es sich um Diebe, die sich mit ihrer Geschicklichkeit, um Prostituierte, die sich mit ihrer Unmoral, oder um Mörder handelt, die sich mit ihrer Grausamkeit brüsten. Doch wir wundern uns hierüber nur deshalb, weil der Einflußkreis solcher Menschen begrenzt ist und – das ist die Hauptsache – weil wir uns außerhalb dieses Kreises befinden. Aber trifft etwas ganz Ähnliches nicht auch auf Reiche zu, die mit ihrem Reichtum, das heißt mit ihrem Raub, renommieren, auf Feldherren, die sich mit ihren Siegen, das heißt mit der Tötung anderer Menschen, brüsten, auf Herrscher, die auf ihre Macht, das heißt auf ihre Gewalttaten, stolz sind? Bei diesen Personen sehen wir die entartete Auffassung vom Leben, von Gut und Böse, mit der sie ihre Handlung rechtfertigen, nur deshalb nicht, weil ihr Kreis größer ist und wir selbst dazu gehören.

Zu einer solchen Auffassung vom Leben und von ihrer Stellung in der Welt war allmählich auch die Maslowa gelangt. Ungeachtet dessen, daß sie eine zu Zwangsarbeit verurteilte Prostituierte war, hatte sie sich eine Weltanschauung gebildet, dank der sie ihren Lebenswandel gutheißen und sich damit vor anderen Leuten sogar brüsten konnte.

Ihre Weltanschauung lief darauf hinaus, daß das höchste Glück für alle Männer, alle ohne Unterschied – für alte und junge, gebildete und ungebildete, Gymnasiasten und Generäle –, im Geschlechtsverkehr mit anziehenden Frauen besteht und daß daher sämtliche Männer, wenn sie sich auch den Anschein geben, andere Dinge im Sinn zu haben, in Wirklichkeit nur von diesem einen Wunsch beherrscht werden. Und da sie, eine anziehende Frau, nach ihrem Belieben diese Wünsche befriedigen oder nicht befriedigen konnte, betrachtete sie sich als eine wichtige, ihren Platz ausfüllende Persönlichkeit. Ihr ganzes früheres und jetziges Leben bestärkte sie in der Richtigkeit dieser Ansicht.

Im Laufe von zehn Jahren hatte sie überall, wo immer sie auch gewesen war, die Erfahrung gemacht, daß alle Männer, angefangen bei Nechljudow und dem alten Landpolizeihauptmann bis herab zu den Gefängnisaufsehern, ihr nachstellten; Männer, die ihr nicht nachstellten, hatte sie nicht bemerkt. Deshalb stellte sie sich die ganze Welt als eine Menge von ihren Begierden besessener Menschen vor, die ihr von allen Seiten auflauerten und auf jede erdenkliche Weise – durch Täuschung, Gewalt, Geld oder List – danach trachteten, sich ihrer zu bemächtigen.

Diese Auffassung vom Leben hatte sich die Maslowa zu eigen gemacht, eine Auffassung, nach der sie nicht etwa die letzte, sondern eine höchst wichtige Rolle spielte. Daher war sie und mußte sie vor allem darauf bedacht sein, diese Lebensauffassung beizubehalten, denn eine Änderung hätte sie der Geltung beraubt, die sie dank dieser Lebensauffassung unter den Menschen genoß. Und um ihre Geltung nicht einzubüßen, hielt sie sich instinktiv an einen Kreis von Menschen, die das Leben ebenso sahen wie sie. Als sie nun zu merken glaubte, daß Nechljudow die Absicht hegte, sie ihrer jetzigen Umwelt zu entreißen, widersetzte sie sich ihm, weil sie voraussah, daß sie in der Welt, der er sie zuführen wollte, ihren Platz im Leben verlieren würde, der ihr Selbstsicherheit und Selbstachtung verlieh. Aus diesem Grunde verscheuchte sie auch alle Erinnerungen an ihre früheste Jugend und an ihre einstigen Beziehungen zu Nechljudow. Diese Erinnerungen standen nicht in Einklang mit ihrer jetzigen Lebensauffassung und waren daher gänzlich aus ihrem Gedächtnis getilgt oder vielmehr dort in einem geheimen Verlies verborgen und so gegen jede Berührung gesichert – ähnlich wie Bienen die Nester der Wachsmotten verkleben, die ihre ganze Arbeit zunichte machen können. So kam es, daß sie in Nechljudow jetzt nicht mehr jenen Mann sah, den sie einst reinen Herzens geliebt hatte, sondern lediglich einen reichen Herrn, den man ausnutzen konnte und mußte und zu dem keine andern Beziehungen möglich waren als zu allen andern Männern . . .

Nun bin ich doch nicht dazu gekommen, ihr das Allerwichtigste zu sagen, dachte Nechljudow, als er zusammen mit der ganzen Menge dem Ausgang zuging. Ich habe ihr nicht gesagt, daß ich sie heiraten will. Sie weiß es noch nicht, aber ich bleibe dabei, fügte er in Gedanken hinzu.

Beim Hinausgehen wurden die Besucher wieder zweimal von den an der Tür postierten Aufsehern gezählt, damit kein Überzähliger das Gefängnis verließ oder jemand unbefugt zurückblieb. Daß man ihn abermals auf den Rücken klopfte, verletzte Nechljudow jetzt nicht mehr, nein, er bemerkte es nicht einmal.

45

Nechljudow hatte die Absicht, sein äußeres Leben zu verändern: die große Wohnung zu vermieten, das Hauspersonal zu entlassen und in ein Hotel überzusiedeln. Doch von Agrafena

Petrowna war ihm vorgehalten worden, daß es gar keinen Sinn hätte, bis zum Winter irgendwelche Veränderungen in der Haushaltung vorzunehmen, denn im Sommer würde sowieso niemand die Wohnung nehmen, und schließlich müsse man ja doch irgendwo ein Dach über dem Kopf haben und die Sachen und Möbel unterbringen. So waren alle Bemühungen Nechljudows, sein äußeres Leben umzugestalten – er hatte gedacht, sich einfach, auf Studentenart, einzurichten –, im Sande verlaufen. Nicht genug damit, daß alles beim alten blieb, nein, im Hause begann darüber hinaus eine besonders emsige Tätigkeit: das Durchlüften, Aufhängen und Klopfen aller möglichen Woll- und Pelzsachen, woran sich der Hausknecht, sein Gehilfe, die Köchin und Kornej beteiligten. Zuerst wurden alte Uniformen und komisch anmutende Pelzsachen, die nie mehr gebraucht wurden, in den Hof gebracht und auf Leinen gehängt; dann machte man sich daran, Teppiche und Möbel herauszuschleppen, worauf der Hausknecht und sein Gehilfe sich die Hemdsärmel über ihren kräftigen Armen aufkrempelten und alles mit großem Eifer im Takt zu klopfen begannen. In allen Zimmern breitete sich der Geruch nach Naphthalin aus. Wenn Nechljudow über den Hof ging oder durch das Fenster hinausschaute, staunte er, was für eine Unmenge Zeugs es da gab, das völlig unnötig war. Der einzige Nutzen und Zweck dieser Sachen besteht darin, dachte er, daß sie Agrafena Petrowna, Kornej, dem Hausknecht, seinem Gehilfen und der Köchin eine Gelegenheit bieten, sich Bewegung zu machen.

Es hat wirklich keinen Sinn, die Lebensführung zu ändern, solange die Sache mit der Maslowa noch nicht entschieden ist, dachte er. Zudem sind auch zu viele Schwierigkeiten damit verbunden. Sobald sie freigelassen oder verschickt wird und ich ihr nachfolge, wird sich sowieso alles von selbst ergeben.

An dem vom Rechtsanwalt festgesetzten Tag begab sich Nechljudow zu ihm. Fanarin bewohnte ein eigenes Haus, dessen Innenräume mit riesigen Gewächsen, kostbaren Fenstervorhängen und überhaupt mit jenem übertriebenen Prunk ausgestattet waren, den man bei Leuten antrifft, denen das Geld im Schlafe zufliegt oder die sonst unerwartet zu großem Reichtum gekommen sind. Bei Nechljudows Ankunft saßen im Empfangszimmer – bedrückt wie im Wartezimmer eines Arztes – bereits zahlreiche Besucher an den Tischen, auf denen zu ihrer Aufmunterung verschiedene illustrierte Zeitschriften auslagen, und warteten darauf, der Reihenfolge nach empfangen zu werden. Der Sekretär des Rechtsanwalts, der im selben Zimmer an einem hohen Pult saß, kam, als er Nechljudow erkannte, sofort auf ihn zu, begrüßte ihn und sagte, er werde ihn unverzüglich dem Chef melden. Doch er war noch nicht bis zur Tür des Büros gekommen, als sie von der andern Seite geöffnet wurde, laute, lebhafte Stimmen ertönten und ein nicht mehr ganz junger, untersetzter Mann mit rotem Gesicht und dichtem Schnurrbart, der einen funkelnagelneuen Anzug anhatte, in Begleitung Fanarins heraustrat. In den Gesichtern beider spiegelte sich jenes Gefühl wider, das Menschen empfinden, die eben ein vorteilhaftes, doch nicht ganz einwandfreies Geschäft abgeschlossen haben.

„Da sind Sie selbst schuld, Verehrtester", sagte Fanarin lächelnd.

„Ich möchte ja ins Paradies, aber es geht von wegen der Sünden nicht."

„Nun, nun, das kennen wir schon."

Und beide brachen in ein gezwungenes Gelächter aus.

„Ach, Sie sind es, Fürst, darf ich bitten", wandte sich Fanarin dann an Nechljudow und führte ihn, nachdem er dem hinausgehenden Kaufmann nochmals zugenickt hatte, in sein in strengem Stil gehaltenes Arbeitszimmer. „Rauchen Sie?" fragte er, während er Nechljudow gegenüber Platz nahm und das Lächeln zu unterdrücken suchte, das sich ihm bei dem Gedanken an die eben erzielten Abmachungen aufdrängte.

„Nein, danke. Ich komme wegen der Angelegenheit Maslowa."

„Ja, sofort ... Ach, was sind das für durchtriebene Burschen, diese Geldprotzen! Sie haben da eben den Kerl draußen gesehen. Er verfügt über gut zwölf Millionen, aber wenn er einem einen Fünfundzwanzigrubelschein abknöpfen kann, dann packt er mit den Zähnen zu. Und was spricht er dabei für ein Russisch!"

Er spricht schlecht russisch, und du sprichst nur von Geld, dachte Nechljudow und wurde von einem unüberwindlichen

Widerwillen gegen diesen sich aufgeräumt gebenden Menschen befallen, der durch seinen Ton andeuten wollte, daß er und Nechljudow zu der einen und die draußen wartenden Leute zu einer andern Welt gehörten, mit der sie beide nichts gemein hatten.

„Er hat mich furchtbar zermürbt – ein entsetzlicher Patron! Da mußte ich mir mal das Herz erleichtern", sagte der Rechtsanwalt, gleichsam zur Entschuldigung, daß er noch nicht auf den Zweck von Nechljudows Besuch eingegangen war. „Doch nun zu Ihrer Angelegenheit. Ich habe die Akten aufmerksam durchgesehen und ‚den Inhalt selbiger nicht gebilligt', wie es bei Turgenjew heißt. Der Verteidiger war ein großer Stümper und hat alle Anlässe zu einer Anfechtung des Urteils unausgenutzt gelassen."

„Und was haben Sie nun beschlossen?"

„Einen Augenblick ... Erklären Sie ihm", sagte er zu dem ins Zimmer gekommenen Sekretär, „daß es dabei bleibt, was ich ihm gesagt habe. Stimmt er zu – ist's gut, stimmt er nicht zu – ist's auch gut."

„Nein, er ist nicht einverstanden."

„Nun, dann soll er's bleibenlassen", sagte der Rechtsanwalt, und sein eben noch strahlendes, gutmütiges Gesicht nahm einen finsteren, grimmigen Ausdruck an.

„Da sagt man immer, wir Rechtsanwälte nähmen den Leuten für nichts und wieder nichts das Geld ab", wandte er sich dann an Nechljudow und bemühte sich, seinem Gesicht wieder den früheren verbindlichen Ausdruck zu geben. „Da habe ich neulich die Freisprechung eines armen Schluckers von einer völlig ungerechtfertigten Beschuldigung durchgesetzt, und nun werde ich von allen Seiten bestürmt. Aber ein jeder solcher Prozeß verursacht eine gewaltige Arbeit. Auch wir tränken, wie irgendein Schriftsteller gesagt hat, die Feder nicht nur mit Tinte, sondern auch mit unserem Schweiß ... Ja, also, wie gesagt, Ihr Prozeß oder der Prozeß, der Sie interessiert, ist ganz verkehrt angefaßt, so daß sich kaum stichhaltige Anlässe finden, Berufung einzulegen; doch man kann es immerhin versuchen, und da habe ich nun folgendes aufgesetzt."

Er nahm einen engbeschriebenen Bogen Papier und begann, schnell über die nebensächlichen, formellen Angaben hinweggleitend und dafür um so nachdrücklicher die wesentlichen Punkte betonend, zu lesen: „An die Kriminalabteilung des Kassationshofes und so weiter und so weiter, betreffs der und der Anklage und so weiter. In der dann und dann stattgehabten Gerichtsverhandlung und so weiter wurde die soundso Maslowa für schuldig befunden, den Kaufmann Smelkow durch ein vergiftetes Getränk ums Leben gebracht zu haben, und auf Grund des Paragraphen 1454 des Strafgesetzbuches zu Zwangsarbeit und so weiter verurteilt."

Er machte eine Pause, sich offenbar trotz aller Gewohnheit an dem Wohlklang seines Elaborats weidend.

„Dieses Urteil ist das Ergebnis so schwerwiegender prozessualer Verstöße und Fehler", las er mit Nachdruck weiter, „daß es einer Berichtigung bedarf. Erstens wurde bei der Gerichtsverhandlung die Verlesung des Protokolls über die Untersuchung der inneren Organe Smelkows vom Vorsitzenden gleich zu Anfang unterbrochen. – Dies zum ersten."

„Ja, aber die Verlesung dieses Protokolls wurde doch gerade vom Staatsanwalt verlangt", wandte Nechljudow verwundert ein.

„Macht nichts, die Verteidigung konnte Gründe haben, die Verlesung auch ihrerseits zu verlangen."

„Aber sie war doch wirklich ganz überflüssig."

„Immerhin, es ist ein Vorwand. Also weiter: Zweitens wurde der Verteidiger der Maslowa, als er, um die Persönlichkeit der Angeklagten zu charakterisieren, in seinem Plädoyer auf die tieferen Gründe ihres moralischen Verfalls zu sprechen kam, vom Vorsitzenden mit der Bemerkung unterbrochen, daß dies nicht unmittelbar zur Sache gehöre, während durch mehrfache Senatsentscheidungen zweifelsfrei festgestellt ist, daß in kriminellen Fällen der Klärung des Charakters wie überhaupt der sittlichen Eigenschaften der Angeklagten allein schon zur Findung des richtigen Schuldmaßes eine überragende Bedeutung zukommt. – Dies zum zweiten", sagte er und sah Nechljudow an.

„Der Verteidiger hat allerdings sehr verworren gesprochen, so daß nicht zu verstehen war, worauf er hinauswollte", bemerkte Nechljudow mit wachsendem Befremden.

„Er ist keine Leuchte, der junge Mann, und hat natürlich nichts vernünftig darlegen können", erwiderte Fanarin lächelnd. „Aber es kann immerhin als Vorwand dienen. Also drittens: In seinem Schlußwort hat der Vorsitzende entgegen den in Absatz I Paragraph 801 des Strafgesetzbuches kategorisch festgelegten Bestimmungen es unterlassen, die Geschworenen darüber aufzuklären, aus welchen juristischen Elementen sich der Begriff einer Schuld zusammensetzt, und sie darauf hinzuweisen, daß ihnen, wenn sie auch die Verabreichung von Gift durch die Maslowa an Smelkow als erwiesen erachten, dennoch das Recht zusteht, sie – da diese Handlung nicht mit dem Zweck der Tötung verbunden war – von der Anklage des Mordes freizusprechen und lediglich einer Fahrlässigkeit für schuldig zu befinden, die – von der Maslowa unbeabsichtigt – den Tod Smelkows zur Folge gehabt hat. Das ist die Hauptsache."

„Darüber hätten wir uns auch selbst im klaren sein müssen. Es ist ein Verschulden unsererseits."

„Und viertens endlich", las der Rechtsanwalt weiter, „haben die Geschworenen die ihnen bezüglich der Schuld der Maslowa vorgelegten Fragen in einer Form beantwortet, die offensichtliche Widersprüche in sich birgt. Die Maslowa stand unter der Anklage, Smelkow vorsätzlich vergiftet zu haben, und zwar mit der Absicht, ihn zu berauben, was als einziger Beweggrund für den Mord in Betracht gekommen wäre, und da die Geschworenen in ihrer Antwort die Absicht der Beraubung sowie die Teilnahme der Maslowa an der Entwendung der Wertsachen verneint haben, geht daraus klar hervor, daß sie auch die Absicht der Angeklagten zur Tötung verneinen wollten und dies lediglich infolge eines Mißverständnisses, das auf die unvollständigen Ausführungen des Vorsitzenden in seinem Schlußwort zurückzuführen ist, nicht in der vorgeschriebenen Form zum Ausdruck gebracht haben. Diese irrige Antwort der Geschworenen hätte unbedingt eine Anwendung der Paragraphen 816 und

808 des Strafgesetzbuches erfordert, das heißt, der Vorsitzende hätte sie auf den ihnen unterlaufenen Fehler hinweisen und sie zu einer nochmaligen Beratung und einer Überprüfung ihrer Antwort auf die Frage nach der Schuld der Angeklagten veranlassen müssen."

„Und warum hat der Vorsitzende das unterlassen?"

„Ja, das möchte ich auch gern wissen", antwortete Fanarin lachend.

„Kann man nun annehmen, daß der Senat den Fehler berichtigen wird?"

„Das kommt darauf an, welche Mummelgreise dort gerade das Wort führen."

„Mummelgreise?"

„Ja, Mummelgreise aus dem Armenhaus ... Also weiter schreiben wir: Ein solches Verdikt gab dem Gericht kein Recht, die Maslowa als Kriminalverbrecherin anzusehen", leierte er schnell herunter, „so daß ihre Verurteilung auf Grund des Paragraphen 771 Absatz 3 des Strafgesetzbuches einen krassen Verstoß gegen die grundlegenden Bestimmungen unserer Kriminalprozeßordnung darstellt. Aus den vorstehend angeführten Gründen habe ich die Ehre, gemäß der Paragraphen 909, 910, Absatz 2, 912 und 928 des Strafgesetzbuches und so weiter und so weiter eine Aufhebung des Urteils und die Überweisung des Prozesses zur nochmaligen Verhandlung an eine andere Abteilung desselben Gerichts zu beantragen ... So, damit wäre getan, was getan werden kann. Doch ich will Ihnen aufrichtig sagen – ein Erfolg ist sehr unwahrscheinlich. Übrigens, es hängt alles von der Zusammensetzung des Senatskollegiums ab. Wenn Sie dort zu jemand Beziehungen haben, rate ich Ihnen, sich hinter den zu stecken."

„Den einen und anderen kenne ich."

„Aber da sollten Sie sich beeilen, denn sonst verreisen alle zur Kur gegen ihre Hämorrhoiden, und das hieße, drei Monate zu warten ... Nun, und im Falle eines Mißerfolges bleibt immer noch die Möglichkeit, ein Gesuch an die allerhöchste Stelle zu richten. Aber das hängt ebenfalls von der Arbeit hinter den Kulissen ab. Ich stehe Ihnen jedenfalls auch dafür zur Verfügung, das heißt nicht für die Arbeit hinter den Kulissen, sondern für die Abfassung des Gesuchs."

„Ich danke Ihnen. Und das Honorar ..."

„Mein Sekretär wird Ihnen die Reinschrift der Eingabe aushändigen und Ihnen sagen, was es ausmacht."

„Was ich noch fragen wollte ... Der Staatsanwalt hat mir einen Passierschein zum Besuch der in Rede stehenden Angeklagten ausgestellt, aber im Gefängnis wurde mir gesagt, daß zu einer Zusammenkunft außerhalb der festgesetzten Besuchstage und des allgemeinen Raumes noch eine Genehmigung des Gouverneurs erforderlich sei. Trifft das zu?"

„Ja, ich glaube wohl. Doch zur Zeit ist der Gouverneur abwesend, und vertreten wird er vom Vizegouverneur. Der aber ist ein so bornierter Kerl, daß Sie kaum etwas bei ihm ausrichten werden."

„Meinen Sie Maslennikow?"

„Ja."

„Ich kenne ihn", sagte Nechljudow und stand auf, um zu gehen.

Doch in diesem Augenblick stürzte eine kleine, abstoßend häßliche, knochige und stupsnäsige Dame mit gelber Gesichtsfarbe ins Zimmer; es war die Frau des Rechtsanwalts, die ihre Häßlichkeit offenbar nicht im geringsten bekümmerte. Außergewöhnlich extravagant gekleidet – überall bauschten sich grellgelbe und grüne Gewinde aus Seide und Samt – und das dünne Haar in künstliche Locken gelegt, kam sie mit triumphaler Miene ins Zimmer geflattert. Sie war von einem langen Laban mit stereotypem Lächeln und aschfahlem Gesicht begleitet, der einen Gehrock mit Seidenrevers und eine weiße Krawatte trug. Dieser Herr war ein Schriftsteller; Nechljudow kannte ihn vom Ansehen.

„Anatol, komm in mein Zimmer!" rief sie schon von der Tür her. „Semjon Iwanowitsch hat zugesagt, sein Gedicht zu rezitieren, und du mußt unbedingt etwas von Garschin vorlesen."

Nechljudow wollte sich zurückziehen, aber die Frau des Rechtsanwalts tuschelte schnell etwas mit ihrem Mann und wandte sich dann an ihn: „Ach bitte, Fürst, ich kenne Sie, Sie brauchen sich nicht vorzustellen, bleiben Sie doch zu unserer literarischen Matinee. Es wird sehr interessant sein. Anatol liest ausgezeichnet."

„Da sehen Sie, was alles auf mich einstürmt", sagte Anatol und zeigte, die Arme ausbreitend, lächelnd auf seine Frau, womit er zu verstehen geben wollte, daß er einem so bezaubernden Geschöpf unmöglich etwas abschlagen könne.

Nechljudow bedankte sich bei der Frau des Rechtsanwalts mit mißmutiger, ernster Miene, aber ausgesucht höflich für die ehrenvolle Einladung, schützte indessen Mangel an Zeit vor und empfahl sich.

„So ein Grimassenschneider!" sagte die Frau des Rechtsanwalts, als sich die Tür hinter ihm geschlossen hatte.

Im Wartezimmer erhielt Nechljudow vom Sekretär das dort schon bereitliegende Gesuch, und auf die Frage nach dem Honorar wurde ihm erklärt, Anatoli Petrowitsch habe es auf eintausend Rubel festgesetzt; der Chef befasse sich eigentlich nicht mit solchen Dingen, fügte der Sekretär hinzu, habe jedoch bei ihm eine Ausnahme gemacht.

„In wessen Namen soll das Gesuch denn nun eingereicht werden, wer muß es unterschreiben?" fragte Nechljudow.

„Die Angeklagte kann es selbst unterschreiben, wenn das aber mit Schwierigkeiten verbunden sein sollte, geht es auch, daß Anatoli Petrowitsch seine Unterschrift gibt, nachdem er von ihr eine Vollmacht erhalten hat."

„Nein, ich werde selbst hinfahren und ihre Unterschrift holen", erwiderte Nechljudow, erfreut über die Gelegenheit, Katjuscha schon vor dem nächsten Besuchstag wiederzusehen.

46

Zur üblichen Zeit schallten die Pfiffe der Aufseher durch die Korridore des Gefängnisses, die eisenbeschlagenen Zellentüren öffneten sich knirschend, das Schlurfen von nackten Füßen und Pantoffeln war zu hören, und durch die Korridore kamen die Kübelträger, die Luft mit widerwärtigem Gestank verpestend.

Die Gefangenen wuschen sich, zogen ihre Gefängniskleidung an, stellten sich im Flur zur Kontrolle auf und holten anschließend kochendes Wasser zum Teeaufbrühen.

Beim Teetrinken wurde in allen Zellen lebhaft darüber debattiert, daß an diesem Tag an zwei Sträflingen eine Prügelstrafe vollstreckt werden sollte. Bei einem von ihnen handelte es sich um einen jungen Mann mit Schulbildung, einen Handelsangestellten namens Wassiljew, der in einem Anfall von Eifersucht seine Geliebte getötet hatte und bei seinen Zellengenossen wegen seines heiteren Gemüts, seiner Freigebigkeit und Standhaftigkeit beliebt war, die er im Umgang mit den Gefängnisbeamten an den Tag legte. Er kannte sich in den Gesetzen aus und bestand darauf, daß sie befolgt wurden. Dadurch hatte er sich bei den Beamten verhaßt gemacht. Vor drei Wochen nun war ein Gefangener, der das Essen austrug, von einem Aufseher geschlagen worden, weil er dessen neue Uniform mit Kohlsuppe bespritzt hatte. Wassiljew trat für den Gefangenen ein und machte geltend, es gebe kein Gesetz, das erlaube, die Häftlinge zu schlagen. „Ich werde dir schon beibringen, was Gesetz ist!" sagte der Aufseher und beschimpfte Wassiljew. Der antwortete ebenso grob. Darauf holte der Aufseher zum Schlag aus, doch Wassiljew packte seine Arme, hielt ihn ein paar Minuten fest, drehte ihn dann um und stieß ihn zur Tür hinaus. Der Aufseher beschwerte sich, und der Inspektor ordnete an, Wassiljew in eine Dunkelkammer zu sperren.

Die Dunkelkammern bestanden aus einer Reihe fensterloser Zellen, die von außen verriegelt wurden. In den finsteren, kalten Zellen gab es weder Pritschen noch Tische, noch Stühle, so daß die darin Eingesperrten auf dem schmutzigen Fußboden hocken und beim Schlafen auch darauf liegen mußten. Dann liefen die Ratten über sie hinweg, die dort in großen Mengen hausten und im Dunkeln so dreist waren, daß man vor ihnen nicht das Brot schützen konnte; sie fraßen es den Eingekerkerten unter den Händen weg und fielen diese sogar an, wenn sie sich nicht bewegten. Wassiljew weigerte sich, in die Dunkelkammer zu gehen, da er nichts verbrochen habe. Als man ihn daraufhin gewaltsam abführen wollte, leistete er Widerstand, und zwei andere Gefangene halfen ihm, sich aus den Händen der Aufseher zu befreien. Weitere Aufseher, darunter auch der durch seine Kraft berüchtigte Petrow, eilten herbei. Die Sträflinge wurden überwältigt und in die Dunkelzellen gestoßen. Anschließend ging sofort ein Bericht an den Gouverneur ab, daß es im Gefängnis zu einer Art Revolte gekommen sei, und alsbald traf der Befehl ein, den beiden Hauptschuldigen – Wassiljew und dem Landstreicher Nepomnjatschi – dreißig Peitschenhiebe zu verabfolgen.

Die Züchtigung sollte im Besuchsraum für weibliche Gefangene vorgenommen werden.

Diese Nachricht hatte sich schon am Vorabend unter sämtlichen Gefängnisinsassen verbreitet, so daß in den Zellen lebhaft der bevorstehende Vollzug der Strafe erörtert wurde.

Die Korabljowa, die Zierpuppe, Fedossja und die Maslowa, die bereits tüchtig dem Schnaps zugesprochen hatten, der bei der Maslowa jetzt nie mehr ausging und von ihr freigebig mit den Leidensgefährtinnen geteilt wurde, saßen mit geröteten Gesichtern in ihrer Ecke beim Tee und unterhielten sich angeregt über dasselbe Thema.

„Kann man das denn Rebellieren nennen, was er getan hat?" sagte die Korabljowa, die mit ihren noch kräftigen Zähnen zu jedem Schluck Tee ein winziges Stück Zucker abbiß, von Wassiljew. „Er ist bloß für einen Kameraden eingetreten. Dafür darf heutzutage niemand mehr geschlagen werden."

„Er soll ein guter Bursche sein, heißt es", bemerkte Fedossja, die mit ihren frei über den Rücken herabhängenden langen Zöpfen auf einem Holzklotz gegenüber der Pritsche saß, auf der die Teekanne stand.

„Du müßtest ihm das erzählen", wandte sich die Bahnwärterin an die Maslowa, wobei sie mit ihm Nechljudow meinte.

„Ich werd's ihm auch erzählen. Für mich ist er zu allem bereit", erwiderte die Maslowa und schüttelte mit einer Kopfbewegung lächelnd ihr Haar zurück.

„Ja, aber wer weiß, wann er kommt, und sie sind doch schon gegangen, heißt es, die beiden zu holen", sagte Fedossja. „Es ist furchtbar", fügte sie seufzend hinzu.

„Ich war mal dabei, wie sie im Gemeinderat einen Bauern peitschten. Mein Schwiegervater hat mich zum Gemeindeältesten geschickt, und wie ich hinkomme, da sehe ich . . .“, begann die Bahnwärterin eine lange Geschichte, brach sie jedoch ab, als im oberen Flur Getrampel und laute Stimmen hörbar wurden.

Die Frauen hielten den Atem an und horchten.

„Da schleppen sie ihn hin, diese Teufel“, sagte die Zierpuppe. „Jetzt werden sie ihn zu Tode prügeln. Die Aufseher sind furchtbar erbost über ihn, weil er sie nicht tun läßt, was sie wollen.“

Nach einer Weile trat oben wieder Stille ein, und die Bahnwärterin erzählte ihre Geschichte zu Ende, was für ein Schreck ihr in die Glieder gefahren sei und wie sich in ihrem Innern alle Eingeweide umgedreht hätten, als sie in die Gemeindeverwaltung kam und dort in einer Scheune gerade ein Bauer durchgepeitscht wurde. Die Zierpuppe erzählte hierauf, wie Stscheglow mit Knuten gepeitscht worden sei, er aber keinen Laut von sich gegeben habe. Dann räumte Fedossja das Teegeschirr weg, die Korabljowa und die Bahnwärterin griffen nach ihrer Näharbeit, und die Maslowa hockte sich auf der Pritsche hin, schlang die Arme um die Knie und starrte gelangweilt ins Leere. Sie war schon im Begriff sich hinzulegen, um zu schlafen, als die Aufseherin erschien und sie aufforderte, ins Büro zu kommen: ein Besucher warte dort auf sie.

„Erzähl ihm bestimmt von uns“, schärfte die alte Menschowa der Maslowa ein, während sie vor dem zur Hälfte blinden Spiegel ihr Kopftuch ordnete. „Nicht wir haben das Feuer gelegt, er selber hat das gemacht, der Halunke; der Arbeiter hat's gesehn, und der wird nicht sein Seelenheil verlieren wollen. Sag ihm, er soll Mitri rufen lassen. Mitri wird ihm alles sonnenklar auseinandersetzen. Geht denn so was an, daß man uns hinter Schloß und Riegel setzt, wo wir gar keine Schuld haben, und er, dieser Halunke, mit einer fremden Frau ein Herrenleben führt und in Kneipen herumsitzt?“

„Das ist keine Gerechtigkeit!“ bekräftigte die Korabljowa.

„Ich werd's ihm sagen, bestimmt“, antwortete die Maslowa. „Aber jetzt könnte ich noch einen trinken, um mir Mut zu machen“, fügte sie, den andern zublinzelnd, hinzu.

Die Korabljowa schenkte ihr eine halbe Tasse Schnaps ein. Nachdem die Maslowa ihn ausgetrunken und sich den Mund abgewischt hatte, wiederholte sie nochmals: „um mir Mut zu machen“ und folgte, den Kopf lächelnd wiegend, in allerbester Stimmung der im Flur vorausgehenden Aufseherin.

47

Nechljudow wartete schon geraume Zeit in dem Vorraum.

Bei seiner Ankunft vor dem Gefängnis hatte er an der Eingangstür geklingelt und dem diensthabenden Aufseher den vom Staatsanwalt ausgestellten Passierschein vorgewiesen.

„Zu wem wollen Sie?“

„Zu der Gefangenen Maslowa.“

„Das geht jetzt nicht – der Inspektor ist beschäftigt.“

„Im Büro?“ fragte Nechljudow.

„Nein, hier nebenan, im Besuchsraum“, antwortete der Aufseher, wie es Nechljudow schien, etwas verlegen.

„Ist denn heute Besuchstag?“

„Nein, es liegt etwas Besonderes vor.“

„Wann kann ich ihn denn sprechen?“

„Wenn er herauskommt, dann wenden Sie sich an ihn. Warten Sie solange.“

In diesem Augenblick erschien durch die Seitentür ein Feldwebel mit glitzernden Tressen an der Uniform, strahlendem Gesicht und von Tabakrauch durchtränktem Schnurrbart und wandte sich in strengem Ton an den Aufseher:

„Warum lassen Sie Besucher hierher? Ins Büro . . .“

„Man hat mir gesagt, der Inspektor sei hier“, erklärte ihm Nechljudow, verwundert über die Unruhe, die auch dem Feldwebel anzumerken war.

Jetzt wurde die Innentür geöffnet, und schweißtriefend, mit hochrotem Kopf betrat Petrow das Vorzimmer.

„Das wird ihm ein Denkzettel sein“, sagte er zum Feldwebel.

Der Feldwebel wies mit den Augen auf Nechljudow, worauf Petrow schwieg und mit finsterem Gesicht hinausging.

Wer hat einen Denkzettel bekommen? Warum sind sie alle so verwirrt? Weswegen hat der Feldwebel ihm ein Zeichen gegeben? überlegte Nechljudow.

„Hier können Sie nicht warten, belieben Sie, ins Büro zu gehen", wandte sich der Feldwebel wieder an Nechljudow; doch bevor dieser noch dazu gekommen war, der Aufforderung Folge zu leisten, trat durch die hintere Tür der Inspektor aus dem Nebenraum heraus. Er holte dauernd tief Atem und war offenbar noch verwirrter als seine Untergebenen. Als er Nechljudow erblickte, wandte er sich an den Aufseher.

„Fedotow, führen Sie die Maslowa aus Zelle fünf der Frauenabteilung ins Büro!"

„Kommen Sie bitte mit", wandte er sich dann an Nechljudow. Sie stiegen eine steile Treppe hinauf und kamen in ein kleines einfenstriges Zimmer, in dem ein Schreibtisch und ein paar Stühle standen. Der Inspektor setzte sich.

„Es ist ein schwerer, schwerer Dienst", sagte er zu Nechljudow und zündete sich eine dicke Zigarette an.

„Sie scheinen sehr erschöpft zu sein", bemerkte Nechljudow.

„Ja, erschöpft von diesem ganzen Dienst, er stellt sehr schwere Anforderungen. Man will den Leuten ihr Los erleichtern, aber es wird dann nur noch schlimmer. Ich denke nur immer daran, wie ich davon loskommen könnte; es werden schwere, schwere Anforderungen an einen gestellt."

Nechljudow wußte nicht, welche Anforderungen der Inspektor im einzelnen als so schwer empfand, doch machte er heute auf ihn einen besonders mitleiderregenden, bedrückten und verzweifelten Eindruck.

„Ja, ich kann mir denken, daß Ihr Dienst sehr schwer ist", sagte er. „Doch warum übernehmen Sie dann einen solchen Posten?"

„Ich habe Familie, ich bin darauf angewiesen."

„Aber wenn es Ihnen so schwerfällt ..."

„Nun, ich will Ihnen sagen, daß man auf einem solchen Posten im Rahmen des Möglichen auch Nutzen bringen kann, daß ich, soweit es in meiner Macht steht, immerhin manches mildere. Ein anderer an meiner Stelle würde wahrscheinlich ein viel schärferes Regiment führen. Es ist kein Spaß: über zweitausend Menschen – aber was für welche! Man muß mit ihnen umzugehen verstehn. Es sind auch Menschen, sie tun einem leid. Aber über die Stränge darf man sie auch nicht hauen lassen."

Der Inspektor erzählte nun von einer Rauferei, die kürzlich zwischen Gefangenen stattgefunden hatte und bei der einer von ihnen getötet worden war.

Seine Schilderung wurde durch die Ankunft der Maslowa und des ihr vorausgehenden Aufsehers unterbrochen.

Nechljudow sah sie bereits, als sie in die Tür trat und noch nicht den Inspektor bemerkte. Ihr Gesicht war gerötet. Sie folgte, unaufhörlich lächelnd und den Kopf wiegend, dem Aufseher forschen Schrittes. Als sie den Inspektor erblickte, starrte sie ihn erschrocken an, faßte sich jedoch gleich wieder und ging mit unbefangener, fröhlicher Miene auf Nechljudow zu.

„Guten Tag!" sagte sie lächelnd in singendem Tonfall und schüttelte ihm – anders als beim vorigen Mal – kräftig die Hand.

„Ich habe Ihnen das Gesuch zum Unterschreiben gebracht", sagte Nechljudow, einigermaßen erstaunt über die forsche Art, in der sie ihn heute begrüßte. „Der Rechtsanwalt hat es aufgesetzt, nun müssen Sie es noch unterschreiben, und dann schikken wir es nach Petersburg."

„Nun, unterschreiben kann ich es ja, das läßt sich machen. Alles läßt sich machen", fügte sie hinzu und kniff lächelnd ein Auge zu.

Nechljudow zog den zusammengefalteten Aktenbogen aus der Tasche und trat an den Tisch heran.

„Kann sie hier unterschreiben?" fragte er den Inspektor.

„Komm her, setz dich", forderte der Inspektor die Maslowa auf. „Hier hast du auch eine Feder. Bist du schreibkundig?"

„Ich bin's mal gewesen", antwortete sie und setzte sich, Rock und Blusenärmel zurechtstreichend, an den Tisch; dann nahm sie die Feder unbeholfen in ihre kleine, energische Hand und sah sich verschmitzt lächelnd zu Nechljudow um.

Er zeigte ihr, wo sie unterschreiben sollte.

Sie tauchte vorsichtig die Feder ein, strich sie ab und schrieb ihren Namen hin.

„Ist das alles?" fragte sie, während sie abwechselnd Nechljudow und den Inspektor ansah und nicht recht wußte, ob sie die Feder auf das Schreibzeug oder auf den Aktenbogen legen sollte.

„Ich muß Ihnen noch etwas mitteilen", sagte Nechljudow und nahm ihr die Feder aus der Hand.

„Nun, dann sagen Sie es", erwiderte sie und wurde plötzlich ernst; es sah aus, als sei sie unversehens nachdenklich oder schläfrig geworden.

Der Inspektor stand auf und ging hinaus, und Nechljudow blieb mit ihr allein zurück.

48

Der Aufseher, der die Maslowa hergeführt hatte, setzte sich abseits vom Tisch aufs Fensterbrett. Jetzt war für Nechljudow der entscheidende Augenblick gekommen. Nachdem er sich immer wieder vorgeworfen hatte, ihr nicht schon bei seinem ersten Besuch das Wichtigste – die Absicht, sie zu heiraten – mitgeteilt zu haben, war er fest entschlossen, es jetzt nachzuholen, und setzte sich ihr gegenüber an den Tisch. Im Zimmer war es hell, und aus nächster Nähe nahm er in ihrem Gesicht jetzt erstmalig die Runzeln an den Augen und Mundwinkeln sowie die geschwollenen Lider wahr. Dieser Anblick erhöhte sein Mitleid mit ihr.

Er stützte sich mit dem Arm so auf den Tisch, daß er von dem am Fenster sitzenden Aufseher, einem jüdisch aussehenden Mann mit ergrautem Backenbart, nicht gehört werden konnte, und sagte:

„Wenn wir mit diesem Gesuch nichts erreichen sollten, werden wir ein weiteres an die allerhöchste Stelle richten. Wir werden alles tun, was möglich ist, und ..."

„Ja, wenn man von vornherein einen guten Anwalt gehabt hätte", fiel ihm die Maslowa ins Wort. „Mein Verteidiger war ja ein richtiger Dummerjan. Er hat mir immer nur Komplimente gemacht", erzählte sie lachend. „Hätte man von meiner Bekanntschaft mit Ihnen gewußt, dann wäre alles anders gekommen. Aber so? Alle hielten mich für eine Diebin."

Wie merkwürdig sie sich heute aufführt, dachte Nechljudow, und noch ehe er dazu kam, von sich aus etwas zu sagen, redete sie schon weiter:

„Ja, noch eins. In unserer Zelle, wissen Sie, da sitzt ein altes Mütterchen, da wundern sich sogar alle andern, daß man sie eingesperrt hat. Es ist ein so nettes altes Frauchen, die hat die Polizei mitsamt ihrem Sohn ohne allen Grund verhaftet. Alle wissen, daß sie unschuldig sind, aber sie werden beschuldigt, daß sie ein Haus in Brand gesteckt haben, und da sitzen sie eben. Die Alte", fuhr die Maslowa fort und blickte, den Kopf hin und her wendend, Nechljudow prüfend an, „hat erfahren, daß ich mit Ihnen bekannt bin, und da hat sie mich gebeten, Ihnen von ihr zu erzählen. ‚Sag ihm', sagte sie, ‚daß er meinen Sohn rufen lassen soll, der wird ihm alles erklären.' Sie heißen Menschow. Wie ist es, werden Sie es tun? Es ist, wissen Sie, so ein nettes altes Mütterchen, man sieht gleich, daß sie nichts verbrochen haben kann. Legen Sie doch ein gutes Wort für sie ein, mein Lieber", schloß sie, ihn lächelnd ansehend, und senkte dann die Augen.

„Schön, ich werde zusehen, was sich machen läßt, ich werde mich erkundigen", sagte Nechljudow, durch ihr aufgeräumtes Wesen immer mehr in Staunen versetzt. „Doch jetzt möchte ich mit Ihnen etwas besprechen, was uns selbst angeht. Erinnern Sie sich, was ich Ihnen das vorige Mal gesagt habe?"

„Sie haben vielerlei gesagt. Was haben Sie also voriges Mal gesagt?" fragte sie, fortwährend lächelnd und den Kopf bald nach der einen, bald nach der andern Seite wendend.

„Ich sagte, daß ich gekommen sei, Sie um Verzeihung zu bitten", antwortete er.

„Ach, immer dies Gerede von verzeihen, verzeihen – das hat doch keinen Sinn. Sie hätten lieber ..."

„Daß ich meine Schuld wiedergutmachen wolle", fuhr Nechljudow fort, „wiedergutmachen nicht durch Worte, sondern durch die Tat. Ich bin entschlossen, Sie zu heiraten."

In ihrem Gesicht malte sich jählings Schreck. Ihre schielenden Augen erstarrten und nahmen einen geistesabwesenden Ausdruck an.

„Was ist Ihnen da bloß eingefallen?“ sagte sie und verzog gehässig das Gesicht.

„Ich fühle mich Gott gegenüber dazu verpflichtet.“

„Ach, jetzt fangen Sie auch noch mit Gott an! Das ist alles sinnlos, was Sie da reden. Gott gegenüber verpflichtet? Welchem Gott? Ja, damals hätten Sie an Gott denken sollen“, sagte sie und hielt, ohne den Mund zu schließen, inne.

Erst jetzt nahm Nechljudow den starken Alkoholgeruch ihres Atems wahr und begriff den Grund ihrer Erregung.

„Beruhigen Sie sich“, sagte er.

„Ich brauche mich nicht zu beruhigen! Du denkst wohl, ich bin betrunken? Ich bin auch betrunken, aber ich weiß, was ich rede“, sprudelte sie plötzlich hastig hervor und wurde über und über rot. „Ich bin eine Zuchthäuslerin, eine Hure, und du bist ein feiner Herr, ein Fürst, und brauchst dich nicht mit mir zu beschmutzen. Geh zu deinen Fürstentöchtern, und eine wie ich – die wird mit einem Zehnerschein abgespeist!“

„So grausam deine Worte auch sind, sie können doch nicht ausdrücken, was ich selbst empfinde“, sagte Nechljudow, am ganzen Körper zitternd, mit leiser Stimme. „Du kannst dir nicht vorstellen, wie sehr ich mich dir gegenüber schuldig fühle.“

„Schuldig fühle ...“, ahmte sie ihn höhnisch nach. „Damals hast du dich nicht schuldig gefühlt, da hast du mir hundert Rubel aufgedrängt. Hier – damit bist du bezahlt!“

„Ich weiß, weiß das alles, aber was kann ich jetzt tun?“ sagte Nechljudow. „Jetzt bin ich entschlossen, dich nicht mehr zu verlassen, und was ich gesagt habe, werde ich auch ausführen.“

„Und ich sage, du wirst es nicht ausführen!“ rief sie und lachte laut auf.

„Katjuscha!“ begann er und berührte ihre Hand.

„Laß mich! Ich bin eine Zuchthäuslerin, und du bist ein Fürst und gehörst hier nicht her!“ schrie sie mit vor Wut verzerrtem Gesicht und entriß ihm ihre Hand. „Du willst durch mich dein Seelenheil retten“, fuhr sie hastig fort, als wollte sie möglichst schnell alles aussprechen, was in ihrem Herzen aufgewühlt worden war. „An mir hast du in diesem Leben deine Lust befriedigt, und durch mich willst du jetzt auch im Jenseits selig werden! Du bist mir widerlich mitsamt deinem Kneifer und deiner ganzen feisten, gemeinen Fratze. Geh, scher dich fort von mir!" schrie sie und sprang mit einem energischen Ruck vom Tisch auf.

Der Aufseher trat näher.

„Was randalierst du da? Das geht doch nicht ..."

„Lassen Sie sie bitte", mischte sich Nechljudow ein.

„Daß sie sich nicht vergißt", sagte der Aufseher.

„Nein, warten Sie, bitte", sagte Nechljudow.

Der Aufseher ging ans Fenster zurück.

Die Maslowa setzte sich wieder, senkte die Augen und preßte krampfhaft die verschränkten Finger ihrer kleinen Hände zusammen.

Nechljudow stand über sie gebeugt und wußte nicht, was er machen sollte.

„Du glaubst mir nicht", sagte er.

„Daß Sie mich heiraten wollen – das wird nie und nimmer geschehen! Lieber würde ich mich erhängen. So, nun wissen Sie's!"

„Ich werde dennoch für dich sorgen."

„Das ist Ihre Sache. Aber von mir aus brauche ich nichts von Ihnen. Das können Sie mir glauben", sagte sie. „Ach, warum bin ich damals nicht gestorben?" fügte sie hinzu und fing bitterlich zu weinen an.

Nechljudow war unfähig zu sprechen: ihre Tränen brachten auch ihn zum Weinen.

Sie blickte zu ihm auf, sah ihn einen Moment erstaunt an und wischte dann mit dem Kopftuch die ihr über die Wangen rinnenden Tränen ab.

Jetzt trat der Aufseher wieder auf sie zu und erinnerte daran, daß es Zeit sei, den Besuch zu beenden. Die Maslowa stand auf.

„Sie sind jetzt erregt", sagte Nechljudow. „Wenn es sich machen läßt, komme ich morgen wieder. Überlegen Sie sich inzwischen, was ich gesagt habe."

Sie antwortete nichts und verließ, ohne ihn anzusehen, hinter dem Aufseher das Zimmer.

„Na, Mädel, jetzt ist dein Glück gemacht!" sagte die Korabljowa zur Maslowa, als sie in die Zelle zurückkehrte. „Er hat sich ja, scheint's, richtig in dich vergafft. Halt dich nur an ihn, solange er kommt. Er wird dich loseisen. Reichen ist alles möglich."

„Ja, das stimmt", fiel die Bahnwärterin mit ihrer singenden Stimme ein. „Für die Armen ist auch noch die Nacht zu kurz, übers Heiraten nachzudenken, der Reiche aber braucht sich nur etwas einfallen zu lassen – und schon geht alles glatt, wie er sich's gewünscht hat. Bei uns, mein Täubchen, da gibt es so einen feinen Herrn, der hat ..."

„Hast du ihm auch von uns erzählt?" fragte die alte Menschowa.

Doch die Maslowa ließ sich auf kein Gespräch mit den Gefährtinnen ein; sie legte sich auf die Pritsche, starrte mit ihren schielenden Augen ins Leere und blieb so bis zum Abend liegen. Sie wurde von qualvollen Gedanken gepeinigt. Durch das, was Nechljudow ihr gesagt hatte, war in ihr wieder jene Welt lebendig geworden, in der sie gelitten und die sie haßerfüllt verlassen hatte, weil sie sie nicht verstand. Sie war jetzt aus der Selbstvergessenheit aufgerüttelt worden, in der sie seither gelebt hatte, und mit der klaren Erinnerung an das Gewesene zu leben war unerträglich schwer. Abends kaufte sie wieder Schnaps und betrank sich gemeinsam mit ihren Gefährtinnen.

49

Ja, so ist es, so liegen die Dinge, dachte Nechljudow, als er das Gefängnis verließ und erst jetzt die Größe seiner Schuld erfaßte. Hätte er nicht versucht, sein Vergehen wiedergutzumachen, es zu sühnen, dann wäre er sich nie der ganzen Schändlichkeit dieses Vergehens bewußt geworden; und nicht nur er, nein, auch sie hätte nicht klar das ihr zugefügte Unrecht erkannt. Erst jetzt hatte sich das alles in seinem ganzen furchtbaren Ausmaß offenbart. Er sah erst jetzt, was er in der Seele dieser Frau angerichtet hatte, und auch ihr war nun erst vollends klargeworden, was er ihr angetan hatte. Bis jetzt hatte sich Nechljudow an seinen Empfindungen, an seiner Reue in spielerischer Selbstgefälligkeit erbaut, doch nunmehr war er völlig verzweifelt. Katjuscha wieder ihrem Schicksal zu überlassen, das brachte er nicht über sich; doch ebensowenig konnte er sich vorstellen, wie sich seine Beziehungen zu ihr gestalten sollten.

Unmittelbar vor dem Ausgang trat ein orden- und medaillengeschmückter Aufseher an Nechljudow heran und übergab ihm mit widerlich kriecherischer, geheimnisvoller Miene einen Brief.

„Hier hab ich ein Briefchen für Euer Erlaucht", sagte er beim Aushändigen des Briefes.

„Von wem ist er?"

„Das werden Sie aus dem Inhalt sehen. Es ist eine Gefangene, eine Politische. Ich hab dort Dienst, in der Abteilung, da hat sie mich drum gebeten. Es ist ja nicht erlaubt, aber aus Menschlichkeit ...", sagte mit erheuchelter Freundlichkeit der Aufseher.

Nechljudow war erstaunt, daß ein Aufseher aus der Abteilung für politische Gefangene ihm hier, im Gefängnis selbst, und sozusagen in aller Öffentlichkeit einen Brief zustecken konnte; er wußte damals noch nicht, daß dieser Aufseher zugleich ein Spitzel war. Wie dem auch sei, er nahm ihm den Brief ab und las ihn beim Verlassen des Gefängnisses. Auf einem Zettel war mit Bleistift in flotter Handschrift folgendes geschrieben: „Ich hörte, daß Sie mitunter ins Gefängnis kommen und sich hier um eine der Gefangenen kümmern, da würde ich Sie gern einmal sprechen. Suchen Sie um eine Zusammenkunft mit mir nach. Man wird sie Ihnen gestatten, und ich könnte Ihnen vieles mitteilen, was für Ihren Schützling und für unsere Gruppe von Wichtigkeit ist. Ihre dankbare Wera Bogoduchowskaja."

Wera Bogoduchowskaja hatte Nechljudow einst in einem entlegenen Teil des Nowgoroder Gouvernements kennengelernt, wo sie damals als Dorfschullehrerin angestellt und wohin er mit mehreren Kameraden zur Bärenjagd gefahren war. Sie hatte sich an ihn mit der Bitte gewandt, ihr das Geld zu geben, das sie benötigte, um in der Stadt weiterstudieren zu können. Er hatte ihr das Geld gegeben und seitdem nicht mehr an sie gedacht.

Nun stellte sich heraus, daß sie hier als politische Verbrecherin im Gefängnis saß, wo sie offenbar von seiner Affäre gehört hatte und ihm daraufhin ihre Dienste anbot. Wie leicht und einfach war damals alles gewesen, und wie schwer und kompliziert war es jetzt! Nechljudow erinnerte sich nun deutlich und mit Freuden der damaligen Zeit und seines Zusammentreffens mit der Bogoduchowskaja. Es hatte sich vor der Fastnachtswoche zugetragen, in einer gottverlassenen Gegend, gut sechzig Werst von der nächsten Bahnstation entfernt. Die Jagd war glücklich verlaufen, man hatte zwei Bären zur Strecke gebracht, hatte eben zu Mittag gegessen und wollte schon aufbrechen, als der Bauer, bei dem die Jagdgesellschaft eingekehrt war, die Mitteilung machte, daß die Tochter des Diakons gekommen sei und Fürst Nechljudow zu sprechen wünsche.

„Ist sie hübsch?" fragte einer der Offiziere.

„Sei nicht albern!" sagte Nechljudow mit ernstem Gesicht, stand vom Tisch auf, wischte sich den Mund ab und ging – gespannt, was die Diakonstochter von ihm wünschen könnte – in das Zimmer der Wirtsleute.

Dort traf er ein hageres junges Mädchen in kurzem Pelz und Filzhut an, in deren eingefallenem Gesicht nur die Augen und die über ihnen schwungvoll gewölbten Brauen schön waren.

„So, Wera Jefremowna, jetzt kannst du mit ihm sprechen", sagte die alte Bäuerin. „Das ist der Fürst selbst. Ich geh solange raus."

„Womit kann ich Ihnen dienen?" fragte Nechljudow.

„Ich . . . ich . . . Sehen Sie, Sie sind, wie ich weiß, sehr reich", begann das junge Mädchen äußerst verwirrt, „Sie vergeuden das Geld zum Vergnügen, für eine Jagd, während ich nur das eine möchte: den Menschen nützlich sein. Aber ich kann nichts tun, weil meine Bildung nicht ausreicht."

Ihre Augen hatten einen treuherzigen, gütigen Ausdruck, und ihre Entschlossenheit und Schüchternheit waren so rührend, daß Nechljudow – das kam in ähnlichen Fällen oftmals bei ihm vor – sich in ihre Lage versetzte, Verständnis für sie hatte und Mitleid mit ihr empfand.

„Und auf welche Weise kann ich Ihnen dabei helfen?"

„Ich bin Lehrerin, möchte aber noch studieren, doch die Eltern lassen es nicht zu. Das heißt, zulassen würden sie es schon, aber die Mittel fehlen. Leihen Sie mir das Geld, und wenn ich mit dem Studium fertig bin, zahle ich es Ihnen zurück. Ich hab mir gedacht, wenn reiche Leute Bären erschießen und Bauern betrunken machen, was doch alles schlecht ist, könnten sie auch mal was Gutes stiften. Ich brauche nur achtzig Rubel. Aber wenn Sie sie nicht geben wollen, ist's mir auch egal", schloß sie plötzlich brüsk.

„Im Gegenteil, ich bin Ihnen sehr dankbar, daß Sie mir diese Gelegenheit bieten ... Ich bringe es Ihnen gleich."

Er ging in den Flur und stieß dort auf einen Kameraden, der ihr Gespräch belauscht hatte. Ohne sich um die Spötteleien der Kameraden zu kümmern, entnahm er seiner Jagdtasche das Geld und brachte es ihr.

„Bitte, bitte, Sie brauchen nicht zu danken. Ich habe Ihnen zu danken ..."

Nechljudow tat es wohl, an all dies zurückzudenken. Ihm fiel ein, wie er sich mit einem der Offiziere, der aus der Sache einen schlechten Scherz machen wollte, beinahe überworfen hätte, wenn nicht ein anderer Kamerad für ihn eingetreten wäre, und wie er sich mit diesem daraufhin angefreundet hatte; er rief sich den glücklichen, fröhlichen Verlauf der Jagd in Erinnerung und stellte sich in Gedanken die nächtliche Rückfahrt zur Bahnstation vor, bei der er sich so wohl gefühlt hatte. Die mit zwei Pferden bespannten Schlitten gleiten einer hinter dem andern in langer Reihe lautlos über den schmalen Weg durch bald hohe, bald niedrige Wälder, in denen die Zweige der Tannen unter der Last der Schneemassen herniederhängen. In der Dunkelheit blitzt hin und wieder ein rotes Flämmchen auf, wenn sich jemand eine duftende Zigarette anzündet. Ossip, der Bärentreiber, läuft, bis zu den Knien im Schnee versinkend, von Schlitten zu Schlitten, springt auf diesen und auf jenen und erzählt von den Elchen, die im Winter durch die verschneiten Wälder streifen und an der Rinde der Espen nagen, oder von den Bären, die schnaufend in ihren finsteren Höhlen liegen und deren warmer Atem durch die Luftlöcher nach außen dringt.

Nechljudow vergegenwärtigte sich all das und verweilte besonders bei dem Gedanken, wie glücklich er sich damals im Bewußtsein seiner Gesundheit, Kraft und Sorglosigkeit gefühlt hatte. Die Lungen atmeten unter der sich über der Brust straffenden Pelzjoppe die kalte Winterluft ein, von den Zweigen, die das Krummholz streiften, flog Schnee ins Gesicht, der Körper war warm, das Gesicht frisch und das Herz weder von Sorgen noch von Selbstvorwürfen, Angst oder Wünschen bedrückt. Wie schön war das alles gewesen! Und jetzt? Mein Gott, wie qualvoll und schwer war jetzt das Leben! . . .

Wera Jefremowna war allem Anschein nach eine Revolutionärin und wegen ihrer revolutionären Tätigkeit verhaftet worden. Ja, er mußte mit ihr zusammenkommen, vor allem, weil sie ihm Ratschläge in Aussicht stellte, wie man Katjuschas Schicksal erleichtern könne.

50

Als Nechljudow am nächsten Morgen aufwachte und ihm alles einfiel, was sich am Tag zuvor zugetragen hatte, wurde er von Entsetzen gepackt.

Doch ungeachtet seines Entsetzens war er fester denn je entschlossen, von dem einmal Begonnenen nicht abzulassen.

So vom Bewußtsein seiner Pflicht durchdrungen, verließ er das Haus und fuhr zu Maslennikow, den er um die Genehmigung bitten wollte, die Maslowa und auch die alte Menschowa und ihren Sohn, von denen ihm die Maslowa erzählt hatte, im Gefängnis besuchen zu dürfen. Außerdem hatte er vor, um die Erlaubnis zu einer Zusammenkunft mit Wera Jefremowna nachzusuchen, die der Maslowa vielleicht nützlich sein konnte.

Nechljudow kannte Maslennikow schon von seiner Offizierszeit her. Maslennikow war im gleichen Regiment Zahlmeister gewesen. Er hatte ihn als einen ungemein gutherzigen, pflichteifrigen Offizier in Erinnerung, für den es in der Welt nichts anderes gab als das Regiment und die Zarenfamilie. Jetzt traf er ihn als hohen Regierungsbeamten an, der das Regiment gegen das Gouvernement und die Gouvernementsverwaltung vertauscht hatte. Er war mit einer reichen, lebenslustigen Frau verheiratet, die ihn auch dazu bewogen hatte, vom Militär zum Staatsdienst überzuwechseln.

Sie lachte über ihren Mann und hätschelte ihn wie ein dressiertes Tier. Nechljudow war im vorigen Winter einmal bei ihnen gewesen, aber das Paar war ihm so wenig interessant erschienen, daß er den Besuch nicht wiederholt hatte.

Maslennikow strahlte über das ganze Gesicht, als er Nechljudow kommen sah. Er hatte noch dasselbe volle, rote Gesicht, war noch immer korpulent und ebenso gut gekleidet wie seinerzeit beim Militär. Damals war es ein nach der letzten Mode geschnittener Offiziersrock gewesen, der straff seine Schultern und die Brust umschlossen hatte; jetzt war es eine nach der letzten Mode gefertigte Beamtenuniform, die seinen kraftstrotzenden Körper und die vorstehende breite Brust umschloß. Heute hatte er keine Uniform an. Trotz des Altersunterschiedes – Maslennikow war nahe der Vierzig – duzten sie einander.

„Sieh einer an, das ist schön, daß du dich mal blicken läßt. Komm, gehen wir zu meiner Frau. Ich habe gerade noch zehn Minuten bis zur Sitzung frei. Der Chef ist verreist. Da obliegt mir die ganze Gouvernementsverwaltung“, sagte er mit nur mühsam verhehltem Stolz.

„Ich komme wegen einer dienstlichen Angelegenheit.“

„Worum handelt es sich?“ fragte Maslennikow, plötzlich zurückhaltend, in einem etwas strengen Ton.

„Im hiesigen Gefängnis“ – als Maslennikow das Wort Gefängnis hörte, nahm sein Gesicht einen noch strengeren Ausdruck an – „befindet sich jemand in Haft, für den ich mich sehr interessiere, und da liegt mir daran, die betreffende Person statt im allgemeinen Besuchsraum im Büro, und nicht nur an den festgesetzten Besuchstagen, sondern häufiger sprechen zu können. Das hänge von dir ab, wurde mir gesagt.“

„Selbstverständlich, mon cher, bin ich bereit, dir jeden Gefallen zu erweisen“, erklärte Maslennikow und berührte, als wollte er den Eindruck seiner Erhabenheit mildern, mit beiden Händen Nechljudows Knie. „Das läßt sich ermöglichen, obwohl ich sozusagen nur Kalif für eine Stunde bin.“

„Du kannst mir also eine Erlaubnis ausstellen, sie jederzeit zu besuchen?“

„Es handelt sich um eine weibliche Gefangene?“

„Ja.“

„Und wofür ist sie bestraft worden?“

„Wegen eines Giftmordes. Aber sie ist zu Unrecht verurteilt worden.“

„Da siehst du – unsere heutigen Gerichte! Ils n'en font point d'autres“, sagte er, unvermittelt zum Französischen übergehend. „Ich weiß, daß du mit mir nicht übereinstimmst, doch c'est mon opinion bien arrêtée“, fügte er hinzu und sprach damit eine Meinung aus, die er in verschiedener Abwandlung jahrelang in der reaktionären konservativen Presse gelesen hatte. „Ich weiß, daß du zu den Liberalen gehörst.“

„Ob ich liberal oder sonst etwas bin, weiß ich nicht“, erwiderte Nechljudow lächelnd, der sich immer wunderte, von allen einer Partei zugezählt und nur deshalb für einen Liberalen gehalten zu werden, weil er die Meinung vertrat, daß man jeden Menschen, bevor man ihn verurteile, erst anhören müsse, daß vor Gericht alle Menschen gleich seien und daß man überhaupt niemand quälen und schlagen dürfe, vor allem nicht, wenn seine Schuld noch nicht erwiesen sei. „Ich weiß nicht, ob ich liberal bin oder nicht, meine jedoch, daß unsere jetzigen Gerichte, soviel an ihnen auch auszusetzen sein mag, immer noch besser sind als die früheren.“

„Welchen Rechtsanwalt hast du genommen?“

„Ich habe mich an Fanarin gewandt.“

„Ach, Fanarin!“ sagte Maslennikow und runzelte die Stirn, weil er sich erinnerte, wie ihn Fanarin im vorigen Jahr bei einer Gerichtsverhandlung als Zeugen vernommen und dabei mit ausgesuchter Höflichkeit eine halbe Stunde lang lächerlich gemacht hatte. „Ich würde dir nicht raten, dich mit ihm einzulassen. Fanarin est un homme taré.“

„Ich habe noch eine weitere Bitte an dich“, fuhr Nechljudow fort, ohne auf Maslennikows Bemerkung einzugehen. „Vor langer Zeit habe ich einmal ein junges Mädchen, eine Lehrerin, kennengelernt, die gegenwärtig ebenfalls im hiesigen Gefängnis sitzt. Sie ist ein armes Geschöpf und hat den Wunsch geäußert, mich zu sprechen. Kannst du mir auch einen Passierschein zu ihr geben?"

Maslennikow neigte den Kopf leicht zur Seite und dachte nach.

„Ist sie wegen eines politischen Vergehens in Haft?"

„Ja, soviel ich hörte."

„Die Sache ist nämlich die, daß politische Häftlinge nur von ihren Verwandten besucht werden dürfen, doch für dich werde ich einen allgemeinen Passierschein ausstellen. Je sais que vous n'abuserez pas ... Wie ist der Name deines protégée? Bogoduchowskaja? Elle est jolie?"

„Hideuse."

Maslennikow schüttelte mißbilligend den Kopf, ging an den Tisch und schrieb auf einen Bogen mit gedrucktem Kopf in großen Schriftzügen: „Dem Überbringer dieses Schreibens, Fürst Dmitri Iwanowitsch Nechljudow, sind Zusammenkünfte mit der in Haft befindlichen Kleinbürgerin Maslowa und desgleichen mit der Heilgehilfin Bogoduchowskaja im Gefängnisbüro zu gestatten." Dann setzte er mit einem schwungvollen Schnörkel seine Unterschrift darunter und wandte sich wieder an Nechljudow.

„Du wirst sehen, was für eine Ordnung dort herrscht. Und dort Ordnung zu halten ist sehr schwer, weil das Gefängnis überfüllt ist, besonders mit Sträflingen, die hier auf der Etappe nach Sibirien durchkommen; aber ich sehe dennoch streng nach dem Rechten und befasse mich gern damit. Du wirst selbst merken, die Gefangenen haben es sehr gut und sind zufrieden. Man muß nur mit ihnen umgehen können. Dieser Tage zum Beispiel gab es einen unangenehmen Zwischenfall, eine Gehorsamsverweigerung. Ein anderer hätte das als Aufruhr angesehen und viele unglücklich gemacht. Doch bei uns wurde das Ganze aufs beste beigelegt. Einerseits ist Fürsorge und andererseits eine feste Hand vonnöten", sagte er, während er seine gepflegte, mit einem Türkisring geschmückte Hand, die aus der gestärkten, blendendweißen und von einem goldenen Knopf zusammengehaltenen Manschette herausragte, zur Faust ballte. „Fürsorge und eine feste Hand."

„Nun, von Fürsorge habe ich nichts bemerkt", sagte Nechljudow. „Ich bin zweimal dort gewesen und fand alles sehr niederdrückend."

„Weißt du was? Du solltest dich mit der Gräfin Passek in Verbindung setzen, die hat sich ganz der Sorge für die Gefangenen hingegeben", fuhr der allmählich redselig gewordene Vizegouverneur fort. „Elle fait beaucoup de bien. Dank ihrer und zum Teil auch meiner Fürsorge – das darf ich, ohne unbescheiden zu sein, sagen – ist es gelungen, dort alles zu verändern, und zwar so gründlich zu verändern, daß es jetzt nicht mehr die früheren gräßlichen Zustände gibt und die Gefangenen sich sogar sehr wohl fühlen. Nun, du wirst selbst sehen. Und was Fanarin betrifft, so kenne ich ihn zwar nicht persönlich und komme mit ihm meiner Stellung wegen auch nicht in Berührung, aber ich halte ihn für einen ausgesprochen schlechten Menschen, der sich zudem vor Gericht Ausfälle erlaubt, solche Ausfälle, daß ..."

„Nun, ich bin dir jedenfalls sehr dankbar", sagte Nechljudow, indem er seinem ehemaligen Regimentskameraden das Schriftstück abnahm und sich, ohne ihn bis zu Ende anzuhören, zum Gehen anschickte.

„Willst du denn meiner Frau nicht guten Tag sagen?"

„Nein, du mußt schon entschuldigen, ich bin sehr in Eile."

„Wie schade, das wird sie mir nicht verzeihen", sagte Maslennikow, während er seinen ehemaligen Kameraden bis zum ersten Treppenabsatz begleitete, wie er es bei Besuchern zu tun pflegte, die nicht von erstrangiger, sondern von zweitrangiger Bedeutung waren, wozu er auch Nechljudow zählte. „Tritt doch wenigstens für einen Augenblick näher."

Doch Nechljudow blieb fest; und während ein Diener und der Portier auf ihn zugeeilt kamen, ihm Mantel und Stock reichten und die Tür öffneten, an der außen ein Posten stand, sagte er, daß er sich beim besten Willen nicht länger aufhalten könne.

„Nun, dann komm nächsten Donnerstag. Das ist ihr Empfangstag. Ich werde es ihr bestellen!" rief ihm Maslennikow über die Treppenbrüstung nach.

51

Unmittelbar im Anschluß an seinen Besuch bei Maslennikow fuhr Nechljudow zum Gefängnis und begab sich in die ihm bereits bekannte Wohnung des Inspektors. Auch heute schallten ihm die Töne des verstimmten Klaviers entgegen, doch anstatt einer Rhapsodie wurden diesmal – wiederum mit außergewöhnlicher Kraft, Exaktheit und Schnelligkeit – Etüden von Clementi gespielt. Ja, der Herr Hauptmann sei zu Hause, sagte das Dienstmädchen, dessen Auge noch immer verbunden war, beim Öffnen der Tür und führte Nechljudow in das kleine Besuchszimmer, wo sich ein Sofa und ein Tisch befand, auf dem auf einem gehäkelten Deckchen eine große Lampe stand, deren rosa Papierschirm an einer Seite versengt war. Gleich darauf erschien mit leidendem, vergrämtem Gesicht der Inspektor.

„Bitte ergebenst, was steht zu Diensten?" fragte er, während er den mittleren Knopf seiner Uniform zumachte.

„Ich komme eben vom Vizegouverneur und bringe den Passierschein", antwortete Nechljudow und übergab ihm das Schriftstück. „Ich möchte die Gefangene Maslowa sprechen."

„Die Markowa?" fragte der Inspektor, der bei der lauten Musik den Namen nicht recht verstanden hatte.

„Nein, die Maslowa."

„Ach ja! Natürlich!"

Der Inspektor stand auf und ging an die Tür des Nebenzimmers, aus dem die Triller Clementis herüberschallten.

„Marussja, hör wenigstens einen Augenblick auf", sagte er in einem Ton, aus dem herauszuhören war, daß diese Musik für ihn das Kreuz seines Lebens bedeutete. „Sonst ist kein Wort zu verstehen."

Die Musik brach ab, nebenan wurden ungeduldige Schritte laut, und jemand lugte durch den Türspalt.

Der Inspektor, der sich durch die Unterbrechung der Musik sichtlich erleichtert fühlte, zündete sich eine dicke Zigarette aus mildem Tabak an und hielt auch Nechljudow sein Etui hin. Nechljudow lehnte dankend ab.

„Ich möchte also die Maslowa sprechen."

„Das wird sich heute schlecht machen lassen", meinte der Inspektor.

„Weshalb?"

„Ja, da sind Sie selbst schuld, Fürst", antwortete der Inspektor mit einem leichten Lächeln. „Geben Sie ihr nicht wieder Geld in die Hände. Wenn Sie wieder einmal den Wunsch haben, übergeben Sie es mir. Es wird ihr alles zugute kommen. Denn gestern, als sie wahrscheinlich von Ihnen Geld erhalten hatte, hat sie sich sofort Schnaps beschafft – dieses Übel läßt und läßt sich nicht ausrotten – und sich heute so sinnlos betrunken, daß sie sogar randalierte."

„Ach, was Sie sagen?"

„Ja, ich mußte sogar strenge Maßnahmen ergreifen und sie in eine andre Zelle überführen lassen. Sie ist sonst eine gefügige Person, aber geben Sie ihr bitte nicht wieder Geld. Diese Leute sind nun mal so ..."

Nechljudow erinnerte sich aller Einzelheiten seines gestrigen Zusammenseins mit der Maslowa und wurde wieder von Verzweiflung befallen.

„Aber kann ich dann wenigstens die Gefangene Bogoduchowskaja sprechen, die zu den politischen Häftlingen gehört?" fragte er nach einigem Schweigen.

„Ja, das können Sie", antwortete der Inspektor. „Na, was willst du denn hier?" wandte er sich an ein fünf- oder sechsjähriges Mädchen, das ins Zimmer gekommen war und, ohne den Blick von Nechljudow zu wenden, blindlings auf den Vater zustiefelte. „Siehst du, beinah wärst du gefallen", sagte der Inspektor lächelnd, als sein Töchterchen an einem kleinen Teppich hängenblieb und auf ihn zugestürzt kam.

„Also wenn es möglich ist, möchte ich jetzt zu ihr."

„Gewiß, wir können gleich gehen", sagte der Inspektor und geleitete Nechljudow, nachdem er die Kleine zärtlich umarmt und beiseite geschoben hatte, ins Vorzimmer.

Der Inspektor war kaum dazu gekommen, den ihm von dem Dienstmädchen mit dem verbundenen Auge gereichten Mantel anzuziehen und in den Flur hinauszutreten, als aufs neue die temperamentvoll gespielten Klänge der Clementi-Etüden erklangen.

„Sie hat das Konservatorium besucht, doch dort sind jetzt Unruhen ausgebrochen", sagte der Inspektor, während er die Treppe hinunterstieg. „Sie hat großes Talent und will später mal in Konzerten auftreten."

Der Inspektor ging mit Nechljudow zum Gefängnisgebäude hinüber. Als er näher kam, wurde sofort die Pforte aufgerissen. Die Aufseher nahmen Haltung an, salutierten und folgten ihm mit den Augen. Vier Gefangene mit kahlgeschorenen Hinterköpfen, die irgend etwas in Kübeln trugen und ihnen im Vorraum begegneten, kauerten sich zusammen, als sie den Inspektor kommen sahen. Der eine duckte sich besonders tief und verzog finster das Gesicht, aus dem blitzend seine schwarzen Augen hervorleuchteten.

„Gewiß, das Talent muß man ausbilden, man darf es nicht verkümmern lassen, aber in der kleinen Wohnung, wissen Sie, ist es manchmal schwer", nahm der Inspektor wieder das Gespräch auf, während er, ohne den Gefangenen irgendwelche Beachtung zu schenken, in Begleitung Nechljudows mit müden, schleppenden Schritten auf den Sammelraum zuging.

„Wen wollten Sie gleich sprechen?" fragte er Nechljudow.

„Die Gefangene Bogoduchowskaja."

„Die sitzt im Turm. Da werden Sie etwas warten müssen."

„Kann ich vielleicht inzwischen die beiden Menschows – Mutter und Sohn – sprechen, denen eine Brandstiftung zur Last gelegt wird?"

„Ja, aus Zelle einundzwanzig. Schön, ich kann sie rufen lassen."

„Geht es wohl, daß ich Menschow in seiner Zelle aufsuche?"

„Wozu? Hier können Sie ungestörter sprechen."

„Es würde mich immerhin interessieren."

„Da haben Sie sich was Interessantes ausgesucht!"

In diesem Augenblick kam aus einer Seitentür ein Beamter in schneidiger Offiziersuniform hinzu – der Gehilfe des Inspektors.

„Führen Sie den Fürsten in die Zelle einundzwanzig zu Menschow und dann ins Büro", wandte sich der Inspektor an seinen

Gehilfen. „Die andere werde ich inzwischen holen lassen. Wie war ihr Name?"

„Wera Bogoduchowskaja", antwortete Nechljudow.

Der Gehilfe des Inspektors war ein junger, blonder Beamter mit gefärbtem Schnurrbart, der um sich herum eine Wolke von Parfümduft verbreitete.

„Darf ich bitten", forderte er Nechljudow mit einem verbindlichen Lächeln zum Mitkommen auf. „Sie interessieren sich für unsere Einrichtungen?"

„Ja, und namentlich auch für diesen Menschow, der, wie mir gesagt wurde, ganz unschuldigerweise hierhergeraten ist."

Der Beamte zuckte die Achseln.

„Ja, das kommt vor", sagte er ruhig, während er dem Besucher in dem widerlich riechenden breiten Korridor höflich den Vortritt ließ. „Doch häufig lügen sie auch. Bitte . . ."

Die Türen zu den Zellen standen offen, und einige Gefangene hielten sich im Korridor auf. Kaum merklich den Aufsehern zunickend und nur flüchtig auf die Häftlinge blickend, die sich an die Wand drückten und in ihre Zellen zurückgingen oder in militärischer Haltung an den Türen stehenblieben und dem Vertreter der Obrigkeit mit den Augen folgten, führte der Beamte Nechljudow durch den Korridor und bog dann mit ihm links in einen anderen ein, der durch eine eiserne Tür verschlossen war.

In diesem Korridor, der schmaler und dunkler war, roch es noch widerwärtiger als im ersten. Zu beiden Seiten befanden sich fest verrammelte Türen, in die kleine Öffnungen – sogenannte Spione – von einem halben Werschok im Durchmesser eingelassen waren. Außer einem alten Aufseher mit griesgrämigem, von Falten durchfurchtem Gesicht hielt sich im Korridor niemand auf.

„Wo sitzt Menschow?" fragte der Gehilfe des Inspektors den Aufseher.

„Links, in der achten Zelle."

52

„Darf ich mal in die Zellen schauen?“ fragte Nechludow.

„Bitte, soviel Sie wollen“, willigte der Gehilfe des Inspektors mit einem verbindlichen Lächeln ein und wandte sich dann wegen irgendeiner Angelegenheit an den Aufseher. Nechljudow blickte durch das Guckloch einer der Türen: in der Zelle ging ein nur mit Unterwäsche bekleideter großer junger Mann mit kurzem schwarzem Bart hastig auf und ab; als er an der Tür ein Geräusch hörte, blickte er auf, machte ein finsteres Gesicht und setzte seine Wanderung fort.

Nechljudow wandte sich dem nächsten Guckloch zu, wich jedoch schnell zurück, als er hier dem Blick eines großen Auges begegnete, das von der anderen Seite verstört durch den Spion starrte. Beim Blick durch ein drittes Guckloch nahm er einen kleinen Mann wahr, der zusammengekauert auf der Pritsche lag und sich bis über den Kopf mit seinem Gefängniskittel zugedeckt hatte. In der vierten Zelle saß, den Kopf tief gesenkt und die Ellbogen auf die Knie gestützt, ein Gefangener mit blassem, breitknochigem Gesicht auf der Pritsche. Als er Schritte hörte, hob er den Kopf und warf einen Blick auf die Tür. Sein ganzes Gesicht und vornehmlich die großen Augen drückten namenlose Verzweiflung aus. Es interessierte ihn offenbar gar nicht, wer zu ihm in die Zelle blickte: wer immer es sein mochte, er schien von niemand etwas Gutes zu erwarten. Nechljudow wurde von Grauen gepackt; er verzichtete darauf, durch weitere Spione zu blicken, und begab sich zur Zelle einundzwanzig, in der Menschow sitzen sollte. Der Aufseher schloß die Tür auf und öffnete sie. Ein sehniger junger Mann mit langem Hals, gutmütig blickenden runden Augen und kurzem Bart stand von der Pritsche auf, zog hastig seinen Kittel an und sah verschüchtert auf die Eintretenden. Besonders betroffen war Nechljudow von dem treuherzigen Ausdruck der runden Augen, die ängstlich-erwartungsvoll zwischen ihm, dem Gehilfen des Inspektors und dem Aufseher hin und her gingen.

„Hier, dieser Herr will sich mit dir wegen deiner Sache besprechen.“

„Da danke ich dem Herrn schön dafür."

„Ja, mir ist von Ihrem Fall erzählt worden", sagte Nechljudow, der in die Zelle eingetreten war und sich vor das vergitterte schmutzige Fenster stellte, „und da möchte ich von Ihnen selbst Näheres darüber hören."

Menschow trat jetzt ebenfalls ans Fenster und begann sofort zu erzählen – zuerst zaghaft und immer wieder auf den Inspektor blickend, doch allmählich immer freier, und als der Beamte auf den Flur hinausging, um dort irgendwelche Anweisungen zu erteilen, legte er seine Schüchternheit vollends ab. Nach der Ausdrucksweise und der ganzen Art, wie er seine Geschichte vortrug, hatte Nechljudow den Eindruck, einen schlichten, treuherzigen jungen Bauern vor sich zu haben, und es berührte ihn daher besonders eigentümlich, diese Erzählung aus dem Mund eines Gefangenen in entehrender Kleidung und im Gefängnis zu hören. Während er zuhörte und zugleich die niedrige Pritsche mit der Strohmatratze, das Fenster mit dem dicken Eisengitter, die schmutzigen feuchten Wände und das vergrämte Gesicht sowie die ganze durch klobiges Schuhzeug und den Gefängniskittel verunstaltete Erscheinung des jungen Bauern betrachtete, wurde ihm immer schwerer zumute. Er sträubte sich zu glauben, daß das, was dieser gutmütige Mensch erzählte, wahr sein könnte: so fürchterlich war der Gedanke, daß es Menschen fertigbrachten, einen anderen Menschen, der nichts verbrochen, sondern nur selber Unrecht erlitten hatte, der Freiheit zu berauben, ihn in Sträflingskleidung zu stecken und unter so entsetzlichen Umständen einzukerkern. Doch noch fürchterlicher war der Gedanke, daß diese durchaus wahrheitsgetreu klingende Geschichte erlogen und die treuherzige Miene, mit der Menschow sie erzählte, erheuchelt sein könnte. Bei seiner Erzählung handelte es sich um folgendes. Bald nach der Hochzeit war ihm seine Frau von dem amtlichen Branntweinverkäufer abspenstig gemacht worden. Er hatte überall sein Recht gesucht. Aber der Branntweinverkäufer hatte alle Beamten bestochen und wurde jedesmal freigesprochen. Einmal hatte er seine Frau gewaltsam zurückgeholt, doch am nächsten Tag war sie wieder durchgebrannt. Daraufhin war er zu dem Branntweinverkäufer gegangen und hatte die Herausgabe der Frau verlangt. Der Branntweinverkäufer hatte gesagt, sie sei nicht bei ihm (er hatte aber selbst gesehen, daß sie ins Haus gegangen war), und ihm die Tür gewiesen. Er war nicht gegangen und daraufhin von dem Branntweinverkäufer und einem Arbeiter blutig geschlagen worden. Tags darauf war dann im Haus des Branntweinverkäufers Feuer ausgebrochen. Menschow wurde beschuldigt, mit Hilfe seiner Mutter das Haus in Brand gesteckt zu haben, was er aber gar nicht habe tun können, sagte er, weil er zu der Zeit bei seinem Vetter gewesen sei.

„Hast du es wirklich nicht getan?"

„Nicht im Traum hab ich daran gedacht, Herr. Er, dieser Halunke, hat's bestimmt selber in Brand gesteckt. Grade eben hat er's versichert gehabt, wie man sagt. Und da beschuldigt man mich und die Mutter, daß wir's gewesen sind, weil wir ihm gedroht haben. Das stimmt wohl, daß ich ihn damals ausgeschimpft hab, die Galle lief mir über. Aber das Haus angesteckt hab ich nicht. Ich war gar nicht dort, als das Feuer ausbrach. Er hat aber mit Absicht einen Tag abgepaßt, wo ich und die Mutter zu Hause waren. Angesteckt hat er's selber."

„Ist das wirklich alles wahr?"

„Ganz gewiß ist es wahr, Herr. Gott ist mein Zeuge. Seien Sie mir ein Vater!" sagte er und konnte von Nechljudow nur mit Mühe davon abgehalten werden, daß er sich vor ihm auf die Knie warf. „Retten Sie mich, sonst bin ich unschuldig verloren!"

Seine Wangen begannen plötzlich zu zucken, er schluchzte auf und wischte sich, nachdem er den Ärmel des Kittels zurückgestreift hatte, mit dem schmutzigen Hemdsärmel die Tränen aus den Augen.

„Sind Sie fertig?" fragte der Inspektor.

„Ja ... Nun, verzagen Sie nicht, ich werde alles tun, was mir möglich ist", sagte Nechljudow und verließ die Zelle. Menschow stand auf der Türschwelle, so daß der Aufseher ihm mit der Tür einen Stoß versetzte, als er sie zuschlug. Während der Aufseher die Tür von außen verschloß, schaute Menschow durch den Spion.

Als Nechljudow durch den breiten Korridor zurückging und – es war Mittagszeit, die Zellen standen offen – überall den mit hellgelben Kitteln, kurzen, breiten Hosen und plumpen Schuhen bekleideten Menschen begegnete, die ihn alle neugierig musterten, wurde er von verschiedenen Gefühlen bewegt: von Mitleid mit denen, die hier eingekerkert waren, von Entsetzen und Empörung über diejenigen, die sie eingesperrt hatten und hier festhielten, und von Scham über sich selbst, weil er sich das alles ruhig ansah.

In einem der Korridore lief, mit den klobigen Schuhen klappernd, ein Mann vorüber und ging in eine Zelle hinein, aus der gleich darauf eine Menge Leute herausströmten, sich Nechljudow in den Weg stellten und sich vor ihm verneigten.

„Befehlen Sie, Euer Hochgeboren – ich weiß nicht, wie ich Sie titulieren soll –, daß unsertwegen irgendwas beschlossen wird."

„Ich bin kein Beamter, ich weiß über nichts Bescheid."

„Dann sagen Sie es jemand von der Obrigkeit", erwiderte einer der Leute unwillig. „Wir haben nichts verbrochen und leiden hier schon den zweiten Monat."

„Wie das? Weswegen?"

„Ja, Sie sehen ja, man hat uns ins Gefängnis geworfen. Da sitzen wir schon den zweiten Monat und wissen selber nicht, wofür."

„Ja, hier liegt ein unglücklicher Zufall vor", mischte sich der Gehilfe des Inspektors ein. „Die Leute sind festgenommen worden, weil sie keine Legitimationspapiere besitzen, sie sollten in ihre Heimatgouvernements abgeschoben werden; aber dort ist das Gefängnis abgebrannt, und die Gouvernementsverwaltung hat sich mit uns in Verbindung gesetzt und gebeten, wir sollen sie nicht schicken. Die aus anderen Gouvernements gebürtigen Leute wurden alle abtransportiert, aber diese haben wir hierbehalten."

„Wie, einzig aus diesem Grund?" fragte Nechljudow und trat an die Tür.

Die Menge, etwa vierzig durchweg mit Gefängniskitteln bekleidete Männer, umringte Nechljudow und den Gehilfen des

Inspektors, und mehrere begannen gleichzeitig zu sprechen. Der Beamte hielt sie auf.

„Laßt einen von euch sprechen!"

Daraufhin trat ein stattlicher, würdevoll aussehender Bauer von etwa fünfzig Jahren aus der Menge und erklärte Nechljudow, man habe sie alle verschickt und mit der Begründung im Gefängnis eingesperrt, daß sie keine Pässe besitzen. Sie besäßen jedoch Pässe, nur seien sie seit zwei Wochen abgelaufen gewesen und nicht rechtzeitig erneuert worden. Solche Versäumnisse seien in jedem Jahr vorgekommen, ohne daß man sie deswegen bestraft habe, aber diesmal seien sie verhaftet worden und würden hier nun schon den zweiten Monat wie Verbrecher gefangengehalten.

„Wir alle sind Steinmetze, gehören alle zum selben Artel. Man sagt uns, im Gouvernement sei das Gefängnis abgebrannt. Daran sind wir doch nicht schuld. Helfen Sie uns um Gottes willen."

Nechljudow hörte zu, nahm indessen kaum etwas von dem auf, was der alte Mann sprach, weil seine ganze Aufmerksamkeit von einer großen dunkelgrauen vielfüßigen Laus abgelenkt wurde, die dem würdigen Steinmetz über die bärtige Wange kroch.

„Ist das möglich? Werden die Leute wirklich nur deswegen festgehalten?" wandte sich Nechljudow an den Gehilfen des Inspektors.

„Ja, die Verwaltung hat einen Fehler begangen; man hätte sie in ihr Heimatgebiet befördern und dort ansiedeln müssen", antwortete der Beamte.

Doch nun, kaum daß er den Satz beendet hatte, trat aus der Menge ein untersetzter Mann hervor und führte in bewegten Worten Klage darüber, daß man sie hier für nichts und wieder nichts quäle.

„Schlimmer als Hunde", sagte er.

„Na, nun übertreibe man nicht, halt deine Zunge im Zaum, denn sonst, du weißt ja ..."

„Was soll ich wissen?" entgegnete erbittert der kleine Mann. „Haben wir denn irgendwas verbrochen?"

„Halt den Mund!" fuhr ihn der Beamte an, worauf der Mann nichts mehr sagte.

Was sind das bloß für Zustände? fragte sich Nechljudow im stillen, nachdem er die Zelle verlassen hatte und nun unter den Blicken der sich an den Türen drängenden und ihm im Flur begegnenden Häftlinge, gleichsam Spießruten laufend, den Flur entlangging.

„Ist es wirklich möglich, daß völlig schuldlose Menschen einfach eingekerkert werden?" fragte Nechljudow den Gehilfen des Inspektors, als sie am Ende des Flurs angelangt waren.

„Was blieb uns anderes übrig? Doch ist zu bedenken, daß sie einem vieles vorschwindeln. Wenn man sie anhört, dann sind alle unschuldig", antwortete der Beamte.

„Ja, aber diese haben doch wirklich nichts verbrochen."

„Diese vielleicht nicht. Aber die große Masse ist sehr demoralisiert. Ohne Strenge wird man mit den Leuten nicht fertig. Es gibt solche verwegenen Subjekte unter ihnen, denen alles zuzutrauen ist. Erst gestern waren wir gezwungen, zwei zu bestrafen."

„Wodurch zu bestrafen?" fragte Nechljudow.

„Sie wurden durchgepeitscht, wie es vorgeschrieben ist."

„Ich meine, körperliche Strafen seien nicht mehr zulässig?"

„Das gilt nicht für solche, denen die bürgerlichen Rechte aberkannt sind. Gegen die können sie nach wie vor angewandt werden."

Nechljudow fiel alles ein, was er gestern gesehen hatte, während er im Vorraum auf den Inspektor wartete, und als ihm jetzt klar wurde, daß die Züchtigung eben zu jener Zeit stattgefunden hatte, überkam ihn jenes sich aus Wissensdrang, Trauer, Ratlosigkeit und seelischer, fast physisch empfundener Übelkeit zusammensetzende Gefühl, von dem er gelegentlich auch schon früher, doch nie mit solcher Intensität befallen worden war.

Ohne noch dem Gehilfen des Inspektors zuzuhören und um sich zu blicken, verließ er den Korridor und begab sich ins Büro. Der Inspektor, abgelenkt durch andere Pflichten, hatte vergessen, Wera Bogoduchowskaja holen zu lassen. Er besann sich erst wieder auf sein Versprechen, als Nechljudow das Büro betrat.

„Ich werde sofort nach ihr schicken – setzen Sie sich einen Augenblick", sagte er.

54

Das Büro bestand aus zwei Räumen. Im ersten, in dem sich von der Wand ein großer Ofen mit abgeblättertem Verputz abhob und die Scheiben der beiden Fenster blind vor Schmutz waren, stand in einer Ecke ein schwarzes Gestell, an dem die Eingelieferten gemessen wurden, während in einer anderen Ecke als unumgängliches Zubehör aller der Peinigung von Menschen dienenden Stätten und gleichsam als Verhöhnung der Lehren Christi ein großes Bildnis von ihm hing. In diesem Raum standen mehrere Aufseher herum. Im zweiten saßen längs der Wände gruppen- oder paarweise etwa zwanzig Männer und Frauen und unterhielten sich halblaut. Am Fenster stand ein Schreibtisch.

Der Inspektor ließ sich am Schreibtisch nieder und bot Nechljudow einen neben ihm stehenden Stuhl an. Nechljudow setzte sich und musterte die Leute im Zimmer.

Besonders fiel ihm ein sympathisch aussehender junger Mann in kurzem Jackett auf, der vor einer nicht mehr jungen Frau mit schwarzen Brauen stand und heftig gestikulierend auf sie einredete. Daneben saß ein alter Mann mit blauer Brille, der eine junge Frau in Gefängniskleidung bei der Hand hielt und sich reglos anhörte, was sie ihm erzählte. Ein Junge in Realschuluniform sah den alten Mann unverwandt mit erstarrtem, verstörtem Gesicht an. Etwas weiter entfernt, in einer Ecke, saß ein Liebespärchen: ein anmutiges, ganz junges, modern gekleidetes Mädchen mit kurzgeschnittenem blondem Haar und energischen Gesichtszügen und in einer Guttaperchajacke ein hübscher junger Mann mit feingeschnittenem Gesicht und gewelltem Haar. Sie saßen in der Ecke, flüsterten und gingen augenscheinlich ganz in ihrer Liebe zueinander auf. Dem Tisch zunächst saß eine grauhaarige Frau in schwarzem Kleid – offenbar die Mutter eines dem Aussehen nach schwindsüchtigen jungen Gefangenen, der ebenfalls eine Guttaperchajacke trug; sie sah ihn unverwandt an, wollte ihm etwas sagen, aber Tränen erstickten ihre Stimme, und sie brach den angefangenen Satz immer wieder ab. Der junge Mann hielt ein Schriftstück in der Hand, das er – unschlüssig offenbar, was er damit anfangen sollte – hin und her drehte und mißmutig zerdrückte. Neben ihnen saß in einem grauen Kleid und einer Pelerine ein stattliches, hübsches junges Mädchen mit rosigen Wangen und stark vorstehenden Augen. Sie saß neben der weinenden Mutter und streichelte zärtlich ihre Schulter. An diesem jungen Mädchen war alles schön: die großen weißen Hände, das kurzgeschnittene lockige Haar, die kräftige Nase, die vollen Lippen; doch von besonderm Liebreiz waren die braunen, treuherzig blickenden Lammaugen. Beim Eintritt Nechljudows wandte sie ihre schönen Augen für eine Minute von der Mutter ab und begegnete seinem Blick. Doch dann sah sie gleich wieder die Mutter an und sagte etwas zu ihr. Unweit von dem Liebespärchen saß ein Häftling mit zottigem schwarzem Haar und sprach gereizt mit einem bartlosen Besucher, der einem Skopzen ähnelte. Nechljudow saß neben dem Inspektor und beobachtete mit gespannter Aufmerksamkeit, was um ihn herum vor sich ging. Aus seinen Gedanken gerissen wurde er von einem kleinen kahlgeschorenen Jungen, der an ihn herantrat und ihn mit dünnem Stimmchen fragte: „Auf wen warten Sie denn?"

Nechljudow überraschte die Frage des Jungen; doch als er sich den Kleinen ansah und sein ernstes, verständiges Gesicht mit den aufmerksamen und lebhaften Augen wahrnahm, antwortete er ihm ganz ernst, er warte auf eine Bekannte.

„Wohl eine Schwester von Ihnen?" meinte der Junge.

„Nein, keine Schwester", antwortete Nechljudow erstaunt. „Doch mit wem bist du denn hier?" fragte er den Jungen.

„Mit Mama. Sie ist eine Politische", fügte der Kleine stolz hinzu.

„Marja Pawlowna, nehmen Sie Kolja zu sich", mischte sich der Inspektor ein, der in Nechljudows Unterhaltung mit dem Knaben wahrscheinlich eine Gesetzwidrigkeit sah.

Marja Pawlowna – eben jenes hübsche junge Mädchen mit den Lammaugen, das schon zuvor Nechljudows Aufmerksamkeit erregt hatte – stand sofort auf und kam mit großen, fast männlich festen Schritten auf Nechljudow und den Jungen zu.

„Er hat Sie wohl gefragt, wer Sie sind?" wandte sie sich leicht lächelnd an Nechljudow und blickte ihm dabei so unbefangen und offen in die Augen, als sei es ganz selbstverständlich, daß sie mit jedermann in freundschaftlichen, ungekünstelten und brüderlichen Beziehungen stehe und stehen müsse. „Er muß immer alles wissen", sagte sie und sah nun dem Jungen mit einem so gütigen, liebevollen Lächeln ins Gesicht, daß sowohl er als auch Nechljudow unwillkürlich mit lächelten.

„Ja, er erkundigte sich, wen ich besuchen wolle."

„Marja Pawlowna, Gespräche mit Außenstehenden sind nicht statthaft", rief ihr der Inspektor zu. „Sie wissen doch . . ."

„Ja, ja, ich weiß." Sie nahm mit ihrer großen weißen Hand den sie unverwandt ansehenden Kolja an sein kleines Händchen und kehrte mit ihm zu der Mutter des schwindsüchtigen Häftlings zurück.

„Wem gehört dieser Junge?" fragte Nechljudow nunmehr den Inspektor.

„Einer politischen Gefangenen, er ist im Gefängnis geboren", antwortete der Inspektor mit einer gewissen Befriedigung, als zeigte er eine Sehenswürdigkeit seiner Anstalt.

„Ach, wirklich?"

„Ja, und jetzt fährt er mit seiner Mutter nach Sibirien."

„Und jenes junge Mädchen?"

„Ich darf keine Auskünfte geben", sagte mit einem Achselzucken der Inspektor. „Da kommt die Bogoduchowskaja."

55

Klein von Gestalt, hager, mit gelber Gesichtsfarbe und großen, gütig blickenden Augen, trat hastigen Schrittes Wera Jefremowna durch eine hintere Tür ein.

„Schönen Dank, daß Sie gekommen sind", sagte sie, als sie

Nechljudow die Hand drückte. „Erinnern Sie sich meiner noch? Setzen wir uns!"

„Ich habe nicht erwartet, Sie unter solchen Umständen wiederzusehen."

„Oh, ich fühle mich ausgezeichnet! So gut, so gut, daß ich es mir gar nicht besser wünschen kann", versicherte Wera Jefremowna, während sie Nechljudow mit ihren gütigen, ständig erschrocken blickenden großen Augen ansah und ihren dünnen, sehnigen gelben Hals hin und her drehte, der aus dem armseligen, zerknitterten und schmutzigen Krägelchen ihrer Bluse herausragte.

Nechljudow erkundigte sich, wodurch sie in ihre gegenwärtige Lage geraten sei. Sie beantwortete seine Frage, indem sie mit großer Lebhaftigkeit davon berichtete, womit sie sich befaßt hatte. In ihrer Rede wimmelte es von Ausdrücken wie Propaganda, Desorganisation, Gruppen, Sektionen und Untersektionen, Fremdwörtern, die offenbar ihrer Überzeugung nach jedermann geläufig sein mußten, von denen Nechljudow indessen noch nie etwas gehört hatte.

Sie erzählte ihm ausführlich von ihrer Tätigkeit und schien völlig überzeugt zu sein, daß es für ihn höchst interessant und angenehm sein müsse, in alle Geheimnisse der Narodowolzen eingeweiht zu werden. Nechljudow blickte beim Zuhören auf ihren kläglichen Hals, auf das spärliche wirre Haar und wunderte sich nur, warum sie das alles getan hatte, wovon sie erzählte. Sie tat ihm leid, aber sein Mitleid mit ihr war von ganz anderer Art als jenes, das er für den Bauern Menschow empfand, der ohne jegliches eigene Verschulden im stinkigen Gefängnis schmachtete. Wera Jefromowna tat ihm vornehmlich wegen des Wirrwarrs leid, der offenbar in ihrem Kopf herrschte. Sie hielt sich allem Anschein nach für eine Heldin, die bereit war, ihr Leben um der guten Sache willen zu opfern, während sie kaum in der Lage gewesen wäre zu erklären, worin diese gute Sache bestand und was damit bezweckt wurde.

Die Angelegenheit, wegen der Wera Jefremowna mit Nechljudow sprechen wollte, war die, daß eine Gefährtin von ihr, eine gewisse Schustowa, die, wie sie sich ausdrückte, nicht einmal zu ihrer Untergruppe gehörte, vor fünf Monaten zusammen mit ihr verhaftet und in der Peter-Pauls-Festung interniert worden war, weil man bei ihr Bücher und Schriftstücke gefunden hatte, die sie lediglich aufbewahrte. Wera Jefremowna glaubte an der Verhaftung der Schustowa mitschuldig zu sein und beschwor Nechljudow, seine Beziehungen zu nützen und alles aufzubieten, um die Entlassung der Schustowa zu erreichen. Ein weiteres Anliegen der Bogoduchowskaja bestand darin, daß Nechljudow für einen gewissen Gurkewitsch, der ebenfalls in der Peter-Pauls-Festung inhaftiert war, die Erlaubnis erwirken sollte, den Besuch seiner Eltern zu empfangen und etliche Fachliteratur zu erhalten, die er für seine wissenschaftliche Arbeit benötige.

Nechljudow versprach, sein Möglichstes zu tun, sobald er in Petersburg sei.

Von sich selbst erzählte Wera Jefremowna, daß sie sich nach Abschluß ihrer Ausbildung als Hebamme der Partei der Narodniki angeschlossen und in dieser gearbeitet habe. Anfangs sei alles gut gegangen, man habe Proklamationen verfaßt und in den Fabriken Propaganda betrieben; doch dann sei eine der führenden Persönlichkeiten verhaftet worden, die Polizei habe die Papiere beschlagnahmt und daraufhin nach und nach auch alle übrigen Parteimitglieder festgenommen.

„So bin auch ich verhaftet worden und soll jetzt verbannt werden", schloß sie ihren Bericht. „Doch das macht nichts. Ich fühle mich ausgezeichnet, so wohl wie im Olymp", sagte sie mit einem wehmütigen Lächeln.

Nechljudow erkundigte sich nach der jungen Gefangenen mit den Lammaugen. Sie war, wie Wera Jefremowna erzählte, die Tochter eines Generals, die schon seit langem der revolutionären Partei angehörte und verhaftet worden war, weil sie die Verantwortung für die Tötung eines Gendarmen auf sich genommen hatte. Sie habe in einer Wohnung gewohnt, die zu Konspirationen benutzt und in der eine geheime Druckerei betrieben wurde. Als eines Nachts eine Haussuchung vorgenommen werden sollte, hätten die Bewohner beschlossen, Widerstand zu leisten, alles Licht gelöscht und mit der Vernichtung des belastenden Materials begonnen. Als die Polizei schließlich doch eingedrungen sei, habe einer der Verschwörer geschossen und einen Gendarm tödlich getroffen. Bei dem nachfolgenden Verhör, als festgestellt werden sollte, von wem der Schuß abgegeben worden war, habe sie gesagt, sie sei es gewesen, obwohl sie noch nie einen Revolver in der Hand gehabt hatte und nicht einmal fähig gewesen wäre, eine Spinne zu töten. Sie sei bei ihrer Selbstbezichtigung geblieben und werde nun zur Zwangsarbeit nach Sibirien verschickt.

„Eine altruistische, edle Menschenseele!" sagte Wera Jefremowna anerkennend.

Die dritte Angelegenheit, wegen der sie mit Nechljudow sprechen wollte, betraf die Maslowa. Sie wußte – wie man im Gefängnis überhaupt über alles Bescheid wußte – von der Geschichte der Maslowa und ihren Beziehungen zu Nechljudow und riet ihm, er solle sich dafür einsetzen, daß sie den politischen Gefangenen zugeteilt oder zum mindesten als Wärterin im Krankenhaus beschäftigt werde, in dem gegenwärtig besonders viele Kranke lägen und Hilfskräfte benötigt würden. Nechljudow bedankte sich für den Rat und sagte, er wolle sich entsprechend bemühen.

56

Ihr Gespräch wurde durch den Inspektor unterbrochen, der sich von seinem Platz erhob und erklärte, die Besuchszeit sei beendet und man müsse jetzt auseinandergehen. Nechljudow stand auf, verabschiedete sich von Wera Jefremowna und ging bis zur Tür, an der er jedoch stehenblieb und weiterhin beobachtete, was sich vor ihm abspielte.

„Es ist Zeit, Herrschaften, es ist Zeit", sagte der Inspektor immer aufs neue, wobei er jedesmal aufstand und sich dann wieder setzte.

Die Aufforderung zum Auseinandergehen rief unter den im Zimmer anwesenden Häftlingen und Besuchern nur eine erhöhte Lebhaftigkeit hervor, aber niemand dachte daran, ihr Folge zu leisten. Einige standen auf und sprachen stehend weiter. Andere blieben sitzen und fuhren fort, sich zu unterhalten. Nur wenige begannen sich voneinander zu verabschieden und weinten. Besonders ergreifend war der Anblick der Mutter mit dem schwindsüchtigen Sohn. Als sie hörte, daß sie sich jetzt von ihm verabschieden müsse, warf sie sich ihm an die Brust und schluchzte herzzerreißend, während er noch immer das Schriftstück hin und her drehte, das er in der Hand hielt, und sein Gesicht sich mehr und mehr verfinsterte: so groß waren die Anstrengungen, die er machte, um sich nicht von der Verzweiflung der Mutter anstecken zu lassen. Das junge Mädchen mit den Lammaugen, das immer wieder Nechljudows Aufmerksamkeit auf sich zog, stand vor der Mutter und versuchte sie zu beschwichtigen. Der alte Mann mit der blauen Brille war aufgestanden, hielt seine Tochter bei der Hand und nickte zu allem, was sie sagte. Die verliebten jungen Leute standen auf, faßten sich an den Händen und schauten einander schweigend in die Augen.

„Das sind die einzigen hier, denen es froh ums Herz ist", sagte mit einem Blick auf das Liebespärchen der junge Mann im kurzen Jackett, der neben Nechljudow stand und gleichfalls die Abschiedsszenen beobachtete.

Als sich die Verliebten – der Jüngling in der Guttaperchajacke und das blonde, ungemein anmutige junge Mädchen – von Nechljudow und dem jungen Mann beobachtet fühlten, streckten sie die Arme aus, hielten sich aber weiter an den Händen fest, bogen sich nach rückwärts und begannen sich lachend im Kreise zu drehen.

„Heute abend werden sie hier im Gefängnis getraut, und sie folgt ihm dann nach Sibirien", sagte der junge Mann zu Nechljudow.

„Wozu ist er denn verurteilt?"

„Zu Zwangsarbeit. Wenigstens diese beiden haben ihre Freude, denn alles andere, was man hier sieht und hört, ist ja zum Herzzerreißen", fügte der junge Mann im Jackett hinzu, während er auf das Schluchzen der Mutter des Schwindsüchtigen hörte.

„Also bitte, Herrschaften, bitte! Nötigen Sie mich nicht, strengere Maßnahmen zu ergreifen", mahnte der Inspektor zum soundsovielten Male zum Aufbruch. „Also bitte, ich bitte Sie“, sagte er mit schwacher, energieloser Stimme. „Was soll denn das? Es ist schon längst Zeit. So geht es doch nicht. Ich sage es zum letztenmal“, wiederholte er mißmutig, wobei er sich eine Maryland-Zigarette anzündete und sie nach ein paar Zügen wieder ausdrückte.

So ausgeklügelt, althergebracht und gewohnt die Argumente auch sein mochten, die es den Menschen erlaubten, anderen Menschen Böses zuzufügen, war es doch offensichtlich, daß der Inspektor das Gefühl hatte, einer derjenigen zu sein, die an all dem Leid, das sich in diesem Zimmer offenbarte, schuld waren, und daß er schwer darunter litt.

Endlich begannen die Häftlinge und die Besucher auseinanderzugehen: die einen verließen das Zimmer durch die Innen-, die anderen durch die Außentür. Die Männer in Guttaperchajacken, der schwindsüchtige Häftling und der mit dem zottigen schwarzen Haar kamen vorüber; auch Marja Pawlowna mit dem im Gefängnis geborenen Jungen hatte sich bereits entfernt.

Die Besucher brachen nun ebenfalls auf. Mit schwerfälligen Schritten kam der Alte mit der blauen Brille vorüber, hinter ihm ging auch Nechljudow hinaus.

„Ja, das sind unbegreifliche Zustände“, griff der redselige junge Mann das vorhin begonnene Gespräch wieder auf, als er mit Nechljudow die Treppe hinunterstieg. „Ein Glück noch, daß der Inspektor ein gutmütiger Mensch ist und es mit den Vorschriften nicht allzu genau nimmt. So können die Leute doch wenigstens mal mit ihren Angehörigen sprechen, sich gegenseitig das Herz ausschütten.“

„Gibt es denn solche Zusammenkünfte nicht auch in den anderen Gefängnissen?“

„I wo! Nicht im entferntesten. Allenfalls können sie einzeln miteinander sprechen, und auch das nur durch ein Gitter.“

Als Nechljudow im Gespräch mit Medynzew – mit diesem Namen hatte sich der redselige junge Mann vorgestellt – in den Flur hinuntergekommen war, trat mit abgespanntem Gesicht der Inspektor auf ihn zu.

„Wenn Sie die Maslowa sprechen wollen, belieben Sie also morgen zu kommen", sagte er, offensichtlich bestrebt, sich Nechljudow gegenüber liebenswürdig zu zeigen.

„Ja, schön", erwiderte Nechljudow und beeilte sich, das Gefängnis zu verlassen.

Entsetzlich waren die offenbar unverschuldeten Leiden Menschows, und zwar weniger seine physischen Leiden als vielmehr die Fassungslosigkeit, die Verzweiflung am Guten und an Gott, die er angesichts der Grausamkeit jener Menschen empfinden mußte, die ihn ohne jeden Grund marterten; entsetzlich waren die Entwürdigung und die Qualen, denen diese Hunderte von Menschen, die absolut nichts verbrochen hatten, einzig deshalb unterworfen wurden, weil irgendeine Eintragung in ihren Papieren nicht stimmte; entsetzlich erschien Nechljudow die Verrohung all der Aufseher, die berufsmäßig ihre Mitmenschen peinigten und dabei überzeugt waren, eine löbliche und nützliche Tätigkeit auszuüben; doch am allerentsetzlichsten schien ihm das Los dieses alternden, kränklichen und gutmütigen Inspektors zu sein, der gezwungen war, Mutter und Sohn, Vater und Tochter – Menschen gleich ihm und seinen Kindern – voneinander zu trennen.

Wozu das alles? fragte sich Nechljudow, während er besonders stark jene fast in physische Übelkeit übergehende Depression empfand, die der Aufenthalt im Gefängnis stets in ihm hervorrief; aber er fand auf diese Frage keine Antwort.

57

Tags darauf fuhr Nechljudow zum Rechtsanwalt, setzte ihm den Fall der Menschows auseinander und bat ihn, die Verteidigung zu übernehmen. Nachdem der Rechtsanwalt sich alles angehört hatte, sagte er, daß er die Akten durchsehen werde, und wenn sich die Sache so verhalte, wie Nechljudow sie dargelegt habe, was sehr wahrscheinlich sei, dann wolle er ohne jegliches Entgelt die Verteidigung übernehmen. Im Laufe des Gesprächs erzählte ihm Nechljudow auch von den hundertdreißig Menschen die man infolge eines Mißverständnisses im Gefängnis festhalte, und fragte, wer dafür zuständig und daran schuld sei. Der Rechtsanwalt, der offenbar eine präzise Antwort geben wollte, dachte ein paar Augenblicke nach.

„Wer schuld ist? Niemand ist schuld", sagte er schließlich. „Wenn Sie sich an den Staatsanwalt wenden, wird er sagen, der Gouverneur sei schuld, und wenn Sie sich an den Gouverneur wenden, werden Sie von dem zu hören bekommen, der Staatsanwalt habe schuld. Niemand will schuld sein."

„Ich fahre jetzt ohnehin zu Maslennikow, da werde ich mit ihm darüber sprechen."

„Nun, das wird kaum etwas nützen", erwiderte lächelnd der Rechtsanwalt. „Maslennikow – Sie sind doch nicht verwandt oder befreundet mit ihm? – ist ein unglaublicher Dickschädel und obendrein sehr hinterhältig."

Nechljudow, dem einfiel, wie sich Maslennikow über den Rechtsanwalt geäußert hatte, verabschiedete sich, ohne auf dessen Bemerkung einzugehen, und fuhr zu Maslennikow.

Er wollte den Vizegouverneur um zweierlei bitten: um die Verwendung der Maslowa als Wärterin im Krankenhaus und um die Befreiung der hundertdreißig Menschen, die ohne eigene Schuld im Gefängnis saßen, weil ihre Pässe nicht richtig ausgestellt waren. Sosehr es ihm auch widerstrebte, einen Menschen um etwas zu bitten, für den er keine Achtung empfand – dies war der einzige Weg, zum Ziel zu kommen, und er mußte es auf sich nehmen.

Als Nechljudow an Maslennikows Haus vorfuhr, standen dort bereits mehrere Wagen, Equipagen und Kaleschen, und er besann sich nun darauf, daß heute gerade der Empfangstag der Hausfrau war, zu dem ihn Maslennikow eingeladen hatte. Als Nechljudow ankam, hielt eine Equipage unmittelbar vor dem Portal, und ein Lakai mit kokardegeschmücktem Hut und Pelerine half einer Dame, die ihre Schleppe zusammenraffte und dabei die dünnen Knöchel ihrer in zierlichen schwarzen Schuhen steckenden Füße sehen ließ, in den Wagen zu steigen. Unter den übrigen Gefährten bemerkte Nechljudow den geschlossenen Landauer der Kortschagins. Der grauhaarige, rotbackige Kutscher lüftete vor Nechljudow, als einem intimen Freund seiner Herrschaft, besonders ehrerbietig den Hut. Noch bevor Nechljudow dazu gekommen war, den Portier zu fragen, wo er Michail Iwanowitsch – so hieß Maslennikow – antreffen könne, erschien dieser schon selbst auf der teppichbelegten Treppe; er war im Begriff, einem besonders illustren Gast das Geleit zu geben – einem von denen, die er nicht nur bis zum Treppenpodest, sondern unmittelbar bis zur Tür zu begleiten pflegte. Der illustre Gast, ein hoher Militär, sprach, sich des Französischen bedienend, im Gehen über eine Tombola, die in der Stadt zum Besten der Wohlfahrtsanstalten stattfinden sollte, und äußerte die Ansicht, daß dies eine löbliche Beschäftigung für die Damen sei: „Sie haben ihr Vergnügen daran, und es bringt Geld ein."

„Qu'elles s'amusent et que le bon Dieu les bénisse ... Ah, Nechljudow, guten Tag! Man sieht Sie ja gar nicht mehr", begrüßte er Nechljudow. „Allez présenter vos devoirs à madame. Die Kortschagins sind auch da. Et Nadine Bukshevden. Toutes les jolies femmes de la ville", sagte er, während er die militärisch geraden Schultern leicht anhob und sie seinem goldbetreßten Lakaien hinhielt, der ihm in den Mantel half. „Au revoir, mon cher!" sagte er, als er Maslennikow zum Abschied die Hand drückte.

„Komm, gehen wir nach oben, ich freue mich sehr", wandte sich Maslennikow angeregt an Nechljudow, indem er ihn am Arm faßte und ihn ungeachtet seiner Körperfülle sehr behende die Treppe hinaufführte.

Maslennikow war besonders hochgestimmt, was von der Aufmerksamkeit herrührte, die ihm der hohe Gast durch seinen Besuch erwiesen hatte. Man hätte meinen sollen, durch seinen Dienst in einem dem Hofe nahestehenden Garderegiment hätte Maslennikow genügend Zeit gehabt, sich an den Umgang mit Mitgliedern der Zarenfamilie zu gewöhnen; doch offenbar wird kriecherische Gesinnung durch Gewohnheit nur noch gesteigert, denn jede ihm von einer hochstehenden Persönlichkeit zuteil gewordene Aufmerksamkeit versetzte Maslennikow in die gleiche Begeisterung, in die ein Hündchen gerät, wenn sein Herr es streichelt, hinter den Ohren kraut, ihm auf den Rücken klopft. Es wedelt mit dem Schwanz, krümmt sich, legt die Ohren an den Kopf und rennt wie besessen im Kreis herum. Maslennikow war geneigt, ein gleiches zu tun. Er bemerkte nicht Nechljudows ernsten Gesichtsausdruck und hörte nicht, was er sagte, sondern zog ihn unaufhaltsam mit sich in den Salon, so daß sich Nechljudow notgedrungen fügen mußte und ihm folgte.

„Das Geschäft später; du brauchst nur einen Wunsch zu äußern – und er wird ausgeführt“, sagte Maslennikow, als er mit Nechljudow durch den Saal ging. „Melden Sie der *Frau Generalin*, Fürst Nechljudow sei gekommen“, sagte er im Vorbeigehen zu einem Diener, der sich daraufhin sofort in Trab setzte und voraus in den Salon stürmte. „Vous n'avez qu'à ordonner. Aber meiner Frau mußt du unbedingt deine Aufwartung machen. Ich habe ohnehin allerhand zu hören bekommen, weil ich dich neulich nicht zu ihr geführt habe!“

Der Diener hatte Nechljudow inzwischen gemeldet, so daß Anna Ignatjewna, die Vizegouverneurin oder Generalin, wie sie sich selbst nannte, ihm schon bei seinem Eintritt zwischen all den Hüten und Köpfen, von denen sie auf ihrem Sofaplatz umgeben war, mit einem strahlenden Lächeln zunickte. Vom anderen Ende des Salons, wo um einen Teetisch herum mehrere Damen saßen und Herren in Uniform oder Zivil standen, schallte unaufhörlich ein Gewirr weiblicher und männlicher Stimmen herüber.

„Enfin! Warum haben Sie sich denn so lange nicht mehr blicken lassen? Womit haben wir das verdient?“

Mit diesen Worten, die eine Intimität zwischen ihr und Nechljudow andeuten sollten, die nie existiert hatte, begrüßte Anna Ignatjewna den Ankömmling.

„Kennen sich die Herrschaften? Auch Sie? Madame Beljawskaja, Michail Iwanowitsch Tschernow. Setzen Sie sich näher zu mir! Missy, venez donc à notre table. On vous apportera votre thé ... Und Sie“, wandte sie sich an einen gerade mit Missy sprechenden Offizier, dessen Name ihr offenbar entfallen war, „kommen Sie doch auch herüber ... Trinken Sie eine Tasse Tee, Fürst?“

„Das werde ich nie und nimmer glauben, sie hat ihn einfach nicht gemocht", sagte eine der Damen.

„Aber Kuchen hat sie gemocht."

„Ewig diese albernen Witze!" fiel lachend eine andere Dame ein, die einen hohen Hut aufhatte und vor Seide, Gold und Juwelen förmlich glänzte.

„C'est excellent, diese Waffeln, und leicht. Reichen Sie sie mir bitte noch einmal."

„Reisen Sie bald?"

„Ja, heute ist unser letzter Tag hier. Deshalb sind wir auch gekommen."

„Der Frühling ist ja außergewöhnlich schön, da muß es wundervoll auf dem Lande sein."

Missy, in Hut und dunklem gestreiftem Kleid, das ihre schlanke Taille so eng umschloß, als sei sie darin geboren, sah sehr hübsch aus. Als sie Nechljudow erblickte, wurde sie rot.

„Ich glaubte schon, Sie seien verreist", sagte sie.

„Das wäre ich auch beinah", erwiderte Nechljudow. „Aber gewisse Dinge haben mich zurückgehalten. Wegen dieser Dinge bin ich auch hier."

„Besuchen Sie doch Mama. Sie möchte Sie furchtbar gern sprechen", sagte sie und wurde noch röter, weil sie log und fühlte, daß er sie durchschaute.

„Dazu werde ich wohl kaum noch kommen", antwortete Nechljudow, der sich den Anschein gab, ihr Erröten nicht zu bemerken, mit finsterer Miene.

Missy verzog das Gesicht, zuckte die Achseln und wandte sich an einen eleganten Offizier, der ihr dienstbeflissen die leere Tasse abnahm und, mit seinem Säbel an den Sesseln hängenbleibend, mannhaft zu einem anderen Tisch hinübertrug.

„Sie müssen auch etwas für die Armenhäuser spenden."

„Ich weigere mich auch keineswegs, will aber meine Freigebigkeit für die Tombola aufsparen. Dort werde ich mich in meiner ganzen Stärke zeigen."

„Na, daß Sie aber auch Wort halten!" rief jemand mit unverkennbar erkünsteltem Lachen.

Der Empfangstag nahm einen glänzenden Verlauf, und Anna Ignatjewna strahlte vor Entzücken.

„Mika sagte mir, daß Sie sich in den Gefängnissen zu schaffen machten. Dafür habe ich volles Verständnis", sagte sie zu Nechljudow. „Mika" (das war ihr Mann, der dicke Maslennikow) „mag seine Fehler haben, aber Sie wissen ja, wie gütig er ist. Alle diese unglücklichen eingekerkerten Geschöpfe betrachtet er als seine Kinder. Il est d'une bonté . . ."

Sie hielt inne, weil sie keine Worte fand, die die ganze Güte ihres Mannes (auf dessen Anordnung Menschen gepeitscht wurden) auszudrücken vermocht hätte, und wandte sich, ohne den Satz zu vollenden, lächelnd einer eben angekommenen verschrumpelten, mit lila Schleifen geschmückten alten Dame zu.

Nachdem sich Nechljudow eine Weile an der Unterhaltung beteiligt und zu ihr so viele banale Redensarten beigesteuert hatte, wie es erforderlich war, um nicht gegen den Anstand zu verstoßen, stand er auf und trat an Maslennikow heran.

„Wie ist es nun? Hast du einen Augenblick Zeit für mich?"

„Ach ja! Worum handelt es sich denn? Gehen wir hier hinein."

Sie betraten ein kleines in japanischem Stil ausgestattetes Gemach und setzten sich ans Fenster.

58

„Nun, je suis à vous", sagte Maslennikow. „Willst du rauchen? Doch warte mal, damit wir hier kein Unheil anrichten", fügte er hinzu und brachte einen Aschenbecher. „Worum geht es also?"

„Ich habe zwei Anliegen an dich."

„Soso."

Maslennikows Gesicht nahm einen finsteren, mißmutigen Ausdruck an. Von der freudigen Erregung des Hündchens, das sein Herr hinter den Ohren gekraut hatte, war keine Spur mehr. Aus dem Salon schallten Stimmen herüber. Eine weibliche Stimme sagte: „Jamais, jamais je ne croirais", während vom anderen

Ende die Stimme eines Herrn zu vernehmen war, der irgend etwas erzählte und dabei ständig wiederholte: „La comtesse Voronzoff und Victor Apraksine.“ Aus einer dritten Richtung hörte man lediglich Stimmengewirr und Gelächter. Während Maslennikow Nechljudow zuhörte, horchte er zugleich auf das, was sich im Salon zutrug.

„Es handelt sich wieder um die nämliche Frau“, begann Nechljudow.

„Ja, die unschuldig verurteilt ist. Ich weiß, ich weiß.“

„Ich möchte dich bitten, sie als Wärterin im Krankenhaus verwenden zu lassen. Das sei möglich, wurde mir gesagt.“

Maslennikow preßte die Lippen zusammen und überlegte.

„Das wird kaum gehen“, erklärte er schließlich. „Doch ich werde mit den zuständigen Stellen darüber sprechen und dir morgen telegraphieren.“

„Das Krankenhaus soll, wie ich hörte, zur Zeit außergewöhnlich stark belegt sein und es würden Hilfskräfte benötigt.“

„Nun ja, gut. Also wie gesagt, ich gebe dir auf jeden Fall Bescheid.“

„Sei so gut“, sagte Nechljudow.

Aus dem Salon schallte allgemeines, diesmal sogar aufrichtiges Lachen herüber.

„Das ist wieder Victor“, bemerkte Maslennikow lächelnd. „Er ist ungemein witzig, wenn er gut aufgelegt ist.“

„Und außerdem“, fuhr Nechljudow fort, „wollte ich mit dir darüber sprechen, daß im Gefängnis hundertdreißig Personen nur deshalb festgehalten werden, weil ihre Pässe abgelaufen sind. Sie befinden sich hier schon über einen Monat in Haft.“

Und er erklärte die Gründe, derentwegen sie festgehalten wurden.

„Woher hast du denn das alles?“ fragte Maslennikow, auf dessen Gesicht sich plötzlich Unruhe und Unzufriedenheit malten.

„Ich habe einen Untersuchungsgefangenen besucht, und bei dieser Gelegenheit umringten mich diese Leute im Korridor und baten mich ...“

„Welchen Untersuchungsgefangenen hast du denn besucht?“

„Einen Bauern, der schuldlos angeklagt ist und für den ich

jetzt einen Verteidiger genommen habe. Doch darum handelt es sich nicht", antwortete Nechljudow. „Ist es wirklich möglich, daß diese Menschen, die nichts verschuldet haben, einzig deswegen im Gefängnis festgehalten werden, weil ihre Pässe abgelaufen sind und ..."

„Das ist Sache des Staatsanwalts", unterbrach ihn Maslennikow gereizt. „Da wird immer von schnellen und gerechten Gerichtsverfahren geredet. Pflicht des Staatsanwalts ist es, das Gefängnis zu besuchen und sich zu vergewissern, ob die Insassen zu Recht gefangengehalten werden. Aber er kümmert sich um nichts, er spielt Karten."

„Du kannst also nichts tun?" fragte Nechljudow resigniert; ihm fiel ein, daß ihm der Rechtsanwalt vorausgesagt hatte, der Gouverneur würde die Schuld auf den Staatsanwalt schieben.

„Doch, ich will mich der Sache annehmen. Ich werde sofort Erkundigungen einziehen."

„Das wird ihr nur schaden. C'est un souffre-douleur", hörte man im Salon eine Dame sagen, deren Ton deutlich erkennen ließ, daß ihr das Geschick der Person, von der sie sprach, völlig gleichgültig war.

„Um so besser, dann nehme ich auch diese", ertönten von einer anderen Seite die schalkhafte Stimme eines Herrn und das affektierte Lachen einer Dame, die ihm anscheinend irgend etwas vorenthielt.

„Nein, nein, um keinen Preis", rief eine andere weibliche Stimme.

„Also, wie gesagt, ich werde alles mir Mögliche tun", wiederholte Maslennikow und drückte mit seiner gepflegten Hand, die der Türkisring schmückte, die Zigarette aus. „Doch gehen wir jetzt zu den Damen zurück."

„Übrigens, noch eine Frage", sagte Nechljudow, der vor der zum Salon führenden Tür stehengeblieben war. „Wie mir gesagt wurde, soll gestern im Gefängnis an einigen Sträflingen eine körperliche Züchtigung vorgenommen worden sein. Trifft das zu?"

Maslennikow wurde rot.

„Ach, was du alles weißt! Nein, mon cher, man darf dir wirklich keinen freien Zutritt gewähren, du schnüffelst überall herum. Komm, komm jetzt, Annette ruft schon nach uns", sagte er und faßte Nechljudow unter. Er war wieder so erregt wie nach der ihm von der hochstehenden Persönlichkeit erwiesenen Aufmerksamkeit, nur war seine Erregung jetzt nicht freudiger Natur, sondern von Besorgnis eingegeben.

Nechljudow entzog ihm seinen Arm und ging, ohne jemand zu grüßen und ohne noch etwas zu sagen, mit finsterer Miene durch den Salon, den Saal und an den hinzueilenden Lakaien vorbei in die Vorhalle und aus dem Haus.

„Was hat er? Wodurch hast du ihn gekränkt?" fragte Annette ihren Mann.

„Ein Abschied à la française!" bemerkte jemand.

„Nein, nicht à la française – à la zoulou!"

„Nun ja, er war von jeher ein Sonderling."

Der eine brach auf, ein anderer kam hinzu, und das Geplapper nahm seinen Fortgang; die Gesellschaft griff den Fall Nechljudow als dankbares Gesprächsthema für den heutigen jour fixe auf.

Einen Tag nach seinem Besuch bei Maslennikow erhielt Nechljudow einen Brief von ihm, in dem er auf dickem, mit Wappen und Siegeln geschmücktem Glanzpapier in festen, schwungvollen Schriftzügen mitteilte, daß er sich wegen einer Beschäftigung der Maslowa im Krankenhaus mit dem Arzt in Verbindung gesetzt habe und daß man dem Wunsch Nechljudows höchstwahrscheinlich entsprechen werde. Die Unterschrift lautete: „Dein Dir aufrichtig zugetaner älterer Kamerad Maslennikow", und unter den Namenszug war ein ungemein kunstvoller, energischer Schnörkel gesetzt.

„Alberner Tropf!" entfuhr es Nechljudow unwillkürlich, als er den Schlußsatz las. Er fühlte, daß sich Maslennikow mit diesem „Kamerad" zu ihm herabließ, das heißt, daß er sich, obgleich er eines moralisch äußerst verwerflichen und schmachvollen Amtes waltete, für eine höchst wichtige Persönlichkeit hielt und ihm, wenn nicht schmeicheln, so doch zeigen wollte, daß er dennoch nicht zu stolz sei, sich als seinen Kameraden zu bezeichnen.

59

Einer der häufigsten und meistverbreiteten Irrtümer beruht auf der Annahme, jeder Mensch besitze nur die einen oder anderen für ihn typischen Eigenschaften, er sei gütig oder hartherzig, klug oder dumm, energisch oder apathisch und so weiter. So lassen sich die Menschen nicht charakterisieren. Wir können von jemand wohl sagen, er benehme sich häufiger gütig als hartherzig, häufiger klug als dumm, häufiger energisch als apathisch und umgekehrt, doch geht es nicht an, daß wir einen bestimmten Menschen als gütig oder klug und einen anderen als hartherzig oder dumm bezeichnen, wie es fälschlicherweise oft geschieht. Die Menschen sind Flüssen vergleichbar: das Wasser ist in allen das gleiche und überall dasselbe, aber jeder Fluß verengt oder verbreitert sich, die Strömung ist bald schneller, bald ruhiger, und das Wasser ist bald klar, bald trüb, bald kalt und bald warm. Ähnlich verhält es sich mit den Menschen. Jeder trägt die Keime zu allen menschlichen Eigenschaften in sich, von denen mitunter die einen, mitunter die anderen stärker in Erscheinung treten und den betreffenden Menschen, der doch ein und derselbe geblieben ist, kaum wiedererkennen lassen. Bei manchen Menschen – und zu diesen gehörte auch Nechljudow – pflegen derartige Umwandlungen besonders kraß zu sein. Eine solche Umwandlung, die bei ihm stets durch teils physische, teils seelische Gründe verursacht wurde, vollzog sich in ihm auch jetzt.

Jene Hochstimmung, jenes freudige Gefühl der Läuterung, das ihn nach der Gerichtsverhandlung und seinem ersten Wiedersehen mit Katjuscha beseelt hatte, war gänzlich geschwunden und seit seiner letzten Zusammenkunft mit ihr einem Entsetzen, ja sogar Widerwillen gegen sie gewichen. Er war entschlossen, ihr weiterhin beizustehen und an seinem Entschluß, sie zu heiraten, festzuhalten, falls sie dazu bereit wäre; aber der Gedanke daran bereitete ihm Pein und bedrückte ihn.

An dem Tag nach seinem Besuch bei Maslennikow fuhr er wieder ins Gefängnis, um mit ihr zu sprechen.

Der Inspektor gestattete die Zusammenkunft, jedoch nicht im

Büro und auch nicht im Anwaltszimmer, sondern nur im Besuchsraum der Frauenabteilung. Trotz seiner Gutmütigkeit verhielt sich der Inspektor Nechljudow gegenüber zurückhaltender als bisher; Nechljudows Gespräche mit Maslennikow hatten offenbar die Anordnung zur Folge gehabt, auf diesen Besucher mehr achtzugeben.

„Besuchen können Sie sie“, sagte der Inspektor, „aber bitte denken Sie daran, worum ich Sie wegen des Geldes gebeten habe. Und was ihre Beschäftigung im Krankenhaus betrifft, so läßt sich das machen, wie Seine Exzellenz geschrieben hat, der Arzt ist auch einverstanden. Nur sie selbst sträubt sich und sagt: ‚Hab ich es nötig, diesem Pack die Töpfe hinauszutragen ...‘ Ja, Fürst, so ist eben dieses Volk“, fügte er hinzu.

Nechljudow antwortete hierauf nichts und bat, ihn nun zu der Maslowa zu lassen. Der Inspektor schickte einen Aufseher mit, der Nechljudow in den zu dieser Zeit leeren Besuchsraum der Frauenabteilung führte.

Die Maslowa befand sich bereits dort und kam verlegen und zaghaft aus dem vergitterten Teil heraus. Sie trat dicht an Nechljudow heran und sagte, seinem Blick ausweichend, in sanftem Ton:

„Verzeihen Sie mir, Dmitri Iwanowitsch, es war nicht recht, dir überallhin folgen, wohin man dich bringen wird.“

„Nicht ich habe Ihnen zu verzeihen, sondern ...“, begann Nechljudow.

„Aber ich bitte Sie auch jetzt, lassen Sie von mir ab“, fügte sie, ihm ins Wort fallend, hinzu, und in ihren jetzt besonders stark schielenden Augen, mit denen sie ihn dabei ansah, nahm er wieder einen gespannten und bösen Ausdruck wahr.

„Warum soll ich von Ihnen ablassen?“

„Es muß sein.“

„Warum muß es denn sein?“

Sie sah ihn abermals mit dem, wie es schien, gehässigen Ausdruck in den Augen an.

„Nun, dann werde ich es Ihnen sagen. Sie müssen von mir ablassen, das ist mein fester Entschluß. Das mit der Heirat müssen Sie ganz aufgeben. Ich kann nicht“, erklärte sie mit zuckenden Lippen und hielt einen Augenblick inne. „Das sage ich in vollem Ernst. Eher würde ich mich aufhängen."

Nechljudow fühlte, daß aus ihren Worten Haß gegen ihn und Verbitterung über eine noch nicht überwundene Kränkung sprachen, doch hörte er aus ihnen auch noch etwas anderes heraus – etwas Gutes und Bedeutsames. Der Umstand, daß sie ihre Weigerung, ihn zu heiraten, jetzt in völlig nüchternem Zustand wiederholte, zerstreute in ihm augenblicklich alle Zweifel und versetzte ihn wieder in seine frühere, ernste, feierliche und gerührte Gemütsstimmung.

„Katjuscha, was ich gesagt habe, daran halte ich fest", erklärte er in besonders ernstem Ton. „Ich bitte dich, meine Frau zu werden. Wenn du es aber nicht willst oder vorläufig nicht willst, werde ich dennoch weiterhin in deiner Nähe bleiben und dir überall hin folgen, wohin man dich bringen wird."

„Das ist Ihre Sache, mehr kann ich dazu nicht sagen", erwiderte sie, und ihre Lippen begannen wieder zu zucken.

Auch Nechljudow war außerstande, noch ein Wort hervorzubringen, und schwieg eine Weile.

„Ich fahre jetzt aufs Land und anschließend nach Petersburg", sagte er, nachdem er sich wieder etwas gefaßt hatte. „Dort werde ich wegen Ihrer, wegen unserer Sache alles nur Mögliche unternehmen und, so Gott will, eine Aufhebung des Urteils durchsetzen."

„Und wenn es nicht aufgehoben wird, ist's auch einerlei. Hab ich's nicht hierfür verdient, dann für all das andere", sagte sie, und Nechljudow sah, welch große Mühe es sie kostete, ihre Tränen zurückzuhalten. „Nun, haben Sie mit Menschow gesprochen?" fragte sie unvermittelt, um ihre Aufregung zu verbergen. „Es stimmt doch, daß die beiden unschuldig sind?"

„Ja, das glaube ich."

„Die Mutter ist ein so nettes altes Frauchen", sagte sie.

Nechljudow berichtete ihr alles, was ihm Menschow erzählt hatte, und fragte, ob sie nicht irgend etwas benötige; nein, sie brauche nichts, antwortete sie.

Beide schwiegen wieder eine Weile.

„Ja, wegen der Sache mit dem Krankenhaus . . .", sagte sie

dann und schielte zu ihm herüber. „Wenn Ihnen dran liegt, werde ich es tun, und ... trinken werde ich auch nicht mehr.“

Nechljudow blickte ihr schweigend in die Augen. Ihre Augen lächelten.

„Das ist sehr recht“, konnte er vor Aufregung nur sagen und verabschiedete sich von ihr.

Ja, sie ist heute ein ganz anderer Mensch, dachte Nechljudow, den nach seinen vorausgegangenen Zweifeln nunmehr ein völlig neues, nie zuvor empfundenes Gefühl beseelte: die Überzeugung von der Unzerstörbarkeit der Liebe.

Als die Maslowa nach der Zusammenkunft mit Nechljudow in ihre muffige Zelle zurückkehrte, zog sie den Sträflingskittel aus, setzte sich auf ihre Pritsche und legte die Hände auf die Knie. Außer der aus dem Wladimirschen Gouvernement gebürtigen schwindsüchtigen Frau mit dem Säugling, der alten Menschowa und der Bahnwärterin mit den beiden Kindern war niemand anwesend. Die Diakonstochter hatte man gestern für geisteskrank befunden und ins Krankenhaus gebracht. Alle übrigen Frauen waren beim Wäschewaschen. Die alte Menschowa lag auf der Pritsche und schlief; die Kinder hielten sich im Flur auf, zu dem die Tür offenstand. Die Frau aus dem Wladimirschen Gouvernement mit dem Kind auf dem Arm und die Bahnwärterin, die unentwegt an ihrem Strumpf strickte, kamen auf die Maslowa zu.

„Nun, habt ihr euch wiedergesehen?“ fragten sie.

Die Maslowa, die auf der hohen Pritsche saß und mit den Beinen baumelte, gab keine Antwort.

„Was bläst du denn Trübsal?“ wandte sich die Bahnwärterin an sie. „Darfst nicht den Kopf hängenlassen, das ist die Hauptsache. Na, Katjuscha! So red doch ein Wort!“ sagte sie, während sich ihre Finger flink über dem Strumpf bewegten.

Die Maslowa schwieg.

„Alle andern sind beim Wäschewaschen“, sagte die Frau aus dem Wladimirschen Gouvernement. „Heute, heißt es, wird's tüchtig was extra geben. Es sollen viele Spenden zusammengekommen sein.“

„Finaschka!“ rief die Bahnwärterin zur Tür hinaus. „Was stellst du da an, du Schlingel?“

Sie zog eine Nadel aus dem Strickzeug, steckte sie durch Knäuel und Strumpf und ging auf den Flur.

Jetzt wurden draußen auch Schritte und Frauenstimmen laut, und mit plumpen Gefängnisschuhen an den bloßen Füßen kehrten die Bewohnerinnen der Zelle zurück. Jede von ihnen brachte ein oder auch zwei Kuchenbrote mit. Fedossja kam sofort zur Maslowa.

„Was ist dir, hast du Ärger gehabt?“ fragte sie, während sie der Maslowa mit ihren klaren blauen Augen liebevoll ins Gesicht sah. „Da bring ich uns was zum Tee mit“, fuhr sie fort und legte die Kuchenbrote aufs Regal.

„Ist er womöglich davon abgekommen, dich zu heiraten?“ fragte die Korabljowa.

„Nein, er will noch immer, aber ich bin nicht einverstanden“, antwortete die Maslowa. „Das hab ich ihm auch gesagt.“

„Da bist du schön dumm!“ erklärte mit ihrer Baßstimme die Korabljowa.

„Warum sollen sie auch heiraten, wenn sie doch nicht zusammen bleiben können?“ meinte Fedossja.

„Na, dein Mann fährt doch auch mit dir mit“, warf die Bahnwärterin ein.

„Wir sind ja Eheleute“, erwiderte Fedossja. „Aber wozu erst eine Ehe schließen, wenn man nicht zusammen leben kann?“

„Das fragst noch, du Närrin. Ist sie erst seine Frau, dann wird er sie mit Gold überschütten.“

„Er sagte, wohin man mich auch schickt, er werde mir überallhin nachfolgen“, erzählte die Maslowa. „Tut er's – ist's gut, tut er's nicht – ist's auch gut. Bitten werde ich ihn nicht drum. Jetzt fährt er nach Petersburg, er will sehen, was sich machen läßt. Die Minister dort sind ja alle mit ihm verwandt“, fügte sie hinzu. „Aber ich verlange nichts von ihm.“

„Das ist klar!“ stimmte jetzt plötzlich die Korabljowa zu, die in ihrem Sack herumkramte und mit ihren Gedanken offenbar schon woanders war. „Na, trinken wir einen Schnaps?“

„Ich will keinen“, erklärte die Maslowa. „Trinkt allein.“

Zweiter Teil

I

Da der Prozeß in zwei Wochen beim Senat zur Verhandlung kommen konnte, wollte Nechljudow um diese Zeit nach Petersburg reisen und im Falle eines Mißerfolges beim Senat ein Gnadengesuch auf den allerhöchsten Namen einreichen, wie es ihm von seinem Rechtsanwalt, der die Berufungsschrift verfaßt hatte, empfohlen worden war. Für den Fall, daß die Berufung ohne Folgen bliebe, worauf man nach Ansicht des Rechtsanwalts im Hinblick auf die wenig stichhaltigen Appellationsgründe gefaßt sein mußte, war damit zu rechnen, daß man die Sträflingskolonne, zu der die Maslowa gehörte, Anfang Juni abtransportieren würde, so daß Nechljudow vor seiner Abreise nach Sibirien, zu der er fest entschlossen war, unverzüglich auf seine Güter fahren mußte, um dort alles zu ordnen.

Zuerst begab er sich auf das nächstgelegene Gut Kusminskoje, jenen großen Landsitz im Schwarzerdegebiet, von dem er seine Haupteinkünfte bezog. Auf diesem Gut hatte er seine Kindheit und Jugendzeit verbracht, war dann zweimal als Erwachsener dort gewesen und ein weiteres Mal hingefahren, um auf Bitten seiner Mutter einen deutschen Verwalter einzusetzen und in die Wirtschaft einzuführen, so daß er mit den dortigen Zuständen und dem zwischen den Bauern und der Gutsverwaltung bestehenden Verhältnis seit langem vertraut war. Die Dinge lagen so, daß die Bauern, milde ausgedrückt, in einem absoluten Abhängigkeitsverhältnis zur Gutsverwaltung standen, das heißt im Grunde genommen für den Gutsherrn Sklavenarbeit verrichteten. Es war keine Sklaverei in dem Sinne, wie sie bis zur Abschaffung der Leibeigenschaft im Jahre einundsechzig bestanden hatte; die einzelnen Bauern waren nicht persönlich Sklaven des Gutsherrn, aber als Ganzes gesehen befanden sie sich, soweit sie kein oder nur wenig eigenes Land besaßen, in völliger Abhängigkeit von ihm. Nechljudow wußte das natürlich, da die ganze Wirtschaft darauf zugeschnitten war und er selbst an dieser Ordnung mitgewirkt hatte. Ebenso wußte er auch, daß darin eine Ungerechtigkeit und Grausamkeit lag, das hatte er schon in seiner Studentenzeit gewußt, als er sich mit den Lehren Henry Georges befaßt hatte und dafür eingetreten war; auf Grund dieser Lehren, daß der Besitz von Land in unserer Zeit ebenso eine Sünde sei wie die Herrschaft über Leibeigene vor fünfzig Jahren, hatte er damals das vom Vater ererbte Land den Bauern übereignet. Nach seiner Militärzeit, als er sich daran gewöhnt hatte, nahezu zwanzigtausend Rubel im Jahr zu verleben, hatten diese Erkenntnisse freilich aufgehört, richtunggebend für sein Leben zu sein; sie waren in Vergessenheit geraten, er hatte sich über seine Einstellung zum Besitz von Land wie auch über die Herkunft des Geldes, das er von seiner Mutter erhielt, nie wieder Gedanken gemacht, sondern sie geflissentlich gemieden. Erst durch den Tod der Mutter, durch ihre Hinterlassenschaft und die Notwendigkeit, über sein Vermögen, das heißt über die geerbten Güter, zu verfügen, war für ihn die Frage seiner Einstellung zum persönlichen Landbesitz wieder aktuell geworden. Noch vor einem Monat hätte sich Nechljudow gesagt, daß es nicht in seiner Macht liege, die bestehenden Verhältnisse zu ändern, daß nicht er die Güter verwalte, und da er sich nicht ständig dort aufhielt, hätte er sich wahrscheinlich bei diesem Gedanken mehr oder weniger beruhigt und die Einkünfte von dort auch weiterhin entgegengenommen. Jetzt jedoch war er zu der Einsicht gekommen, daß er, obwohl ihm die Reise nach Sibirien und die umständliche, schwierige Kontaktaufnahme mit dem Milieu der verschiedensten Gefängnisse bevorstanden, wozu er viel Geld benötigen würde, es dennoch nicht bei der bisherigen Lage bewenden lassen könne, sondern sie zugunsten der Bauern ändern müsse. Nach langem Hinundherüberlegen hatte er daher beschlossen, künftig von einer Bewirtschaftung des Landes auf eigene Rechnung abzusehen und es statt dessen für einen geringen Preis den

Bauern zu verpachten, um ihnen auf diese Weise zur Unabhängigkeit vom Gutsherrn zu verhelfen. Er ließ sich dabei von dem Gedanken leiten, daß ähnlich auch schon jene Gutsbesitzer gehandelt hatten, die nach Aufhebung der Leibeigenschaft die Bauern aus dem Frondienst entließen und jedem ein Stück Land zur selbständigen Bearbeitung verpachteten. So wollte auch er jetzt verfahren. Es war keine Lösung des Problems, aber es war ein Schritt zu seiner Lösung, es war der Übergang von einer groben zu einer milderen Form der Zwangsherrschaft. So wollte er auch verfahren.

Er kam um die Mittagszeit in Kusminskoje an. Bestrebt, seinen Lebensstil in allem zu vereinfachen, hatte er seine Ankunft nicht telegraphisch angekündigt und nahm sich auf der Station einen einfachen zweispännigen Mietswagen. Der Kutscher, ein junger Bursche, der in seinem unterhalb der langen Taille eng gegürteten Nankingrock auf Kutscherart seitlich auf dem Bock saß, unterhielt sich um so lieber mit dem Fahrgast, als das zerschundene, lahme weiße Deichselpferd und das magere, abgearbeitete Seitenpferd dabei im Schritt gehen konnte, wozu sie immer sehr neigten.

Der Kutscher, der nicht ahnte, daß er den Gutsherrn fuhr – Nechljudow hatte sich mit Vorbedacht nicht zu erkennen gegeben –, erzählte von dem Verwalter in Kusminskoje. Er hatte eine Zeitlang in der Stadt gelebt, las gern Romane und wollte offensichtlich mit seiner Bildung prunken.

„Ein schneidiger Deutscher!" sagte er, während er sich halb zu Nechljudow umwandte und, mit der Peitsche spielend, den langen Stiel abwechselnd am unteren und oberen Ende anfaßte. „Ein Dreigespann mit Falben hat er sich angeschafft – wenn er und seine Frau damit ausfahren, kann man nur staunen! Im Winter, zu Weihnachten, hat er den Tannenbaum im Herrschaftshaus aufstellen und mit elektrischen Kerzen schmücken lassen: im ganzen Gouvernement kam da keiner mit. Ich hab noch Gäste hingebracht. Na, was der Geld zusammenrafft! Kein Wunder, er kann schalten und walten, wie er will. Jetzt soll er sich ein eigenes schönes Gut gekauft haben, sagt man ..."

Obwohl Nechljudow geglaubt hatte, daß es ihm völlig gleichgültig sei, wie der Deutsche das Gut verwalte und welchen Nutzen er für sich daraus ziehe, berührte ihn der Bericht des Kutschers mit der langen Taille dennoch unangenehm. Er genoß das schöne Wetter, schaute zu den dichten, dunklen Wolken hinauf, die hin und wieder die Sonne verdeckten, und betrachtete wohlgefällig die mit Sommergetreide bestellten Felder, auf denen überall Bauern hinter Hakenpflügen hergingen und den Hafer umpflügten, die üppig grünenden Gemüseäcker, über denen ununterbrochen Lerchen aufstiegen, die Wälder, die, abgesehen von den erst später ausschlagenden Eichen, schon in vollem Grün standen, die Wiesen, auf denen Viehherden und Pferde weideten, und die Felder, auf denen man hie und da pflügende Bauern sah; aber zwischendurch wurde seine Stimmung immer wieder durch die Erinnerung an das getrübt, was ihm der Kutscher von der Wirtschaftsführung des Deutschen in Kusminskoje erzählt hatte. Erst als er dort angekommen war und sich mit dem Stand der Dinge befaßte, verflüchtigte sich diese unangenehme Erinnerung.

Bei Durchsicht der Wirtschaftsbücher und einer Besprechung mit dem Verwalter, der wie etwas ganz Selbstverständliches die Vorteile der Landarmut der Bauern und des Umstandes hervorhob, daß sie ringsum vom herrschaftlichen Besitztum eingeschlossen seien, wurde Nechljudow noch mehr in seinem Beschluß bestärkt, die eigene Bewirtschaftung des Gutes einzustellen und das ganze Land unter die Bauern zu verteilen. Aus den Büchern und Angaben des Verwalters ging hervor, daß zwei Drittel des besten Ackerlandes wie früher mit Hilfe modernster Geräte von den Gutsknechten bearbeitet wurden, während man für die Bearbeitung des letzten Drittels die Bauern heranzog und ihnen für ihre Arbeit fünf Rubel je Deßjatine zahlte. Für diesen Lohn von fünf Rubeln waren die Bauern verpflichtet, eine Deßjatine dreimal zu pflügen, dreimal zu eggen und das Getreide abzumähen, es zu bündeln und auf die Tenne zu schaffen, das heißt eine Arbeit zu leisten, für die fremden Lohnarbeitern mindestens zehn Rubel je Deßjatine zu zahlen gewesen wären. Andererseits wurde den Bauern für alles, was sie von der Gutsverwaltung benötigten und durch ihre Arbeit beglichen, der Höchstpreis berechnet. Sie zahlten für die Benutzung der Weideplätze, für das Holz aus dem Wald, für Kartoffelkraut mit ihrer Arbeit und hatten fast durchweg Schulden bei der Gutsverwaltung. Für das an die Bauern verpachtete Land zum Beispiel, das hinter den bestellten Feldern lag, nahm man ihnen viermal soviel ab, wie der Wert des Landes bei einer Verzinsung mit fünf Prozent eingebracht hätte.

Obwohl das Nechljudow alles schon vorher bekannt gewesen war, schien ihm jetzt, er hätte etwas ganz Neues erfahren, und er wunderte sich nur, daß er und alle Leute, die sich in einer gleichen Lage befanden wie er, die ganze Widersinnigkeit dieser Zustände nicht längst erkannt hatten. Die Einwände, die der Verwalter gegen die Überlassung des Landes an die Bauern geltend machte: daß dabei das gesamte Inventar für nichts und wieder nichts verlorenginge, weil man bei einem Verkauf nicht einmal den vierten Teil seines Wertes herausschlagen könnte, daß die Bauern das Land zugrunde richten würden, daß eine solche Regelung für Nechljudow große Verluste mit sich brächte – alle diese Argumente festigten in Nechljudow nur noch die Überzeugung, durch die Abtretung des Landes an die Bauern und den Verzicht auf einen beträchtlichen Teil seiner Einkünfte ein gutes Werk zu vollbringen. Er beschloß, sein Vorhaben unverzüglich, noch während seines jetzigen Aufenthaltes, in die Tat umzusetzen. Das Einbringen und der Verkauf des geernteten Getreides, die Veräußerung des Inventars, all das mochte dann nach seiner Abreise vom Verwalter erledigt werden. Er beauftragte ihn, die Bauern aus den drei innerhalb der Gutsländereien liegenden Dörfern für den nächsten Tag zu einer Versammlung einzuberufen, bei der er ihnen seinen Entschluß mitteilen und mit ihnen einen Preis für das an sie abzutretende Land vereinbaren wollte.

In dem angenehmen Bewußtsein, den Einwänden des Verwalters gegenüber fest geblieben zu sein, und in der Bereitschaft, für die Bauern ein Opfer zu bringen, verließ Nechljudow das Gutskontor und unternahm, in Gedanken mit der Ausführung seines Vorhabens beschäftigt, einen Spaziergang um das Haus, zwischen den in diesem Jahr nicht neu bepflanzten Blumenbeeten (der Garten lag gegenüber dem Haus des Verwalters), über den von Unkraut überwucherten Tennisplatz und durch die Lindenallee, in die er früher gewöhnlich gegangen war, um seine Zigarre zu rauchen, und wo vor drei Jahren die zu Besuch bei seiner Mutter auf dem Gut weilende hübsche Komtesse Kirimowa mit ihm kokettiert hatte. Nachdem er sich in großen Zügen die Ansprache zurechtgelegt hatte, mit der er sich an die Bauern wenden wollte, ging er wieder zum Verwalter, besprach mit ihm beim Tee noch verschiedene die Auflösung der Wirtschaft betreffende Einzelheiten und begab sich dann, in dieser Hinsicht vollständig beruhigt, auf das für ihn im Herrschaftshaus vorbereitete Zimmer, das von jeher zur Unterbringung von Gästen bestimmt gewesen war.

In dem sauberen kleinen Zimmer mit Ansichten von Venedig an den Wänden und einem Spiegel zwischen den beiden Fenstern war für Nechljudow ein Sprungfederbett aufgestellt und frisch bezogen worden, neben dem ein Tischchen mit einer Karaffe Wasser, Streichhölzern und einem Kerzenlöscher stand. Auf dem großen Tisch vor dem Spiegel lag sein geöffneter Koffer, in dem das Reisenecessaire und einige Bücher zu sehen waren: ein russisches mit dem Titel „Versuch zur Ergründung der Gesetze verbrecherischer Neigungen“ sowie ein deutsches und englisches Werk über dasselbe Thema. Nechljudow hatte diese Bücher in der Absicht mitgenommen, sie in freien Augenblicken während seines Aufenthalts auf den Gütern zu lesen; heute war es jedoch schon spät, und er wollte gleich zu Bett gehen, um möglichst früh aufzustehen und sich für die Aussprache mit den Bauern vorzubereiten.

In einer Ecke des Zimmers stand ein altertümlicher, mit Intarsien verzierter Mahagonisessel, der ehedem, wie Nechljudow sich erinnerte, im Schlafzimmer seiner Mutter gestanden hatte. Der Anblick dieses Sessels rief in ihm plötzlich ganz neue Empfindungen hervor. Es tat ihm jetzt auf einmal um das Haus leid, das dem Verfall preisgegeben sein würde, um den Garten, der verwildern würde, um die Wälder, die man abholzen würde, um all die Viehhöfe, Pferdeställe, Geräteschuppen, Maschinen und um die Pferde und Kühe, die, wenn auch nicht von ihm, so doch – das wußte er – mit soviel Mühe großgezogen und unterhalten worden waren. Hatte er bislang geglaubt, daß ihm der Verzicht auf alles dies nicht schwerfallen würde, so tat es ihm jetzt nicht nur darum leid, sondern auch um das Land und die Hälfte seiner Einkünfte, die er in nächster Zeit vielleicht dringend brauchen würde. Und sofort stürmten Gedanken auf ihn ein, die ihn darin bestärkten, daß es unvernünftig sei, das Land an die Bauern abzutreten und die Wirtschaft zu zerstören.

Land darf ich nicht besitzen. Besitze ich aber kein Land, kann ich auch nicht die Wirtschaft in der bisherigen Weise weiterführen. Überdies fahre ich jetzt nach Sibirien und brauche daher weder das Haus noch das Gut, sprach die eine Stimme in seinem Innern. Alles das stimmt, meldete sich eine andere Stimme. Aber erstens wirst du nicht dein ganzes Leben in Sibirien verbringen. Wenn du heiratest, wirst du vielleicht Kinder haben. Und in ebenso gutem Zustand, wie du dein Besitztum übernommen hast, mußt du es auch deinen Nachkommen überliefern. Landbesitz erlegt Verpflichtungen auf. Alles wegzugeben und zu zerstören ist sehr leicht, aber das Zerstörte wiederherzustellen ist sehr schwer. Vor allem mußt du an dein künftiges Leben denken und dir klar darüber werden, was du beginnen wirst, und entsprechend über dein Hab und Gut verfügen. Hast du diesen Beschluß auch reiflich überlegt? Und handelst du so, weil es dir dein Gewissen vorschreibt, oder tust du es im Hinblick darauf, was die Menschen dazu sagen werden und um sich vor ihnen zu brüsten? fragte die Stimme in Nechljudows Innern, und er mußte sich eingestehen, daß das zu erwartende Urteil der Gesellschaft über seine Handlungsweise mitbestimmend für seinen Entschluß gewesen war. Je länger er über alles nachdachte, um so mehr Fragen tauchten auf und um so schwerer war es, eine Lösung zu finden. In dem Bestreben, diese Gedanken zu verscheuchen, legte er sich in das frischbezogene Bett, um erst einmal zu schlafen und dann am Morgen mit frischem Kopf all die Fragen zu entscheiden, die ihn jetzt nur verwirrten. Doch er konnte lange nicht einschlafen; durch die geöffneten Fenster drang zugleich mit der frischen Luft und dem Mondschein das Quaken der Frösche, in das sich das Schlagen und Trillern der

Nachtigallen vom Park und einer einzelnen mischte, die unmittelbar vor dem Fenster in dem eben erblühenden Fliederbusch saß. Während Nechljudow den Nachtigallen und Fröschen lauschte, fiel ihm das Klavierspiel der Tochter des Gefängnisinspektors ein; als er hierauf an den Inspektor dachte, sprangen seine Gedanken zur Maslowa über, und er erinnerte sich, wie ihre Lippen ebenso wie das Quaken der Frösche vibriert hatten, als sie gesagt hatte: „Sie müssen von mir ablassen." Dann sah er, daß der deutsche Verwalter zu den Fröschen hinabstieg. Nechljudow wollte ihn zurückhalten, aber er riß sich los, verwandelte sich überdies in die Maslowa und fuhr ihn böse an: „Ich bin eine Zuchthäuslerin, und Sie sind ein Fürst!" Nein, ich lasse mich nicht beirren, dachte Nechljudow, wachte dabei auf und fragte sich: Ist es nun recht oder unrecht, was ich vorhabe? Ich weiß nicht, und es ist mir auch gleichgültig. Alles ist mir gleichgültig. Ich will jetzt nur schlafen. Hierauf begann er selbst dorthin zu versinken, wohin der Verwalter und die Maslowa verschwunden waren, und damit fand alles ein Ende.

2

Am nächsten Morgen wachte Nechljudow um neun Uhr auf. Als der mit der Bedienung des Gutsherrn betraute junge Kontorist ihn sich rühren hörte, brachte er ihm die Schuhe, die so blank geputzt waren wie nie zuvor, sowie kaltes, kristallklares Quellwasser und teilte mit, daß die Bauern sich schon versammelten. Nechljudow sprang aus dem Bett und rieb sich den Schlaf aus den Augen. Von dem Bedauern, das er am Abend bei dem Gedanken empfunden hatte, daß er nun seinen Besitz weggeben und die Gutswirtschaft auflösen würde, war keine Spur übriggeblieben. Er erinnerte sich verwundert dieser Empfindungen und dachte nunmehr mit Freude an das gute Werk, dessen Ausführung ihm bevorstand, unbewußt war er sogar stolz darauf. Aus dem Fenster seines Zimmers war der von Unkraut überwucherte Tennisplatz zu sehen, auf dem sich die Bauern gemäß Anweisung des Verwalters versammelten. Die Frösche hatten am Abend nicht ohne Grund gequakt: es war trübes, windstilles Wetter. Seit dem frühen Morgen ging ein feiner, warmer Regen nieder, der in kleinen Tropfen an den Blättern, Ästen und Gräsern hängenblieb. Die durch das Fenster eindringende Luft war von dem Geruch frischen Grüns und der den Regen gierig einsaugenden Erde erfüllt. Beim Ankleiden blickte Nechljudow mehrmals durchs Fenster und beobachtete, wie sich die Bauern auf dem Tennisplatz versammelten. Sie erschienen einer nach dem andern, begrüßten sich durch Lüften ihrer Mützen oder Hüte und stellten sich, auf ihre Stöcke gestützt, im Kreise auf. Der Verwalter, ein untersetzter, kräftiger, noch junger Mann, der ein kurzes Jackett mit hohem grünem Kragen und riesigen Knöpfen trug, kam zu Nechljudow und meldete, daß alle Bauern beisammen seien; sie könnten aber warten, fügte er hinzu, und Nechljudow möge erst in Ruhe seinen Kaffee oder Tee trinken, sowohl das eine als das andere stehe bereit.

„Nein, ich will lieber gleich zu ihnen gehen", sagte Nechljudow, der bei dem Gedanken an die bevorstehende Aussprache mit den Bauern plötzlich eine ganz ungewohnte Schüchternheit und Scham empfand.

Er stand im Begriff, einen Wunsch der Bauern zu erfüllen, an dessen Erfüllung sie nicht einmal im Traum gedacht hatten – ihnen gegen ein niedriges Entgelt Land abzutreten, das heißt ihnen etwas Gutes anzutun, und doch fühlte er sich vor ihnen auf irgendeine Art schuldig. Als er zu den Bauern hinausging und sie ihre blonden, lockigen, kahlen oder grauhaarigen Köpfe entblößten, wurde er so verlegen, daß er lange außerstande war, etwas zu sagen. Der feine Sprühregen hatte noch nicht aufgehört und blieb in winzigen Tropfen auf dem Haar und den Bärten der Bauern und am rauhen Stoff ihrer Röcke haften. Die Bauern blickten auf den Gutsherrn und warteten, was er ihnen sagen würde, aber Nechljudow war so verwirrt, daß er kein Wort hervorbringen konnte. Das verlegene Schweigen wurde von dem ruhigen, selbstbewußten deutschen Verwalter unterbrochen, der sich für einen Kenner der russischen Volksseele hielt und fließend und fehlerlos Russisch sprach. Strotzend vor Kraft und Gesundheit, stellte dieser Deutsche, ebenso wie auch Nechljudow, einen krassen Gegensatz zu den Bauern dar mit ihren hageren, ausgemergelten Gesichtern und ihren sich unter den Rökken abzeichnenden knochigen Schulterblättern.

„Der Fürst will euch beglücken, sein Land an euch abtreten, obwohl ihr das gar nicht verdient", sagte der Verwalter.

„Wieso verdienen wir's nicht, Wassili Karlowitsch? Haben wir uns nicht genug für dich abgerackert? Die verstorbene Herrin – Gott hab sie selig – hat uns viel Gutes getan, und dem jungen Fürsten danken wir, daß auch er sich um uns kümmert", begann ein rothaariger, redseliger Bauer.

„Ja, ich habe euch zusammenkommen lassen, weil ich euch, wenn ihr es wünscht, das ganze Land übergeben will", erklärte Nechljudow.

Die Bauern schwiegen, weil sie ihn anscheinend nicht verstanden oder nicht recht gehört zu haben glaubten.

„Wie soll das denn gemacht werden, das Übergeben des Landes?" fragte ein Bauer mittleren Alters in kurzem Rock.

„Indem ich es euch für einen mäßigen Preis verpachte und ihr es dann für euch selbst bestellen könnt."

„Eine feine Sache!" sagte ein alter Bauer.

„Wenn der Pachtzins so ist, daß wir ihn aufbringen können", warf ein anderer ein.

„Land nehmen – das werden wir nicht abschlagen!"

„An Landarbeit sind wir gewöhnt, damit ernährt sich unsereins."

„Und für Sie wird's auch einfacher sein – nur die Moneten einzukassieren! Da kann's keine Reibereien mehr geben", wurden einige Stimmen laut.

„An den Reibereien seid ihr selber schuld", sagte der Deutsche. „Wenn ihr gearbeitet und für Ordnung gesorgt hättet . . ."

„Wie sollen wir denn alles schaffen, Wassili Karlowitsch?" fiel ihm ein spitznäsiger, hagerer alter Bauer ins Wort. „Du sagst, warum ich das Pferd ins Feld gelassen habe: ja hab ich's denn absichtlich reingetrieben? Aber hat sich einer den ganzen lieben Tag mit dem Mähen abgerackert, dann kann er nachts bei der Wache wohl mal einnicken, und wenn sich der Gaul dann an den Hafer ranmacht, ziehst du mir gleich das Fell über die Ohren."

„Ihr müßt eben auf Ordnung sehen."

„Du hast gut reden – auf Ordnung sehen! Aber die Arbeit geht über unsere Kraft", erwiderte ein hochgewachsener, ungemein stark behaarter dunkler Bauer, der noch ziemlich jung war.

„Ich habe euch ja gesagt, daß ihr einen Zaun ziehen sollt."

„Dann gib uns auch das Holz dazu", meldete sich aus den hinteren Reihen ein kleiner, unscheinbarer Bauer. „Voriges Jahr, da wollte ich einen Zaun ziehen, und da hast du mich für drei Monate zum Läusefraß hinter Schloß und Riegel gebracht. Das kam dabei raus."

„Wovon spricht er?" fragte Nechljudow den Verwalter.

„*Der erste Dieb im Dorf**", antwortete der Verwalter auf deutsch. „Jedes Jahr wird er im Wald beim Holzfällen erwischt. – Du mußt noch lernen, Respekt vor fremdem Eigentum zu haben", sagte er dann zu dem Bauern.

„Ja, haben wir denn nicht Respekt vor dir?" mischte sich wieder der alte Bauer ein. „Wir können ja gar nicht anders, weil wir dir auf Gnade und Ungnade ausgeliefert sind. Du machst mit uns, was du willst."

„Na, guter Freund, euch wird gewiß kein Unrecht angetan; wenn ihr nur keins tätet."

„Wie? Kein Unrecht angetan? Voriges Jahr hast du mir die Fresse blutig geschlagen, und dabei ist es geblieben. Gegen einen Reichen kann unsereiner vor Gericht ja doch nichts ausrichten."

„Ein andermal vergreif dich nicht an fremdem Gut."

Es kam zu einem Wortgefecht, bei dem sich die Beteiligten offenbar gar nicht recht im klaren darüber waren, was sie sagten und warum sie es führten. Erkennbar war nur von Furcht zurückgehaltene Erbitterung auf der einen Seite und das Bewußtsein von Überlegenheit und Macht auf der anderen. Nechljudow, den es bedrückte, das alles mit anzuhören, bemühte sich, das Gespräch auf das Sachliche zurückzulenken: auf die Festsetzung der Preise und Zahlungsfristen.

* Alle mit einem Sternchen versehenen Kursivstellen sind auch im russischen Original deutsch.

„Wie ist es nun wegen des Landes? Wollt ihr es nehmen? Und welchen Preis seid ihr bereit zu zahlen, wenn ich euch das gesamte Land verpachte?“

„Es ist Ihre Ware, da müssen Sie auch den Preis festsetzen.“

Nun nannte Nechljudow einen Preis, der weit unter den in der ganzen Umgebung üblichen Preisen lag; aber die Bauern fanden ihn dennoch zu hoch und begannen, wie es meist in solchen Fällen geschieht, zu feilschen. Nechljudow hatte erwartet, daß sie auf seinen Vorschlag hocherfreut eingehen würden, doch war von Freude nichts zu merken. Erst dann, als die Rede darauf kam, wer das Land übernehmen solle – ob die gesamte Bauernschaft oder nur die Mitglieder der Genossenschaft –, und nun zwischen jenen Bauern, die die schwachen, schlechten Zahler von der Landzuteilung ausschließen wollten, und denen, die ausgeschlossen werden sollten, ein heftiger Streit entbrannte, konnte Nechljudow daraus schließen, daß sein Angebot von den Bauern für vorteilhaft angesehen wurde. Schließlich wurde durch Vermittlung des Verwalters wegen des Preises und der Zahlungsfristen eine Einigung erzielt, worauf sich die Bauern unter lebhaften Gesprächen in ihr am Fuße der Anhöhe liegendes Dorf zurückbegaben und Nechljudow ins Kontor ging, um mit dem Verwalter den Pachtvertrag aufzusetzen.

Alles war so geregelt worden, wie Nechljudow es gewünscht und erwartet hatte. Die Bauern erhielten das Land etwa dreißig Prozent billiger, als sonst im Kreis dafür gezahlt wurde; seine Einkünfte aus dem Landbesitz verringerten sich fast um die Hälfte, waren aber – besonders, wenn man die Beträge hinzurechnete, die er noch für ein verkauftes Waldstück zu erhalten hatte und die die Veräußerung des Inventars bringen würde – immer noch mehr als hinreichend für seine Bedürfnisse. Doch obwohl somit alles in bester Ordnung zu sein schien, hatte Nechljudow die ganze Zeit eine Art Schuldgefühl. Wenn ihm auch einige der Bauern ihre Dankbarkeit ausgedrückt hatten, so sah er doch, daß sie unbefriedigt waren und mehr erwartet hatten. Er hatte sich also beträchtliche Opfer auferlegt, aber die Erwartungen der Bauern dennoch nicht erfüllt.

Am nächsten Tag wurde der Vertrag unterschrieben, und nachdem Nechljudow sich von den zur Unterschrift erschienenen Mitgliedern des Gemeinderats verabschiedet hatte, die ihre Köpfe schüttelten und kaum ihre Unzufriedenheit verhehlten, stieg er, in dem unangenehmen Gefühl, etwas nicht bis zu Ende durchgeführt zu haben, in den mit drei Pferden bespannten, großartigen – wie sich der Stationskutscher ausgedrückt hatte – Wagen des Verwalters und fuhr zur Bahn. Er war unzufrieden mit sich selbst, ohne zu wissen, wodurch seine Unzufriedenheit hervorgerufen wurde. Wie dem auch war, er fühlte sich die ganze Zeit bedrückt und glaubte sich aus irgendeinem Grund schämen zu müssen.

3

Von Kusminskoje fuhr Nechljudow auf das von seinen Tanten geerbte Gut, das nämliche, auf dem er Katjuscha kennengelernt hatte. Er beabsichtigte, hier hinsichtlich des Landes eine ähnliche Regelung zu treffen wie in Kusminskoje, und wollte außerdem versuchen, noch irgend etwas über Katjuscha sowie über ihr und sein Kind zu ermitteln: ob es zutraf, daß das Kind gestorben war, und gegebenenfalls, unter welchen Umständen. Er kam am frühen Morgen in Panowo an, und das erste, was ihn bei der Einfahrt in den Hof überraschte, war der verwahrloste, baufällige Zustand, in dem er sämtliche Gebäude und insbesondere das Wohnhaus vorfand. Von dem lange nicht gestrichenen, ursprünglich grünen, jetzt aber über und über mit braunen Rostflecken bedeckten Dach waren mehrere, offenbar vom Sturm losgerissene Platten nach oben gebogen; die Holzverschalung wies vielfach Lücken auf, und zwar überall dort, wo es den Leuten anscheinend ein leichtes gewesen war, die verrosteten Nägel herauszuziehen und die Bretter abzulösen. Die beiden Veranden – sowohl die vor dem Hauptportal als auch die für Nechljudow besonders bedeutsame vor der Hintertür – waren verfault und eingefallen, so daß nur noch die Gerüste standen; an manchen Fenstern waren die fehlenden Scheiben durch Bretter ersetzt. Das Nebengebäude, in dem der Verwalter wohnte, die Küche, die Pferdeställe – alles sah hinfällig und grau aus. Einzig der

Garten war nicht verkümmert: im Gegenteil, die Bäume waren gewachsen, und die Sträucher hatten sich ausgebreitet, waren dichter geworden und standen in voller Blüte. Hinter dem Zaun ragten gleich weißen Wolken die blühenden Kirsch-, Apfel- und Pflaumenbäume hervor, und die Fliederhecke blühte ebenso wie in jenem Frühling vor vierzehn Jahren, als Nechljudow mit der damals achtzehnjährigen Katjuscha Haschen gespielt hatte, hingefallen war und sich dabei an den Nesseln verbrannt hatte. Die von Sofja Iwanowna seinerzeit neben dem Haus gepflanzte Lärche, damals schlank wie eine Gerte, war jetzt ein stattlicher Baum, der bereits einen ansehnlichen Balken abgegeben hätte und ganz mit gelbgrünen, zarten Nadeln bedeckt war. Der Fluß hielt sich in seinen Ufern und rauschte in den Schleusen der Mühle. Auf der Wiese jenseits des Flusses weidete die bunt zusammengewürfelte Herde der Bauern. Der Verwalter, ein Seminarist, der den Lehrgang nicht abgeschlossen hatte, kam Nechljudow lächelnd im Hof entgegen, führte ihn lächelnd ins Kontor und verschwand dann, immer noch lächelnd und als verhieße er mit seinem Lächeln eine besondere Überraschung, hinter der Trennwand. Eine Weile lang hörte man von dort Getuschel. Nachdem der Kutscher sein Trinkgeld eingesteckt hatte und unter lautem Schellengeläut aus dem Hof gefahren war, trat ringsum Stille ein. Bald darauf lief am Fenster ein barfüßiges junges Mädchen in besticktem Hemd und mit aus Daunen gedrehten Ohrringen am Fenster vorüber, und hinter ihr her kam, fest mit den eisenbeschlagenen Stiefeln auftretend, ein Bauer den Trampelpfad entlang.

Nechljudow setzte sich ans Fenster, blickte in den Garten und horchte auf alle Geräusche. Durch das zweiflügelige kleine Fenster wehte ein frischer Luftzug ins Zimmer, bewegte leicht das Haar auf Nechljudows erhitzter Stirn und die Notizblätter auf dem zerschnitzten Fensterbrett und trug den Geruch nach Frühling und frischgepflügter Erde herein. Vom Fluß her, an dem die Bäuerinnen ihre Wäsche wuschen, hörte man das rhythmische Klatschen der Waschbleuel, das über den in der Sonne glitzernden Wasserspiegel des Flusses hallte und in der Ferne verklang; von der Mühle tönte das gleichförmige Rauschen des Wassers herüber, und eine aufgeschreckte Fliege flog laut summend an Nechljudows Ohr vorbei.

Da entsann sich Nechljudow plötzlich, daß er vor langer, langer Zeit, als er noch jung und unschuldig gewesen war, hier schon einmal das Klatschen von Waschbleueln auf nasse Wäsche zusammen mit dem gleichförmigen Rauschen des Wassers gehört hatte, daß auch damals der Frühlingswind sein Haar über der schweißnassen Stirn bewegt hatte und daß ebenso wie heute eine aufgeschreckte Fliege summend an seinem Ohr vorbeigeflogen war. Und in Gedanken an jene Zeit vertieft, fühlte er sich ein paar Augenblicke lang in seine Jugend zurückversetzt und sah sich als jener achtzehnjährige Jüngling, der er einst gewesen war, in derselben Frische und Unverdorbenheit und von hochfliegenden Zukunftsplänen beschwingt. Doch zugleich wußte er, wie man es oft im Traum erlebt, daß das alles unwiederbringlich dahin war, und ihm wurde unsagbar schwer ums Herz.

„Wann wünschen Sie zu speisen?“ fragte lächelnd der Verwalter.

„Wie es Ihnen paßt, ich bin nicht hungrig. Ich will jetzt einmal durchs Dorf schlendern.“

„Belieben Sie nicht zuerst einen Blick ins Haus zu werfen? Im Innern ist alles in Ordnung, wenn auch von außen ...“

„Nein, das mache ich später. Zunächst sagen Sie mir bitte, ob es hier auf dem Gut eine Bäuerin namens Matrjona Charina gibt.“

So hieß die Tante von Katjuscha.

„Freilich gibt es die, sie wohnt im Dorf. Aber ich habe meine liebe Not mit ihr, sie betreibt einen heimlichen Ausschank. Ich habe sie schon oft dabei ertappt, ihr Vorwürfe gemacht und gedroht, aber sie anzuzeigen tut einem doch immer wieder leid: sie ist alt, hat Enkelkinder“, sagte der Verwalter mit seinem unentwegten Lächeln, in dem sich der Wunsch ausdrückte, dem Gutsherrn angenehm zu sein, und die Überzeugung, daß er gleich ihm für alles Verständnis haben werde.

„Wo wohnt sie denn? Ich möchte sie aufsuchen.“

„Am Ende des Dorfes, im drittletzten Häuschen. Linker Hand steht ein Ziegelhaus, und gleich danach kommt ihre Hütte. Aber ich kann Sie gern begleiten", erklärte, bereitwillig lächelnd, der Verwalter.

„Danke, das ist nicht nötig, ich finde mich schon zurecht. Doch lassen Sie bitte inzwischen den Bauern bestellen, sie möchten alle hier zusammenkommen: ich hätte mit ihnen etwas wegen des Landes zu besprechen", sagte Nechljudow, der mit den hiesigen Bauern eine ähnliche Regelung zu treffen beabsichtigte wie in Kusminskoje und die Sache möglichst noch an diesem Abend ins reine bringen wollte.

4

Als Nechljudow aus dem Tor trat, begegnete ihm auf dem festgetretenen Fußweg, der sich über die mit Wegerich und Besenkraut bewachsene Viehweide hinzog, das junge Bauernmädchen mit den Daunenohrringen, das zuvor am Fenster vorübergelaufen war und nun bereits zurückkam. Mit den bloßen Füßen flink ausschreitend, schwenkte sie aufgeregt den linken Arm, während sie mit dem rechten einen braunroten Hahn krampfhaft gegen den Leib gepreßt hielt. Der Hahn mit seinem hin und her schwankenden roten Kamm schien völlig ruhig zu sein und verdrehte nur die Augen, wenn er ab und zu eins seiner schwarzen Beine anhob oder ausstreckte und sich mit den Krallen an die bunte Schürze des Mädchens klammerte. Als das Mädchen sich dem Gutsherrn näherte, verlangsamte es den Schritt, blieb dicht vor ihm stehen, verbeugte sich, den Kopf vorher leicht nach hinten biegend, und lief mit dem Hahn erst weiter, nachdem Nechljudow an ihr vorübergegangen war. Als Nechljudow zum Brunnen hinunterging, traf er eine alte Bäuerin in schmutzigem, grobem Hemd, die auf ihrem gekrümmten Rücken ein Joch mit zwei schweren, bis an den Rand gefüllten Eimern trug. Die Alte setzte die Eimer vorsichtig ab und verbeugte sich vor ihm in der gleichen Weise, wie es das Mädchen getan hatte, indem sie den Kopf zuerst ein wenig nach hinten bog.

Hinter dem Brunnen fing das Dorf an. Es war ein klarer, heißer Tag und um zehn Uhr morgens schon schwül; nur hin und wieder zogen Wolken auf und verdeckten die Sonne. Die ganze

Straße war von scharfem, aber nicht unangenehmem Dunggeruch erfüllt, der von den Wagen kam, die sich auf dem glattgewalzten Weg bergan bewegten, vor allem jedoch von den aufgewühlten Misthaufen in den Höfen, an deren offenstehenden Toren Nechljudow vorüberging. Die Bauern, die in ihren mit Jauche besudelten Hemden und Hosen barfüßig hinter den Fuhren hergingen, sahen sich nach dem großen, stattlichen Herrn um, der in grauem Hut mit seidenem, in der Sonne glänzendem Band das Dorf hinaufging und sich bei jedem Schritt auf den glänzenden Knauf seines polierten Spazierstocks stützte. Vom Feld zurückkehrende Bauern, die auf und ab wippend auf den Böcken der leeren, im Trab fahrenden Wagen saßen, zogen die Mützen und blickten erstaunt dem seltsamen Fremden nach, der sich in ihre Straße verirrt hatte; die Frauen traten vor die Tore und Haustüren, wiesen einander auf Nechljudow hin und folgten ihm mit den Augen.

Vor dem vierten Tor, an dem Nechljudow vorbeikam, wurde er durch hoch mit Mist beladene Wagen aufgehalten, die gerade aus dem Hof herausfuhren. Obenauf waren über dem festgepreßten Mist kleine Bastmatten zum Sitzen ausgebreitet, und ein sechsjähriges Bürschchen stapfte, aufgeregt über die bevorstehende Spazierfahrt, hinter der ersten Fuhre her, das Pferd davor wurde von einem wuchtig ausschreitenden jungen Bauern in Bastschuhen angetrieben. Ein langbeiniges graues Füllen kam aus dem Tor gesprungen, stutzte bei Nechljudows Anblick, prallte gegen den Wagen und galoppierte, sich mit den Beinen an den Rädern stoßend, seiner Mutter voraus, die die schwere Fuhre durch das Tor zog und, unruhig geworden, leise zu wiehern begann. Am nächsten Wagen wurde das Pferd von einem hageren, rüstigen alten Bauern am Zügel geführt, der, ebenfalls barfüßig, mit einer gestreiften Hose und einem langen schmutzigen Gürtelhemd bekleidet war, unter dem sich auf dem Rücken die knochigen Schulterblätter abzeichneten.

Nachdem die Pferde auf den festgefahrenen Weg hinausgeführt worden waren, der über und über mit grauen, wie verbrannt aussehenden Mistklumpen bestreut war, kam der Alte zum Tor zurück und verneigte sich vor Nechljudow.

„Bist wohl der Herr Neffe von unseren Fräuleins?"

„Ja, ich bin der Neffe."

„Ein schön Willkommen! Willst dich auch mal nach uns umsehn?" begann der gesprächige Alte.

„Ja. Wie geht es euch denn?" erkundigte sich Nechljudow, der nicht recht wußte, was er sagen sollte.

„Wie soll's uns schon gehn? Ein Elendsleben führen wir", antwortete der redselige Alte gleichsam mit Vergnügen in singendem Tonfall.

„Wieso ein Elendsleben?" fragte Nechljudow und trat ins Tor.

„Ja, was denn sonst? Ein wahres Elendsleben", erwiderte der Alte, der ebenfalls durchs Tor trat und auf den überdachten, gesäuberten Teil des Hofes zuschritt.

Nechljudow folgte ihm unter das Dach.

„Da siehst du, meine Familie – zwölf Köpfe hoch", fuhr der alte Bauer fort und zeigte auf zwei Frauen, die schwitzend, mit verrutschten Kopftüchern, die Röcke geschürzt und die nackten Waden bis zur Hälfte von Jauche besudelt, mit Mistgabeln in den Händen vor dem noch nicht abgefahrenen Rest des Düngerhaufens standen. „Monat für Monat muß ich sechs Pud Korn kaufen. Aber woher soll man das Geld dazu nehmen?"

„Reicht denn euer eigenes nicht aus?"

„Unser eigenes?" sagte der Bauer mit einem verächtlichen Lächeln. „Mein Stück Land reicht knapp für drei Menschen aus, im ganzen acht Haufen haben wir letztes Jahr eingebracht. Nicht mal bis Weihnachten hat's gereicht."

„Ja, wie macht ihr es denn?"

„Wie sollen wir's schon machen? Den einen Burschen hab ich als Knecht verdingt und mir außerdem etwas Geld von Euer Gnaden geborgt. Schon vor Fastnacht war alles verbraucht, und dabei sind noch nicht einmal die Steuern bezahlt."

„Wie hoch sind denn die Steuern?"

„Auf meinen Hof kommen siebzehn Rubel fürs Quartal. Ach, es ist, weiß Gott, ein schweres Leben! Man weiß nicht ein noch aus."

„Kann ich einen Blick in euer Haus werfen?" fragte Nechljudow und schickte sich an, von dem gesäuberten Teil des kleinen

Hofes über die noch unberührten, nicht mit Mistgabeln aufgewühlten Schichten des safrangelben, scharf riechenden Düngers zu steigen.

„Gewiß doch, tritt nur ein", sagte der alte Bauer, während er mit schnellen Schritten, bei denen zwischen den Zehen seiner bloßen Füße Jauche hervorquoll, Nechljudow nacheilte und ihm die ins Haus führende Tür öffnete.

Die Frauen auf dem Hof zupften ihre Kopftücher zurecht, ließen ihre geschürzten Röcke herunter und blickten halb neugierig, halb erschrocken auf den feinen Herrn mit den goldenen Knöpfen an den Hemdsärmeln, der in ihr Haus ging.

Aus dem Haus kamen zwei kleine Mädchen in kurzen Hemdchen gelaufen. Nechljudow nahm den Hut ab, trat gebückt in den Flur und geriet in eine schmutzige, enge, fast ganz von zwei Webstühlen eingenommene Wohnstube. In der Stube, wo ihm der Geruch nach saurem Essen entgegenschlug, stand eine alte Bäuerin mit aufgekrempelten Ärmeln am Ofen.

„Unser gnädiger Herr ist gekommen, uns zu besuchen", erklärte der alte Bauer.

„Na, dann herzlich willkommen!" sagte die Bäuerin freundlich und streifte die aufgekrempelten Ärmel wieder über ihre sehnigen, sonnengebräunten Arme herab.

„Ich wollte mal sehen, wie ihr hier haust", sagte Nechljudow.

„Ja, sieh dir nur an, wie wir hausen. Die Hütte droht schon einzustürzen und kann, Gott behüte, noch jemand erschlagen. Aber mein Alter meint, für uns ist sie gut genug. Hier siehst unser ganzes Reich", redete, den Kopf nervös hin und her drehend, die lebhafte Alte munter drauflos. „Jetzt koch ich gerade das Mittagessen. Die Arbeitsleute müssen gefüttert werden."

„Was gibt's denn heute bei euch zu Mittag?"

„Was es zu Mittag gibt? Oh, ein feines Essen. Als ersten Gang Brot mit Kwaß und als zweiten Kwaß mit Brot", sagte die Alte, wobei ihre Zahnstummel sichtbar wurden.

„Nein, im Ernst, zeigt mir, was ihr heute essen werdet."

„Was wir essen werden?" fragte lachend der alte Bauer. „Da ist nicht viel zu sehn. Zeig es ihm, Alte!"

Die Bäuerin schüttelte verwundert den Kopf.

„Unser Bauernessen willst du sehen? Bist ein gründlicher Herr, muß ich sagen. Alles willst du wissen. Ich hab doch schon gesagt, Brot mit Kwaß gibt's und dann noch Kohlsuppe. Geißfuß haben die Frauensleute gestern mitgebracht – das ist unser Kohl; und hinterher gibt's Kartoffeln."

„Und sonst nichts?"

„Was denn sonst noch? Ein paar Schluck Milch höchstens", sagte die Alte lachend und warf einen Blick auf die zum Flur offenstehende Tür.

Der Flur war überfüllt von Menschen: Kinder, Mädchen und Frauen mit Säuglingen auf dem Arm drängten sich vor der Tür und starrten auf den wunderlichen Herrn, der sich das bäuerliche Essen ansah. Die Alte war offensichtlich stolz darauf, wie gut sie mit dem Gutsherrn umzugehen verstand.

„Ja, wir haben ein schweres Leben, gnädiger Herr, das ist schon wahr", sagte der alte Bauer zu Nechljudow und fuhr dann die in der Tür Stehenden an: „Drängt euch nicht vor!"

„Nun, lebt wohl", verabschiedete sich Nechljudow, der sich gehemmt und aus einem ihm selbst nicht klaren Grunde beschämt fühlte.

„Ergebensten Dank, daß du zu uns reingeblickt hast", erwiderte der alte Bauer.

Die im Flur versammelte Menge wich auseinander, um Nechljudow durchzulassen, und er trat auf die Straße hinaus und ging bergauf weiter. Gleich hinter ihm waren zwei barfüßige kleine Jungen aus dem Haus gelaufen; der ältere von ihnen hatte ein schmutzig-weißes, der andere ein zerschlissenes, ausgeblichenes rosa Hemd an. Nechljudow blickte sich nach ihnen um.

„Wohin gehst du jetzt?" fragte der Junge im weißen Hemd.

„Zu Matrjona Charina", antwortete Nechljudow. „Kennt ihr die?"

Der kleinere Junge im rosa Hemd lachte, als Nechljudow dies sagte, während der ältere sich ganz sachlich weiter erkundigte:

„Welche Matrjona? Ist sie alt?"

„Ja, sie ist alt."

„Ach, die!" rief der Junge gedehnt. „Das ist die Semjonicha, die wohnt am Ende vom Dorf. Wir begleiten dich hin. Los, Fedja, wir wollen ihn hinführen!"

„Und die Pferde?"

„Die werden schon nicht fortlaufen!"

Fedja stimmte zu, und alle drei gingen auf der leicht ansteigenden Dorfstraße weiter.

5

Nechljudow, der zu den Jungen eher Kontakt fand als zu den erwachsenen Bauern, kam mit ihnen unterwegs ins Gespräch. Der kleinere Bursche im rosa Hemd lachte jetzt nicht mehr, sondern sprach ebenso verständig und gesetzt wie der ältere.

„Wer ist denn hier im Dorf am allerärmsten?" fragte Nechljudow.

„Am allerärmsten? Michail ist arm, dann Semjon Makarow, und ganz, ganz arm ist auch Marfa."

„Aber Anissja, die ist noch ärmer", erklärte der kleine Fedja. „Anissja hat nicht mal 'ne Kuh, und die Kinder gehn betteln."

„Sie hat keine Kuh, aber dafür sind sie im ganzen auch nur drei, und bei Marfa sind's mit ihr selber fünf", wandte der ältere Junge ein.

„Aber Anissja ist doch Witwe", beharrte das Bürschchen im rosa Hemd.

„Anissja ist Witwe, sagst du, aber bei Marfa ist es ebenso, als ob sie Witwe wäre", hielt ihm der ältere Junge entgegen. „Ihr Mann ist auch fort."

„Wo ist denn ihr Mann?"

„Im Gefängnis, als Läusefraß", antwortete der ältere Junge mit der allgemein üblichen Redensart.

„Voriges Jahr hat er im herrschaftlichen Wald zwei kleine Birken gehauen, da haben sie ihn eingesperrt", beeilte sich der kleine Mann im rosa Hemd hinzuzufügen. „Jetzt sitzt er schon sechs Monate, und die Frau muß betteln gehn; drei Kinder sind da, und die Großmutter ist gelähmt", setzte er ausführlich auseinander.

„Und wo wohnen sie?" fragte Nechljudow.

„Hier, da sind wir grade", antwortete der Junge und zeigte auf ein Haus, vor dem ein blondhaariger Knirps, sich mühsam auf seinen krummen Beinen haltend, über ebenden Fußweg stapfte, den Nechljudow entlangkam.

„Waska, wo steckst du Schlingel wieder?" schrie eine Frau in schmutzigem, aschgrauem Hemd, die aus dem Haus gelaufen kam, mit entsetztem Gesicht auf Nechljudow zustürzte, den Kleinen ergriff und mit ihm ins Haus zurückeilte, als fürchtete sie, Nechljudow würde ihrem Kind etwas antun.

Es war die Frau, deren Mann im Gefängnis saß, weil er in Nechljudows Wald ein paar kleine Birken gefällt hatte.

„Nun, und wie ist es mit der Matrjona – leidet die auch Not?" fragte Nechljudow, als er sich mit den Jungen ihrem Haus näherte.

„Die – und Not leiden! Sie handelt mit Schnaps", erklärte kurz und bündig der schmächtige Junge im rosa Hemd.

Vor dem Häuschen der Matrjona angelangt, entließ Nechljudow die Jungen und begab sich durch den Flur in die Wohnstube. Die ganze Behausung der Matrjona war sechs Arschin lang, so daß ein Erwachsener sich in dem hinter dem Ofen stehenden Bett kaum ausstrecken konnte. In diesem Bett, dachte Nechljudow, hat Katjuscha das Kind zur Welt gebracht und dann krank gelegen. Als er, mit dem Kopf gegen die niedrige Tür stoßend, die Stube betrat, war die Alte gerade dabei, mit Hilfe ihrer ältesten Enkelin den Webstuhl in Gang zu bringen, dessen Gestell fast den ganzen Raum ausfüllte. Zwei weitere Enkelkinder, die hinter Nechljudow ins Haus gestürmt kamen, blieben an der Tür stehen und hielten sich an den Pfosten fest.

„Zu wem wollen Sie?" fragte mürrisch die Alte, die schlecht gelaunt war, weil sie mit dem Webstuhl nicht zurechtkam. Und da sie heimlich mit Schnaps handelte, war sie ohnehin gegen alle fremden Besucher mißtrauisch.

„Ich bin der Besitzer des Gutes und möchte etwas mit Ihnen besprechen."

Die Alte schwieg eine Weile, sah Nechljudow durchdringend an und änderte dann plötzlich ihre Haltung.

„Ach, du bist es, mein Guter! Und ich alte Gans hab dich nicht gleich erkannt: dachte, irgendein Fremder kommt da des Weges“, sprudelte sie mit kriecherisch freundlicher Stimme los. „Ach, du mein Goldfasan ...“

„Es wäre mir lieb, wenn wir ungestört sprechen könnten“, sagte Nechljudow mit einem Blick auf die Tür, in der sich mehrere Kinder drängten, hinter denen eine hagere Frau stand, die ein totenblasses, aber unaufhörlich lächelndes kleines Kind mit einem aus Flicken zusammengenähten Käppchen auf dem Arm hielt.

„Was gibt's hier zu gaffen? Ich werd euch gleich ... Wo ist mein Stock? Macht die Tür zu!“ fuhr die Alte die neugierige Gesellschaft an.

Die Kinder zogen sich zurück, und die Frau mit dem Säugling schloß die Tür.

„Ich dachte: wer kommt da zu mir?“ wandte sich die Alte wieder Nechljudow zu. „Und da ist es der gnädige Herr selber, du mein Guter, mein Sonnenschein! Warst nicht zu stolz, bei mir reinzuschauen! Ach, du mein Edelstein! Komm, setz dich hierhin, Euer Erlaucht, so, hierhin!“ sagte sie, während sie einen Schemel heranrückte und mit ihrer Schürze abwischte. „Und ich dachte, was für ein Strolch dringt denn da bei dir ein? Und da ist es Euer Erlaucht selber, unser gnädiger Herr, unser Wohltäter, unser Ernährer! Verzeih mir alten Gans – meine Augen wollen nicht mehr.“

Nechljudow setzte sich, und die Alte stellte sich vor ihm auf, legte die Wange in die rechte Hand, stützte den spitzen Ellbogen auf die linke und fuhr in singendem Tonfall fort:

„Und gealtert bist du auch, Euer Erlaucht. Damals warst du schön glatt wie eine Rübe – und jetzt? Hast auch deine Sorgen, sieht man.“

„Ich bin gekommen, dich etwas zu fragen. Erinnerst du dich an Katjuscha Maslowa?“

„An Katerina? Natürlich, ist ja eine Nichte von mir. Wie sollte ich mich da nicht an sie erinnern? Und wieviel Tränen, ach, wieviel Tränen hab ich um sie vergossen! Ich weiß ja über alles Bescheid. Wer hat sich vor Gott nicht schon mal versündigt, vor dem Zaren nicht schuldig gemacht? Wie das in der Jugend so ist: man trinkt zusammen Tee oder Kaffee, nun, und da hat der Satan deine Sinne verdreht – der ist ja auch mächtig. Da läßt sich nichts machen. Aber du hast sie ja nicht ins Elend gestürzt, nein, du hast sie großherzig belohnt: hundert Rubel hast du ihr geschenkt! Und was hat sie getan? Sie wollte nicht Vernunft annehmen. Hätte sie auf mich gehört, dann hätte sie ihr Auskommen gehabt. Aber wenn sie auch meine Nichte ist, so sage ich doch ganz offen: sie ist ein leichtsinniges Frauenzimmer. Ich hatte ihr eine gute Stelle verschafft, aber sie war widerspenstig, hat den Hausherrn beschimpft. Darf unsereins denn die Herrschaft beschimpfen? Na, da hat man sie an die Luft gesetzt. Und noch später, als sie bei einem Förster in Stellung war, hatte sie keine Not zu leiden. Aber ihr paßte das alles nicht."

„Ich wollte mich wegen des Kindes erkundigen. Sie ist doch bei Ihnen niedergekommen? Was ist aus dem Kind geworden?"

„Wegen des Kindchens, mein Bester, hab ich damals alles gut überlegt. Sie war ja schwerkrank, konnte jeden Augenblick sterben. Da hab ich das Jungchen zur Taufe gebracht, wie sich's gehört, und für seine Aufnahme im Findelhaus gesorgt. Man darf doch so ein Engelseelchen nicht hungern lassen, wenn die Mutter im Sterben liegt. Andere machen es so, daß sie sich um ein Neugeborenes nicht kümmern, ihm keine Nahrung geben, und dann verhungert es. Ich aber dachte, machst dir schon die Mühe und schickst es ins Findelhaus. Geld war da, und so wurde es denn auch hingebracht."

„Wurde auch ein Aufnahmeschein ausgestellt?"

„Ja, der wurde ausgestellt, aber es ist gleich danach gestorben. Sie hatte es kaum abgeliefert, erzählte sie, da hauchte es auch schon sein Seelchen aus."

„Wer hat das erzählt?"

„Nun, die Frau, die es hingebracht hat, in Skorodnoje wohnte sie. Sie beschäftigte sich damit. Malanja hieß sie und ist jetzt auch schon gestorben. Eine findige Frau war das, wie die alles eingerichtet hatte! Wenn ihr ein Kindchen gebracht wurde, nahm sie es auf, behielt es bei sich und fütterte es, bis noch mehr Kindchen hinzugekommen waren. Wenn sie drei oder vier beisammen hatte, brachte sie alle auf einmal fort. Bei ihr war alles klug eingerichtet: sie hatte eine große Wiege in der Art wie ein Doppelbett, in die konnte man die Kleinen auf die eine und auf die andere Seite legen. Zum Schaukeln war ein Griff angebracht. So legte sie also die vier Kinderchen mit den Köpfchen auseinander in die Wiege, damit sie sich nicht stoßen konnten, und mit den Füßchen zusammen und brachte alle vier auf einmal ins Findelhaus. In den Mund steckte sie ihnen einen Lutscher, dann waren die Würmchen ruhig."

„Nun, und weiter?"

„Na, so hat sie auch Katerinas Kind fortgeschafft. Bei sich hat sie es keine zwei Wochen gehabt. Aber auch schon bei ihr zu Hause war es ganz schwächlich geworden."

„War es ein hübsches Kind?" fragte Nechljudow.

„Ach, so ein Kindchen, wie man sich's schöner gar nicht denken kann. Dir wie aus dem Gesicht geschnitten", fügte die Alte mit einem schalkhaften Blinzeln ihrer halbblinden Augen hinzu.

„Wieso war das Kind denn so entkräftet? Es hat wohl nicht genügend Nahrung bekommen?"

„Ach, Nahrung! Überfüttert wird sie's schon nicht haben ... Man weiß ja, wie's gemacht wird, wenn's nicht eigene Kinder sind. Wenn sie's wenigstens lebend hingebracht hätte. Aber als sie mit ihm bis Moskau gekommen war, sagte sie, da starb es auch schon. Einen Totenschein hat sie auch mitgebracht – alles, wie sich's gehört. Eine kluge Frau war sie."

Das war alles, was Nechljudow über sein Kind ermitteln konnte.

6

Nachdem sich Nechljudow mit dem Kopf beim Hinausgehen nochmals, zuerst an der Stuben- und dann an der Außentür, gestoßen hatte, trat er auf die Straße. Die beiden kleinen Burschen, der im schmutzig-weißen und der andere im rosa Hemd, warteten noch auf ihn, und einige weitere Jungen hatten sich zu ihnen gesellt. Außerdem standen mehrere Bäuerinnen mit ihren Säuglingen vor dem Tor, darunter auch jene hagere Frau, die das totenblasse kleine Kind mit dem Käppchen aus Flicken auf dem Arm hielt. Dieses Kind verzog sein greisenhaftes Gesichtchen alle Augenblicke zu einem merkwürdigen Lächeln und bewegte dabei krampfhaft die verkrümmten Daumen. Nechljudow wußte, daß dies ein von Schmerzen hervorgerufenes Lächeln war. Er fragte die Jungen, wer die Frau sei.

„Das ist die Anissja, von der ich dir erzählt hab", antwortete der ältere Junge.

Nechljudow wandte sich an Anissja.

„Wovon lebst du?" fragte er. „Wodurch ernährst du dich?"

„Wovon ich lebe? Von Bettelei", antwortete Anissja und brach in Tränen aus, während das Kind über sein ganzes greisenhaftes Gesicht lächelte und die spindeldürren Beinchen krümmte.

Nechljudow zog seine Brieftasche und gab der Frau zehn Rubel. Doch als er weitergehen wollte und kaum zwei Schritte gemacht hatte, wurde er von einer andern Frau mit einem Kind, dann von einer alten Bäuerin und von weiteren Frauen eingeholt. Sie alle erzählten von ihrer bitteren Not und baten, ihnen zu helfen. Nechljudow verteilte die sechzig Rubel, die er in kleinen Scheinen in seiner Brieftasche hatte, und kehrte mit unsagbar bedrücktem Herzen nach Hause, das heißt in das vom Verwalter bewohnte Nebengebäude, zurück. Der Verwalter kam ihm lächelnd entgegen und teilte mit, daß sich die Bauern abends einfinden würden. Nechljudow dankte ihm und zog sich, ohne erst ins Haus zu gehen, in den Garten zurück. Dort ging er auf den von Unkraut überwucherten und ganz mit weißen Apfelblütenblättchen bestreuten Wegen auf und ab und dachte über alles nach, was er gesehen hatte.

Nachdem im Haus anfangs alles still gewesen war, ertönten nach einer Weile zwei durcheinander redende, erbitterte Frauenstimmen, in die sich nur hin und wieder die Stimme des ewig lächelnden Verwalters mischte. Nechljudow horchte hin.

„Meine Kraft ist zu Ende. Wirst mir wohl noch das Kreuz vom Halse reißen!" rief wütend die eine Frauenstimme.

„Sie ist ja nur ein Stückchen reingelaufen“, fiel die andere Stimme ein. „Gib sie zurück, verlange ich! Ist das eine Art, das Vieh so zu quälen und die Kinder ohne Milch zu lassen!“

„Zahle oder arbeite es ab“, hörte man mit ruhiger Stimme den Verwalter erwidern.

Nechljudow verließ den Garten und ging zum Haus. Vor der Veranda traf er zwei erregte Bäuerinnen an, von denen die eine offensichtlich in Kürze niederkommen mußte. Auf den Stufen der Veranda stand, die Hände in die Taschen seines Leinenmantels gesteckt, der Verwalter. Als sie den Gutsherrn kommen sahen, verstummten die Frauen und rückten ihre verrutschten Kopftücher zurecht, und der Verwalter nahm die Hände aus den Taschen und lächelte.

Es handelte sich darum, daß die Bauern, wie der Verwalter behauptete, ihre Kälber und sogar die Kühe absichtlich auf die Gutswiesen trieben. Auf einer der Wiesen waren nun zwei Kühe, die diesen Frauen gehörten, eingefangen und auf den Gutshof gebracht worden. Der Verwalter bestand darauf, daß die Frauen für jede Kuh dreißig Kopeken Lösegeld in bar zahlen oder abarbeiten sollten. Dagegen behaupteten die Frauen, die Kühe seien erstens nur bis an den Rand der Wiese gekommen, und zweitens besäßen sie kein Geld; aber auch dann, wenn sie die Buße abarbeiten müßten, verlangten sie die sofortige Freigabe der Kühe, die in der glühenden Hitze seit dem Morgen ohne Futter ständen und jämmerlich brüllten.

„Wie oft habe ich euch im guten gebeten, auf euer Vieh zu achten, wenn ihr es mittags nach Hause treibt“, sagte der Verwalter und wandte sich dabei, ihn gleichsam als Zeugen anrufend, lächelnd zu Nechljudow um.

„Ich bin nur schnell mal zu meinem Kleinen gelaufen, da haben sie sich davongemacht.“

„Wenn du das Hüten übernommen hast, darfst du eben nicht fortlaufen.“

„Und wer soll das Kind nähren? Du wirst es nicht säugen!“

„Wenn sie sich wirklich auf der Wiese satt gefressen hätte, würde sie nicht vor Hunger brüllen“, sagte die andere Bäuerin. „Aber sie war gerade erst raufgegangen.“

„Die ganzen Wiesen haben sie abgegrast“, wandte sich der Verwalter an Nechljudow. „Wenn man das ungestraft ließe, würden wir ohne Heu bleiben.“

„Ach, versündige dich doch nicht!“ schrie die schwangere Frau. „Meine Kuh hast du noch nie dabei gefaßt.“

„Aber jetzt ist sie gefaßt worden; zahle also oder arbeite es ab.“

„Gut, ich werde es abarbeiten, aber gib die Kuh raus, laß sie nicht hungern!“ schrie wütend die Bäuerin. „Sowieso hat man Tag und Nacht keine Ruh. Die Schwiegermutter ist krank, der Mann sitzt in der Kneipe rum. Ich allein muß alles schaffen, aber jetzt kann ich nicht mehr. Verrecken sollst du mit deinem Abarbeiten!“

Nechljudow bat den Verwalter, die Kühe freizugeben, und ging dann nochmals in den Garten, um weiter seinen Gedanken nachzuhängen. Doch jetzt gab es kaum noch eine Frage, über die nachzudenken gewesen wäre. Jetzt war ihm die ganze Sachlage völlig klar, und er konnte nur nicht begreifen, daß die Menschen nicht erkannten und er selbst so lange nicht erkannt hatte, was offenkundig auf der Hand lag.

Das Volk stirbt aus – sagte er sich –, und da es sich an sein Aussterben gewöhnt hat, haben sich in ihm Lebensformen herausgebildet, die dem Aussterben eigentümlich sind: eine hohe Sterblichkeit von Kindern, die Überlastung der Frauen mit Arbeit, der Mangel an Nahrung für alle und namentlich für alte Leute. Da das Volk aber erst nach und nach in diese Lage versetzt wurde, ist es sich nicht ihrer ganzen Fürchterlichkeit bewußt und beklagt sich nicht über sein Los. Und deshalb sind auch wir der Meinung, daß diese Lage ganz natürlich sei und so sein müsse ... Jetzt war ihm völlig klar, daß der Hauptgrund für die Volksarmut, die vom Volk erkannt wurde und auf die es immer hinwies, darin lag, daß ihm die Großgrundbesitzer das Land genommen hatten, das seine einzige Ernährungsmöglichkeit war. Und ebenso sonnenklar ist es, dachte Nechljudow weiter, daß die Kinder aus Mangel an Milch sterben und daß sie deshalb keine Milch haben, weil die Bauern nicht über Land verfügen, auf dem sie Vieh weiden, Getreide und Heu ernten können. Ja, es steht zweifelsfrei fest, daß die Not der Bauernschaft oder zum mindesten die unmittelbare Hauptursache dafür darin zu sehen ist, daß das Land, von dem die Bauern ihr täglich Brot erhalten, sich nicht in ihrem Besitz, sondern in dem von Leuten befindet, die unter Ausnutzung ihres Besitzrechts von der Arbeit der Bauern leben. Diese Bauern, die selbst bittere Not leiden und sterben, weil sie kein eigenes Stück Land besitzen, müssen das Land anderer bearbeiten, damit diese das darauf geerntete Getreide ins Ausland verkaufen können und die Möglichkeit haben, sich Hüte, Spazierstöcke, Kutschen, Bronzen und dergleichen mehr zu kaufen ... Alles dies schien ihm jetzt ebenso einleuchtend zu sein wie etwa die Tatsache, daß Pferde, die in ein Gehege eingesperrt sind und dieses restlos abgegrast haben, abmagern und verhungern müssen, sofern man ihnen nicht die Möglichkeit gibt, auf einem andern Stück Land Futter zu suchen. Ja, das ist entsetzlich und kann unter keinen Umständen so bleiben. Es müssen Mittel und Wege gefunden werden, diesen Zustand zu beenden, oder ich darf wenigstens nicht länger zu seinem Fortbestehen beitragen. Und ich werde solche Mittel und Wege finden, sagte er sich, während er in der sich am Haus hinziehenden Birkenallee auf und ab ging. In wissenschaftlichen Vereinigungen, staatlichen Instituten und in der Presse werden Erörterungen über die Ursachen der Volksarmut und über Maßnahmen zu ihrer Behebung angestellt, aber das einzige Mittel, das mit Sicherheit die Lage des Volkes bessern würde und das darin besteht, daß man den Bauern nicht länger das ihnen nötige Land vorenthält, wird nicht in Erwägung gezogen. Und er erinnerte sich nun lebhaft der von Henry George aufgestellten Grundsätze, von denen er einst so begeistert gewesen war, und wunderte sich nur, daß er sie vergessen konnte: „Land kann nicht Eigentum einzelner sein, kann ebensowenig gekauft und verkauft werden wie Wasser, Luft, die Strahlen der Sonne. Alle haben das gleiche Anrecht auf das Land und auf sämtliche Vorteile, die es der Menschheit bietet." Er begriff jetzt, warum er sich schämte, wenn er an die von ihm in Kusminskoje getroffene Regelung zurückdachte. Obwohl er wußte, daß niemand ein Recht auf Landbesitz zusteht, hatte er sich ein solches Recht angemaßt und den Bauern einen Teil von etwas geschenkt, worauf er, wie ihm im Grunde seines Herzens bewußt gewesen war, kein Recht besaß. Er beschloß nun, hier nicht wieder ein gleiches zu tun und die in Kusminskoje vorgenommene Regelung abzuändern. In Gedanken entwarf er sofort einen Plan, demzufolge er den Bauern das Land gegen einen Pachtzins überlassen wollte, der von ihnen in eine Gemeinschaftskasse eingezahlt und mit der Maßgabe ihr Eigentum bleiben sollte, daß sie das Geld zur Begleichung der Steuern und zu gemeinnützigen Zwecken verwenden. Dies war keine single-tax, aber unter den gegenwärtigen Verhältnissen immerhin die größtmögliche Annäherung an sie. Die Hauptsache bestand indessen darin, daß er auf die Nutznießung des Landbesitzes verzichtete.

Als Nechljudow ins Haus kam, forderte der Verwalter ihn mit einem besonders freudigen Lächeln auf, sogleich zum Mittagessen Platz zu nehmen, wobei er die Befürchtung äußerte, daß die von seiner Frau unter Mithilfe des Mädchens mit den Daunenohrringen zubereiteten Gerichte sonst durch zu langes Kochen oder Braten an Geschmack verlieren könnten.

Der Tisch war mit einem grobleinenen Tuch bedeckt, als Serviette diente ein besticktes Handtuch, und die auf dem Tisch stehende vieux-saxe-Terrine mit abgeschlagenem Henkel enthielt Kartoffelsuppe, in der, an vielen Stellen noch Federspuren aufweisend, Stücke jenes Hahnes schwammen, der abwechselnd das eine und andere seiner schwarzen Beine ausgestreckt hatte. Nach der Suppe wurde derselbe Hahn mit angebratenen Federresten sowie Quarkkuchen mit einer Unmenge Butter und Zukker serviert. Sowenig auch alles schmeckte, Nechljudow schlang es doch hinunter; er merkte gar nicht, was er aß, weil ihn immerzu jene Gedanken beschäftigten, die sofort seine Schwermut zerstreut hatten, mit der er aus dem Dorf zurückgekommen war.

Während das ständig erschrockene Mädchen mit den Daunenohrringen Nechljudow die Schüsseln hinhielt, blickte die Frau des Verwalters durch die Tür herein, und der Verwalter, stolz auf die Kochkunst seiner Frau, lächelte immer vergnügter.

Nachdem Nechljudow, der seinen Plan nochmals von allen Seiten beleuchten und sich zugleich mit jemand über das aussprechen wollte, was ihm so am Herzen lag, den Verwalter im Anschluß an das Essen mit Mühe dazu bewogen hatte, sich zu ihm zu setzen, teilte er ihm seine Absicht mit, das Land an die Bauern abzutreten, und fragte ihn, was er dazu meine. Der Verwalter lächelte und gab sich den Anschein, dasselbe schon längst gedacht zu haben und über Nechljudows Plan sehr erfreut zu sein. In Wirklichkeit jedoch hatte er überhaupt nichts verstanden, nicht etwa deshalb, weil Nechljudows Ausführungen unklar gewesen wären, sondern weil es ihm in Fleisch und Blut übergegangen war, daß jedermann nur daran dachte, sich auf Kosten seiner Mitmenschen zu bereichern, und er infolgedessen nicht begreifen konnte, daß Nechljudow, wie aus seinem Plan hervorging, auf eigene Vorteile zugunsten anderer verzichten wollte. Als Nechljudow davon sprach, daß sämtliche Erträge des Gutes dazu dienen sollten, ein allen Bauern gemeinsam gehörendes Kapital zu bilden, glaubte er daher, irgend etwas mißverstanden zu haben.

„Ich verstehe. Sie werden also die Zinsen von diesem Kapital erhalten?“ sagte er mit strahlendem Gesicht.

„Keineswegs. Es handelt sich darum, daß Land nicht Eigentum einzelner Personen sein kann.“

„Das stimmt!“

„Und alles, was die Erde hervorbringt, gehört daher der Allgemeinheit.“

„Ja, aber dann würden Sie doch keine Einkünfte mehr haben?“ fragte der Verwalter und hörte auf zu lächeln.

„Nun, auf die will ich ja eben verzichten.“

Der Verwalter stieß einen schweren Seufzer aus und begann dann wieder zu lächeln. Jetzt war ihm alles klar. Er nahm an, Nechljudow sei nicht ganz zurechnungsfähig, und überlegte sofort, wie er aus Nechljudows Plan, auf das ganze Land zu verzichten, für sich selbst Nutzen ziehen und ihn so modifizieren könnte, daß er ihm die Möglichkeit böte, das weggegebene Land zum eigenen Vorteil auszunutzen.

Nachdem er aber erkannte, daß auch das nicht möglich war, wurde er mißgestimmt, verlor an dem Plan jegliches Interesse und lächelte nur noch dem Gutsherrn zuliebe. Da Nechljudow sah, daß der Verwalter ihn nicht verstand, entließ er ihn und setzte sich dann an den zerschnitzten und mit Tintenflecken bedeckten Tisch, um den Entwurf seines Plans auszuarbeiten.

Die Sonne senkte sich bereits hinter die eben erblühenden Linden, und ganze Schwärme von Mücken kamen ins Zimmer geflogen und fielen über Nechljudow her. Als er mit seinem Konzept fertig war und nun vom Dorf auch schon das Blöken der Herde, das Knarren der sich öffnenden Tore und die Stimmen der sich zur Versammlung rüstenden Bauern herüberschallten, sagte Nechljudow dem Verwalter, die Leute brauchten nicht ins Gutskontor zu kommen, sondern könnten sich in einem Hof im Dorf versammeln, er werde dann zu ihnen gehen. Nachdem er in aller Eile das ihm vom Verwalter angebotene Glas Tee getrunken hatte, begab er sich ins Dorf.

7

Das Stimmengewirr im Hof des Dorfältesten brach sofort ab, als Nechljudow erschien, und ebenso wie in Kusminskoje zogen die versammelten Bauern auch hier zu seiner Begrüßung die Mütze. Die Bevölkerung dieser Gegend lebte bedeutend primitiver als die in Kusminskoje; wie die Mädchen und Frauen noch aus Daunen gedrehte Ohrringe trugen, so waren die Männer fast durchweg mit einfachen Bastschuhen und hausgefertigten Hemden und Röcken bekleidet. Mehrere Bauern hatten sich so eingefunden, wie sie von der Arbeit gekommen waren: barfuß und ohne Rock über dem Hemd.

Nechljudow überwand seine Befangenheit und begann seine Rede an die Bauern mit der Erklärung, daß er ihnen das ganze Land abtreten wolle. Die Bauern hörten schweigend zu, und im Ausdruck ihrer Gesichter ging keinerlei Veränderung vor sich.

„Denn ich bin der Meinung", fuhr Nechljudow errötend fort, „daß niemand Land besitzen soll, das er nicht selbst bearbeitet, und daß allen gleichmäßig ein Anrecht auf den Nutzen zusteht, den die Erde hervorbringt."

„Das stimmt. Ja, so ist es“, erklangen Stimmen aus der Menge.

Im weiteren führte Nechljudow aus, daß der Ertrag der Erde unter alle verteilt werden müsse und daß er ihnen daher vorschlage, das Land in Besitz zu nehmen und für die Benutzung einen von ihnen selbst festgesetzten Betrag auf ein gemeinsames Konto einzuzahlen, wobei das auf solche Weise gebildete Kapital ihnen allen zugute kommen sollte. Es wurden ein paar beifällige und zustimmende Äußerungen laut, doch die meisten Bauern machten immer ernstere Gesichter und senkten die anfangs auf den Gutsherrn gerichteten Augen, als wollten sie vor ihm die beschämende Erkenntnis verbergen, daß sie seine Spitzfindigkeit durchschaut hatten und sich niemand von ihm hinters Licht führen lassen würde.

Nechljudow drückte sich ziemlich klar aus, und die Bauern waren an sich nicht schwer von Begriff; aber sie verstanden ihn nicht, konnten ihn aus dem gleichen Grunde nicht verstehen, aus dem ihn auch der Verwalter lange nicht verstanden hatte. Sie waren fest überzeugt, daß jeder nur an seinen eigenen Vorteil denkt. Und insbesondere von den Gutsbesitzern wußten sie auf Grund der von mehreren Generationen gemachten Erfahrungen schon seit langem, daß diese stets darauf aus waren, sich auf Kosten der Bauern zu bereichern. Wenn der Gutsherr sie also jetzt zu sich kommen ließ und ihnen etwas Neues vorschlug, so tat er dies ihrer Überzeugung nach nur zu dem Zweck, sie noch raffinierter zu übervorteilen als bisher.

„Nun, welchen Preis gedenkt ihr für das Land festzusetzen?“ fragte Nechljudow.

„Wie sollen wir den festsetzen? Das können wir nicht. Das Land gehört Ihnen, da können Sie dafür verlangen, was Sie wollen“, wurde aus der Menge gerufen.

„Nein, ich will euch das Land ja abtreten, und das Geld, das ihr dafür zahlt, soll euer Eigentum bleiben und zum Nutzen der ganzen Gemeinde verwendet werden.“

„Das können wir nicht. Die Gemeinde ist eine Sache für sich, und dies ist auch eine Sache für sich!“

„Versteht doch recht“, mischte sich lächelnd der Verwalter ein, der hinzugekommen war und die Sache klären wollte. „Ihr sollt für das Land, das euch der Fürst abtreten will, wohl etwas zahlen, aber das Geld wird ein euch allen gemeinsam gehörendes Kapital bilden."

„Das verstehen wir sehr gut", erwiderte, ohne aufzublicken, ein mürrischer, zahnloser alter Bauer. „So wie es bei der Bank gemacht wird. Aber dann müssen wir zum Termin zahlen, und das können wir nicht. Sowieso geht's uns schlecht genug, und das wäre schon ganz unser Ruin."

„Nein, das geht nicht. Wir wollen dabei bleiben, wie es jetzt ist", wurde aus der Menge in unwilligem, ja grobem Ton gerufen.

Besonders heftigen Widerspruch erhoben die Bauern, als Nechljudow erwähnte, er werde einen Vertrag aufsetzen, den außer ihm selbst auch sie unterschreiben müßten.

„Warum sollen wir unterschreiben? Wie wir bis jetzt gearbeitet haben, werden wir auch weiterarbeiten. Wozu ein Vertrag? Wir sind ungebildete Menschen. Darauf gehn wir nicht ein, weil wir uns darin nicht auskennen. So wie es bis jetzt gewesen ist, so soll es auch bleiben. Nur das Saatgut müßte man uns erlassen", ertönten verschiedene Stimmen durcheinander.

Was das Saatgut betraf, so wurde es für die halbpart bestellten Felder bis jetzt von den Bauern geliefert, und sie wünschten nun, daß es künftig vom Gut gestellt werden solle.

„Ihr lehnt also mein Angebot ab, wollt das Land nicht nehmen?" wandte sich Nechljudow an einen noch ziemlich jungen Bauern, der barfüßig in einem zerschlissenen Rock dastand, über das ganze Gesicht strahlte und, den Arm krümmend, seine zerfetzte Mütze so steif in der linken Hand hielt, wie Soldaten es tun, wenn sie auf Kommando ihre Köpfe entblößen.

„Jawohl!" antwortete der Bauer, der offenbar die ihm beim Militär eingedrillten Gewohnheiten noch nicht abgelegt hatte.

„Ihr besitzt also ausreichend eigenes Land?" fragte Nechljudow weiter.

„Nein, genug besitzen wir nicht", antwortete der ehemalige Soldat mit gemacht fröhlichem Gesicht und streckte seine zerrissene Mütze dabei so krampfhaft vor sich, als böte er sie jedem an, der sie haben wollte.

„Nun, ihr könnt euch ja überlegen, was ich euch vorgeschlagen habe", sagte Nechljudow, der die Haltung der Bauern nicht begriff, und wiederholte nochmals sein Angebot.

„Wir brauchen gar nicht zu überlegen: was wir gesagt haben, dabei bleiben wir auch", erklärte brüsk der zahnlose mürrische Alte.

„Ich bin morgen noch den ganzen Tag hier – wenn ihr es euch doch noch anders überlegt, schickt mir Bescheid."

Die Bauern antworteten nichts, und Nechljudow machte sich, ohne etwas erreicht zu haben, auf den Rückweg zum Gutskontor.

„Ja, das kann ich Ihnen versichern, Durchlaucht, mit diesen Leuten werden Sie nicht zurechtkommen", sagte unterwegs der Verwalter. „Es ist ein starrköpfiges Volk. Zumal in Versammlungen, da versteifen sie sich auf ihren Standpunkt und sind davon nicht abzubringen. Sie fürchten alles Neue. Und dabei sind sie, wie zum Beispiel der alte Graukopf und der Schwarzhaarige, durchaus gescheite Leute. Wenn sie mal ins Kontor kommen und man sich mit ihnen bei einem Glase Tee hinsetzt, dann lösen sich ihre Zungen", sagte lächelnd der Verwalter, „dann reden sie wie ein Minister, und man kann alles vernünftig mit ihnen besprechen. Aber in Versammlungen, da sind sie wie umgewandelt und leiern immer nur ein und dasselbe herunter."

„Ja, geht es denn nicht, daß man ein paar von den vernünftigen Bauern herkommen läßt – nur einige wenige?" meinte Nechljudow. „Denen würde ich alles ausführlich auseinandersetzen."

„Das geht", stimmte der Verwalter lächelnd zu.

„Also, dann bestellen Sie bitte für morgen einige her."

„Das läßt sich alles machen, ich werde sie morgen zusammentrommeln", sagte der Verwalter mit einem besonders freudigen Lächeln.

„Seht mal an, dieser Schlaukopf!" sagte ein auf einer wohlgenährten Stute hin und her schaukelnder schwarzhaariger Bauer mit zottigem, wohl noch nie gekämmtem Bart zu einem andern, schon älteren, hageren Bauern, der, mit den eisernen Spannketten klirrend, neben ihm ritt.

Die Bauern waren unterwegs, um ihre Pferde die Nacht über auf der Landstraße oder heimlich in den herrschaftlichen Wäldern weiden zu lassen.

„Will einem das Land umsonst geben, man soll nur unterschreiben! Die Brüder haben unsereinen schon genug übers Ohr gehauen. Nein, mein Lieber, du verrechnest dich! Heute verstehn auch wir schon was davon", fügte er hinzu, worauf er sein Pferd anhielt, sich umwandte und einen jungen Hengst zu rufen begann: „He, Kleiner, na komm schon!" Aber der Hengst war nicht hinter ihm, sondern seitwärts in den Wiesen.

„Sieh einer an, das Biest hat sich an die herrschaftlichen Wiesen rangemacht", sagte er, als er das Rascheln des Sauerampfers hörte, über den der junge Hengst wiehernd von der taufeuchten, angenehm nach Sumpf riechenden Wiese zurückgaloppiert kam.

„Das Unkraut überwuchert die ganzen Wiesen", sagte der hagere Bauer im zerrissenen Rock. „Man muß sonntags die Frauensleute zum Jäten herschicken. Sonst kommen wir später nicht mit den Sensen durch."

„Unterschreiben sollen wir, sagt er", bekrittelte der Bauer mit dem zottigen Bart weiterhin das Angebot des Gutsherrn. „Unterschreiben, damit er einen dann bei lebendigem Leibe verschlingt!"

„Das ist klar", stimmte der Alte zu.

Hierauf ritten sie schweigend weiter, und nur noch das Trappeln der Pferde auf dem harten Boden war zu hören.

8

Nach Hause zurückgekehrt, fand Nechljudow in dem zur Nacht hergerichteten Kontor ein hohes Bett mit Daunenpfühlen, zwei Kissen und einer dunkelroten, offenbar für ein Doppelbett bestimmten feingemusterten seidenen Steppdecke, die ganz steif war und vermutlich aus der Aussteuer der Verwaltersfrau herrührte. Das Angebot des Verwalters, als Nachtmahl die Reste des Mittagessens zu sich zu nehmen, lehnte Nechljudow ab. Nachdem sich der Verwalter noch wegen der dürftigen Bewirtung und Unterbringung entschuldigt hatte, zog er sich zurück und ließ Nechljudow allein.

Durch die ablehnende Haltung der Bauern war Nechljudow in seinen Entschlüssen keineswegs schwankend geworden. Nein, ungeachtet dessen, daß ihm die Bauern hier im Gegensatz zu Kusminskoje, wo man sein Angebot angenommen und immer wieder dafür gedankt hatte, mit Mißtrauen und sogar feindselig entgegengetreten waren, blieb er ruhig und frohgelaunt. Im Kontor war es heiß und unsauber. Nechljudow trat ins Freie und wollte in den Garten gehen; doch als er daran dachte, was sich dort in jener anderen Nacht am Fenster des Mädchenzimmers und vor der hinteren Eingangstür abgespielt hatte, schrak er davor zurück, die mit schweren Erinnerungen verbundenen Stellen aufzusuchen. Er setzte sich wie damals auf die Stufen der Veranda, atmete die warme, vom kräftigen Geruch jungen Birkengrüns erfüllte Luft ein, blickte auf den dunkel werdenden Garten und horchte auf das Rauschen der Mühle, auf das Schlagen der Nachtigallen und die eintönigen Pfiffe eines einzelnen Vogels, der unmittelbar neben der Veranda im Gebüsch saß. Im Fenster des Verwalters erlosch das Licht, im Osten, hinter der Scheune, ging feuerrot der Mond auf, und immer häufiger und greller wurden der üppig blühende Garten und das verfallende Haus vom Wetterleuchten erhellt; in der Ferne ertönte dumpfes Grollen, und eine schwarze Wolke überzog ein Drittel des Himmels. Die Nachtigallen und die anderen Vögel verstummten. In das von der Mühle herüberschallende Rauschen des Wassers mischte sich Gänsegeschnatter, und bald darauf begannen im Dorf und auf dem Hof des Verwalters auch schon die Hähne zu krähen, was sie in heißen, gewitterschwülen Nächten gewöhnlich früher als sonst tun. Ein Sprichwort sagt, frühes Krähen der Hähne bedeute eine fröhliche Nacht. Für Nechljudow war diese Nacht weit mehr als fröhlich. Es war für ihn eine von Freude und Glückseligkeit erfüllte Nacht. In seinem Gedächtnis wurden alle Eindrücke jenes glücklichen Sommers wieder lebendig, den er hier als unschuldiger Jüngling verlebt hatte, und er fühlte sich jetzt von den gleichen Empfindungen beseelt, die ihn nicht nur damals, sondern auch sonst in den besten Augenblicken seines

Lebens bewegt hatten. Er erinnerte sich nicht nur daran, nein, er fühlte sich wieder als derselbe, der einst als vierzehnjähriger Junge zu Gott gebetet hatte, daß er ihm den rechten Weg weisen möge, der als Kind, wenn er sich einmal von seiner Mutter trennen mußte, auf ihrem Schoß geweint und versprochen hatte, immer gut zu bleiben und ihr nie Kummer zu bereiten, er fühlte sich wieder als derselbe, der er damals gewesen war, als er und Nikolenka Irtenjew einander gelobten, sich gegenseitig zu einem rechtschaffenen Leben anzuspornen und stets bemüht zu sein, alle Menschen glücklich zu machen.

Als ihm einfiel, wie er in Kusminskoje wankelmütig geworden war und plötzlich bedauert hatte, sich vom Haus, von den Wäldern, von der Gutswirtschaft und vom Land zu trennen, fragte er sich, ob es ihm noch immer darum leid tue. Doch jetzt erschien es ihm sogar unbegreiflich, daß ihm eine solche Anwandlung überhaupt gekommen war. Er rief sich alles ins Gedächtnis zurück, was er heute gesehen und gehört hatte: er dachte an jene Frau, die mit ihren Kindern darbte, weil ihr Mann dafür eingekerkert worden war, daß er in seinem, Nechljudows, Wald ein paar Bäumchen gefällt hatte; er dachte an die widerwärtige Matrjona, die meinte oder jedenfalls sagte, Frauen ihres Standes seien Freiwild für alle Herren, und er dachte daran, wie sie sich zu den Säuglingen verhielt, wie sie ins Findelhaus abgeschoben wurden; er dachte an jenes unglückliche, greisenhafte und fortwährend lächelnde Kind mit dem Käppchen aus Lumpen, das vor Unterernährung hinsiechte, und an die entkräftete schwangere Bäuerin, der man Arbeit aufzwang als Strafe dafür, daß sie, erschöpft von der Arbeit, nicht auf ihre hungrige Kuh achtgegeben hatte. Schließlich erinnerte er sich seiner Besuche im Gefängnis, der Zellen und des widerwärtigen Geruchs, der geschorenen Köpfe der Häftlinge und des Geklirrs ihrer Ketten. Das alles stand in so krassem Gegensatz zu dem irrsinnigen Luxus seines bisherigen Lebens und dem Leben der ganzen gehobenen Gesellschaftsschicht. Alles Tatsachen, die er jetzt klar erkannte.

Der helle, nahezu volle Mond erhob sich über der Scheune, auf dem Hof breiteten sich schwarze Schatten aus, und das

Eisenblech auf dem Dach des verfallenden Hauses erglänzte im Mondenschein.

Als wollten sie diese Helligkeit nicht versäumen, begannen die Nachtigallen aufs neue zu schlagen und zu trillern.

Nechljudow fiel ein, wie er in Kusminskoje sein Leben überdacht und versucht hatte, die Frage zu entscheiden, was er jetzt unternehmen und wie er es ausführen solle – und er entsann sich, wie er dabei in Verwirrung geraten und zu keinem Schluß gekommen war, weil sich in Verbindung mit jeder Einzelheit so viele Schwierigkeiten ergaben. Er legte sich diese Fragen jetzt nochmals vor und wunderte sich, wie einfach alles war. Einfach, weil er nicht mehr daran dachte, welche Folgen seine Handlungen für ihn selbst haben würden – das war ihm jetzt gleichgültig –, sondern nur daran, was ihm sein Gewissen gebot. Und so merkwürdig es auch klingen mag: was er zur Wahrung seiner eigenen Interessen tun mußte, darüber konnte er auf keine Weise ins klare kommen, während er sich über das, was er für andere tun mußte, völlig im klaren war.

Für ihn stand jetzt zweifelsfrei fest, daß er das Land an die Bauern abtreten mußte und daß er ein Unrecht begehen würde, wenn er es weiterhin für sich behielt. Es stand für ihn fest, daß er Katjuscha nicht im Stich lassen durfte, daß er ihr beistehen und zu jedem Opfer bereit sein mußte, um seine Schuld gegen sie zu sühnen. Ferner stand fest, daß er sich eingehend mit dem ganzen Gerichtswesen und Strafvollzug befassen, darüber nachdenken und auf die erkannten Mißstände hinweisen mußte, die andere, wie er annahm, nicht erkannten. Was sich aus alldem ergeben würde, wußte er nicht, er wußte jedoch mit Bestimmtheit, daß er sowohl das eine als auch das andere und das dritte tun mußte. Und diese sichere Gewißheit stimmte ihn froh.

Die schwarze Wolke hatte sich mittlerweile über den ganzen Himmel ausgebreitet, statt des Wetterleuchtens flammten jetzt alle Augenblicke Blitze auf, die den gesamten Hof und das verfallene Haus mit den zerfallenen Veranden beleuchteten. Die Donnerschläge erdröhnten aus nächster Nähe. Alle Vögel waren verstummt, die Blätter begannen zu rascheln, und ein Windstoß fegte über die Veranda, auf der Nechljudow saß, und wühlte sein Haar auf. Schon fiel ein Tropfen, ein zweiter, gleich darauf hörte man, wie der Regen auf die Klettenblätter und das Eisenblech des Daches niederprasselte, und die ganze Luft flammte hell auf; eine kurze Stille trat ein, und Nechljudow hatte noch nicht Zeit gehabt, bis drei zu zählen, als unmittelbar über ihm ein furchtbarer Donnerschlag krachte und sich am Himmel fortpflanzte.

Nechljudow ging ins Haus.

Ja, ja, dachte er, der ganze Sinn unseres Lebens, der Zweck all dessen, was geschieht, ist mir unbegreiflich und kann von mir auch gar nicht erfaßt werden. Warum, zum Beispiel, haben meine Tanten existiert? Warum ist Nikolenka Irtenjew gestorben und ich bin am Leben geblieben? Warum habe ich Katjuscha kennengelernt und mich so an ihr versündigen können? Warum hat es diesen Krieg gegeben und mein ganzes darauffolgendes ausschweifendes Leben? All das, alle Absichten Gottes zu erkennen liegt nicht in meiner Macht. Aber was ich tun muß, um seinen Willen zu erfüllen, das steht in meiner Macht, das schreibt mir mein Gewissen vor und steht zweifelsfrei fest. Und wenn ich danach handele, werde ich mir nie etwas vorzuwerfen haben ...

Der Regen ging jetzt in Strömen nieder und floß rauschend aus den Dachrinnen in die untergestellten Tonnen; die Blitze beleuchteten Hof und Haus nur noch in großen Abständen. Nechljudow ging ins Zimmer, warf die Kleider ab und legte sich ins Bett, nicht ohne Besorgnis wegen der Wanzen, auf deren Vorhandensein mehrere Fetzen der schmutzigen Tapete schließen ließen.

Ja, man muß sich nicht als Herr, sondern als Diener fühlen, dachte er und freute sich über diesen Gedanken.

Seine Befürchtungen erwiesen sich als berechtigt. Kaum hatte er das Licht gelöscht, fiel das Ungeziefer über ihn her und biß ihn.

Das Land abgeben, nach Sibirien fahren – das bedeutet Flöhe, Wanzen und Unsauberkeit, dachte er. Nun, wennschon: wenn es sein muß, werde ich auch das ertragen.

Doch sosehr er sich darum bemühte, es war ihm unmöglich, die Bisse der Wanzen zu ertragen; er setzte sich ans offene Fenster und genoß den Anblick der weiterziehenden Wolke und des wieder hervorgetretenen Mondes.

9

Nechljudow schlief erst beim Morgengrauen ein, so daß die Sonne bereits hoch am Himmel stand, als er erwachte.

Gegen Mittag versammelten sich sieben der zum Gemeinderat gehörenden Bauern, die der Verwalter in den Obstgarten beordert hatte, wo unter den Apfelbäumen auf eingerammten Pfählen ein kleiner Tisch und einige Bänke standen. Die Bauern mußten erst lange überredet werden, ihre Mützen aufzusetzen und auf den Bänken Platz zu nehmen. Besonders beharrlich hielt der ehemalige Soldat, der heute saubere Fußlappen und Bastschuhe anhatte, seine zerfetzte Mütze wie bei Begräbnissen vor sich hin. Erst als einer der Bauern, ein breitschultriger, würdig aussehender Greis mit langem Bart, der wie bei Michelangelos Moses geringelt war, und dichtem, gewelltem grauem Haar, das die sonnengebräunte kahle Stirn umrahmte, seine große Mütze aufsetzte, den neuen hausgeschneiderten Rock über der Brust zusammenschlug, sich auf eine Bank zubewegte und sich da niederließ, folgten die anderen seinem Beispiel.

Nachdem alle saßen, nahm Nechljudow vor ihnen Platz, stützte die Ellbogen auf den Tisch, beugte sich über den Bogen mit dem Entwurf seines Planes und begann ihn zu erläutern.

Ob es nun daran lag, daß die Versammlung heute kleiner war oder Nechljudow nicht an sich selbst, sondern nur an die Sache dachte – er fühlte sich diesmal nicht im geringsten befangen. Unwillkürlich wandte er sich vor allem an den breitschultrigen Greis mit dem weißen geringelten Bart, von dem er am ehesten eine zustimmende oder ablehnende Äußerung erwartete. Doch die Vorstellung, die sich Nechljudow von ihm gemacht hatte, war irrig. Obwohl der würdige Greis hin und wieder beifällig mit seinem schönen Patriarchenkopf nickte oder ihn unwillig schüttelte, wenn andere widersprachen, war es doch offensichtlich, daß er Nechljudows Ausführungen nur mit großer Mühe verstand, und auch das nur, wenn sie ihm von anderen Bauern in ihrer Ausdrucksweise wiederholt wurden. Weit leichter von Begriff war ein kleiner, alter, einäugiger Bauer mit schütterem Bärtchen, der in einem geflickten Nankingrock und alten, schiefgetretenen Stiefeln neben dem patriarchalischen Greis saß. Dieser Bauer – ein Ofensetzer, wie Nechljudow später erfuhr – zog, während er angespannt zuhörte, fortwährend die Brauen hoch und gab alles, was Nechljudow sagte, sofort in der bäuerlichen Mundart wieder. Ebenso schnell begriff ein untersetzter alter Bauer mit weißem Bart und klugen, blitzenden Augen, der bei jeder Gelegenheit scherzhafte, ironische Bemerkungen zwischen Nechljudows Ausführungen streute und offenbar sehr stolz auf seine Schlagfertigkeit war. Der ehemalige Soldat hätte den Sachverhalt wahrscheinlich ebenfalls begriffen, wäre er nicht beim Militärdienst verdummt und durch die sinnlose, beim Militär übliche Ausdrucksweise konfus gemacht worden. Am verständigsten von allen zeigte sich ein hünenhafter, in tiefem Baß sprechender langnäsiger Bauer mit kurzem Bart, der einen sauberen hausgearbeiteten Anzug und neue Bastschuhe anhatte; er faßte alles richtig auf und sagte immer nur dann etwas, wenn es wirklich am Platze war. Die übrigen zwei Bauern – der zahnlose Alte, der bei der gestrigen Versammlung alle Angebote Nechljudows schroff abgelehnt hatte, und ein großer, weißhaariger lahmer Bauer mit gutmütigem Gesicht, dessen dünne Beine über den Halbstiefeln fest mit Fußlappen umwickelt waren – schwiegen fast die ganze Zeit, hörten jedoch aufmerksam zu.

Einleitend erläuterte Nechljudow seine Auffassung über das Recht von Landbesitz.

„Ich bin der Meinung“, führte er aus, „daß man Land weder verkaufen noch kaufen darf. Denn wenn es verkauft werden kann, werden Leute, die Geld haben, alles Land aufkaufen und von jenen, die keins besitzen, für die Benutzung jeden beliebigen Preis abfordern können. Sie werden schließlich noch Bezahlung dafür verlangen, daß man auf der Erde stehen darf“, fügte er, eine These Spencers zitierend, hinzu.

„Da bleibt nur übrig, daß man sich Flügel anbindet und fliegt", warf der weißbärtige Alte mit lustig funkelnden Augen ein.

„Ja, so ist es", sagte der Langnäsige in tiefem Baß.

„Jawohl, das stimmt", pflichtete ihm der ehemalige Soldat bei.

„Hat mal eins von den Frauenzimmern 'ne Handvoll Gras für die Kühe gerupft und man hat sie ertappt – marsch, in den Kerker!" sagte der gutmütige lahme Alte.

„Unser Stück liegt fünf Werst weit weg, aber was pachten – gar nicht dran zu denken! Sie haben die Preise so hochgetrieben, daß man nicht zurechtkommt", fügte der zahnlose mürrische Bauer hinzu. „Man schnürt uns die Kehle zu, schlimmer als bei der Leibeigenschaft."

„Ich denke ebenso wie ihr", sagte Nechljudow, „und halte es für eine Sünde, Land zu besitzen. Und deshalb will ich es auch weggeben."

„Eine gute Sache", bemerkte der Greis mit dem langen geringelten Bart, der offenbar annahm, daß Nechljudow das Land zu verpachten beabsichtigte.

„Deshalb bin ich doch hergekommen; ich will kein Land besitzen. Aber nun muß überlegt werden, was aus dem Land werden soll."

„Na, dann gib es doch den Bauern – und die Sache ist gemacht!" sagte der zahnlose mürrische Alte.

Im ersten Augenblick verwirrte dieser Einwurf Nechljudow, weil er daraus einen Zweifel an der Aufrichtigkeit seiner Absichten herauszuhören glaubte. Doch dann faßte er sich wieder und griff die Bemerkung auf, um näher zu erläutern, was er im Auge hatte.

„Das würde ich gern tun", sagte er, „aber wem soll ich es geben und nach welchen Richtlinien? Welchen Bauern? Warum eurer Genossenschaft und nicht der in Deminskoje?" (Das war das Nachbardorf, in dem die Bauern so gut wie gar kein Land besaßen.)

Alle schwiegen. Einzig der ehemalige Soldat sagte: „Jawohl, das stimmt!"

„Nun, wenn zum Beispiel vom Zaren ein Befehl käme, den Gutsbesitzern alles Land wegzunehmen und es unter die Bauern zu verteilen, wie würdet ihr . . .“

„Soll denn so ein Befehl kommen?“ fiel rasch wieder der mürrische Bauer ein.

„Nein, ich habe das nur als Beispiel gewählt. Wenn also der Zar befehlen würde, den Gutsbesitzern das Land wegzunehmen und es den Bauern zu geben – wie würdet ihr das machen?“

„Wie wir das machen würden? Gleichmäßig würden wir es verteilen, so daß alle egal viel Land bekommen, der Herr ebenso wie die Bauern“, erklärte der Ofensetzer, während er die Brauen abwechselnd hochzog und wieder senkte.

„Wie denn sonst? Nach der Kopfzahl muß es verteilt werden!“ bekräftigte der gutmütige Lahme mit den weißen Fußlappen.

Alle hielten diese Lösung für richtig und stimmten ihr zu.

„Ja, aber wenn ihr das Land nach der Kopfzahl verteilen wollt, sollen dann auch die Gutsknechte welches bekommen?“ fragte Nechljudow.

„Von wegen“, sagte, bemüht, seinem Gesicht einen entschiedenen Ausdruck zu geben, der ehemalige Soldat. „Die dürfen nichts kriegen.“

Doch der bedächtige hünenhafte Bauer war anderer Ansicht.

„Wenn schon geteilt wird, dann müssen alle gleichmäßig bekommen“, antwortete er nach kurzem Nachdenken mit tiefer Baßstimme.

„Das geht nicht“, erwiderte Nechljudow, der sein Gegenargument schon vorbereitet hatte. „Wenn man das Land auf alle gleichmäßig verteilt, dann würden diejenigen, die es nicht selber bearbeiten – Kaufleute, Diener, Köche, Beamte, Büroangestellte, überhaupt alle Städter –, ihren Anteil an Reiche verkaufen. Und dann käme es wieder dazu, daß sich das Land bei den Reichen ansammelt. Bei denjenigen aber, die ihren Anteil bewirtschaften, werden mit der Zeit Kinder und Kindeskinder heranwachsen, und für die wäre dann kein Land mehr da. Wer Land braucht, würde wiederum von den Reichen abhängen.“

„Jawohl, das stimmt“, beeilte sich der ehemalige Soldat zu bekräftigen.

„Dann muß man eben verbieten, Land zu verkaufen, und nur denen was geben, die es selber bestellen“, unterbrach der Ofensetzer den Soldaten barsch.

Hierauf erwiderte Nechljudow, man könne nicht voraussehen, ob jemand das Land selbst bearbeiten oder weiterverkaufen werde.

Nun meinte der hünenhafte bedächtige Bauer, man solle es so machen, daß das Land gemeinsam von der ganzen Genossenschaft bearbeitet werde.

„Und wer nicht mitmacht, der bekommt keins“, fügte er in seinem tiefen Baß kategorisch hinzu.

Doch auch gegen diese kommunistische Methode hatte Nechljudow Einwände bereit. Er wies darauf hin, daß hierzu alle Beteiligten Ackergeräte und die gleiche Anzahl Pferde besitzen müßten, damit die einen nicht hinter den anderen zurückblieben; oder die Pferde, die Pflüge und Dreschmaschinen, die gesamte Wirtschaft müßte der ganzen Bauernschaft gemeinsam gehören, was sich jedoch nur durchführen ließe, wenn alle einig wären.

„Unsere Leute wirst du dein Lebtag nicht einigen“, bemerkte der mürrische Alte.

„Sie werden sich immerfort in den Haaren liegen“, sagte der weißbärtige Bauer mit den leuchtenden Augen. „Und die Frauensleute werden sich gegenseitig die Augen auskratzen.“

„Außerdem fragt sich, wie man es machen soll, damit nicht die einen nur fruchtbaren und die andern lauter lehmigen oder sandigen Boden erhalten“, sagte Nechljudow.

„Man muß es in Parzellen aufteilen, dann kann jeder von diesem und jenem was kriegen“, meinte der Ofensetzer.

Hierauf machte Nechljudow geltend, es handele sich nicht nur um die Aufteilung einer Gemeinde, sondern ganz allgemein auch um die Aufteilung in anderen Gouvernements. Würde man den Bauern das Land durchweg umsonst geben, wie sollte dann verhindert werden, daß die einen guten und die anderen schlechten Boden erhalten. Alle würden den guten Boden haben wollen.

„Jawohl, das stimmt", sagte der ehemalige Soldat.

Die übrigen schwiegen.

‚Die Sache ist also nicht so einfach, wie es aussieht", fuhr Nechljudow fort. „Darüber zerbrechen nicht nur wir uns den Kopf, sondern auch viele andere Leute. Ein Amerikaner – George heißt er – hat zum Beispiel einen Plan ausgearbeitet, den auch ich für gut halte."

„Dann mach es doch so, was fragst du noch viel? Dir gehört das Land, du kannst es verteilen, wie du willst", sagte der mürrische Alte.

Diese Zwischenbemerkung verwirrte Nechljudow einen Augenblick; doch zu seiner Genugtuung merkte er dann, daß nicht er allein mit der Unterbrechung seiner Ausführungen unzufrieden war.

„Warte doch, Onkel Semjon, laß ihn zu Ende reden", sagte der bedächtige Bauer mit seiner gewichtigen Baßstimme.

Hierdurch ermutigt, begann Nechljudow, den Bauern die von Henry George aufgestellten Grundsätze zu erklären.

„Das Land gehört niemandem, es ist Gottes Welt", sagte er einleitend.

„Sehr richtig! Das stimmt!" ertönten mehrere Stimmen.

„Aller Grund und Boden ist Gemeingut. Alle Menschen haben das gleiche Recht darauf. Aber es gibt besseren und schlechteren Boden. Und jeder hat den Wunsch, den guten zu bekommen. Wie kann man da einen Ausgleich schaffen? Nun, indem allen, die guten Boden erhalten, die Verpflichtung auferlegt wird, an diejenigen, die kein Land besitzen, eine Summe zu zahlen, die dem Wert des ihrigen entspricht", beantwortete Nechljudow seine eigene Frage. „Da sich aber schwer bestimmen läßt, wer an wen zahlen muß, und Geld für gemeinnützige Zwecke gebraucht wird, soll es so geregelt werden, daß die Besitzer von Land jenen Betrag, den ihr Land wert ist, bei der Gemeindeverwaltung einzahlen, die ihn dann für allgemeine Bedürfnisse verwendet. Auf diese Weise wird der Nutzen am Land auf alle gleichmäßig verteilt. Wer eine Zuteilung von Land wünscht, hat für guten Boden mehr, für minderwertigen weniger zu zahlen. Und wer keins haben will, braucht nichts zu zahlen: seinen Beitrag zu den allgemeinen Ausgaben entrichten die Besitzer von Land."

„Eine gute Regelung", stimmte der Ofensetzer zu und bewegte wieder die Brauen. „Wer guten Boden bekommt, muß auch mehr dafür zahlen."

„Na, der hat aber Köpfchen gehabt, dieser Schorsch!" meinte der stattliche Greis mit dem geringelten Bart.

„Wenn nur der Preis nicht höher ist, als wir aufbringen können", warf mit tiefer Stimme der Hüne ein, der offenbar schon sah, worauf die Sache hinauslief.

„Nun, der Preis darf weder zu hoch noch zu niedrig sein", entgegnete Nechljudow. „Wenn er zu hoch wäre, ließe er sich nicht herauswirtschaften, und es träten Verluste ein; wäre er hingegen zu niedrig, würden alle Land aufkaufen und damit Handel treiben ... Dies ist also die Regelung, die ich auch bei euch hier vornehmen möchte."

„So ist's recht und billig! Dagegen ist nichts zu sagen", erklärten die Bauern.

„Ja, der hat aber Köpfchen gehabt, dieser Schorsch!" wiederholte der breitschultrige Greis mit dem geringelten Bart. „Wie er sich das alles ausgedacht hat!"

„Nun, und wie wäre es, wenn auch ich den Wunsch hätte, ein Stück Land zu nehmen?" fragte lächelnd der Verwalter.

„Wenn ein Stück übrigbleibt, können Sie es bekommen, sofern Sie es selbst bearbeiten wollen", antwortete Nechljudow.

„Wozu brauchst du denn das? Du lebst auch so schon wie die Made im Speck", sagte der Alte mit den blitzenden Augen.

Damit fand die Aussprache ihren Abschluß.

Nechljudow wiederholte nochmals seinen Vorschlag, verlangte indessen keine sofortige Antwort, sondern empfahl den Bauern, das Ganze erst im Gemeinderat zu besprechen und ihm dann Bescheid zu geben.

Das versprachen die Bauern. Sie verabschiedeten sich und gingen aufgeregt davon. Man hörte noch lange, wie sie unterwegs debattierten, und bis zum späten Abend schallten ihre Stimmen vom Dorf her über den Fluß.

Am nächsten Tag arbeiteten die Bauern nicht, sondern berieten über den Vorschlag des Gutsherrn. Im Gemeinderat gingen die Meinungen auseinander: die einen hielten das Angebot des Gutsherrn für vorteilhaft und ungefährlich, während die anderen einen Trick dahinter vermuteten, der sie um so mehr beunruhigte, weil sie nicht herausfinden konnten, worin er bestand. Am Tag darauf kam es trotzdem zu dem einmütigen Beschluß, auf die angebotenen Bedingungen einzugehen, und die Bauern erschienen bei Nechljudow, um ihm die Entscheidung des Gemeinderats mitzuteilen. Zustande gekommen war dieser Beschluß auf die Ansicht eines alten Mütterchens hin, die den Bauern eingeleuchtet und alle ihre Befürchtungen, vom Gutsherrn übervorteilt zu werden, zerstreut hatte: die Alte hatte nämlich erklärt, dem gnädigen Herrn sei sein Seelenheil eingefallen und er gebe zu dessen Errettung sein Land her. Bestärkt wurde diese Annahme durch Nechljudows große Geldspenden während seines Aufenthalts in Panowo, die darauf zurückzuführen waren, daß er hier erstmalig die ganze bittere Not wahrnahm, in der die Bauern lebten. Er war so entsetzt, daß er, obwohl er wußte, damit unvernünftig zu handeln, nicht umhin konnte, einen Teil des Geldes zu verteilen, das ihm augenblicklich besonders reichlich zur Verfügung stand, weil er den Betrag für das in Kusminskoje schon im vorigen Jahr verkaufte Waldstück und außerdem Anzahlungen für das Inventar erhalten hatte.

Sobald sich herumsprach, daß der Gutsherr allen, die ihn darum baten, Geld gab, fanden sich auf dem Gut aus dem ganzen Umkreis scharenweise Leute ein, vorwiegend Frauen, und ersuchten ihn um Hilfe. Er war völlig ratlos, wie er sich verhalten und nach welchen Gesichtspunkten er die Frage entscheiden sollte, bei wem und in welcher Höhe eine Geldunterstützung angebracht sei. Im Besitz großer Geldmittel, widersprach es seinem Gefühl, Menschen in unverkennbarer Not die erbetene Hilfe abzuschlagen; andererseits war es sinnlos, wahllos jedem zu geben, der ihn darum bat. Die einzige Möglichkeit, sich dieser Lage zu entziehen, bestand in seiner Abreise, zu der er denn auch schleunigst Vorkehrungen traf.

Am letzten Tag seiner Anwesenheit in Panowo begab sich Nechljudow ins Wohnhaus und sah die von seinen Tanten hinterlassenen Sachen durch. Im untersten Schubfach einer alten geschweiften Mahagonikommode mit Bronzegriffen, die in Löwenrachen hingen, fand er bei dieser Gelegenheit außer zahlreichen Briefen auch eine Gruppenaufnahme, auf der folgende Personen zu sehen waren: Sofja Iwanowna, Marja Iwanowna, er selbst als Student und Katjuscha – sauber, jugendfrisch und lebensfroh. Aus dem ganzen Nachlaß, der sich im Haus befand, nahm Nechljudow lediglich die Briefe und dieses Gruppenbild mit. Alles andere überließ er dem Müller, der durch Vermittlung des ewig lächelnden Verwalters das Haus auf Abbruch, dazu das gesamte Mobiliar, für den zehnten Teil des wirklichen Wertes erstanden hatte.

Als Nechljudow daran zurückdachte, wie leid es ihm in Kusminskoje getan hatte, sich von seinem Hab und Gut zu trennen, war ihm dieses Bedauern unverständlich. Jetzt hatte er ständig das Gefühl, von einer Last befreit zu sein und etwas ganz Neuem entgegenzugehen, ein Gefühl, wie es ein Weltreisender empfinden mag, der ein neues Land entdeckt hat.

10

Die Stadt machte diesmal auf Nechljudow bei seiner Rückkehr einen ganz eigentümlichen, früher nie gekannten Eindruck. Er kam abends, als schon die Laternen brannten, vom Bahnhof in seine Wohnung. In sämtlichen Zimmern roch es noch nach Naphthalin, und Agrafena Petrowna und Kornej waren beide erschöpft, gereizt und hatten sogar Streit miteinander, weil sie sich nicht wegen der Verstauung all der Sachen einigen konnten, deren einzige Bestimmung darin zu bestehen schien, im Hof aufgehängt, gelüftet und wieder verwahrt zu werden. Das so lange unbewohnt gewesene Zimmer Nechljudows war nicht aufgeräumt und wegen der im Korridor herumstehenden Koffer nur schwer zugänglich; man sah an allem, daß seine Ankunft eine Betriebsamkeit störte, die hier gleichsam durch einen automatischen Mechanismus in Gang gesetzt worden war. Nach den Eindrücken, die er von dem ärmlichen Leben der Landbevölkerung gewonnen hatte, berührte ihn diese offensichtliche Sinnlosigkeit, an der er einst selbst teilgenommen, jetzt so unangenehm, daß er beschloß, gleich am nächsten Tag in ein Hotel überzusiedeln und bis zur Ankunft seiner Schwester, die wegen der Auflösung des Haushalts alles endgültig regeln sollte, Agrafena Petrowna nach eigenem Ermessen schalten und walten zu lassen.

Er verließ frühmorgens das Haus und belegte unweit vom Gefängnis im erstbesten sehr bescheidenen und nicht übermäßig sauberen Hotel zwei miteinander verbundene Zimmer. Nachdem er veranlaßt hatte, daß seine zum Mitnehmen bestimmten Sachen hinbefördert wurden, machte er sich auf den Weg zum Rechtsanwalt.

Es war kalt. Nach mehreren Gewittern und Regenfällen war die Temperatur stark gesunken und die im Frühling übliche Kälteperiode eingetreten. Da zudem ein scharfer Wind wehte, fror Nechljudow in seinem leichten Mantel und schritt, um warm zu werden, immer schneller aus.

Ihm waren noch die Menschen auf dem Lande gegenwärtig: die Frauen, Kinder, Greise und namentlich der lächelnde, greisenhafte Säugling mit den dünnen krummen Beinchen, und er verglich das zum erstenmal in seiner ganzen Größe empfundene Elend, in dem diese Menschen lebten, unwillkürlich mit den Zuständen in der Stadt. Als er an den Fleischereien, Fischläden und Konfektionsgeschäften vorüberkam, wunderte ihn – als sähe er es zum erstenmal – das feiste, propre Aussehen der unzähligen Händler, die alle so wohlgenährt waren wie kein einziger Mensch in den Dörfern. Diese Leute waren offenbar fest überzeugt, mit ihren Bemühungen, die wenig sachkundigen Käufer zu übervorteilen, kein müßiges, sondern ein höchst nützliches Gewerbe auszuüben. Ebenso strotzend vor Gesundheit waren die herrschaftlichen Kutscher mit ihren mächtigen Gesäßen und den Knöpfen auf dem Rücken anzusehen, die Portiers mit den betreßten Mützen, die Dienstmädchen in Schürzen und mit gelocktem Haar und vor allem die Kutscher der Luxusdroschken mit den rasierten Nacken, die sich in ihren Equipagen flegelten und verächtlich und zynisch die Passanten musterten. Nechljudow stellte sich vor, daß alle diese Menschen vom Lande stammten, aber kein eigenes Stück Erde besessen hatten und durch Not in die Stadt getrieben worden waren. Die einen hatten es verstanden, sich die städtischen Verhältnisse zunutze zu machen, lebten wie die Herren und freuten sich über die neue Lage; die anderen waren in der Stadt in noch größere Not geraten und führten hier ein kümmerlicheres Leben als auf dem Lande. Zu solchen unglücklichen Geschöpfen schienen etliche Schuster zu gehören, die Nechljudow am Fenster eines Kellerlochs arbeiten sah, oder die hageren, blassen Wäscherinnen, die erhitzt mit bloßen knochigen Armen an den geöffneten, unaufhörlich Seifendampf ausströmenden Fenstern standen und dort Wäsche bügelten. Ebenso unglückliche Geschöpfe waren offensichtlich auch zwei ihm begegnende Maler; in Schürzen, zerrissene Schuhe an den nackten Füßen, die Ärmel über den sehnigen, kraftlosen sonnengebräunten Armen aufgekrempelt und von oben bis unten mit Farbe bespritzt, trugen sie mißmutig und erschöpft einen Eimer voll Farbe und fluchten in einem fort. Ebenso mißmutig waren die staubgeschwärzten Gesichter der Lastwagenkutscher, die auf ihren Fahrzeugen hin und her geschüttelt wurden, und die unnatürlich aufgedunsenen Gesichter all der Männer und Frauen, die in Lumpen gekleidet mit ihren Kindern an den Straßenecken standen und bettelten. Und solche Gesichter sah Nechljudow auch, wenn er einen Blick in die geöffneten Fenster der Gastwirtschaften warf, an denen er vorüberkam; an schmutzigen, mit Flaschen und Teegeschirr vollgestellten kleinen Tischen, zwischen denen sich Kellner in weißen Jacken durchschlängelten, saßen singend und grölend in Schweiß gebadete Männer mit geröteten, stumpfsinnigen Gesichtern. Ein Mann saß mit hochgezogenen Brauen und vorgeschobener Unterlippe am Fenster und starrte vor sich hin, als wollte er sich an etwas erinnern.

Warum sitzen sie bloß hier herum? dachte Nechljudow, während er mit dem Staub, den ihm der kalte Wind ins Gesicht fegte, zugleich den überall verbreiteten penetranten Geruch nach frischer Ölfarbe einatmete.

In einer Straße holte er einen Zug mit Eisenstangen beladener Lastwagen ein, die auf dem holprigen Pflaster ein Getöse verursachten, daß es ihm in Kopf und Ohren dröhnte. Er war schon im Begriff, seine Schritte zu beschleunigen, um den Wagenzug zu überholen, als er durch das Eisengerassel hindurch plötzlich seinen Namen rufen hörte. Nechljudow blieb stehen und sah nicht weit vor sich eine elegante Mietskutsche halten, aus der ihm ein Offizier mit pomadisiertem, spitz aufgezwirbeltem Schnurrbart, strahlendem Gesicht und blendendweißen Zähnen freundlich lächelnd zuwinkte.

„Nechljudow! Bist du's wirklich?"

Im ersten Augenblick war Nechljudow angenehm überrascht. „Ach, Schönbock!" rief er erfreut, wurde sich jedoch sogleich bewußt, daß für ihn keinerlei Anlaß zur Freude vorlag.

Es war jener Schönbock, der ihn seinerzeit auf dem Gut seiner Tanten besucht hatte. Nechljudow hatte ihn seit langem aus den Augen verloren, wußte jedoch vom Hörensagen, daß er auch nach seinem Abgang vom Regiment bei der Kavallerie geblieben war und es trotz seiner Schulden auf irgendeine Weise immer noch fertigbrachte, seine Stellung in der Welt der reichen Leute zu behaupten. Sein selbstzufriedenes, fröhliches Aussehen bestätigte es.

„Fein, daß ich dich abgefangen habe! Sonst ist ja niemand mehr in der Stadt. Aber gealtert bist du, mein Lieber", schwadronierte er drauflos, während er aus dem Wagen stieg und seine Schultern lockerte. „Ich habe dich nur am Gang erkannt. Wie ist's, dinieren wir zusammen? Wo gibt es bei euch hier ein anständiges Essen?"

„Ich werde kaum Zeit haben", antwortete Nechljudow, der nur darüber nachsann, wie er seinen ehemaligen Kameraden, ohne ihn zu kränken, loswerden könnte. „Was hat dich denn hergeführt?" fragte er.

„Geschäfte, mein Lieber. Vormundschaftssachen. Ich bin ja als Vormund für Samanow eingesetzt. Du kennst ihn doch, diesen Geldsack? Er ist ramolli, besitzt aber vierundfünfzigtausend Deßjatinen Land", erzählte Schönbock mit einem gewissen Stolz, als seien diese Deßjatinen sein Verdienst. „Die ganze Wirtschaft war unglaublich verlottert. Alles Land war an Bauern verpachtet, und die zahlten nichts. Über achtzigtausend Rubel machten die Rückstände aus. Da habe ich alles gründlich geändert und innerhalb eines Jahres siebzig Prozent mehr an das Vormundschaftsgericht abgeführt. Allerhand, nicht wahr?" fragte er stolz.

Nechljudow entsann sich jetzt, schon davon gehört zu haben, daß Schönbock gerade deshalb, weil er selbst sein ganzes Vermögen verjubelt hatte und bis über die Ohren in Schulden steckte, dank der Protektion einer hohen Persönlichkeit zum Vormund über die heruntergewirtschafteten Güter des alten Samanow eingesetzt worden war. Jetzt schien er davon zu leben, was ihm diese Vormundschaft einbrachte.

Wie werde ich ihn bloß los, ohne daß ich ihn kränke? überlegte Nechljudow, während er auf das volle, glänzende Gesicht und den pomadisierten Schnurrbart Schönbocks blickte und notgedrungen zuhörte, wie dieser gutmütig-kameradschaftlich davon plapperte, wo man gut essen könne, und mit den Erfolgen seiner vormundschaftlichen Tätigkeit renommierte.

„Wo essen wir also?"

„Ich habe leider keine Zeit", antwortete Nechljudow und warf einen Blick auf die Uhr.

„Schade. Übrigens, heute nachmittag finden Rennen statt. Kommst du hin?"

„Nein, das geht nicht."

„Komm doch! Eigene Pferde besitze ich nicht mehr, aber ich setze auf die von Grischin. Du kennst ihn doch? Er hat einen guten Stall. Komm, und dann essen wir zusammen zu Abend."

„Auch das kann ich nicht", sagte Nechljudow lächelnd.

„Was ist denn los mit dir? Wohin willst du jetzt? Ich kann dich hinbringen."

„Ich habe bei einem Rechtsanwalt zu tun. Er wohnt gleich hier um die Ecke", antwortete Nechljudow.

„Ach ja, es heißt, du machtest dir neuerdings im Gefängnis zu schaffen und hättest dich zum Anwalt der Sträflinge aufgeworfen. Die Kortschagins haben es mir erzählt", sagte Schönbock lachend. „Die sind auch schon abgereist. Worum handelt es sich denn? Erzähle doch!"

„Ja, das hat schon seine Richtigkeit. Aber auf der Straße läßt sich schlecht darüber sprechen", antwortete Nechljudow.

„Na ja, du warst von jeher ein sonderbarer Kauz. Kommst du nun zu den Rennen?"

„Nein, ich habe, wie schon gesagt, keine Zeit. Und ich bin auch nicht dazu aufgelegt. Nimm es mir bitte nicht übel."

„Übelnehmen! Wo bist du übrigens abgestiegen?" fragte Schönbock; er machte unvermittelt ein ernstes Gesicht, starrte vor sich hin und zog die Brauen hoch. Offenbar wollte er sich auf etwas besinnen, dabei sah er genauso stumpfsinnig aus wie jener Mann, der mit hochgezogenen Brauen und vorgeschobener Unterlippe am Fenster der Gastwirtschaft gesessen hatte und Nechljudow besonders aufgefallen war.

„Schauderhafte Kälte heute! Nicht wahr?"

„Ja, es ist kalt."

„Hast du die eingekauften Sachen da?" wandte sich Schönbock an den Kutscher. „Nun, dann auf Wiedersehen! Ich bin sehr, sehr froh, dich getroffen zu haben", sagte er zu Nechljudow und drückte ihm kräftig die Hand; dann stieg er in den Wagen, winkte Nechljudow nochmals mit seiner großen, in einem neuen, weißen Wildlederhandschuh steckenden Hand zu und fuhr, gewohnheitsmäßig lächelnd und dabei seine ungewöhnlich weißen Zähne zeigend, weiter.

War ich früher wirklich ebenso wie er? dachte Nechljudow, während er seinen Weg zum Rechtsanwalt fortsetzte. Ja, wenn auch nicht ganz so, aber jedenfalls habe ich den Wunsch gehabt, so zu sein, und bin bereit gewesen, mein ganzes Leben so zu verbringen . . .

II

Der Rechtsanwalt empfing Nechljudow außer der Reihe und kam sofort auf den Fall Menschow zu sprechen; er hatte die Akten durchgesehen und war entrüstet über die Haltlosigkeit der Anklage.

„Die Sache ist geradezu empörend", sagte er. „Aller Wahrscheinlichkeit nach hat der Besitzer das Haus selbst in Brand gesteckt, um die Versicherungssumme einzuheimsen, denn nichts weist auf eine Täterschaft Menschows und seiner Mutter hin. Es gibt keinerlei Verdachtsmomente. Hier liegt einfach ein Übereifer des Untersuchungsrichters und eine Nachlässigkeit des Staatsanwalts vor. Zu wünschen bleibt nur, daß die Verhandlung nicht im Kreis, sondern hier stattfindet, dann verbürge ich mich für einen Freispruch und verzichte auf jegliches Honorar. Und was die zweite Angelegenheit betrifft – die Sache der Fedossja Birjukowa –, so ist das Gnadengesuch an die allerhöchste Stelle bereits aufgesetzt. Wenn Sie nach Petersburg fahren, können Sie es mitnehmen, um es persönlich abzugeben und um baldige Erledigung zu bitten. Denn sonst erfolgt erst eine Anfrage beim Justizministerium, und das wird natürlich darauf bedacht sein, sich die Sache möglichst schnell vom Halse zu schaffen, das heißt eine Ablehnung anordnen, und damit basta. Sie müssen sich bemühen, bis zu den höchsten Stellen vorzudringen."

„Bis zum Zaren?"

Der Rechtsanwalt lachte.

„Nun, das wäre schon die allerhöchste, allerletzte Instanz. Unter höchster Stelle versteht man den Vorsitzenden der Kommission für Gnadengesuche oder seinen Sekretär ... So, mehr haben wir wohl nicht zu besprechen?"

„Doch, ich habe da gerade ein Schreiben von Mitgliedern einer Sekte bekommen", sagte Nechljudow und zog den Brief aus der Tasche. „Es ist ein ganz unglaublicher Fall, wenn alles zutrifft, was sie schreiben. Ich will mich bemühen, noch heute mit ihnen zusammenzukommen, um Genaueres zu erfahren."

„Sie sind ja, wie ich sehe, zu einem Trichter, einem Abflußrohr geworden, durch das sich alle Beschwerden aus dem Gefängnis ergießen", sagte lächelnd der Rechtsanwalt. „Übernehmen Sie nicht zuviel, es wird Ihnen über den Kopf wachsen."

„Ja, aber dieser Fall ist geradezu himmelschreiend", sagte Nechljudow und erzählte in großen Zügen den Sachverhalt. Die Mitglieder einer Sekte hatten sich in ihrem Dorf versammelt, um gemeinsam das Evangelium zu lesen, worauf die Obrigkeit erschienen war und sie auseinandergetrieben hatte. Als sie sich am nächsten Sonntag wieder versammelten, wurde der Landpolizist geholt, ein Protokoll aufgesetzt und ein Verfahren gegen sie eingeleitet. Der Untersuchungsrichter nahm Verhöre vor, der Staatsanwalt setzte die Anklageschrift auf, und sie wurden vor Gericht gestellt. Der Staatsanwalt hielt ein Plädoyer, auf dem Gerichtstisch lagen als Beweisstücke einige Bibeln, und das Urteil lautete auf Verbannung ... „Das ist doch furchtbar", schloß Nechljudow. „Ist so etwas wirklich möglich?"

„Worüber wundern Sie sich?"

„Über alles; schön, ich kann den Polizisten verstehen, der führte einen Befehl aus, aber der Staatsanwalt, der die Anklageschrift aufgesetzt hat, ist doch schließlich ein gebildeter Mann."

„Darin liegt eben der Fehler, wir sind gewohnt, in Staatsanwälten und in der ganzen Richterschaft neuzeitlich gesinnte, liberale Menschen zu sehen. Das waren sie einmal, doch jetzt sieht das ganz anders aus. Es sind Beamte, die von Monat zu Monat nur an den Zwanzigsten denken. Dann bekommen sie ihr Gehalt, aber sie brauchen mehr, und in der Sorge, wie sie mit dem Geld auskommen sollen, erschöpfen sich alle ihre Prinzipien. Sie sind bereit, jeden beliebigen anzuklagen, zu richten und zu verurteilen."

„Ja, gibt es denn wirklich Gesetze, nach denen Menschen in die Verbannung geschickt werden können, weil sie gemeinsam die Bibel gelesen haben?"

„Nicht nur in die Verbannung nach Sibirien, sondern auch zu Zwangsarbeit, sofern ihnen nachgewiesen wird, daß sie sich beim Lesen der Bibel erlaubt haben, sie öffentlich anders auszulegen, als es vorgeschrieben ist, und dadurch die kirchliche Auslegung zu verurteilen. Eine öffentliche Schmähung der rechtgläubigen Religion aber wird laut Paragraph 196 mit Verbannung auf Lebenszeit bestraft."

„Das ist doch nicht möglich!"

„Sie können es glauben. Wenn ich mit Richtern zusammenkomme", fuhr der Rechtsanwalt fort, „versichere ich diesen Herren jedesmal, welch große Dankbarkeit ich bei ihrem Anblick empfinde; denn wenn ich und Sie, wir alle, nicht hinter Schloß und Riegel sitzen, verdanken wir das nur der Gutmütigkeit der

Richter. Nichts ist leichter, als einen Fall zu konstruieren, auf Grund dessen jeder von uns zum Verlust aller Standesrechte und zur Verbannung ans Ende der Welt verurteilt werden kann."

„Wenn das zutrifft und alles von der Willkür des Staatsanwalts und der Richter abhängt, ob sie die Gesetze anwenden wollen oder nicht – wozu gibt es dann überhaupt Gerichte?"

Der Rechtsanwalt brach in schallendes Gelächter aus.

„Nein, was Sie auch für Fragen stellen! Das ist schon Philosophie, Verehrtester. Nun, wir können uns gelegentlich auch darüber unterhalten. Besuchen Sie mich am Sonnabend. Da werden Sie bei mir Gelehrte, Literaten und Künstler antreffen. Dann wollen wir uns über allgemeine Fragen unterhalten", sagte der Rechtsanwalt, wobei er die Worte „allgemeine Fragen" mit einem Unterton von Ironie aussprach. „Meine Frau kennen Sie ja schon. Kommen Sie doch!"

„Ich will mich bemühen, es möglich zu machen", antwortete Nechljudow und war sich bewußt, damit eine Unwahrheit gesagt zu haben; denn wenn er sich um etwas bemühen würde, dann darum, einem Beisammensein mit dem Rechtsanwalt und den bei ihm versammelten Gelehrten, Literaten und Künstlern aus dem Wege zu gehen.

Das Gelächter, mit dem der Rechtsanwalt seine Bemerkung beantwortet hatte, daß die Gerichte sinnlos seien, wenn es im Belieben der Richter stehe, die Gesetze zu beachten oder sich über sie hinwegzusetzen, sowie der zynische Ton, in dem er die Worte Philosophie und allgemeine Fragen ausgesprochen hatte, ließen Nechljudow erkennen, wie grundverschieden er auf der einen Seite und der Rechtsanwalt und wahrscheinlich auch seine Freunde auf der anderen solche Fragen beurteilten; so groß die in letzter Zeit zwischen ihm und seinen früheren Freunden von der Art Schönbocks eingetretene Entfremdung auch war, sah er doch, daß ihn von dem Rechtsanwalt und seinem Kreis eine noch viel tiefere Kluft trennte.

12

Bis zum Gefängnis war es weit, und da sich Nechljudow ziemlich lange beim Rechtsanwalt aufgehalten hatte, nahm er eine Droschke. Unterwegs wandte sich der Kutscher, ein Mann mittleren Alters mit klugem, gutmütigem Gesicht, zu ihm um und zeigte auf ein riesiges in Bau befindliches Haus.

„Sehen Sie mal, was man da für einen Koloß hingestellt hat!" sagte er in einem Ton, als schriebe er sich selbst ein gewisses Verdienst an diesem Bauvorhaben zu und als sei er stolz darauf.

Es war in der Tat ein gewaltiger Bau, der hier in einem verschnörkelten, ungewöhnlichen Stil errichtet wurde. Ein stabiles Gerüst aus dicken, von Eisenklammern zusammengehaltenen Fichtenbalken umgab das entstehende Gebäude, das ein Bretterzaun von der Straße trennte. Auf den Stegen des Gerüstes wimmelte es von kalkbespritzten Arbeitern, die wie aufgescheuchte Ameisen hin und her huschten. Die einen mauerten, andere verputzten die Ziegel, und noch andere schleppten schwere Traglasten und Kübel hinauf und brachten sie leer wieder herunter.

Ein beleibter, elegant gekleideter Herr, der vor dem Gerüst stand, deutete auf einen Punkt oben und sagte etwas zu dem ehrerbietig zuhörenden, seinem Aussehen nach aus dem Wladimirschen Gouvernement gebürtigen Bauunternehmer. Durch das Tor kamen ununterbrochen beladene Fuhrwerke an dem Architekten und dem Bauunternehmer vorbei und fuhren leere wieder hinaus.

Unglaublich, dachte Nechljudow beim Betrachten des Bauwerks, wie sie alle – die Arbeiter ebenso wie die, von denen sie zur Arbeit gezwungen werden – davon überzeugt sind, daß es ganz in der Ordnung so sei, wenn sie für irgendeinen dummen, nichtsnutzigen Menschen, einen von jenen, die sie ausbeuten und ruinieren, diesen blöden, lächerlichen Palast bauen, während ihre schwangeren Frauen zu Hause übermenschliche Arbeit leisten und die dem Hungertode preisgegebenen Wickelkinder greisenhaft lächeln und ihre Beinchen krümmen.

„Ja, es ist ein blödsinniger Bau", sprach er seinen Gedanken laut aus.

„Wieso denn blödsinnig?" fragte der Kutscher gekränkt. „Er schafft dem Volk Arbeit, da ist er kein Blödsinn."

„Aber das Haus ist doch ganz unnötig."

„Wenn man's baut, wird's wohl auch nötig sein", entgegnete der Kutscher. „Und die Leute haben ihr täglich Brot."

Nechljudow sagte nichts mehr, zumal es schwer war, sich bei dem lauten Rädergerassel zu verstehen. Erst als der Wagen kurz vor dem Gefängnis von der Pflasterstraße auf die Chaussee kam und man sich leichter verständlich machen konnte, wandte sich der Kutscher auf seinem Bock wieder nach Nechljudow um.

„Wieviel Volk jetzt in die Stadt strömt", sagte er und zeigte auf einen Trupp Landarbeiter, die ihnen mit Säcken und zusammengerollten Halbpelzen auf dem Rücken und Sägen und Äxten in den Händen entgegenkamen.

„Kommen denn jetzt mehr Leute als in früheren Jahren?" fragte Nechljudow.

„Und ob! Alles Volk drängt sich heutigentags nach Arbeit. Die Unternehmer fuhrwerken mit den Leuten herum wie mit Kleinholz. Alle Arbeitsplätze sind vollgepfropft."

„Woran liegt denn das?"

„Die Bauern haben sich vermehrt. Sie haben keine Bleibe."

„Und wenn sie sich schon vermehrt haben – warum bleiben sie nicht in den Dörfern?"

„Da können sie nichts anfangen. Es fehlt an Land."

Nechljudow ging es wie jemand, der sich an einer verletzten Stelle gestoßen hat. Er meint, daß er sich wie verhext immer an der wunden Stelle stößt, was ihm jedoch nur deshalb so scheint, weil man leichtere Stöße eben nur an wunden Stellen merkt.

Ist es wirklich überall dasselbe? dachte er und fragte den Kutscher nun, wieviel Land zu seinem Dorf gehöre, wieviel er selbst besitze und aus welchem Grunde er in die Stadt gezogen sei.

„Land, Herr, haben wir eine Deßjatine pro Kopf – im ganzen drei Deßjatinen", erzählte der Kutscher bereitwillig. „Zu Hause wirtschaftet mein Vater mit einem Bruder von mir, der zweite ist beim Militär. Sie schaffen die Arbeit. Und bei dem wenigen Land ist auch nicht viel zu schaffen. Mein Bruder denkt auch schon dran, nach Moskau zu gehen."

„Könnt ihr denn nicht Land hinzupachten?"

„Wo soll man heutzutage welches pachten? Die feinen Herren, denen früher die Güter gehörten, die haben ihr ganzes Land verpraßt. Alles haben die Kaufleute an sich gerissen. Und die geben nichts her, sie bewirtschaften es selber. Bei uns hat sich ein Franzose festgesetzt, der hat das Gut von der früheren Herrschaft gekauft. Er verpachtet nichts – und damit basta."

„Was ist das für ein Franzose?"

„Dufar heißt er, vielleicht haben Sie von ihm gehört? Er richtet im Großen Theater für die Schauspieler die Perücken her. Das bringt was ein, da ist er zu Geld gekommen. Das ganze Gut hat er unserem Fräulein abgekauft. Jetzt ist er unser Herr. Er reitet auf uns herum, wie er will. Ein Glück noch, daß er selbst ein gutmütiger Mensch ist. Aber seine Frau, eine Russin, die ist eine Furie, wie's keine zweite gibt. Sie saugt das Volk bis aufs Blut aus... So, da ist auch schon das Gefängnis. Wohin wollen Sie – zum Haupteingang? Dahin läßt man mich wohl nicht durch, denk ich."

13

Voll banger Erwartung, in welcher Verfassung er diesmal die Maslowa antreffen werde, und mit Schrecken an das Geheimnis denkend, das sie und die anderen Insassen des Gefängnisses umgab, klingelte Nechljudow stockenden Herzens am Haupteingang und fragte den öffnenden Aufseher nach der Maslowa. Der Aufseher erkundigte sich und kam mit dem Bescheid zurück, sie sei im Krankenhaus. Nechljudow ging dorthin. Der Krankenhauswächter, ein gutmütiger alter Mann, ließ ihn sofort ein und verwies ihn, als er hörte, wen er sprechen wollte, in die Kinderabteilung.

Ein junger, von Karbolgeruch umgebener Arzt kam zu Nechljudow auf den Flur und fragte streng nach seinem Begehr. Dieser Arzt verschaffte den Gefangenen alle möglichen Erleichterungen und hatte daher ständig unangenehme Auseinandersetzungen mit der Gefängnisverwaltung und sogar mit dem Oberarzt. Damit rechnend, daß Nechljudow etwas Unzulässiges von ihm wünschen könnte, und weil er überdies zeigen wollte, daß er für niemand eine Ausnahme mache, stellte er sich schroff.

„Hier liegen keine Frauen, das ist die Kinderabteilung", sagte er.

„Das weiß ich; aber hier ist doch wohl eine Gefangene als Wärterin beschäftigt?"

„Wir haben zwei hier. Welche meinen Sie?"

„Maslowa heißt sie; ich stehe in einem nahen Verhältnis zu ihr und würde sie gern sprechen", erklärte Nechljudow. „Ich fahre jetzt nach Petersburg, um Berufung gegen ihre Verurteilung einzulegen, und möchte ihr noch etwas übergeben. Es ist nur eine Photographie", fügte er hinzu, als er den Umschlag mit dem Panowoer Gruppenbild aus der Tasche zog.

„Nun, das läßt sich machen", sagte, sichtlich milder gestimmt, der Arzt und beauftragte eine alte Frau in weißer Schürze, die Wärterin Maslowa zu holen. „Wollen Sie nicht Platz nehmen oder ins Empfangszimmer gehen?"

„Besten Dank", erwiderte Nechljudow und nahm die für ihn günstige Wendung in der Haltung des Arztes wahr, um sich zu erkundigen, wie man im Krankenhaus mit der Maslowa zufrieden sei.

„Ach, sie läßt sich ganz gut an, wenn man die Verhältnisse berücksichtigt, unter denen sie vorher gelebt hat", antwortete der Arzt. „Da kommt sie übrigens schon."

Durch eine der Türen trat die alte Wärterin, dahinter ging die Maslowa. Sie trug ein gestreiftes Kleid mit einer weißen Schürze darüber, und das Haar war von einem Kopftuch verdeckt. Als sie Nechljudow erblickte, wurde sie rot und blieb einen Augenblick unschlüssig stehen; dann machte sie ein finsteres Gesicht, senkte die Augen und kam auf dem Korridorläufer schnellen Schrittes auf ihn zu. Vor ihm angelangt, reichte sie ihm erst nach einigem Zögern die Hand und errötete dabei noch mehr. Nechljudow, der sie nach jenem Gespräch, bei dem sie sich wegen ihrer Heftigkeit entschuldigt hatte, nicht mehr gesehen hatte, war in der Erwartung gekommen, sie in derselben Stimmung anzutreffen, in der sie damals gewesen war. Doch heute war sie eine völlig andere; in ihrem Gesicht lag ein ganz neuer Zug von Zurückhaltung, Schüchternheit und, wie es ihm schien, von Gereiztheit gegen ihn. Wie zuvor dem Arzt, sagte er jetzt auch ihr, daß er nach Petersburg fahre, und übergab ihr den Umschlag mit der Photographie aus Panowo.

„Dieses alte Bildchen habe ich in Panowo gefunden, vielleicht macht es Ihnen ein wenig Freude. Nehmen Sie es."

Sie zog die Brauen hoch und sah ihn aus ihren schrägen Augen so verwundert an, als wollte sie fragen, warum er ihr das Bild bringe; dann nahm sie ihm den Umschlag ab und steckte ihn in die Schürzentasche.

„Ich habe dort auch mit Ihrer Tante gesprochen", sagte Nechljudow.

„Ja?" sagte sie gleichmütig.

„Wie fühlen Sie sich hier?" fragte Nechljudow.

„Ganz gut", antwortete sie.

„Fällt Ihnen die Arbeit nicht zu schwer?"

„Nein, es geht. Ich bin nur noch nicht daran gewöhnt."

„Ich freue mich sehr für Sie. Immerhin ist es hier doch erträglicher als drüben."

„Als wo?"

„Als im Gefängnis", beeilte sich Nechljudow zu sagen.

„Warum soll es hier denn erträglicher sein?" fragte sie.

„Nun, Sie haben es hier doch mit besseren Menschen zu tun, denke ich. Nicht mit solchen wie dort."

„Dort gibt es viele gute Menschen", sagte sie.

„Wegen der beiden Menschows habe ich schon Schritte unternommen und hoffe, man wird sie freilassen."

„Das gebe Gott, die Alte ist ein so nettes Frauchen", sagte sie, ihre ständige Bezeichnung für die alte Menschowa wiederholend, und lächelte leise.

„Ich fahre heute nach Petersburg. Ihr Prozeß muß demnächst zur Verhandlung kommen, und ich hoffe, daß man das Urteil aufheben wird."

„Ob es aufgehoben wird oder nicht, das ist jetzt alles gleich", sagte sie.

„Warum sagen Sie ‚jetzt'?"

„Nun, so", sagte sie nur und sah ihm einen Augenblick prüfend ins Gesicht.

Ihre ausweichende Antwort und ihren prüfenden Blick deutete Nechljudow so, daß sie feststellen wollte, ob er an seinem Entschluß, sie zu heiraten, festhalte oder ob er ihn infolge ihrer Ablehnung aufgegeben habe.

„Ich weiß nicht, warum Ihnen alles gleich ist", sagte er. „Doch was meine Beschlüsse betrifft, so ist es in der Tat gleichgültig, ob Sie freigesprochen werden oder nicht. Ich bin in jedem Falle bereit, das auszuführen, was ich gesagt habe", erklärte er mit Nachdruck.

Sie hob den Kopf, ihre schielenden schwarzen Augen streiften sein Gesicht, und ihr eigenes erstrahlte vor Freude. Aber sie sagte etwas ganz anderes als das, was in ihren Augen geschrieben stand.

„Das ist ganz überflüssig, davon noch zu sprechen", sagte sie.

„Ich sage es, damit Sie es wissen."

„Es ist schon alles gesagt, darüber braucht nicht mehr gesprochen zu werden", erwiderte sie und unterdrückte dabei nur mit Mühe ein Lächeln.

Im Krankensaal wurden Geräusche laut. Man hörte ein Kind weinen.

„Man ruft mich, scheint es", sagte sie und wandte sich unruhig um.

„Nun, dann auf Wiedersehen", sagte Nechljudow und wollte ihr die Hand reichen.

Aber sie übersah geflissentlich seine Hand, drehte sich um und ging, bemüht, ihren Triumph zu verbergen, mit schnellen Schritten über den läuferbelegten Korridor in den Krankensaal zurück.

Was geht in ihr vor? überlegte Nechljudow. Was denkt sie? Was fühlt sie? Will sie mich auf die Probe stellen, oder kann sie mir wirklich nicht verzeihen? Ist sie unfähig, alles auszudrücken, was sie denkt und fühlt, oder will sie es nicht? Hat ihre Verbitterung nachgelassen, oder ist sie noch größer geworden? Er konnte auf diese Fragen keine Antwort finden. Eins nur war für ihn gewiß: sie hatte sich verändert, und in ihr vollzog sich eine für ihr Seelenleben wichtige Wandlung – eine Wandlung, die ihn nicht nur mit ihr, sondern auch mit dem verband, in dessen Namen diese Umwandlung vor sich ging. Und das Bewußtsein dieser Verbundenheit versetzte ihn in eine freudig erregte, weiche Stimmung.

Als die Maslowa in den Krankensaal zurückgekehrt war und auf Anweisung der Schwester eins der dort stehenden acht Kinderbetten neu beziehen mußte, beugte sie sich dabei mit dem Laken zu weit hinüber, kam ins Rutschen und wäre beinah gefallen. Als hierauf ein bereits genesender Junge mit verbundenem Hals, der ihr zugesehen hatte, zu lachen begann, konnte auch sie nicht mehr an sich halten, setzte sich aufs Bett und brach in ein so schallendes, mitreißendes Lachen aus, daß einige Kinder mitlachten. Die Schwester aber fuhr sie wütend an: „Was gackerst du? Meinst wohl, daß du noch dort bist, wo du vorher warst! Geh, hol das Essen!"

Die Maslowa erwiderte nichts, nahm das Geschirr und ging auf die Tür zu, um den Auftrag auszuführen; doch als ihr Blick dem des verbundenen Jungen begegnete, der nicht lachen durfte, prustete sie aufs neue los. Mehrmals im Laufe des Tages, wenn niemand zugegen war, zog sie das Gruppenbild ein Stück aus dem Umschlag und weidete sich daran; doch erst am Abend, nach beendetem Dienst, als sie in dem Zimmer, das sie mit der zweiten Wärterin teilte, allein war, nahm sie das Bild ganz aus dem Umschlag heraus und betrachtete in Gedanken versunken jede Einzelheit der Gesichter, der Kleidung, der zur Veranda führenden Stufen und des im Hintergrund stehenden Gebüschs, von dem sich die Gesichter Nechljudows, der Tanten und ihr eigenes abhoben; sie hielt das vergilbte Bild in der Hand und konnte sich insbesondere an ihrem eigenen jungen, hübschen Gesicht mit der von Locken umgebenen Stirn nicht satt sehen. Sie war in den Anblick des Bildes so vertieft, daß sie nicht bemerkte, wie die zweite Wärterin das Zimmer betrat.

„Was ist das für ein Bild? Hat er es dir gegeben?" fragte die beleibte, gutmütige Wärterin und beugte sich über die Photographie. „Bist du das womöglich?"

„Ja, wer denn sonst?" antwortete die Maslowa und blickte ihrer Gefährtin lächelnd in die Augen.

„Und wer ist das? Er selbst? Ist das seine Mutter?"

„Nein, eine Tante. Hast du mich wirklich nicht erkannt?" fragte die Maslowa.

„Wie konnte ich das? Nie im Leben hätte ich dich erkannt. Ein ganz anderes Gesicht hast du da. Na, es sind ja wohl auch zehn Jahre seitdem vergangen."

„Nicht Jahre, ein ganzes Leben ist vergangen!" antwortete die Maslowa, und ihre heitere Stimmung schlug jäh ins Gegenteil um. Ihr Gesicht nahm einen mißmutigen Ausdruck an, und zwischen den Brauen erschien eine tiefe Falte.

„Nun, nachher hast du doch auch ein leichtes Leben gehabt, stelle ich mir vor?"

„Ja, ein leichtes!" erwiderte die Maslowa bitter und schüttelte, die Augen schließend, den Kopf. „Schlimmer als im Zuchthaus!"

„Was war denn dabei so schlimm?"

„Alles, immer dasselbe. Von acht Uhr abends bis in den Morgen hinein. Und so ging es jeden Tag."

„Warum geben denn die Mädchen ein solches Leben nicht auf?"

„Sie möchten es schon aufgeben, können es aber nicht. Ach, was ist da viel zu reden!" rief die Maslowa und sprang auf; sie schleuderte die Photographie in die Tischlade, lief, gewaltsam die Tränen zurückhaltend, auf den Flur und schlug polternd die Tür zu.

Beim Betrachten der Photographie hatte sie sich in die Zeit zurückversetzt gefühlt, in der die Aufnahme gemacht worden war, und davon geträumt, wie glücklich sie damals gewesen war und auch jetzt noch mit Nechljudow hätte sein können. Die Worte der anderen Wärterin hatten ihr dann ins Gedächtnis gerufen, was sie jetzt war, hatten den ganzen Schrecken ihres Lebens in einem öffentlichen Haus wieder geweckt, den sie damals im Unterbewußtsein gefühlt, sich aber nicht eingestanden hatte. Erst jetzt erinnerte sie sich in allen Einzelheiten jener fürchterlichen Nächte und insbesondere einer Nacht vor den Großen Fasten, in der ein Student kommen sollte, der versprochen hatte, sie loszukaufen. Und ferner erinnerte sie sich, wie sie, erschöpft und berauscht, in einem tief ausgeschnittenen, mit Wein befleckten roten Seidenkleid und mit einer roten Schleife im zerzausten Haar um zwei Uhr nachts einige Gäste hinausgeleitet, sich dann während einer Tanzpause zu der spindeldürren, ganz mit Pickeln übersäten Klavierbegleiterin des Geigers gesetzt und über ihr schweres Los geklagt hatte und wie die Klavierspielerin hierauf sagte, daß auch sie sich in ihrer Stellung bedrückt fühle und sich eine andere suchen wolle; wie dann noch Klara hinzugekommen war und alle drei beschlossen hatten, dieses Leben aufzugeben. In der Meinung, daß der Trubel jener Nacht schon beendet sei, waren sie gerade im Begriff gewesen auseinanderzugehen, als im Vorzimmer das Gegröl Betrunkener laut wurde. Der Geiger spielte ein Ritornell, und die Pianistin hämmerte auf dem Klavier als Begleitung zur ersten Figur der Quadrille die Melodie eines forschen russischen Liedes; sie erinnerte sich, wie dann ein kleiner, schwitzender, nach Alkohol riechender und dauernd aufstoßender Mann bei der zweiten Tanzfigur seinen Frack ausgezogen und sie umarmt hatte, während der zweite, ein dicker Kerl mit Vollbart, ebenfalls mit Frack und weißer Binde angetan – sie waren von einem Ball gekommen –, das gleiche mit Klara tat; bis zum Morgen hatten sie sich im Kreise gedreht, getanzt, gegrölt und getrunken ...

Und so war es drei Jahre hindurch gegangen. Wie hätte sie sich da nicht verändern sollen! Die Ursache von allem aber war Nechljudow. Bei diesem Gedanken stieg der alte Groll gegen ihn wieder in ihr auf, und sie hatte das Bedürfnis, ihm seine Schändlichkeit vorzuhalten, ihm Vorwürfe zu machen. Sie bedauerte jetzt, daß sie bei seinem heutigen Besuch versäumt hatte, ihm nochmals zu sagen, daß sie ihn durchschaue und sich nicht von ihm überrumpeln lasse, ihm nicht erlauben werde, sie jetzt moralisch auszunutzen, wie er sie damals körperlich ausgenutzt hatte, ihm nicht erlauben werde, sie zum Objekt seiner Großmut zu machen. Um dieses quälende Gefühl des Mitleids mit sich selbst und der nutzlosen Vorwürfe gegen ihn zu betäuben, verlangte es sie nach Schnaps. Wäre sie noch im Gefängnis gewesen, hätte sie sicherlich ihr Versprechen gebrochen und getrunken. Im Krankenhaus war Alkohol indessen nur beim Heilgehilfen zu erhalten, und den fürchtete sie, weil er ihr nachstellte. Jetzt waren ihr alle Beziehungen mit Männern zuwider. Nachdem sie eine ganze Weile auf der Bank im Flur gesessen hatte, ging sie in die kleine Stube zurück und weinte, ohne auf die Fragen ihrer Gefährtin zu antworten, noch lange über ihr zerstörtes Leben.

14

In Petersburg hatte Nechljudow drei Angelegenheiten zu erledigen: beim Senat die Berufung für die Maslowa einzulegen, in der Kommission für Bittgesuche die Sache der Fedossja Birjukowa zu betreiben und sich auf Bitten Wera Bogoduchowskajas in der Gendarmerieverwaltung oder in der Dritten Abteilung um die Befreiung der Schustowa zu bemühen und für die Mutter des in der Festung inhaftierten Gurkewitsch die Erlaubnis zu erwirken, ihren Sohn zu besuchen. Die beiden letzten Angelegenheiten zählte er als eine. Viertens kam noch die Sache mit den Sektierern hinzu, die von ihren Familien getrennt und in den Kaukasus verbannt worden waren, weil sie gemeinsam das Evangelium gelesen und nach ihren Begriffen ausgelegt hatten. Nicht so sehr ihnen, vielmehr sich selbst hatte er gelobt, zur Klärung dieses Falles alle nur möglichen Schritte zu unternehmen.

Seit seinem letzten Besuch bei Maslennikow und namentlich nach seiner Reise aufs Land hatte Nechljudow, ohne dies bewußt zu fördern, eine tiefe Abneigung gegen die Kreise gefaßt, in denen er bisher gelebt hatte – gegen jene Gesellschaftsschicht, in der die Leiden, denen Millionen von Menschen ausgesetzt waren, um das Wohlleben und die Bequemlichkeiten einer kleinen Anzahl anderer Menschen zu gewährleisten, so sorgfältig verdeckt wurden, daß die Angehörigen dieser Gesellschaftsschicht jene Leiden nicht sahen, ja gar nicht sehen konnten und daher auch nicht die Grausamkeit und Verwerflichkeit ihrer eigenen Lebensführung erkannten. Nechljudow war jetzt bereits außerstande, freimütig und ohne sich selbst Vorwürfe zu machen, mit Leuten dieser Kreise zu verkehren. Aber dennoch zogen alte Lebensgewohnheiten sowie verwandtschaftliche und freundschaftliche Beziehungen ihn immer wieder in diese Kreise, auch war er auf sie geradezu angewiesen, um der Maslowa und all den unglücklichen Menschen, denen er helfen wollte, beistehen zu können. Das lag ihm jetzt vor allem am Herzen, und daher war er gezwungen, die Hilfe und Dienste von Angehörigen dieser Kreise in Anspruch zu nehmen, für die er nicht nur keine Achtung hatte, sondern die ihm oftmals ausgesprochenen Abscheu und Widerwillen einflößten.

In Petersburg stieg Nechljudow bei seiner Tante mütterlicherseits, der mit einem ehemaligen Minister verheirateten Gräfin Tscharskaja, ab und geriet dadurch sofort unmittelbar in die ihm so fremd gewordene aristokratische Gesellschaft. Das war ihm unangenehm, ließ sich jedoch nicht vermeiden. Wäre er unter Umgehung der Tante in einem Hotel abgestiegen, hätte das für sie eine Kränkung bedeutet. Überdies besaß die Tante weitreichende Beziehungen und konnte ihm bei all den Dingen, die er erledigen wollte, außerordentlich behilflich sein.

„Sag mal, was ist mir da alles über dich zu Ohren gekommen? Wahre Wundermären", wandte sich die Gräfin Jekaterina Iwanowna an Nechljudow, während sie ihn gleich nach seiner Ankunft mit Kaffee bewirtete. „Vous posez pour un Howard? Du machst dir in Gefängnissen zu schaffen, setzt dich für Verbrecher ein? Willst du sie bekehren?"

„Aber nein, das traue ich mir nicht zu."

„Nun, es wäre gar nicht schlecht. Doch da soll, wie ich hörte, eine romantische Geschichte im Spiel sein. Davon mußt du mir erzählen!"

Nechljudow schilderte seine Beziehungen zur Maslowa und erzählte, wie alles gekommen war.

„Ja, ja, ich erinnere mich. Die arme Hélène hat mir davon erzählt, als du bei den beiden alten Tanten logiertest. Sie wollten dich ja wohl mit ihrer Pflegetochter verheiraten", sagte die Gräfin Jekaterina Iwanowna, die auf Nechljudows Tanten väterlicherseits von jeher mit Geringschätzung herabgeblickt hatte. „Also um die handelt es sich? Elle est encore jolie?“

Gräfin Jekaterina Iwanowna war eine sechzigjährige, immer fröhliche und ebenso energische wie redselige Dame. Groß, korpulent und mit einem sich auf der Oberlippe abzeichnenden schwarzen Schnurrbärtchen, erfreute sie sich bester Gesundheit. Nechljudow liebte sie und hatte sich seit seiner Kindheit oft von ihrer Energie und Fröhlichkeit mitreißen lassen.

„Nein, ma tante, das ist alles aus. Mir liegt nur daran, ihr zu helfen, weil sie zu Unrecht verurteilt ist und ich schuld daran bin, schuld an ihrem ganzen Schicksal. Ich fühle mich verpflichtet, alles für sie zu tun, was mir möglich ist.“

„Ja, aber es hieß doch, du wolltest sie heiraten?“

„Das wollte ich auch, aber sie lehnt es ab.“

Jekaterina Iwanowna beugte den Kopf vor, riß die Augen auf und sah ihren Neffen eine Weile sprachlos vor Erstaunen an, doch gleich darauf drückte sich in ihrem Gesicht Befriedigung aus.

„Nun, dann ist sie vernünftiger als du. Was bist du doch für ein Narr! Hättest du sie wirklich geheiratet?“

„Es war mein fester Entschluß.“

„Nach allem, was sie inzwischen getrieben hat?“

„Darum erst recht. Ich bin ja an allem schuld.“

„Nein, du bist einfach ein Dummerjan“, sagte die Tante, mit Mühe ein Lächeln unterdrückend. „Ein schrecklicher Dummerjan, aber ich liebe dich gerade deshalb, weil du ein so schrecklicher Dummerjan bist“, wiederholte sie, weil sie offenbar der Ansicht war, daß der Ausdruck Dummerjan besonders treffend die geistige und moralische Verfassung ihres Neffen wiedergab. „Mir kommt da übrigens ein guter Gedanke“, fuhr sie fort. „Aline leitet eine wunderbare Anstalt, das Magdalenenstift. Ich bin einmal dort gewesen. Die Insassinnen sind höchst widerwärtige Geschöpfe. Ich habe mich hinterher immer wieder gewaschen. Aber Aline geht mit corps et âme darin auf. Dort werden wir also deinen Schützling unterbringen. Wenn jemand sie läutern kann, dann ist es Aline.“

„Ja, aber sie ist zu Zwangsarbeit in Sibirien verurteilt. Deshalb bin ich hergekommen, um die Aufhebung des Urteils zu erwirken. Und da möchte ich Sie um Ihre Unterstützung bitten."

„Soso. Wo soll die Sache denn zur Verhandlung kommen?"

„Im Senat."

„Im Senat? Mein lieber Cousin Lewuschka, der ist im Senat. Aber er gehört zum Narrendepartement – zum Heroldsamt. Von den amtierenden Richtern kenne ich niemand. Das sind alles Gott weiß was für Leute – entweder Deutsche: Ge, Fe, De – tout l'alphabet, oder alle möglichen Iwanows, Semjonows, Nikitins oder Iwanenkos, Simonenkos, Nikitenkos, pour varier. Des gens de l'autre monde. Nun, ich werde es jedenfalls meinem Mann sagen. Er kennt sie. Er kennt alle möglichen Leute. Ich werde mit ihm sprechen. Nur mußt du ihm dann noch alles auseinandersetzen, denn mich versteht er nie. Was ich auch sage, er erklärt, daß er nicht klug draus wird. C'est un parti pris. Alle verstehen mich, nur er nicht."

In diesem Augenblick erschien ein livrierter Diener, der auf einem silbernen Tablett einen Brief brachte.

„Da schreibt mir gerade Aline. Nun wirst du auch Kiesewetter zu hören bekommen."

„Wer ist das – Kiesewetter?"

„Kiesewetter? Komm heute abend, dann wirst du sehen, was das für ein Mann ist. Er hält Reden, daß sich selbst die abgefeimtesten Verbrecher auf die Knie werfen und reumütig weinen."

Die Gräfin Jekaterina Iwanowna war, so merkwürdig es auch klingen mag und sowenig es ihrem Charakter entsprach, eine glühende Anhängerin jener Lehre, die auf der Überzeugung beruhte, daß das Wesen des Christentums im Glauben an die Erlösung bestehe. Sie besuchte Versammlungen, in denen die zu jener Zeit in Mode stehende Lehre verkündet wurde, und ließ Gläubige in ihrer Wohnung zusammenkommen. Doch ungeachtet dessen, daß diese Lehre alle kirchlichen Gebräuche, die Heiligenbilder und sogar die Sakramente verwarf, hingen in sämtlichen Zimmern, ja selbst über dem Bett der Gräfin Heiligenbilder, und Jekaterina Iwanowna befolgte alle kirchlichen Vorschriften, ohne darin eine Inkonsequenz zu sehen.

„Ja, deine Magdalena müßte ihn sich einmal anhören, da würde sie sich läutern", sagte die Gräfin. „Richte es also ein, daß du abends unbedingt zu Hause bist. Dann wirst du ihn selbst hören. Er ist ein erstaunlicher Mensch."

„Ich interessiere mich nicht dafür, ma tante."

„Aber ich versichere dir, daß es höchst interessant ist. Du mußt unbedingt kommen. Nun, und wünschst du sonst noch etwas von mir? Videz votre sac."

„Ja, wegen einiger Häftlinge in der Festung ..."

„In der Festung? Da kann ich dir ein paar Zeilen an Baron Kriegsmut mitgeben. C'est un très brave homme. Du kennst ihn übrigens selbst. Er war ein Kamerad deines Vaters. Il donne dans le spiritisme. Doch das tut nichts. Er ist gutmütig. Worum handelt es sich denn?"

„Ich will für einen Häftling die Erlaubnis erwirken, von seiner Mutter besucht zu werden. Das soll jedoch, wie mir gesagt wurde, nicht von Kriegsmut, sondern von Tscherwjanski abhängen."

„Tscherwjanski kann ich nicht leiden, aber es läßt sich vielleicht durch Mariette, seine Frau, machen. Sie wird es mir zuliebe tun. Elle est très gentille."

„Und dann geht es noch um ein junges Mädchen. Sie ist schon seit mehreren Monaten in Haft, und niemand weiß, weswegen."

„Nun, sie selber wird es schon wissen. Die wissen es alle ganz genau. Auch diese Kurzhaarigen sitzen gewiß nicht zu Unrecht."

„Ob zu Recht oder zu Unrecht, das wissen wir nicht. Aber sicher ist, daß sie leiden. Sie, ma tante, sind eine Christin und glauben an das Evangelium – wie können Sie da so unbarmherzig ..."

„Das hat nichts damit zu tun. Das Evangelium bleibt Evangelium, und was widerwärtig ist, bleibt widerwärtig. Viel schlimmer wäre es, wenn ich heucheln würde, ich hätte die Nihilisten und die mir besonders verhaßten kurzhaarigen Nihilistinnen sehr gern."

„Warum sind sie Ihnen denn so verhaßt?"

„Danach fragst du noch? Nach allem, was am 1. März geschehen ist?"

„Daran waren doch nicht alle beteiligt."

„Das ändert nichts. Sie sollen sich nicht mit Dingen abgeben, die sie nichts angehen. Das ist unweiblich."

„Nun, bei Mariette halten Sie es doch nicht für unweiblich", wandte Nechljudow ein.

„Bei Mariette? Mit Mariette ist es etwas anderes. Aber es geht nicht an, daß jede x-beliebige Landpomeranze alle Welt schulmeistern will."

„Sie wollen niemand schulmeistern, sondern einfach dem Volk helfen."

„Das weiß man auch ohne sie, wem man helfen muß und wem nicht."

„Aber es steht doch fest, daß die Masse des Volkes große Not leidet. Ich komme gerade vom Lande. Ist es denn gerecht, daß die Bauern unter der Last der Arbeit fast zusammenbrechen und sich nicht satt essen können, während wir in maßlosem Luxus schwelgen?" fragte Nechljudow, der seiner Tante, ermutigt durch ihre Hilfsbereitschaft, offen seine Ansichten darlegen wollte.

„Ja, willst du denn, daß ich arbeiten und außerdem nichts essen soll?"

„Nein, daß Sie nicht essen sollen, will ich nicht", antwortete Nechljudow lächelnd. „Ich will lediglich, daß wir alle arbeiten und alle genügend zu essen haben sollen."

Die Tante senkte wieder den Kopf und sah ihn mit großen Augen an.

„Mon cher, vous finirez mal!" sagte sie.

In diesem Augenblick betrat ein großer, breitschultriger Offizier in Generalsuniform das Zimmer. Es war der Mann der Gräfin Tscharskaja, ein Minister im Ruhestand.

„Sieh da, Dmitri! Guten Tag!" sagte er und hielt Nechljudow seine frischrasierte Wange zum Kuß hin. „Wann bist du angekommen?"

Dann küßte er seine Frau schweigend auf die Stirn.

„Non, il est impayable", wandte sich die Gräfin Jekaterina Iwanowna an ihren Mann. „Seiner Ansicht nach soll ich am Fluß Wäsche spülen und nichts anderes essen als Kartoffeln. Er ist ein schrecklicher Narr, aber tu schon dein Möglichstes, alles zu erfüllen, worum er dich bitten wird. Ein schrecklicher Dummerjan!" fügte sie hinzu. „Hast du übrigens Neues über die Kamenskaja gehört? Sie sei so verzweifelt, heißt es, daß man fürchtet, sie könnte sich etwas antun. Du solltest mal bei ihr vorsprechen", sagte sie zu ihrem Mann.

„Ja, ein furchtbarer Fall", bemerkte der Graf.

„Nun, geht jetzt und besprecht alles, ich muß noch ein paar Briefe schreiben", sagte die Gräfin.

Nechljudow hatte kaum das neben dem Salon liegende Zimmer betreten, als sie ihm nachrief:

„Soll ich nun an Mariette schreiben?"

„Ja, seien Sie so gut, ma tante."

„Da werde ich en blanc lassen, was du wegen der Kurzhaarigen wünschst. Sie wird es ihrem Mann schon sagen. Er wird es tun. Du mußt nicht denken, daß ich herzlos bin. Sie sind mir allesamt zuwider, deine protégées, doch je ne leur veux pas de mal. Gott mit ihnen! Geh jetzt. Und vergiß nicht, daß du zum Abend unbedingt wieder hier sein mußt. Dann wirst du Kiesewetter hören. Wir werden eine Andacht abhalten, und wenn du dich nicht dagegen sträubst, ça vous fera beaucoup de bien. Ich weiß ja, daß Hélène und ihr alle in dieser Hinsicht sehr zurückgeblieben seid. Also auf Wiedersehen!"

15

Graf Iwan Michailowitsch war ein im Ruhestand lebender Minister und ein Mann mit äußerst fester Lebensauffassung.

Die Lebensauffassung des Grafen Iwan Michailowitsch gipfelte von seiner Jugend an in der Überzeugung, daß es, ebenso wie es für einen Vogel natürlich ist, sich von Würmern zu ernähren, mit Gefieder bekleidet zu sein und durch die Luft zu fliegen, auch für ihn ganz natürlich sei, exquisite, von erstklassigen Köchen zubereitete Gerichte zu genießen, die bequemste und teuerste Kleidung zu tragen und mit den zuverlässigsten und schnellsten Pferden zu fahren. All das mußte ihm seiner Überzeugung nach jederzeit zur Verfügung stehen. Außerdem war Graf Iwan Michailowitsch darauf bedacht, tunlichst große Summen für dies oder das aus der Staatskasse einzuheimsen, mit möglichst vielen Orden einschließlich der Brillanten dekoriert zu werden und möglichst häufig sowohl mit männlichen als auch weiblichen Mitgliedern des Hofes zusammenzutreffen und von ihnen ins Gespräch gezogen zu werden. Im Vergleich mit diesen grundlegenden Dogmen hielt Graf Iwan Michailowitsch alles übrige für belanglos und uninteressant. Alles übrige konnte seinetwegen gelingen oder schiefgehen. Im Einklang mit dieser Überzeugung lebte und wirkte Graf Iwan Michailowitsch seit vierzig Jahren in Petersburg und war schließlich bis zum Minister aufgestiegen.

Die hauptsächlichsten Eigenschaften des Grafen Iwan Michailowitsch, denen er seine Karriere zu verdanken hatte, bestanden erstens darin, daß er den Sinn von Druckschriften und Gesetzen begreifen konnte und seinerseits fähig war, wenn auch nicht gerade sehr gereimt, so doch einigermaßen verständlich und ohne orthographische Fehler ein Schriftstück aufzusetzen; zweitens darin, daß er sich eines außerordentlich imposanten Äußeren erfreute und ihm die Fähigkeit eigen war, je nachdem wie es geboten schien, nicht nur stolz, sondern mit geradezu unnahbarer Erhabenheit aufzutreten oder eine an Gemeinheit grenzende Liebedienerei und Unterwürfigkeit an den Tag zu legen; drittens darin, daß er keinerlei allgemeingültige Grundsätze besaß – weder in bezug auf seine persönliche Moral noch solche staatspolitischer Natur –, so daß es ihm möglich war, je nach Bedarf mit allen einverstanden zu sein oder gegen alle zu opponieren. Indem er diese Taktik befolgte, befleißigte er sich nur, den Ton zu wahren und nicht in offenkundigen Widerspruch mit sich selbst zu geraten; ob hingegen seine Handlungen moralisch oder unmoralisch waren, ob sie für Rußland oder gar für die ganze Welt zu größtem Segen oder größtem Schaden gereichen würden, das war ihm völlig gleichgültig.

Bei seiner Ernennung zum Minister waren nicht nur alle von ihm abhängigen Personen – und es hingen sehr viele Menschen seiner engeren und weiteren Umgebung von ihm ab –, sondern auch die Allgemeinheit und er selbst davon überzeugt, er sei ein hervorragender Staatsmann. Doch nachdem eine gewisse Zeit verstrichen war und er nichts Umwälzendes vollbracht, nichts von seinen Fähigkeiten offenbart hatte und nun nach dem Gesetz des Daseinskampfes von anderen, gleich ihm des Lesens und Schreibens kundigen, ebenso stattlich aussehenden und prinzipienlosen Beamten verdrängt wurde und seinen Abschied nehmen mußte, da wurde allen klar, daß er nicht nur kein besonders hervorragender und kluger, sondern im Gegenteil trotz seines überheblichen Auftretens ein äußerst beschränkter und mangelhaft gebildeter Mensch war, der sich in seinen Anschauungen kaum bis zum Niveau der Leitartikel in konservativen Winkelblättchen erhob. Es zeigte sich nun, daß er sich durch nichts vor jenen anderen mangelhaft gebildeten und selbstbewußten Beamten auszeichnete, die ihn verdrängt hatten; doch obwohl er dies selbst einsah, wurde keineswegs seine Überzeugung erschüttert, daß es ihm zustehe, Jahr für Jahr große Summen aus der Staatskasse und weitere Verzierungen für seine Paradeuniform zu erhalten. Diese Überzeugung hatte eine so suggestive Kraft, daß niemand den Mut aufbrachte, ihm seine Forderungen abzuschlagen, und so bezog er denn teils in Form einer Pension, teils in seiner Eigenschaft als Mitglied höchster staatlicher Institutionen und Vorsitzender verschiedener Komitees und Gesellschaften jährlich einige zehntausend Rubel und erhielt außerdem auf Grund neuer Verleihungen das von ihm sehr geschätzte Recht, seine Schultern und Hosen jedes Jahr mit neuen Tressen zu besetzen und seinen Frack mit weiteren Schleifchen und Emaillesternchen zu schmücken. Infolgedessen verfügte Graf Iwan Michailowitsch über ausgezeichnete Beziehungen.

Er hörte Nechljudow in derselben Pose an, in der er früher die Vorträge seiner Bürochefs entgegengenommen hatte, und sagte dann, er werde ihm zwei Empfehlungen mitgeben – eine davon an den Senator Wolf im Kassationsdepartement.

„Über ihn ist allerhand Gerede in Umlauf, aber dans tous les cas c'est un homme très comme il faut", sagte er. „Er ist mir außerdem verpflichtet und wird gewiß sein Möglichstes tun."

Die zweite Empfehlung des Grafen Iwan Michailowitsch war an eine maßgebende Persönlichkeit in der Kommission für Bittgesuche gerichtet. Der von Nechljudow vorgetragene Fall der

Fedossja Birjukowa interessierte ihn sehr. Als Nechljudow sagte, er habe schon erwogen, deswegen an die Zarin zu schreiben, meinte der Graf, der Fall sei in der Tat sehr rührend, und man könne ihn vielleicht gelegentlich bei Hofe erwähnen. Es sei ihm aber nicht möglich, etwas Bestimmtes zu versprechen, die Bittschrift solle jedenfalls ihren üblichen Gang nehmen. Und sollte sich eine passende Gelegenheit bieten, dachte er dabei im stillen, etwa wenn man donnerstags zu einem petit comité befohlen wird, dann würde er die Geschichte auch dort vortragen.

Nachdem Nechljudow die beiden Empfehlungsschreiben des Grafen und von der Tante ein Briefchen an Mariette in Empfang genommen hatte, brach er unverzüglich auf, um die verschiedenen Stellen aufzusuchen.

Als erstes wollte er bei Mariette vorsprechen, die aus einer nicht sehr reichen Adelsfamilie stammte und ihm noch aus der Zeit in Erinnerung war, da sie als Backfisch bei ihren Eltern gelebt hatte. Er wußte, daß sie jetzt mit einem Mann verheiratet war, der schnell Karriere gemacht hatte und durch die Herzlosigkeit berüchtigt war, mit der er die ihm von Amts wegen unterstellten Hunderte und Tausende politischer Häftlinge behandelte. Wie immer empfand es Nechljudow auch im Hinblick auf den ihm jetzt bevorstehenden Besuch unsagbar bedrückend, daß er sich, um den gemarterten Menschen zu helfen, mit jenen in Verbindung setzen mußte, von denen sie gemartert wurden, und daß er gewissermaßen die Rechtmäßigkeit ihrer Handlungsweise anerkannte, indem er sie darum bat, zum mindesten einzelnen Häftlingen gegenüber ein wenig ihre übliche, ihnen wahrscheinlich gar nicht bewußte Grausamkeit zu mildern. In solchen Fällen empfand er stets einen inneren Zwiespalt und schwankte lange, ob er mit seinem Anliegen hingehen solle oder nicht; aber schließlich tat er es doch immer wieder. Denn wenn er es auch als peinlich und entwürdigend empfand, sich an Mariette oder ihren Mann zu wenden, so bestand doch dafür die Möglichkeit, daß er auf solche Weise die Freilassung einer unglücklichen, in Einzelhaft schmachtenden Frau erreichen würde und daß sie und ihre Angehörigen dann nicht mehr zu leiden brauchten. Abgesehen davon, daß es ihm widerstrebte, in der Rolle eines Bittstellers bei Leuten aufzutreten, mit denen er sich jetzt nicht mehr verbunden fühlte, die ihn ihrerseits aber immer noch als ihrem Kreis zugehörig betrachteten, merkte er, daß er dabei wieder auf das alte Gleis geriet und sich unversehens dem leichtfertigen, frivolen Ton anpaßte, der in diesen Kreisen herrschte. Das hatte er auch schon heute morgen bei seiner Tante Jekaterina Iwanowna wahrgenommen, als er, während er mit ihr über tiefernste Dinge sprach, in einen scherzhaften Ton verfallen war.

Überhaupt machte Petersburg, wo er seit langem nicht gewesen war, auf ihn den dieser Stadt eigenen physisch aufmunternden und moralisch abstumpfenden Eindruck. Alles war hier so sauber, so bequem und gut geordnet, und die Menschen hatten von Moral so lockere Begriffe, daß einem das Leben hier besonders leicht erschien.

Ein schmucker, sauberer und höflicher Kutscher fuhr ihn durch prächtige, sauber gefegte und mit Wasser besprengte Straßen an schmucken, sauberen, höflichen Schutzleuten und schönen, sauberen Häusern vorüber zu dem am Kai stehenden Gebäude, in dem Mariette wohnte.

Vor dem Portal hielt ein Doppelgespann englischer Pferde mit Scheuklappen, und der livrierte, mit seinem gestutzten Backenbart einem Engländer ähnelnde Kutscher thronte, die Peitsche in der Hand, in stolzer Haltung auf dem Bock.

Ein Portier in außergewöhnlich prächtiger Livree öffnete die Tür zur Vorhalle; dort stand mit sorgfältig gebürstetem Backenbart und in einer noch reicher mit Tressen besetzten Livree der als Begleiter bei Ausfahrten bestimmte Lakai und außerdem in sauberer Uniform der diensthabende Ordonnanzsoldat mit aufgepflanztem Bajonett.

„Der Herr General empfängt jetzt nicht. Nein, die Frau Generalin auch nicht. Die Herrschaften wollen gleich ausfahren."

Nechljudow übergab dem Portier den Brief der Gräfin Jekaterina Iwanowna, begab sich an einen kleinen Tisch, auf dem ein Buch zum Eintragen der Besucher lag, entnahm seiner Brieftasche eine Visitenkarte und war schon im Begriff, mit ein paar Zeilen seinem Bedauern Ausdruck zu geben, Mariette nicht angetroffen zu haben, als plötzlich ringsum Bewegung entstand:

der Lakai ging an die zum ersten Stockwerk führende Treppe heran, der Portier trat vor das Portal hinaus und rief: „Vorfahren!", und der Ordonnanzsoldat stellte sich in Positur und verfolgte mit den Augen eine zierliche schlanke Dame, die mit schnellen, ihrer Würde nicht recht entsprechenden Schritten die Treppe herabkam.

Mariette trug ein schwarzes Kleid, einen schwarzen Umhang und ganz neue, schwarze Handschuhe, dazu einen großen mit Federn garnierten Hut, von dem ein Schleier über ihr Gesicht fiel.

Als sie Nechljudow bemerkte, schlug sie den Schleier zurück, ihr ungemein liebliches Gesicht und ihre leuchtenden Augen wurden sichtbar, und sie sah ihn prüfend an.

„Ach, Fürst Dmitri Iwanowitsch!" rief sie erfreut mit angenehmer Stimme. „Ich habe Sie doch gleich erkannt."

„Und selbst meines Vor- und Vatersnamens erinnern Sie sich noch?"

„Aber natürlich, meine Schwester und ich sind ja sogar einmal in Sie verliebt gewesen", antwortete sie auf französisch. „Allerdings haben Sie sich sehr verändert. Wie schade, daß ich gerade wegmuß. Aber vielleicht könnten wir doch noch ...", sagte sie und blieb unschlüssig stehen.

Sie warf einen Blick auf die Wanduhr.

„Nein, es geht nicht. Ich will an der Seelenmesse bei der Gräfin Kamenskaja teilnehmen. Sie ist außer sich vor Verzweiflung."

„Was ist denn passiert?"

„Haben Sie nicht davon gehört? Ihr Sohn ist beim Duell getötet worden. Er hat sich mit Posen duelliert. Der einzige Sohn ... Es ist ein Jammer. Die Mutter ist halbtot vor Verzweiflung."

„Ja, ich hörte schon davon."

„Nein, ich will doch lieber gleich hinfahren, und Sie kommen morgen oder heute abend wieder", sagte sie und ging mit leichten, schnellen Schritten auf den Ausgang zu.

„Heute abend bin ich leider verhindert", antwortete Nechljudow, während er mit ihr auf die Freitreppe hinaustrat und die beiden rassigen Fuchsstuten betrachtete, mit denen der vorfahrende Wagen bespannt war. „Ich bin eigentlich wegen eines Anliegens gekommen, das ich an Sie habe."

„Was ist es denn?"

„Meine Tante hat es Ihnen geschrieben", antwortete Nechljudow und übergab ihr den schmalen, mit einem großen Monogramm geschmückten Umschlag, der den Brief der Gräfin Jekaterina Iwanowna enthielt. „Aus ihrem Brief werden Sie alles ersehen."

„Ich weiß, Gräfin Jekaterina Iwanowna glaubt, ich hätte auf meinen Mann in amtlichen Dingen Einfluß. Da irrt sie. Ich habe nichts damit zu tun und mische mich auch grundsätzlich nicht in seine Angelegenheiten. Doch der Gräfin und Ihnen zuliebe bin ich selbstredend bereit, von der Regel einmal abzuweichen. Worum handelt es sich denn?" fragte sie, während sie mit ihrer schwarzbehandschuhten kleinen Hand suchend nach der Tasche tastete.

„Um ein junges Mädchen, das in der Festung inhaftiert ist; sie ist krank und hat gar nichts verbrochen."

„Und wie ist ihr Name?"

„Schustowa, Lidija Schustowa. Er ist im Brief angegeben."

„Nun gut, ich will sehen, was sich machen läßt." Damit stieg sie graziös in den weichgepolsterten Wagen, dessen lackierte Kotflügel in der Sonne glänzten, und spannte ihren Sonnenschirm auf. Der Lakai setzte sich auf den Bock und gab dem Kutscher ein Zeichen, daß er fahren könne. Doch als sich der Wagen eben in Bewegung setzte, tippte Mariette mit ihrem Schirm an den Rücken des Kutschers, und die prächtigen, dünnhäutigen, auf englische Art gestutzten Stuten senkten die schönen, von den Zügeln zurückgezogenen Köpfe und blieben unruhig auf ihren schlanken Beinen stehen.

„Kommen Sie bestimmt, aber dann bitte ganz privat", sagte sie mit einem Lächeln, dessen Zauber sie sehr wohl kannte. Dann zog sie, gleichsam wie einen Vorhang nach beendeter Vorstellung, ihren Schleier herunter und tippte den Kutscher nochmals mit dem Schirm an. „Also los, fahren wir!"

Nechljudow zog seinen Hut, die rassigen Fuchsstuten schnaubten und schlugen mit den Hufen auf das Pflaster, und der Wagen rollte, nur hin und wieder an unebenen Stellen leicht federnd, auf dicken Gummirädern schnell die Straße hinunter.

16

Als Nechljudow an das Lächeln zurückdachte, das er mit Mariette getauscht hatte, schüttelte er mißmutig den Kopf.

Eh man sich's versieht, wird man aufs neue in dieses Leben hineingezogen, dachte er und bäumte sich innerlich wie schon so oft gegen die erniedrigende Notwendigkeit auf, vor Leuten liebedienern zu müssen, die er nicht achtete. Nachdem er schnell überlegt hatte, in welcher Reihenfolge er seine Besuche erledigen solle, um nicht unnötige Umwege zu machen, fuhr er in den Senat. Dort wurde er in die Kanzlei geführt, einen imposanten Raum, in dem eine Unzahl außergewöhnlich höflicher, adrett aussehender Beamter saßen.

Das Gesuch der Maslowa war eingegangen und, wie Nechljudow von den Beamten erfuhr, mit den Akten an eben jenen Senator Wolf weitergeleitet worden, für den er von seinem Onkel ein Empfehlungsschreiben mitbekommen hatte.

„Die nächste Senatssitzung findet noch in dieser Woche statt, aber der Fall Maslowa wird dabei kaum schon zur Verhandlung kommen", sagte einer der Beamten. „Doch wenn Sie sich deswegen an den Herrn Senator wenden würden, ist es durchaus möglich, daß man ihn doch noch in dieser Woche, für Mittwoch, zur Verhandlung ansetzt."

Während Nechljudow in der Senatskanzlei auf die nötigen Erkundigungen wartete, hörte er wieder ein Gespräch über das Duell, bei dem der junge Kamenski sein Leben eingebüßt hatte. Er erfuhr hier zum erstenmal Einzelheiten darüber, wie es zu diesem ganz Petersburg beschäftigenden Vorfall gekommen war. Einige Offiziere hatten in einem Lokal Austern gegessen und wie gewöhnlich viel getrunken. Einer von ihnen machte dabei eine abfällige Bemerkung über das Regiment, dem Kamenski angehörte, Kamenski nannte ihn einen Lügner und wurde von ihm daraufhin ins Gesicht geschlagen. Am nächsten Tag duellierten sie sich, und Kamenski erhielt einen Bauchschuß, an dem er zwei Stunden später starb. Sein Gegner, der den tödlichen Schuß abgegeben hatte, und die Sekundanten waren zwar verhaftet und auf die Hauptwache gebracht worden, sollten jedoch, wie es allgemein hieß, nach vierzehn Tagen wieder freigelassen werden.

Von der Senatskanzlei fuhr Nechljudow zu Baron Worobjow, der in der Kommission für Bittgesuche eine maßgebliche Persönlichkeit war und seinen Wohnsitz in einem prunkvollen staatlichen Gebäude hatte. Der Portier und ein Diener belehrten Nechljudow in strengem Ton, daß der Herr Baron außerhalb der Empfangstage nicht zu sprechen sei; heute habe er Vortrag bei Sr. Majestät, und morgen sei er auch hinbefohlen. Nechljudow gab den Brief ab und fuhr zum Senator Wolf.

Wolf, der gerade gefrühstückt hatte und anschließend seiner Gewohnheit gemäß zur besseren Verdauung im Zimmer einen Spaziergang machte und dabei eine Zigarre rauchte, ließ Nechljudow bitten. Wladimir Wassiljewitsch Wolf war in der Tat un homme très comme il faut, stellte diese seine Eigenschaft höher als alles andere und blickte von ihrer Höhe geringschätzig auf alle übrigen Menschen herab. Er hatte auch guten Grund, diese Eigenschaft so hoch einzuschätzen, denn ausschließlich ihr verdankte er es, daß er eine glänzende Karriere gemacht, den ersehnten Posten eines Senators erlangt und durch Heirat ein Vermögen erworben hatte, das ihm jährlich achtzehntausend Rubel Zinsen einbrachte. Er hielt sich nicht nur für un homme très comme il faut, sondern auch für einen untadeligen Ehrenmann. Seine Ehrenhaftigkeit sah er darin, daß er es verschmähte, von Privatleuten Bestechungsgelder anzunehmen. Daß er sich alle möglichen Vorteile in Form von Reisegeldern, Aufwandentschädigungen, die billige Pacht von Staatsländereien und so weiter zu verschaffen wußte und dafür mit sklavischer Unterwürfigkeit alles ausführte, was die Regierung von ihm verlangte, das tat seiner Ehrenhaftigkeit, wie er sie auffaßte, keinen Abbruch. Auch hielt er es keineswegs für unehrenhaft, Hunderte von Menschen, die nichts anderes verbrochen hatten, als daß sie sich mit ihrem Volk und der Religion ihrer Väter verbunden fühlten, ins

Unglück zu stürzen und ihre Verbannung und Einkerkerung zu verfügen, wie er dies als Gouverneur in einem polnischen Gouvernement getan hatte, er sah darin vielmehr eine heldenmütige, mannhafte und patriotische Tat. Und ebensowenig hielt er es für unehrenhaft, daß er sich das Vermögen seiner in ihn verliebten Frau und ihrer Schwester angeeignet hatte; im Gegenteil, er betrachtete dies lediglich als eine vernünftige Regelung seines Familienlebens.

Die Familie Wladimir Wassiljewitschs bestand aus seiner nichtssagenden Frau, der Schwägerin – deren Vermögen er an sich gerissen hatte, indem er ihr Gut verkaufte und den Erlös auf seinen Namen anlegte – und einer schüchternen, verängstigten und unansehnlichen Tochter, die ein einsames, schweres Leben führte und erst in letzter Zeit im religiösen Kult – in den Versammlungen bei Aline und bei der Gräfin Jekaterina Iwanowna – eine gewisse Zerstreuung gefunden hatte.

Außerdem war noch ein Sohn vorhanden, ein gutmütiger Bursche, der schon im Alter von fünfzehn Jahren einen Bart bekommen, sich seit jener Zeit dem Trunk ergeben und ein ausschweifendes Leben geführt hatte, bis er schließlich als Zwanzigjähriger aus dem Haus verstoßen wurde, weil er es in keiner Schule bis zur Abschlußprüfung brachte, in schlechte Gesellschaft geriet und Schulden machte, wodurch er den Vater kompromittierte. Wladimir Wassiljewitsch hatte die Schulden seines Sohnes, einmal in Höhe von zweihundertdreißig Rubeln und auch noch ein weiteres Mal in Höhe von sechshundert Rubeln, beglichen, ihm aber zugleich erklärt, er tue es zum letztenmal und werde ihn aus dem Haus weisen und alle Beziehungen zu ihm abbrechen, falls er sich nicht bessern sollte. Der Sohn besserte sich nicht, machte vielmehr weitere tausend Rubel Schulden und erdreistete sich obendrein, dem Vater zu sagen, das Leben zu Hause sei für ihn ohnehin eine Hölle. Da schrie ihn der Vater an, er möge gehen, wohin er wolle, er erkenne ihn nicht länger als seinen Sohn an. Seitdem tat Wladimir Wassiljewitsch so, als hätte er keinen Sohn; niemand im Haus durfte in seiner Gegenwart den Sohn erwähnen, und er selbst war fest überzeugt, sein Familienleben aufs beste geregelt zu haben.

Wolf unterbrach beim Eintritt Nechljudows seine Wanderung durchs Zimmer und begrüßte ihn mit einem verbindlichen, ein wenig spöttischen Lächeln, mit dem er, wenn auch ungewollt, das Bewußtsein seiner Untadelhaftigkeit und Überlegenheit über die Mehrzahl aller anderen Menschen auszudrücken pflegte. Dann las er den Brief.

„Nehmen Sie Platz und entschuldigen Sie, wenn ich mir noch etwas Bewegung mache", sagte er, worauf er die Hände in die Jackettaschen steckte und mit leichten, elastischen Schritten wieder von einer zur anderen Ecke seines großen, in strengem Stil gehaltenen Arbeitszimmers zu wandern begann. „Ich freue mich sehr, Sie kennenzulernen, und bin selbstverständlich gern bereit, dem Grafen Iwan Michailowitsch einen Gefallen zu tun", fügte er hinzu, während er eine Wolke duftenden bläulichen Rauches ausstieß und die Zigarre behutsam aus dem Mund nahm, um ein Abfallen der Asche zu verhüten.

„Ich wollte nur um eine baldige Anberaumung der Verhandlung bitten, damit die Angeklagte, falls es doch bei ihrer Verbannung nach Sibirien bleiben sollte, möglichst schon . . .", begann Nechljudow.

„Jaja, ich weiß, sie kann mit einem der nächsten aus Nishni kommenden Dampfer abtransportiert werden", unterbrach ihn Wolf, der immer im voraus wußte, was jemand sagen wollte, mit einem herablassenden Lächeln. „Wie ist der Name der Angeklagten?"

„Maslowa . . ."

Wolf trat an seinen Schreibtisch und sah in ein Schriftstück, das auf einem Stapel von Akten lag.

„Soso, Maslowa. Nun schön, ich werde mich mit meinen Kollegen verständigen. Wir nehmen die Sache dann Mittwoch vor."

„Kann ich also dem Rechtsanwalt entsprechend telegraphieren?"

„Sie haben einen Rechtsanwalt genommen? Wozu das? Doch wenn Sie wollen – meinetwegen."

„Die Gründe für eine Aufhebung des Urteils könnten vielleicht unzureichend sein", sagte Nechljudow. „Aber aus dem ganzen Sachverhalt geht, glaube ich, zur Genüge hervor, daß die Verurteilung auf Grund eines Mißverständnisses erfolgt ist."

„Jaja, das ist schon möglich. Aber der Senat kann nicht in eine Untersuchung des Sachverhalts eintreten“, sagte Wladimir Wassiljewitsch streng und warf einen Blick auf die Asche. „Dem Senat obliegt es nur, die richtige Anwendung und Auslegung der Gesetze zu prüfen.“

„Dies ist aber doch, meine ich, ein außergewöhnlicher Fall.“

„Gewiß, gewiß, alle Fälle sind außergewöhnlich. Wir tun, was vorgeschrieben ist. Mehr können wir nicht machen.“ Die Asche hielt sich noch immer, wies jedoch schon einen Riß auf und drohte abzufallen. „Sie kommen wohl nur selten nach Petersburg?“ fragte Wolf, der die Zigarre nun mit der Spitze nach oben hielt und sich, als die Asche dennoch zu schwanken begann, vorsichtig zu einem Aschenbecher begab und sie abstreifte. „Welch ein entsetzlicher Fall mit Kamenski“, fuhr er fort. „Ein so prachtvoller junger Mann! Der einzige Sohn. Besonders die Mutter ist zu bedauern“, sagte er, indem er fast Wort für Wort wiederholte, was damals in Petersburg allgemein über den Fall Kamenski gesagt wurde.

Nachdem sich Wladimir Wassiljewitsch noch nach dem Befinden der Gräfin Jekaterina Iwanowna erkundigt und ihre Hingabe an die neue religiöse Richtung erwähnt hatte, die er weder verurteilte noch guthieß, für sich selbst, einen Mann très comme il faut, aber offenbar als bedeutungslos ansah, klingelte er.

Nechljudow verabschiedete sich.

„Wenn es Ihnen mal paßt, kommen Sie doch zum Mittagessen zu uns“, sagte Wolf, als er ihm die Hand reichte. „Zum Beispiel Mittwoch. Dann könnte ich Ihnen auch gleich einen endgültigen Bescheid geben.“

Es war schon spät, und Nechljudow fuhr nach Hause, das heißt zu seiner Tante.

17

Diniert wurde bei der Gräfin Jekaterina Iwanowna um halb acht, was sich auf eine neuartige, Nechljudow bis dahin unbekannte Weise abspielte. Nachdem die Lakaien das Essen aufgetragen hatten, zogen sie sich sofort zurück, und jedem war es überlassen, nun selbst zuzugreifen. Da die Herren aber nicht dulden mochten, daß sich die Damen mit den schweren Schüsseln abmühten, übernahmen sie, als das starke Geschlecht, die ganze Last, nicht nur sich, sondern auch die Damen zu bedienen und den Wein einzuschenken. Sobald man mit einem Gang fertig war, drückte die Gräfin auf den Knopf der am Tisch angebrachten elektrischen Klingel, worauf lautlos wieder die Lakaien eintraten, rasch das Geschirr abräumten, die Bestecke auswechselten und den nächsten Gang auftrugen. Das Menü war auserlesen, und ebenso auserlesen waren die Weine. In der großen, hellen Küche arbeitete ein französischer Küchenchef mit zwei weißgekleideten Gehilfen. Die Tafelrunde bestand diesmal aus sechs Personen: aus dem Grafen und der Gräfin, ihrem Sohn – einem finster dreinschauenden Gardeoffizier, der beim Essen die Ellbogen auf den Tisch stützte –, Nechljudow, der französischen Gesellschafterin und dem zur Berichterstattung in die Stadt gekommenen Hauptverwalter der gräflichen Ländereien.

Auch hier kam das Gespräch auf das Duell. Es wurde erörtert, wie sich der Zar zu dem Vorfall stellte. Da bekannt war, daß der Zar die Mutter des Getöteten sehr bedauerte, herrschte Übereinstimmung, daß die Mutter sehr zu bedauern sei. Da man aber auch wußte, daß der Zar unbeschadet seines Mitleids mit der Mutter geneigt war, gegen den Offizier, der die Ehre seiner Uniform verteidigt hatte, Nachsicht walten zu lassen, war man ebenso einig darin, daß dieser Offizier Nachsicht verdiene. Einzig die Gräfin Jekaterina Iwanowna äußerte in ihrer eigenwilligen Art eine andere Ansicht.

„Daß man erst praßt und dann anständige junge Leute hinmordet – das würde ich nie und nimmer ungestraft lassen", sagte sie.

„Das ist mir unverständlich", bemerkte der Graf.

„Ich weiß, daß du nie verstehst, was ich sage", ereiferte sich die Gräfin und fuhr, zu Nechljudow gewandt, fort: „Alle verstehen mich, nur mein Mann nicht. Mir tut die Mutter leid, und ich bin nicht einverstanden, daß jemand einen anderen Menschen tötet und darüber noch triumphiert."

Doch nun trat der Sohn, der bis jetzt noch kein Wort gesagt

hatte, für den Duellgegner Kamenskis ein und erklärte seiner Mutter in ziemlich brüsker Form, er habe gar nicht anders handeln können, weil ihn sonst ein Ehrengericht aus dem Regiment verstoßen hätte. Nechljudow, der zuhörte, ohne sich an dem Gespräch zu beteiligen, erkannte die Argumente des jungen Tscharski zwar nicht an, konnte sie aber als ehemaliger Offizier verstehen. Zugleich jedoch mußte er an den hübschen jungen Bauern denken, den er im Gefängnis gesehen hatte und der für einen Totschlag während einer Schlägerei zu Zwangsarbeit verurteilt worden war. Beide, der Offizier wie der Bauer, waren durch Trinken zu Mördern geworden, und Nechljudow verglich unwillkürlich die Folgen, die für sie daraus entstanden waren. Der Bauer, der einen anderen Menschen im Augenblick äußerster Erregung getötet hatte, war von seiner Frau, von allen seinen Angehörigen getrennt und in Ketten gelegt worden und sollte mit kahlgeschorenem Kopf den Weg nach Sibirien antreten; der Offizier hingegen saß auf der Hauptwache in einem schönen Zimmer, bekam gutes Essen und guten Wein vorgesetzt, las Bücher und wird wenn nicht heute, dann morgen wieder freigelassen werden, sein bisheriges Leben fortsetzen und sich noch einen besonderen Nimbus erworben haben.

Nechljudow legte seine Gedankengänge dar. Anfänglich stimmte Gräfin Jekaterina Iwanowna ihrem Neffen zu, doch bald hüllte auch sie sich, wie alle anderen, in Schweigen, und Nechljudow merkte, daß er mit dem Vergleich eine Ungehörigkeit begangen hatte.

Am Abend, bald nach dem Essen, versammelten sich im großen Saal die Teilnehmer der Andacht, die Kiesewetter, der sich vorübergehend in Petersburg aufhielt, hier abhalten sollte. Aus diesem Anlaß waren einige Reihen Stühle mit hohen, geschnitzten Lehnen aufgestellt worden, vor dem Tisch stand ein Sessel und daneben ein Tischchen mit einer Karaffe Wasser für den Prediger.

Vor dem Portal des Hauses hielten elegante Equipagen, und in dem kostbar ausgestatteten Saal saßen in Seide, Samt und Spitzen gekleidete Damen mit Einlagen aus falschem Haar und straff geschnürten Taillen sowie Herren in Uniform oder Zivil und fünf einfache Leute: zwei Hausknechte, ein Krämer, ein Lakai und ein Kutscher.

Kiesewetter, ein stämmiger, halb ergrauter Mann, hielt seine Predigt in englischer Sprache, und ein schmächtiges junges Mädchen mit Pincenez übersetzte sie schnell und fließend ins Russische.

Er sprach davon, daß unsere Sünden so groß seien und die unabwendbare Strafe dafür so schwer sein werde, daß man in Gewärtigung dieser Strafe zusammenbrechen müsse.

„Stellen wir uns nur unseren Lebenswandel vor, liebe Schwestern und Brüder, denken wir daran, wie lasterhaft wir leben, wie sehr wir den liebreichen Herrgott erzürnen, wie wir Christus um unsertwillen leiden lassen – und wir werden erkennen, daß es für uns keine Vergebung, keinen Ausweg, keine Rettung geben kann und daß wir alle zur Verdammnis verurteilt sind. Ein furchtbares Strafgericht, ewige Qualen harren unser“, sagte er mit bebender, weinerlicher Stimme. „Wie können wir uns retten? Wie, Brüder, können wir uns aus dieser fürchterlichen Feuersbrunst retten? Sie hat schon das ganze Haus erfaßt, und es scheint kein Entrinnen zu geben.“

Er machte eine Pause, und über seine Wangen rannen echte Tränen. Seit acht Jahren spürte er regelmäßig, sobald er an diese Stelle seiner ihn selbst sehr rührenden Rede kam, einen Druck in der Kehle, einen Kitzel in der Nase, und seinen Augen entströmten Tränen, die seine Rührung noch steigerten. Mehrere Damen schluchzten. Die Gräfin Jekaterina Iwanowna, die an einem Mosaiktischchen saß, hatte das Gesicht auf beide Hände gestützt, und ihre vollen Schultern zuckten. Der Kutscher blickte verdutzt und erschrocken auf den Deutschen, als käme er mit einem Wagen auf ihn losgefahren und als könne er ihm nicht ausweichen. Die meisten der Anwesenden saßen in ähnlicher Haltung da wie die Gräfin Jekaterina Iwanowna. Die Tochter Wolfs, die ihm sehr ähnlich sah, hatte sich in ihrem modernen Kleid niedergekniet und das Gesicht mit den Händen bedeckt.

Der Redner hob plötzlich das Gesicht, verzog es zu einem erkünstelten, doch sehr natürlich wirkenden Lächeln, wie es Schauspieler tun, wenn sie sich auf der Bühne erfreut zeigen müssen, und setzte mit süßlicher, weicher Stimme seine Predigt fort: „Und doch gibt es eine Rettung! Eine leichte, freudige Errettung. Diese Rettung besteht in dem für uns vergossenen Blut des eingeborenen Gottsohnes, der für uns den Martertod auf sich genommen hat. Durch seine Qualen, durch sein Blut werden wir gerettet. Brüder und Schwestern", fuhr er wieder mit tränenerstickter Stimme fort, „lasset uns Gott danken, der seinen eingeborenen Sohn zur Rettung der Menschheit geopfert hat. Sein heiliges Blut . . ."

Nechljudow fühlte sich so angewidert, daß er unauffällig aufstand und, mühsam einen Fluch unterdrückend, auf Zehenspitzen den Saal verließ, um sich in sein Zimmer zurückzuziehen.

18

Am nächsten Morgen, als sich Nechljudow gerade angekleidet hatte und im Begriff war, ins Erdgeschoß hinunterzugehen, wurde ihm von einem Lakaien die Karte seines Moskauer Rechtsanwalts überbracht. Der Rechtsanwalt, der ohnehin in Petersburg zu tun hatte, wollte bei dieser Gelegenheit auch der Verhandlung über die namens der Maslowa eingelegte Berufung beiwohnen, falls sie während seiner Anwesenheit stattfinden sollte. Nechljudows Telegramm hatte ihn nicht mehr vor seiner Abreise erreicht. Als er jetzt hörte, für welchen Tag die Verhandlung anberaumt war und welche Senatoren dabei amtieren würden, schmunzelte er.

„Da haben wir ja alle drei Gattungen von Senatoren beisammen", sagte er. „Wolf ist der typische Petersburger Beamte, Skorodnikow ist der gelehrte und B. der praktische Jurist, der mehr als die beiden anderen im Leben steht. Von ihm ist deshalb auch noch am ehesten eine vernünftige Entscheidung zu erwarten. Sind Sie übrigens schon bei der Kommission für Bittgesuche gewesen?"

„Ich will heute nochmals zu Baron Worobjow fahren; gestern empfing er nicht."

„Wissen Sie auch, wie Worobjow zu dem Titel eines Barons

gekommen ist?“ fragte der Rechtsanwalt, auf die etwas spöttische Betonung eingehend, mit der Nechljudow diesen fremdländischen Titel, der so gar nicht zu dem typisch russischen Familiennamen paßte, ausgesprochen hatte. „Zar Paul hat ihn aus irgendeinem Anlaß Worobjows Großvater verliehen, der bei ihm, glaube ich, Kammerdiener war. Er muß ihm wohl einen großen Dienst erwiesen haben. Da hat er kurzerhand einen Baron aus ihm gemacht – und damit basta! Seitdem gibt es Barone Worobjow. Er ist sehr stolz darauf, im übrigen aber ein durchtriebener Kunde.“

„Also zu diesem Baron will ich fahren“, sagte Nechljudow.

„Schön, da können wir zusammen fahren. Ich werde Sie hinbringen.“

Als sie aufbrechen wollten, kam im Vorzimmer ein Lakai auf Nechljudow zu und übergab ihm ein Briefchen von Mariette folgenden Inhalts:

„Pour vous faire plaisir, j'ai agi tout à fait contre mes principes et j'ai intercedé auprès de mon mari pour votre protégée. Il se trouve que cette personne peut être relachée immédiatement. Mon mari a écrit au commandant. Venez donc diesmal ganz privat. Je vous attend. M.“

„Was sagen Sie dazu?“ wandte sich Nechljudow an den Rechtsanwalt. „Das ist doch haarsträubend! Da hat man eine völlig schuldlose Frau sieben Monate lang in Einzelhaft gehalten, obwohl es, wie sich jetzt herausstellt, nur eines Wortes bedurfte, ihre Freilassung zu verfügen.“

„Es ist immer dasselbe. Nun, wenigstens haben Sie Ihr Ziel erreicht.“

„Ja, aber ich bin über diesen Erfolg entsetzt. Was sind das für Zustände? Woraufhin hat man sie so lange festgehalten?“

„Darüber sinnt man lieber nicht nach. Ich werde Sie also hinbringen“, sagte der Rechtsanwalt, als sie aus dem Haus traten und die von ihm gemietete Luxusdroschke vorgefahren kam. „Sie wollen also zu Baron Worobjow?“

Der Rechtsanwalt nannte dem Kutscher die Adresse, und die rassigen Pferde hielten bald darauf vor dem Haus, in dem der Baron residierte. Der Baron war zu Hause. Im ersten Zimmer befanden sich ein junger, uniformierter Beamter, der einen ungewöhnlich langen Hals mit vorstehendem Adamsapfel hatte, und zwei Damen.

„Wie ist Ihr Name?“ fragte der junge Beamte mit dem Adamsapfel, nachdem er mit leichten, ungemein elastischen Schritten von den Damen zu Nechljudow herübergekommen war.

Nechljudow nannte seinen Namen.

„Der Herr Baron hat schon von Ihnen gesprochen. Einen Augenblick!“

Der junge Beamte verschwand im Nebenzimmer und führte, als er gleich darauf zurückkam, von dort eine verweinte Dame in Trauerkleidung heraus. Die Dame bemühte sich, mit ihren knochigen Fingern den am Hut verhaspelten Schleier über das Gesicht zu ziehen, um ihre Tränen zu verbergen.

„Bitte einzutreten“, wandte sich der junge Beamte dann an Nechljudow, indem er die zu Worobjows Arbeitszimmer führende Tür wieder öffnete und Nechljudow an sich vorbeigehen ließ.

Worobjow, ein mittelgroßer, stämmiger Mann mit kurzgeschorenem Haar, saß im Gehrock in einem Sessel hinter seinem großen Schreibtisch und blickte stillvergnügt vor sich hin. Auf seinem gutmütigen Gesicht, dessen rosige Wangen besonders wirksam von dem weißen Schnurr- und Backenbart abstachen, erschien bei Nechljudows Eintritt ein freundliches Lächeln.

„Sehr erfreut, Sie zu sehen! Ihre Frau Mutter und ich sind ja gute Freunde gewesen. Sie habe ich schon als kleinen Jungen gekannt und später als Offizier. Nun, setzen Sie sich, erzählen Sie, womit ich Ihnen dienen kann. Ja, ja“, sagte er, seinen kurzgeschorenen grauen Kopf wiegend, während Nechljudow ihm die Leidensgeschichte der Gefangenen Fedossja darlegte. „Erzählen Sie, erzählen Sie, ich habe für alles Verständnis; ja, ja, es ist wirklich ein mitleiderregender Fall. Haben Sie schon ein Gesuch eingereicht?“

„Ich habe eins aufgesetzt“, antwortete Nechljudow und zog das Gesuch aus der Tasche. „Aber ich wollte es Ihnen persönlich aushändigen, in der Hoffnung, daß Sie diesem Fall vielleicht besondere Aufmerksamkeit schenken könnten.“

„Das war sehr recht von Ihnen. Ich werde die Sache unbedingt persönlich vortragen. Ein höchst mitleiderregender Fall!" sagte der Baron in teilnahmsvollem Ton, der so gar nicht zu dem vergnügten Ausdruck seines Gesichts paßte. „Sie ist bei der Heirat offenbar noch ein Kind gewesen, der Mann behandelte sie roh, das hat sie abgestoßen; doch es verging eine Zeit, und sie gewannen einander lieb ... Ja, ich werde alles vortragen."

„Graf Iwan Michailowitsch zog in Erwägung, sich unmittelbar an die Zarin zu wenden ..."

Kaum hatte Nechljudow das gesagt, als sich der Gesichtsausdruck des Barons jäh veränderte.

„Sie können das Gesuch übrigens in der Kanzlei abgeben; ich werde tun, was mir möglich ist", sagte er zu Nechljudow.

In diesem Moment erschien wieder der junge Beamte, der sich offensichtlich viel auf seinen elastischen Gang einbildete.

„Die Dame bittet darum, sie noch einen Augenblick anzuhören."

„Nun, dann lassen Sie sie kommen. Ach, mon cher, wie viele Tränen bekommt man hier zu sehen – wenn es einem bloß möglich wäre, sie alle zu trocknen! Man tut, was man kann."

Die Dame trat ein.

„Ich vergaß, besonders darum zu bitten, daß man ihn daran hindert, die Tochter wegzugeben; denn er ist zu allem fähig ..."

„Ich habe ja schon gesagt, daß ich Vorkehrungen treffen werde."

„Denken Sie um Gottes willen daran, Herr Baron, daß Tod und Leben einer Mutter davon abhängt."

Sie griff nach seiner Hand und bedeckte sie mit Küssen.

„Es wird alles getan werden."

Nachdem sich die Dame wieder entfernt hatte, stand auch Nechljudow auf, um sich zu verabschieden.

„Ich werde tun, was möglich ist", sagte der Baron. „Wir werden uns mit dem Justizministerium in Verbindung setzen, und wenn von dort Instruktionen gekommen sind, werden wir tun, was sich tun läßt."

Nechljudow ging hinaus und begab sich in die Kanzlei. Wie im Senat, so saßen auch hier in einem prächtigen Saal unzählige prächtige, höfliche und ordentliche Beamte, korrekt von der Kleidung bis zu den Umgangsformen.

Wie viele es sind, wie ungeheuer viele! dachte Nechljudow, als er den Saal überblickte. Und wie satt sie alle aussehen, wie gepflegt ihre Hände sind, wie sauber ihre Wäsche ist, wie blankgeputzt die Schuhe! Wer besorgt das alles für sie? Ja, dachte er, wie gut es die alle haben im Vergleich zu den Sträflingen oder sogar zu den Bauern.

19

Der Mann, von dem in Petersburg eine Milderung des Geschicks der Sträflinge abhing, war ein verdienter, mit unzähligen Orden ausgezeichneter, aber bereits seniler General, der dem baltischen Adel entstammte. Von seinen vielen Orden trug er gewöhnlich nur ein im Knopfloch befestigtes, von ihm besonders hoch geschätztes weißes Kreuz, das ihm während seiner Dienstzeit im Kaukasus dafür verliehen worden war, daß russische Bauern, denen man die Köpfe geschoren, Uniformen verpaßt und Gewehre mit aufgepflanztem Bajonett in die Hand gedrückt hatte, unter seinem Kommando über tausend Menschen töteten, die ihre Freiheit, ihr Heim und ihre Familie verteidigten. Anschließend nach Polen versetzt, hatte er auch dort russische Bauern zu vielen Verbrechen gezwungen, wofür ihm ebenfalls Orden und weitere Verzierungen für seine Uniform verliehen wurden. Nachdem er dann noch irgendwohin abkommandiert gewesen war, hatte er schließlich – nunmehr schon ein hinfälliger Greis – seinen jetzigen Posten erhalten, der ihm eine komfortable Dienstwohnung, ein gutes Gehalt und hohes Ansehen sicherte. Er befolgte strikt alle von höherer Stelle ergehenden Anordnungen und war auf ihre Ausführung mit besonderem Eifer bedacht. Da er den Anordnungen von höherer Stelle besondere Bedeutung zuschrieb, war er der Meinung, alles in der Welt lasse sich ändern, nur diese Anordnungen nicht. Seine Aufgabe bestand darin, politische Verbrecher und Verbrecherinnen in den Verliesen der Festung, in Einzelzellen gefangenzuhalten und so zu behandeln, daß die Hälfte davon innerhalb von zehn Jahren elend zugrunde ging – teils weil sie wahnsinnig wurden, teils weil sie an Schwindsucht starben oder Selbstmord verübten; die einen, indem sie jegliche Nahrungsaufnahme verweigerten, andere, indem sie sich mit Glasscherben die Pulsadern aufschnitten, noch andere, indem sie sich erhängten oder den Flammentod wählten.

Der alte General wußte das, denn alles vollzog sich unter seinen Augen; doch diese Fälle berührten sein Gewissen ebensowenig wie Heimsuchungen durch Unwetter, Überschwemmungen oder ähnliche Naturkatastrophen, an denen er nicht schuld war. Diese Fälle ereigneten sich infolge Ausführung der von höherer Stelle im Namen Sr. Majestät des Zaren erlassenen Anordnungen, und da es unumstößlich feststand, daß diese Anordnungen ausgeführt werden mußten, erübrigte es sich für den alten General, über die daraus entstehenden Folgen nachzudenken. Er hielt es für seine soldatische und patriotische Pflicht, solche Gedanken geflissentlich zu verscheuchen, um in der Ausführung seiner, wie er meinte, höchst wichtigen Aufgaben nicht zu erlahmen.

Seiner Dienstpflicht gemäß unternahm der alte General einmal wöchentlich einen Rundgang durch sämtliche Zellen und fragte die Insassen, ob sie irgendwelche Bitten hätten. Die Eingekerkerten trugen ihm diese und jene Wünsche vor. Er hörte sie ruhig und undurchdringlich schweigend an, erfüllte indessen nie auch nur eine einzige ihrer Bitten, weil keine in Einklang mit den gesetzlichen Vorschriften stand.

Als sich Nechljudows Droschke dem Wohnsitz des alten Generals näherte, ertönte von der Turmuhr der Festung gerade die Melodie des Liedes „Ehre sei Gott in der Höh ...", und anschließend schlug die Uhr zwei. Die hellen Klänge des Glockenspiels riefen Nechljudow ins Gedächtnis, daß er in den Aufzeichnungen der Dekabristen davon gelesen hatte, welche Wirkung diese liebliche, sich stündlich wiederholende Musik auf das Gemüt der lebenslänglich Eingekerkerten ausgeübt hatte. Zur selben Zeit, als Nechljudow am Haus des alten Generals vorfuhr, saß dieser in dem dunklen Salon seiner Wohnung an einem mit Intarsien verzierten Tischchen und war damit beschäftigt, gemeinsam mit einem jungen Maler, dem Bruder eines seiner Untergebenen, auf einem Blatt Papier eine Untertasse hin und her zu schieben. Die feuchten, dünnen Finger des Malers waren mit den rauhen, verschrumpften, gelenksteifen Fingern des alten Generals verschlungen, und die so miteinander vereinigten Hände bewegten sich ruckartig über dem Blatt Papier, auf dem sämtliche Buchstaben des Alphabets verzeichnet waren. Die Untertasse antwortete auf die Frage des Generals, woran die Seelen einander nach dem Tode erkennen würden.

In dem Augenblick, als einer der Burschen des Generals, der den Posten eines Kammerdieners versah, Nechljudows Karte überbrachte, sprach durch Vermittlung der Untertasse gerade der Geist Jeanne d'Arcs. Ihr Geist hatte bereits Buchstabe für Buchstabe die Worte *Erkennen werden sie sich* ... zusammengesetzt, und so weit war dieser Satz auch schon aufgeschrieben. Beim Eintritt des Burschen bewegte sich die Untertasse, nachdem sie zuerst an das *n* oder *m* und dann an das *a* herangerückt war, zwischen diesen Buchstaben hin und her. Das lag daran, daß Jeanne d'Arc nach Meinung des Generals sagen wollte, die Seelen würden sich *nach* ihrer Reinigung von allem Irdischen erkennen, und daß der nächste Buchstabe daher das *n* sein müsse; der Maler hingegen glaubte, jetzt müsse ein *a* folgen, weil der Geist seiner Ansicht nach sagen wollte, die Seelen würden sich im Jenseits *am Licht* erkennen, das ihre ätherischen Körper ausstrahlen. Der General zog finster seine buschigen grauen Brauen zusammen, starrte auf seine Hände und stieß die Untertasse, die sich in seiner Einbildung von selbst bewegte, beharrlich zum *n* oder *m* zurück, während der junge, blutarme Maler das spärliche Haar hinter die Ohren streifte, mit seinen leblosen blauen Augen in eine dunkle Ecke des Salons blickte und, nervös die Lippen bewegend, bemüht war, die Untertasse zum *a* zu schieben. Der General, verärgert über die Störung in seiner Beschäftigung, verzog mürrisch das Gesicht und schwieg eine Weile; dann nahm er die Karte, setzte das Pincenez auf und erhob sich, vor Kreuzschmerzen stöhnend und die erstarrten Finger reibend, zu seiner ganzen stattlichen Größe.

„Führ ihn in mein Arbeitszimmer!"

„Gestatten Euer Exzellenz, daß ich die Beschwörung allein zu Ende führe?" fragte der Maler, der zugleich mit dem General aufgestanden war. „Ich spüre die Anwesenheit des Geistes."

„Schön, führen Sie sie zu Ende", antwortete der General streng und begab sich dann, gewichtig mit den steif gewordenen Beinen ausschreitend, in sein Arbeitszimmer. „Bin erfreut, Sie zu sehen", sagte er, bemüht, seiner schroffen Stimme einen freundlichen Ton zu verleihen, zu Nechljudow und wies auf einen neben dem Schreibtisch stehenden Sessel. „Schon lange in Petersburg?"

Nechljudow antwortete, er sei eben erst angekommen.

„Ist die Fürstin, Ihre Frau Mutter, wohlauf?"

„Meine Mutter ist gestorben."

„Verzeihung, das tut mir sehr leid. Mein Sohn sagte mir, daß er mit Ihnen zusammengetroffen sei."

Der Sohn des Generals hatte ebenso schnell Karriere gemacht wie der Vater. Nach Absolvierung der Kriegsakademie dem Nachrichtenbüro zugeteilt, war er ungemein stolz auf die ihm dort übertragene Aufgabe. Sie bestand in der Leitung der Spionage.

„Ja, die Zeit vergeht ... Mit Ihrem Alten Herrn habe ich ja im gleichen Regiment gestanden. Wir waren Freunde, Kameraden. Und Sie – sind Sie auch Offizier?"

„Nein, das bin ich nicht."

Der General wiegte mißbilligend den Kopf.

„Ich habe eine Bitte an Sie, Herr General", fuhr Nechljudow fort.

„Seeehr schön. Womit kann ich dienen?"

„Wenn meine Bitte fehl am Platze sein sollte, bitte ich um Entschuldigung. Aber ich fühle mich verpflichtet, sie Ihnen vorzutragen."

„Was ist es?"

„In der Festung hier ist ein gewisser Gurkewitsch inhaftiert, und seine Mutter bittet, man möge ihr gestatten, den Sohn zu besuchen oder ihm wenigstens einige Bücher zu bringen. Können Sie hierzu die Erlaubnis erteilen?"

Im Gesicht des Generals drückte sich bei Nechljudows Frage weder Zufriedenheit noch Unzufriedenheit aus; er neigte nur den Kopf, zog die Stirn kraus und schien nachzudenken. In Wirklichkeit jedoch dachte er über gar nichts nach und beschäftigte sich überhaupt nicht mit Nechljudows Frage, weil er genau wußte, was er ihm gemäß den gesetzlichen Bestimmungen zu antworten hatte. Er entspannte einfach seinen Geist, indem er an nichts dachte.

„Ja, sehen Sie, das hängt nicht von mir ab", sagte er, nachdem er etwas ausgeruht hatte. „Wegen des Besuchs von Sträflingen existieren allerhöchst sanktionierte Vorschriften, und was denen zufolge erlaubt ist, das wird auch erlaubt. Und was Bücher betrifft, so haben wir hier eine Bibliothek, aus der werden ihnen solche Bücher gegeben, die zugelassen sind."

„Ja, aber er braucht wissenschaftliche Werke; er will arbeiten."

„Glauben Sie das nicht", sagte der General und hielt einen Augenblick inne. „Er will gar nicht arbeiten. Das soll alles nur Unruhe schaffen."

„Ich meine doch, daß man den Gefangenen in ihrer schweren Lage nicht verwehren sollte, sich zu beschäftigen", wandte Nechljudow ein.

„Diese Brüder klagen immer. Wir kennen sie ja", erwiderte der General, der von den Gefangenen allgemein in einem Ton sprach, als handelte es sich bei ihnen um eine ganz besondere, verworfene Menschenrasse. „Dabei werden ihnen hier Bequemlichkeiten geboten, wie man sie wohl selten in Strafanstalten antrifft", fuhr der General fort und begann, gleichsam zu seiner Rechtfertigung, ausführlich alle Bequemlichkeiten zu schildern, deren sich die Sträflinge erfreuten und die fast die Annahme aufkommen ließen, der Hauptzweck dieser Anstalt bestehe darin, ihren Insassen einen angenehmen Aufenthaltsort zu schaffen.

„Früher war es anders, da wurden sie wirklich ziemlich hart angefaßt, aber jetzt haben sie es sehr gut. Sie bekommen täglich drei Gerichte, eins davon immer mit Fleisch: Klopse oder Koteletts. An Sonntagen wird ihnen noch ein viertes verabfolgt –

eine Süßspeise. Gebe Gott, daß jedermann in Rußland eine solche Verpflegung hätte."

Wie alle alten Leute, in deren Kopf sich einmal eine bestimmte Meinung festgesetzt hat, wiederholte der General alles, was er offenbar schon oft zum Beweis der übermäßigen Ansprüche und der Undankbarkeit der Gefangenen angeführt hatte.

„Man gibt ihnen Bücher geistlichen Inhalts und alte Zeitschriften. Wir haben eine Bibliothek mit entsprechenden Büchern. Aber sie machen selten davon Gebrauch. Zu Anfang scheinen sie Interesse zu zeigen, doch bald bleiben die neuen Bücher bis zur Hälfte unaufgeschnitten, und alte werden nicht einmal aufgeschlagen. Wir haben sogar eine Probe angestellt", sagte der General mit dem leisen Anflug eines Lächelns, „und einen Papierschnitzel hineingelegt. Aber er wird nie herausgenommen. Das Schreiben wird ihnen auch nicht verwehrt", fuhr der General fort. „Sie bekommen eine Schiefertafel und einen Griffel, da können sie zu ihrem Zeitvertreib schreiben. Sie können es abwischen und wieder etwas anderes hinschreiben. Aber das tun sie auch nicht. Nein, sie werden in kurzer Zeit ganz ruhig. Nur anfangs sind sie aufgeregt, doch nach einiger Zeit nehmen sie sogar an Gewicht zu und werden ganz still", erzählte der General, ohne die grauenvolle Bedeutung dessen zu ahnen, was er sagte.

Nechljudow hörte auf die heisere, greisenhafte Stimme, betrachtete die steifen Glieder, die unter grauen Brauen hervorblickenden glanzlosen Augen, die rasierten, schlaffen, vom Uniformkragen gestützten Wangen, das weiße Kreuz, auf das dieser Mann besonders stolz war, weil er es für die außergewöhnlich grausame Niedermetzelung Tausender von Menschen erhalten hatte – und begriff, daß es zwecklos war, ihm zu widersprechen, ihm die Bedeutung seiner Worte zu erklären. Aber dennoch überwand er sich, auch noch nach der Gefangenen Schustowa zu fragen, deren Entlassung, wie ihm heute mitgeteilt worden war, schon angeordnet sein sollte.

„Schustowa? Schustowa? Ich habe nicht die Namen von allen im Kopf. Es sind ja so viele", sagte er, offenbar in der Ansicht, daß die Gefangenen an der Überfüllung der Gefängnisse schuld seien. Er klingelte und befahl, den Bürovorsteher zu rufen.

Während der Bürovorsteher geholt wurde, ermahnte der General Nechljudow, in den Staatsdienst einzutreten, denn ehrenhafte Menschen mit untadeligem Charakter – zu denen er sich offenbar zählte – würden vom Zaren besonders gebraucht. „Und vom Vaterland“, fügte er hinzu, vermutlich nur, um seinen Worten eine feierliche Färbung zu verleihen.

„Ich, sehen Sie, bin alt, tue aber doch noch meinen Dienst, soweit die Kraft ausreicht.“

Als der Bürovorsteher, ein dürrer, ausgemergelter Mann mit unruhigen, klugen Augen, nach einer Weile erschien, meldete er, daß die Schustowa in einem alten Verlies der Festung gefangengehalten werde und daß kein sie betreffender Befehl eingegangen sei.

„Wenn der Befehl kommt, wird sie noch am selben Tag freigelassen. Wir halten niemand zurück und legen keinen besonderen Wert auf diese Gäste“, sagte der General, wiederum mit dem Versuch zu einem schalkhaften Lächeln, was seinem alten Gesicht nur einen grimassenhaften Ausdruck gab.

Bemüht, sich das von Widerwillen und Mitleid gemischte Gefühl nicht anmerken zu lassen, das ihm dieser grauenhafte Greis einflößte, stand Nechljudow auf, um sich zu verabschieden. Der Alte wiederum glaubte, er sei nicht allzu streng gegen den leichtsinnigen, offenbar auf Irrwege geratenen Sohn seines einstigen Kameraden gewesen und dürfe ihn nicht ohne einige Ermahnungen entlassen.

„Nehmen Sie es mir nicht übel, mein Lieber, was ich Ihnen zum Abschied noch sagen will – ich meine es nur gut mit Ihnen. Lassen Sie sich nicht mit den Leuten ein, die bei uns hier inhaftiert sind. Unschuldige gibt es da nicht. Es sind alles sittlich völlig verkommene Menschen. Wir kennen sie zur Genüge“, sagte er in einem Ton, der keinen Zweifel an der Richtigkeit seiner Worte zuließ. Er selbst zweifelte auch wirklich nicht daran; denn wäre es nicht der Fall gewesen, hätte er sich nicht für einen ehrenwerten alten Helden halten können, der bis zum letzten Atemzug seine Pflicht erfüllte, sondern erkennen müssen, daß er ein gesinnungsloser Lump war, der sein Gewissen verkauft hatte und im hohen Alter noch immer verkaufte. „Am besten ist es für Sie, in Staatsdienste zu treten", fuhr er fort. „Der Zar, das Vaterland brauchen rechtschaffene Leute. Wohin sollte es führen, würden Menschen wie ich und Sie nicht dienen? Wer bliebe noch übrig? Es geht nicht an, daß man die bestehende Ordnung kritisiert, ohne selber bereit zu sein, der Regierung zu helfen."

Nechljudow stieß einen schweren Seufzer aus, verbeugte sich ehrerbietig vor dem Greis, drückte die große, knochige Hand, die ihm gönnerhaft entgegengestreckt wurde, und verließ das Zimmer.

Der General schüttelte mißbilligend den Kopf, rieb sich das Kreuz und begab sich in den Salon zurück, wo ihn der Maler erwartete, der bereits die vom Geist der Jeanne d'Arc gegebene Antwort aufgeschrieben hatte. Der General setzte sein Pincenez auf und las: Erkennen werden sie sich am Licht, das ihre ätherischen Körper ausstrahlen.

„Ah!" rief der General befriedigt und schloß für einen Moment die Augen. „Aber woran sollen sie sich erkennen, wenn alle das gleiche Licht ausstrahlen?" meinte er, worauf er sich wieder an das Tischchen setzte und die Finger mit denen des Malers verschlang ...

Als Nechljudow in seiner Droschke aus dem Festungstor hinausfuhr, wandte sich der Kutscher zu ihm um.

„Da drinnen wird einem ganz schwer zumut, Herr", sagte er. „Ich wollte schon losfahren, ohne auf Sie zu warten."

„Ja, dort wird einem schwer zumute", bestätigte Nechljudow, während er erleichtert aufatmete und sich dem beruhigenden Anblick der am Himmel schwebenden grauen Wölkchen und des glitzernden, von Kähnen und Dampfern aufgewirbelten Wassers der Newa hingab.

20

Am nächsten Tag, für den die Verhandlung über das Appellationsgesuch der Maslowa anberaumt war, fuhr Nechljudow in den Senat. Vor dem imposanten Portal des Senatsgebäudes, wo bereits mehrere Wagen hielten, traf er den Rechtsanwalt.

Sie gingen die prächtige, feierlich wirkende Treppe zum ersten Stock hinauf, wo sich der Rechtsanwalt, der hier überall genau Bescheid wußte, einer Tür zuwandte, über der in Ziffern die Jahreszahl der Einführung der Gerichtsreform verzeichnet war. Nachdem Fanarin in der langen Vorhalle seinen Mantel abgelegt und vom Portier gehört hatte, daß alle Senatoren bereits zugegen seien und auch der letzte eben angekommen war, begab er sich – nunmehr in Frack und weißer Binde über der weißen Hemdbrust – mit strahlender, siegesbewußter Miene in den nächsten Raum. In diesem Raum befand sich rechter Hand neben einem Tisch eine schrankförmige Kabine und an der linken Seite eine Wendeltreppe, auf der gerade ein schneidiger Beamter in kurzem Uniformrock mit einer Aktenmappe unter dem Arm herunterkam. Unter den Anwesenden fiel vor allem ein patriarchalisch aussehender kleiner alter Mann mit langem weißem Haar auf, um den sich zwei Gerichtsdiener besonders ehrerbietig bemühten. Bekleidet mit kurzem Jackett und grauer Hose, ging dieser weißhaarige Greis auf die Kabine zu und verschwand darin.

Da Fanarin inzwischen einen Kollegen – ebenfalls in Frack und weißer Binde – getroffen hatte und sofort eine lebhafte Unterhaltung mit ihm begann, hatte Nechljudow Zeit, das anwesende Publikum zu mustern. Es waren im ganzen etwa fünfzehn Personen, darunter zwei Damen – eine junge mit Pincenez und eine ältere, grauhaarige. In der heutigen Sitzung sollte eine Klage wegen Verleumdung in der Presse zur Verhandlung kommen, so daß die Zuhörerschaft zahlreicher als gewöhnlich war und überwiegend aus Journalisten bestand.

Der Gerichtskommissar, ein rotbäckiger, gutaussehender Mann in prächtiger Uniform, kam mit einem Aktenstück auf Fanarin zu und fragte ihn, in welcher Angelegenheit er hier sei, worauf er, als Fanarin ihm sagte, daß er die Maslowa vertrete, eine Notiz in den Akten machte und sich wieder zurückzog. Nun ging die Kabinentür auf, und heraus trat der patriarchalisch anmutende kleine Greis – jetzt jedoch nicht mehr im Jackett, sondern in über und über mit goldenen Tressen besetzter Kleidung, die ihm das Aussehen eines Vogels verlieh.

Diese lächerliche Kostümierung schien den Alten selber zu genieren, denn er strebte hastig und schneller als sonst der Tür gegenüber dem Eingang zu.

„Das ist der hochgeehrte Senator B.", sagte Fanarin zu Nechljudow und erzählte dann, nachdem er ihn mit seinem Kollegen bekannt gemacht hatte, von dem seiner Meinung nach sehr interessanten Rechtsstreit, der jetzt entschieden werden sollte.

Die Sitzung mußte gleich eröffnet werden, und Nechljudow begab sich mit dem übrigen Publikum in den linken Sitzungssaal. Alle, auch Fanarin, nahmen hinter der Barriere auf den für das Publikum bestimmten Stühlen Platz. Nur der Petersburger Rechtsanwalt trat an das Pult vor der Barriere.

Der Sitzungssaal des Senats war kleiner und schlichter ausgestattet als der im Bezirksgericht, unterschied sich aber von ihm nur noch dadurch, daß der Tisch, an dem die Senatoren saßen, nicht mit grünem Tuch, sondern mit himbeerfarbenem, von goldenen Fransen eingefaßtem Samt bedeckt war. Im übrigen gab es auch hier alle die unumgänglichen Embleme, die zu Stätten der Rechtsprechung gehören: den Spiegel, mehrere Heiligenbilder, das Bildnis des Zaren. Auch hier verkündete der Gerichtskommissar in feierlichem Ton: „Achtung, der Gerichtshof!", auch hier standen alle auf, als die Senatoren in ihren Uniformen den Saal betraten, sich ebenso wie die Richter im Bezirksgericht auf Sessel mit hohen Lehnen setzten, die Ellbogen auf den Tisch stützten und bemüht waren, eine ungezwungene Haltung einzunehmen.

Es waren vier Senatoren: Nikitin, ein Mann mit schmalem, glattrasiertem Gesicht und stahlgrauen Augen, der den Vorsitz führte; Wolf, der die Lippen bedeutsam zusammengekniffen hatte und mit seinen zarten kleinen Händen in den Prozeßakten blätterte; ferner Skoworodnikow, ein mächtiger, schwerfälliger Mann mit pockennarbigem Gesicht, der Prototyp eines gelehrten Juristen, und als vierter B., jener patriarchalische kleine Greis, der zuletzt eingetroffen war. Mit den Senatoren hatte außer dem Obersekretär auch der Referent des Oberstaatsanwalts den Saal betreten, ein hagerer, bartloser junger Mann, mittelgroß, mit ungewöhnlich dunkler Gesichtsfarbe und schwermütig blickenden

Augen. Trotz der befremdenden Uniform und obwohl er ihn seit sechs Jahren nicht mehr gesehen hatte, erkannte Nechljudow in ihm sofort einen seiner besten Freunde aus der Studienzeit.

„Heißt der Referent des Oberstaatsanwalts Selenin?" fragte er den Rechtsanwalt.

„Ja, wieso?"

„Ich kenne ihn gut, er ist ein ausgezeichneter Mensch."

„Und auch ein ausgezeichneter, gescheiter Referent des Oberstaatsanwalts. An den hätte man sich wenden müssen."

„Er wird jedenfalls nie etwas tun, was ihm sein Gewissen verbietet", sagte Nechljudow, als er an seine nahen, freundschaftlichen Beziehungen zu Selenin und an seinen ehrlichen, im wahrsten Sinne des Wortes sauberen Charakter zurückdachte.

„Ja, doch jetzt ist es zu spät", flüsterte ihm Fanarin zu, der seine Aufmerksamkeit der beginnenden Verhandlung zuwandte.

Bei dem ersten Fall ging es um die Anfechtung einer Entscheidung des Appellationsgerichts, das die Berufung gegen ein in erster Instanz gefälltes Urteil verworfen hatte.

Nechljudow hörte ebenfalls zu und bemühte sich, den Sachverhalt zu verstehen; doch ebenso wie im Bezirksgericht wurde das vor allem dadurch erschwert, daß man nicht von den ausschlaggebenden, sondern von völlig nebensächlichen Dingen sprach. Es handelte sich um einen Zeitungsartikel, in dem die betrügerischen Machenschaften des Vorsitzenden einer Aktiengesellschaft aufgedeckt worden waren. Von Wichtigkeit, sollte man meinen, hätte nur sein können, ob es zutraf, daß sich der Vorsitzende der Aktiengesellschaft unter schnödem Mißbrauch des ihm von den Aktionären geschenkten Vertrauens auf ihre Kosten bereichert hatte, und wie man ihn gegebenenfalls hindern könnte, es weiterhin zu tun. Doch davon war überhaupt nicht die Rede. Geredet wurde nur darüber, ob der Verleger dem Gesetz nach berechtigt gewesen sei, den Artikel des Reporters abzudrucken, und welchen Vergehens er sich durch den Abdruck schuldig gemacht habe – ob einer Diffamierung oder einer Verleumdung –, und dann wurde darüber diskutiert, inwieweit eine Diffamierung zugleich eine Verleumdung in sich schließe und umgekehrt, inwieweit bei einer Verleumdung auch der Tatbestand einer Diffamierung gegeben sei. Außerdem wurden für Laien schwerverständliche Erörterungen über verschiedene Paragraphen und präjudizierende Urteile einer übergeordneten Instanz angestellt.

Das einzige, was Nechljudow verstand, war, daß Wolf, der in dieser Sache referierte und der ihm erst gestern entschieden erklärt hatte, der Senat könne sich nicht auf eine Untersuchung des Sachverhalts einlassen, im vorliegenden Fall eine offensichtlich parteiische, auf eine Aufhebung der vom Appellationsgericht getroffenen Entscheidung abzielende Darstellung des Sachverhalts gab und daß Selenin ganz im Gegensatz zu seinem sonst so beherrschten Charakter besonders heftig die gegenteilige Meinung vortrug. Die Nechljudow befremdende Erregung des stets zurückhaltenden Selenin war dadurch hervorgerufen, daß dieser den Vorsitzenden der Aktiengesellschaft als einen in Geldsachen schmutzigen Menschen kannte und außerdem zufällig erfahren hatte, daß Wolf fast unmittelbar vor dem Verhandlungstermin bei diesem Geschäftemacher zu einem opulenten Essen gewesen war. Als Wolf den Sachverhalt in seinem Referat, wenn auch sehr vorsichtig, so doch unverkennbar einseitig erläuterte, ereiferte sich Selenin und widersprach in einer für einen gewöhnlichen Prozeß etwas allzu heftigen Weise. Wolf fühlte sich durch diese Rede offensichtlich verletzt; er wurde rot, zuckte schweigend die Achseln und machte eine höchst würdevolle, gekränkte Miene, als er sich zusammen mit den übrigen Senatoren ins Beratungszimmer zurückzog.

„Wegen welcher Sache waren Sie gleich gekommen?“ wurde Fanarin nochmals vom Gerichtskommissar gefragt, sobald die Senatoren den Saal verlassen hatten.

„Ich habe Ihnen doch schon gesagt, wegen des Falles Maslowa“, antwortete Fanarin.

„Ganz recht. Diese Sache kommt heute zur Verhandlung Aber ...“

„Na, und?“

„Ja, eigentlich ist vorgesehen, diese Sache in Abwesenheit der Parteien zu verhandeln, so daß die Herren Senatoren nach ihrer Entscheidung gar nicht mehr in den Saal zurückkehren würden. Aber ich werde melden ..."

„Wie ist das denn möglich?"

„Ich werde melden, gleich melden, daß Sie hier sind", versicherte der Gerichtskommissar und machte wieder eine Notiz in seinen Akten.

Die Senatoren hatten tatsächlich vor, nach der Urteilsverkündung in dem Verleumdungsprozeß alle übrigen Fälle, darunter auch den der Maslowa, bei Tee und Zigaretten unter sich zu erledigen.

21

Als sich die Senatoren im Beratungszimmer an den Tisch gesetzt hatten, begann Wolf sofort mit großer Lebhaftigkeit die Gründe auseinanderzusetzen, denen zufolge das Urteil aufgehoben werden mußte.

Der Vorsitzende, ohnehin ein mißgünstiger Mensch, war heute besonders schlecht gelaunt. Da er sich bereits während der Sitzung beim Anhören des Sachverhalts seine Meinung gebildet hatte, hörte er Wolf gar nicht zu, sondern war in Gedanken versunken. Er rekapitulierte nämlich einen Abschnitt, den er gestern in seinen Memoiren geschrieben hatte, weil ein wichtiger Posten, auf den er schon seit langem reflektierte, nicht ihm, sondern Wiljanow übertragen worden war. Der Vorsitzende Nikitin war ehrlich überzeugt, daß sein Urteil über verschiedene Beamte der beiden obersten Rangstufen, mit denen er im Laufe seiner Dienstzeit zu tun gehabt hatte, ein äußerst wichtiges historisches Material darstellte. In dem gestern niedergeschriebenen Abschnitt war er mit mehreren dieser Beamten scharf ins Gericht gegangen, weil sie ihn, wie er es formuliert hatte, daran hinderten, Rußland vor dem Untergang zu bewahren, dem seine jetzigen Machthaber es zutrieben – in Wirklichkeit freilich nur deshalb, weil sie ihn hinderten, sein Einkommen zu erhöhen. Im Augenblick stellte er sich vor, wie künftigen Geschlechtern alle diese Umstände dank seiner Memoiren in ganz anderem Licht erscheinen würden.

„Ja, selbstverständlich“, sagte er zu Wolf, obwohl er gar nicht gehört hatte, wonach ihn dieser fragte.

Der Senator B. hörte indessen mit betrübter Miene zu und zeichnete Girlanden auf den vor ihm liegenden Aktenbogen. B. war ein durch und durch liberal gesinnter Mann. Er hielt unbeirrt an den Traditionen der sechziger Jahre fest, und wenn er doch einmal von seiner strengen Unparteilichkeit abwich, dann immer nur zur Wahrung der freiheitlichen Errungenschaften. So war er auch in diesem Falle, abgesehen davon, daß der Vorsitzende der Aktiengesellschaft, der die Verleumdungsklage angestrengt hatte, ein Spitzbube war, schon deshalb dafür, die von ihm gegen den Freispruch des Journalisten eingelegte Berufung zu verwerfen, weil seine Verurteilung eine Beeinträchtigung der Pressefreiheit bedeutet hätte. Als Wolf seine Ausführungen beendet hatte, hörte B. auf zu zeichnen und wies bekümmert – bekümmert war er, weil er solche Binsenwahrheiten noch erst erläutern mußte – mit weicher, angenehmer Stimme kurz, bündig und überzeugend die Haltlosigkeit der Revisionsklage nach; dann beugte er seinen greisen Kopf wieder über den Aktenbogen, um die Girlande zu Ende zu zeichnen.

Skoworodnikow, der Wolf gegenüber saß und sich die ganze Zeit mit seinen dicken Fingern den Bart in den Mund steckte und daran kaute, hörte, nachdem B. seine Ausführungen beendet hatte, sofort damit auf und erklärte mit lauter, schnarrender Stimme, daß er, obwohl der Vorsitzende der Aktiengesellschaft ein großer Halunke sei, dennoch für eine Aufhebung des Urteils eintreten würde, wenn die gesetzlichen Voraussetzungen dafür erfüllt wären; da dies jedoch keineswegs der Fall sei, pflichte er der Meinung Iwan Semjonowitschs (das war B.) bei, fügte er hinzu und freute sich, Wolf damit einen Nadelstich zu versetzen. Der Vorsitzende schloß sich der Ansicht Skoworodnikows an, und die Berufungsklage wurde abgewiesen.

Wolf ärgerte sich am meisten darüber, daß er durch diese Entscheidung gleichsam einer gewissenlosen Parteilichkeit überführt worden war; er machte indessen eine gleichgültige Miene, schlug die Akten Maslowa auf und vertiefte sich darin. Die Senatoren, die inzwischen geklingelt und sich Tee hatten bringen lassen, legten eine Pause ein und unterhielten sich über einen Fall, der damals zugleich mit dem Duell Kamenskis ganz Petersburg beschäftigte. Es handelte sich um einen Ministerialdirektor, den man in flagranti des im Paragraph 995 vorgesehenen Verbrechens überführt hatte.

„Was für eine Scheußlichkeit!" sagte B. angewidert.

„Wieso Scheußlichkeit?" fragte Skoworodnikow, der gierig schmatzend den Rauch einer zerdrückten Zigarette einzog, die er unmittelbar an der Handfläche zwischen die Finger geklemmt hatte. „Ich kann in unserer Literatur den Vorschlag eines deutschen Schriftstellers nachweisen, der offen dafür eintritt, so etwas nicht als Verbrechen zu betrachten und eine Ehe zwischen Männern zuzulassen", sagte er und brach in schallendes Gelächter aus.

„Das ist doch nicht möglich", sagte B.

„Ich kann Ihnen das Buch zeigen", versicherte Skoworodnikow und nannte sogar den vollen Titel sowie Jahr und Ort seines Erscheinens.

„Man sagt, er soll als Gouverneur in eine sibirische Stadt versetzt werden", warf Nikitin ein.

„Ausgezeichnet! Da wird ihn der Bischof mit dem Kreuz begrüßen. Der Bischof müßte nur ebenso veranlagt sein. Ich könnte solch einen empfehlen", sagte Skoworodnikow, worauf er den Zigarettenstummel auf die Untertasse warf, den Bart, soviel er davon fassen konnte, aufs neue in den Mund stopfte und daran zu kauen begann.

In diesem Augenblick trat der Gerichtskommissar ein und teilte mit, daß der Rechtsanwalt und Nechljudow an der Verhandlung über die von der Maslowa eingelegte Berufung teilzunehmen wünschten.

„Ja, das ist auch so eine Geschichte, ein ganzer Roman", sagte Wolf und erzählte dann, was er von den Beziehungen Nechljudows zu der Maslowa wußte.

Nachdem die Senatoren ihre Meinung hierzu geäußert, die Zigaretten zu Ende geraucht und den Rest des Tees getrunken hatten, kehrten sie in den Sitzungssaal zurück, wo sie das Urteil im vorausgegangenen Prozeß verkündeten und sich dann dem Fall Maslowa zuwandten.

Wolf referierte mit seiner dünnen Stimme sehr eingehend über die Zusammenhänge, und zwar wiederum nicht ganz unparteiisch, sondern offensichtlich mit dem Wunsch, man solle das Urteil der ersten Instanz aufheben.

„Haben Sie noch etwas hinzuzufügen?“ wandte sich der Vorsitzende an Fanarin.

Fanarin stand auf, streckte seine breite weiße Hemdbrust vor und wies in einer ungemein eindrucksvollen, feingeschliffenen Rede nach, daß das Gericht in sechs Punkten vom klaren Sinn der Gesetze abgewichen sei; außerdem erlaubte er sich, wie er sagte, wenn auch nur in aller Kürze, auf die dem Prozeß zugrunde liegenden Tatsachen einzugehen und die himmelschreiende Ungerechtigkeit des Urteils hervorzuheben. Der Ton seines nicht langen, aber eindrucksvollen Plädoyers war so, als entschuldigte er sich, hervorzuheben, was die Herren Senatoren mit ihrem Scharfsinn und ihrer juristischen Weisheit viel besser sähen und begriffen als er, und als tue er es nur, weil die von ihm übernommene Pflicht es erfordere. Nach der Rede Fanarins, die er mit einem siegesbewußten Lächeln abschloß, schien nicht der geringste Zweifel möglich zu sein, daß der Senat das Gerichtsurteil aufheben werde. Nechljudow, der das triumphierende Lächeln seines Rechtsanwalts bemerkte, war überzeugt, nun sei alles gewonnen. Doch als er dann zu den Senatoren hinüberblickte, nahm er wahr, daß Fanarin als einziger lächelte und triumphierte. Die Senatoren und der Referent des Oberstaatsanwalts lächelten und triumphierten nicht, sondern saßen mit der Miene von Leuten da, die sich langweilen und denken: Ihr Brüder könnt uns viel erzählen, es führt doch zu nichts. Sie waren offenbar erst befriedigt, als der Rechtsanwalt sein Plädoyer beendet hatte und sie nicht länger unnötig aufhielt. Unmittelbar im Anschluß an Fanarins Rede erteilte der Vorsitzende dem Referenten des Oberstaatsanwalts das Wort. Selenin trat in seinen kurzgefaßten, aber klaren und bestimmten Ausführungen für eine Bestätigung des Gerichtsurteils ein und bezeichnete die Anfechtung als unzureichend begründet. Hierauf zogen sich die Senatoren zur Beratung zurück.

Im Beratungszimmer gingen die Meinungen auseinander.

Wolf war für eine Aufhebung des Urteils; B., der verstanden hatte, worum es ging, trat ebenfalls sehr entschieden für die Aufhebung des Urteils ein und schilderte den Kollegen, wie seiner Vorstellung nach – die übrigens durchaus zutraf – die Situation im Gericht gewesen war und wie es zu dem Mißverständnis der Geschworenen hatte kommen können; Nikitin, der stets zur Strenge neigte und auf penible Beachtung aller Formalitäten hielt, war gegen die Aufhebung. Alles hing nunmehr von Skworodnikows Stimme ab. Und der stimmte für eine Abweisung der Appellationsklage, und zwar hauptsächlich, weil ihm Nechljudows Entschluß, diese Dirne aus moralischen Gründen zu heiraten, im höchsten Grade zuwider war.

Skoworodnikow, ein Materialist und Darwinist, hielt nicht nur jede Äußerung einer abstrakten Moral oder gar Religiosität für wahnwitzige Torheit, sondern er faßte sie auch als persönliche Beleidigung auf. Daß man wegen einer Prostituierten soviel Aufhebens machte, ihretwegen den Senat bemühte, daß ein berühmter Rechtsanwalt sie verteidigte und Nechljudow zugegen war – das alles empfand er als höchst widerwärtig. Er begann wieder an seinem Bart zu kauen, schnitt Grimassen, gab sich den Anschein, von der ganzen Sache nicht mehr zu wissen, als daß die Gründe für eine Anfechtung des Urteils unzureichend seien, und daß er daher dem Vorsitzenden darin beipflichte, den vorliegenden Antrag unberücksichtigt zu lassen.

Die Berufungsklage wurde verworfen.

22

„Das ist ja furchtbar!" sagte Nechljudow, als er mit Fanarin, nachdem dieser die Akten in seiner Mappe verstaut hatte, in die Vorhalle trat. „Bei einem ganz offensichtlichen Fehlurteil klammern sie sich an die Form und lehnen die Aufhebung ab. Nein, es ist furchtbar!"

„Die Sache war schon im Gericht verpfuscht", bemerkte der Rechtsanwalt.

„Und auch Selenin plädierte für Ablehnung. Nein, es ist furchtbar!“ wiederholte Nechljudow immer wieder. „Was können wir jetzt noch tun?“

„Wir werden ein Gnadengesuch an die allerhöchste Stelle richten. Sie können es persönlich einreichen, solange Sie noch hier sind. Ich werde es Ihnen aufsetzen.“

Mittlerweile war der untersetzte Wolf in seiner ordenüberladenen Uniform in die Vorhalle gekommen und trat an Nechljudow heran.

„Was soll man machen, lieber Fürst? Die Gründe waren nicht ausreichend“, sagte er, müde die schmalen Schultern zuckend, und ging weiter.

Unmittelbar nach Wolf erschien auch Selenin, der von den Senatoren gehört hatte, daß Nechljudow, sein ehemaliger Kamerad, anwesend sei.

„Das hätte ich mir nicht träumen lassen, dich hier anzutreffen“, sagte er, auf Nechljudow zukommend, und verzog den Mund zu einem Lächeln, bei dem die Augen ihren schwermütigen Ausdruck beibehielten. „Ich habe ja gar nicht gewußt, daß du in Petersburg bist.“

„Und ich habe nicht gewußt, daß du Oberstaatsanwalt bist...“

„Sein Referent“, berichtigte Selenin. „Aber wie kommst du in den Senat? Ich hörte eben erst, daß du hier seist. Was hat dich hergeführt?“ fragte er und sah den Freund erwartungsvoll aus seinen schwermütigen Augen an.

„Ich bin hergekommen, weil ich gehofft hatte, hier Gerechtigkeit für eine unschuldig verurteilte Frau zu finden und sie von ihrer Strafe befreien zu können.“

„Welche Frau meinst du?“

„Die Frau, deren Berufungsklage eben verworfen wurde.“

„Ach, der Fall Maslowa“, sagte Selenin, sich erinnernd. „Die eingelegte Berufung ist völlig unbegründet.“

„Ich spreche nicht von den Formalitäten, sondern davon, daß eine Frau, die nichts verbrochen hat, eine harte Strafe erdulden soll.“

Selenin stieß einen Seufzer aus.

„Das kann schon sein, aber...“

„Es kann nicht nur sein, es ist so."

„Wieso weißt du das?"

„Weil ich einer der Geschworenen gewesen bin. Ich weiß, wie unser Versehen zustande gekommen ist."

Selenin sann einen Augenblick nach.

„Das hätte man gleich an Ort und Stelle erklären müssen", sagte er dann.

„Ich habe es auch erklärt."

„Ja, aber man mußte es in das Protokoll aufnehmen. Wenn das aus den Akten ersichtlich gewesen wäre ..."

Selenin, der stets beschäftigt war und wenig am gesellschaftlichen Leben teilnahm, hatte offenbar noch nichts von Nechljudows Geschichte mit der Maslowa gehört, und dieser hielt es auch nicht für nötig, ihn einzuweihen.

„Ja, aber aus dem ganzen Sachverhalt geht doch ohnehin deutlich hervor, daß das Urteil ein Wahnsinn ist", sagte er.

„Der Senat hat nicht das Recht, eine solche Feststellung zu treffen. Wenn er sich anmaßen wollte, die Bekräftigung oder Aufhebung gerichtlicher Urteile davon abhängig zu machen, wie er ihre Gerechtigkeit oder Ungerechtigkeit beurteilt, würde er jeglichen Rückhalt einbüßen, ganz abgesehen davon, daß dann die Entscheidung der Geschworenen völlig ihren Sinn verlöre", hielt ihm Selenin entgegen, als er sich der Einzelheiten des eben verhandelten Falles entsann.

„Ich weiß nur so viel, daß die Frau nichts verbrochen hat und daß jetzt die letzte Hoffnung geschwunden ist, sie vor einer unverdienten Strafe zu bewahren. Der Senat, die höchste Instanz, hat eine schreiende Ungerechtigkeit bekräftigt."

„Er hat nichts bekräftigt, weil er gar nicht in eine Untersuchung des dem Prozeß zugrunde liegenden Sachverhalts eingetreten ist und auch nicht eintreten konnte", erwiderte Selenin und schloß müde die Augen. „Du bist sicherlich bei deiner Tante abgestiegen", fuhr er fort, offenbar in dem Wunsch, das Thema zu wechseln. „Ich hörte gestern durch sie von deiner Ankunft. Die Gräfin forderte mich auf, zusammen mit dir der Andacht eines von auswärts gekommenen Predigers beizuwohnen", sagte Selenin mit einem leisen Lächeln.

„Ja, ich war anfangs dabei, bin aber bald angeekelt gegangen", antwortete Nechljudow gereizt, weil Selenin die Unterhaltung auf ein anderes Thema lenkte.

„Warum denn angeekelt? Immerhin handelt es sich dabei um die Äußerung eines, wenn auch einseitigen, sektiererischen, so doch religiösen Gefühls", bemerkte Selenin.

„Es ist ein totaler Blödsinn", sagte Nechljudow.

„Nun, da bin ich anderer Ansicht. Bemerkenswert ist dabei nur, wie wenig wir die Lehren unserer Kirche kennen, so daß wir, wenn ihre fundamentalen Dogmen von anderer Seite verkündet werden, darin gleich eine neue Offenbarung sehen", beeilte sich Selenin, den ehemaligen Kameraden mit seinen neuen Anschauungen bekannt zu machen.

Nechljudow sah ihn überrascht und verwundert an. Selenin hielt dem Blick stand, und in seinen Augen drückte sich jetzt nicht nur Schwermut, sondern auch eine gewisse Animosität aus.

„Ja, glaubst du denn an die Dogmen der Kirche?" fragte Nechljudow.

„Selbstverständlich glaube ich daran", antwortete Selenin und blickte Nechljudow dabei starr in die Augen.

„Das ist mir unfaßbar", sagte Nechljudow seufzend.

„Wir können uns darüber ein andermal unterhalten", sagte Selenin. „Ich komme schon", wandte er sich an den ehrerbietig herantretenden Gerichtskommissar. „Ja, wir müssen unbedingt noch einmal zusammenkommen", sagte er dann zu Nechljudow und stieß einen Seufzer aus. „Aber wo und wann bist du anzutreffen? Mich kannst du immer um sieben Uhr daheim zum Essen treffen. Ich wohne in der Nadeshdinskaja ...", und er nannte die Nummer. „Viel Wasser ist ins Meer geflossen, seit wir uns zuletzt gesehen haben", fügte er hinzu, als er sich zum Gehen anschickte, und lächelte wieder gezwungen.

„Ich werde kommen, falls ich Zeit finde", sagte Nechljudow, der das schmerzliche Gefühl hatte, daß zwischen ihm und Selenin, einem Menschen, der ihm einmal nahegestanden hatte und mit dem er eng befreundet gewesen war, nach diesem kurzen Gespräch jählings eine Entfremdung und Erbitterung, wenn nicht gar Feindschaft entstanden war.

23

Aus ihrer gemeinsamen Studienzeit hatte Nechljudow Selenin als einen mustergültigen Sohn, treuen Freund und für sein Alter ungewöhnlich gebildeten Menschen in Erinnerung; weltmännisch gewandt, mit feinem Taktgefühl, immer elegant und von angenehmem Äußeren, war er zugleich ungemein wahrheitsliebend, ehrlich und nicht im geringsten pedantisch gewesen. Das Studium fiel ihm nicht schwer, er kam glänzend vorwärts und wurde für seine Arbeiten mehrfach mit Goldmedaillen ausgezeichnet.

Als Ziel seines jungen Lebens betrachtete er damals den Dienst am Volke, der sich nicht in Worten, sondern in Taten ausdrückte. Da ihm die Verwirklichung dieses Zieles nur im Staatsdienst möglich schien, ging er sofort nach Abschluß seines Studiums in Gedanken alle Institutionen durch, denen er seine Kraft widmen könnte, und entschied sich für die unmittelbar dem Zaren unterstellte Zweite Abteilung der Staatskanzlei, der die Ausarbeitung von Gesetzen oblag, weil er zu dem Schluß gekommen war, sich hier am nutzbringendsten betätigen zu können. Doch trotz genauer und gewissenhafter Ausführung aller ihm übertragenen Aufgaben fand er in dieser Stellung keine Befriedigung und hatte nie das Gefühl, eine nützliche, wirklich nötige Arbeit zu leisten. Dieses Gefühl des Unbefriedigtseins wurde überdies durch Reibereien mit seinem unmittelbaren Vorgesetzten, einem äußerst kleinlichen und eitlen Beamten, so verstärkt, daß er die Stellung in der Zweiten Abteilung aufgab und zum Senat überwechselte. Der Dienst im Senat sagte ihm mehr zu, aber sein Bedürfnis, etwas Nützliches zu vollbringen, blieb auch hier unbefriedigt.

Selenin hatte ständig das Gefühl, daß alles ganz anders war, als er es erwartet und erstrebt hatte. Hinzu kam, daß seine Verwandten für ihn während seiner Tätigkeit im Senat die Ernennung zum Kammerjunker erwirkten und er daraufhin in goldbestickter Uniform und mit weißer Leinenschärpe angetan zu verschiedenen Leuten fahren und ihnen dafür danken mußte, daß sie ihm den Posten eines Lakaien verschafft hatten. Soviel Mühe er sich gab, er konnte keine vernünftige Erklärung für diese Stellung finden und fühlte daher noch stärker als bei seiner Arbeit im Senat, daß hier etwas nicht stimmte. Aber trotz allem durfte er die Ernennung nicht ablehnen, weil er dadurch die Leute gekränkt hätte, die überzeugt waren, ihm damit einen großen Gefallen getan zu haben; außerdem schmeichelte sie den niederen Instinkten seiner Natur; es bereitete ihm Freude, sich in der goldbestickten Uniform im Spiegel zu betrachten und die Bewunderung zu genießen, die manche Leute einem Kammerjunker entgegenbrachten.

Ähnlich erging es ihm mit seiner Heirat. Durch vermittelnde Bemühungen verschiedener Seiten war ihm eine vom Standpunkt der Gesellschaft äußerst glänzende Partie ermöglicht worden. Aber er heiratete hauptsächlich deshalb, weil eine Ablehnung das junge Mädchen, das ihn gern heiraten wollte, wie die Menschen, die sich um das Zustandekommen der Heirat bemüht hatten, verletzt und gekränkt hätte und weil die Vermählung mit einem anmutigen jungen Mädchen aus bester Familie seiner Eigenliebe schmeichelte. Doch sehr bald stellte sich heraus, daß die Heirat noch weniger seine Erwartungen erfüllte als sein Dienst und die Stellung bei Hof. Nach dem ersten Kind wollte seine Frau keine weiteren Kinder haben und begann ganz in dem luxuriösen Leben der großen Welt aufzugehen, an dem wohl oder übel auch er teilnehmen mußte. Sie war nicht besonders schön, war ihm treu und schien – abgesehen davon, daß sie ihrem Mann so das Dasein vergällte – auch selbst nur übermäßige Anstrengungen und Erschöpfungszustände von einem solchen Leben zu haben, hielt aber dennoch beharrlich daran fest. Alle seine Versuche, diese Lebensführung zu ändern, zerschellten wie an einer Felswand an ihrer Überzeugung, in der sie von sämtlichen Verwandten und Bekannten bestärkt wurde, da es ganz normal sei, so zu leben.

Zu dem Kind, einem Mädchen mit langen goldblonden Locken, das bei jedem Wetter in kurzen Söckchen herumlief, hatte der Vater keinerlei Beziehungen, was vornehmlich daran lag, daß es ganz anders erzogen wurde, als er es wollte. Zwischen den Eheleuten bildete sich allmählich die übliche, oft sogar gewollte Verständnislosigkeit für die Ansichten des anderen aus, und es entbrannte ein stiller, vor Dritten verborgener und durch die Gebote des Anstands gedämpfter Kampf, der Selenin das Leben zu Hause zur Qual machte. Somit war sein Familienleben eine noch größere Enttäuschung geworden als der Dienst im Senat und seine Charge bei Hofe.

Den meisten Kummer bereitete ihm indessen sein Verhältnis zur Religion. Wie alle Menschen seines Kreises und seiner Zeit hatte er im Lauf seiner geistigen Entwicklung mühelos und ohne selbst zu wissen, wann es geschehen war, jenes Gespinst religiösen Aberglaubens zerrissen, in dem er erzogen worden war. In jungen Jahren, während seiner Studienzeit und der Freundschaft mit Nechljudow, hatte er als ernster und ehrlicher Mensch auch kein Geheimnis daraus gemacht, daß er sich von den irrigen Dogmen der offiziellen Religion losgesagt hatte. Doch mit den Jahren, nach mehrfachen Beförderungen im Dienst und besonders infolge der reaktionären Strömungen, die sich zu jener Zeit in der Gesellschaft breitmachten, begann ihn seine freisinnige Weltanschauung zu stören. Ganz zu schweigen von den häuslichen Gelegenheiten – den Seelenmessen nach dem Tode des Vaters und daß er auf Wunsch seiner Mutter regelmäßig das Abendmahl nehmen mußte, was zum Teil auch von der öffentlichen Meinung verlangt wurde –, brachte es schon seine Stellung mit sich, daß er an allen möglichen kirchlichen Feiern, Einweihungen, Dankgottesdiensten und dergleichen teilzunehmen hatte, und es verging selten ein Tag, an dem er nicht zwangsläufig mit den äußeren Formen der Religion in Berührung gekommen wäre. In dieser Lage war nur eins von beiden möglich: entweder bei der Teilnahme an Gottesdiensten zu heucheln, er glaube an etwas, woran er in Wirklichkeit nicht glaubte, oder er mußte sich offen dazu bekennen, daß alle diese äußeren Formen Lüge seien, und sein Leben so einrichten, daß der Zwang zu ihrer Ausübung fortfiel. Doch um ein solches scheinbar ganz einfaches Vorhaben auszuführen, brauchte es sehr viel. Abgesehen davon, daß er dabei einen steten Kampf mit allen ihm nahestehenden Menschen hätte führen müssen, hätte er seine ganze Lebensführung ändern, seine Stellung aufgeben und darauf verzichten müssen, den Menschen den Nutzen zu bringen, den er ihnen durch seine dienstliche Tätigkeit zu bringen glaubte und in Zukunft in noch erhöhtem Maße zu bringen hoffte. Um einen solchen Entschluß zu fassen, mußte er von der Richtigkeit seiner Ansichten überzeugt sein. Er war auch fest davon überzeugt, wie dies in unserem Zeitalter jeder gebildete, vernünftig denkende Mensch sein muß, der ein wenig in der Geschichte bewandert ist und insbesondere über die Entstehung der Religion sowie die Gründe des Auseinanderfallens der christlichen Konfessionen Bescheid weiß. Es war für ihn kein Zweifel möglich, daß er im Recht war, wenn er die Wahrheit der kirchlichen Lehren bestritt.

Doch unter dem Druck der Verhältnisse ließ sich Selenin, ein wahrheitsliebender Mensch, zu einer kleinen Lüge verleiten, die darin bestand, daß er sich sagte, um etwas Unsinniges als unsinnig zu bezeichnen, müsse man zuvor dieses Unsinnige ergründen. Es war nur eine kleine Lüge, aber sie bildete den Ausgangspunkt zu jener großen, in der er jetzt lebte.

Indem er sich die Frage vorlegte, ob die griechisch-orthodoxe Konfession, in der er geboren und erzogen worden war, deren Ausübung allseits von ihm verlangt wurde und ohne deren Anerkennung er seine für die Menschheit nützliche Tätigkeit nicht fortsetzen konnte, die wahre Religion sei, indem er sich diese Frage vorlegte, hatte er sie bereits im voraus entschieden. Und um für seine Entscheidung eine Bestärkung zu finden, griff er nicht zu Voltaire, nicht zu Schopenhauer, Spencer oder Comte, sondern zu den philosophischen Werken Hegels und den theologischen Schriften Vinets und Chomjakows, in denen er natürlich genau das fand, was er brauchte: eine gewisse Beruhigung und Rechtfertigung jener kirchlichen Lehren, in denen er erzogen worden war, die er mit seinem Verstand zwar längst verworfen hatte, ohne deren Befolgung sich aber in seinem Leben zahllose Unzuträglichkeiten ergeben hätten, während sie durch eine Anerkennung dieser Lehren sofort ausgeschaltet wurden. So machte er sich denn alle jene Sophismen zu eigen, die darauf hinausliefen, daß die Wahrheit nicht von der Vernunft eines einzelnen Menschen erfaßt werden könne, daß ihre Erkenntnis lediglich einer Gesamtheit von Menschen möglich sei, und zwar nur durch eine Offenbarung, die einzig von der Kirche vermittelt werde. Daraufhin war er fähig, seelenruhig und ohne sich einer Lüge bewußt zu sein, an Gottesdiensten, Messen, Bestattungsfeierlichkeiten teilzunehmen, das Abendmahl zu nehmen, sich vor Heiligenbildern zu bekreuzigen und seine dienstliche Tätigkeit fortzusetzen, die ihm das Bewußtsein gab, Nützliches zu leisten, und ihn ein wenig über die Unbilden seines häuslichen Lebens hinwegtröstete. Er redete sich ein, an die Dogmen der Kirche zu glauben, während er im Grunde seines Herzens fühlte, daß dieser Glaube nichts weniger als richtig war.

Daher kam es auch, daß Selenins Augen immer einen wehmütigen Ausdruck hatten. Nach dem unverhofften Wiedersehen mit Nechljudow, das ihm die Zeit ins Gedächtnis rief, als er mit ihm befreundet und noch nicht in dieses ganze Lügengewebe verstrickt gewesen war, und namentlich nachdem er ihm im Eifer des Gesprächs sein neues Verhältnis zur Religion angedeutet hatte, fühlte er intensiver als jemals zuvor, daß er sich auf einem Irrweg befinde, und ihm wurde unsagbar schwer ums Herz. Ebenso bedrückt fühlte sich Nechljudow, nachdem die erste Freude über das Wiedersehen mit seinem alten Freund verflogen war.

So war es zu erklären, daß keiner von ihnen, obwohl beide einander zugesagt hatten, nochmals zusammenzukommen, die Gelegenheit zu einem erneuten Wiedersehen während Nechljudows Aufenthalt in Petersburg suchte.

24

Nechljudow verließ den Senat gemeinsam mit dem Rechtsanwalt und ging mit ihm zu Fuß die Straße entlang. Der Rechtsanwalt ließ seinen Wagen hinterherfahren und erzählte Nechljudow von jenem Vergehen eines Ministerialdirektors, über das sich auch schon die Senatoren unterhalten hatten: wie er dabei ertappt worden war, aber keineswegs ins Zuchthaus gesteckt werde, wie das Gesetz es vorschrieb, sondern zum Gouverneur in Sibirien ernannt sei. Nachdem er diesen Vorfall in allen seinen widerwärtigen Einzelheiten geschildert hatte, erzählte er mit besonderem Vergnügen, wie verschiedene hochgestellte Persönlichkeiten das Geld unterschlagen hatten, das zur Errichtung des immer noch unvollendeten Denkmals gesammelt worden war, an dem sie heute morgen vorbeigekommen waren, und daß die Geliebte eines gewissen X mehrere Millionen durch Börsenspekulationen verdient habe, daß der und der seine Frau an den und den verschachert habe, und noch viele andere Geschichten über Gaunereien und alle möglichen Verbrechen höchster Regierungsvertreter, die aber, wie er sagte, nicht hinter Schloß und Riegel, sondern auf den Präsidialsesseln verschiedener Institutionen säßen. Das Erzählen dieser Skandalgeschichten, von denen er einen unerschöpflichen Vorrat auf Lager zu haben schien, bereitete dem Rechtsanwalt offenbar großes Vergnügen, zeigten sie doch mit aller Deutlichkeit, daß die Mittel, die er selbst zum Gelderwerb anwandte, durchaus korrekt und harmlos waren, wenn man sie mit den Methoden verglich, deren sich zum gleichen Zweck die höchsten Beamten des Reiches bedienten. Er war deshalb sehr erstaunt, als sich Nechljudow, ohne seine letzte Geschichte bis zu Ende anzuhören, von ihm verabschiedete und eine Droschke nahm, um nach Hause zu fahren.

Nechljudow war völlig niedergeschlagen. Besonders bedrückte es ihn, daß der Senat durch die Verwerfung der Appellationsklage die völlig ungerechtfertigte Quälerei der unschuldigen Maslowa sanktioniert hatte und daß hierdurch sein unumstößliches Vorhaben, das eigene Schicksal mit dem ihren zu vereinen, noch mehr erschwert wurde. Verstärkt worden war seine Niedergeschlagenheit noch durch die entsetzlichen Geschichten von der herrschenden Verworfenheit, die der Rechtsanwalt mit solcher Freude erzählt hatte, und außerdem mußte er immer wieder an den verbissenen, kalten und abstoßenden Blick des einst so lieben, aufrichtigen und vornehmen Selenin denken.

Zu Hause übergab ihm der Portier mit etwas verächtlicher Miene einen Brief, den, wie er sich ausdrückte, irgendeine Frau in seiner Loge geschrieben habe. Es waren ein paar Zeilen von der Mutter der Schustowa. Sie schrieb, daß sie gekommen sei, sich bei dem Wohltäter, dem Retter ihrer Tochter zu bedanken, und daß sie ihn außerdem inständig bitte, sie und ihre Tochter auf der Wassili-Insel, Linie V, Nummer soundso, zu besuchen. Dies sei, schrieb sie, von großer Wichtigkeit für Wera Jefremowna. Er brauche nicht zu fürchten, daß man ihn mit unaufhörlichen Dankesäußerungen belästigen werde: von Dankbarkeit würden sie nicht mehr sprechen, sondern sich einfach über seinen Besuch freuen. Wenn es ihm möglich sei, möchte er morgen vormittag kommen.

Ein weiterer Brief war von dem Flügeladjutanten Bogatyrjow, einem ehemaligen Regimentskameraden Nechljudows, den dieser gebeten hatte, die von ihm namens der Sektierer aufgesetzte Bittschrift dem Zaren persönlich auszuhändigen. Bogatyrjow schrieb in seinen großen, energischen Schriftzügen, daß er die Bittschrift, wie versprochen, unmittelbar dem Zaren übergeben werde, daß ihm aber der Gedanke gekommen sei, ob es nicht ratsamer wäre, wenn Nechljudow sich zuvor mit der für solche Dinge maßgebenden Persönlichkeit in Verbindung setzte und ihr sein Anliegen vortrüge.

Nach den Erfahrungen aus den ersten Tagen seines Petersburger Aufenthalts hatte Nechljudow jegliche Hoffnung verloren, hier irgend etwas zu erreichen. Seine in Moskau aufgestellten Pläne muteten ihn jetzt wie jene Träumereien an, denen wir uns in frühester Jugend hingeben und die unweigerlich zu einer Enttäuschung führen, sobald man ins wirkliche Leben tritt. Aber da er nun einmal nach Petersburg gekommen war, hielt er es für seine Pflicht, dennoch alles auszuführen, was er sich vorgenommen hatte. Er beschloß daher, gleich am nächsten Tag noch einmal mit Bogatyrjow zu sprechen und seinem Rat gemäß jene Persönlichkeit aufzusuchen, von der das Schicksal der Sektierer abhängen sollte.

Während er in seinem Zimmer die für die Sektierer aufgesetzte Bittschrift aus der Aktentasche nahm und sie noch einmal überflog, wurde an der Tür geklopft, und ein Lakai bestellte ihm, daß die Gräfin Jekaterina Iwanowna ihn bitten lasse, zum Tee nach oben zu kommen.

Nechljudow sagte, er komme sogleich, legte die Schriftstücke in die Mappe zurück und ging hinaus, um sich zur Tante zu begeben. Als er auf dem Weg nach oben durchs Fenster einen Blick auf die Straße warf und vor dem Haus das elegante Doppelgespann Mariettes stehen sah, wurde er plötzlich besser gestimmt und lächelte.

Mariette, im Hut, aber nicht mehr im schwarzen, sondern in einem hellen, bunten Kleid, saß, eine Tasse Tee in der Hand, neben dem Lehnstuhl der Gräfin und tuschelte ihr mit einem besonderen Leuchten in den schönen Augen etwas zu. Als Nechljudow eintrat, hatte sie gerade etwas so Urkomisches und – was er aus der Art des Lachens heraushörte – Schlüpfriges zum besten gegeben, daß sich die gutmütige, schnurrbärtige Gräfin Jekaterina Iwanowna mit ihrem ganzen fülligen Körper vor Lachen schüttelte, während Mariette selbst den Mund zu einem zynischen Lächeln verzog, den Kopf mit ihrem energischen, fröhlichen Gesicht auf die Seite neigte und schweigend ihre Gesprächspartnerin ansah.

Aus einigen Worten, die Nechljudow noch auffing, wurde ihm klar, daß von der zweiten Sensation, die damals ganz Petersburg in Atem hielt – von der Affäre des frischgebackenen sibirischen Gouverneurs –, die Rede gewesen war und daß Mariette in diesem Zusammenhang etwas so Spaßiges gesagt hatte, daß sich die Gräfin gar nicht beruhigen konnte.

„Du bringst mich noch um!" stammelte sie, nach Luft ringend.

Nechljudow begrüßte die Damen und setzte sich zu ihnen. Er war schon geneigt, Mariette wegen ihrer Leichtfertigkeit zu verurteilen, als sie, nachdem ihr seine ernste, ein wenig unwillige Miene aufgefallen war, in dem Wunsch, ihm zu gefallen – und diesen Wunsch hatte sie seit ihrem Wiedersehen mit ihm – sofort nicht nur den Gesichtsausdruck, sondern auch ihre ganze Gemütsstimmung änderte. Sie wurde plötzlich ernst, war unzufrieden mit ihrem Leben, schien nach irgend etwas zu suchen, zu streben und heuchelte nicht etwas vor, sondern machte sich tatsächlich genau die Gemütsverfassung zu eigen – obwohl sie keineswegs fähig gewesen wäre, sie in Worten auszudrücken –, in der sich Nechljudow gerade befand.

Sie erkundigte sich, wie er seine Vorhaben erledigt habe. Nechljudow erzählte von dem Mißerfolg im Senat und von seinem Zusammentreffen mit Selenin.

„Ach, was für eine reine Seele er ist! Ein wahrer chevalier sans peur et sans reproche! Eine reine Seele", erklärten beide Damen übereinstimmend, indem sie den Ausdruck gebrauchten, der für Selenin in der Gesellschaft gang und gäbe war.

„Wie ist seine Frau?" fragte Nechljudow.

„Seine Frau? Nun, ich will nicht den Stab über sie brechen, aber sie versteht ihn nicht. Ist wirklich auch er für die Ablehnung gewesen?" fragte Mariette mit aufrichtigem Mitgefühl. „Das ist ja furchtbar, die Ärmste tut mir so leid", fügte sie seufzend hinzu.

Nechljudow verfinsterte sich und kam, um das Thema zu wechseln, auf die Schustowa zu sprechen, die in der Festung gefangengehalten und durch Mariettes Vermittlung freigelassen worden war. Er dankte ihr dafür, daß sie sich bei ihrem Mann für sie verwendet hatte, und wollte noch hinzufügen, wie entsetzlich der Gedanke sei, daß dieses junge Mädchen mit allen ihren Angehörigen nur deshalb so lange hätte leiden müssen, weil niemand an sie gedacht habe. Doch Mariette unterbrach ihn und gab ihrer eigenen Entrüstung Ausdruck.

„Ach, da findet man überhaupt keine Worte", sagte sie. „Als ich von meinem Mann hörte, daß sie ohne weiteres freigelassen werden kann, hat auch mich gleich dieser Gedanke entsetzt. Wie konnte man sie denn so lange in Haft halten, wenn sie unschuldig ist!" nahm sie Nechljudow das Wort aus dem Mund. „Das ist empörend, einfach empörend!"

Die Gräfin sah, daß Mariette mit ihrem Neffen kokettierte, und hörte amüsiert zu.

„Weißt du was?" wandte sie sich, als das Gespräch einen Augenblick stockte, an Nechljudow. „Komm morgen abend zu Aline, Kiesewetter ist dort. Und du mußt auch kommen", sagte sie zu Mariette und fuhr, sich wieder an Nechljudow wendend, fort: „Il vous a remarqué. Er meint, alles, was du gesagt hast – ich habe ihm davon erzählt –, sei ein gutes Anzeichen, daß du den Weg zu Christus finden wirst. Komm also bestimmt hin.

Sag ihm doch, daß er kommen soll, Mariette! Und du selbst komm auch."

„Mir, liebe Gräfin, steht keinerlei Recht zu, dem Fürsten irgendwelche Ratschläge zu erteilen", erwiderte Mariette und sah Nechljudow dabei mit einem Blick an, durch den sie gewissermaßen zwischen ihm und sich ein volles Einverständnis hinsichtlich der Aufforderung der Gräfin und der Einstellung zur Religion überhaupt herstellte. „Und zweitens bin ich, wie Sie wissen, nicht sehr für ..."

„Na ja, du tanzt immer aus der Reihe und machst alles anders!"

„Wieso anders? Ich bin genauso gläubig wie die einfachste Frau aus dem Volke", sagte Mariette lächelnd. „Doch abgesehen davon, fahre ich morgen ins Französische Theater."

„Ach, wirklich? Hast du sie schon gesehen ...", wandte sich die Gräfin an Nechljudow, „die – na, wie heißt sie doch gleich? – die ..."

Mariette sprang ihr bei und nannte den Namen einer berühmten französischen Schauspielerin.

„Da mußt du unbedingt hin. Sie ist großartig!"

„Was soll ich denn zuerst tun, ma tante, mir die Schauspielerin ansehen oder zum Prediger kommen?" fragte Nechljudow lächelnd.

„Stell mir bitte keine Falle!"

„Ich halte es doch für ratsam, zuerst zum Prediger und dann zur französischen Schauspielerin zu fahren, denn sonst könnte man vielleicht allen Geschmack an seiner Predigt verlieren", sagte Nechljudow.

„Nein, es ist doch wohl richtiger, mit dem Französischen Theater anzufangen und anschließend Buße zu tun", warf Mariette ein.

„Laßt es nur, euch über mich lustig zu machen! Der Prediger ist eine Sache für sich, und das Theater ist eine Sache für sich. Um sein Seelenheil zu retten, braucht man gar nicht arschinlange Gesichter zu machen und immer nur zu weinen. Man muß glauben, dann wird einem froh ums Herz."

„Sie predigen besser als jeder Prediger, ma tante."

„Was mir übrigens einfällt", wandte sich Mariette, nachdem sie einen Augenblick nachgedacht hatte, an Nechljudow. „Kommen Sie doch morgen zu mir in meine Loge."

„Ich fürchte, es wird mir nicht möglich sein ..."

Das Gespräch wurde durch den Eintritt eines Dieners unterbrochen, der Besuch meldete. Es handelte sich um den Geschäftsführer einer Wohlfahrtsgesellschaft, deren Vorsitzende die Gräfin war.

„Nun, das ist ein höchst langweiliger Herr. Ich werde ihn lieber drüben empfangen und komme dann wieder zu euch zurück. Bewirte ihn inzwischen mit Tee, Mariette", sagte die Gräfin und begab sich mit ihren schnellen, sich überhastenden Schritten in den neben dem Salon liegenden Saal.

„Darf ich Ihnen einschenken?" fragte Mariette, nachdem sie den Handschuh von ihrer energischen, ziemlich flachen und mit Ringen überladenen Hand gestreift hatte, und griff, zierlich den kleinen Finger spreizend, nach der auf einer Spiritusmaschine stehenden silbernen Teekanne.

Ihr Gesicht nahm einen ernsten, bekümmerten Ausdruck an.

„Mir ist immer der Gedanke unsagbar schmerzlich, daß mich Menschen, auf deren Meinung ich besonderen Wert lege, vielleicht nach den Verhältnissen beurteilen, in denen ich lebe."

Sie schien dem Weinen nahe, als sie dies sagte. Und obgleich ihre Worte im Grunde genommen keinen oder einen nur sehr unbestimmten Sinn hatten, glaubte Nechljudow, aus ihnen eine ungewöhnliche Tiefe, Aufrichtigkeit und Güte herauszuhören – so faszinierte ihn der Blick der leuchtenden Augen, von dem diese Worte der jungen, hübschen und gut angezogenen Frau begleitet waren.

Er sah sie schweigend an, unfähig, die Augen von ihrem Gesicht abzuwenden.

„Sie meinen vielleicht, ich verstände Sie nicht und alles das, was in Ihrem Innern vor sich geht. Aber was Sie getan haben, ist allen bekannt. C'est le secret de polichinelle. Und ich bewundere es und habe dafür volles Verständnis."

„Nun, zu bewundern gibt es da wirklich nicht viel. Ich habe erst sehr wenig tun können."

„Das spielt keine Rolle. Ich verstehe Ihr Gefühl und ebenso das jener ... nun, schon gut, schon gut, ich werde nicht davon sprechen", unterbrach sie sich selbst, als sie in Nechljudows Gesicht einen Ausdruck von Unwillen wahrnahm. „Aber abgesehen davon, kann ich zutiefst nachfühlen, daß all die Leiden und Schrecknisse, die Sie in den Gefängnissen gesehen haben, in Ihnen den Wunsch weckten, den unglücklichen Menschen zu helfen, die so furchtbar, so entsetzlich unter der Gleichgültigkeit, der Grausamkeit anderer leiden", sagte Mariette, die mit weiblichem Instinkt alles erriet, was ihm wichtig war und am Herzen lag, nur mit dem einen Ziel, ihn zu umgarnen. „Ich verstehe, daß man dafür sein Leben hingeben kann, und würde es auch selbst hingeben. Aber jeder hat sein Schicksal ..."

„Soll das heißen, daß Sie mit Ihrem Schicksal nicht zufrieden sind?"

„Ich?" fragte sie, scheinbar höchst verwundert, daß man danach fragen konnte. „Ich *muß* zufrieden sein und bin auch zufrieden. Doch ab und zu nagt ein Wurm, wenn er wach wird ..."

„Man darf ihn nicht einschlafen lassen, man muß auf diese innere Stimme hören", sagte Nechljudow, von ihrer Heuchelei völlig betört.

Später dachte er oft voller Scham an das Gespräch mit ihr zurück: wie er ihren nicht so sehr verlogenen, als vielmehr liebedienerischen, ihm nach dem Mund geredeten Worten und dem bewegten Gesichtsausdruck geglaubt hatte, als sie mit scheinbarer Aufmerksamkeit zuhörte, was er ihr von den furchtbaren Zuständen in den Gefängnissen und von seinen Eindrücken auf dem Lande erzählte.

Als die Gräfin zurückkehrte, sprachen sie miteinander nicht nur wie alte, sondern wie ganz besonders intime Freunde, die sich als einzige verstehen und von der Umwelt nicht verstanden werden.

Sie redeten von der Ungerechtigkeit der bestehenden Ordnung, von den Leiden der Unglücklichen, von der Armut der breiten Masse; aber ihre Augen, die sie während des Gesprächs unverwandt aufeinander gerichtet hatten, fragten unaufhörlich:

Kannst du mich lieben? und antworteten: Ich kann es! Und die erotischen Gefühle, die unversehens alles in rosigem Licht erscheinen ließen, zogen sie unwiderstehlich zueinander.

Beim Abschied sagte Mariette zu Nechljudow, sie sei immer bereit, ihm in allem, was in ihrer Macht stehe, dienlich zu sein, und bat ihn, unbedingt morgen abend zu ihr ins Theater zu kommen, da sie noch etwas Wichtiges mit ihm zu besprechen habe.

„Denn wann könnte ich Sie sonst wiedersehen?" fügte sie seufzend hinzu, während sie den Handschuh behutsam über ihre ringgeschmückte Hand streifte. „Versprechen Sie mir, daß Sie kommen werden."

Nechljudow versprach es.

In dieser Nacht, nachdem sich Nechljudow in sein Zimmer zurückgezogen, sich zu Bett gelegt und das Licht gelöscht hatte, konnte er lange nicht einschlafen. Er dachte an die Maslowa, an die Senatsentscheidung, an seinen Entschluß, ihr trotz allem nach Sibirien zu folgen, an den Verzicht auf seinen Landbesitz – und gleichsam als Antwort auf alle sich daraus ergebenden Fragen stellte er sich plötzlich das Gesicht Mariettes, ihren Seufzer und den Blick, mit dem sie gefragt hatte: Wann könnte ich Sie wiedersehen?, sowie ihr Lächeln mit solcher Deutlichkeit vor, daß er sie leibhaftig vor sich zu sehen glaubte und auch selbst lächelte. Tue ich auch recht daran, nach Sibirien zu gehen? Handele ich richtig, mich meines Reichtums zu entäußern? fragte er sich.

Auf diese Fragen fand er in jener hellen Petersburger Nacht, deren fahles Licht durch einen Spalt des Fenstervorhangs ins Zimmer drang, keine endgültige Antwort. In seinem Kopf verwirrte sich alles. Er versuchte, sich in seine frühere Stimmung zu versetzen, sich seiner früheren Gedankengänge zu erinnern, aber diesen Gedanken fehlte die frühere Überzeugungskraft.

Ja, werde ich überhaupt einem solchen Leben gewachsen sein, wie ich es im Sinne habe? Werde ich das Gute, das ich tun will, nicht später einmal bereuen? ging es ihm plötzlich durch den Kopf. Aber er war außerstande, sich klar darüber zu werden, und eine solche Schwermut und Verzweiflung befiel ihn, wie er sie schon seit langem nicht mehr empfunden hatte. Unfähig, sich in diesen Fragen zurechtzufinden, sank er schließlich in einen ähnlich schweren Schlaf wie früher nach einem hohen Verlust beim Kartenspiel.

25

Das erste, was Nechljudow beim Erwachen am nächsten Morgen fühlte, war, tags zuvor eine Schlechtigkeit begangen zu haben.

Er suchte sich zu entsinnen: nein, begangen hatte er nichts Verwerfliches, wohl aber hatte er sich verwerflichen Gedanken hingegeben, Gedanken darüber, daß es sich bei allen jetzigen Plänen – der Heirat mit Katjuscha, der Abtretung des Landes an die Bauern – um unausführbare Träumereien handele, daß er nicht imstande sein würde, die sich daraus ergebenden Folgen zu ertragen, daß alles dies konstruiert und unnatürlich sei und daß er sein bisheriges Leben fortsetzen müsse.

Eine schlechte Handlung lag nicht vor, aber was vorlag, war weit schlimmer als eine schlechte Handlung: es waren die Gedanken, denen alle schlechten Handlungen entspringen. Eine schlechte Handlungsweise kann man sein lassen, man kann sie bereuen, aber böse Gedanken gebären fortgesetzt böse Taten.

Eine begangene Schlechtigkeit ebnet nur den Weg zu weiteren Schlechtigkeiten; und verwerfliche Gedanken ziehen uns unaufhaltsam auf diesen Weg.

Als sich Nechljudow seine gestrigen Gedanken ins Gedächtnis rief, war es ihm unfaßbar, wie er ihnen auch nur einen Augenblick hatte nachhängen können. So neu und schwer auch alles war, was er sich vorgenommen hatte, er wußte, daß es für ihn das einzig mögliche Leben war, und so leicht es ihm gefallen wäre, zur gewohnten früheren Lebensweise zurückzukehren, ihm war klar, daß es seinen Tod bedeutet hätte. Seine gestrige Anwandlung verglich er jetzt mit dem Verhalten eines Menschen, der sich gut ausgeschlafen hat und gar nicht mehr schlafen will, aber noch im Bett liegenbleibt und sich behaglich rekelt, obwohl er weiß, daß er aufstehen muß, um ein wichtiges und löbliches Werk zu vollbringen.

An diesem Tag, dem letzten seines Aufenthalts in Petersburg, fuhr Nechljudow gleich morgens auf die Wassili-Insel, um die Schustowa zu besuchen.

Die Schustows wohnten im ersten Stock. Vom Hausknecht hingewiesen, geriet Nechljudow in den Hinterflur und gelangte über eine steil nach oben führende Treppe direkt in die heiße, stark nach Essen riechende Küche. Eine Frau vorgeschrittenen Alters mit Brille stand in Schürze und mit aufgekrempelten Ärmeln am Herd und war gerade dabei, in einem dampfenden Kochtopf zu rühren.

„Zu wem wollen Sie?“ fragte sie streng und sah den Ankömmling über die Brille an.

Doch sobald Nechljudow seinen Namen genannt hatte, nahm das Gesicht der Frau einen erschrocken-freudigen Ausdruck an.

„Ach, Sie sind es, Fürst!“ rief sie und wischte die Hände an der Schürze ab. „Aber warum kommen Sie über die Hintertreppe? Ach, Sie, unser Wohltäter! Ich bin die Mutter. Man hat mir ja das Mädel fast zu Tode gequält. Nur Ihnen verdanken wir ihre Rettung“, sagte sie, indem sie nach Nechljudows Hand griff und sie küssen wollte. „Ich habe Sie gestern zu erreichen versucht. Meine Schwester hatte mich sehr darum gebeten. Sie ist hier. Wenn Sie mir folgen wollen, hierher, bitte, hierher“, sagte die Mutter und führte Nechljudow, abwechselnd ihren geschürzten Rock und das Haar ordnend, durch die schmale Küchentür über einen engen, dunklen Korridor. „Meine Schwester ist die Kornilowa, Sie haben gewiß schon von ihr gehört“, fügte sie flüsternd hinzu, als sie bis zu einer am anderen Ende des Korridors liegenden Tür gekommen waren. „Sie war in politische Sachen verwickelt. Eine kluge Frau.“

Sie öffnete die Tür und ließ Nechljudow in ein kleines Zimmer eintreten, wo auf einem am Tisch stehenden kleinen Sofa ein mittelgroßes, stattliches junges Mädchen in einer gestreiften Kattunbluse saß; sein rundes, ungewöhnlich blasses Gesicht, das dem der Mutter ähnelte, war von einem Kranz blonden, gelockten Haars umrahmt. Auf einem Sessel ihr gegenüber saß vornübergebeugt ein junger Mann mit schwarzem Bärtchen, er trug ein am Kragen besticktes Russenhemd. Die beiden waren so in ihr Gespräch vertieft, daß sie erst aufblickten, als Nechljudow bereits im Zimmer stand.

„Lida, Fürst Nechljudow ist gekommen, der deine ..."

Das blasse junge Mädchen sprang nervös auf, strich eine sich hinter dem Ohr vordrängende Haarsträhne zurück und heftete ihre großen grauen Augen erschrocken auf den Eingetretenen.

„Sie also sind die gefährliche Verbrecherin, für die sich Wera Jefremowna verwendet hat?" fragte Nechljudow lächelnd und reichte ihr die Hand.

„Ja, die bin ich", bestätigte Lidija mit einem kindlich gutmütigen Lächeln, bei dem die lückenlose Reihe ihrer schönen Zähne sichtbar wurde. „Meine Tante wollte Sie so gern kennenlernen ... Tantchen!" rief sie mit angenehm weicher Stimme ins Nebenzimmer.

„Wera Jefremowna hat sich Ihre Inhaftierung sehr zu Herzen genommen", sagte Nechljudow.

„Bitte nehmen Sie hier, nein, lieber dort Platz", sagte Lidija und zeigte auf den schon recht mitgenommenen Polstersessel, von dem der junge Mann inzwischen aufgestanden war. „Ein Vetter von mir – Sacharow", fügte sie hinzu, als sie Nechljudows fragend auf den jungen Mann gerichteten Blick bemerkte.

Der Vetter lächelte ebenso gutmütig wie seine Kusine, als er mit dem Gast einen Händedruck tauschte; nachdem Nechljudow auf dem bisher von dem jungen Mann eingenommenen Sessel Platz genommen hatte, holte dieser einen am Fenster stehenden Stuhl und setzte sich neben ihn. Aus dem Nebenzimmer kam noch ein etwa sechzehnjähriger blonder Gymnasiast hinzu und setzte sich schweigend auf das Fensterbrett.

„Wera Jefremowna ist mit meiner Tante sehr befreundet, ich selbst kenne sie so gut wie gar nicht", erklärte Lidija.

Aus dem Nebenzimmer erschien jetzt in einer weißen, von einem Ledergürtel zusammengehaltenen Bluse eine Frau mit ungemein angenehmen, intelligenten Gesichtszügen.

„Guten Tag und schönen Dank, daß Sie gekommen sind!" sagte sie zu Nechljudow und setzte sich neben Lidija auf das

Sofa. „Nun, wie geht es Werotschka? Haben Sie sie gesprochen? Wie erträgt sie ihr Los?"

„Sie klagt nicht", antwortete Nechljudow, „sondern versichert, sich so wohl zu fühlen wie im Paradies."

„Ja, das ist Werotschka, wie sie leibt und lebt", sagte die Tante und schüttelte lächelnd den Kopf. „Man muß sie kennen. Ein großherziger Mensch! Immer nur an andere denkt sie, nie an sich selbst."

„Ja, für sich hat sie um nichts gebeten, sie war nur um Ihre Nichte besorgt. Vor allem quälte sie, wie sie sagte, der Gedanke, daß Ihre Nichte völlig schuldlos verhaftet worden war."

„Das stimmt auch, es ist ein tragischer Fall", sagte die Tante. „Eigentlich hat sie alles meinetwegen erlitten."

„Aber keineswegs, Tantchen!" widersprach Lidija. „Ich hätte die Papiere auch ohne Ihr Zutun an mich genommen."

„Erlaube schon, daß ich das besser weiß als du", beharrte die Tante. „Sehen Sie", fuhr sie zu Nechljudow gewandt fort, „das Ganze kam daher, daß mich jemand bat, vorübergehend seine Papiere in Verwahrung zu nehmen, und daß ich, da ich keine eigene Wohnung besitze, die Papiere zu ihr gebracht habe. Aber in derselben Nacht fand bei ihr eine Haussuchung statt, die Papiere wurden beschlagnahmt, und sie selbst wurde verhaftet. Und da hat man sie bis jetzt gefangengehalten und verlangt, sie solle angeben, von wem sie die Papiere erhalten habe."

„Ich habe es aber nicht verraten", fiel Lidija hastig ein und strich nervös die Haarsträhne zurück, obwohl sie gar nicht störte.

„Ich sage ja auch nicht, daß du das getan hast", erwiderte die Tante.

„Daß sie Mitin verhaftet haben, ist nicht auf Grund meiner Aussagen geschehen", sagte Lidija und sah sich unruhig und errötend nach allen Seiten um.

„Sprich doch nicht mehr davon, Lidotschka", ermahnte die Mutter.

„Warum nicht, ich will es erzählen", antwortete Lidija, die jetzt nicht mehr lächelte und die Haarsträhne nicht mehr zurückstrich, sondern sie um den Finger wickelte und sich dabei, immer tiefer errötend, unaufhörlich umblickte.

„Denke daran, was gestern war, als du davon erzählen wolltest.“

„Nun, was schon? Lassen Sie mich, Mama ... Ich habe nichts gesagt, sondern immer nur geschwiegen. Als man mich beim Verhör zweimal nach der Tante und Mitin fragte, gab ich keine Antwort und erklärte, ich würde überhaupt nichts mehr sagen. Da begann dieser ... dieser Petrow ...“

„Petrow ist ein Gendarm und Erzgauner, der Spitzeldienste leistet“, warf die Tante, zu Nechljudow gewandt, erklärend ein.

„Da begann er“, fuhr Lidija erregt und hastig fort, „mir gütlich zuzureden. ‚Wenn Sie mir offen alles sagen‘, versicherte er, ‚wird niemand davon Schaden leiden. Im Gegenteil, durch Ihre Aussagen können Sie Unschuldige befreien, die wir vielleicht zu Unrecht quälen.‘ Aber ich blieb dennoch bei meiner Weigerung, etwas zu sagen. ‚Nun gut‘, erklärte er dann, ‚sagen Sie nichts, aber stellen Sie auch nicht in Abrede, was ich sagen werde.‘ Und dann nannte er verschiedene Personen und darunter auch Mitin.“

„Wühl doch nicht mehr darin herum“, sagte die Tante.

„Unterbrechen Sie mich doch nicht, Tantchen“, erwiderte Lidija, während sie ununterbrochen an der Haarsträhne zerrte und sich immer wieder umsah. „Und am nächsten Tag, stellen Sie sich vor, erfuhr ich dann zu meinem Schreck – durch Klopfzeichen wurde es mir mitgeteilt –, daß man Mitin verhaftet hatte. Da dachte ich, ich hätte ihn irgendwie verraten. Und dieser Gedanke hat mich so furchtbar, so unerträglich gequält, daß ich nahe dran war, wahnsinnig zu werden.“

„Aber es war ja bekannt, daß seine Verhaftung nichts mit deiner Aussage zu tun hatte“, warf die Tante ein.

„Ja, aber das wußte ich doch nicht. Ich glaubte, ich hätte ihn verraten. Ich lief in der Zelle hin und her und wurde den Gedanken daran nicht los. Du hast ihn verraten, dachte ich immer wieder. Wenn ich mich hinlegte, die Decke über den Kopf zog, hörte ich, wie mir jemand ins Ohr raunte: Du hast Mitin verraten, hast ihn verraten, hast ihn verraten! Ich wußte, daß es eine Halluzination war, konnte mich ihrer aber nicht erwehren. Ich versuchte einzuschlafen – ich konnte es nicht; ich versuchte, an nichts zu denken – auch das gelang nicht. Ach, es war furchtbar!“ sagte Lidija, die immer mehr in Aufregung geraten war, ihre eben um den Finger gewickelte Haarsträhne gleich wieder aufrollte und sich dauernd ängstlich umsah.

„Lidotschka, beruhige dich doch“, redete ihr die Mutter gut zu und legte die Hand auf ihre Schulter. Aber Lidija konnte der Erregung nicht mehr Einhalt gebieten.

„Am fürchterlichsten ist dabei ...“, wollte sie noch ergänzen, brach jedoch aufschluchzend den Satz ab und lief, über den Sessel stolpernd, aus dem Zimmer. Die Mutter stand ebenfalls auf und ging ihr nach.

„Aufhängen müßte man die Halunken“, murmelte der auf dem Fensterbrett sitzende Gymnasiast.

„Was sagst du?“ fragte die Mutter, sich zu ihm umdrehend.

„Nichts ... Ich meinte nur so“, antwortete der Gymnasiast und zündete sich eine der auf dem Tisch liegenden Zigaretten an.

26

„Ja, für junge Menschen ist so eine Einzelhaft wirklich eine Tortur“, sagte die Tante seufzend und zündete sich nun auch eine Zigarette an.

„Ich denke, das ist sie für alle“, meinte Nechljudow.

„Nein, nicht für alle“, erklärte die Tante. „Für wahre Revolutionäre, ist mir erzählt worden, bedeutet sie Entspannung, Beruhigung. Ein Verschwörer lebt in ständiger Spannung, unter materiellen Entbehrungen und in Angst um sich selbst, um andere und um die Sache; wenn er dann schließlich verhaftet wird, fällt alles weg: er fühlt sich von jeder Verantwortung befreit, kann in seiner Zelle sitzen und ausruhen. Manche, wurde mir gesagt, freuen sich geradezu über ihre Verhaftung. Aber für junge Menschen, die überhaupt nichts verbrochen haben – und Unschuldige, wie zum Beispiel Lidotschka, ereilt das Schicksal immer am ehesten –, für die ist der erste Schock fürchterlich. Nicht der Verlust der Freiheit, die grobe Behandlung, das schlechte Essen, die schlechte Luft und die sonstigen Entbehrungen – das alles ist nicht das schlimmste. Selbst dreifach so viele Entbehrungen ließen sich leicht ertragen, wäre nicht der seelische Schock, den man bei der erstmaligen Verhaftung erleidet."

„Haben Sie das denn selbst durchgemacht?"

„Ja, ich habe zweimal hinter Schloß und Riegel gesessen", antwortete die Tante mit einem wehmütigen, anmutigen Lächeln. „Als ich das erste Mal verhaftet wurde – und das geschah für nichts und wieder nichts –, war ich zweiundzwanzig Jahre alt, ich hatte ein Kind und erwartete gerade ein zweites. So schwer es mir damals auch fiel, die Freiheit zu verlieren und mich von meinem Kind, meinem Mann zu trennen, war das doch nichts im Vergleich zu dem Gefühl, als ich begriff, daß ich aufgehört hatte, ein Mensch zu sein, und ein Gegenstand geworden war. Ich wollte von meinem Töchterchen Abschied nehmen – man trieb mich zur Eile an und befahl mir, in die bereitstehende Droschke zu steigen. Ich fragte, wohin man mich bringen wollte – das würde ich sehen, wurde geantwortet, wenn wir ankämen. Ich fragte, was mir zur Last gelegt werde – es erfolgte keine Antwort. Als ich nach dem Verhör meine Kleider ablegen und Gefängniskleidung mit aufgenähter Nummer anziehen mußte, als man mich dann durch ein Gewölbe führte, eine Tür öffnete, mich hineinstieß und die Tür hinter mir ins Schloß fiel und nur ein Posten mit aufgepflanztem Gewehr zurückblieb, der schweigend auf und ab patrouillierte und von Zeit zu Zeit durch die Türluke in meine Zelle blickte – da wurde mir unsagbar schwer ums Herz. Am meisten, weiß ich noch, hat es mich damals betroffen, daß mir der Gendarmerieoffizier bei meiner Vernehmung eine Zigarette anbot. Er wußte also, wie gern die Menschen rauchen, wußte also, was ihnen die Freiheit, das Licht bedeutet, wußte, wie Mütter ihre Kinder und Kinder ihre Mutter lieben. Wie konnte man mich da so erbarmungslos von allem losreißen, was mir teuer war, und mich einsperren wie ein wildes Tier? So etwas geht an niemand spurlos vorüber. Wer an Gott und Menschlichkeit, an Nächstenliebe geglaubt hat, wird den Glauben daran verlieren. Ich glaube seitdem nicht mehr an Menschlichkeit und bin verbittert", schloß sie lächelnd.

Als die Mutter aus dem Zimmer zurückkehrte, in das sie der

Tochter gefolgt war, sagte sie, daß Lidija vor Aufregung sehr erschöpft sei und nicht mehr hereinkommen werde.

„Und wozu hat man ein junges Menschenleben nur so zugrunde richten wollen?“ sagte die Tante. „Für mich ist es besonders schmerzlich, weil ich ungewollt die Veranlassung dazu gegeben habe.“

„So Gott will, wird sie sich in der Landluft wieder erholen“, sagte die Mutter. „Wir wollen sie zum Vater schicken.“

„Ja, ohne Ihre Hilfe wäre sie zugrunde gegangen“, sagte die Tante. „Haben Sie vielen Dank. Und sprechen wollte ich Sie, um Sie zu bitten, Wera Jefremowna ein paar Zeilen zu übergeben, die ich an sie geschrieben habe“, sagte sie und zog einen Brief aus der Tasche. „Der Umschlag ist nicht verschlossen, Sie können den Brief lesen und meinetwegen zerreißen, wenn Sie gegen seine Aushändigung irgendwelche Bedenken haben. Er enthält nichts Verfängliches.“

Nechljudow nahm den Brief an sich und versprach, ihn Wera Jefremowna zukommen zu lassen. Dann stand er auf, verabschiedete sich und ging.

Den Brief klebte er ungelesen zu und beschloß, ihn der Verhafteten persönlich zu überbringen.

27

Die letzte Angelegenheit, durch die Nechljudow noch in Petersburg aufgehalten wurde, betraf die Sektierer, deren Bittschrift er dem Zaren von seinem ehemaligen Regimentskameraden, dem Flügeladjutanten Bogatyrjow, unterbreiten lassen wollte. Als er morgens zu ihm in die Wohnung kam, war Bogatyrjow noch beim Frühstück, aber schon im Begriff, zum Dienst aufzubrechen. Bogatyrjow, ein Mann von mittelgroßer, stämmider Statur und außergewöhnlicher Körperkraft – er konnte Hufeisen biegen –, zeichnete sich durch ein freundliches, offenherziges Wesen, Ehrlichkeit und sogar durch liberale Gesinnung aus. Trotz dieser Eigenschaften stand er dem Hofe nahe, schwärmte für den Zaren und seine Familie und brachte es auf wundersame Weise fertig, im Umgang mit den höchsten Kreisen ausschließlich Gutes an ihnen wahrzunehmen und sich allem Schlechten und Tadelnswerten fernzuhalten. Er fällte nie ein Urteil über Menschen oder ihre Handlungen, sagte aber das, was er sagen wollte, stets unbekümmert laut, fast schreiend und begleitete das Gesagte oft mit ebenso lautem Gelächter. Dabei tat er das nicht aus diplomatischen Erwägungen, sondern einfach, weil es seiner Natur entsprach.

„Fein, daß du gekommen bist! Nimm Platz, frühstücke mit mir! Das Beefsteak ist köstlich. Ich beginne und beschließe den Tag immer mit etwas Herzhaftem. Hahaha. Nun, dann trink wenigstens ein Glas Wein!" rief er mit seiner Stentorstimme und zeigte auf eine Karaffe mit Rotwein. „Über deine Sache hab ich nachgedacht. Natürlich bin ich bereit, die Bittschrift vorzulegen, unmittelbar dem Zaren vorzulegen. Dabei bleibt es. Nur ist mir eingefallen, ob es nicht richtiger wäre, daß du dich zuerst an Toporow wendest?"

Bei der Erwähnung Toporows verfinsterte sich Nechljudows Gesicht.

„Von ihm hängt alles ab. Man wird ohnehin bei ihm Rückfrage halten. Und vielleicht kann er deinen Wunsch schon von sich aus erfüllen."

„Wenn du es für ratsam hältst, will ich ihn aufsuchen."

„Sehr schön. Na, und wie fühlst du dich denn so in Petersburg? He?" schrie Bogatyrjow.

„Ich habe das Gefühl, hier einer Hypnose zu unterliegen", sagte Nechljudow.

„Einer Hypnose!" wiederholte Bogatyrjow und brach in lautes Lachen aus. „Du trinkst nicht? Nun, wie du willst", schrie er und wischte sich mit der Serviette den Schnurrbart ab. „Du wirst also zu ihm fahren? Ja? Und wenn er sich sträuben sollte, bringst du die Bittschrift mir, dann werde ich sie gleich morgen unterbreiten." Hierauf stand er vom Tisch auf, schlug über der Brust ein großes Kreuz – was er offenbar ebenso mechanisch tat, wie er sich den Mund abwischte – und schnallte sich den Säbel um. „Doch nun auf Wiedersehen, ich muß fahren."

„Ich begleite dich hinaus", sagte Nechljudow. Er verabschiedete sich von Bogatyrjow vor der Haustür, drückte seine starke, breite Hand und hatte dabei wie immer das angenehme Gefühl, mit etwas Gesundem, Urwüchsigem und Frischem in Berührung gekommen zu sein.

Obwohl sich Nechljudow von einer Rücksprache mit Toporow wenig Erfolg versprach, folgte er dem Rat Bogatyrjows und fuhr zu ihm, da er ja der Mann sein sollte, von dem das Schicksal der Sektierer abhing.

Das Amt, das Toporow bekleidete, barg seiner Bestimmung nach einen Widerspruch in sich, der nur einem stumpfsinnigen und für moralische Gefühle unempfänglichen Menschen verborgen bleiben konnte. Über diese beiden negativen Eigenschaften verfügte Toporow auch. Der Widerspruch seiner Tätigkeit bestand darin, daß sie dazu diente, jene Kirche, die ihrer eigenen Feststellung zufolge von Gott selbst eingesetzt worden war und weder durch Mächte der Hölle noch durch irgendwelche menschliche Anstrengungen erschüttert werden konnte, mit äußeren Mitteln und nötigenfalls auch durch Gewaltanwendung zu stützen und zu verteidigen. Die Aufrechterhaltung und Verteidigung dieser heiligen, durch nichts zu erschütternden göttlichen Institution oblag der von Menschen geschaffenen Institution, an deren Spitze Toporow mit seinen Beamten stand. Toporow sah diesen Widerspruch nicht oder wollte ihn nicht sehen und war daher sehr ernstlich besorgt, daß jene Kirche, der die Mächte der Hölle nichts anzuhaben vermochten, von irgendeinem römisch-katholischen Priester, einem evangelischen Pfarrer oder einem Sektierer zerstört werden könnte. Wie jedermann, dem ein tiefes religiöses Gefühl, das Bewußtsein der Gleichheit und Brüderlichkeit aller Menschen fehlt, war auch Toporow fest überzeugt, daß die breite Volksmasse einer völlig anderen Menschengattung als er selber angehöre und daher etwas brauche, ohne das er seinerseits sehr gut auskommen konnte. Im Grunde seiner Seele glaubte er überhaupt an nichts und empfand diesen Zustand als höchst bequem und angenehm; doch fürchtete er, die breite Volksmasse könne in einen gleichen Zustand gelangen, und hielt es, wie er zu sagen pflegte, für seine Pflicht, das Volk davor zu bewahren.

Ähnlich wie in einem Kochbuch, in dem gesagt wird, daß Krebse es lieben, lebendig gekocht zu werden, vertrat er – und nicht nur im übertragenen Sinne, wie dieser Satz im Kochbuch zu verstehen war, sondern in der buchstäblichen Bedeutung der Worte – aus voller Überzeugung die Ansicht, daß sich die Volksmasse in ihrem Aberglauben sehr wohl fühle.

Er verhielt sich zu der von ihm beschirmten Religion in der gleichen Weise, wie sich ein Geflügelzüchter zum Aas verhält, mit dem er seine Hühner füttert: das Aas ist ekelhaft, aber die Hühner fressen es gern und müssen folglich damit gefüttert werden.

Die Anbetung all der verschiedenen Muttergottesbilder – der Iberischen, Kasanschen, Smolensker und so weiter – stellte natürlich gröblichen Götzendienst dar; aber die Volksmasse liebte diesen Götzendienst, glaubte an seine Wirkung und mußte daher in ihrem Aberglauben bestärkt werden. Dieser Meinung war Toporow, ohne dabei zu bedenken, daß die Volksmasse nur deshalb in ihrem Aberglauben verharrte, weil sich immer Leute gefunden haben und auch jetzt noch finden, die ebenso gewissenlos wie er handelten, indem sie ihre eigene Aufklärung nicht, wie es ihre Pflicht gewesen wäre, dazu benutzten, den Menschen zu helfen, die sich nach Befreiung aus der Finsternis der Unwissenheit sehnten, sondern nur darauf bedacht waren, sie darin zu belassen.

Als Nechljudow Toporows Amtssitz betrat, unterhielt sich dieser in seinem Arbeitszimmer mit einer Äbtissin, einer energischen Aristokratin, die in den westlichen Gebieten des Landes unter den dort lebenden Unierten Propaganda für den ihnen aufgezwungenen griechisch-orthodoxen Glauben machte.

Ein Beamter für besondere Aufträge, der im Empfangszimmer saß, erkundigte sich bei Nechljudow nach seinen Wünschen, und als er hörte, er habe die Absicht, dem Zaren eine Bittschrift der Sektierer zu übergeben, fragte er, ob er in das Schriftstück Einblick nehmen dürfe. Nechljudow händigte ihm die Bittschrift aus, und der Beamte ging damit in Toporows Arbeitszimmer. Gleich darauf kam die Äbtissin, einen Rosenkranz aus Topasen in den gepflegten weißen Händen und eine Nonnenkapuze mit wehendem Schleier auf dem Kopf, aus dem Arbeitszimmer heraus und wandte sich, ihre schwarze Schleppe hinter sich herschleifend, dem Ausgang zu. Aber Nechljudow wurde noch immer nicht aufgefordert einzutreten. Toporow las erst die Bittschrift und schüttelte den Kopf. Er war unangenehm überrascht von ihrer klaren und überzeugenden Abfassung.

Wenn sie in die Hände des Zaren gelangt, kann das unangenehme Fragen und Auseinandersetzungen nach sich ziehen, dachte er, als er die Bittschrift durchgelesen hatte. Er legte sie auf den Tisch, klingelte und befahl, Nechljudow hereinzubitten.

Toporow entsann sich des Falles der Sektierer, ihm hatte schon einmal eine Bittschrift von ihnen vorgelegen. Es handelte sich darum, daß diese vom griechisch-orthodoxen Glauben abgefallenen Christen zuerst ermahnt, dann unter Anklage gestellt, vom Gericht aber freigesprochen worden waren und daß der Bischof und der Gouverneur daraufhin beschlossen hatten, die Ehen der Sektierer für illegitim zu erklären und die Männer, Frauen und Kinder getrennt in verschiedene Gegenden zu verbannen. Diese Männer und Frauen baten nun, man möge ihre Familien nicht auseinanderreißen. Toporow erinnerte sich noch, daß er damals, als ihm der Fall zum erstenmal vorgetragen wurde, geschwankt hatte, ob es nicht am besten sei, das Verfahren gegen diese Leute ganz einzustellen. Aber ein Schaden konnte sich nicht daraus ergeben, wenn er seine Genehmigung dazu gab, die Familienmitglieder dieser Bauern in verschiedene Gegenden zu schicken; ließ man sie hingegen an ihrem bisherigen Wohnort, konnte das einen schlechten Einfluß auf die übrige Bevölkerung ausüben und sie womöglich dazu verleiten, ebenfalls von der rechtgläubigen Kirche abzufallen, und da die getroffenen Maßnahmen überdies einen löblichen Eifer des Bischofs bewiesen, hatte er die Sache ihren Lauf nehmen lassen.

Nunmehr jedoch, da sich für die Sektierer ein Verteidiger wie Nechljudow gefunden hatte, der in Petersburg weitgehende Beziehungen besaß, und da zu befürchten war, daß die Sache dem Zaren als eine Grausamkeit dargestellt und außerdem von der ausländischen Presse aufgegriffen werden könnte, faßte Toporow kurzerhand einen überraschenden Entschluß.

„Guten Tag!" begrüßte er Nechljudow mit dem Gehabe eines sehr beschäftigten Menschen im Stehen und ging ohne Umschweife zur Sache über. „Ich bin über den Fall im Bilde. Schon bei einem Blick auf die Namen entsann ich mich dieser unglückseligen Geschichte", fuhr er fort, indem er die Bittschrift vom Tisch nahm und sie Nechljudow hinhielt. „Und ich bin Ihnen sehr dankbar, daß Sie mich daran erinnert haben. Da haben sich die Gouvernementsbehörden allzu eifrig gezeigt", sagte er, während Nechljudow schweigend und nicht gerade freundlich auf sein bleiches, maskenhaft starres Gesicht blickte. „Ich werde veranlassen, daß die getroffenen Maßnahmen rückgängig gemacht werden und die Leute wieder an ihren Wohnort zurückkehren können."

„Ich kann also davon absehen, weitere Schritte zu unternehmen?" fragte Nechljudow.

„Durchaus. Sie haben mein Versprechen", sagte Toporow unter besonderer Betonung des Wörtchens mein, anscheinend völlig überzeugt, man müsse seine Ehrlichkeit und sein Wort als die sicherste Gewähr ansehen. „Übrigens kann ich die Verfügung gleich aufsetzen. Nehmen Sie bitte einen Augenblick Platz."

Er setzte sich an seinen Schreibtisch und begann zu schreiben. Nechljudow blieb stehen, blickte von oben auf den schmalen, kahlen Schädel, auf die von dicken blauen Adern durchzogene Hand, die mit der Feder schnell über das Papier huschte, und wunderte sich, daß dieser offenbar für alle menschlichen Regungen unempfängliche Mensch plötzlich auf alles einging und es mit solchem Eifer ausführte. Warum wohl?

„So, die Sache ist gemacht!" sagte Toporow und schloß das Kuvert. „Sie können es Ihren ‚Klienten' mitteilen", fügte er mit einem schlecht erkünstelten Lächeln hinzu.

„Weswegen haben diese Menschen nun unnötig soviel Leid ertragen müssen?" fragte Nechljudow, als er das Schriftstück entgegennahm.

Toporow blickte auf und lächelte; Nechljudows Frage schien ihn zu amüsieren.

„Das kann ich Ihnen nicht sagen. Ich kann nur sagen, daß die Interessen des Volkes, die wir zu schützen haben, so wichtig sind, daß dabei ein etwas übertriebener Eifer in Glaubensfragen weniger schlimm und schädlich ist als die jetzt überall um sich greifende Gleichgültigkeit gegen die Religion."

„Wie kann dann aber im Namen der Religion gegen die wichtigsten Voraussetzungen für das Volkswohl verstoßen werden, indem man Familien auseinanderreißt?"

Toporow, der Nechljudows Frage offenbar für sehr einfältig hielt, lächelte wieder nachsichtig. Was immer Nechljudow auch gesagt hätte, er würde von der Höhe der, wie er meinte, ungemein wichtigen Stellung, die er im Staate einnahm, alles für einfältig und kurzsichtig gehalten haben.

„Vom Gesichtspunkt eines Privatmannes mag das vielleicht so scheinen", sagte er. „Aber vom staatspolitischen Gesichtspunkt stellt sich die Sache doch etwas anders dar. Also, es hat mich sehr gefreut", fügte er mit einem leichten Neigen des Kopfes hinzu und streckte Nechljudow die Hand hin.

Nechljudow drückte sie schweigend und beeilte sich hinauszukommen – nicht ohne nachträglich zu bedauern, daß er diese Hand überhaupt gedrückt hatte.

„Interessen des Volkes!" murmelte er eingedenk der Worte Toporows vor sich hin, als er wieder auf der Straße war. „Deine Interessen, einzig deine eigenen Interessen hast du im Sinn!"

Als er sich alle Personen ins Gedächtnis rief, die die Tätigkeit der angeblich für Gerechtigkeit, Aufrechterhaltung des Glaubens und Aufklärung des Volkes sorgenden Behörden in Form harter Strafen zu spüren bekommen hatten – die ohne Konzession mit Branntwein handelnde Bauersfrau, den bei einem Diebstahl ertappten jungen Burschen, den Landstreicher, der keinen Paß besaß, den Bauern, der eine Brandstiftung begangen haben sollte, den wegen Unterschlagungen verhafteten Bankier sowie, auf die gleiche Stufe mit diesen Leuten gestellt, die unglückliche Lidija, die nur deshalb eingekerkert worden war, weil man von ihr eine Aussage erpressen wollte, die Sektierer, die gegen den rechtgläubigen Glauben verstoßen hatten, und Gurkewitsch, der für eine Konstitution eintrat –, als sich Nechljudow das vorstellte, wurde ihm völlig klar, daß alle diese Menschen gar nicht deshalb verhaftet, eingekerkert oder verbannt worden waren, weil sie gegen Recht und Gesetze verstoßen hatten, sondern nur, weil sie die Beamten und Reichen dabei störten, sich nach Belieben das dem Volk abgepreßte Gut anzueignen.

Störend waren gleichermaßen die heimlich mit Schnaps handelnde Bäuerin, der sich in der Stadt herumtreibende Dieb, Lidija, bei der Proklamationen gefunden worden waren, die Sektierer, die gegen Irrlehren ankämpften, und Gurkewitsch, der eine konstitutionelle Regierungsform wünschte. Nechljudow erkannte jetzt mit aller Deutlichkeit, daß alle diese Beamten, angefangen von dem Mann seiner Tante, den Senatoren und Toporow bis zu den vielen gepflegten und korrekten kleinen Geistern, die in den Ministerien an ihren Schreibtischen saßen, sich nicht im geringsten darum kümmerten, daß Unschuldige leiden mußten, sondern ausschließlich darauf bedacht waren, alle gefährlichen Elemente zu entfernen.

Man setzte sich nicht nur über den Grundsatz hinweg, daß es besser sei, zehn Schuldige ungestraft zu lassen, als einen Unschuldigen zu verurteilen, im Gegenteil, es wurde nach dem Prinzip gehandelt, daß beim Herausschneiden einer faulen Stelle notgedrungen auch gesunde Teile mitgeschnitten werden; und man verhaftete demnach zehn Unschuldige, um eines wirklichen Verbrechers habhaft zu werden.

Eine solche Erklärung für alles Unrecht, das geschah, erschien Nechljudow sehr einfach und klar, ließ ihn jedoch gerade wegen dieser Einfachheit und Klarheit an ihrer Richtigkeit zweifeln. Er sträubte sich zu glauben, daß es für eine so komplizierte Erscheinung eine derartig einfache und grauenvolle Erklärung geben könne, daß alles Gerede über Gerechtigkeit, Volkswohl, Gesetze, Gläubigkeit, Gott und dergleichen mehr lediglich ein Deckmantel für gemeine Habsucht und Grausamkeit war.

28

Nechljudow wäre noch am selben Abend abgereist, wenn er nicht Mariette versprochen hätte, zu ihr ins Theater zu kommen, und obwohl er wußte, daß er besser täte, es zu unterlassen, redete er sich ein, das gegebene Wort nicht brechen zu dürfen, und fuhr hin.

Ich will mich nur endgültig überzeugen, daß ich ihren Verführungskünsten widerstehen kann, dachte er nicht ganz aufrichtig vor sich selbst.

Er zog den Frack an und kam noch zum zweiten Akt der unverwüstlichen „Dame aux camélias“, in dieser Rolle zeigte eine als Gast nach Petersburg gekommene Schauspielerin auf eine abermals neue Art, wie schwindsüchtige Frauen sterben.

Im Theater, das brechend voll war, wurde Nechljudow, als er sich nach Mariettes Loge erkundigte, sofort ehrerbietig zu einer der Parkettlogen geleitet. Ein im Wandelgang stehender livrierter Lakai verneigte sich vor ihm wie vor einem bekannten Herrn und öffnete ihm die Tür.

Alle in den gegenüberliegenden Logen sitzenden und stehenden Personen sowie das ganze im Parkett sitzende Publikum, von dem die Rücken, die grauen, halbergrauten oder kahlen Köpfe und das pomadisierte, in Locken gelegte Haar aus nächster Nähe sichtbar waren – alle Zuschauer blickten gebannt auf die in Seide und Spitzen gekleidete spindeldürre Schauspielerin, die affektiert und mit unnatürlicher Stimme ihren Monolog sprach. Jemand zischte, als die Tür geöffnet wurde, und ein kalter Luftzug fuhr zugleich mit einem warmen über Nechljudows Gesicht.

In der Loge befanden sich außer Mariette eine fremde Dame mit rotem Umhang und hoher, gebauschter Frisur sowie zwei Herren: der General, Mariettes Mann, eine große Erscheinung, gut aussehend, mit undurchdringlichen Gesichtszügen, Adlernase und gewölbter, unter der Uniform gepolsterter Brust, und ein blonder, kahlköpfiger Zivilist, dessen rasiertes Kinn zwischen den beiden Hälften des feierlich auseinandergebürsteten Backenbarts mit einem Grübchen vorschimmerte. Mariette – graziös, elegant, in tiefem Dekolleté, das ihre festen, abfallenden Schultern und am Halsansatz einen kleinen schwarzen Schönheitsfleck sehen ließ – wandte sich bei Nechljudows Eintritt sofort zu ihm um, zeigte mit dem Fächer auf den hinter ihr stehenden Stuhl und lächelte ihm sichtlich erfreut und, so schien es ihm, bedeutungsvoll zu. Ihr Mann blickte mit der ihm eigenen Ruhe zu Nechljudow hin und neigte leicht den Kopf. An seiner Haltung, an dem Blick, den er mit Mariette austauschte – an allem sah man, daß er sich als Gebieter, als Besitzer einer schönen Frau fühlte.

Als der Monolog beendet war, erdröhnte das Theater von Applaus. Mariette stand auf, raffte ihren raschelnden Seidenrock und begab sich in den Hintergrund der Loge, wo sie Nechljudow mit ihrem Mann bekannt machte. Der General, dessen Augen unaufhörlich lächelten, sagte, er sei sehr erfreut, und versank wieder in undurchdringliches Schweigen.

„Eigentlich hätte ich heute abreisen müssen, aber ich hatte Ihnen ja versprochen zu kommen", sagte Nechljudow zu Mariette.

„Wenn Ihnen nichts an mir liegt, sehen Sie sich wenigstens die bezaubernde Schauspielerin an", antwortete Mariette, auf den Sinn seiner Worte eingehend. „Nicht wahr, die letzte Szene hat sie doch hinreißend gespielt?" wandte sie sich an ihren Mann.

Der General nickte.

„Das kann mich nicht hinreißen", sagte Nechljudow. „Ich habe heute so viel wirkliches Unglück gesehen, daß . . ."

„Ach ja, setzen Sie sich doch, erzählen Sie", forderte ihn Mariette auf.

Ihr Mann hörte zu, und seine Augen lächelten immer spöttischer.

„Ich bin bei dem jungen Mädchen gewesen, das jetzt nach so langer Haft entlassen wurde – ein völlig zugrunde gerichtetes Menschenleben."

„Es handelt sich um das junge Mädchen, dessentwegen ich mit dir gesprochen habe", erklärte Mariette ihrem Mann.

„Ja, ich habe mich sehr gefreut, daß man sie freilassen konnte", sagte der General, ruhig nickend, und verzog den Mund unter dem Schnurrbart zu einem, wie es Nechljudow schien, nunmehr ganz ironischen Lächeln. „Ich gehe rauchen."

Nechljudow erwartete, daß Mariette ihm jetzt das Wichtige sagen werde, wovon sie neulich andeutungsweise gesprochen hatte; aber sie sagte nichts Derartiges, schien es auch gar nicht vorzuhaben, sondern scherzte nur und sprach von dem Schauspiel, das Nechljudow, wie sie meinte, besonders rühren müsse.

Er sah, daß sie ihm nichts Besonderes zu sagen hatte, sondern daß es ihr nur darauf angekommen war, sich ihm in der ganzen Pracht ihrer Abendtoilette, mit den entblößten Schultern und dem Schönheitsfleck zu zeigen, was er zugleich als angenehm und abstoßend empfand.

Jener zauberhafte Schleier, der für Nechljudow früher über alldem gelegen hatte, war zwar noch da, aber doch so weit gelüftet, daß er sehen konnte, was sich unter dem Schleier verbarg. Bei Mariettes Anblick weidete er sich an ihrer Schönheit, wußte aber auch, daß sie eine Lügnerin und die Frau eines Mannes war, der seine Karriere mit den Tränen und dem Leben Hunderter und aber Hunderter von Menschen erkaufte, und daß sie dies nicht im geringsten berührte; er wußte, daß alles, was sie gestern gesagt hatte, Heuchelei war und daß sie jetzt den Wunsch hegte – weshalb, das wußte er nicht und wußte sie wahrscheinlich auch nicht –, ihn in sich verliebt zu machen. Das schmeichelte ihm und war ihm doch widerwärtig. Er hatte schon einige Male aufbrechen wollen und nach seinem Hut gegriffen, war aber jedesmal wieder sitzen geblieben. Schließlich jedoch, als der General mit dem Tabakgeruch im buschigen Schnurrbart in die Loge zurückkehrte und ihn mit nachsichtig-geringschätziger Miene so ansah, als kenne er ihn nicht, ging er, ehe sich die Tür wieder schloß, in die Garderobe, nahm seinen Mantel und verließ das Theater.

Als er auf dem Weg nach Hause über den Newski-Prospekt ging, fiel ihm eine große, sehr gut gebaute und herausfordernd extravagant gekleidete Frau auf, die einige Schritte vor ihm gelassen das breite asphaltierte Trottoir entlangschlenderte und in deren Gesicht und ganzer Erscheinung sich das Bewußtsein ihrer schändlichen Macht ausdrückte. Alle Passanten, die ihr entgegenkamen oder sie überholten, musterten sie. Auch Nechljudow, der schneller ging als sie, warf, als er sie eingeholt hatte, unwillkürlich einen Blick auf ihr Gesicht. Das auffällig geschminkte Gesicht war hübsch, und die Frau lächelte ihm verführerisch zu. Eigentümlicherweise mußte er im gleichen Augenblick an Mariette denken, weil er dasselbe Gefühl von Sinnlichkeit und zugleich Widerwillen empfand wie zuvor im Theater. Er ging, wütend über sich selbst, schnell an ihr vorüber, bog in die Morskaja ein und begann, als er zur Uferpromenade gelangt war, zur Verwunderung des patrouillierenden Polizisten da auf und ab zu gehen.

Ebenso hat mich jene im Theater angelächelt, als ich zu ihr in die Loge kam, und hier wie dort lag in dem Lächeln dieselbe Bedeutung, dachte er. Der einzige Unterschied besteht lediglich darin, daß diese einfach und offen sagt: Willst du, dann nimm mich, willst du nicht – geh weiter!, während sich die andere den Anschein gibt, gar nicht an dergleichen zu denken, sondern von irgendwelchen höheren, idealen Gefühlen erfüllt zu sein. Aber im Grunde ist es ein und dasselbe. Diese täuscht wenigstens nichts vor, wogegen die andere sich verstellt. Darüber hinaus ist diese wahrscheinlich durch Not zu ihrem Gewerbe getrieben worden, indessen die andere sich ein Vergnügen daraus macht, mit ihren schillernden, widerwärtigen und schändlichen Verführungskünsten zu spielen. Diese ist eine Straßendirne, einem modrigen, stinkenden Wasser vergleichbar, das jemand trinkt, dessen Durst größer ist als sein Ekel; jene im Theater gleicht einem Gift, das alles infiziert, womit es in Berührung kommt ...

Als sich Nechljudow jetzt seines früheren Verhältnisses mit der Frau des Adelsmarschalls entsann, stürmten bedrückende Erinnerungen auf ihn ein. Ja, dachte er, das Tierische im Menschen ist fürchterlich. Aber wenn es sich unverhüllt zeigt, wenn du es von der Höhe deines geistigen Lebens siehst und es verachtest, dann bleibst du, unabhängig davon, ob du ihm erlegen bist oder widerstanden hast, unverändert das, was du gewesen bist; verbirgt sich das Tierische dagegen unter einer scheinbar ästhetischen, poetischen Hülle und du kommst seinem Verlangen nach, ihm zu huldigen und es zu vergöttern, dann gehst du ganz in dem Tierischen auf und wirst nicht mehr Gut und Böse unterscheiden. Und das ist fürchterlich ...

Nechljudow sah das jetzt ebenso deutlich, wie er die Paläste, die Schildwachen, die Festung, den Fluß, die Boote, das Gebäude der Börse sah. Und ebenso wie es in dieser Nacht keine

Ruhe und Erholung spendende Dunkelheit gab, sondern alles in ein fahles, tristes, unnatürliches Licht gehüllt war, dessen Ursprung man nicht sah, ebenso gab es in Nechljudows Seele keine Ruhe spendende Finsternis der Unwissenheit mehr. Alles war klar. Er sah deutlich, daß alles, was für wichtig und gut gehalten wurde, in Wirklichkeit bedeutungslos oder schlecht war und daß dieser ganze Glanz, dieser ganze Luxus alte, allen zur Gewohnheit gewordene Verbrechen verhüllte, die nicht nur unbestraft blieben, sondern gefeiert und mit all der Pracht verbrämt wurden, die Menschen zu ersinnen vermögen.

Nechljudow hatte früher versucht, nicht daran zu denken, es nicht zu sehen, doch das war ihm jetzt nicht mehr möglich. Obgleich er den Ursprung des Lichts, das alles sichtbar machte, ebensowenig sah wie den Ursprung jenes Lichts, das über Petersburg lag, und obgleich ihm dieses Licht trübe, trist und unnatürlich vorkam, vermochte er nicht länger zu übersehen, was sich ihm in seinem Schein offenbarte. Und ihm wurde zugleich froh und bange ums Herz.

29

Nach Moskau zurückgekehrt, begab sich Nechljudow sogleich ins Gefängniskrankenhaus, um der Maslowa die traurige Nachricht zu überbringen, daß der Senat die Berufung gegen das Gerichtsurteil verworfen hatte, und ihr zu sagen, daß sie sich für den Abtransport nach Sibirien vorbereiten müsse.

Von dem Gnadengesuch an den Zaren, das ihm der Rechtsanwalt aufgesetzt hatte und das er jetzt ins Gefängnis mitnahm, um es von der Maslowa unterschreiben zu lassen, versprach er sich wenig Erfolg. Und so merkwürdig es auch klingt, ihm lag jetzt nichts mehr an einem Erfolg. Er hatte sich mit dem Gedanken an die Fahrt nach Sibirien, an das Leben unter Verbannten und Sträflingen vertraut gemacht und konnte sich schwer vorstellen, wie er sein und der Maslowa Leben gestalten würde, wenn man sie freigesprochen hätte. Er erinnerte sich eines Ausspruchs des amerikanischen Schriftstellers Thoreau, der zu der Zeit, als in Amerika die Sklaverei noch erlaubt war, gesagt hatte, in einem Staat, in dem Sklaverei gesetzlich sanktioniert und begünstigt werde, sei der einzige sich für einen anständigen Bürger ziemende Aufenthaltsort das Gefängnis. Dasselbe dachte Nechljudow, namentlich jetzt, nach seiner Petersburger Reise und alldem, was er dort gesehen und erlebt hatte.

Ja, der einzige sich für einen anständigen Menschen ziemende Aufenthaltsort ist in Rußland heutzutage das Gefängnis, dachte er und wurde in diesem Gedanken noch bestärkt, als er am Gefängnis vorfuhr und in seine Mauern eintrat.

Der Portier des Krankenhauses, der Nechljudow schon kannte, teilte ihm sofort mit, daß die Maslowa nicht mehr hier beschäftigt sei.

„Wo ist sie denn jetzt?"

„Wieder im Gefängnis."

„Warum hat man sie denn zurückgebracht?" fragte Nechljudow.

„Ja, das ist schon ein Volk, Durchlaucht", antwortete der Portier mit einem verächtlichen Lächeln. „Sie hat mit dem Heilgehilfen angebändelt, da hat der Oberarzt sie zurückgeschickt."

Nechljudow hätte nie geglaubt, daß die Maslowa und ihre seelische Verfassung ihm soviel bedeuteten. Die Mitteilung des Portiers schmetterte ihn förmlich nieder. Er war so bestürzt wie jemand, der unvorbereitet die Nachricht von einem großen Unglück erhält. Ihm wurde unsagbar weh ums Herz. Das erste, was er bei dieser Nachricht empfand, war Scham. Insbesondere kam er sich lächerlich vor, weil er sich so freudige Vorstellungen von ihrer seelischen Wandlung gemacht hatte. Alles, was sie davon gesagt hatte, daß sie sein Opfer nicht annehmen wolle, ihre Vorwürfe, ihre Tränen – alles führte er jetzt auf die Spitzfindigkeit einer sittlich verkommenen Frau zurück, die nur darauf aus war, ihn soweit wie möglich auszunutzen. Er glaubte jetzt, schon bei seinem letzten Besuch an ihr Anzeichen der Unverbesserlichkeit bemerkt zu haben, die nun zutage getreten war. Diese Gedanken schwirrten ihm durch den Kopf, während er mechanisch seinen Hut aufsetzte und das Krankenhaus verließ.

Aber wie verhalte ich mich weiter? fragte er sich. Bin ich noch an sie gebunden? Oder hat sie mich durch ihre Handlungsweise von allen Verpflichtungen befreit?

Doch als er sich diese Fragen vorlegte, wurde ihm im selben Augenblick klar, daß er, wenn er sich von seinen Verpflichtungen befreit hielte und sich von ihr zurückzöge, nicht sie bestrafen würde, wie er wollte, sondern vielmehr sich – und er schauerte zusammen.

Nein! Was sie getan hat, kann meinen Entschluß nicht ändern, kann ihn nur bestärken, sagte er sich. Mag sie handeln, wie ihre seelische Verfassung es ergibt; wenn sie sich mit dem Heilgehilfen einläßt – meinetwegen, das ist ihre Sache. Ich habe das auszuführen, was mein Gewissen mir gebietet, und es gebietet, meine Freiheit zu opfern, um meine Schuld zu sühnen. Mein Entschluß, sie, wenn auch nur der Form halber, zu heiraten und ihr zu folgen, wohin man sie auch bringen mag, muß bestehenbleiben, sagte er sich mit verbissenem Trotz und schritt entschlossen vom Krankenhaus auf das große Tor des Gefängnisses zu.

Am Eingang bat er den diensthabenden Aufseher, dem Inspektor zu melden, daß er die Maslowa sprechen möchte. Der Aufseher kannte Nechljudow und teilte ihm, als einem vertrauten Menschen, die wichtigste Neuigkeit aus dem Gefängnis mit: der Hauptmann habe seinen Abschied genommen, und an seiner Stelle sei ein neuer, sehr strenger Inspektor eingesetzt.

„Ein verflucht scharfer Wind weht jetzt bei uns“, erklärte der Aufseher. „Er ist gerade hier, ich lasse ihm gleich Bescheid sagen.“

Der neue Inspektor befand sich wirklich im Gefängnis und kam bald zu Nechljudow heraus. Er war ein großer, hagerer Mann mit finsterem, breitknochigem Gesicht und sehr langsamen Bewegungen.

„Besuche sind nur an den festgesetzten Tagen im Besuchsraum gestattet“, sagte er, ohne Nechljudow anzusehen.

„Aber ich brauche die Unterschrift der Gefangenen für ein Gesuch an die allerhöchste Stelle.“

„Das können Sie mir aushändigen.“

„Ich muß die Gefangene persönlich sprechen. Das wurde mir früher immer gestattet.“

„Das war früher“, sagte der Inspektor mit einem flüchtigen Blick auf Nechljudow.

„Ich habe eine Genehmigung des Gouverneurs“, beharrte Nechljudow und zog seine Brieftasche.

„Darf ich mal sehen“, sagte der Inspektor und nahm – immer noch, ohne Nechljudow in die Augen zu blicken – mit langen, dürren weißen Fingern, von denen der Zeigefinger mit einem goldenen Ring geschmückt war, das Schriftstück entgegen. „Belieben Sie ins Büro mitzukommen“, forderte er Nechljudow auf, nachdem er den Schein bedächtig durchgelesen hatte.

Im Büro war diesmal niemand anwesend. Der Inspektor setzte sich an den Tisch und begann die dort liegenden Schriftstücke durchzusehen, offenbar in der Absicht, bei der Zusammenkunft Nechljudows mit der Maslowa zugegen zu bleiben. Als Nechljudow ihn fragte, ob er die politische Gefangene Bogoduchowskaja sprechen könne, antwortete er kurz, das sei nicht möglich.

„Zusammenkünfte mit Politischen sind nicht erlaubt“, sagte er und vertiefte sich wieder in die Schriftstücke.

Mit dem Brief an die Bogoduchowskaja in der Tasche, kam Nechljudow sich vor wie ein Übeltäter, dessen verbrecherisches Vorhaben entdeckt und vereitelt worden ist.

Beim Eintritt der Maslowa hob der Inspektor den Kopf, sagte, ohne sie und Nechljudow anzusehen: „Also, bitte!“, und wandte sich aufs neue seinen Papieren zu.

Die Maslowa trug wieder wie früher weiße Bluse, Rock und Kopftuch. Als sie auf Nechljudow zukam und den eisigen, grimmigen Ausdruck seines Gesichts bemerkte, wurde sie feuerrot, zupfte am Saum der Bluse und senkte die Augen. An ihrer Verwirrung glaubte Nechljudow zu erkennen, daß der Krankenhausportier die Wahrheit gesprochen hatte.

Er wollte sich ihr gegenüber so benehmen wie bei seinem letzten Besuch, wollte ihr die Hand reichen, aber er brachte es nicht über sich – so widerwärtig war sie ihm jetzt.

„Ich bringe eine schlechte Nachricht“, sagte er in gleichgültigem Ton, ohne sie anzusehen und ohne ihr die Hand zu geben. „Der Senat hat die Berufung abgelehnt.“

„Das wußte ich sowieso“, sagte sie, gleichsam nach Luft ringend, mit beklommener Stimme.

Früher hätte Nechljudow gefragt, warum sie das angenommen habe; jetzt sah er sie nur an. Ihre Augen waren voll Tränen.

Doch das stimmte ihn nicht milder, sondern steigerte seine Entrüstung nur noch.

Der Inspektor stand auf und begann im Zimmer auf und ab zu gehen.

Trotz allen Abscheus, den Nechljudow jetzt gegen die Maslowa empfand, hielt er es doch für nötig, ihr wegen der Senats, entscheidung sein Mitgefühl auszudrücken.

„Sie dürfen nicht verzweifeln“, sagte er. „Das Gnadengesuch an den Zaren kann jetzt abgesandt werden, und ich hoffe, daß ...“

„Ach, darum geht es mir gar nicht“, sagte sie und sah ihn kläglich aus ihren feuchten schielenden Augen an.

„Worum denn sonst?“

„Sie sind im Krankenhaus gewesen, und da hat man Ihnen gewiß erzählt, daß ich ...“

„Lassen wir das! Das ist Ihre Sache“, sagte Nechljudow finster und kalt.

Das schmerzliche Gefühl verletzten Stolzes, das bereits abgeklungen war, erhob sich mit neuer Stärke, als sie das Krankenhaus erwähnte. Er, ein Weltmann, den zu heiraten jedes junge Mädchen der höchsten Kreise beglückt gewesen wäre, erbot sich, diese Frau hier zu heiraten, und sie hat nicht warten können und mit dem Heilgehilfen angebändelt! dachte er und sah sie haßerfüllt an.

„Hier, unterschreiben Sie das Gesuch!“ sagte er, nahm den großen Bogen aus der Tasche und faltete ihn auf dem Tisch auseinander. Sie trocknete sich mit einem Zipfel des Kopftuches die Tränen, setzte sich an den Tisch, zog mit der linken Hand den rechten Ärmel glatt und fragte, was sie schreiben solle und wohin.

Nachdem er ihr gezeigt hatte, wo sie ihre Unterschrift hinsetzen sollte, blieb er hinter ihr stehen, und während er auf ihren über den Tisch gebeugten Rücken blickte, der zuweilen vor unterdrücktem Schluchzen zitterte, kämpften in seiner Brust zwei Gefühle – ein böses und ein gutes: verletzter Stolz und Mitleid mit ihr, der schwergeprüften Frau. Und das letzte gewann die Oberhand.

Wie es gekommen war – ob sich zuerst in seinem Herzen Mitleid geregt hatte oder ob ihm zuerst seine eigenen Sünden eingefallen waren, die Schändlichkeit, ihr gerade darin Vorwürfe zu machen –, darauf besann er sich hernach nicht mehr. Die Erinnerung an seine eigene Schuld hatte gleichzeitig das Mitleid mit ihr ausgelöst.

Nachdem sie das Gesuch unterschrieben und ihren mit Tinte befleckten Finger am Rock abgewischt hatte, stand sie auf und sah ihn erwartungsvoll an.

„Was immer auch kommen mag oder gewesen ist, mein Entschluß bleibt unverändert", sagte Nechljudow.

Der Gedanke, daß er ihr verzeihe, verstärkte sein Mitleid und das warme Gefühl für sie und weckte in ihm das Bedürfnis, sie zu trösten.

„Was ich gesagt habe, werde ich auch ausführen. Wohin man Sie auch bringen wird, ich werde Ihnen überallhin folgen."

„Das hat keinen Sinn", widersprach sie schnell, aber ihr ganzes Gesicht erstrahlte vor Freude.

„Überlegen Sie, was Sie für unterwegs brauchen werden."

„Nichts Besonderes, glaube ich. Aber Dank für Ihre Sorge!"

Als jetzt der Inspektor auf sie zukam, wartete Nechljudow nicht erst die Aufforderung ab, sondern verabschiedete sich von der Maslowa und verließ sie, so sehr von stiller Freude, Ruhe und Liebe zu allen Menschen erfüllt wie nie zuvor. Was ihn in solche Freude und Hochstimmung versetzte, war das Bewußtsein, daß seine Liebe zur Maslowa durch keinerlei Handlungen ihrerseits erschüttert werden konnte. Mochte sie sich mit dem Heilgehilfen einlassen – das war ihre Sache; er liebte sie nicht aus eigennützigen Motiven, sondern um ihret- und um Gottes willen.

Mit dem Gerede von den Abenteuern der Maslowa mit dem Heilgehilfen, derentwegen man sie aus dem Krankenhaus verwiesen hatte und die von Nechljudow für wahr gehalten wurden, hatte es indessen folgende Bewandtnis. Die Maslowa war in die am Ende des Flurs liegende Apotheke gegangen, um im Auftrag der Schwester Brusttee zu holen, und hatte dort den Heilgehilfen Ustinow allein angetroffen, einen hochaufgeschossenen Mann mit pickelübersätem Gesicht, der sie schon lange mit seinen Zudringlichkeiten belästigte; als er auch jetzt wieder aufdringlich wurde, hatte sie sich von ihm losgerissen und ihm dabei einen so heftigen Stoß versetzt, daß er gegen ein Regal taumelte und zwei Glasbehälter in Scherben gingen.

Als der gerade durch den Flur kommende Oberarzt das Klirren hörte und die Maslowa mit hochrotem Kopf herausstürzen sah, fuhr er sie wütend an: „Nun, meine Verehrteste, wenn du hier auf Liebesabenteuer aus bist, werde ich dich hinauskomplimentieren ... Was ist hier los?" wandte er sich dann an den Heilgehilfen und sah ihn streng über die Brillengläser hinweg an.

Der Heilgehilfe lächelte und wollte sich rechtfertigen; aber der Oberarzt hörte ihn gar nicht bis zu Ende an, schob seine Brille zurecht und begab sich in die Krankensäle, worauf er noch am selben Tag zum Inspektor sagte, man solle ihm an Stelle der Maslowa eine andere, solidere Wärterin schicken. Darin bestand das ganze Vergehen der Maslowa. Daß man sie aus dem Krankenhaus mit der Begründung verwiesen hatte, sie habe versucht, mit dem Heilgehilfen anzubändeln, empfand sie um so schmerzlicher, als Beziehungen zu Männern sie schon lange abstießen und ihr seit der Begegnung mit Nechljudow vollends widerwärtig waren. Die Tatsache, daß sich auf Grund ihrer früheren und jetzigen Lage jeder Mann, sogar der Heilgehilfe mit seinem pickligen Gesicht, für berechtigt hielt, ihr in schändlicher Weise nachzustellen, und sich wunderte, wenn sie nicht darauf einging, kränkte sie zutiefst und rief in ihr Mitleid mit sich selbst bis zu Tränen hervor. Als sie zu Nechljudow ins Büro gekommen war, wollte sie sich vor ihm gegen die ungerechte Beschuldigung verteidigen, von der er wahrscheinlich zu hören bekam. Doch als sie schon nach den ersten Worten merkte, daß er ihr nicht glaubte und ihr Rechtfertigungsversuch nur seinen Verdacht bestärkte, hatten ihr Tränen die Kehle zugeschnürt, und sie war verstummt.

Die Maslowa glaubte noch immer und redete es sich weiterhin ein, daß sie Nechljudow, wie sie ihm schon bei seinem zweiten Besuch gesagt hatte, nicht verziehen habe und ihn hasse, während sie ihn in Wirklichkeit schon längst wieder liebte und aus Liebe zu ihm alles tat, was er wünschte: sie hatte das Trinken und Rauchen eingestellt, kokettierte nicht mehr, hatte den Dienst im Krankenhaus übernommen. Alles das hatte sie getan, weil sie wußte, er wünschte es. Wenn sie es dennoch jedesmal, sobald er darauf zu sprechen kam, so entschieden ablehnte, sein Opfer anzunehmen und ihn zu heiraten, so nur, weil es ihrem Selbstgefühl wohltat, die einmal gesprochenen stolzen Worte zu wiederholen, und vor allem, weil sie überzeugt war, die Ehe mit ihr würde für ihn ein Unglück bedeuten. Sie war fest entschlossen, sein Opfer nicht anzunehmen, litt indessen sehr bei dem Gedanken, daß er sie verachte, daß er meine, sie sei noch immer die alte, und daß er nichts von der Umwandlung merkte, die sich in ihr vollzogen hatte. Der Gedanke, er nehme jetzt an, sie habe im Krankenhaus eine Schlechtigkeit begangen, bedrückte sie schwerer als die Nachricht von ihrer endgültigen Verurteilung zu Zwangsarbeit.

30

Da damit zu rechnen war, daß die Maslowa möglicherweise schon dem nächsten Sträflingstransport eingereiht wurde, rüstete sich auch Nechljudow für die Reise. Doch er hatte eine solche Unmenge von Dingen zu erledigen, daß es ihm, soviel Zeit er auch haben mochte, völlig aussichtslos erschien, jemals damit fertig zu werden. Es war jetzt ganz anders als früher. Früher hatte er sich den Kopf zerbrochen, wie er die Zeit ausfüllen sollte, und bei allem, was er tat, hatte es sich immer nur um sein eigenes Wohlergehen, um das Wohlergehen von Dmitri Iwanowitsch Nechljudow gehandelt; doch ungeachtet dessen, daß sich damals alle seine Interessen auf die eigene Person konzentriert hatten, war ihm alles, was immer er unternahm, langweilig erschienen. Jetzt handelte es sich um lauter Angelegenheiten, die nicht ihn selbst, sondern andere Menschen betrafen – und sie waren alle interessant und anregend, und es gab eine Unmenge zu erledigen.

Außerdem: wenn er früher etwas, das ihn betraf, erledigen mußte, war er immer mißmutig und gereizt gewesen, während ihn die Beschäftigung mit fremden Sorgen meistens in freudige Stimmung versetzte.

Die Angelegenheiten, die Nechljudow zur Zeit beschäftigten, waren von dreierlei Art; ordnungsliebend, wie er war, hatte er die entsprechenden Schriftstücke in drei verschiedene Mappen sortiert.

Die erste Angelegenheit betraf die Maslowa und die Hilfe für sie. In diesem Zusammenhang galt es jetzt, das an die allerhöchste Stelle gerichtete Gnadengesuch in die richtigen Hände zu leiten und ferner alle Vorbereitungen für die Abreise nach Sibirien zu treffen.

Die zweite Angelegenheit war die Regelung seiner Besitzverhältnisse. In Panowo hatte er den Bauern das Land unter der Bedingung überlassen, daß sie eine entsprechende Pachtsumme auf ein Konto einzahlten, das allen Bauern zugute kommen sollte. Doch um diesen Abmachungen Rechtsgültigkeit zu geben, mußte noch ein Vertrag aufgesetzt und unterschrieben werden. In Kusminskoje wollte er es vorläufig bei der Regelung belassen, die er bei seinem letzten Aufenthalt getroffen hatte, das heißt, die Pachtsummen sollten an ihn gezahlt werden; aber es mußten noch Zahlungsfristen festgesetzt werden, und er mußte sich entscheiden, wieviel von diesem Geld er für seinen Lebensunterhalt behalten und auf welchen Anteil er zugunsten der Bauern verzichten wollte. Da sich nicht voraussehen ließ, welche Ausgaben ihm durch die Reise nach Sibirien entstehen würden, konnte er sich nicht entschließen, auf diese Einnahmen ganz zu verzichten, sondern hatte sie zunächst nur auf die Hälfte eingeschränkt.

Die dritte Angelegenheit war die, den Häftlingen zu helfen, von denen sich immer mehr an ihn wandten. In der ersten Zeit hatte er, wenn er von den Häftlingen um Hilfe angegangen wurde, immer gleich entsprechende Schritte unternommen und sich bemüht, ihr Schicksal zu erleichtern; doch nach und nach war die Zahl der Häftlinge, die seine Hilfe erbaten, so groß geworden, daß er sich außerstande fühlte, jedem zu helfen, das hatte ihn zwangsläufig zu einer vierten Aufgabe hingelenkt, die ihn in letzter Zeit mehr als alles andere beschäftigte.

Diese vierte Aufgabe bestand in der Klärung der Frage, von wem, wozu und auf welcher Grundlage diese sonderbare Einrichtung, das sogenannte Kriminalgericht, gegründet worden war, aus dem der Weg nicht nur in das Gefängnis führte, dessen Insassen er zum Teil kennengelernt hatte, sondern auch in all die anderen Strafanstalten des Landes, angefangen von der Peter-Pauls-Festung bis nach Sachalin, wo Hunderte und Tausende von Opfern dieser so absurd erscheinenden Strafgerichte schmachteten.

Auf Grund seiner persönlichen Begegnungen mit Häftlingen, aus Gesprächen mit dem Rechtsanwalt, dem Gefängnisgeistlichen, dem Inspektor und an Hand der Gefangenenlisten war Nechljudow zu dem Ergebnis gekommen, daß sich die in Haft befindlichen Personen in fünf Gruppen einteilen ließen.

Die Häftlinge der ersten Gruppe waren völlig schuldlose Menschen, Opfer von Fehlurteilen, wie der zu Unrecht der Brandstiftung beschuldigte Menschow, die Maslowa und andere. War die Anzahl dieser Menschen auch verhältnismäßig klein – sie machte nach Ansicht des Geistlichen etwa sieben Prozent aus –, so verdienten sie doch besonderes Mitleid.

Zur nächsten Gruppe gehörten jene Sträflinge, von denen die ihnen zur Last gelegte Tat unter außergewöhnlichen Umständen – im Jähzorn, aus Eifersucht, in trunkenem Zustand und so weiter – begangen worden war und die unter gleichen Umständen mit großer Wahrscheinlichkeit auch diejenigen verübt hätten, von denen sie verurteilt und bestraft worden waren. Die Häftlinge dieser Gruppe stellten nach Nechljudows Beobachtungen fast mehr als die Hälfte aller Gefängnisinsassen dar.

Die dritte Gruppe bestand aus Menschen, die nach ihren Begriffen ganz harmlose, ja sogar gute Handlungen ausgeführt hatten, die jedoch von den ihnen wesensfremden Menschen, die die Gesetze verfaßten, für Verbrechen gehalten wurden. Zu dieser Art von Sträflingen gehörten solche, die heimlich mit Schnaps handelten, sich mit Schmuggel abgaben, Gras von fremden Wiesen abrissen und in den großen Wäldern der Gutsbesitzer oder in den Staatsforsten Brennholz sammelten. Ferner gehörten zu dieser Gruppe räuberische Gebirgsbewohner und ungläubige Menschen, die in Kirchen Diebstähle begingen.

Zur vierten Gruppe zählten die Menschen, die nur deshalb wie Verbrecher behandelt wurden, weil sie moralisch höher standen als der Durchschnitt der Bevölkerung. Hierzu gehörten Sektierer, Polen, Tscherkessen, die sich gegen ihre Unterdrückung empörten, sowie die sogenannten politischen Verbrecher – Sozialisten und Streikende, die wegen Widerstands gegen die Staatsgewalt verurteilt worden waren. Der Prozentsatz dieser Leute, der besten Elemente des Volkes, war Nechljudows Beobachtungen nach sehr groß.

Bei der fünften Gruppe endlich handelte es sich um Menschen, denen gegenüber die Gesellschaft weit schuldiger war, als sie es der Gesellschaft gegenüber waren. Es waren obdachlose, durch dauernde Unterdrückung und Verführung geistig abgestumpfte Menschen wie jener junge Bursche, der Dielenläufer entwendet hatte, und Hunderte anderer Menschen, die Nechljudow sowohl im Gefängnis als auch in Freiheit gesehen hatte und die von den Lebensbedingungen fast zwangsläufig zu Handlungen getrieben worden waren, die als Verbrechen bezeichnet werden. Dies traf nach Nechljudows Beobachtungen auch auf viele Diebe und Mörder zu, mit denen er in letzter Zeit in Berührung gekommen war. Zu dieser Gruppe zählte er, nachdem er sie näher kennengelernt hatte, auch jene demoralisierten, auf die schiefe Bahn geratenen Elemente, die von der neuen Kriminalwissenschaft als typische Verbrecher bezeichnet werden und deren Existenz die Gesellschaft als Hauptbeweis für die Notwendigkeit des Kriminalgerichts und für die von ihm verhängten Strafen anführt. Nach Nechljudows Ansicht jedoch waren diese sogenannten demoralisierten, anomalen Verbrechertypen nichts anderes als jene Menschen, die gegenüber der Gesellschaft weniger schuldig waren als die Gesellschaft, wenn vielleicht auch nicht unmittelbar ihnen gegenüber, so doch gegenüber ihren Eltern und Vorfahren.

Unter diesen Menschen war Nechljudow besonders ein wegen Rückfalldiebstahls bestrafter Mann namens Ochotin aufgefallen. Als unehelicher Sohn einer Prostituierten in einem Obdachlosenasyl aufgewachsen, war er bis zu seinem dreißigsten Lebensjahr wahrscheinlich nie einem Menschen mit höherer Moral als der von Polizisten begegnet und geriet schon in frühester Jugend in eine Diebesbande. Trotz allem mit einem unverwüstlichen, ihn allgemein beliebt machenden Humor begabt, hatte er, als er Nechljudow um Beistand anging, sowohl über sich selbst witzige Bemerkungen gemacht als auch über die Richter, das Gefängnis und die Gesetze – die weltlichen ebenso wie die göttlichen. Ein anderer Sträfling, ein schmucker Bauernbursche namens Fjodorow, hatte mit einer von ihm angeführten Bande einen alten Beamten ermordet und beraubt. Nachdem man ganz unberechtigterweise das Haus seines Vaters beschlagnahmt hatte, war er selbst zum Militärdienst eingezogen worden, und dort hatte er büßen müssen, weil er sich in die Geliebte eines Offiziers verliebte. Von der Natur mit einem gewinnenden, leidenschaftlichen Wesen ausgestattet, war er ein Mensch, der sich um jeden Preis seinen Genuß verschaffen wollte; nie war er Menschen begegnet, die sich aus irgendeinem Grunde einen Genuß versagten, und noch nie hatte er davon gehört, daß es im Leben andere Ziele geben könnte als die Befriedigung leiblicher Begierden. Nechljudow sah klar, daß es sich bei diesen beiden Männern um reiche Naturen handelte, die lediglich verkommen und verwildert waren, wie auch Pflanzen verkommen und verwildern, wenn sich niemand um sie kümmert. Er hatte ferner im Gefängnis einen Landstreicher und eine weibliche Gefangene angetroffen, die abstoßend wirkten, weil sie roh und wahrscheinlich auch grausam waren, hatte aber in keinem von ihnen jenen Verbrechertypus entdeckt, von dem die italienische Kriminalistenschule spricht, sondern höchstens ihm persönlich widerwärtige Menschen, die ihm auch außerhalb des Gefängnisses im Frack, mit Epauletten und in Spitzenkleidern begegneten.

Warum alle diese so verschiedenartigen Menschen eingekerkert waren, während sich andere, ebensolche Menschen auf freiem Fuß befanden und über die ersteren sogar zu Gericht saßen, diese Frage zu klären war die vierte Aufgabe, die Nechljudow zu jener Zeit beschäftigte.

Anfangs hoffte er, eine Antwort auf diese Frage in Büchern zu finden, und beschaffte sich alles, was an einschlägiger Literatur zu haben war. Er kaufte die Werke von Lombroso und Garofalo, von Ferri und Liszt, von Maudsley und Tarde und las sie mit großer Aufmerksamkeit. Doch je länger er darin las, um so mehr wurde er enttäuscht. Es erging ihm, wie es allen ergeht, die sich mit der Wissenschaft nicht zu dem Zweck befassen, in ihr selbst eine Rolle zu spielen, selbst zu schreiben, Meinungsverschiedenheiten auszufechten oder zu lehren, sondern die sich an die Wissenschaft mit einer geraden, einfachen, praktischen Frage wenden. Die Wissenschaft antwortete Nechljudow auf tausenderlei höchstkomplizierte und gelehrte Fragen, die mit dem Strafrecht in Verbindung standen, blieb ihm indessen die Antwort auf seine Frage schuldig. Er stellte die sehr einfache Frage, warum und mit welchem Recht die einen Menschen andere einkerkerten, quälten, nach Sibirien verbannten, sie peitschen und hinrichten ließen, obwohl sie selbst genau solche Menschen waren wie jene, die von ihnen gequält, gepeitscht und getötet wurden. Geantwortet aber wurde ihm mit Erörterungen darüber, ob der Mensch Willensfreiheit besitze oder nicht; ob sich auf Grund seiner Schädelform eine verbrecherische Veranlagung feststellen lasse; inwieweit verbrecherische Neigungen vererblich seien; ob es angeborene Unmoral gebe; was man unter Moral verstehe; wie sich Wahnsinn äußere; welche Bedeutung dem Temperament zukomme; welche Wirkung Klima, Ernährung, Unbildung, schlechte Vorbilder, Hypnose und Leidenschaften auf verbrecherische Neigungen ausüben können; was die menschliche Gesellschaft sei; worin ihre Pflichten bestehen und dergleichen mehr.

Diese Erörterungen erinnerten Nechljudow an die Antwort, die er einmal von einem gerade aus der Schule kommenden Abc-Schützen erhalten hatte. Er fragte den kleinen Burschen, ob er schon buchstabieren könne. „Das kann ich“, antwortete der Junge. „Nun, dann buchstabiere mal: die Pfote.“ – „Was für eine Pfote – von einem Hund?“ fragte der Junge mit pfiffiger

Miene ... Ebenso verhielt es sich mit den Antworten, die Nechljudow in den wissenschaftlichen Werken in Form von Gegenfragen auf die von ihm gestellte, allein ausschlaggebende Frage fand.

Enthielten diese Werke auch sehr viele kluge, scharfsinnige und interessante Gedanken, so fehlte doch eine Antwort auf die Hauptfrage: mit welchem Recht die einen Menschen andere Menschen bestrafen. Darauf fehlte nicht nur eine Antwort, nein, alle Erörterungen dienten einzig und allein der Erläuterung und Rechtfertigung der Strafbestimmungen, deren Notwendigkeit als Axiom vorausgesetzt wurde. Nechljudow las zwar viel, aber unsystematisch, und er nahm an, die Oberflächlichkeit seines Studiums sei der Grund dafür, daß er noch keine Antwort auf seine Frage gefunden hatte; er hoffte sie noch zu finden und sträubte sich daher, an die Richtigkeit der Antwort zu glauben, die sich ihm in letzter Zeit immer häufiger aufdrängte.

31

Der Abtransport der Sträflingskolonne, der die Maslowa eingereiht war, sollte am 5. Juli erfolgen. Auch Nechljudow traf für diesen Tag alle Vorbereitungen, ihr in die Verbannung zu folgen. Am Tag zuvor traf seine Schwester mit ihrem Mann in der Stadt ein, um den Bruder noch einmal zu sehen.

Nechljudows Schwester, Natalja Iwanowna Ragoshinskaja, war zehn Jahre älter als er. Er war zum Teil unter ihrem Einfluß aufgewachsen. Sie hatte ihn in der Kindheit zärtlich geliebt, und später, kurz vor ihrer Heirat, hatte sie ihn fast wie einen Gleichaltrigen behandelt: sie – ein fünfundzwanzigjähriges Mädchen, er – ein fünfzehnjähriger Knabe. Zu jener Zeit war sie in Nikolenka Irtenjew, Nechljudows verstorbenen Freund, verliebt gewesen. Beide Geschwister hatten Nikolenka geliebt, sie hatten an ihm und auch an sich alles das geliebt, was in ihnen Gutes war und was alle Menschen vereinigt.

In der Folge waren beide moralisch gesunken: er durch den Militärdienst und sein ausschweifendes Leben, sie durch ihre

Ehe mit einem Mann, den sie aus sinnlicher Liebe geheiratet hatte, der aber keinerlei Verständnis für alles besaß, was für sie und Dmitri einst das Allerheiligste und Teuerste gewesen war, der nicht einmal begriff, worin es bestand, sondern alle Bestrebungen, sich sittlich zu vervollkommnen und der Menschheit zu dienen, die sie einst beseelt hatten, auf die einzigen ihm verständlichen Motive zurückführte: auf Eigenliebe und den Wunsch, sich vor anderen hervorzutun.

Ragoshinski war ein Mann ohne Namen und Vermögen, aber ein zielbewußter Streber, der sich, geschickt zwischen Liberalismus und Konservatismus lavierend, jeweils der Richtung anschloß, die ihm zu einer bestimmten Zeit und in einer bestimmten Situation Erfolg für sein Vorwärtskommen versprach; er hatte auf diese Weise sowie vor allem dank einem gewissen Etwas, das ihn bei Frauen beliebt machte, eine verhältnismäßig glänzende Karriere im Justizdienst gemacht. Während eines Aufenthalts im Ausland, als er die erste Jugend bereits hinter sich hatte, war er mit der Familie Nechljudow bekannt geworden, hatte sich die Liebe der ebenfalls nicht mehr ganz jungen Natalja erworben und sie geheiratet, obwohl die Mutter, die in dieser Ehe eine Mesalliance sah, nur sehr widerstrebend zugestimmt hatte. Nechljudow haßte seinen Schwager, wenn er es sich auch nicht eingestand und dagegen ankämpfte. Ragoshinski war ihm wegen seines vulgären Wesens, seiner mit Selbstbewußtsein gepaarten Beschränktheit und vor allem deshalb zuwider, weil ihm Natalja leid tat, die zu diesem armseligen Wicht in einer so leidenschaftlichen, sinnlichen und egoistischen Liebe entbrannt war, daß sie seinetwegen alle edlen Regungen ihres Herzens erstickt hatte. Es war ihm immer unerträglich schmerzlich, sich Natalja als Frau dieses behaarten, glatzköpfigen, selbstbewußten Menschen vorzustellen. Ungewollt übertrug er seine Abneigung gegen ihn sogar auf die von ihm stammenden Kinder. Jedesmal, wenn er erfuhr, daß seine Schwester guter Hoffnung war, tat sie ihm so leid, als sei sie von diesem ihnen allen wesensfremden Mann aufs neue mit einem Übel infiziert worden.

Das Ehepaar kam ohne die Kinder – sie hatten einen Sohn und ein Töchterchen – und nahm im ersten Hotel der Stadt das beste Zimmer. Als sich Natalja Iwanowna unmittelbar nach der Ankunft in die elterliche Wohnung begab und erfuhr, daß ihr Bruder nicht mehr dort wohnte, sondern sich möbliert eingemietet habe, fuhr sie zu der von Agrafena Petrowna genannten Adresse. Ein vor Schmutz starrender Diener, auf den sie in dem dunklen, auch am Tag künstlich beleuchteten und muffig riechenden Korridor stieß, teilte ihr mit, daß der Fürst nicht zu Hause sei.

Da Natalja Iwanowna ihrem Bruder ein paar Zeilen hinterlassen wollte, äußerte sie den Wunsch, in sein Zimmer zu gehen, und wurde von dem Diener hingeführt.

Natalja Iwanowna sah sich in den beiden winzigen Zimmern interessiert um. Die bescheidene Ausstattung entsprach so gar nicht den früheren Ansprüchen ihres Bruders, doch war allem seine Ordnungsliebe und das Bedürfnis nach Sauberkeit anzumerken. Auf dem Schreibtisch entdeckte sie neben anderem Schreibgerät sofort den bekannten Briefbeschwerer mit dem kleinen Hund aus Bronze, und daneben lagen, sorgfältig sortiert, verschiedene Mappen und Schriftstücke sowie einige Bände des Strafgesetzbuches, ein englisches Buch von Henry George und ein französisches von Tarde, in das als Lesezeichen der ihr ebenfalls bekannte massive Brieföffner aus Elfenbein gelegt war.

Natalja Iwanowna setzte sich an den Tisch und schrieb ein paar Zeilen an den Bruder, in denen sie ihn bat, unbedingt noch heute zu ihr zu kommen, worauf sie, über alles, was sie hier gesehen hatte, verwundert den Kopf schüttelnd, in ihr Hotel zurückfuhr.

In bezug auf ihren Bruder interessierten sie zur Zeit zwei Dinge: die beabsichtigte Heirat mit Katjuscha, von der sie schon zu Hause gehört hatte, da alle Welt davon sprach, und die Abtretung des Landes an die Bauern, die ebenfalls allgemein bekannt war und von vielen für eine politische, die bestehende Ordnung gefährdende Maßnahme gehalten wurde. Daß er Katjuscha heiraten wollte, sagte ihr an sich zu. Ihr imponierte diese Entschlossenheit, in der sie ihn und sich selbst so, wie sie in den glücklichen Zeiten vor ihrer Heirat gewesen waren, wiedererkannte. Andererseits erfüllte sie der Gedanke mit Entsetzen, daß ihr Bruder eine so schreckliche Person heiraten würde. Das Entsetzen überwog, und sie hatte sich daher vorgenommen, ihr möglichstes zu tun, ihn von dieser Absicht abzubringen, obwohl sie wußte, daß sie damit einen schweren Stand haben würde.

Die Abtretung des Landes an die Bauern nahm sich Natalja Iwanowna weniger zu Herzen; aber ihr Mann war darüber sehr entrüstet und verlangte von ihr, sie solle dem Bruder dieses Vorhaben ausreden. Eine solche Handlungsweise, sagte Ignati Nikiforowitsch, sei der Höhepunkt von Inkonsequenz, Leichtsinn und Hochmut und lasse sich, wenn überhaupt, dann einzig mit dem Wunsch erklären, sich hervorzutun, sich zu brüsten und Aufsehen zu erregen.

„Welchen Sinn hat es, den Bauern das Land abzutreten, wenn sie nur an sich selbst dafür bezahlen sollen?" fragte er. „Wenn er schon so etwas tun wollte, hätte er ihnen das Land durch Vermittlung der Bauernschaftsbank verkaufen können. Das hätte noch Sinn gehabt. Aber so grenzt das Ganze geradezu an Geistesverwirrung", erklärte Ignati Nikiforowitsch, der im stillen bereits die Möglichkeit einer Entmündigung in Erwägung zog und von seiner Frau verlangte, sie solle ihrem Bruder ernste Vorstellungen wegen seines wahnwitzigen Vorhabens machen.

32

Als Nechljudow nach Hause kam und auf seinem Schreibtisch die Zeilen der Schwester vorfand, fuhr er sofort zu ihr. Mittlerweile war es Abend geworden. Ignati Nikiforowitsch ruhte im Nebenzimmer aus, so daß Natalja Iwanowna den Bruder allein empfing. Sie trug ein schwarzes, auf Taille gearbeitetes Seidenkleid mit einer roten Schleife auf der Brust und war, das schwarze Haar hoch aufgesteckt, nach der neuesten Mode frisiert. Offensichtlich bemühte sie sich, ihrem gleichaltrigen Mann möglichst jugendlich zu erscheinen. Beim Eintritt des Bruders sprang sie vom Sofa auf und kam, mit ihrem Seidenrock raschelnd, auf ihn zugeeilt. Die Geschwister küßten einander und sahen sich lächelnd an. Es vollzog sich jener geheimnisvolle und vielsagende, in Worten nicht ausdrückbare Austausch von Blicken, aus dem volle Aufrichtigkeit sprach, die aber nicht mehr in gleichem Maße vorhanden war, als ein Austausch von Worten folgte. Seit dem Tode der Mutter hatten sie sich nicht wiedergesehen.

„Du bist stärker geworden und siehst jünger aus", sagte Nechljudow zur Schwester.

Ihre Lippen verzogen sich vor Freude zu einem Lächeln.

„Aber du bist abgemagert."

„Wie geht es Ignati Nikiforowitsch?" fragte Nechljudow.

„Er hat sich etwas hingelegt. Vorige Nacht hat er so gut wie gar nicht geschlafen."

Sie hätten einander viel zu sagen gehabt, aber ihre Worte sagten gar nichts, und aus ihren Blicken ging hervor, daß das, was gesagt werden mußte, ungesagt blieb.

„Ich bin in deinem neuen Quartier gewesen."

„Ja, ich weiß. Ich bin aus unserer früheren Wohnung ausgezogen. Sie ist für mich allein zu groß, ich fühlte mich dort so vereinsamt. Und von dem, was zurückgeblieben ist, brauche ich nichts mehr; du kannst also alles für dich nehmen, die Möbel und die sonstigen Sachen."

„Ja, Agrafena Petrowna sprach schon davon. Ich bin dort gewesen. Hab vielen Dank! Aber ..."

In diesem Augenblick erschien ein Kellner mit einem silbernen Teeservice.

Sie unterbrachen die Unterhaltung, bis der Kellner mit dem Aufstellen des Geschirrs fertig war. Dann setzte sich Natalja Iwanowna in einen Sessel an dem kleinen Tisch und goß schweigend den Tee auf. Auch Nechljudow schwieg.

„Ja, Dmitri, ich weiß über alles Bescheid", sagte Natalja Iwanowna schließlich entschlossen und sah ihn herausfordernd an.

„Nun, ich freue mich sehr, daß du es weißt."

„Ja, kannst du denn hoffen, sie nach einem solchen Leben noch zu läutern?" fragte Natalja Iwanowna.

Er saß in gerader Haltung, ohne sich zurückzulehnen, auf einem kleinen Stuhl und hörte ihr aufmerksam zu, bemüht, alles genau zu verstehen, um richtig antworten zu können. Die Stimmung, in der er bei seiner letzten Zusammenkunft mit der Maslowa gewesen war, erfüllte ihn immer noch mit stiller Freude und einem warmen Gefühl für alle Menschen.

„Ich will nicht sie läutern, sondern mich", antwortete er.

Natalja Iwanowna seufzte.

„Dazu gibt es andere Mittel als eine Heirat."

„Ich halte dieses aber für das beste; und außerdem werde ich dadurch in eine Welt geführt, in der ich mich nützlich machen kann."

„Ich kann mir nicht vorstellen, daß du dabei glücklich sein wirst", sagte Natalja Iwanowna.

„Auf mein Glück kommt es nicht an."

„Ja, aber auch sie kann, wenn sie ein Herz hat, nicht glücklich sein, kann sich diese Ehe nicht wünschen."

„Sie wünscht sie auch gar nicht."

„Ich verstehe; aber das Leben ..."

„Nun?"

„... stellt andere Forderungen."

„Es fordert nichts anderes, als daß wir so handeln, wie es recht ist", sagte Nechljudow, während er ihr immer noch hübsches, wenn auch an den Augen und Mundwinkeln von feinen Fältchen durchzogenes Gesicht betrachtete.

„Da komme ich nicht mit", sagte sie seufzend.

Die Ärmste! Wie hat sie sich so verändern können? fragte sich Nechljudow, als er daran zurückdachte, wie seine Schwester vor ihrer Heirat gewesen war, und er wurde von einem innigen, aus zahllosen Kindheitserinnerungen bestehenden Gefühl für sie erfüllt.

Nun erschien auch Ignati Nikiforowitsch. Schwarzbärtig, mit leuchtender Glatze und funkelnden Brillengläsern, trat er, den Kopf wie immer hoch erhoben und die breite Brust vorgestreckt, leichten, elastischen Schritts ins Zimmer.

„Guten Abend! Freut mich, Sie mal wiederzusehen", begrüßte er Nechljudow in bewußt ironischem Ton. (In der ersten Zeit nach seiner Heirat mit Natalja hatten er und Nechljudow mehrfach Anlauf genommen, sich zu duzen, waren aber schließlich doch beim Sie geblieben.) Sie drückten sich die Hand, und Ignati Nikiforowitsch ließ sich in einen Sessel fallen.

„Störe ich Sie auch nicht bei Ihrem Gespräch?" wandte er sich an Nechljudow.

„Nein, was ich sage und tue, habe ich vor niemand zu verbergen."

Als Nechljudow das Gesicht und die behaarten Hände seines Schwagers sah und seinen herablassenden, selbstbewußten Ton vernahm, war Nechljudows sanfte Stimmung im Nu verflogen.

„Ja, wir sprachen von Dmitris Vorhaben", sagte Natalja Iwanowna. „Soll ich dir einschenken?" fügte sie hinzu und griff nach der Teekanne.

„Ja, bitte. Von welchem Vorhaben im besonderen?"

„Von meiner Absicht, der Sträflingskolonne nach Sibirien zu folgen, zu der eine Frau gehört, vor der ich mich schuldig fühle", sagte Nechljudow.

„Soviel ich gehört habe, wollen Sie ihr nicht nur folgen, sondern tragen sich noch mit weiter gehenden Absichten?"

„Ja, ich bin entschlossen, sie auch zu heiraten, falls sie einwilligt."

„Ach! Doch wenn es Ihnen nichts ausmacht, erklären Sie mir bitte Ihre Gründe. Mir sind sie unverständlich."

„Die Gründe sind die, daß diese Frau . . . daß ihr erster Fehltritt . . ." Nechljudow ärgerte sich, weil ihm im Augenblick kein passenderer Ausdruck einfiel. „Die Gründe sind die, daß ich schuld bin, während sie bestraft wird."

„Wenn man sie bestraft, wird sie wohl auch nicht unschuldig sein."

„Doch, sie ist völlig unschuldig", sagte Nechljudow und erklärte nun, sich übertrieben ereifernd, den ganzen Sachverhalt.

„Ja, da liegt ein Versäumnis des Vorsitzenden vor, das dann die unüberlegte Entscheidung der Geschworenen zur Folge hatte. Aber für solche Fälle gibt es den Senat."

„Der Senat hat die Berufung verworfen."

„Wenn er sie verworfen hat, dann ist sie eben nicht stichhaltig gewesen", sagte Ignati Nikiforowitsch, der offenbar die weitverbreitete Meinung teilte, ein Richterspruch sei der Inbegriff aller

Gerechtigkeit. „Der Senat kann sich nicht auf eine Untersuchung der Tatbestände einlassen. Wenn aber wirklich ein Irrtum des Gerichts vorliegt, muß man ein Gesuch an die allerhöchste Stelle einreichen."

„Das ist bereits eingereicht, doch ein Erfolg ist höchst unwahrscheinlich. Man wird sich mit dem Ministerium in Verbindung setzen, dann fragt das Ministerium beim Senat an, der Senat wiederholt seine Entscheidung, und es bleibt wie gewöhnlich bei der Bestrafung des Unschuldigen."

„Erstens", erwiderte Ignati Nikiforowitsch mit einem nachsichtigen Lächeln, „wird das Ministerium nicht den Senat fragen, sondern vom Gericht die betreffenden Akten anfordern und, falls sie einen Fehler aufweisen, eine entsprechende Entscheidung fällen. Und zweitens kommt es nie oder höchstens in ganz seltenen Ausnahmefällen vor, daß Unschuldige bestraft werden. Bestraft werden nur Schuldige", erklärte Ignati Nikiforowitsch gewichtig mit einem selbstzufriedenen Lächeln.

„Nun, ich habe mich vom Gegenteil überzeugt", antwortete Nechljudow aufgebracht. „Ich habe mich überzeugt, daß mehr als die Hälfte der von den Gerichten verurteilten Menschen unschuldig ist."

„Wie soll ich das verstehen?"

„Im buchstäblichen Sinne des Wortes. Die meisten sind ebenso unschuldig wie diese Frau an der ihr zur Last gelegten Vergiftung; wie ein Bauer, den ich kennengelernt habe, an einem gar nicht von ihm verübten Mord; wie ein junger Mann mit seiner Mutter, die um ein Haar wegen einer Brandstiftung verurteilt worden wären, die nicht sie verübt haben, sondern der Hausbesitzer."

„Ja, natürlich, Justizirrtümer hat es immer gegeben und wird es auch weiterhin geben. Eine menschliche Einrichtung kann nicht vollkommen sein."

„Außerdem sind sehr viele Verurteilte schon deshalb unschuldig, weil sie in einer Umwelt aufwuchsen, in der ihre Handlungen nicht für Verbrechen gelten."

„Entschuldigen Sie, das stimmt nicht. Jeder Dieb weiß, daß er mit einem Diebstahl etwas Unrechtes tut, daß man nicht stehlen darf und daß Diebstahl ein Verbrechen ist", erklärte Ignati Nikiforowitsch mit seinem ruhigen, selbstbewußten, immer ein wenig geringschätzigen Lächeln, das Nechljudow besonders reizte.

„Nein, das weiß er nicht. Man sagt ihm, er solle nicht stehlen, während er zugleich sieht und weiß, daß die Fabrikbesitzer ihm den Ertrag seiner Arbeit stehlen, indem sie seinen Lohn einbehalten, und daß ihn die Regierung mit all ihren Beamten unablässig in Form von Steuern bestiehlt."

„Nun, das läuft auf Anarchismus hinaus", kommentierte Ignati Nikiforowitsch gelassen die Worte seines Schwagers.

„Ich weiß nicht, worauf es hinausläuft, ich sage nur, wie es ist", fuhr Nechljudow fort. „Er weiß, daß er von der Regierung bestohlen wird, weiß, daß wir, die Gutsbesitzer, ihn bestehlen, seit wir ihn des Grund und Bodens beraubten, der von Rechts wegen allen gemeinsam gehört, und wenn er dann auf diesem Land etwas Reisig zum Heizen seines Ofens sammelt, stecken wir ihn ins Gefängnis und reden ihm ein, er sei ein Dieb. Er weiß sehr wohl, daß nicht er ein Dieb ist, sondern derjenige, der ihm das Land gestohlen hat, und daß er durch eine Restitution dessen, was ihm geraubt wurde, lediglich eine Pflicht seiner Familie gegenüber erfüllt."

„Das verstehe ich nicht, und soweit ich es verstehe, bin ich anderer Ansicht. Jedes Stück Land muß seinen Besitzer haben", erwiderte Ignati Nikiforowitsch, der jetzt fest überzeugt war, in Nechljudow einen Sozialisten vor sich zu haben und daß die Theorie des Sozialismus in der Forderung bestehe, alles Land gleichmäßig zu verteilen – eine Theorie, die er für sehr dumm hielt und leicht widerlegen zu können glaubte. „Wenn Sie es heute auf alle gleichmäßig verteilen, wird es morgen doch wieder in den Besitz der Fleißigsten und Befähigtesten übergehen."

„Es denkt ja auch niemand daran, eine gleichmäßige Verteilung vorzunehmen. Land darf nicht Privateigentum sein, darf nicht als Handelsobjekt angesehen werden, das man nach Belieben kaufen, verkaufen oder verpachten kann."

„Das Recht auf Privateigentum ist dem Menschen angeboren. Ohne dieses Recht wird niemand ein Interesse daran haben, das Land zu bearbeiten. Schaffen Sie das Eigentumsrecht ab, und wir sinken in den Zustand der Barbarei zurück", erklärte Ignati Nikiforowitsch in autoritärem Ton und wiederholte das übliche Argument zugunsten privaten Landbesitzes, das für unwiderlegbar gehalten wurde und darin gipfelte, daß die Gier nach Landbesitz ein Merkmal für seine Berechtigung sei.

„Im Gegenteil, erst dann wird es kein Brachland mehr geben wie jetzt, wo die Gutsbesitzer gleich einem Wachhund niemand an das Land heranlassen, der es urbar machen könnte, obwohl sie selbst nicht dazu fähig sind."

„Hören Sie, Dmitri Iwanowitsch, das ist doch totaler Blödsinn! Ist es denn überhaupt möglich, in unserem Zeitalter das Recht auf Landbesitz zu beseitigen? Ich weiß, das ist von jeher Ihr Steckenpferd gewesen. Aber erlauben Sie, wenn ich ganz offen mit Ihnen spreche..." Ignati Nikiforowitsch war ganz blaß geworden, und seine Stimme zitterte: die Sache schien ihm doch sehr nahezugehen. „Ich würde Ihnen doch raten, sich diese Frage reiflich zu überlegen, ehe Sie an die praktische Ausführung denken."

„Sie haben meine eigene Verzichtleistung im Auge?"

„Ja. Ich meine, wir alle, die wir uns in einer bestimmten Lage befinden, müssen Pflichten erfüllen, die sich aus dieser Lage ergeben, das heißt, wir haben die Pflicht, uns für die Aufrechterhaltung der Lebensbedingungen einzusetzen, unter denen wir geboren sind, die wir von unseren Vorfahren ererbt haben und unseren Nachkommen ungeschmälert hinterlassen müssen..."

„Ich halte es für meine Pflicht...", begann Nechljudow.

„Einen Moment, ich bin noch nicht fertig", fiel ihm Ignati Nikiforowitsch ins Wort. „Ich spreche nicht für mich und auch nicht für meine Kinder. Die Zukunft meiner Kinder ist sichergestellt, denn ich verdiene genug, um unseren Lebensunterhalt zu bestreiten und annehmen zu können, daß auch unsere Kinder keine Not leiden werden, so daß mein Protest gegen Ihre, mit Verlaub zu sagen, etwas voreilige Handlungsweise nicht persönlichen Interessen entspringt, sondern auf grundsätzlichen Erwägungen beruht. Ich würde Ihnen jedenfalls raten, die Sache gründlicher zu überdenken, einschlägige Literatur zu lesen..."

„Nun, das müssen Sie schon mir überlassen, wie ich meine Angelegenheiten ordne und was zu lesen ich für nötig halte und was nicht“, sagte Nechljudow, der blaß geworden war und fühlte, daß seine Hände kalt wurden und er nahe daran war, die Selbstbeherrschung zu verlieren. Er schwieg und wandte sich seinem Tee zu.

33

„Wie geht es den Kindern?“ erkundigte sich Nechljudow bei der Schwester, nachdem er sich etwas gefaßt hatte.

Natalja Iwanowna sagte, die Kinder seien bei der Großmutter, ihrer Schwiegermutter, zurückgeblieben, und froh darüber, daß die Auseinandersetzung zwischen Mann und Bruder beendet war, erzählte sie davon, daß ihre Kinder ebensogern „Reise“ spielten, wie er es einst mit seinen beiden Puppen – einem Mohren und der „Französin“ – getan hatte.

„Erinnerst du dich wirklich noch daran?“ fragte Nechljudow.

„Ja, und denk dir, sie machen dabei alles genauso wie du damals.“

Das unangenehme Gespräch war beendet. Natalja Iwanowna hatte sich beruhigt, wollte aber im Beisein ihres Mannes nicht von Dingen reden, die nur dem Bruder verständlich waren, und kam deshalb, um eine allgemeine Unterhaltung in Gang zu bringen, auf die auch bis hierher gelangte Petersburger Neuigkeit zu sprechen – auf den Kummer der Gräfin Kamenskaja, deren einziger Sohn bei einem Duell den Tod gefunden hatte.

Ignati Nikiforowitsch äußerte sich mißbilligend darüber, daß jemand, der einen anderen im Duell tötet, nicht ebenso vor Gericht gestellt wird wie ein gemeiner Verbrecher.

Diese Äußerung rief den Widerspruch Nechljudows hervor, und es kam wegen dieser Frage aufs neue zu einem fruchtlosen Wortgeplänkel, bei dem sich keiner der beiden bis zu Ende aussprach und jeder auf seinem vom anderen verurteilten Standpunkt beharrte.

Ignati Nikiforowitsch, der fühlte, daß Nechljudow ihn verurteilte und mit Geringschätzung auf seine amtliche Tätigkeit herabblickte, wollte ihm die ganze Haltlosigkeit seiner Ansichten nachweisen. Nechljudow wiederum, den die Einmischung des Schwagers in seine Art der Landverteilung ärgerte, obwohl er im Grunde seines Herzens einsah, daß Schwager, Schwester und ihre Kinder als seine Erben ein gewisses Recht dazu besaßen, empörte es vor allem, daß dieser beschränkte Mensch mit so unerschütterlicher Beharrlichkeit einen Zustand als richtig und rechtmäßig bezeichnete, den er, Nechljudow, nach seiner jetzigen Überzeugung für unbedingt sinnlos und frevelhaft hielt. Diese Selbstsicherheit des Schwagers reizte Nechljudow.

„Und was hätte das Gericht tun sollen?" fragte er.

„Einen der beiden Duellanten wie einen gewöhnlichen Mörder zu Zwangsarbeit verurteilen."

„Nun, und was wäre damit gebessert?" fragte Nechljudow erregt und spürte, daß seine Hände wieder kalt wurden.

„Damit wäre der Gerechtigkeit Genüge getan."

„Als ob die Tätigkeit der Gerichte darin bestünde, der Gerechtigkeit Genüge zu verschaffen", bemerkte Nechljudow.

„Worin denn sonst?"

„In der Wahrung von Standesinteressen. Die Gerichte sind meines Erachtens nur ein administratives Werkzeug zur Aufrechterhaltung der bestehenden Ordnung, die unserem Stand eine privilegierte Stellung einräumt."

„Das ist eine ganz neue Auffassung", erwiderte, ruhig lächelnd, Ignati Nikiforowitsch. „Gemeinhin wird den Gerichten eine etwas andere Bestimmung zugeschrieben."

„Ja, theoretisch, aber nicht in der Praxis, wie ich gesehen habe. Die Gerichte dienen ausschließlich dem Zweck, den Fortbestand der gegenwärtigen Gesellschaftsordnung zu sichern, und bei dieser Aufgabe verfolgen und richten sie sowohl die Menschen, die über dem Durchschnittsniveau der Bevölkerung stehen und dieses Niveau heben wollen – die sogenannten politischen Verbrecher –, als auch jene, die darunter stehen und gewöhnlich als kriminelle Elemente bezeichnet werden."

„Erstens", begann Ignati Nikiforowitsch, „kann ich Ihrer Ansicht nicht beipflichten, daß Verbrecher, die sogenannten Politischen, deshalb bestraft werden, weil sie angeblich über dem

Durchschnittsniveau der Bevölkerung stehen. Die meisten dieser Leute stellen den Abschaum des Volkes dar und sind, wenn auch auf andere Weise, ebenso demoralisiert wie jene kriminellen Elemente, die, wie Sie sagen, unter dem Durchschnittsniveau stehen."

„Nun, ich kenne Menschen, die moralisch unvergleichlich höher stehen als ihre Richter; bei den Sektierern zum Beispiel handelt es sich durchweg um ehrbare, charakterfeste Menschen, die ..."

Allein Ignati Nikiforowitsch, der es gewohnt war, nicht unterbrochen zu werden, wenn er etwas sagte, hörte gar nicht auf Nechljudow und sprach, wodurch er ihn besonders reizte, gleichzeitig weiter.

„Auch kann ich nicht der Ansicht beipflichten, daß die Gerichte dem Zweck dienen, die bestehende Ordnung aufrechtzuerhalten. Die Gerichte bezwecken entweder die Besserung oder ..."

„Eine schöne Besserung – im Gefängnis!" warf Nechljudow ein.

„... oder die Ausschaltung jener demoralisierten und vertierten Menschen", fuhr Ignati Nikiforowitsch unbeirrt fort, „von denen die Existenz der Gesellschaft bedroht wird."

„Das ist es ja, die Gerichte tun weder das eine noch das andere. Der Gesellschaft dagegen fehlen die Mittel dazu."

„Wie meinen Sie das? Das ist mir nicht klar", sagte Ignati Nikiforowitsch mit einem erzwungenen Lächeln.

„Ich will sagen, daß es im Grunde nur zwei vernünftige Strafarten gibt, wie sie im Altertum verhängt wurden: die körperliche Züchtigung und die Todesstrafe, die jedoch beide infolge Verweichlichung der Sitten immer mehr außer Gebrauch kommen", sagte Nechljudow.

„Ach was? Das ist ganz neu und, aus Ihrem Munde zu hören, besonders überraschend."

„Ja, es ist vernünftig, einen Menschen Schmerzen erdulden zu lassen, damit er in Zukunft das Vergehen unterläßt, für das ihm die Schmerzen zugefügt wurden, und ebenso vernünftig ist es, daß man einen Verbrecher enthauptet, der für die menschliche

Gesellschaft eine Gefahr darstellt. Diese beiden Strafarten haben einen vernünftigen Sinn. Doch welchen Sinn hat es, einen Menschen ins Gefängnis zu stecken, wo er jeder Sorge um sich selbst enthoben ist und in Gemeinschaft mit den verkommensten Elementen in aufgezwungener Untätigkeit dahinlebt? Oder daß man ihn auf Staatskosten – und die betragen jedesmal über fünfhundert Rubel – aus dem Tulaer Gouvernement ins Irkutsker befördert oder aus dem Kursker ins ..."

„Wie dem auch sei, die Leute fürchten immerhin diese Reisen auf Staatskosten, und wenn es diese Reisen nicht gäbe und nicht die Gefängnisse, dann würden wir hier wahrscheinlich nicht so beisammensitzen, wie wir es jetzt tun."

„Die Gefängnisse können unsere Sicherheit nicht gewährleisten, weil die Sträflinge ja nicht lebenslänglich dort bleiben, sondern auch wieder freigelassen werden. Im Gegenteil, in diesen Anstalten wird nur erreicht, daß sie vollends dem Laster und der Verrohung verfallen, das heißt, die von ihnen ausgehende Gefahr wird noch vergrößert."

„Sie wollen sagen, daß man die Methode des Strafvollzugs vervollkommnen muß?"

„Die läßt sich nicht vervollkommnen. Die Kosten für vervollkommnete Gefängnisse würden höher sein als die jetzt für Volksbildung ausgegebene Summe und zudem eine neue Belastung der breiten Volksmasse bedeuten."

„Die Mängel des Strafvollzugs beeinträchtigen aber keineswegs die Wirksamkeit der Gerichte", fuhr Ignati Nikiforowitsch, der dem Schwager wieder nicht zuhörte, in seiner Rede fort.

„Diese Mängel lassen sich nicht beseitigen", erklärte Nechljudow mit Nachdruck.

„Ja, was soll man tun? Alle hinrichten? Oder ihnen, wie das ein Staatsmann vorgeschlagen hat, die Augen ausstechen?" fragte Ignati Nikiforowitsch mit einem triumphierenden Lächeln.

„Das wäre zwar grausam, würde jedoch dem Zweck entsprechen. Das jetzige Verfahren hingegen ist grausam, ohne dem Zweck dienlich zu sein, und überdies dermaßen dumm, daß man nicht begreifen kann, wie sich Leute mit gesundem Menschenverstand an einer so unsinnigen und grausamen Tätigkeit beteiligen können, wie sie das Kriminalgericht ausübt."

„Nun, ich beteilige mich daran", sagte Ignati Nikiforowitsch blaß werdend.

„Das ist Ihre Sache. Ich jedenfalls kann es nicht begreifen."

„Sie scheinen vieles nicht begreifen zu können", bemerkte Ignati Nikiforowitsch mit bebender Stimme.

„Ich habe einer Gerichtsverhandlung beigewohnt, bei der der Staatsanwalt seine ganze Beredsamkeit aufbot, um die Verurteilung eines unglücklichen jungen Burschen durchzusetzen, der bei allen Leuten mit etwas gesundem Menschenverstand nur Mitleid erregen konnte; ich kenne einen anderen Fall, in dem der Staatsanwalt beim Verhör eines Sektierers die Teilnahme an einer Bibelstunde als gemeines Verbrechen auslegte, und überhaupt besteht die ganze Tätigkeit der Gerichte einzig aus solchen sinnlosen und grausamen Handlungen."

„Ich würde nicht im Justizdienst stehen, wenn ich das glaubte", sagte Ignati Nikiforowitsch und stand auf.

Nechljudow nahm hinter der Brille seines Schwagers einen merkwürdigen Schimmer wahr. Sollten das wirklich Tränen sein? fragte er sich. In der Tat, Ignati Nikiforowitsch fühlte sich so gekränkt, daß ihm Tränen in die Augen traten. Er ging ans Fenster, zog sein Taschentuch, begann hüstelnd seine Brille zu putzen und wischte sich, nachdem er die Brille abgenommen hatte, die Augen. Als er zum Sofa zurückkehrte, zündete er sich eine Zigarre an und sagte nichts mehr. Nechljudow tat es leid, er schämte sich, daß er seinen Schwager und die Schwester so schwer gekränkt hatte, zumal er am nächsten Tag abreisen wollte und sie vorher nicht mehr sehen würde. Er verabschiedete sich sehr befangen und fuhr nach Hause.

Sicherlich entspricht alles der Wahrheit, was ich gesagt habe, er hat es ja auch nicht widerlegt, dachte er. Aber ich hätte es nicht so schroff sagen dürfen. Wie wenig habe ich mich doch geändert, wenn ich mich dazu hinreißen lassen konnte, ihn so zu kränken und der armen Natalja solchen Kummer zu bereiten.

34

Die Sträflingskolonne, zu der die Maslowa gehörte, sollte um zwei Uhr vom Bahnhof abgehen, und da Nechljudow beim Abmarsch der Sträflinge vom Gefängnis zugegen sein und mit ihnen den Weg bis zur Bahn zurücklegen wollte, hatte er die Absicht, schon kurz vor zwölf am Gefängnis einzutreffen.

Als ihm am Vorabend beim Packen der Sachen und Papiere auch sein Tagebuch unter die Finger kam, las er noch einmal die letzten Eintragungen. Unmittelbar vor seiner Abreise nach Petersburg hatte er folgendes eingetragen: „Katjuscha will nicht mein Opfer, sie will ihr eigenes. Sie hat gesiegt, und ich habe gesiegt. Ich freue mich über die Wandlung, die sich – ich wage es noch gar nicht zu glauben – in ihrem Innern zu vollziehen scheint. Ich wage es nicht zu glauben, habe aber den Eindruck, daß sie wieder auflebt." Die nächste Eintragung lautete: „Habe etwas sehr Schweres und sehr Freudiges erlebt. Ich hatte gehört, daß sie sich im Krankenhaus schlecht benommen hat. Das gab mir einen Stich ins Herz. Ich hätte gar nicht erwartet, daß es mir so nahegehen könnte. Von Widerwillen erfüllt, sprach ich in gehässigem Ton mit ihr, bis mir plötzlich einfiel, wie oft ich mich selbst, wenn in letzter Zeit auch nur in Gedanken, dessen schuldig gemacht habe, wofür ich sie jetzt haßte; da empfand ich auf einmal Widerwillen gegen mich selbst und zugleich Mitleid mit ihr, und mir wurde unsagbar wohl ums Herz. Würden wir doch immer rechtzeitig den Balken im eigenen Auge wahrnehmen, um wieviel besser wären wir dann alle." Und die letzte, mit dem heutigen Tag datierte Eintragung lautete: „Bin bei Natalja gewesen, und gerade infolge meiner Selbstzufriedenheit habe ich mich häßlich, ja nichtswürdig benommen und ein bedrückendes Gefühl zurückbehalten. Nun, es läßt sich nicht ändern. Mit dem morgigen Tag beginnt ein neues Leben. Das alte ist für immer abgeschlossen. So viele Eindrücke sind auf mich eingestürmt, daß ich sie noch immer nicht in Einklang bringen kann."

Das erste, was Nechljudow beim Erwachen am nächsten Morgen empfand, war Reue über sein brüskes Auftreten gegen den Schwager.

So kann ich nicht abreisen, sagte er sich, ich muß hinfahren und die Sache bereinigen.

Doch bei einem Blick auf die Uhr sah er, daß dazu keine Zeit mehr war und er sich beeilen mußte, um nicht den Abmarsch der Sträflingskolonne vom Gefängnis zu verpassen. Nachdem er sich in aller Hast angezogen und den Portier und Taras, Fedossjas Mann, der mit ihm reiste, mit dem Gepäck zum Bahnhof geschickt hatte, stieg er in die erste beste Droschke und fuhr zum Gefängnis. Der Postzug, mit dem Nechljudow fahren wollte, ging nur zwei Stunden später ab als der Sträflingszug, so daß er nicht mehr in seine Hotelzimmer zurückzukehren gedachte und dort beglichen hatte, was noch zu begleichen war.

Schon seit Tagen herrschte drückende hochsommerliche Hitze. Die Glut, die von dem während der schwülen Nacht nicht abgekühlten Straßenpflaster, den Mauern der Häuser und den eisernen Dächern zurückstrahlte, vermischte sich mit der reglosen heißen Luft. Es war windstill, und wenn sich doch ein Luftzug bemerkbar machte, führte er staubige, penetrant nach Ölfarbe riechende, heiße Luft heran. Die Straßen waren fast menschenleer, und die vereinzelten Passanten waren darauf bedacht, im Schatten der Häuser zu gehen. Lediglich von der Sonne schwarzgebrannte ländliche Straßenarbeiter in Bastschuhen, die mitten auf dem Fahrweg hockten, trieben mit ihren Hämmern Pflastersteine in den glühendheißen Sand, und griesgrämige Polizisten in rohleinenen Kitteln mit orangefarbenen Revolverschnüren standen in der Straßenmitte und traten mißmutig von einem Fuß auf den anderen. Die Pferdebahnen, an der Sonnenseite mit zugezogenen Vorhängen und die Pferde mit weißen Kapuzen auf dem Kopf, aus deren Schlitzen die Ohren heraussahen, fuhren bimmelnd durch die Straßen.

Als Nechljudow am Gefängnis anlangte, war die Sträflingskolonne noch nicht herausgekommen, im Gefängnis wurde seit vier Uhr morgens angespannt gearbeitet, um die zum Abtransport bestimmten Häftlinge übergeben zu können. Die Kolonne bestand aus sechshundertdreiundzwanzig Männern und vierundsechzig Frauen, deren Personalien mit den amtlichen Listen verglichen und die nach Aussonderung der Kranken und Schwachen der Eskortemannschaft übergeben werden mußten. Im Hof saßen im Schatten einer Mauer an einem mit Akten und Schreibutensilien bedeckten Tisch der neue Inspektor, seine beiden Gehilfen, der Arzt, der Heilgehilfe, der Eskorteoffizier und ein Schreiber. Jeder Sträfling wurde einzeln aufgerufen und gemustert, befragt und sein Name in eine Liste eingetragen.

Der Tisch war bereits bis zur Hälfte von den Sonnenstrahlen erfaßt. Es wurde immer heißer und infolge der Windstille und des Atems der gedrängt stehenden Sträflinge besonders schwül.

„Na, nimmt es denn überhaupt kein Ende?" fragte der Eskorteoffizier, ein großer, dicker, rotbackiger Mann mit hohen Schultern und kurzen Armen, der ununterbrochen rauchte und durch den über den Mund hängenden Schnurrbart gierig den Rauch seiner Zigarette einzog. „Das ist ja eine Tortur! Woher nur haben Sie eine solche Menge zusammenbekommen? Sind es noch viele?"

Der Schreiber sah in die Listen.

„Vierundzwanzig Männer und dann noch die Frauen."

„Na los, tretet vor!" trieb ein Begleitsoldat die noch nicht abgefertigten, sich vordrängenden Sträflinge an.

Die Leute harrten, in Reih und Glied, schon über drei Stunden in der glühenden Sonne aus und warteten, bis sie aufgerufen wurden.

Das alles wickelte sich innerhalb der Gefängnismauern ab, indes vor dem Tor wie gewöhnlich ein Soldat mit geschultertem Gewehr auf Posten stand und auf der Straße annähernd zwanzig Fuhrwerke hielten, die für das Gepäck der Sträflinge und für die Schwachen bestimmt waren. An der Straßenecke hatte sich eine Gruppe von Menschen angesammelt, die auf den Ausmarsch der Kolonne wartete, um ihre Verwandten oder Freunde unter den Sträflingen noch einmal zu sehen, wenn möglich, ein paar Worte mit ihnen zu wechseln und ihnen das eine oder andere mitzugeben. Zu dieser Gruppe gesellte sich auch Nechljudow.

Nachdem er fast eine Stunde gestanden hatte, wurde jenseits des Tors Kettengeklirr und das Geräusch von Schritten laut,

Befehle ertönten, man hörte Husten und das verhaltene Stimmengewirr einer großen Menschenmenge. So vergingen nochmals fünf Minuten, während deren verschiedene Aufseher durch die kleine Nebenpforte ein und aus gingen. Endlich ertönte ein Kommando.

Das große Tor öffnete sich dröhnend, das Kettengeklirr wurde deutlicher, und die zur Eskorte gehörenden Soldaten kamen in weißen Kitteln mit geschulterten Gewehren auf die Straße marschiert und nahmen – für sie anscheinend ein schon bekanntes und gewohntes Manöver – in weitem Halbkreis vor dem Tor Aufstellung. Sobald sich alle aufgestellt hatten, ertönte ein neues Kommando, und nun kamen mit pfannkuchenförmigen Mützen auf den kahlen Köpfen und mit Säcken auf dem Rücken paarweise die ersten Häftlinge durch das Tor; schwerfällig die gefesselten Füße fortbewegend, schwenkten sie die eine Hand und hielten mit der anderen den über den Rücken geworfenen Sack. Die Spitze des Zuges bildeten die Zwangsarbeiter, alle gleichmäßig in grauen Hosen und in Kitteln mit eingenähten Vierecken auf dem Rücken. Sie alle – Junge und Alte, Hagere und Dicke, Blasse, Rotbäckige und Dunkelhäutige, Schnurrbärtige, Vollbärtige und Bartlose, Russen, Tataren, Juden – kamen kettenrasselnd durch das Tor und schwenkten so geschäftig den Arm, als hätten sie einen wer weiß wie weiten Weg vor sich; doch schon nach zehn Schritten blieben sie stehen und stellten sich gehorsam in Viererreihen auf. Ihnen folgten immer mehr Häftlinge aus dem Tor, nun aber solche, die nicht an den Füßen, sondern an den Händen gefesselt, im übrigen jedoch ebenso gekleidet und kahlgeschoren waren wie die Zwangsarbeiter. Das waren die Verbannten. Auch sie schritten rasch durch das Tor, blieben stehen und stellten sich zu vieren auf. Nun folgten die Narodowolzen und anschließend, ebenfalls in einer bestimmten Reihenfolge, die weiblichen Gefangenen: zuerst die Zwangsarbeiterinnen in grauen Sträflingskitteln und Kopftüchern, dann Verbannte und Frauen, die freiwillig ihren Männern folgten und die eigene, ländliche oder städtische, Kleidung anhatten. Manche Frauen trugen unter dem grauen Sträflingskittel einen Säugling. Einige größere Kinder, Jungen und Mädchen, die zu den weiblichen Häftlingen gehörten, drängten sich wie Füllen in einer Pferdeherde dazwischen herum.

Die Männer schwiegen größtenteils, nachdem sie sich aufgestellt hatten, und nur hin und wieder hörte man einen husten oder eine kurze Bemerkung machen. Bei den Frauen dagegen riß das Gemurmel nicht ab. Nechljudow glaubte, als die Frauen herauskamen, auch die Maslowa zu erkennen; doch dann tauchte sie in der großen Menge unter, und er sah nur noch eine Masse grauer, gleichsam aller menschlichen und besonders aller weiblichen Wesenszüge beraubter Gestalten, die sich mit Kindern und Säcken hinter den Männern aufstellten.

Obwohl alle Sträflinge schon im Gefängnishof gezählt worden waren, nahmen die Eskortesoldaten jetzt nochmals eine Zählung vor und verglichen sie mit der ersten. Diese Prozedur zog sich lange hin, zumal manche nicht stillstanden, sondern sich von einem Platz zum anderen begaben und dadurch die Soldaten beim Zählen irritierten. Die Soldaten schimpften und stießen die demütigen, sich jedoch nur unwillig fügenden Häftlinge und fingen von vorne an. Nachdem die Zählung beendet war, rief der Eskorteoffizier ein Kommando, worauf unter den Gefangenen Gedränge entstand. Die Schwachen – Männer, Frauen und Kinder – eilten, einander überholend, zu den Fuhrwerken, verstauten ihre Säcke und stiegen dann selbst hinauf. Darunter waren Mütter mit schreienden Säuglingen, ausgelassene, sich um die Plätze streitende Kinder, gebrechliche, finster dreinschauende männliche Sträflinge.

Mehrere traten an den Eskorteoffizier heran, nahmen die Mützen ab und schienen ihn um etwas zu bitten. Wie Nechljudow nachträglich erfuhr, baten sie, auf den Fuhrwerken mitfahren zu dürfen. Er sah, wie der Offizier schweigend, ohne die Bittenden eines Blickes zu würdigen, seine Zigarette rauchte, wie er dann plötzlich mit seinem kurzen Arm gegen einen ausholte und wie dieser, einen Schlag gewärtigend, den kahlgeschorenen Kopf duckte und zur Seite sprang.

„Ich werde dich lehren, den feinen Herrn zu spielen! Wirst auch zu Fuß hinkommen!“ schrie der Offizier.

Nur einem großen, hageren Greis, der sich vor Schwäche

kaum auf den gefesselten Füßen hielt, gestattete der Offizier noch, auf einem Wagen mitzufahren. Nechljudow sah, wie der Greis beim Herantreten an den Wagen die pfannkuchenförmige Mütze abnahm, sich bekreuzigte und lange vergeblich bemüht war, mit den altersschwachen und überdies durch die Fesseln behinderten Beinen hinaufzuklettern, bis ihm schließlich eine bereits auf der Fuhre sitzende Gefangene die Hand reichte und ihn hinaufzog.

Als alle Wagen mit Säcken beladen waren und obenauf die dazu berechtigten Häftlinge Platz genommen hatten, nahm der Eskorteoffizier die Mütze vom Kopf, wischte sich mit dem Taschentuch die Stirn, die Glatze und den feisten roten Nacken und bekreuzigte sich.

„Die ganze Kolonne – marsch!" kommandierte er.

Die Soldaten schulterten die Gewehre, die Häftlinge nahmen ihre Mützen ab und begannen – einige von ihnen mit der linken Hand – sich zu bekreuzigen, aus der zum Abschied gekommenen Menge ertönten Zurufe, die Gefangenen riefen etwas zurück, unter den Frauen erhob sich lautes Geheul, und umringt von Soldaten in weißen Kitteln, setzte sich die Kolonne, mit den Ketten der gefesselten Füße eine Staubwolke aufwirbelnd, langsam in Bewegung. An der Spitze des Zuges marschierten Soldaten, hinter ihnen kamen in Viererreihen die mit ihren Ketten klirrenden Zwangsarbeiter, anschließend folgten die Verbannten, dann – je zwei mit Handschellen aneinandergefesselt – die Narodowolzen und dahinter die Frauen. Den Abschluß des Zuges bildeten die Fuhrwerke, auf denen die Säcke mit den Habseligkeiten der Verbannten und die Schwachen transportiert wurden. Auf einer der Fuhren saß hoch oben eine in ein Tuch gehüllte Frau, die ununterbrochen laut schluchzte.

35

Der Zug war so lang, daß sich seine Spitze schon in der Ferne verlor, als sich endlich die Fahrzeuge mit dem Gepäck und den Schwachen in Bewegung setzten. Nechljudow bestieg die auf ihn wartende Droschke und wies den Kutscher an, am Zug entlangzufahren und ihn zu überholen; er wollte Ausschau halten, ob sich unter den Männern bekannte Sträflinge befanden, und außerdem nach der Maslowa suchen und sie fragen, ob sie die Sachen von ihm erhalten habe. Es war drückend heiß. Bei der völligen Windstille war die in der Mitte der Straße marschierende Kolonne dauernd in eine von Tausenden von Füßen aufgewirbelte Staubwolke gehüllt. Die Gefangenen schritten schnell aus, so daß der klapprige Gaul an Nechljudows Droschke sie nur langsam überholte. Es machte auf Nechljudow einen bedrückenden, grauenvollen Eindruck, wie Reihe um Reihe diese fremden, gleichförmig gekleideten und beschuhten Menschen vorwärts hasteten und im Takt, als wollten sie sich anfeuern, die Arme schwenkten. Es waren so viele, und sie wirkten – alle in die gleiche ungewöhnliche Lage versetzt – in ihrer Gleichförmigkeit so gespenstisch, daß es Nechljudow schien, es seien gar nicht Menschen, sondern Geschöpfe aus einer anderen, grauenvollen Welt. Dieser Eindruck verwischte sich erst, als er unter den Zwangsarbeitern den Mörder Fjodorow und unter den Verbannten den Spaßvogel Ochotin und einen Landstreicher erkannte, von dem er auch um Hilfe angegangen worden war. Fast alle Gefangenen wandten sich nach dem vorüberfahrenden Wagen um und warfen einen Blick auf den Herrn, der darin saß und ihre Kolonne musterte. Fjodorow hob ruckartig den Kopf, zum Zeichen, daß er Nechljudow erkannt hatte; Ochotin blinzelte ihm zu. Doch weder der eine noch der andere grüßte, weil sie das für unstatthaft hielten. Als Nechljudow bis zu den weiblichen Sträflingen gekommen war, bemerkte er unter ihnen in der zweiten Reihe sofort die Maslowa. Am Rande dieser Reihe marschierte eine kurzbeinige, abstoßend aussehende Frau mit rotem Gesicht, schwarzen Augen und aufgeschürztem Rock – das war die Zierpuppe. Neben ihr ging eine schwangere, sich mühsam fortschleppende Frau, und als nächste kam die Maslowa. Sie trug einen Sack auf dem Rücken und blickte geradeaus. Ihr Gesicht war ruhig und entschlossen. Die vierte in der Reihe war eine hübsche, lebhaft ausschreitende junge Frau in kurzem Kittel und mit einem nach Bauernart geknüpften Kopftuch – das war Fedossja. Nechljudow stieg aus dem Wagen und trat an die marschierenden Frauen heran, um sich bei der Maslowa nach den Sachen und nach ihrem Befinden zu erkundigen; aber der Unteroffizier, der den Zug auf dieser Seite eskortierte, bemerkte ihn sofort und stürzte auf ihn zu.

„Das darf man nicht, Herr, an die Kolonne herangehen", rief er schon von weitem.

Doch als er näher kam und Nechljudow erkannte – im Gefängnis war Nechljudow bereits allgemein bekannt –, legte er die Finger an die Mütze, blieb neben ihm stehen und sagte: „Jetzt geht es nicht. Nachher, auf dem Bahnhof, da können Sie es, aber unterwegs ist es verboten ... Bleibt nicht zurück, vorwärts!" rief er den Frauen zu und lief dann, sich einen Ruck gebend, in seinen neuen, stutzerhaften Stiefeln trotz der Hitze mit schnellen Schritten seiner Mannschaft nach.

Nechljudow fügte sich, ließ die Droschke nachkommen und ging auf dem Trottoir neben der Kolonne her. Wo der Zug auch vorüberkam – überall erregte er von Mitgefühl und Entsetzen geweckte Aufmerksamkeit. Leute, die ihm entgegenfuhren, beugten sich aus dem Wagen und verfolgten den Sträflingszug mit den Augen, bis sie ihn aus der Sicht verloren. Fußgänger blieben stehen und betrachteten erstaunt und erschrocken dieses grauenvolle Schauspiel. Verschiedentlich traten Leute an den Zug heran und brachten milde Gaben. Die Gaben wurden von den Begleitsoldaten in Empfang genommen. Manche folgten dem Zug eine Weile wie hypnotisiert und blickten ihm, wenn sie stehenblieben, kopfschüttelnd nach. Aus den Häusern und Höfen kamen, einer den anderen hinzurufend, Leute auf die Straße gestürzt, manche wieder lehnten sich aus den Fenstern und starrten schweigend auf diese schreckliche Prozession. An einer Straßenkreuzung wurde eine elegante Equipage durch den Zug aufgehalten. Auf dem Bock thronte mit fettglänzendem Gesicht der Kutscher in dickgepolstertem, auf dem Rücken mit Knöpfen besetztem Mantel, und im Fond des Wagens saß ein Ehepaar: sie, eine blasse, hagere Frau in hellem Hut und mit einem leuchtendroten Sonnenschirm, er in Zylinder und hellem, elegantem Mantel. Auf dem Rücksitz, ihnen gegenüber, saßen die Kinder: ein nett gekleidetes, frisch wie eine Blume anmutendes Mädchen mit offenem blondem Haar und gleichfalls einem leuchtenden Sonnenschirm und ein achtjähriger Knabe mit langem dünnem Hals, vorstehenden Schlüsselbeinen und Matrosenmütze mit langen Bändern. Der Vater machte dem Kutscher wütend Vorwürfe, weil er nicht rechtzeitig an der Spitze des Zuges vorbeigefahren war und man nun warten mußte, während die Mutter verächtlich den Mund verzog und ihren seidenen Schirm dicht vors Gesicht hielt, um es vor Sonne und Staub zu schützen. Der dicke Kutscher hörte sich mit finsterem Gesicht die unverdienten Vorwürfe seines Herrn an, der ihm ja selbst befohlen hatte, durch diese Straße zu fahren, und konnte nur mit Mühe die gestriegelten, unter dem Zaumzeug und am Hals mit Schaum bedeckten Rappen zügeln, die unruhig mit den Hufen stampften.

Der an der Straßenecke stehende Polizist hätte dem Besitzer der prächtigen Equipage herzlich gern einen Gefallen erwiesen und den Sträflingszug angehalten, um den Wagen durchzulassen. Da er jedoch fühlte, daß von dieser Prozession eine finstere Feierlichkeit ausging, die man selbst einem so reichen Herrn zuliebe nicht stören durfte, begnügte er sich damit, zum Zeichen seiner Ehrerbietung vor dem Reichtum die Hand an den Mützenschirm zu legen und die Gefangenen mit einem strengen Blick zu messen, als wollte er zu verstehen geben, daß er auf alle Fälle bereit sei, die Insassen der Equipage vor ihnen zu schützen. So mußte die Equipage warten, bis der ganze Zug vorbeigezogen und der letzte Lastwagen mit den Säcken und den Frauen vorübergerasselt war, wobei die hysterische Gefangene, die sich eben beruhigt hatte, beim Anblick der luxuriösen Equipage erneut zu schluchzen begann. Jetzt erst zog der Kutscher leicht die Zügel an, die feurigen Rappen setzten sich, mit den Hufeisen klingend gegen das Pflaster schlagend, in Bewegung, und die Equipage rollte, auf ihren dicken Gummirädern leise federnd, weiter der Sommerfrische entgegen, wo der Mann, die Frau, das Mädchen und der Knabe mit dem dünnen Hals und den vorstehenden Schlüsselbeinen die Annehmlichkeiten des Landlebens genießen wollten.

Weder der Vater noch die Mutter gaben dem Knaben und dem Mädchen eine Erklärung für das, was sie eben gesehen hatten, so daß sich die Kinder selbst über die Bedeutung dieses Schauspiels schlüssig werden mußten.

Das Mädchen schloß aus dem Gesichtsausdruck des Vaters und der Mutter, daß die eben vorübergezogenen Leute ganz andere Menschen seien als ihre Eltern und Bekannten, daß es sich um lauter schlechte Menschen handele und es deshalb nur recht sei, wenn man mit ihnen so verfahre, wie es getan wurde. Dem Mädchen flößten diese Menschen daher nur Schrecken ein, und es war froh, als der Zug vorüber und nicht mehr zu sehen war.

Zu einem anderen Schluß kam hingegen der Knabe mit dem langen dünnen Hals, der den Sträflingszug die ganze Zeit unverwandt angestarrt hatte. Er wußte mit Sicherheit – denn Gott selbst hatte es ihm offenbart –, daß diese Leute ebensolche Menschen waren wie er selbst und alle anderen Menschen und daß ihnen folglich zu Unrecht Böses zugefügt wurde. Sie taten ihm leid, und er empfand Grauen sowohl vor diesen gefesselten, kahlgeschorenen Menschen als auch vor jenen, von denen sie gefesselt und kahlgeschoren worden waren. Die Lippen des Knaben begannen immer stärker zu zucken, und er mußte sehr an sich halten, um nicht in Tränen auszubrechen; denn aus einem solchen Anlaß zu weinen, hielt er für beschämend.

36

Nechljudow, der genauso schnell ging wie die Gefangenen, schwitzte trotz seiner leichten Kleidung und litt besonders unter der Schwüle der staubigen, vor Hitze erstarrten Luft, die über den Straßen lastete. Nachdem er etwa eine Viertelwerst gegangen war, stieg er wieder in die Droschke und fuhr voraus; doch hier, in der Mitte der Straße, schien es noch heißer zu sein. Er versuchte, sich sein gestriges Gespräch mit dem Schwager ins Gedächtnis zu rufen, regte sich aber jetzt nicht mehr so darüber auf wie am Morgen. Die Gedanken daran traten hinter dem Eindruck zurück, den der Auszug der Sträflinge aus dem Gefängnis und ihr Marsch durch die Straßen auf ihn gemacht hatte. Doch vor allem quälte ihn jetzt die Hitze. An einem Zaun standen zwei kleine Realschüler, die Mützen in der Hand, neben einem Eisverkäufer, der sich im Schatten der Bäume niedergehockt hatte. Der eine Junge hatte bereits seine Portion und leckte genießerisch an dem kleinen Hornlöffel, während der andere noch sehnsüchtig auf das Schälchen blickte, in das der Verkäufer eine gelbe Masse häufte.

„Wo könnte man hier etwas trinken?" wandte sich Nechljudow, der ein verzehrendes Bedürfnis nach einer Erfrischung empfand, an den Kutscher.

„Hier gleich um die Ecke gibt's ein gutes Wirtshaus", antwortete der Kutscher, worauf er in eine Nebenstraße einbog und vor einem Lokal mit großem Aushängeschild anhielt.

Der in Hemdsärmeln hinter dem Schanktisch stehende aufgedunsene Büfettier und etliche Kellner in einstmals weißen Kitteln, die nichts zu tun hatten und im Lokal herumsaßen, musterten neugierig den ungewöhnlichen Gast und boten ihm ihre Dienste an. Nechljudow bestellte eine Flasche Mineralwasser und setzte sich in einiger Entfernung vom Fenster an einen kleinen, mit einem schmutzigen Tuch bedeckten Tisch.

An einem anderen Tisch, auf dem Teegeschirr und eine Flasche aus Milchglas standen, saßen zwei Männer, die sich alle Augenblicke den Schweiß von der Stirn wischten und friedlich etwas ausrechneten. Der eine hatte, ähnlich wie Ignati Nikiforowitsch, eine Glatze, die im Nacken von einem Kranz schwarzer Haare eingefaßt war. Dieser Anblick erinnerte Nechljudow wieder an das gestrige Gespräch mit dem Schwager und an seinen Wunsch, ihn und die Schwester vor seiner Abreise noch einmal zu sprechen. Aber bis zum Abgang des Zuges kann ich es kaum schaffen, dachte er. Ich schreibe lieber einen Brief. Er ließ sich Papier, ein Kuvert und eine Briefmarke bringen, trank ab und zu ein paar Schluck von dem kalten, sprudelnden Wasser und überlegte, was er schreiben sollte. Aber in seinem Kopf ging alles wirr durcheinander, und er konnte keinen vernünftigen Gedanken fassen.

„Liebe Natascha, ich kann nicht unter dem deprimierenden Eindruck abreisen, den das gestrige Gespräch mit Ignati Nikiforowitsch in mir hinterlassen hat ...", begann er schließlich. Nun, und weiter? überlegte er. Soll ich mich wegen meiner gestrigen Äußerungen entschuldigen? Aber ich habe ja nur gesagt, was meiner Überzeugung entspricht. Er wird denken, ich nehme es zurück. Und überhaupt, diese Einmischung in meine Angelegenheiten ... Nein, ich kann nicht schreiben, sagte er sich, während in ihm wieder der Haß gegen diesen eingebildeten, ihm wesensfremden Menschen auflebte. Er steckte den angefangenen Brief in die Tasche, zahlte und ging hinaus, um der Sträflingskolonne nachzufahren.

Es war noch heißer geworden. Die Mauern und Steine dampften förmlich. Die Füße schienen auf dem glühenden Straßenpflaster zu brennen, und Nechljudow hatte das Gefühl, sich versengt zu haben, als er mit der bloßen Hand den Kotflügel der Droschke berührte.

Der Gaul trottete, mit den Hufen eintönig auf das staubige, holprige Pflaster stampfend, träge durch die Straßen, der Kutscher nickte alle Augenblicke ein, und Nechljudow starrte, ohne an etwas zu denken, gleichmütig vor sich hin. Vor dem Tor eines großen Hauses standen an der Straßenrinne mehrere Menschen, darunter ein Soldat mit geschultertem Gewehr. Nechljudow ließ den Kutscher halten.

„Was ist hier los?" fragte er den Hausknecht.

„Irgendwas mit einem Gefangenen."

Nechljudow stieg aus dem Wagen und ging an die Gruppe heran. Auf den unebenen Steinen des zum Trottoir hin leicht abfallenden Pflasters lag, mit dem Kopf niedriger als mit den Füßen, ein breitschultriger, rotbärtiger, schon älterer Häftling mit hochrotem Gesicht und plattgedrückter Nase in grauem Sträflingskittel und ebensolchen Hosen. Die Finger der sommersprossigen Hände gespreizt und die starren, blutunterlaufenen Augen zum Himmel gerichtet, lag er auf dem Rücken, während sich seiner mächtigen Brust in größeren Abständen ein dumpfes Röcheln entrang. Um ihn herum standen ein griesgrämiger Polizist, ein Laufbursche, ein Briefträger, ein Kommis, eine alte

Frau mit Sonnenschirm und ein kahlgeschorener Junge mit einem leeren Korb.

„Vom langen Sitzen im Gefängnis sind die Leute entkräftet, matt geworden, und da führt man sie durch diese Gluthitze", ereiferte sich, zu Nechljudow gewandt, der Kommis.

„Mit dem ist's wohl aus", sagte mit weinerlicher Stimme die Frau mit dem Sonnenschirm.

„Man muß ihm das Hemd aufschnüren", meinte der Briefträger.

Der Polizist bemühte sich unbeholfen, mit seinen zitternden, plumpen Fingern den Knoten an dem sehnigen roten Hals des Häftlings zu lösen. Er war sichtlich aufgeregt und nervös, was ihn jedoch nicht hinderte, die versammelten Menschen anzufahren:

„Was drängt ihr euch hier? Schon so ist's heiß genug! Kein Lüftchen kommt durch."

„Der Arzt hätte erst alle untersuchen müssen, ob sie transportfähig sind. So schleppen sie da einen Halbtoten mit", erklärte der Kommis, der sich offenbar etwas darauf einbildete, so gut über die Vorschriften Bescheid zu wissen.

Nachdem der Polizist den Hemdverschluß endlich gelöst hatte, richtete er sich auf und blickte um sich.

„Geht auseinander, sag ich euch! Ihr habt hier nichts zu suchen. Als ob's Gott weiß was zu sehen gäbe", sagte er und wandte sich Nechljudow zu, von dem er wohl eine zustimmende Bemerkung erwartete; doch als er seinen abweisenden Blick wahrnahm, sah er hilfesuchend zu dem Begleitsoldaten hinüber.

Aber den Soldaten, der etwas abseits stand und seinen schiefgetretenen Stiefelabsatz betrachtete, ließen die Nöte des Polizisten völlig kalt.

„Die Verantwortlichen kümmern sich um nichts. Ist es etwa richtig, daß man Leute so zu Tode quält?"

„Ob Gefangener oder nicht – alles sind Menschen!" wurde aus der Menge gerufen.

„Legen Sie seinen Kopf höher und geben Sie ihm einen Schluck Wasser", sagte Nechljudow zu dem Polizisten.

„Wasser wird schon geholt", antwortete der Polizist, der den Häftling unter die Achsel faßte und den Körper mühsam höher zog.

„Was ist das hier für ein Auflauf?" ertönte plötzlich eine energische, gebieterische Stimme, und ein Revieraufseher in blendendweißem Uniformkittel und blitzblanken hohen Stiefeln kam mit schnellen Schritten auf die um den Häftling versammelten Menschen zu. „Auseinandergehen! Nicht herumstehen!" schrie er die Menge an, noch ehe er sah, weswegen sie sich angesammelt hatte.

Als er näher herankam und den sterbenden Gefangenen wahrnahm, nickte er, als hätte er nichts anderes erwartet, und wandte sich an den Polizisten: „Wie ist es passiert?"

Der Polizist berichtete, daß ein Gefangenentransport vorübergekommen und dieser Häftling hier umgefallen sei; der Eskorteoffizier habe befohlen, ihn zurückzulassen.

„Wohin nun mit ihm? Erst mal ins Revier! Eine Droschke!"

„Der Hausknecht von drüben sucht schon eine", sagte der Polizist salutierend.

Der Kommis versuchte, noch etwas über die Hitze zu sagen.

„Was geht dich das an? He? Scher dich deines Wegs!" schrie der Revieraufseher und sah den Kommis dabei so streng an, daß er verstummte.

„Man muß ihm Wasser zu trinken geben", sagte Nechljudow.

Der Revieraufseher maß auch Nechljudow mit einem strengen Blick, sagte aber nichts. Als der Hausknecht einen Becher mit Wasser brachte, befahl der Revieraufseher dem Polizisten, es dem Gefangenen einzuflößen. Der Polizist richtete den herabgesunkenen Kopf des Häftlings auf und versuchte, ihm das Wasser in den Mund zu gießen; aber er schluckte das Wasser nicht, und es ergoß sich über seinen Bart, seine Brust und das hanfleinene Hemd.

„Gieß es ihm über den Kopf!" befahl der Revieraufseher, worauf der Polizist dem Zusammengebrochenen die pfannkuchenförmige Mütze abnahm und ihm das Wasser auf das krause rote Haar und den kahlen Schädel goß.

Der Gefangene riß erschrocken die Augen auf, blieb jedoch unverändert liegen und röchelte nach wie vor. Über sein Gesicht rann das schmutzige, mit Staub vermengte Wasser, und der ganze Körper zuckte immer wieder zusammen.

„Da steht ja eine Droschke! Nehmen wir die!" wandte sich der Revieraufseher an den Polizisten und zeigte auf Nechljudows Droschke. „Heda! Fahr heran!"

„Bin besetzt", murmelte der Kutscher mürrisch.

„Das ist meine Droschke, aber Sie können sie nehmen", sagte Nechljudow. „Das Fahrgeld zahle ich", fügte er, zum Kutscher gewandt, hinzu.

„Also los!" rief der Revieraufseher. „Packt an!"

Der Polizist, die Hausknechte und der Soldat hoben den Sterbenden auf, trugen ihn zur Droschke und setzten ihn hinein. Aber er konnte sich nicht aufrecht halten: der Kopf sank nach hinten, und der ganze Körper drohte vom Sitz zu rutschen.

„Legt ihn lang auf den Boden!" schrie der Revieraufseher.

„Es geht schon, Euer Wohlgeboren, ich schaffe ihn auch so hin", sagte der Polizist, indem er sich mit seinem ganzen Gewicht neben den Sterbenden setzte und dessen Oberkörper mit seinem kräftigen rechten Arm umfaßte.

Der Begleitsoldat hob die bloßen, nur mit Filzschuhen bekleideten Füße des Gefangenen und schob sie unter den Bock.

Als sich der Revieraufseher noch einmal umwandte und auf dem Straßenpflaster die pfannkuchenförmige Mütze liegen sah, hob er sie auf und stülpte sie dem Häftling über den zurückgesunkenen nassen Kopf.

„Los, vorwärts!" kommandierte er.

Der Kutscher drehte sich wütend um, schüttelte den Kopf und fuhr, eskortiert vom Soldaten, im Schritt zum Polizeirevier. Der Kopf des Sträflings schwankte nach allen Seiten, und der neben ihm sitzende Polizist mußte immer wieder den vom Sitz gleitenden Körper hochziehen. Der neben dem Wagen gehende Soldat rückte jedesmal die Beine zurecht. Nechljudow folgte der Droschke zu Fuß.

37

Vor dem neben einem Feuerwehrdepot liegenden Polizeirevier angelangt, fuhr die Droschke mit dem Gefangenen in den Hof und hielt vor einer der Rampen.

Auf dem Hof waren einige Feuerwehrleute, die ihre Ärmel hochgekrempelt hatten, sich laut unterhielten und lachten, damit beschäftigt, ein Fahrzeug zu waschen.

Sobald die Droschke stehengeblieben war, traten einige Polizisten hinzu, packten den leblosen Körper unter den Achseln und an den Füßen und hoben ihn aus dem unter der schweren Last knarrenden Wagen.

Der Polizist, der den Häftling gebracht hatte, schwenkte, nachdem er aus der Droschke gestiegen war, seinen steif gewordenen Arm, nahm die Mütze ab und bekreuzigte sich. Die anderen Polizisten trugen den Toten ins Haus zum Obergeschoß. Nechljudow ging ihnen nach. In dem schmutzigen kleinen Zimmer, in das sie den Toten brachten, standen vier Pritschen. Auf zweien saßen Kranke in grauen Kitteln: auf der einen ein Mann mit schiefem Mund und verbundenem Hals, auf der andern ein Schwindsüchtiger. Zwei Pritschen waren unbesetzt. Auf eine davon wurde der Gefangene gelegt. Ein kleiner, schmächtiger Mann mit blitzenden Augen und unaufhörlich zuckenden Brauen näherte sich – nur mit Unterwäsche und Strümpfen bekleidet – schnellen und leisen Schrittes dem hereingebrachten Gefangenen, betrachtete ihn, sah dann Nechljudow an und brach in lautes Gelächter aus. Es war ein im Sanitätsraum des Reviers untergebrachter Irrsinniger.

„Sie wollen mir Angst einjagen“, sprudelte er hervor. „Aber das wird Ihnen nicht gelingen.“

Nach den Polizisten, die den Toten gebracht hatten, erschienen der Reviervorsteher und ein Heilgehilfe.

Der Heilgehilfe trat an den Toten heran, nahm die gelbliche, mit Sommersprossen bedeckte, noch nicht erstarrte, aber bereits leichenblasse Hand, fühlte den Puls und ließ sie dann fallen. Sie sank leblos auf den Leib des Toten nieder.

„Aus!“ sagte der Heilgehilfe und nickte, öffnete aber dennoch

– offenbar nur, um den Vorschriften Genüge zu tun – das nasse, rauhe Hemd des Toten, strich sich sein gewelltes Haar zurück und legte das Ohr auf die gelbliche, reglose hohe Brust. Alle schwiegen. Dann richtete sich der Heilgehilfe wieder auf, nickte abermals und zog zuerst das eine und dann das andere Lid über die erstarrten blauen Augen des Gefangenen.

„Ihr könnt mich nicht erschrecken, ihr könnt mich nicht erschrecken!" rief der Irrsinnige, der unaufhörlich in Richtung des Heilgehilfen ausspie.

„Nun?" fragte der Reviervorsteher.

„Was, nun?" wiederholte der Heilgehilfe. „In die Leichenkammer muß er gebracht werden."

„Sind Sie auch sicher, daß er tot ist?" fragte der Reviervorsteher.

„Soviel Erfahrung werde ich wohl haben", antwortete der Heilgehilfe, während er die offenliegende Brust des Toten wieder mit dem Herd bedeckte. „Aber ich werde Matwej Iwanowitsch holen lassen, der kann ihn auch noch untersuchen. Petrow, bitt ihn mal her!" sagte der Heilgehilfe und entfernte sich.

„Also schafft ihn in die Leichenkammer hinunter", befahl der Reviervorsteher. „Und du kommst dann ins Büro, um den Schein zu unterschreiben", wandte er sich an den Eskortesoldaten, der die ganze Zeit nicht von der Seite des Gefangenen gewichen war.

„Zu Befehl!" antwortete der Soldat.

Die Polizisten hoben den Toten auf und trugen ihn wieder die Treppe hinunter. Nechljudow wollte sich anschließen, wurde jedoch von dem Irrsinnigen aufgehalten.

„Sie gehören ja nicht zu den Verschwörern, da können Sie mir eine Zigarette geben", sagte er.

Nechljudow zog sein Etui und gab ihm eine Zigarette. Der Irre begann, die Brauen zuckend und sich überstürzend, zu erzählen, wie man ihm durch Suggestion zusetze.

„Die sind hier alle gegen mich, sie quälen und martern mich durch ihre Medien . . ."

„Entschuldigen Sie, ich habe keine Zeit", unterbrach ihn Nechljudow und ging, ohne ihn weiter anzuhören, in den Hof hinunter, um zu sehen, wohin man den Toten bringen würde.

Die Polizisten hatten mit ihrer Bürde bereits den ganzen Hof überquert und betraten gerade den Eingang zum Kellergeschoß. Nechljudow war im Begriff, ihnen zu folgen, als ihn der Reviervorsteher anhielt.

„Haben Sie hier etwas zu tun?"

„Das nicht . . ."

„Nicht, dann gehen Sie Ihrer Wege!"

Nechljudow fügte sich und ging zu seiner Droschke. Der Kutscher war eingeschlafen. Nechljudow weckte ihn und setzte die Fahrt zum Bahnhof fort.

Doch kaum war er hundert Schritt gefahren, da begegnete ihm wiederum ein Gefährt, das von einem Soldaten begleitet wurde und auf dem ein anderer offenbar schon toter Gefangener lag. Er lag rücklings auf dem Wagen, und sein kahlgeschorener Kopf, von dem die pfannkuchenförmige Mütze bis tief in das von einem schwarzen Bart umrahmte Gesicht herabgerutscht war, wurde bei jedem Stoß des Wagens hin und her gerüttelt. Der Kutscher stapfte, das Pferd lenkend, in klobigen Stiefeln neben dem Wagen her, dahinter folgte ein Polizist. Nechljudow berührte seinen Kutscher an der Schulter.

„Was die bloß anstellen!" sagte der Kutscher und hielt das Pferd an.

Nechljudow stieg aus und folgte dem Wagen, wieder an dem Feuerwehrdepot vorbeikommend, in den Hof des Polizeireviers. Die Feuerwehrleute hatten die Wagenwäsche inzwischen beendet, und statt ihrer stand jetzt ein großer, hagerer Feuerwehrmajor auf dem Hof. Eine blaugeränderte Uniformmütze auf dem Kopf und die Hände in den Taschen, musterte er mit strengem Blick einen dickhalsigen Falben, den ein Feuerwehrmann vor ihm auf und ab führte. Der Hengst hinkte auf einem Vorderbein, und der Major sagte irgend etwas in gereiztem Ton zu dem neben ihm stehenden Tierarzt.

Der Reviervorsteher stand auch dabei. Als er sah, daß wieder ein Toter gebracht wurde, ging er an den Wagen heran.

„Wo habt ihr denn den aufgelesen?" fragte er kopfschüttelnd.

„In der Alten Gorbatowskaja", antwortete der Polizist.

„Ein Gefangener?" fragte der Brandmajor.

„Jawohl!"

„Schon der zweite heute", bemerkte der Reviervorsteher.

„Ja, das sind Zustände! Und dazu noch diese Hitze", sagte der Major. Dann wandte er sich zu dem Feuerwehrmann um, der den lahmen Hengst wegführte, und rief ihm nach: „Stell ihn in den Eckverschlag! Ich werd dich Hundesohn lehren, Pferde zuschanden zu richten, die mehr kosten als so ein Gauner wie du."

Auch dieser Tote wurde von den Polizisten vom Wagen gehoben und ins Sanitätszimmer gebracht. Nechljudow folgte ihnen wie hypnotisiert.

„Wohin wollen Sie?" fragte ihn ein Polizeibeamter.

Er antwortete nicht und folgte den Polizisten, die den Toten ins Sanitätszimmer trugen.

Der Irrsinnige saß auf seiner Pritsche und rauchte gierig die von Nechljudow erhaltene Zigarette.

„Aha, Sie kommen zurück!" sagte er und brach in Gelächter aus. Als er den Toten wahrnahm, runzelte er die Stirn. „Schon wieder! Das hängt einem ja zum Halse heraus! Ich bin doch kein dummer Junge, nicht wahr?" wandte er sich lächelnd an Nechljudow.

Nechljudow betrachtete den Toten, zu dem ihm jetzt niemand mehr die Sicht versperrte und dessen vorher von der Mütze verdecktes Gesicht nun offen dalag. Im Gegensatz zu dem abstoßenden Äußeren des ersten Toten war dieser von Gesicht und Gestalt außerordentlich schön. Es war ein Mann, der in der Vollblüte seiner Kraft gestanden hatte. Trotz der entstellenden Rasur der einen Kopfhälfte wies die nicht sehr hohe Stirn, die sich über den schwarzen, nunmehr leblosen Augen wölbte, einen ebenso edlen Schnitt auf wie die schmale, leicht gebogene Nase über dem schwarzen Schnurrbärtchen. Die bereits bläulich angelaufenen Lippen waren zu einem Lächeln verzogen. Ein kurzer Bart umrahmte die untere Gesichtspartie, und von der rasierten Hälfte des Schädels hob sich ein festes, schön geformtes, kleines Ohr ab. Der Gesichtsausdruck war ruhig, streng und gütig. Ganz zu schweigen davon, daß sich schon aus dem Gesicht dieses Mannes erkennen ließ, welche Möglichkeiten geistigen Lebens durch seinen Tod zerstört worden waren, konnte man aus den feinen Gelenken der Hände und der gefesselten Füße sowie aus den starken Muskeln seiner wohlproportionierten Gliedmaßen schließen, was für ein prächtiges, starkes und gewandtes Geschöpf er gewesen war – ein in seiner Art weit vollkommeneres Produkt der Schöpfung als jener Falbe, wegen dessen lahmem Bein sich der Major so entrüstet hatte. Und doch hatte man ihn zu Tode gequält, und niemand trauerte ihm nach – weder als einem Menschen noch als einem sinnlos zugrunde gerichteten Arbeitstier. Das einzige, was sein Tod bei allen diesen Menschen hervorrief, war Ärger über die Scherereien, die ihnen dadurch entstanden, daß seine Leiche fortgeschafft werden mußte, bevor sie in Verwesung überging.

Nun erschienen der Arzt, der Heilgehilfe und der Polizeihauptmann des Rayons im Sanitätszimmer. Der Arzt, ein stämmiger, untersetzter Mann, war mit einem rohseidenen Jackett und ebensolchen, seine prallen Schenkel eng umspannenden Hosen bekleidet. Der Polizeihauptmann war ein kleiner dicker Mann, dessen kugelrundes, rotes Gesicht dadurch noch pausbackiger wirkte, daß er die Gewohnheit hatte, im Mund Luft anzusammeln und dann langsam auszustoßen. Nachdem sich der Arzt zu dem Toten auf die Pritsche gesetzt und, ebenso wie der Heilgehilfe bei dem ersten Häftling, den Puls gefühlt und das Herz abgehorcht hatte, stand er auf, glättete die Bügelfalte seiner Hose und sagte: „Der ist mausetot."

Der Polizeihauptmann sog den ganzen Mund voll Luft und stieß sie langsam wieder aus.

„Aus welchem Gefängnis kam er?" fragte er den Eskortesoldaten.

Der Soldat gab Auskunft und wies auf die Fesseln, die noch die Füße des Toten umschlossen.

„Die werde ich abnehmen lassen; an Schmieden mangelt es gottlob nicht", sagte der Polizeihauptmann und wandte sich, langsam die Luft im Mund ansammelnd und wieder ausstoßend, zur Tür.

„Wie ist das alles zu erklären?" fragte Nechljudow den Arzt.

„Was meinen Sie? Daß die Leute an Hitzschlag sterben? Na ja, wenn sie den ganzen Winter über ohne Bewegung und ohne Licht gesessen haben und dann plötzlich, zumal bei einer Hitze wie heute, der Sonne ausgesetzt werden und in einer dichten Menge marschieren, die keinen Luftzug zuläßt, dann muß man eben mit Hitzschlägen rechnen."

„Warum werden sie denn gerade bei solcher Hitze abtransportiert?"

„Nun, diese Frage müssen Sie schon an eine andere Adresse richten. Wer sind Sie übrigens?"

„Persönlich habe ich nichts damit zu tun . . ."

„Aha! Entschuldigen Sie, ich bin in Eile", sagte der Arzt und wandte sich, verärgert seine Hose zurechtziehend, den Pritschen zu.

„Na, wie steht es jetzt mit dir?" fragte er den totenblassen Mann mit dem schiefen Mund und dem verbundenen Hals.

Der Irrsinnige, der nichts mehr zu rauchen hatte, saß auf seiner Pritsche und spie in Richtung des Arztes aus.

Nechljudow ging in den Hof hinunter und begab sich an den Feuerwehrpferden, an Hühnern und an dem vor dem Tor in kupfernem Helm auf Posten stehenden Feuerwehrmann vorbei auf die Straße, weckte den wieder eingeschlummerten Kutscher seiner Droschke und fuhr zum Bahnhof.

38

Als Nechljudow auf dem Bahnhof ankam, saßen bereits sämtliche Sträflinge in den Waggons hinter vergitterten Fenstern. Auf dem Perron standen mehrere Personen, die von ihnen Abschied nehmen wollten, denen jedoch das Herantreten an den Zug verwehrt wurde. Die Eskortemannschaft war heute besonders aufgeregt. Auf dem Marsch vom Gefängnis zum Bahnhof waren außer den beiden Sträflingen, die Nechljudow gesehen hatte, noch drei weitere umgefallen und an Hitzschlag gestorben; einen hatte man, wie die beiden ersten, zum nächsten Polizeirevier gebracht, während zwei erst hier, auf dem Bahnhof, zusammengebrochen waren.* Der Grund für die Aufregung der Soldaten bestand freilich nicht darin, daß fünf Menschen der von ihnen eskortierten Kolonne vorzeitig ums Leben gekommen waren, das berührte sie nicht. Nein, in Aufregung versetzt wurden sie lediglich durch die Notwendigkeit, nun alles erledigen zu müssen, was das Gesetz für solche Fälle vorschrieb: die Toten mußten mit ihren Papieren und Sachen bei den zuständigen Stellen abgeliefert und aus dem Verzeichnis der nach Nishni zu transportierenden Sträflinge gestrichen werden. Und das war, namentlich bei der Hitze, sehr anstrengend.

Damit also war die Eskortemannschaft beschäftigt, und ehe sie das alles ausgeführt hatte, wurden Nechljudow und die anderen, die darum baten, nicht zu den Waggons gelassen. Nechljudow gelang es allerdings dennoch, bis zum Zug vorzudringen, indem er einem Unteroffizier der Eskorte einen Geldschein in die Hand drückte. Dieser Unteroffizier ließ ihn passieren und bat nur, er möge sich nicht lange am Zug aufhalten und möglichst schnell wieder beiseite treten, damit der Kommandant nichts merke. Der Zug bestand aus achtzehn Wagen, die außer dem für die Obrigkeit reservierten alle brechend voll waren. Während Nechljudow an den Fenstern der Wagen entlangging, horchte er auf die sich im Innern abspielenden Vorgänge. In allen Wagen herrschte lebhaftes Treiben, hörte man Kettengeklirr, aufgeregte Stimmen und vereinzelte Schimpfwörter, aber entgegen Nechljudows Erwartung wurde nirgends von den unterwegs zusammengebrochenen Kameraden gesprochen. Bei den meisten Gesprächen drehte es sich um das Gepäck, um Trinkwasser und um die Wahl der Plätze. Als Nechljudow einen Blick durch eins der Wagenfenster warf, bemerkte er im Mittelgang des Wagens einige Soldaten, die dabei waren, die Gefangenen von ihren Handfesseln zu befreien. Die Häftlinge hielten ihre Hände hin, einer der Soldaten öffnete mit einem Schlüssel den Kettenverschluß und nahm die Fesseln ab, und ein anderer sammelte sie ein. Nachdem Nechljudow alle Waggons mit männlichen Sträf-

* Anfang der achtziger Jahre sind an einem einzigen Tag fünf Sträflinge während ihrer Überführung aus dem Butyrkigefängnis zum Nishegoroder Bahnhof an Hitzschlag gestorben. (Anm. d. Verf.)

lingen abgeschritten hatte, kam er zu den Wagen mit weiblichen. Aus dem zweiten war das anhaltende Stöhnen und Jammern einer Frau zu hören: „Oh, du mein Gott! Oh, du mein Gott!"

Nechljudow ging vorüber und trat, von einem der Eskortesoldaten hingewiesen, an ein Fenster des dritten. Als er sich mit dem Gesicht dem Fenster näherte, schlug ihm heiße, von dem penetranten Geruch menschlicher Ausdünstungen durchdrungene Luft entgegen, und er hörte ein lautes Durcheinander weiblicher Stimmen. Auf allen Bänken saßen, teils in Kitteln, teils in Jacken, die Frauen mit erhitzten, schwitzenden Gesichtern und unterhielten sich lebhaft. Das vor dem Gitter auftauchende Gesicht Nechljudows erregte sofort ihre Aufmerksamkeit. Die nächstsitzenden Frauen brachen die Gespräche ab und rückten näher heran. Die Maslowa saß ohne Kittel und Kopftuch in einer Jacke am gegenüberliegenden Fenster. Neben ihr, näher zum Mittelgang, saß die zarte, immer lächelnde Fedossja. Als sie Nechljudow erkannte, stieß sie die Maslowa an und zeigte auf das Fenster. Die Maslowa stand sofort auf, warf das Kopftuch über ihr schwarzes Haar und kam mit schwitzendem, vor Freude noch mehr errötendem Gesicht lächelnd ans Fenster.

„Es ist heiß", sagte sie glückselig lächelnd, während sie mit den Fingern die Gitterstäbe umklammerte.

„Haben Sie die Sachen bekommen?"

„Danke, ja, ich habe alles bekommen."

„Brauchen Sie vielleicht sonst noch etwas?" fragte Nechljudow, der bei der dem Waggon entströmenden Hitze das Gefühl hatte, vor einem glühenden Ofen zu stehen.

„Nein, danke, ich brauche nichts."

„Höchstens was zu trinken", meinte Fedossja.

„Ja, was zu trinken, das wäre schön", stimmte die Maslowa zu.

„Gibt es denn im Wagen kein Wasser?"

„Hingestellt war welches, aber das ist schon ausgetrunken."

„Ich werde gleich einen der Begleitsoldaten bitten, Wasser zu besorgen", sagte Nechljudow. „Bis Nishni werden wir uns nun nicht mehr sehen."

„Bis Nishni? Fahren Sie denn auch?" fragte die Maslowa, als wüßte sie es nicht, und sah ihn glückstrahlend an.

„Ja, mit dem nächsten Zug.“

Die Maslowa sagte nichts mehr und stieß nach einigen Sekunden nur einen tiefen Seufzer aus.

„Ist es denn wahr, gnädiger Herr, daß man zwölf von den Gefangenen zu Tode geschunden hat?“ wandte sich eine alte, finster dreinschauende Frau mit tiefer, derber Stimme an Nechljudow.

Es war die Korabljowa.

„Von zwölf habe ich nichts gehört. Ich habe zwei gesehen“, antwortete Nechljudow.

„Es sollen zwölf sein, wird erzählt. Soll ihnen das denn ungestraft durchgehen, diesen Satansbrüdern?“

„Ist vielleicht auch jemand von den weiblichen Gefangenen erkrankt?“ erkundigte sich Nechljudow.

„Nein, wir Frauensleute halten mehr aus“, sagte lachend eine kleine Gefangene. „Aber eine muß ausgerechnet jetzt niederkommen. Da jammert sie nun“, fügte sie hinzu und zeigte auf den Nebenwaggon, aus dem immer noch das Stöhnen kam, das Nechljudow schon zuvor gehört hatte.

„Sie fragen, ob was gebraucht wird“, sagte die Maslowa, nur mühsam ein freudiges Lächeln unterdrückend. „Geht es nicht, daß man die Gebärende von drüben zurückläßt? Sie quält sich so. Vielleicht können Sie sich an den Offizier wenden.“

„Ja, ich werde es tun.“

„Und noch eine Bitte“, fuhr sie fort und wies mit dem Kopf auf die lächelnde Fedossja. „Könnte sie nicht schnell mal ein paar Worte mit Taras, ihrem Mann, sprechen? Er fährt doch zusammen mit Ihnen?“

„Mit den Gefangenen zu sprechen ist nicht erlaubt, Herr!“ ertönte die Stimme eines Unteroffiziers. Es war nicht der, von dem Nechljudow durchgelassen worden war.

Nechljudow trat vom Zug zurück und machte sich auf die Suche nach dem Eskorteführer, um mit ihm wegen der Gebärenden und wegen Taras zu sprechen; aber er suchte lange vergebens und konnte auch von den Soldaten keine klare Auskunft erhalten. Sie waren alle in großer Eile: die einen führten einen Sträfling irgendwohin, andere kauften schnell noch Proviant ein und verstauten ihre Sachen in den Wagen, noch andere bemühten sich um eine mit dem Eskorteoffizier reisende Dame und beantworteten nur unwillig Nechljudows Fragen.

So entdeckte Nechljudow den Eskorteoffizier erst nach dem zweiten Glockenzeichen. Er stand auf dem Perron, wischte mit der Hand seinen über den Mund hängenden Schnurrbart ab und machte, die Schultern hochziehend, dem Feldwebel irgendwelche Vorhaltungen.

„Was suchen Sie hier eigentlich?“ fragte er Nechljudow.

„Unter den Gefangenen im Zug befindet sich eine Gebärende, und da meinte ich, daß man sie ...“

„Na, soll sie niederkommen. Das Weitere wird sich finden“, sagte der Eskorteoffizier und stieg, energisch seine kurzen Arme schwenkend, in den für ihn reservierten Wagen.

Jetzt ging der Schaffner mit einer Pfeife in der Hand den Perron entlang; das letzte Glockenzeichen ertönte, dann ein Pfiff, und unter den zum Geleit erschienenen Personen auf dem Perron und in den Wagen mit den weiblichen Gefangenen wurde Schluchzen und Jammern laut. Nechljudow stand mit Taras auf dem Perron und beobachtete, wie die Wagen vorüberrollten, hinter deren vergitterten Fenstern kahlgeschorene Männerköpfe hervorschauten. Anschließend folgte der erste Wagen, in dessen Fenstern man Frauen teils mit, teils ohne Kopftücher sah; dann kam der zweite Wagen, in dem nach wie vor das Stöhnen der Gebärenden zu hören war, und nun auch der dritte, in dem sich die Maslowa befand. Sie stand mit anderen zusammen am Fenster und lächelte Nechljudow, als sie ihn erblickte, wehmütig zu.

39

Bis zum Abgang des Zuges, mit dem Nechljudow fahren wollte, waren es noch zwei Stunden. Seine ursprüngliche Absicht, in der Zwischenzeit noch seine Schwester zu besuchen, gab er auf, weil er sich nach den Eindrücken des Vormittags zu zermürbt und innerlich aufgewühlt fühlte. Er ging in den Wartesaal erster Klasse, setzte sich auf ein Sofa und wurde von solcher

Müdigkeit übermannt, daß er sich auf die Seite legte, die Hand unter die Wange schob und im Nu einschlief.

Geweckt wurde er von einem Kellner mit einer Nummer am Frack und einer Serviette unter dem Arm: „Mein Herr, mein Herr, sind Sie Fürst Nechljudow? Eine Dame sucht Sie."

Nechljudow fuhr auf, rieb sich die Augen und versuchte sich zu erinnern, wo er sich befand und was er vormittags erlebt hatte.

Er sah wieder die marschierenden Gefangenen, die Toten, die vergitterten Eisenbahnwagen und die darin eingeschlossenen Frauen, von denen eine hilflos den Qualen ihrer Niederkunft preisgegeben war und eine andere ihm wehmütig durch das Fenstergitter zulächelte. In Wirklichkeit jedoch sah er ganz andere Dinge vor sich: Flaschen, Vasen, Kandelaber und Geschirr auf einem Tisch, an dem dienstbeflissene Kellner hin und her eilten, und im Hintergrund des Saales sah er vor einem Glasschrank den hinter Fruchtschalen und Flaschen stehenden Büfettier sowie die Rücken der ans Büfett herangetretenen Reisenden.

Nachdem sich Nechljudow wieder aufrecht hingesetzt und seine Gedanken gesammelt hatte, fiel ihm auf, daß alle im Saal Anwesenden gespannt zur Tür blickten. Als er ebenfalls hinsah, nahm er dort eine ganze Prozession wahr, an deren Spitze auf einem Sessel eine Dame getragen wurde, deren Kopf ein luftiger Schleier verhüllte. Der vorderste Träger des Sessels war ein livrierter Diener, der Nechljudow bekannt vorkam, und den hinteren, der eine betreßte Portiermütze aufhatte, glaubte er auch schon gesehen zu haben. Dem Sessel folgte eine fesche beschürzte Zofe mit eingedrehten Löckchen, die ein Bündel, ein Lederfutteral mit einem runden Gegenstand und mehrere Schirme trug. Anschließend kam, die Brust steif vorgestreckt und eine sportliche Reisemütze auf dem Kopf, Fürst Kortschagin mit seiner herunterhängenden Unterlippe und dem apoplektischen Hals, und hinter dem Fürsten kamen Missy, ihr Vetter Mischa und, wie immer strahlend und gut aufgelegt, der Nechljudow bekannte langhalsige Diplomat Osten mit seinem vorstehenden Adamsapfel. Er schien der lächelnden Missy sehr anschaulich eine spaßige Geschichte zu erzählen. Als letzter kam der Arzt, der mürrisch dreinschauend eine Zigarette rauchte.

Die Kortschagins waren im Begriff, von ihrem in der Nähe der Stadt liegenden Landsitz zur Schwester der Fürstin auf ihr Gut an der Nishegoroder Bahnstrecke zu übersiedeln.

Die aus den Trägern, der Zofe und dem Arzt bestehende Prozession, die allgemeines Aufsehen erregte und von allen ehrerbietig bestaunt wurde, begab sich ins Damenzimmer. Der alte Fürst setzte sich an einen Tisch, rief sofort einen Kellner und gab ihm seine Wünsche bekannt. Missy und Osten blieben ebenfalls im Speisesaal stehen und wollten sich eben setzen, als sie eine Bekannte erblickten und ihr entgegengingen. Es war Natalja Iwanowna, die in Begleitung von Agrafena Petrowna in den Wartesaal kam und sich nach allen Seiten suchend umsah. Als sie Nechljudow und Missy fast gleichzeitig erblickte, trat sie zuerst an Missy heran und begrüßte den Bruder zunächst nur mit einem Kopfnicken; doch nachdem sie Missy geküßt und mit ihr ein paar Worte gewechselt hatte, kam sie auf ihn zu.

„Endlich habe ich dich gefunden“, sagte sie.

Nechljudow stand auf, begrüßte Missy, Mischa und Osten und blieb im Gespräch mit ihnen stehen. Missy erzählte ihm, daß bei ihnen auf dem Gut das Wohnhaus gebrannt habe und sie daher für eine Zeit zu ihrer Tante übersiedelten. Osten gab aus diesem Anlaß eine drollige Anekdote über Brände zum besten.

Nechljudow hörte ihm nicht zu und wandte sich an die Schwester:

„Ich freue mich, daß du gekommen bist.“

„Ich bin schon eine ganze Weile hier. Wir beide ...“ – sie zeigte auf Agrafena Petrowna, die, um nicht zu stören, in Hut und wetterfestem Mantel etwas abseits stehengeblieben war und Nechljudow von dort mit gemessener Würde zunickte –, „wir beide haben dich überall gesucht.“

„Ja, ich war hier eingeschlafen. Wie freue ich mich, daß du gekommen bist“, sagte er noch einmal. „Ich hatte schon einen Brief an dich angefangen ...“

„Einen Brief?“ fragte sie erschrocken. „Weswegen denn?“

Als Missy wahrnahm, daß sich zwischen Bruder und Schwester ein intimes Gespräch entspann, trat sie mit ihren Kavalieren beiseite, und Nechljudow setzte sich mit der Schwester auf ein am Fenster stehendes Plüschsofa neben ein Plaid und etliche Schachteln, die ein Reisender dort abgelegt hatte.

„Nachdem ich gestern von euch weggegangen war, wäre ich beinahe noch einmal zurückgekommen, um mich zu entschuldigen, aber ich war im Zweifel, wie dein Mann es aufnehmen würde“, sagte Nechljudow. „Es war nicht schön von mir, mit ihm so schroff zu sprechen, und das bedrückte mich nachträglich sehr.“

„Ich wußte es, ich war überzeugt, daß du ihn nicht kränken wolltest“, sagte die Schwester. „Du weißt ja ...“

Die Tränen traten ihr in die Augen, und sie faßte nach seiner Hand. Der Satz blieb unvollendet, aber er begriff sofort, was sie sagen wollte, und war gerührt. Sie wollte sagen, daß sie, unbeschadet der Liebe, die sie für ihren Mann empfand und von der sie völlig beherrscht war, auch ihn, den Bruder, innig und von ganzem Herzen liebte und daß sie unter jeder Trübung ihres beiderseitigen Verhältnisses schwer litt.

„Ich danke dir, hab Dank ... Ach, was ich heute gesehen habe“, fügte er, sich plötzlich des zweiten toten Häftlings erinnernd, hinzu. „Zwei Häftlinge hat man hingemordet.“

„Hingemordet?“

„Ja, hingemordet. Sie mußten bei dieser Hitze zum Abtransport hierhermarschieren. Zwei wurden vom Hitzschlag getroffen und sind gestorben.“

„Was du sagst! Wann? Heute? Jetzt eben?“

„Ja, jetzt eben. Ich habe ihre Leichen gesehen.“

„Aber wieso hat man sie hingemordet? Von wem sind sie denn hingemordet?“

„Von denen, die sie zu diesem Marsch gezwungen haben“, antwortete Nechljudow gereizt, der merkte, daß die Schwester auch diesen Fall mit den Augen ihres Mannes sah.

„Oh, mein Gott!“ sagte, inzwischen näher herangekommen, Agrafena Petrowna.

„Ja, wir haben nicht die geringste Vorstellung davon, was mit diesen unglücklichen Menschen angestellt wird. Aber man muß es wissen", fügte Nechljudow mit einem Blick auf den alten Fürsten hinzu, der mit vorgebundener Serviette am Tisch bei einer Bowle saß und gerade zu ihm herübersah.

„Nechljudow", rief er, „wollen Sie sich auch erfrischen? Für die Reise tut das gut."

Nechljudow dankte und wandte sich ab.

„Und was gedenkst du weiter zu tun?" fragte Natalja Iwanowna.

„Was in meiner Macht steht. Was, das weiß ich noch nicht, aber ich fühle, ich muß etwas tun. Und was mir möglich ist, werde ich auch tun."

„Ja, ja, das kann ich verstehen. Und wie ist es mit jenen dort?" fragte sie und deutete mit den Augen lächelnd auf Kortschagin. „Hast du mit ihnen endgültig gebrochen?"

„Ja, endgültig, und ich glaube, zur beiderseitigen Zufriedenheit."

„Schade. Missy tut mir leid. Ich habe sie sehr gern. Doch das ist eine Sache für sich. Aber warum willst du dich binden?" fragte sie zaghaft. „Wozu machst du diese Reise?"

„Ich mache sie, weil es sein muß", antwortete Nechljudow brüsk, als ob er das Gespräch nicht fortzusetzen wünsche.

Doch schon im nächsten Augenblick tat es ihm leid, daß er schroff zu seiner Schwester gewesen war. Warum soll ich ihr nicht offen sagen, was ich denke? fragte er sich. Und Agrafena Petrowna mag es auch ruhig hören, fügte er in Gedanken hinzu, als sein Blick auf die alte Haushälterin fiel. Die Anwesenheit Agrafena Petrownas spornte ihn sogar an, der Schwester nochmals seinen Entschluß auseinanderzusetzen.

„Du sprichst von meiner Absicht, Katjuscha zu heiraten? Ich war in der Tat entschlossen, sie zu heiraten, aber sie lehnt es beharrlich und mit aller Entschiedenheit ab", sagte er – wie immer, wenn er davon sprach – mit bebender Stimme. „Sie will kein Opfer von mir, während sie selbst ein Opfer bringt, das für sie, in ihrer Lage, sehr viel bedeutet und das ich nicht annehmen kann, weil es vielleicht einer augenblicklichen Eingebung entspringt. Deshalb werde ich ihr überallhin nachreisen, wohin man sie bringt, und bei ihr bleiben, um ihr, soweit es in meinen Kräften steht, zu helfen und ihr Los zu erleichtern."

Die Schwester antwortete nichts. Agrafena Petrowna sah Natalja Iwanowna fragend an und schüttelte den Kopf. In diesem Augenblick kehrte die Prozession mit der Fürstin aus dem Damenzimmer zurück. Der Sessel, auf dem sie saß, wurde wieder von dem schönen Diener Filipp und dem Kortschaginschen Portier getragen. Sie ließ die Träger halten, winkte Nechljudow heran und reichte ihm mit kläglicher Miene – besorgt, er könnte sie zu kräftig drücken – ihre blutleere, beringte Hand.

„Epouvantable, diese Hitze!" sagte sie. „Ich ertrage das nicht. Ce climat me tue." Nachdem sie noch einige weitere Bemerkungen über das abscheuliche Klima in Rußland gemacht und Nechljudow aufgefordert hatte, sie zu besuchen, gab sie den Trägern ein Zeichen weiterzugehen.

„Ich erwarte Sie also bestimmt", fügte sie, ihr langes Gesicht Nechljudow zuwendend, noch hinzu, als die Träger sich bereits in Bewegung gesetzt hatten.

Nechljudow begab sich auf den Perron.

Die Prozession mit der Fürstin bog nach rechts ab, zu den Wagen erster Klasse, während Nechljudow mit dem Gepäckträger, dem er seine Koffer übergeben hatte, und mit Taras, der sein Reisebündel selbst trug, nach links ging.

„Da siehst du meinen Reisegefährten", sagte Nechljudow zur Schwester und zeigte auf Taras, von dessen Geschick er ihr schon früher erzählt hatte.

„Willst du wirklich dritter Klasse fahren?" fragte Natalja Iwanowna, als Nechljudow vor einem Wagen dritter Klasse stehenblieb, in den Taras und der Gepäckträger mit den Koffern eingestiegen waren.

„Ja, das ist für mich am bequemsten, weil ich Taras bei mir habe", antwortete Nechljudow. „Was ich übrigens noch sagen wollte: In Kusminskoje habe ich das Land bis jetzt noch nicht an die Bauern abgetreten, so daß es im Falle meines Todes deine Kinder erben würden."

„Hör auf, Dmitri!" sagte Natalja Iwanowna.

„Für den Fall aber, daß ich es doch noch abtrete, kann ich dir versichern, daß alles übrige, was ich besitze, ihnen zufallen wird. Denn ich werde kaum heiraten, und selbst wenn ich es tue, werde ich keine Kinder haben, so daß ..."

„Dmitri, ich bitte dich, sprich nicht so", sagte Natalja Iwanowna, obwohl Nechljudow ihr deutlich ansah, daß sie über das, was er sagte, erfreut war.

Vorn, vor der ersten Klasse, standen noch ein paar Leute, die auf den Wagen blickten, in den die Fürstin Kortschagin hineinbefördert worden war. Alle andern hatten den Zug bereits bestiegen. Einige verspätete Reisende kamen atemlos über die knarrenden Bretter des Perrons gelaufen, die Schaffner schlugen die Türen zu, forderten die Passagiere auf, ihre Plätze einzunehmen, und veranlaßten die zu ihrer Verabschiedung Erschienenen, den Zug zu verlassen.

Nechljudow betrat den von der Sonne durchglühten, muffigen Wagen und ging sofort auf die Plattform hinaus.

Natalja Iwanowna, die in modernem Hut und Umhang mit Agrafena Petrowna vor dem Wagen stand, suchte offensichtlich nach einem Gesprächsstoff, fand aber keinen. Sie konnte nicht einmal sagen: Ecrivez!, denn über diese abgeschmackte, bei Abschiedsszenen übliche Redensart hatten sie und ihr Bruder sich früher immer lustig gemacht. Das kurze Gespräch über finanzielle Dinge und über die Erbschaft hatte die sich eben wieder anbahnenden liebevoll-geschwisterlichen Beziehungen im Nu zerstört und einer gegenseitigen Entfremdung Platz gemacht. Natalja Iwanowna war daher froh, als sich der Zug endlich in Bewegung setzte und sie dem Bruder nur noch zuzunicken und mit wehmütig-zärtlicher Miene zuzurufen brauchte: „Nun, dann lebe wohl, Dmitri, lebe wohl!", und sobald der Zug in der Ferne verschwunden war, dachte sie darüber nach, wie sie das Gespräch mit dem Bruder ihrem Mann wiedergeben würde, und ihr Gesicht nahm einen ernsten und besorgten Ausdruck an.

Ähnlich erging es auch Nechljudow. Obgleich er der Schwester von ganzem Herzen zugetan war und nie etwas vor ihr verbarg, fiel ihm der Umgang mit ihr jetzt schwer; er fühlte sich befangen und hatte auch bei der Abreise den Wunsch, das Gespräch mit ihr möge bald enden. Er fühlte, daß es jene Natascha, die ihm einst so nahegestanden, nicht mehr gab, sondern nur noch die Sklavin eines ihm widerwärtigen behaarten Mannes, mit dem er nichts gemein hatte. Er hatte es besonders daran gemerkt, daß sich ihr Gesicht immer nur dann belebte, wenn er von Dingen sprach, die ihren Mann interessierten, wie zum Beispiel von der Aufteilung des Landes unter die Bauern oder von der Erbschaft. Und das stimmte ihn traurig.

40

Die Luft in dem großen, den ganzen Tag über von der Sonne durchglühten und mit Menschen überfüllten Wagen dritter Klasse war dermaßen stickig, daß Nechljudow gar nicht hineingehen mochte, sondern auf der Plattform stehenblieb. Doch auch hier war es drückend schwül, und erst als der Zug aus der Stadt ins Freie gelangt war und von einem frischen Wind umfangen wurde, atmete Nechljudow aus voller Brust auf.

Ja, man hat sie hingemordet! wiederholte er in Gedanken die Worte, die er vorhin zur Schwester gesagt hatte. Und in seiner Erinnerung wurde unter all den Eindrücken des heutigen Tages mit besonderer Deutlichkeit das schöne Antlitz des zweiten Toten lebendig – mit den zu einem Lächeln gewölbten Lippen, dem strengen Schnitt der Stirn und dem kleinen festen Ohr unterhalb des rasierten, bläulich schimmernden Schädels. Und am fürchterlichsten ist dabei – dachte Nechljudow –, daß er gemordet wurde, ohne daß jemand weiß, wer den Mord verübt hat. Den Marsch zum Bahnhof hat er, wie auch alle andern Häftlinge, auf Anordnung von Maslennikow angetreten. Maslennikow hat wahrscheinlich in der üblichen Weise seine Verfügungen getroffen, hat dann unter ein Aktenstück mit gedrucktem Kopf seine lächerlich verschnörkelte Unterschrift gesetzt und wird sich natürlich nicht im entferntesten für schuldig halten. Noch weniger braucht sich der Gefängnisarzt, der die Häftlinge untersucht hat, schuldig zu fühlen. Er hat gewissenhaft seine Pflicht erfüllt, indem er die Schwachen aussonderte, und konnte weder diese entsetzliche Hitze noch den Umstand voraussehen, daß man die Gefangenen erst in der heißesten Tageszeit und in so gedrängter Masse abtransportieren würde. Der Inspektor? Nun, der Inspektor ist nur der Vorschrift nachgekommen, laut der zum festgesetzten Termin soundso viele Zwangsarbeiter, Verbannte, Männer und Frauen, in Marsch gesetzt werden sollten. Ebensowenig Schuld trifft den Eskorteführer, dessen Obliegenheit lediglich darin besteht, an Hand einer Liste soundso viele Gefangene in Empfang zu nehmen und die gleiche Anzahl am Bestimmungsort abzuliefern. Er hat die Kolonne in der gewohnten, vorgeschriebenen Weise geführt und konnte nicht voraussehen, daß zwei so kräftige Männer wie die beiden Häftlinge, die ich gesehen habe, den Anstrengungen nicht gewachsen sein und tot zusammenbrechen würden. Somit ist niemand schuld, aber die Leute sind tot und, wie man es auch drehen mag, dennoch von jenen getötet worden, von denen keiner im einzelnen ihren Tod verschuldet hat.

Das kommt daher, dachte Nechljudow weiter, weil alle diese Leute – Gouverneure, Inspektoren, Revieraufseher und Polizisten – der Meinung sind, daß es Umstände gibt, unter denen menschliches Verhalten zu den Mitmenschen nicht mehr Pflicht sei. Denn jeder von diesen Leuten, sei es Maslennikow, der Inspektor oder der Eskorteoffizier, hätte sich – wäre er nicht Gouverneur, Inspektor, Offizier gewesen – wohl zwanzigmal überlegt, ob man die Gefangenen bei dieser Hitze und in so dichter Menge in Marsch setzen könne; er hätte unterwegs zwanzigmal haltgemacht und, wenn er sah, daß jemand erschöpft war und zusammenzubrechen drohte, ihn aus der Menge heraus in den Schatten geleitet, ihm Wasser gegeben und sich erholen lassen, oder er hätte, wenn schon ein Unglück geschah, sein Mitgefühl geäußert. Sie taten es nicht, ja sie hinderten sogar andere, es zu tun, weil sie in den Gefangenen nicht Menschen sahen, vor denen sie Pflichten zu erfüllen hatten, sondern weil sie ausschließlich an ihr Amt und die sich daraus ergebenden Pflichten dachten, die sie höher stellten als die Gebote der Menschlichkeit. So erklärt sich alles, dachte Nechljudow. Würde man es als zutreffend anerkennen, daß irgendwelche Pflichten – und sei es auch nur für eine Stunde und in einem einzelnen, außergewöhnlichen Fall – wichtiger seien als die der Menschenliebe, dann könnte jeder ein noch so schweres Verbrechen an seinen Mitmenschen verüben, ohne sich dabei schuldig zu fühlen.

Nechljudow war so in seine Gedanken vertieft, daß er nicht gemerkt hatte, wie das Wetter umgeschlagen war. Die Sonne war hinter einer zerklüfteten, tief am Himmel hängenden Wolke verschwunden, und am westlichen Horizont zog eine dichte hellgraue Wolke auf, die sich in der Ferne bereits in einem schräg niedergehenden Regenguß über den Feldern und Wäldern entlud. Von der Wolke ging der feuchte Geruch nach Regen aus, Blitze durchzuckten sie von Zeit zu Zeit, und in das Dröhnen des Zuges mischte sich immer häufiger und häufiger das Rollen von Donnerschlägen. Die Wolke rückte schnell näher, und die vom Wind getriebenen Regentropfen begannen seitlich auf die Plattform und auf Nechljudows Mantel niederzuprasseln. Nechljudow ging auf die andere Seite, atmete den feucht-frischen Geruch der fruchtbaren, schon lange nach Regen lechzenden Erde ein und blickte auf die vorüberhuschenden Gärten und Wälder, auf die reifenden Roggenfelder, die noch grünen Streifen des Hafers und die schwarzen Furchen zwischen den dunkelgrünen, blühenden Kartoffelstauden. Alles nahm eine intensivere Färbung an: das Grün erschien grüner, das Gelb gelber, das Schwarz schwärzer.

„Noch mehr! Noch mehr!" sagte Nechljudow vor sich hin, während er sich über die unter dem wohltuenden Regen auflebenden Gärten, Felder und Gemüseäcker freute.

Der Platzregen hielt nicht lange an. Die Wolke hatte sich zum Teil entladen, zum Teil war sie weitergezogen, und die letzten kleinen Regentropfen fielen senkrecht auf die durchnäßte Erde. Die Sonne blickte wieder hervor, alles ringsum erglänzte, und im Osten wölbte sich über dem Horizont ein nicht hoher, aber durch seine vorherrschend violetten Farbtöne ungemein leuchtender Regenbogen, der nur an einem Ende etwas blasser war.

Ja, woran habe ich gleich gedacht? überlegte Nechljudow, nachdem sich alle diese Umwandlungen in der Natur vollzogen hatten und der Zug in eine von hohen Abhängen umgebene

Schlucht hinabfuhr ... Ja, ich dachte daran, daß alle diese Leute, wie der Inspektor, der Eskorteoffizier, die verschiedenen Beamten – von Natur aus meist biedere, gutmütige Menschen –, erst durch ihren Dienst hartherzig geworden sind.

Er erinnerte sich der Gleichgültigkeit Maslennikows, als er ihm von den Zuständen im Gefängnis erzählt hatte, an die Strenge des Inspektors, die Grausamkeit des Eskorteoffiziers, der gebrechlichen Sträflingen das Mitfahren auf den Wagen verweigerte und den es kaltließ, daß sich eine Frau im Zuge mit Geburtswehen quälte. Alle diese Leute, dachte er, sind nur deshalb den elementarsten Regungen menschlichen Mitgefühls unzugänglich, weil ihr Dienst es von ihnen fordert. In ihrer Eigenschaft als Beamte sind sie gegen Gefühle der Menschenliebe ebenso abgekapselt wie die gepflasterte Erde gegen den Regen, dachte er mit einem Blick auf das zur Schlucht führende und mit verschiedenfarbigen Steinen gepflasterte Gefälle, wo das Regenwasser nicht in die Erde eindrang, sondern in kleinen Bächen herabrieselte. Vielleicht ist es notwendig, solche Gefälle zu pflastern, doch bleibt es dennoch schmerzlich, die ihrer Fruchtbarkeit beraubte Erde zu sehen, die in gleicher Weise Getreide, Gras, Sträucher und Bäume hervorbringen könnte wie das Land weiter oben. Und ebenso verhält es sich mit den Menschen, dachte Nechljudow weiter. Mag sein, daß alle diese Gouverneure, Inspektoren und Polizisten wirklich nötig sind, aber dennoch ist es grauenvoll, Leute zu sehen, denen die elementarsten menschlichen Gefühle – Nächstenliebe und Mitleid mit anderen – fremd sind.

Alles liegt daran, dachte Nechljudow, daß diese Menschen etwas für recht ansehen, was rechtswidrig ist, und nicht die ewigen, unabänderlichen Gebote als recht anerkennen, die den Menschen von Gott selbst in die Herzen geschrieben wurden. Deshalb fällt mir der Umgang mit diesen Menschen so schwer. Mir graut einfach vor ihnen. Diese Leute sind wirklich grauenerregend, schlimmer als Räuber. Ein Räuber kann immerhin einmal Mitleid empfinden, während diese Menschen dazu unfähig sind: gegen Anwandlungen von Mitleid sind sie ebenso gefeit wie diese Steine gegen jegliche Vegetation. Das eben ist an ihnen schrecklich. Es heißt immer, Menschen wie Pugatschow, wie Rasin seien grausam gewesen, allein diese sind tausendfach grausamer. Wenn man, setzte Nechljudow seine Grübeleien fort, die psychologische Aufgabe zu lösen hätte, wie es zu erreichen sei, daß Menschen unseres Zeitalters – Christen, humane, an sich gutmütige Menschen – die abscheulichsten Verbrechen begehen können, ohne sich schuldig zu fühlen, dann gäbe es hierauf nur eine einzige Antwort: diese gutmütigen, humanen Menschen müssen zu Gouverneuren, Inspektoren, Offizieren, Polizeibeamten ernannt und zu der Überzeugung gebracht werden, daß man in Ausübung des sogenannten Staatsdienstes seine Mitmenschen, so wie es jetzt geschieht, gleich toten Gegenständen behandeln darf, ohne so etwas wie Nächstenliebe für sie zu empfinden, und außerdem muß ihre Tätigkeit in diesem Dienst so verschachtelt sein, daß die Verantwortung für die Folgen ihrer Menschenschinderei auf keinen einzelnen fällt. Einzig unter diesen Voraussetzungen sind in unserem Zeitalter solche Grausamkeiten möglich, wie ich sie heute gesehen habe. Und das liegt ausschließlich daran, daß die Menschen glauben, es gäbe Umstände, unter denen es statthaft sei, andere Menschen lieblos zu behandeln; doch solche Umstände gibt es nicht. Wohl kann man Gegenstände lieblos behandeln, indem man, ohne etwas dabei zu empfinden, Bäume fällt, Ziegel brennt oder Eisen schmiedet; aber mit Menschen darf man ebensowenig lieblos umgehen, wie man Bienen nicht unvorsichtig behandeln darf. Das ist durch die Eigenart der Bienen bedingt; ginge jemand mit ihnen unvorsichtig um, würde er ihnen und sich selbst schaden. Dasselbe trifft auf Menschen zu. Und es kann auch gar nicht anders sein, denn Nächstenliebe ist das Grundgesetz menschlichen Zusammenlebens. Gewiß, ein Mensch kann sich nicht zur Liebe zwingen, wie er sich zur Arbeit zwingen kann, aber daraus folgt noch nicht, daß er seine Mitmenschen lieblos behandeln darf – besonders dann nicht, wenn er Forderungen an sie stellt. Wer keine Liebe zu seinen Mitmenschen empfindet, dachte Nechljudow, der soll sich zurückhalten; er mag sich mit seiner eigenen Person und allen möglichen Dingen beschäftigen, nur nicht mit anderen Menschen. So wie jemand erst dann ohne Schaden und mit

Nutzen essen kann, wenn er Appetit hat, kann man auch erst dann ohne Schaden und mit Nutzen mit seinen Mitmenschen umgehen, wenn man Liebe zu ihnen empfindet. Erlaubt sich jemand, auch nur einmal mit Menschen so lieblos umzugehen, wie ich es gestern mit meinem Schwager getan habe, dann gibt es keine Grenzen mehr für die bestialischsten Grausamkeiten, die ich heute gesehen habe, und keine Grenzen für die eigenen Leiden, was ich aus meinem ganzen Leben erfahren habe. Ja, das ist gewiß, dachte Nechljudow. Wie schön, wie schön! fügte er in Gedanken hinzu, während er einen zweifachen Genuß empfand: die Abkühlung nach der verzehrenden Hitze und das Bewußtsein, den höchsten Grad von Klarheit in einer ihn seit langem beschäftigenden Frage erlangt zu haben.

41

Der Wagen, in dem Nechljudow einen Platz belegt hatte, war zur Hälfte besetzt. Unter den Reisenden befanden sich Dienstboten, Handwerker, Fabrikarbeiter, Fleischer, Juden, Angestellte, Arbeiterfrauen, ein streng dreinblickender Herr mit einer Kokarde an der schwarzen Mütze und zwei Damen: eine junge und eine schon ältere mit Armbändern an dem entblößten Arm. Nach dem ersten Ansturm auf die Plätze hatten sich alle beruhigt und saßen friedlich da; man knackte Sonnenblumenkerne, rauchte Zigaretten, war mit den Nachbarn ins Gespräch gekommen.

Taras, der mit strahlendem Gesicht rechts vom Mittelgang saß und neben sich einen Platz für Nechljudow frei hielt, unterhielt sich lebhaft mit einem ihm gegenübersitzenden kräftigen Mann in aufgeknöpftem Tuchrock – einem Gärtner, wie Nechljudow alsbald erfuhr, der unterwegs war, eine Stelle anzutreten. Auf dem Weg zu seinem Platz blieb Nechljudow im Mittelgang neben einem weißbärtigen, würdevoll aussehenden Greis in langem Nankingrock stehen, der sich mit einer ländlich gekleideten jungen Frau unterhielt. Ein siebenjähriges Mädchen mit semmelblonden Zöpfchen, das in einem ärmellosen Kleidchen neben der

Frau saß, baumelte mit den Beinen und kaute ununterbrochen Sonnenblumenkerne. Als der Alte Nechljudow neben sich stehen sah, nahm er – er saß allein auf der lackierten Bank – die Schöße seines Rockes zusammen und sagte freundlich: „Bitte, setzen Sie sich!"

Nechljudow dankte und setzte sich neben ihn, worauf die Bäuerin das unterbrochene Gespräch wieder aufnahm. Sie kam von ihrem Mann zurück, den sie in der Stadt besucht hatte, und erzählte, wie er sich über ihren Besuch gefreut hatte.

„In der Butterwoche, da hab ich ihn schon mal besucht, und jetzt war ich mit Gottes Hilfe wieder dort", sagte sie. „Das nächste Mal fahr ich, so Gott will, zu Weihnachten hin."

„Das ist recht", sagte der Alte mit einem Seitenblick auf Nechljudow. „In der Stadt kommt eine junge Mannsperson leicht auf Abwege, wenn man nicht ab und zu nach ihm sieht."

„Nein, Großväterchen, da brauch ich bei meinem nicht bange zu sein. Der hat keine Dummheiten im Kopf, er ist schüchtern wie ein unschuldiges Mädchen. Seinen Verdienst schickt er bis auf die letzte Kopeke nach Haus. Und über sein Töchterchen hat er sich so gefreut, so gefreut, wie ich es gar nicht sagen kann", fügte die Bäuerin lächelnd hinzu.

Das Mädchen, das unentwegt die Schlauben der zerkauten Sonnenblumenkerne ausspie, hörte der Mutter zu und blickte, gleichsam die Worte bestätigend, den Alten und Nechljudow mit ihren klugen Augen ruhig an.

„Nun, wenn er vernünftig ist, um so besser", sagte der Alte. „Und wie steht's damit? Trinkt er gern?" fuhr er fort und wies mit den Augen auf einen Mann und eine Frau, die auf der anderen Seite des Mittelganges saßen und die dem Anschein nach beide in Fabriken arbeiteten.

Der Mann, der eine Flasche mit Schnaps an den Mund gesetzt und den Kopf zurückgeworfen hatte, trank in großen Zügen, während die Frau den Beutel in der Hand hielt, dem die Flasche entnommen war, und gespannt auf den Mann blickte.

„Nein, meiner trinkt nicht und raucht auch nicht", antwortete die Bäuerin und nahm die Gelegenheit wahr, nochmals die Vorzüge ihres Mannes hervorzuheben. „Solche Männer, Großväterchen, gibt's nicht viele in der Welt. Er ist wirklich gut", schloß sie, sich halb zu Nechljudow umwendend.

„Nun, das ist fein", wiederholte der Alte, während er zu dem trinkenden Fabrikarbeiter hinübersah.

Nachdem der Fabrikarbeiter ein gut Teil der Flasche geleert hatte, reichte er sie seiner Frau. Die Frau nahm ihm die Flasche ab, schüttelte lachend den Kopf und setzte sie an den Mund. Als der Mann merkte, daß er von dem Alten und von Nechljudow beobachtet wurde, wandte er sich zu ihnen um.

„Was wundert Euch, Herr? Daß wir trinken? Wie wir arbeiten, das sieht niemand, trinken wir aber, dann sehn's alle. Wenn ich meinen Lohn weghabe, dann leiste ich mir halt einen Schluck und traktiere auch meine Frau Gemahlin. Und damit basta."

„Gewiß, gewiß", sagte Nechljudow, der nicht recht wußte, was er antworten sollte.

„Ist's nicht recht so, Herr? Mein Weib ist eine verständige Frau. Ich bin mit meiner Frau zufrieden, weil sie Mitleid mit mir hat. Stimmt's, Mawra?"

„Da, nimm, ich will nicht mehr", sagte die Frau und reichte ihm die Flasche zurück. „Und quatsch kein dummes Zeug."

„Ja, so ist's mit ihr", fuhr der Fabrikarbeiter fort. „Bald ist sie gut und lieb zu mir, bald fängt sie an zu knarren wie ein ungeschmierter Wagen. Stimmt's, Mawra?"

Mawra, die schon etwas angetrunken war, winkte lachend ab.

„Na, hör schon auf!"

„Doch, doch, so ist's. Eine Zeitlang ist sie lieb, ich weiß nicht wie, aber kommt ihr mal die Leine unter den Schwanz, dann bockt sie, daß man's gar nicht sagen kann ... Das ist die reine Wahrheit. Sie müssen schon entschuldigen, Herr, ich habe getrunken ... Da läßt sich nichts machen", sagte der Fabrikarbeiter, worauf er sich auf der Bank ausstreckte und den Kopf auf den Schoß seiner lachenden Frau legte.

Nechljudow blieb noch eine Weile bei dem Alten sitzen, der ihm erzählte, daß er Ofensetzer sei, dreiundfünfzig Jahre gearbeitet und in seinem Leben so viele Öfen gesetzt habe, daß man sie gar nicht zählen könne, daß er sich schon lange zur Ruhe setzen wolle, aber noch immer nicht dazu komme. Jetzt habe er die Jungen in der Stadt eingearbeitet und fahre nun ins Dorf, um die Familie zu besuchen. Nachdem der Alte seine Geschichte beendet hatte, stand Nechljudow auf und begab sich zu dem freien Platz bei Taras.

„Kommen Sie nur, Herr, setzen Sie sich. Den Sack können wir wegräumen“, sagte, zu Nechljudow aufblickend, freundlich der Gärtner, der Taras gegenübersaß.

„Eng ist's, aber gemütlich!“ sagte mit singender Stimme Taras, worauf er den zwei Pud schweren Sack mit seinen starken Armen wie eine Feder aufhob und lächelnd zum Fenster hinüberbrachte. „Platz ist genug da, und außerdem kann man auch stehen oder unter die Bank kriechen. Da hat man's ganz ruhig. Wer wird sich drum zanken!“ sagte er, strahlend vor Gutmütigkeit und Hilfsbereitschaft.

Taras behauptete immer, er verstehe sich nicht auszudrücken, wenn er nicht vorher etwas getrunken habe, aber nach einem Trunk flögen ihm die rechten Worte nur so zu und er könne dann alles erzählen. Und in der Tat, in nüchternem Zustand schwieg Taras meistens; hatte er dagegen einen kleinen Schwips, was bei ihm selten und nur bei besonderen Gelegenheiten vorkam, dann wurde er auf ungemein reizende Weise gesprächig. Er erzählte viel und sehr vernünftig, mit großer Natürlichkeit, Anschaulichkeit und vor allem mit einer Gutmütigkeit, die aus seinen leuchtenden blauen Augen sprach und sich in dem Lächeln ausdrückte, das ständig seinen Mund umspielte.

In einem solchen Zustand befand er sich jetzt. Das Hinzukommen Nechljudows unterbrach für ein paar Augenblicke seinen Redefluß. Doch nachdem er den Sack beiseite gestellt und sich wieder auf seinen Platz gesetzt hatte, legte er die kräftigen Arbeitshände auf die Knie und fuhr, dem Gärtner gerade in die Augen blickend, mit seiner Erzählung fort. Er erzählte seinem neuen Bekannten mit aller Ausführlichkeit die Geschichte seiner Frau – weshalb man sie verbannt hatte und warum er ihr jetzt nach Sibirien folgte.

Nechljudow kannte noch nicht die näheren Einzelheiten dieser Geschichte und hörte daher interessiert zu. Taras hatte bereits von dem Vergiftungsversuch erzählt und war bis zu der

Stelle gekommen, wo die Familie erfuhr, daß Fedossja ihn unternommen hatte.

„Ich erzähle grad von meinem Unglück", sagte Taras, indem er sich mit zutraulich-herzlicher Miene zu Nechljudow wandte. „Hier hab ich einen Mann mit Herz getroffen, wir sind ins Gespräch gekommen, und da erzähl ich es ihm."

„Natürlich, natürlich", sagte Nechljudow.

„Also auf solche Weise, mein Guter, ist alles rausgekommen. Meine Mutter nahm den vergifteten Fladen und sagte: ‚Ich geh damit', sagte sie, ‚zur Polizei.' Mein Vater aber, der ist ein gerechter Mann. ‚Warte, Alte', sagte er zur Mutter, ‚das junge Ding ist noch ein halbes Kind, sie hat selber nicht gewußt, was sie tut. Wir müssen Erbarmen mit ihr haben, vielleicht wird sie noch Vernunft annehmen.' Ja, Pustekuchen – meine Mutter ließ sich nicht dreinreden. ‚Solange wir sie hierbehalten', sagte sie, ‚müssen wir bangen, daß sie uns wie Ungeziefer vertilgt.' Sie machte sich also auf und ging zum Landpolizist. Der kam auch sofort angerannt ... Zeugen brachte er auch gleich mit."

„Na, und du?" fragte der Gärtner.

„Ich, mein Guter, krümmte mich vor Leibschmerzen und erbrach. Mein ganzes Innere drehte sich um, ich konnte kein Wort vorbringen. Mein Alter spannte nun den Wagen an, setzte Fedossja rein, und los ging's – erst zum Revier und von dort zum Untersuchungsrichter. Und genauso, wie sie schon von Anfang an alles eingestanden hat, mein Guter, hat sie auch dem Untersuchungsrichter alles der Reihe nach erzählt, wie es gekommen ist. Auch woher sie das Arsenik genommen und wie sie es in den Teig gemischt hat. ‚Warum', fragte er, ‚hast du das gemacht?' – ‚Darum', sagte sie, ‚weil er mir zuwider ist. Lieber', sagte sie, ‚will ich nach Sibirien gehn als mit ihm leben' – mit mir also", fügte Taras lächelnd hinzu. „Sie hat also alles eingestanden. Natürlich hat man sie da gleich ins Gefängnis gesteckt. Der Vater kam allein zurück. Aber dann rückte die Erntezeit heran, und Frauensleute haben wir keine im Haus außer der Mutter, und die ist auch schon ziemlich klapprig. Da überlegten wir hin und her, ob man sie vielleicht gegen Bürgschaft freibekommen kann. Mein Alter fuhr zu einem von der Behörde – es wurde nichts draus, er fuhr zu einem andern – wieder nichts. So hat er fünfe von diesen Brüdern abgeklappert. Wir hatten schon alle Hoffnung aufgegeben, aber da fand sich zufällig ein Gerichtsschreiber, der uns half. Ein schlauer Kerl war es, wie es so leicht keinen zweiten gibt. ‚Gebt mir einen Fünfrubelschein', sagte er, ‚dann mach ich die Sache.' Wir einigten uns auf einen Dreier. Ich hab dazu die Leinwand aus ihrer Mitgift verpfändet. Und als er dann dieses Duukaament aufgesetzt hatte", sagte Taras jetzt so gedehnt, als sollte gleich ein Schuß abgefeuert werden, „da hat sofort alles geklappt. Ich war damals schon wieder auf den Beinen und fuhr selber in die Stadt, sie abzuholen. Als ich in der Stadt ankam, stellte ich die Stute im Hof einer Herberge unter und ging mit dem Schein schnurstracks ins Gefängnis. ‚Was willst du?' fragte der Wächter. ‚So und so', sagte ich, ‚meine Frau ist bei euch eingesperrt.' – ‚Hast du einen Schein?' Ich gab ihm den Schein. Er las ihn durch und sagte dann: ‚Warte hier!' Ich setzte mich auf eine Bank, die am Tor stand. Es ging schon auf den Nachmittag zu. Da kam der Vorsteher. ‚Bist du Warguschow?' fragte er. ‚Jawohl!' – ‚Na, dann kannst sie mitnehmen', sagte er. Bald darauf ging das Tor auf, und sie wurde herausgeführt – in ihren eigenen Kleidern. ‚Komm, gehn wir!' sagte ich zu ihr. ‚Bist denn zu Fuß gekommen?' – ‚Nein, mit dem Wagen.' Wir kamen in die Herberge, ich zahlte für den Unterstand, spannte die Stute vor den Wagen und stopfte das Heu, das noch übriggeblieben war, unter den Sitz. Sie setzte sich drauf und wickelte sich in ihr Tuch ein. So fuhren wir los. Sie schwieg, ich schwieg. Erst kurz vor dem Haus fragte sie: ‚Ist die Mutter gesund?' Ich sagte: ‚Ja, sie ist gesund.' – ‚Und der Vater auch? – ‚Ja.' – ‚Vergib mir meine Dummheit, Taras', sagte sie dann, ‚ich hab selber nicht gewußt, was ich tat.' Darauf ich: ‚Was gibt's da viel zu reden, hab dir schon lange vergeben.' Mehr sagte ich nicht. Als wir zu Hause ankamen, warf sie sich der Mutter sofort vor die Füße. ‚Gott wird dir verzeihen', sagte die Mutter. Der Vater schüttelte ihr die Hand und sagte: ‚Was geschehen ist, ist gewesen, sei von nun an vernünftig. Jetzt gibt's alle Hände voll zu tun, die Ernte muß eingebracht werden. Hinter dem Hof, auf dem Dungboden, meine

Liebe, da ist der Roggen durch Gottes Fügung so dicht aufgegangen, daß man mit der Sichel nicht durchkommt; er ist ganz durcheinandergewachsen und hat sich flach auf den Boden gelegt. Man muß ihn abmähen. Da kannst dich morgen zusammen mit Taras ranmachen.' Und von Stunde an, mein Guter, hat sie sich so auf die Arbeit gestürzt, daß man nur staunen konnte. Wir bebauten damals drei Deßjatinen Pachtland, und Gott hatte uns mit einer selten reichen Roggen- und Hafederernte gesegnet. Ich mähte, sie bündelte die Ähren, oder wir arbeiteten auch beide mit der Sichel. Mir geht die Arbeit immer flott von der Hand, aber sie ist noch viel fixer bei allem, was sie anpackt. Ein flinkes Frauenzimmer, jung und kräftig. Und arbeiten kann sie gar nicht genug, so daß ich sie schon manchmal zurückhalten muß. Kommen wir abends nach Hause, sind die Finger geschwollen, die Arme tun weh, man müßte ausruhen – aber schon läuft sie, noch bevor sie Abendbrot gegessen hat, in die Scheune, um die Garbenbänder zum nächsten Morgen vorzubereiten. So hat sie sich verändert!"

„Na, und ist sie nun auch lieb zu dir?" fragte der Gärtner.

„Und wie! Zwischen uns ist es so schön geworden, daß wir wie ein Herz und eine Seele sind. Ich brauch nur was zu denken, dann weiß sie auch schon, was es ist. Meine Mutter, so brummig die oft ist, sogar sie sagt: ‚Unsere Fedossja erkennt man nicht wieder, ein ganz anderes Frauenzimmer ist sie geworden.' Einmal fuhren wir mit zwei Wagen aufs Feld, und im vorderen saßen wir beide zusammen. Da fragte ich sie: ‚Sag, Fedossja, warum hast du das damals eigentlich gemacht?' – ‚Einfach darum, weil ich nicht mit dir zusammen leben wollte. Lieber, dachte ich, will ich sterben.' – ‚Nun, und jetzt?' fragte ich. ‚Jetzt', sagte sie, ‚hab ich dich ins Herz geschlossen.'" Taras hielt inne und schüttelte glückselig lächelnd den Kopf. „Aber dann, nachdem die Ernte eingebracht war und ich den Hanf zum Rösten gebracht hatte, da lag, als ich nach Hause kam ..." – er stockte einen Augenblick, bevor er weitersprach –, „... lag eine Vorladung vom Gericht auf dem Tisch. Und dabei hatten wir an das Gericht überhaupt nicht mehr gedacht."

„Da hat kein anderer als der Satan die Hand im Spiel gehabt“, sagte der Gärtner. „Denn welchem Menschen wird es einfallen, einem andern das Leben zu zerstören? Bei uns gab es auch einmal so einen Fall ...“, schickte sich der Gärtner an, eine Geschichte zu erzählen, als der Zug die Fahrt verlangsamte und anhielt.

„Wohl eine Station“, sagte er. „Ich geh mal was trinken.“

Das Gespräch brach ab. Nechljudow folgte dem Gärtner und stieg ebenfalls aus dem Zug auf die nassen Bretter des Perrons.

42

Schon vom Wagen aus hatte Nechljudow auf dem Stationshof einige elegante drei- und vierspännige Equipagen bemerkt, deren satte Pferde schellenklirrend die Köpfe schüttelten, und als er nun auf den vom Regen dunklen Perron hinaustrat, sah er eine Gruppe von Leuten stehen, unter denen eine große korpulente Dame im Waterproof und in einem mit kostbaren Federn geschmückten Hut sowie ein hochaufgeschossener, dünnbeiniger junger Mann im Sportanzug, der einen mächtigen, dicken Hund mit teurem Halsband an der Leine hielt, besonders auffielen. Hinter ihnen standen ein Kutscher und mehrere Diener mit Regenumhängen und Schirmen zum Empfang des Besuches bereit. Auf der ganzen Gruppe, von der korpulenten Dame bis zum Kutscher, der die Schöße seines langen Rocks zusammengerafft hatte, lag der Stempel ruhiger Selbstsicherheit und des Wohllebens. Um die Gruppe sammelte sich sofort ein Kreis neugieriger und vor dem Reichtum katzbuckelnder Menschen: der Stationsvorsteher mit der roten Mütze, ein Gendarm, eines jener schmächtigen jungen Mädchen in Russenbluse und mit Glasperlen um den Hals, die sich im Sommer zu jeder Ankunft eines Zuges einzufinden pflegen, ein Telegraphist sowie männliche und weibliche Reisende.

In dem jungen Mann mit dem Hund erkannte Nechljudow den Gymnasiasten Kortschagin, und die korpulente Dame war die Schwester der Fürstin, auf deren Gut die Kortschagins jetzt übersiedelten. Der Oberschaffner mit glänzenden Tressen und

Stiefeln öffnete die Wagentür und blieb, den Drücker in der Hand, so lange ehrerbietig daneben stehen, bis Filipp und ein Gepäckträger in weißer Schürze die Fürstin mit dem langen Gesicht behutsam auf ihrem zusammenlegbaren Sessel herausgetragen hatten. Die Schwestern begrüßten sich, man hörte in französischer Sprache geführte Erörterungen darüber, ob die Fürstin in einer geschlossenen oder in einer offenen Equipage fahren wolle, und die ganze Prozession, am Ende die Zofe mit den Löckchen, die das Futteral und die Schirme trug, setzte sich zur Tür des Stationsgebäudes in Bewegung.

Nechljudow, der ein Zusammentreffen vermeiden wollte, um sich nicht noch einmal verabschieden zu müssen, blieb in einiger Entfernung vom Stationsausgang stehen und wartete dort, bis die Prozession vorbei war. An der Spitze der Prozession wurde die Fürstin getragen, ihr folgten der Sohn, Missy, der Arzt und die Zofe, während der alte Fürst ein wenig zurückblieb und sich mit seiner Schwägerin auf französisch unterhielt. Von seinem Platz aus konnte Nechljudow das Gespräch zwischen ihnen nur teilweise verstehen, doch eine Äußerung des Fürsten blieb, wie dies häufig geschieht, aus irgendeinem Grunde mit allen Intonationen in seinem Gedächtnis haften.

„Oh, il est du vrai grand monde, du vrai grand monde!" sagte der Fürst in bezug auf irgend jemand mit lauter, selbstbewußter Stimme und begab sich dann, ehrerbietig von Schaffnern und Gepäckträgern geleitet, mit seiner Schwägerin ins Stationsgebäude.

Zur gleichen Zeit kam hinter dem Stationsgebäude hervor ein Trupp Arbeiter in Bastschuhen und mit zusammengelegten Halbpelzen und Säcken über dem Rücken auf den Perron. Die Arbeiter gingen, in ihren Bastschuhen leise auftretend, mit entschlossenen Schritten auf den ersten Wagen zu und wollten einsteigen, wurden jedoch von einem Schaffner zurückgewiesen. Daraufhin gingen die Arbeiter hastig und einander auf die Füße tretend zum nächsten Wagen und waren bereits dabei, mit den Säcken gegen die Kanten und die Tür des Wagens stoßend, einzusteigen, als ein anderer Schaffner, der ihr Vorhaben von der Tür des Stationsgebäudes aus bemerkte, es ihnen streng untersagte. Die bereits eingestiegenen Arbeiter stiegen Hals über Kopf wieder aus, und alle gingen nun zum dritten Wagen – zu dem, wo Nechljudow seinen Platz hatte. Wieder hielt ein Schaffner sie an. Sie waren schon im Begriff weiterzugehen, da mischte sich Nechljudow ein und sagte zu ihnen, im Wagen seien noch Plätze frei und sie sollten ruhig einsteigen. Sie befolgten seinen Rat, und nach ihnen stieg auch Nechljudow wieder ein. Aber als sich die Leute nun setzen wollten, erhoben der Herr mit der Kokarde und die beiden Damen, die das Vorhaben der Arbeiter, sich in diesem Wagen niederzulassen, als persönliche Beleidigung auffaßten, energisch Einspruch dagegen und forderten sie auf, den Wagen zu verlassen. Die Arbeiter – es waren etwa zwanzig, teils schon alte, teils noch ganz junge Männer, alle mit müden, verwitterten, ausgemergelten Gesichtern – machten sich sofort wieder auf die Beine und gingen, mit den Säcken an den Bänken, Wänden und Türen hängenbleibend, weiter durch den Wagen, sie waren sich ihres Unrechts offenbar völlig bewußt und schienen bereit zu sein, bis ans Ende der Welt zu gehen und sich überall hinzusetzen, wo man ihnen einen Platz anweisen würde, und sei es auf Nägel.

„Wohin drängt ihr Teufelspack? Seht zu, wo ihr hier Platz findet!“ fuhr sie ein anderer Schaffner an, der ihnen entgegenkam.

„Voilà encore des nouvelles!“ sagte die jüngere der beiden Damen, fest überzeugt, sie würde mit ihrem guten Französisch Nechljudows Aufmerksamkeit erregen, während die Dame mit den Armbändern schnuppernd die Nase hob, verächtlich das Gesicht verzog und von dem Vergnügen sprach, mit stinkigem Pöbel im selben Wagen zu sitzen.

Die Arbeiter jedoch freuten sich und fühlten sich so erleichtert wie Menschen, die eine große Gefahr überstanden haben; sie schickten sich sofort an, die freien Plätze einzunehmen, warfen mit einer Schulterbewegung die schweren Säcke vom Rücken und verstauten sie unter den Bänken.

Der Gärtner, der vorhin mit Taras gesprochen und sich nur vorübergehend zu ihm gesetzt hatte, war inzwischen zu seinem Platz zurückgekehrt, so daß neben Taras und gegenüber von ihm im ganzen drei Plätze frei waren. Drei Arbeiter setzten sich auf diese Plätze, waren aber, als Nechljudow hinzukam, durch seine elegante Kleidung so eingeschüchtert, daß sie sofort aufstanden und sich zurückziehen wollten; doch Nechljudow forderte sie auf, ruhig sitzen zu bleiben, und setzte sich selbst am Gang auf die Armlehne der Bank.

Der älteste Arbeiter, ein Mann von etwa fünfzig Jahren, und ein jüngerer, der neben ihm saß, sahen einander erstaunt, ja sogar erschrocken an. Daß Nechljudow nicht schimpfte und sie nicht vertrieb, wie es von einem feinen Herrn zu erwarten gewesen wäre, sondern ihnen seinen Platz abtrat, erschien ihnen höchst verwunderlich und bedenklich. Sie fürchteten sogar, es könnten sich für sie daraus schlimme Folgen ergeben. Doch als sie sahen, daß keinerlei Hintergedanken damit verbunden waren und wie natürlich sich Nechljudow mit Taras unterhielt, beruhigten sie sich; sie veranlaßten den dritten von ihnen, einen ganz jungen Burschen, sich auf einen Sack zu setzen, und bestanden darauf, daß Nechljudow wieder seinen Platz einnahm. Der älteste der Arbeiter, der Nechljudow gegenübersaß, hatte sich anfangs ganz klein gemacht und seine in Bastschuhen steckenden Füße angezogen, um den feinen Herrn ja nicht zu stoßen; doch allmählich taute er auf und unterhielt sich schließlich mit Nechljudow und Taras so angeregt, daß er Nechljudow mit der flachen Hand sogar auf die Knie schlug, wenn er seinen Worten besonderen Nachdruck verleihen wollte. Er erzählte ausführlich von den Verhältnissen, unter denen er lebte, und schilderte, wie er und die anderen die letzten zweieinhalb Monate im Torf gearbeitet hatten, von wo sie jetzt nach Hause fuhren und von dem erarbeiteten Geld je Mann noch an die zehn Rubel mitbrachten, denn ein Teil des Lohns war ihnen schon bei der Verdingung als Vorschuß ausgezahlt worden. Die Arbeit hatte täglich von Sonnenaufgang bis Sonnenuntergang gedauert, und während dieser ganzen Zeit hatten sie bis an die Knie im Wasser stehen müssen.

„Wer nicht dran gewöhnt ist, dem fällt's natürlich schwer", sagte er. „Hat man sich aber erst mal abgehärtet, dann geht's schon. Nur muß man richtig was zu essen kriegen. Im Anfang war die Kost schlecht, aber als die Leute aufmuckten, wurde sie besser, und dann ging auch das Arbeiten leichter."

Anschließend erzählte er, daß er schon seit achtundzwanzig Jahren auswärts auf Arbeit gehe und fast seinen ganzen Verdienst immer zu Hause abgegeben habe – zuerst dem Vater, dann dem älteren Bruder und jetzt seinem Neffen, der die Wirtschaft führe; für sich selbst verbrauche er von den fünfzig bis sechzig Rubeln, die er jährlich verdiene, nur zwei bis drei Rubel für Tabak und Zündhölzer.

„Und hin und wieder sündigt man auch mal und leistet sich ein Schnäpschen", fügte er mit einem schuldbewußten Lächeln hinzu.

Dann erzählte er, daß die Frauensleute zu Hause auch alle Männerarbeiten verrichten würden, daß der Unternehmer ihnen heute zum Abschied einen halben Eimer Schnaps spendiert habe, daß einer von ihnen in der Fremde gestorben sei und daß sie einen andern krank nach Hause mitbrächten. Der Kranke, von dem er sprach und der in einer Ecke desselben Wagens saß, war ein noch ganz junger Bursche mit aschfahlem Gesicht und blassen Lippen. Er wurde offensichtlich von Fieber geschüttelt. Nechljudow ging zu ihm, doch der Bursche sah ihn so ernst und leidend an, daß er es unterließ, ihn mit Fragen zu quälen, und nur dem alten Arbeiter rict, Chinin zu kaufen. Er schrieb ihm den Namen des Pulvers auf einen Zettel und wollte auch das Geld dafür geben; aber das lehnte der Alte ab mit der Erklärung, er bezahle es selbst.

„Nein, soviel ich auch in der Welt herumgekommen bin, einen so freundlichen Herrn hab ich mein Lebtag nicht getroffen. Nicht nur, daß er nicht über einen herfällt, er tritt dir sogar seinen Platz ab! Es gibt, sieht man, also auch unter den Herrschaften solche und solche", schloß er, zu Taras gewandt, seine Betrachtungen ab.

Ja, hier bin ich in eine ganz andere, neue Welt gekommen, dachte Nechljudow, während er auf die dürren, sehnigen Gliedmaßen, die grobe, hausgemachte Kleidung und die sonnenverbrannten, gutmütigen, ausgemergelten Gesichter der Arbeiter blickte, von denen er sich umgeben sah – Menschen, die so ganz anders als seine alten Bekannten waren und mit ihren ernsten Interessen, Freuden und Leiden ein tätiges, wirklich sinnvolles Leben führten.

Ja, das hier ist „le vrai grand monde“, dachte er in Erinnerung an den Ausspruch des Fürsten Kortschagin und an die ganze müßige, pompöse Welt der Kortschagins mit ihren nichtigen, trivialen Interessen.

Und diese Gedanken erfüllten ihn mit einer Freude, wie sie wohl ein Weltreisender empfindet, der ein neues, noch unbekanntes und wunderschönes Land entdeckt hat.

Dritter Teil

1

Die Sträflingskolonne, zu der die Maslowa gehörte, hatte annähernd fünftausend Werst zurückgelegt. Bis Perm war die Maslowa teils mit der Bahn, teils per Schiff gemeinsam mit den kriminellen Verbrechern gefahren, und erst in dieser Stadt gelang es Nechljudow, durchzusetzen, daß sie der Gruppe der Politischen zugeteilt wurde, wie es ihm Wera Bogoduchowskaja, die ebenfalls zu dieser Gruppe gehörte, geraten hatte.

Auf der Fahrt bis Perm hatte die Maslowa sowohl körperlich als auch moralisch sehr viel zu leiden: körperlich infolge der Enge, der Unsauberkeit und des widerwärtigen Ungeziefers, das ihr keine Ruhe ließ, und moralisch durch die Nachstellungen der Männer, die zwar von Etappe zu Etappe ausgewechselt wurden, aber alle durchweg ebenso zudringlich und widerwärtig waren wie das Ungeziefer. Zwischen den weiblichen Gefangenen und den männlichen Sträflingen, Aufsehern und Eskortemannschaften hatte sich eine derartige zynische Morallosigkeit eingestellt, daß jede Frau, besonders wenn sie jung war, fortwährend auf der Hut sein mußte, sofern sie die Begehrlichkeit der Männer nicht irgendwie ausnutzen wollte. Dieser Zustand fortwährender Angst und Abwehrbereitschaft stellte eine große seelische Belastung dar, zumal für die Maslowa, da sie infolge ihres anziehenden Äußeren und weil alle ihre Vergangenheit kannten, solchen Nachstellungen besonders stark ausgesetzt war. Hinzu kam noch, daß die entschiedene Art, in der sie die ihr nachstellenden Männer zurückwies, von diesen als Beleidigung empfunden wurde und in ihnen feindselige Gefühle hervorrief. Eine gewisse Erleichterung in dieser Hinsicht bedeutete für die Maslowa das freundschaftliche Verhältnis zu Fedossja und ihrem

Mann; Taras hatte sich, als er von den Anschlägen erfuhr, denen seine Frau ausgesetzt war, in die Sträflingskolonne einreihen lassen, um Fedossja beizustehen, und fuhr nun schon ab Nishni als Gefangener mit den anderen.

Die Versetzung der Maslowa in die Gruppe der Politischen brachte für sie in jeder Beziehung eine Verbesserung ihrer Lage mit sich. Abgesehen davon, daß man den Politischen bessere Unterkünfte gab, sie besser verpflegte und weniger grob behandelte, wurde sie hier nicht mehr von den Männern belästigt und alle Augenblicke an jene Periode ihrer Vergangenheit erinnert, die sie jetzt so sehr zu vergessen bemüht war. Der Hauptvorteil dieser Versetzung bestand indessen darin, daß sie einige Menschen kennenlernte, die einen tiefgreifenden und äußerst heilsamen Einfluß auf sie ausübten.

Auf den Etappenstationen durfte die Maslowa die Unterkünfte mit den Politischen teilen, aber die Fußmärsche mußte sie, als gesunde Frau, zusammen mit den Kriminellen zurücklegen. So hatte sie schon die ganze Strecke ab Tomsk zu Fuß zurückgelegt. Zusammen mit ihr gingen auch zwei Politische zu Fuß: Marja Pawlowna Stschetinina, das hübsche junge Mädchen mit den Lammaugen, das Nechljudows Aufmerksamkeit erregt hatte, als er Wera Bogoduchowskaja besuchte, und ein ins Jakutsker Gebiet verbannter Häftling namens Simonson, jener junge Mann mit der buschigen schwarzen Haarmähne und den tiefliegenden Augen, der Nechljudow ebenfalls bei jenem Besuch aufgefallen war. Marja Pawlowna ging zu Fuß, weil sie ihren Platz auf dem Fuhrwerk einer schwangeren Kriminellen abgetreten hatte, Simonson, weil es seinem Gerechtigkeitssinn widersprach, irgendwelche Standesvorteile in Anspruch zu nehmen. Diese drei machten sich gewöhnlich morgens in aller Frühe zusammen mit den Kriminellen auf den Weg, während die anderen Politischen in ihren Fahrzeugen erst später aufbrachen. Das wollten sie auch auf der letzten Etappenstation vor der großen Stadt tun, wo die Kolonne von einem neuen Eskorteoffizier übernommen worden war.

Es war ein naßkalter Septembermorgen. Bald schneite, bald regnete es, und dazu wehte ein scharfer Wind. Die Kolonne –

vierhundert Männer und etwa fünfzig Frauen – war bereits auf dem Hof der Etappenstation versammelt, wo sie sich teils um den Eskorteunteroffizier drängte, der den Obleuten die Verpflegungsgelder für zwei Tage aushändigte, teils Lebensmittel bei den in den Hof gelassenen Straßenhändlerinnen erstand. In das Stimmengewirr der Gefangenen, die ihr Geld zählten und Proviant einkauften, mischten sich die kreischenden Rufe der Händlerinnen.

Katjuscha und Marja Pawlowna, beide in Stiefeln, kurzen Pelzen und Kopftüchern, kamen aus den Etappebaracken auf den Hof und gingen zu den Händlerinnen hinüber, die an der windgeschützten Nordseite des Lattenzaunes hockten und um die Wette ihre Waren anpriesen: frisches Weißbrot, Gebäck, Fische, Nudeln, Grütze, Leber, Rindfleisch, Eier, Milch; eine war sogar mit einem gebratenen Spanferkel gekommen.

Simonson, in einer Guttaperchajacke und Gummigaloschen, die über den wollenen Strümpfen mit einer Schnur zusammengebunden waren (er war Vegetarier und trug keine Schuhe, weil er die Benutzung von Fellen getöteter Tiere ablehnte), befand sich ebenfalls schon auf dem Hof und wartete auf den Abmarsch der Kolonne. An das Treppengeländer gelehnt, trug er einen ihm eben in den Sinn gekommenen Gedanken in sein Tagebuch ein. Die Eintragung lautete folgendermaßen: „Würde eine Bakterie den Fingernagel eines Menschen beobachten und untersuchen, käme sie zu dem Schluß, er sei anorganische Materie. Genauso halten wir die Erdkugel, von der wir nur die Rinde beobachten, für ein anorganisches Gebilde. Das ist falsch."

Während die Maslowa die eingekauften Sachen – Eier, einen Kranz Brezeln, Fische und frisches Weißbrot – in einen Beutel verstaute und Marja Pawlowna mit den Händlerinnen abrechnete, entstand unter den Gefangenen Bewegung. Alle verstummten und begannen sich in Reih und Glied aufzustellen. Der Offizier kam hinzu und traf vor dem Abmarsch die letzten Anordnungen.

Alles wickelte sich in der üblichen Weise ab: man zählte die Sträflinge, überprüfte den Verschluß der Fesseln und kettete jene Leute mit Handschellen aneinander, die paarweise gingen.

Da ertönte plötzlich die wutentbrannte, befehlshaberische Stimme des Offiziers, man hörte das Klatschen von Schlägen und das Weinen eines Kindes. Nachdem für einen Augenblick lautlose Stille eingetreten war, ging durch die Menge ein dumpfes Gemurmel. Die Maslowa und Marja Pawlowna gingen zu der Stelle, von wo der Lärm kam.

2

An dieser Stelle bot sich der Maslowa und Marja Pawlowna folgendes Bild: Der Offizier, ein stämmiger Mann mit buschigem blondem Schnurrbart, erging sich in wüsten Schimpfereien und rieb sich die Innenseite seiner rechten Hand, die er sich an dem Gesicht eines hageren, hochaufgeschossenen Gefangenen mit rasiertem Hinterkopf wund geschlagen hatte. Der Gefangene, der in einem für ihn viel zu kurzen Mantel und noch kürzeren Hosen vor ihm stand, wischte sich mit der einen Hand das Blut aus dem Gesicht und hielt auf dem andern Arm ein in ein Tuch eingemummtes, herzzerreißend schreiendes kleines Mädchen.

„Ich werde dich lehren, du“ (hier folgte ein unflätiges Schimpfwort), „hier zu räsonieren“ (wieder ein Schimpfwort). „Das Kind kannst den Weibern geben!“ brüllte der Offizier. „Fesselt ihn!“

Der Offizier bestand darauf, daß sich der Gefangene, ein nach Sibirien verbannter Anhänger der Narodnikibewegung, dessen Frau in Tomsk an Typhus gestorben war und der seitdem sein Töchterchen auf dem Arm getragen hatte, jetzt Handschellen anlegen lassen sollte. Und durch den Einwand des Gefangenen, daß er mit gefesselten Händen das Kind nicht tragen könne, war der ohnehin schlechtgelaunte Offizier vollends in Wut geraten und hatte dem sich nicht sofort fügenden Gefangenen das Gesicht blutig geschlagen.*

Neben dem geschlagenen Gefangenen standen ein Eskortesoldat und ein schwarzbärtiger anderer Verbannter, dem an der einen Hand bereits Fesseln angelegt waren und der mit finste-

* Ein tatsächlicher Vorfall, der in dem Buch „Auf der Etappe“ von D. A. Linjow geschildert ist. (Anm. d. Verf.)

rem Gesicht abwechselnd den Offizier und den geschlagenen Gefährten ansah, der immer noch sein Töchterchen auf dem Arm hielt. Der Offizier wies den Soldaten nochmals an, dem Gefangenen das Kind abzunehmen. In der Kolonne wurde ein immer lauter werdendes Gemurmel hörbar.

„Er geht doch schon seit Tomsk ohne Fesseln", ertönte aus den hinteren Reihen eine heisere Stimme.

„Es ist ja ein Kind, kein junger Hund ..."

„Wo soll er das Mädchen denn lassen?"

„Das ist gegen das Gesetz", sagte noch jemand.

„Wer hat da dreinzureden?" schrie wie von einer Natter gebissen der Offizier und stürzte auf die Menge zu. „Ich werde euch beibringen, was Gesetz ist! Wer hat das gesagt? Du? Oder du?"

„Alle sagen es. Denn ...", begann ein untersetzter Gefangener mit breitknochigem Gesicht. Doch er kam nicht dazu, den Satz zu vollenden. Der Offizier schlug mit beiden Händen auf sein Gesicht ein.

„Ihr wollt rebellieren?! Ich will euch zeigen, wie man rebelliert! Niederknallen werde ich euch wie Hunde. Der Obrigkeit wird's nur recht sein ... Nimm ihm das Mädchen ab!"

Die Menge wurde still. Einer der Soldaten entriß dem Gefangenen das verzweifelt schreiende Kind, und ein anderer fesselte ihm die nun ergebungsvoll hingehaltene Hand.

„Bring es zu den Weibern!" rief der Offizier, das Portepee seines Säbels zurechtrückend, dem Soldaten zu.

Das Mädchen, bemüht, die kleinen Hände aus dem Tuch zu befreien, schrie ununterbrochen und hatte schon einen ganz roten Kopf. Da trat Marja Pawlowna aus der Menge hervor und ging auf den Offizier zu.

„Herr Leutnant, wenn Sie erlauben, werde ich das Kind tragen."

Der Soldat blieb mit dem Mädchen stehen.

„Wer bist du?" fragte der Offizier.

„Eine Politische."

Das hübsche Gesicht Marja Pawlownas mit den schönen, ausdrucksvollen Augen blieb auf den Offizier (sie war ihm schon bei der Übernahme der Kolonne aufgefallen) nicht ohne Wirkung. Er sah sie eine Weile schweigend an und schien nachzudenken.

„Meinetwegen, tragen Sie es, wenn Sie wollen“, sagte er dann. „Sie haben's leicht, mit den Leuten mitleidig zu sein, aber unsereiner hat die Verantwortung, wenn so ein Kerl ausreißt.“

„Wie kann er denn mit dem Kind auf dem Arm ausreißen?“ meinte Marja Pawlowna.

„Ich habe keine Zeit, mich mit Ihnen zu unterhalten. Nehmen Sie es, wenn Sie wollen.“

„Soll ich es ihr geben, Euer Wohlgeboren?“ fragte der Soldat.

„Ja, gib es ihr.“

„Komm, Kleine“, sagte Marja Pawlowna, bemüht, das Kind an sich zu locken.

Aber das Kind drängte vom Arm des Soldaten weinend zum Vater hin und wollte nicht zu Marja Pawlowna.

„Warten Sie, Marja Pawlowna, zu mir wird sie kommen“, sagte die Maslowa und zog eine Brezel aus dem Beutel.

Das Mädchen kannte die Maslowa, und als es ihr Gesicht und die Brezel sah, ließ es sich von ihr auf den Arm nehmen.

Ringsum trat Stille ein. Das Tor wurde geöffnet, die Kolonne trat hinaus und stellte sich marschbereit auf. Wieder zählten die Eskortesoldaten die Sträflinge, wurden die Säcke verladen und setzten sich die Schwachen auf die Fuhrwerke. Die Maslowa stellte sich mit dem Mädchen auf dem Arm zu den Frauen neben Fedossja. Simonson, der die ganze Zeit beobachtet hatte, was sich auf dem Hof abspielte, ging mit großen, entschlossenen Schritten auf den Offizier zu, der bereits die letzten Anweisungen gegeben hatte und schon im Begriff war, sich in seinen Reisewagen zu setzen.

„Sie haben schlecht gehandelt, Herr Leutnant“, sagte Simonson.

„Scheren Sie sich auf Ihren Platz! Das geht Sie nichts an.“

„Doch, ich halte mich für verpflichtet, es Ihnen zu sagen, und sage noch einmal, daß Sie schlecht gehandelt haben“, antwortete Simonson und blickte den Offizier dabei unter seinen buschigen Brauen hervor durchdringend an.

„Alles fertig? Die ganze Kolonne marsch!" rief der Offizier, ohne Simonson weiter zu beachten, und stieg, sich auf die Schulter des kutschierenden Soldaten stützend, in den Wagen.

Die Kolonne setzte sich in Bewegung, zog sich auseinander und betrat den schmutzigen, von Rädern zerfurchten Weg, der, zu beiden Seiten von Gräben eingefaßt, durch dichten Wald führte.

3

Nach dem lasterhaften, luxuriösen und verweichlichenden Leben der letzten sechs Jahre in der Stadt und den im Gefängnis unter kriminellen Verbrechern verbrachten zwei Monaten kam der Maslowa ihr jetziges Zusammenleben mit den Politischen trotz des schweren Loses der Verbannten sehr schön vor. Die täglichen Fußmärsche von zwanzig bis dreißig Werst, bei gutem Essen und vierundzwanzigstündigen Ruhepausen nach je zwei Tagen, kräftigten sie körperlich, und im Umgang mit den neuen Gefährten lernte sie Lebensauffassungen kennen, von denen sie bis dahin keinen Begriff gehabt hatte. Solche „wunderbaren" Menschen, wie sie sich ausdrückte, wie die, mit denen sie jetzt marschierte, hatte sie noch nie kennengelernt, ja sich nicht einmal vorzustellen vermocht.

„Da habe ich nun über meine Verurteilung gejammert", pflegte sie zu sagen. „Aber ich muß Gott mein Lebelang dafür dankbar sein. Sonst hätte ich nie was von dem erfahren, was ich jetzt erfahren habe."

Die Maslowa begriff sehr schnell und leicht die Leitmotive, nach denen diese Menschen handelten, und hatte dafür, als Frau aus dem Volk, volle Sympathie. Sie begriff, diese Menschen waren Gegner der Herrenklasse und traten für das Volk ein. Und dadurch, daß sie, die selbst den oberen Klassen angehörten, um des Volkes willen auf ihre Standesvorrechte verzichteten, Freiheit und Leben einsetzten, flößten sie ihr besondere Achtung und Bewunderung ein.

Sie bewunderte alle ihre neuen Schicksalsgefährten, doch am meisten Marja Pawlowna. Für Marja Pawlowna hegte sie nicht nur Bewunderung, sondern sie hing ihr darüber hinaus mit besonders ehrerbietiger, schwärmerischer Liebe an. Es erfüllte sie mit Erstaunen, daß dieses hübsche junge Mädchen aus reichem Haus, eine Generalstochter, die drei Sprachen beherrschte, sich im Umgang mit Menschen wie eine einfache Arbeiterin gab, daß sie sämtliche Dinge, die sie von ihrem reichen Bruder geschickt bekam, unter alle verteilte und sich ganz schlicht, ja sogar ärmlich kleidete, ohne auf ihr Äußeres bedacht zu sein. Diese Eigenschaft – das Fehlen jeglicher Koketterie – machte auf die Maslowa einen besonders starken, nachhaltigen Eindruck. Sie sah, daß Marja Pawlowna sich ihrer Schönheit bewußt war und sich auch darüber freute, jedoch keinen Wert darauf legte, Männern zu gefallen, ja geradezu davor zurückschrak und jeglichen Flirt verabscheute. Ihre männlichen Gefährten, die das wußten, erlaubten sich nicht, wenn sie auch eine Zuneigung zu ihr empfanden, sich das anmerken zu lassen, sondern verkehrten mit ihr auf demselben kameradschaftlichen Fuß wie mit den männlichen Leidensgenossen. Doch von Männern, die sie nicht kannten, wurde sie oft belästigt, und in solchen Fällen kam ihr, wie sie erzählte, ihre ungewöhnliche Körperkraft zustatten. „Eines Tages“, so erzählte sie manchmal lachend, „drängte sich mir auf der Straße ein unbekannter Herr auf und ließ sich durch nichts zurückweisen, bis ich ihn schließlich packte und so schüttelte, daß er einen Schreck bekam und sich schleunigst aus dem Staube machte.“

Revolutionärin sei sie geworden, erzählte sie, weil ihr das herrschaftliche Leben von Kindheit an zuwider gewesen sei; ihr habe nur das Leben der einfachen Leute zugesagt, und sie sei häufig ausgescholten worden, weil sie sich dauernd im Gesindezimmer, in der Küche und im Pferdestall statt im Salon aufgehalten habe.

„Denn bei den Köchinnen und Kutschern habe ich mich immer wohl gefühlt“, erzählte sie, „wogegen mich die bei uns verkehrenden Damen und Herren langweilten. Dann, als ich älter geworden war, erkannte ich, daß wir ein ganz verwerfliches Leben führten. Meine Mutter lebte nicht mehr, den Vater liebte ich nicht, und so verließ ich mit neunzehn Jahren das Haus und trat zusammen mit einer Freundin als Arbeiterin in eine Fabrik ein."

Nachdem sie die Fabrikarbeit wieder aufgegeben und eine Zeitlang auf dem Lande gelebt hatte, war sie in die Stadt zurückgekehrt und in einer Wohnung untergekommen, in der sich eine Geheimdruckerei befand; in der Stadt war sie verhaftet und zu Zwangsarbeit verurteilt worden. Marja Pawlowna erzählte es nie selbst, aber Katjuscha hatte es von anderen erfahren, daß sie zu Zwangsarbeit verurteilt worden war, weil sie sich selbst bezichtigt hatte, bei der Haussuchung im Dunkeln einen Schuß abgegeben zu haben, den in Wirklichkeit einer der Revolutionäre abgefeuert hatte.

Seitdem Katjuscha Marja Pawlowna kennengelernt hatte, sah sie, daß diese, wo immer und unter welchen Umständen es auch sein mochte, nie an sich selbst dachte, sondern immer nur danach trachtete, anderen im Großen und Kleinen irgendwie zu helfen. Einer ihrer jetzigen Kameraden, Nowodworow, sagte manchmal scherzend, sie betreibe die Fürsorge um andere als Sport. Und das war auch in der Tat so. Ähnlich wie ein Jäger darauf erpicht ist, die Spur eines Wildes zu finden, konzentrierte sich ihr ganzes Streben darauf, eine Gelegenheit zu finden, andern Gutes zu tun. Dieser Sport war ihr zur Gewohnheit, zum Lebensinhalt geworden. Und sie tat alles mit einer solchen Natürlichkeit, daß jeder, der sie kannte, darin gar nichts Besonderes mehr sah, sondern es für selbstverständlich hielt.

Als die Maslowa der Gruppe der politischen Häftlinge zugeteilt wurde, erregte sie in Marja Pawlowna zunächst Widerwillen, ja sogar Ekel. Die Maslowa merkte es, sah dann aber auch, daß Marja Pawlowna diese Gefühle zu überwinden versuchte und besonders freundlich und gut zu ihr war. Von der Freundlichkeit und Güte eines so außergewöhnlichen Wesens war die Maslowa so gerührt, daß sie sich Marja Pawlowna mit ganzer Seele hingab, sich unbewußt ihre Ansichten zu eigen machte und ihr in allem nacheiferte. Diese hingebungsvolle Liebe der Maslowa wiederum rührte Marja Pawlowna, und nun gewann auch sie Katjuscha lieb.

Darüber hinaus verband beide Frauen der Widerwillen, den

sie gegen sinnliche Liebe empfanden. Die eine verabscheute eine solche Liebe, weil sie ihre Schrecknisse aus eigener Erfahrung kannte; die andere, weil sie, ohne ihr selbst erlegen zu sein, darin etwas Unverständliches, Abstoßendes und die Menschenwürde Verletzendes sah.

4

Daß Marja Pawlowna einen solchen Einfluß auf die Maslowa ausübte, rührte daher, daß die Maslowa sie von ganzem Herzen liebgewonnen hatte. Außerdem beeinflußte aber auch Simonson die Maslowa. Und dieser Einfluß rührte daher, daß Simonson zu der Maslowa eine warme Zuneigung gefaßt hatte.

Alle Menschen lassen sich im Leben und bei ihren Handlungen teils von ihren eigenen Gedanken, teils von denen anderer leiten. Darin, inwieweit die Menschen im Leben ihren eigenen Gedanken oder denen anderer folgen, besteht eins der Hauptmerkmale, durch das sie sich voneinander unterscheiden. Die einen benutzen ihre Gedanken in den meisten Fällen als eine Art Verstandesspiel und verfahren mit ihrer Vernunft wie mit einem Schwungrad, von dem der Treibriemen abgenommen ist, ordnen sich jedoch in allen ihren Handlungen den Gedanken anderer unter, die in Gewohnheit, Tradition und Gesetzen ihren Niederschlag gefunden haben. Andere hingegen, die ihre Gedanken für die Haupttriebfeder ihres Tuns halten, richten sich fast immer nach den Forderungen der eigenen Vernunft und befolgen nur selten, und auch dann erst nach reiflicher Überlegung, was von anderen entschieden wurde. Ein solcher Mensch war Simonson. Er prüfte alles, entschied es seiner Vernunft entsprechend und führte das, was er einmal für richtig befunden hatte, auch konsequent aus.

Nachdem er schon als Gymnasiast zu der Erkenntnis gekommen war, daß das Vermögen seines Vaters, eines Intendanturbeamten, auf unlautere Weise erworben war, hatte er dem Vater erklärt, dieses Vermögen müsse dem Volk zurückgegeben werden. Da der Vater hiervon aber nichts hören wollte, sondern ihn nur ausschalt, ging er aus dem Haus und nahm fortan die

Mittel des Vaters nicht mehr in Anspruch. Aus der Erkenntnis heraus, daß alles Übel im Land von der Unaufgeklärtheit der Volksmassen herrührte, schloß er sich nach Beendigung der Universität der Narodnikibewegung an und wurde Lehrer in einer Dorfschule, wo er die Schüler und Bauern furchtlos darüber aufklärte, was er für gerecht hielt, und alles verurteilte, was er für unrecht hielt.

Er wurde verhaftet und vor Gericht gestellt.

Während der Gerichtsverhandlung kam er zu dem Schluß, daß den Richtern kein Recht zustehe, über ihn zu urteilen, und gab eine entsprechende Erklärung ab. Da aber die Richter seinen Einwand zurückwiesen und mit der Verhandlung fortfuhren, beschloß er, nicht mehr zu antworten, und schwieg auf alle ihre Fragen. Man verbannte ihn ins Archangelsker Gouvernement. Dort bildete er sich eine eigene Weltanschauung, die fortan all sein Tun und Lassen bestimmte. Diese Weltanschauung gipfelte darin, daß alles in der Welt lebendig sei, daß es nichts Lebloses gebe, daß alle Gegenstände, die wir für leblos und anorganisch halten, nur Teile eines riesenhaften, für uns nicht erfaßbaren organischen Körpers darstellen und daß es daher den Menschen als kleinen Teilen eines großen Organismus obliege, das Leben dieses Organismus und aller seiner lebendigen Teile aufrechtzuerhalten. Er hielt es daher für ein Verbrechen, irgendwelche Lebewesen zu vernichten, war gegen den Krieg, gegen die Todesstrafe und gegen jede Art der Tötung nicht nur von Menschen, sondern auch von Tieren. Hinsichtlich der Ehe hatte er auch seine eigenen Grundsätze; ihnen zufolge stellte die Fortpflanzung nur eine niedere Funktion der Menschen dar, während die höhere im Dienst an den bereits existierenden Lebewesen bestand. Bestärkt in diesem Gedanken wurde er durch das Vorhandensein von Phagozyten im Blut. Ledige Menschen hatten seiner Ansicht nach die gleiche Funktion zu erfüllen wie Phagozyten, die schwachen und kranken Teilen des Organismus helfen. Seitdem er diese Grundsätze aufgestellt hatte, befolgte er sie streng, obwohl er in seiner frühesten Jugend ein recht ausschweifendes Leben geführt hatte. Er betrachtete sich ebenso wie Marja Pawlowna als Phagozyten des Weltorganismus.

In der Liebe zur Maslowa sah er keine Verletzung seiner Grundsätze; er liebte sie platonisch und war der Meinung, daß eine solche Liebe die Tätigkeit der Phagozyten – den Dienst an den Schwachen – nicht behindere, sondern fördere.

Abgesehen davon, daß er alle Fragen moralischer Natur auf seine eigene Weise entschied, hatte er auch für die meisten Fragen des praktischen Lebens bestimmte Grundsätze aufgestellt. Bei ihm war alles genau festgelegt: wieviel Stunden man arbeiten und wie lange man ausruhen müsse, wie man sich ernähren und kleiden, wie man die Öfen heizen und die Wohnungen beleuchten müsse.

Im übrigen war Simonson im Umgang mit Menschen äußerst schüchtern und bescheiden. Doch wenn er einmal etwas entschieden hatte, vermochte ihn nichts davon abzubringen.

So war also der Mann, der auf die Maslowa einen tiefen Einfluß ausübte, und zwar, weil sie sich von ihm geliebt wußte. Mit ihrem weiblichen Instinkt hatte sie seine Gefühle sehr bald erraten, und der Gedanke, daß sie fähig war, in einem so außergewöhnlichen Menschen Liebe zu wecken, stärkte ihr Selbstbewußtsein. Wenn Nechljudow sie heiraten wollte, sagte sie sich, dann tat er es aus Hochherzigkeit und im Hinblick auf das Geschehene; Simonson hingegen liebte sie so, wie sie jetzt war, er liebte sie wirklich. Außerdem fühlte sie, daß Simonson sie für ein außergewöhnliches, sich vor allen andern Frauen auszeichnendes Wesen mit besonders hohen sittlichen Eigenschaften hielt. Sie wußte zwar nicht recht, welche Eigenschaften er ihr zuschrieb, war jedoch bestrebt, seine hohe Meinung von ihr zu rechtfertigen, und gab sich daher die größte Mühe, so gut zu sein und zu handeln wie irgend denkbar.

Angefangen hatte es schon im Gefängnis, als sie ihn während der Besuchszeit unter den politischen Häftlingen bemerkt und den durchdringenden Blick gefühlt hatte, den er unter der vorstehenden Stirn und den buschigen Brauen hervor aus seinen treuherzigen, gütigen dunkelblauen Augen auf sie richtete. Schon damals hatte sie bemerkt, daß er ein außergewöhnlicher Mensch war und daß er ihr besondere Aufmerksamkeit schenkte; und auch schon damals war ihr aufgefallen, wie sich der grimmige

Ausdruck seines Gesichts, den ihm der buschige Haarschopf und die zusammengezogenen Brauen verliehen, harmonisch mit dem kindlich gütigen, treuherzigen Blick seiner Augen verband. Später, als die Maslowa in Tomsk den politischen Häftlingen zugeteilt wurde, traf sie erneut mit Simonson zusammen. Und obwohl sie kein Wort miteinander sprachen, war doch aus den Blicken, die sie wechselten, zu erkennen, daß sie sich einander erinnerten und etwas bedeuteten. Gewichtige Gespräche hatten zwischen ihnen auch seither nicht stattgefunden, doch merkte die Maslowa, daß alles, was Simonson in ihrem Beisein sprach, vorwiegend an sie gerichtet und für sie bestimmt war und daß er danach trachtete, sich möglichst verständlich auszudrücken. Besonders nahe kamen sie einander jedoch erst, nachdem sich Simonson den Kriminellen angeschlossen hatte und gemeinsam mit ihnen die Fußmärsche zurücklegte.

5

Auf der Strecke von Nishni bis Perm war es Nechljudow nur zweimal gelungen, mit Katjuscha zusammenzukommen: das erstemal vor der Einschiffung der Gefangenen auf den mit einem Gitter umgebenen Lastkahn und das zweitemal in Perm, im Gefängnisbüro. Bei diesen beiden Zusammenkünften hatte er sie verschlossen und mißgestimmt angetroffen. Auf seine Fragen, wie es ihr gehe und ob sie etwas benötige, gab sie ausweichende, verwirrte Antworten und schien wieder von dem feindseligen Gefühl gegen ihn erfüllt zu sein, mit dem sie ihm schon früher begegnet war. Ihre düstere Stimmung, die ihren Grund jedoch nur in den Nachstellungen der Männer hatte, denen sie zu jener Zeit besonders ausgesetzt war, bedrückte Nechljudow damals sehr. Er fürchtete, sie könnte unter dem Einfluß der schweren, demoralisierenden Bedingungen des Transports aufs neue in jenen Zustand innerer Zerrissenheit und Verzweiflung am Leben verfallen, in dem sie immer gereizt gegen ihn war und ihren Kummer durch Trinken und verstärktes Rauchen zu betäuben versuchte. Helfen konnte er ihr jedoch auf keine Weise, weil er während des ganzen ersten Teils der Reise nicht die Möglichkeit hatte, mit ihr zusammenzukommen. Doch nachdem man sie der Gruppe der Politischen zugeteilt hatte, überzeugte er sich nicht nur von der Grundlosigkeit seiner Befürchtungen, sondern darüber hinaus nahm er bei jedem weiteren Wiedersehen jene fortschreitende innere Wandlung an ihr wahr, die ihm so sehr am Herzen lag. Schon beim ersten Zusammentreffen in Tomsk benahm sie sich ihm gegenüber wieder so wie vor der Abreise. Sie machte kein mürrisches Gesicht und wurde nicht verlegen, als sie ihn kommen sah, sondern begrüßte ihn sichtlich erfreut, bedankte sich für alles, was er für sie getan hatte, und ganz besonders dafür, daß er sie mit den Menschen zusammengeführt hatte, unter denen sie sich jetzt befand.

Nach zwei Monaten Marsch von Etappe zu Etappe machte sich die in ihr vorgegangene Wandlung auch in ihrem Äußeren bemerkbar. Sie war magerer geworden, das Gesicht war sonnengebräunt, und sie machte im ganzen einen gesetzteren Eindruck; an den Schläfen und Mundwinkeln zeichneten sich kleine Runzeln ab, sie ließ das Haar nicht mehr in die Stirn fallen, sondern band ein Tuch um den Kopf, und weder an ihrer Kleidung und Frisur noch an ihrem Benehmen waren Anzeichen ihrer früheren Koketterie zu erkennen. Diese Wandlung, die sich in ihr vollzogen hatte und weiterhin vollzog, rief in Nechljudow immer wieder Freude hervor.

Was er für sie empfand, hatte er in gleicher Weise nie zuvor empfunden. Sein jetziges Gefühl für sie hatte weder etwas mit seiner ersten romantischen Schwärmerei gemein noch mit seiner späteren sinnlichen Verliebtheit, noch mit dem selbstzufriedenen Gefühl erfüllter Pflicht, das er nach der Gerichtsverhandlung empfunden hatte, als er den Beschluß faßte, sie zu heiraten. Sein jetziges Gefühl bestand einfach aus Mitleid und Rührung, wie er es erstmalig bei seinem Wiedersehen mit ihr im Gefängnis und dann verstärkt nach ihrer Verweisung aus dem Krankenhaus empfunden hatte, als er seinen Widerwillen überwand und ihr das Techtelmechtel mit dem Heilgehilfen verzieh, dessen sie – wie sich in der Folge herausstellte – zu Unrecht bezichtigt worden war; dasselbe spürte er auch jetzt, nur mit dem einen Unterschied, damals war es ein momentanes Gefühl, neuerdings hingegen ein ständiges. Was immer er auch dachte oder tat, es war jetzt stets von Mitleid und warmer Anteilnahme beherrscht, die er nicht nur für Katjuscha, sondern für alle Menschen empfand.

Dieses Gefühl hatte in Nechljudows Herzen gleichsam jenen Strom von Liebe entfesselt, der, nachdem er früher keinen Ausweg gefunden hatte, sich nun über alle Menschen ergoß, mit denen er zusammentraf.

Während der ganzen Reise befand sich Nechljudow in einem Zustand seelischer Erregung, durch die seine Teilnahme und sein Interesse an allen Menschen geweckt wurde, mit denen er in Berührung kam – angefangen von den Kutschern und Eskortemannschaften bis zu den Gefängnisvorstehern und Gouverneuren.

Nach der Versetzung der Maslowa zu den politischen Sträflingen war er mit zahlreichen dieser Menschen bekannt geworden – zuerst in Jekaterinburg, wo alle zusammen sehr frei in einer großen Baracke untergebracht waren, und dann unterwegs mit den fünf Männern und vier Frauen, zu deren Gruppe die Maslowa jetzt gehörte. Die nähere Bekanntschaft mit den politischen Verbannten änderte von Grund auf sein bisheriges Urteil über sie.

Seit den ersten Anfängen der revolutionären Bewegung in Rußland und namentlich nach dem 1. März 1881 war Nechljudow von einem feindseligen, verächtlichen Gefühl gegen die Revolutionäre erfüllt gewesen. Als abstoßend empfand er vor allem die grausamen, hinterhältigen Methoden, deren sie sich im Kampf gegen die Regierung und insbesondere bei den von ihnen verübten politischen Morden bedienten, und außerdem war ihm das starke Selbstbewußtsein zuwider, das allen Revolutionären eigen war. Doch als er bei näherer Bekanntschaft mit ihnen von all dem Leid erfuhr, das sie oft schuldlos durch die Regierung zu erdulden hatten, da sah er ein, daß sie gar nicht anders sein konnten, als sie waren.

So entsetzlich und sinnlos auch die Qualen waren, denen die sogenannten kriminellen Verbrecher vor und nach ihrer Verurteilung unterworfen waren, dem Vorgehen gegen sie haftete doch immerhin ein Schein von Gesetzlichkeit an; den Politischen gegenüber wurde jedoch nicht einmal dieser Schein gewahrt, wie Nechljudow es im Fall Lidija Schustowas und bei so vielen seiner neuen Bekannten beobachtet hatte. Mit den Politischen wurde verfahren, wie es beim Fischfang üblich ist: das Netz wird ins Meer geworfen und mit allem ans Ufer gezogen, was hineingeraten ist, man sortiert die großen Fische aus, die gebraucht werden, und kümmert sich nicht weiter um die kleinen, die auf dem Strand elend umkommen und vertrocknen. Auf ähnliche Weise wurden Hunderte dieser Menschen, die nicht nur offensichtlich unschuldig, sondern überhaupt nicht in der Lage waren, etwas gegen die Regierung zu unternehmen, verhaftet und oft jahrelang in Gefängnissen festgehalten, wo sie sich die Schwindsucht holten, wahnsinnig wurden oder Selbstmord verübten; und festgehalten wurden sie nur, weil keine Notwendigkeit bestand, sie freizulassen, aber vielleicht einmal der Fall eintreten könnte, daß die Untersuchungsbehörden sie zur Aufklärung eines Tatbestands brauchen würden. Das Los aller dieser oft selbst vom Standpunkt der Regierung unschuldigen Menschen war abhängig von der Willkür, dem Tatendrang und der Laune der Gendarmerieoffiziere, der Polizeibeamten, der Spitzel, der Staatsanwälte, der Untersuchungsrichter, der Gouverneure, des zuständigen Ministers. Wenn sich ein Polizeibeamter dazu bemüßigt fühlte oder sich vor dem Vorgesetzten auszeichnen wollte, nahm er Verhaftungen vor und ließ die Leute, je nachdem wie er selbst oder wie der Vorgesetzte gestimmt war, entweder einsperren oder wieder auf freien Fuß setzen. Auch das Verhalten der obersten Beamten richtete sich danach, ob es ihnen darauf ankam, sich höheren Orts auszuzeichnen, und wie sie sich mit dem Minister standen: sie schickten die Verhafteten ans Ende der Welt, ließen sie in Einzelzellen halten, verurteilten sie zu Verbannung, zu Zwangsarbeit, zum Tode oder setzten sie, wenn irgendeine Dame sie darum bat, auf freien Fuß.

Mit den Politischen ging man um wie mit Feinden im Krieg, und es war deshalb nur natürlich, daß sie sich derselben Mittel bedienten, die gegen sie angewandt wurden. Wie Soldaten im

Krieg stets unter dem Einfluß der öffentlichen Meinung leben, die das Verbrecherische ihrer Greueltaten vor ihnen verbirgt und sie ihnen im Gegenteil als heldenmütig darstellt, gab es auch für die Politischen so etwas wie eine öffentliche Meinung ihres Kreises, von deren Atmosphäre sie dauernd umgeben waren und der zufolge ihnen jene grausamen Handlungen, die von ihnen unter Einsatz ihrer Freiheit, ihres Lebens und alles dessen, was einem Menschen teuer ist, begangen wurden, nicht als verwerfliche, sondern als heldenmütige Taten erschienen. So erklärte sich für Nechljudow die verwunderliche Tatsache, daß selbst die empfindsamsten Menschen, die unfähig waren, einem lebenden Wesen ein Leid anzutun oder auch nur mit anzusehen, wie ihm ein Leid zugefügt wurde, völlig gelassen Vorbereitungen zur Tötung anderer Menschen trafen und fast ausnahmslos die Meinung vertraten, ein Mord unter bestimmten Umständen sei – wenn er zur Selbstverteidigung und Hebung des Allgemeinwohls diene – zulässig und gerecht. Und die Wichtigkeit, die sie ihren Handlungen und damit auch sich selbst zuschrieben, war eine ganz natürliche Folge der Bedeutung, die ihnen die Regierung beimaß, und der grausamen Strafen, die sie ihnen auferlegte. Sie mußten ein starkes Selbstbewußtsein haben, um alles ertragen zu können, was sie zu erdulden hatten.

Bei näherer Bekanntschaft mit den Politischen begriff Nechljudow, daß sie nicht lauter Bösewichter waren, wie es sich manche Leute vorstellten, und auch nicht lauter Helden, für die sie von anderen gehalten wurden, sondern daß es sich um ganz gewöhnliche Menschen handelte, unter denen sich, wie überall, gute, schlechte und auch solche befanden, die weder ausgesprochen gut noch ausgesprochen schlecht waren. Es gab unter ihnen Menschen, die ehrlich davon überzeugt waren, daß es ihre Pflicht sei, gegen die bestehenden Ungerechtigkeiten anzukämpfen, und auch solche, die lediglich aus selbstsüchtigen, ehrgeizigen Beweggründen Revolutionäre geworden waren; die allermeisten aber hatten sich der revolutionären Tätigkeit hauptsächlich deshalb zugewandt, weil sie einen auch Nechljudow vom Krieg her bekannten Reiz darin fanden, sich Gefahren auszusetzen und mit ihrem Leben zu spielen, wie es gemeinhin dem Tatendrang der

Jugend entspricht. Zu ihren Gunsten muß freilich angeführt werden, daß sie höhere sittliche Anforderungen an sich stellten, als es die meisten anderen Menschen tun. Unter ihnen galten nicht nur Enthaltsamkeit, Anspruchslosigkeit, Wahrheitsliebe und Uneigennützigkeit als selbstverständliche Pflicht, sondern auch die Bereitschaft, für die gemeinsamen Ziele alles, ja sogar ihr Leben zu opfern. Ein Teil von ihnen überragte bei weitem das Durchschnittsniveau ihres Kreises und bildete eine Elite, die moralisch auf einer außergewöhnlichen Höhe stand; ein anderer Teil hingegen blieb weit unter dem Durchschnittsniveau und setzte sich aus verlogenen, heuchlerischen und dabei großspurig auftretenden, eingebildeten Leuten zusammen. Hieraus ergab sich, daß Nechljudow für manche seiner neuen Bekannten nicht nur Achtung, sondern auch aufrichtige Zuneigung empfand, während er sich andern gegenüber zurückhielt.

6

Besonders ins Herz geschlossen hatte Nechljudow einen an Tuberkulose erkrankten jungen Mann namens Krylzow, der zu Zwangsarbeit verurteilt war und zu jenen Politischen gehörte, mit denen neuerdings die Maslowa marschierte. Nechljudow hatte ihn schon in Jekaterinburg kennengelernt und ihn dann unterwegs mehrmals wiedergesehen und sich mit ihm unterhalten. Während eines Ruhetages im Sommer, den Nechljudow auf der Etappenstation fast ganz in Gesellschaft Krylzows verbrachte, war er aus sich herausgegangen und hatte ihm die Geschichte seines Lebens und die Umstände erzählt, unter denen er Revolutionär geworden war. Sein Leben bis zur Verhaftung ließ sich mit wenigen Worten wiedergeben. Er war der einzige Sohn eines reichen, in einem der südlichen Gouvernements ansässigen Gutsbesitzers, hatte den Vater schon in der Kindheit verloren und wurde von seiner Mutter erzogen. Das Lernen fiel ihm leicht, er kam sowohl im Gymnasium als später auch auf der Universität gut vorwärts. Nachdem er das Studium als erster Kandidat der mathematischen Fakultät abgeschlossen hatte, wurde ihm vorgeschlagen, an der Universität zu bleiben und eine Studienreise ins Ausland zu machen. Doch er zögerte, das Angebot anzunehmen. Er liebte ein junges Mädchen, wollte heiraten und sich vielleicht in der Semstwo-Verwaltung betätigen; er trug sich immer mit vielen Plänen, konnte sich jedoch nie endgültig zu etwas entschließen. Da wurde er eines Tages von einigen seiner Studiengenossen um Geld für einen gemeinnützigen Zweck gebeten. Er wußte, daß es sich um ein revolutionäres Unternehmen handelte, für das er sich damals nicht im geringsten interessierte, gab ihnen aber das Geld aus Kameradschaftsgefühl und um nicht für feige gehalten zu werden. Die betreffenden Studenten wurden gefaßt, und man fand bei ihnen einen Zettel, aus dem zu ersehen war, daß sie das Geld von Krylzow bekommen hatten. Daraufhin wurde auch er verhaftet und nach anfänglicher Haft im Polizeirevier ins Gefängnis eingeliefert.

„In dem Gefängnis, in das ich gebracht wurde, ging es nicht sehr streng zu", erzählte Krylzow (er saß auf der hohen Pritsche, die eingefallene Brust vornübergebeugt, und richtete seine schönen, fiebrig glänzenden, klugen Augen nur hin und wieder auf Nechljudow). „Wir verständigten uns nicht nur durch Klopfzeichen, sondern promenierten auch im Flur, teilten untereinander, was wir an Eßwaren und Tabak besaßen, und sangen abends sogar im Chor. Ich hatte eine gute Stimme. Ja, wäre nicht der Gedanke an meine Mutter gewesen, die sich meinetwegen sehr sorgte, ich hätte mich im Gefängnis ganz wohl gefühlt und den Aufenthalt dort sogar als angenehm und höchst interessant empfunden. Hier lernte ich neben anderen auch den berühmten Petrow kennen, der sich später in der Festung mit einer Glasscherbe die Pulsadern aufgeschnitten hat. Doch ich war damals kein Revolutionär. Dann wurde ich mit zweien meiner Zellennachbarn näher bekannt. Sie waren mit polnischen Proklamationen gefaßt worden, hatten dann, als sie abtransportiert werden sollten, auf dem Weg zur Bahn einen Fluchtversuch unternommen und warteten jetzt auf ihre Aburteilung. Der eine war ein Pole namens Losinski, der andere ein Jude, Rosowski ... Rosowski war ein blutjunger Bursche. Er gab an, siebzehn Jahre alt zu sein, sah jedoch aus wie ein Fünfzehnjähriger. Klein und schmächtig, mit leuchtenden schwarzen Augen und lebhaftem Temperament, war er, wie alle Juden, sehr musikalisch. Er befand sich noch im Stimmbruch, sang jedoch wunderschön ... In meinem Beisein wurden beide zur Gerichtsverhandlung abgeholt. Morgens wurden sie abgeführt. Als sie abends zurückkehrten, sagten sie, man habe sie zum Tode verurteilt. Das hatte niemand erwartet. Sie hatten ja kein Kapitalverbrechen verübt, sondern nur versucht, sich von den Soldaten loszureißen, ohne einen von ihnen auch nur zu verletzen. Außerdem erschien es so ungeheuerlich, daß ein Kind wie Rosowski hingerichtet werden sollte. Wir alle im Gefängnis nahmen an, man habe sie durch dieses Urteil nur einschüchtern wollen und werde es nicht vollstrecken. Nachdem sich die anfängliche allgemeine Aufregung allmählich gelegt hatte, nahm das Leben wieder seinen alten Lauf ... Doch eines Abends kam der Wächter an meine Tür und flüsterte mir zu, daß Zimmerleute gekommen seien und einen Galgen errichteten. Zuerst verstand ich nicht, was er meinte. Wovon sprach er? Von was für einem Galgen? Erst als ich sah, wie aufgeregt der alte Wächter war, wurde mir klar, daß der Galgen für meine beiden Zellennachbarn bestimmt war. Ich wollte mich durch Klopfzeichen mit den anderen Kameraden in Verbindung setzen, fürchtete aber, die beiden könnten mithören. Die Kameraden schwiegen ebenfalls. Offenbar wußten alle schon Bescheid. Im Flur und in den Zellen herrschte den ganzen Abend Totenstille. Wir unterhielten uns nicht durch Klopfzeichen, sangen nicht. Gegen zehn Uhr kam der Wächter nochmals an meine Tür und teilte mir mit, daß ein Henker aus Moskau eingetroffen sei. Dann ging er schnell weg. Ich rief ihm nach, er solle noch einmal zurückkommen. Da hörte ich plötzlich, wie Rosowski aus seiner Zelle über den Flur zu mir herüberschreit: ‚Was gibt es? Wozu rufen Sie ihn?' Ich antwortete stotternd, er habe mir Tabak gebracht, aber Rosowski, der offenbar nichts Gutes ahnte, fragte weiter, warum wir nicht sängen und uns nicht durch Klopfzeichen unterhielten. Ich weiß nicht, was ich ihm darauf gesagt habe, ich weiß nur noch, daß ich mich schnell zurückzog, um nicht weiter mit ihm sprechen zu müssen ... Es folgte eine furchtbare Nacht. Ich horchte die ganze Zeit auf jedes Geräusch. Da hörte ich gegen Morgen plötzlich, wie die Flurtür geöffnet wurde und mehrere Personen hereinkamen. Ich ging an das kleine Fenster in der Zellentür. Im Flur brannte eine Lampe. Als erster kam der Inspektor – ein beleibter Mann, der sonst immer den Eindruck eines selbstbewußten, energischen Menschen machte. Jetzt war sein Gesicht kreideweiß und gleichsam vor Schrecken verzerrt. Hinter ihm kam sein Gehilfe, mit finster zusammengezogenen Brauen und verbissener Miene, und als letzte folgten mehrere Wachsoldaten. Alle gingen an meiner Tür vorbei und blieben vor der Nebenzelle stehen. Dann hörte ich, wie der Gehilfe des Inspektors mit seltsam vibrierender Stimme rief: ‚Losinski, stehen Sie auf und ziehen Sie frische Wäsche an!' Hierauf knarrte die Tür: sie traten zu ihm in die Zelle. Dann wurden Losinskis Schritte laut, der nach der gegenüberliegenden Seite des Flurs ging. Ich konnte nur den Inspektor sehen. Er stand totenblaß im Flur, knöpfte seinen Rock auf und wieder zu und zuckte die Achseln ... Plötzlich trat er erschrocken zur Seite. Er wich Losinski aus, der an ihm vorbei auf meine Tür zukam. Er war ein schmucker Bursche von jener ansprechenden Art, wissen Sie, die man häufig unter Polen antrifft: mit breiter, ebenmäßiger Stirn, feinem, gelocktem Blondhaar und schönen, tiefblauen Augen. Ein kraft- und saftstrotzender Jüngling in der Blüte des Lebens! Er blieb vor meinem Türfensterchen stehen, so daß ich sein ganzes Gesicht sehen konnte. Es war schrecklich verzerrt und aschfahl. ‚Krylzow, haben Sie Zigaretten?' Doch noch bevor ich ihm welche hinausreichen konnte, zog schon der Gehilfe des Inspektors so hastig, als fürchtete er, etwas zu versäumen, sein Etui und hielt es ihm hin. Losinski nahm eine Zigarette, und der Gehilfe gab ihm Feuer. Er begann zu rauchen und versank in Gedanken. Nach einer Weile fuhr er zusammen, als sei ihm plötzlich etwas eingefallen, und rief: ‚Wie grausam und ungerecht ist das! Ich habe kein Verbrechen verübt. Ich ...' Er brach ab, und an seinem weißen jungen Hals, den ich unverwandt ansehen mußte, machte sich ein Zucken bemerkbar ... In diesem Augenblick ertönte im Flur die hohe jüdische Stimme Rosowskis, der irgend etwas rief. Losinski warf den Zigarettenstummel fort und trat von der Tür zurück. Vor dem Fensterchen erschien Rosowski. Sein kindliches Gesicht, aus dem feuchtschimmernd die schwarzen Augen hervorstachen, glühte und triefte vor Schweiß. Er hatte ebenfalls frische Wäsche an, zog fortwährend mit beiden Händen die zu weiten Hosen hoch und zitterte am ganzen Leib. Er beugte sein von Verzweiflung entstelltes Gesicht dicht zu meinem Fensterchen vor. ‚Anatoli Petrowitsch, es stimmt doch, daß der Doktor mir Brusttee verordnet hat? Mir ist schlecht, ich muß noch Brusttee trinken.' Niemand antwortete ihm, und er sah abwechselnd mich und den Inspektor fragend an. Was er damit sagen wollte, ist mir nie klargeworden. Doch weiter. Plötzlich machte der Gehilfe des Inspektors ein strenges Gesicht und rief, wieder mit merkwürdig zittriger Stimme: ‚Was sind das für Mätzchen? Los, gehen wir!' Rosowski, der offenbar gar nicht fassen konnte, was seiner harrte, wandte sich hastig um und ging allen andern voraus fast im Sturmschritt den Flur entlang. Doch dann wehrte er sich, ich hörte, wie er durchdringend schrie und weinte. Offenbar war ein Handgemenge entstanden. Sein herzzerreißendes Jammern und Weinen schallte aus immer größerer Ferne herüber, die Flurtür knarrte – und alles wurde still ... So hat man sie gehenkt. Mit Stricken erdrosselt. Einer der Wächter, der zugegen war, erzählte mir, daß Losinski keinen Widerstand geleistet, Rosowski aber lange um sich geschlagen habe, so daß man ihn nur mit Mühe zum Galgen hinzerren konnte und ihm die Schlinge gewaltsam um den Hals legen mußte. Der Wächter, ein sehr beschränkter Mann, erzählte weiter: ‚Man hat mir gesagt, Herr, daß so eine Hinrichtung sehr schrecklich ist. Aber es ist gar nicht so schlimm. Als sie erst hingen, da haben sie nur zweimal die Schultern bewegt', sagte er und zeigte dabei, wie sich die Schultern krampfhaft gehoben und gesenkt hatten. ‚Dann zog der Henker am Strick, damit sich die Schlingen gut schließen sollten, und alles war aus. Sie zuckten nicht mehr.' – Nein, es ist gar nicht so schlimm", wiederholte Krylzow die Worte des Wächters und versuchte zu lächeln, brachte es aber nicht fertig und brach in Tränen aus.

Hierauf schwieg er lange, atmete schwer und bemühte sich, die immer wieder aufsteigenden Tränen hinunterzuwürgen.

„Jene Nacht hat mich zum Revolutionär gemacht", erklärte er, nachdem er sich etwas beruhigt hatte, und erzählte nun in großen Zügen seine Geschichte zu Ende.

Er gehörte der Partei der Narodniki an und war sogar das Haupt einer Terroristengruppe gewesen, die das Ziel verfolgte, durch Terrorakte den freiwilligen Rücktritt der Regierung und die Berufung von Vertretern des Volkes zu erzwingen. Im Zusammenhang damit war er bald nach Petersburg, bald ins Ausland, bald nach Kiew, bald nach Odessa gereist und hatte überall Erfolg gehabt. Doch dann war er von einem Menschen verraten worden, dem er volles Vertrauen geschenkt hatte. Er wurde verhaftet und nach zweijähriger Untersuchungshaft zum Tode verurteilt und dann zu lebenslänglicher Verbannung und Zwangsarbeit in Sibirien begnadigt.

Im Gefängnis war er an Schwindsucht erkrankt, und unter den herrschenden Umständen hatte er kaum Aussicht, länger als noch ein paar Monate zu leben. Er wußte es, bereute jedoch nicht, was er getan hatte, sondern sagte, hätte er noch einmal sein Leben zu vergeben, würde er es wieder für dasselbe Ziel einsetzen – die Zerstörung der Ordnung, unter der solche Schändlichkeiten möglich waren wie die, die er erlebt und mit angesehen hatte.

Durch die Erlebnisse Krylzows und den näheren Umgang mit ihm wurde Nechljudow vieles klar, was ihm bis dahin unverständlich gewesen war.

7

An jenem Tag, als es vor dem Abmarsch von der Etappenstation zu jenem Zusammenstoß zwischen dem Eskorteoffizier und den Gefangenen gekommen war, wachte Nechljudow, der in einem Gasthof übernachtet hatte, erst am späten Morgen auf und schrieb ein paar Briefe, die er in der Gouvernementshauptstadt zur Post geben wollte; infolgedessen trat er die Weiterreise später an als sonst; er holte die Sträflingskolonne nicht wie gewöhnlich unterwegs ein, sondern kam erst, als es schon dunkelte, in dem Dorf an, in dem Zwischenstation gemacht werden sollte. Nachdem er im Gasthof, der von einer älteren Witwe, einer dicken Frau mit auffallend starkem Hals, bewirtschaftet wurde, seine Kleider getrocknet und in der sauberen, mit zahlreichen Ikonen und anderen Bildern geschmückten Gaststube in aller Eile ein paar Glas Tee getrunken hatte, schickte er sich an, die Etappenstation aufzusuchen, um bei dem Eskorteoffizier die Erlaubnis für eine Zusammenkunft mit der Maslowa einzuholen.

Auf den letzten sechs Etappenstationen hatten die Eskorteoffiziere, obwohl es jedesmal andere waren, Nechljudow den Zutritt in die Baracken rundweg abgeschlagen, so daß er die Maslowa seit über einer Woche nicht mehr gesehen hatte. Der Grund dieser Strenge lag darin, daß die Durchreise eines hohen Beamten des Strafvollzugs erwartet wurde. Inzwischen aber war dieser Beamte durchgefahren, ohne die Unterkünfte zu besichtigen, und Nechljudow hoffte daher, daß ihm der Eskorteoffizier, von dem die Kolonne morgens übernommen worden war, ebenso wie die früheren Offiziere eine Zusammenkunft mit den Gefangenen gestatten würde.

Das Angebot der Wirtin, im Wagen zu der am Ende des Dorfes liegenden Etappenstation zu fahren, lehnte Nechljudow ab, da er lieber zu Fuß ging. Ein junger, hünenhafter Bursche in mächtigen, frisch mit kräftig riechendem Birkenteer geschmierten Stiefeln übernahm es, ihn hinzuführen. Vom Himmel ging feuchter Nebel nieder, und es war so dunkel, daß Nechljudow den vorausgehenden Burschen, wenn kein Lichtschein aus den Fenstern fiel, auf drei Schritt Entfernung nicht mehr sehen konnte und nur noch das Schmatzen seiner in tiefem Schlamm versinkenden Stiefel hörte.

Nachdem sie den Kirchplatz überquert hatten und durch eine lange Straße mit hell erleuchteten Häusern bis zum Dorfrand gekommen waren, traten sie in völlige Finsternis hinaus. Doch bald wurden auch in dieser Finsternis die im Nebel verschwimmenden Lichter der an der Etappenstation brennenden Laternen sichtbar. Die rötlichen Lichttupfen wurden nach und nach größer und heller, und man konnte die Baumpfähle, die dunkle Gestalt des auf und ab gehenden Postens, einen gestreiften Pfeiler und das Schilderhäuschen erkennen. „Wer da?“ rief der Posten wie üblich die Herankommenden an und zeigte sich, als er Fremde feststellte, so streng, daß er ihnen selbst das Stehenbleiben vor dem Tor verwehren wollte. Allein Nechljudows Führer ließ sich durch die Strenge des Postens nicht einschüchtern.

„Na, was bist denn so brummig, alter Freund?“ redete er ihn an. „Poltere mal euren Feldwebel raus, wir werden hier warten!“

Der Posten antwortete nichts, rief aber durch die Pforte in den Hof und beobachtete dann aufmerksam, wie der breitschultrige Bauernbursche mit einem Holzspan den an Nechljudows Stiefeln klebengebliebenen Schlamm abschabte. Hinter dem Zaun hörte man ein Durcheinander von Männer- und Frauenstimmen. Nach etwa drei Minuten ging eisenklirrend die Pforte auf, und mit über die Schulter geworfenem Mantel trat der Feldwebel aus dem Dunkel in den Schein der Laterne und fragte, was gewünscht werde. Nechljudow übergab ihm seine Karte, auf die er schon vorher ein paar Zeilen geschrieben hatte, durch die er darum nachsuchte, in einer persönlichen Angelegenheit empfangen zu werden, und bat den Feldwebel, sie dem Offizier zu bringen. Der Feldwebel war weniger streng als der Posten, dafür aber um so neugieriger. Er witterte offenbar die Möglichkeit einer Nebeneinnahme und wollte unbedingt wissen, weswegen Nechljudow mit dem Offizier zu sprechen wünschte und wer er sei. Nechljudow antwortete, es handele sich um ein besonderes Anliegen und er würde sich erkenntlich zeigen, wenn er die Karte dem Offizier überbringen wollte. Der Feldwebel nahm die Karte, nickte und ging in den Hof zurück. Bald darauf öffnete sich wieder klirrend die Pforte, und eine Anzahl Frauen mit Körben, Schachteln, Krügen und Beuteln kamen heraus. Laut in der eigentümlichen sibirischen Mundart schwatzend, drängten sie über die Schwelle. Sie waren nicht ländlich gekleidet, sondern durchweg städtisch und trugen Mäntel oder Pelzjacken; alle hatten die Röcke geschürzt und ein Kopftuch um. Sie betrachteten neugierig Nechljudow und seinen Begleiter, die im Schein der Laterne standen. Eine der Frauen war sichtlich erfreut, hier dem breitschultrigen Bauernburschen zu begegnen, und fiel sofort mit scherzhaft gemeintem sibirischem Geschimpfe über ihn her.

„Sieh mal an, du Waldschrat, was lungerst du denn hier rum?“ rief sie ihm zu.

„Da, einen durchreisenden Fremden hab ich hergeführt“, antwortete er, auf Nechljudow deutend. „Was hast denn alles rangeschleppt?“

„Fleisch, Milch und Butter. Schon morgens haben sie uns herbestellt.“

„Und zum Übernachten wollten sie euch nicht dabehalten?“ fragte der Bursche.

„Paß auf, ich werde dir gleich, du Frechdachs!“ rief sie lachend. „Komm, gehen wir zusammen bis zum Dorf, kannst uns begleiten.“

Der Bursche sagte ihr noch etwas, worüber nicht nur die Frauen in Gelächter ausbrachen, sondern auch der Wachposten lachen mußte, und wandte sich schließlich zu Nechljudow um:

„Wie ist's, finden Sie allein zurück? Werden Sie sich nicht verlaufen?“

„Nein, nein, ich finde mich schon zurecht.“

„Wenn Sie an der Kirche vorbei sind, ist's nach dem zweistöckigen Gebäude das zweite Haus rechts. Hier, da haben Sie 'ne Stütze!“ sagte er und reichte Nechljudow den wie eine Bohnenstange langen Stock, mit dem er selbst gegangen war, worauf er, mit seinen mächtigen Stiefeln durch den Schlamm patschend, mit den Frauen im Dunkel verschwand.

Seine Stimme, und dazwischen die der Frauen, schallte noch aus dem Nebel herüber, als die Pforte abermals klirrend geöffnet wurde, der Feldwebel heraustrat und Nechljudow aufforderte, ihm zum Offizier zu folgen.

8

Wie alle Etappen- und Zwischenstationen auf der sibirischen Strecke bestand auch diese Zwischenstation aus drei niedrigen Wohngebäuden, die in einem von spitzen Pfählen umzäunten Hof lagen. In dem einen, dem größten Gebäude, dessen Fenster vergittert waren, hausten die Gefangenen, das zweite war für die Begleitmannschaft bestimmt, und im dritten befand sich die

Unterkunft für den Offizier und außerdem die Kanzlei. Alle drei Gebäude waren jetzt erleuchtet, wodurch, namentlich in dieser Umgebung, der hier trügerische Eindruck einer angenehmen Atmosphäre behaglicher Innenräume hervorgerufen wurde. Vor den Eingängen der Gebäude brannten Laternen, und fünf weitere brannten entlang den Seitenwänden und beleuchteten den Hof. Der Feldwebel führte Nechljudow über einen auf dem Hof ausgelegten Brettersteg zum kleinsten der Gebäude. Nachdem er die drei zur Tür führenden Stufen hinaufgestiegen war, ließ er Nechljudow an sich vorbei in den von einer kleinen Lampe erhellten und verqualmten Vorraum eintreten. Ein Soldat in grober Hemdbluse, schwarzen Hosen und mit einem Tuch um den Hals stand am Ofen über einen Samowar gebeugt und fachte mit einem seiner gelben Schaftstiefel, den er ausgezogen hatte, die im Samowar glimmenden Kohlen an. Als Nechljudow eintrat, ließ der Soldat den Samowar sein, nahm Nechljudow den Ledermantel ab und begab sich in den Nebenraum.

„Er ist da, Euer Wohlgeboren."

„Na, dann laß ihn herein", ertönte eine gereizte Stimme.

„Sie sollen kommen", sagte der zurückgekehrte Soldat zu Nechljudow und wandte sich gleich wieder dem Samowar zu.

Im Nebenraum brannte eine Hängelampe. An einem gedeckten Tisch, auf dem Geschirr mit Resten vom Mittagessen und zwei Flaschen standen, saß ein Offizier mit buschigem blondem Schnurrbart und ungewöhnlich rotem Gesicht, dessen breite Brust und Schultern eng von einer Uniformjacke nach österreichischem Schnitt umspannt waren. Außer nach Tabakqualm roch es in der warmen kleinen Stube sehr penetrant nach billigem, widerlichem Parfüm. Als Nechljudow eintrat, erhob sich der Offizier ein wenig von seinem Sitz und musterte ihn – so schien es Nechljudow – mit spöttischen, argwöhnischen Blicken.

„Sie wünschen?" fragte er und rief dann, ohne erst Nechljudows Antwort abzuwarten, durch die Tür: „Bernow! Wird's bald mit dem Samowar?"

„Kommt gleich!"

„Ich werd dir Beine machen – kommt gleich!" schrie der Offizier mit zornfunkelnden Augen.

„Ich bring ihn ja schon!" rief der Soldat zurück und trat mit dem Samowar ein.

Nechljudow schwieg, solange der Offizier dem Soldaten beim Aufstellen des Samowars mit kleinen bösen Augen so streng zusah, als suchte er das Ziel für einen Schlag. Als der Samowar glücklich aufgestellt war, richtete der Offizier den Tee an und entnahm seinem Proviantköfferchen eine kleine vierkantige Karaffe mit Kognak und ein Paket Albert-Biskuits. Nachdem er alles auf den Tisch gestellt hatte, wandte er sich an Nechljudow.

„Womit kann ich also dienen?"

„Ich möchte um die Genehmigung für eine Zusammenkunft mit einer der Gefangenen bitten", antwortete Nechljudow, ohne sich zu setzen.

„Mit einer Politischen? Das ist gesetzlich verboten", erklärte der Offizier.

„Es ist keine Politische", sagte Nechljudow.

„Aber nehmen Sie doch gefälligst Platz", forderte ihn der Offizier auf.

Nechljudow setzte sich.

„Sie ist keine Politische", wiederholte er, „hat aber von der maßgeblichen Stelle auf meine Fürbitte die Erlaubnis bekommen, sich den Politischen anzuschließen, und . . ."

„Ach ja, ich weiß schon", unterbrach ihn der Offizier. „Eine kleine, schwarzhaarige, nicht wahr? Nun, das geht zu machen. Belieben Sie zu rauchen?"

Er legte eine Schachtel Zigaretten vor Nechljudow auf den Tisch, goß dann sorgfältig zwei Glas Tee ein und schob eines Nechljudow hin.

„Bitte sehr . . ."

„Besten Dank! Mir liegt sehr daran, sie möglichst gleich zu sprechen."

„Die Nacht ist lang, dazu werden Sie immer noch Zeit haben. Ich werde sie zu Ihnen rufen lassen."

„Ist es nicht möglich, daß ich sie statt dessen im Unterkunftsraum aufsuche?" fragte Nechljudow.

„Bei den Politischen? Das ist gegen die Vorschriften."

„Mir wurde es schon mehrfach gestattet. Daß ich den Politischen etwas zustecken würde, braucht doch nicht befürchtet zu werden, denn das könnte ich ja, wenn ich es vorhätte, auch durch ihre Vermittlung tun."

„O nein, man wird sie durchsuchen", sagte der Offizier mit einem unangenehmen Lachen.

„Nun, dann lassen Sie mich doch durchsuchen."

„Na, wir werden auch ohne das auskommen", erwiderte der Offizier und streckte die entstöpselte Karaffe zu Nechljudows Glas aus. „Erlauben Sie? Nun, wie Sie wünschen. Lebt man in diesem Sibirien, dann ist man heilfroh, mal einen gebildeten Menschen zu Gesicht zu bekommen. Unser Dienst ist ja, wie Sie selbst wissen, der allertraurigste. Und wenn einer an was anderes gewöhnt ist, dann fällt es ihm schwer. Unsereiner, ein Eskorteoffizier, wird ja immer für einen rohen, ungebildeten Menschen gehalten, und niemand denkt daran, daß er vielleicht zu was ganz anderem geboren wurde."

Das rote Gesicht des Offiziers, sein Parfüm, der dicke Ring an seinem Finger und insbesondere sein unangenehmes Lachen – alles war Nechljudow höchst zuwider; doch wie schon während der ganzen Reise, befand er sich auch heute in jener ernsten, aufgeschlossenen Gemütsverfassung, in der er sich nicht erlaubte, irgend jemand, wen auch immer, leichtfertig oder geringschätzig zu behandeln, sondern hielt es für notwendig, sich in jeden Menschen, mit dem er sprach, „ganz hineinzuversetzen", wie er es in Gedanken nannte. Nachdem er den Offizier angehört und seinen Worten entnommen hatte, daß ihn die Beteiligung an der Quälerei der seiner Befehlsgewalt unterstellten Menschen bedrücke, sagte er in ernstem Ton:

„Ich möchte meinen, man könnte auch auf Ihrem Posten einen Trost darin finden, die Leiden der Gefangenen zu mildern."

„Worunter haben sie denn zu leiden? Es sind doch nun mal solche Leute."

„Wieso sind es besondere Leute?" fragte Nechljudow. „Es sind genau solche Menschen wie wir alle. Und Unschuldige gibt es auch unter ihnen."

„Natürlich, es gibt solche und solche. Selbstverständlich tun sie einem leid. Andere lassen nicht die geringste Kleinigkeit durchgehen, während ich bemüht bin, ihr Los, soweit ich kann, zu erleichtern. Lieber will ich selbst Unannehmlichkeiten auf mich nehmen als ihnen ein Leid zufügen. Manche Offiziere verhängen, wenn irgendwas vorkommt, gleich exemplarische Strafen oder schießen auch mal einen nieder, ich dagegen habe mit ihnen Mitleid. Darf ich Ihnen noch Tee einschenken? Trinken Sie doch aus", sagte er und füllte Nechljudows Glas nach. „Weswegen hat man denn die Frau bestraft, die Sie zu sprechen wünschen?" fragte er.

„Es ist eine unglückliche Frau, die durch das Schicksal in ein öffentliches Haus verschlagen und dort zu Unrecht eines Giftmordes bezichtigt wurde. Sie ist eine sehr anständige Frau", sagte Nechljudow.

Der Offizier wiegte den Kopf.

„Ja, so was kommt vor. In Kasan, kann ich Ihnen sagen, da gab es auch so eine – Emma hieß sie. Von Geburt war sie Ungarin, aber Augen hatte sie richtig persische", erzählte er, ohne bei dieser Erinnerung ein Lächeln unterdrücken zu können. „Und schick war sie, rein wie eine Gräfin ..."

Nechljudow unterbrach den Offizier und kam auf das frühere Thema zurück.

„Ich meine doch, Sie könnten die Lage dieser Menschen erleichtern, solange sie unter Ihrem Kommando stehen. Und wenn Sie das täten, würden Sie, davon bin ich überzeugt, selbst eine große Befriedigung empfinden", sagte Nechljudow, bemüht, jedes Wort möglichst deutlich auszusprechen, wie man es gegenüber Ausländern und Kindern tut.

Der Offizier saß mit leuchtenden Augen da und wartete offenbar mit Ungeduld darauf, daß Nechljudow aufhörte und er selbst weiter von der Ungarin mit den persischen Augen erzählen konnte, die in seiner Phantasie wahrscheinlich leibhaftig vor ihm stand und seine ganze Aufmerksamkeit in Anspruch nahm.

„Gewiß, gewiß, das gebe ich zu. Ich habe ja auch Mitleid mit ihnen. Doch ich wollte Ihnen noch von jener Emma erzählen, was die angestellt hat. Eines Tages ..."

„Ich interessiere mich nicht dafür", fiel ihm Nechljudow ins Wort, „und will Ihnen ganz offen sagen, daß ich früher zwar selbst ausschweifend gelebt habe, jetzt aber solche Beziehungen zu Frauen verabscheue."

Der Offizier sah Nechljudow verblüfft an.

„Aber ein Glas Tee trinken Sie doch noch?" fragte er.

„Nein, danke."

„Bernow!" rief der Offizier. „Führ den Herrn zu Wakulow und sag ihm, er soll ihn in die Sonderabteilung für Politische hineinlassen; bis zur Kontrolle kann er dort bleiben."

9

Begleitet von dem Ordonnanzsoldaten, trat Nechljudow wieder in den dunklen, nur trübe vom rötlichen Schein der Laternen beleuchteten Hof hinaus.

„Wohin?" fragte ein entgegenkommender Eskortesoldat den Begleiter Nechljudows.

„In die Sonderabteilung, Nummer fünf."

„Hier kommst nicht durch, die Tür ist verschlossen; du mußt zum andern Eingang gehen."

„Warum ist sie denn verschlossen?"

„Der Feldwebel hat's gemacht und ist ins Dorf gegangen."

„Na, dann kommen Sie hier lang."

Der Soldat ging mit Nechljudow zum anderen Ende des Gebäudes und führte ihn über einen Brettersteg zu dem dort befindlichen Eingang. Schon von weitem hörte man im Innern des Gebäudes lebhaftes Treiben und ein Stimmengewirr, das an das anheimelnd klingende Gesumm von Bienen erinnerte, die sich zum Ausschwärmen anschicken; doch als Nechljudow näher herangekommen war und die Tür geöffnet wurde, verstärkte sich dieses Gesumm und ging in ein Durcheinander sich gegenseitig überschreiender, schimpfender und lachender Stimmen über. Ringsum klirrten Ketten, und die Luft war von einem stickigen Geruch erfüllt, wie er in Latrinen herrscht.

Diese beiden Eindrücke – das von Kettengeklirr begleitete Stimmengewirr und der widerwärtige Geruch – erzeugten in Nechljudow jedesmal ein seelisches, an physische Übelkeit grenzendes Unbehagen. Beide Eindrücke verbanden sich miteinander, und einer verstärkte den anderen.

Beim Eintritt in den Vorraum des Gebäudes, in dem ein riesiger Kübel – der sogenannte Kotkübel – stand, war das erste, was Nechljudow erblickte, eine Frau, die auf dem Rand des Kübels saß. Ihr gegenüber stand ein Gefangener, die pfannkuchenförmige Mütze auf die eine Seite des kahlgeschorenen Kopfes geschoben, und beide unterhielten sich miteinander. Als der Gefangene Nechljudow bemerkte, blinzelte er ihm zu und sagte: „Ja, sein Wasser kann nicht mal der Zar zurückhalten."

Die Frau zog den Saum ihres Sträflingskittels tiefer und machte ein verlegenes Gesicht.

Aus dem Vorraum kam man in einen Korridor, auf den die Türen der einzelnen Unterkunftsräume hinausführten. Der erste Raum diente zur Unterbringung von Familien, daneben lag ein großer Raum für Ledige, und am Ende des Korridors waren zwei kleinere, für politische Sträflinge bestimmte Räume. In das für hundertfünfzig Personen berechnete Gebäude waren jetzt vierhundertfünfzig hineingepfercht, so daß eine fürchterliche Enge herrschte und der ganze Korridor von Gefangenen überfüllt war, die in den Innenräumen keinen Platz mehr gefunden hatten. Die einen hockten oder lagen auf dem Fußboden, andere, die heißes Wasser für den Tee holten, gingen mit leeren oder schon gefüllten Kannen hin und her. Unter ihnen befand sich Taras. Er kam auf Nechljudow zu und begrüßte ihn herzlich. Sein gutmütiges Gesicht war von blauroten blutunterlaufenen Flecken an der Nase und unter den Augen entstellt.

„Was ist denn mit dir geschehen?" fragte Nechljudow.

„Ja, es ist was vorgekommen", antwortete Taras lächelnd.

„Die prügeln sich immer", bemerkte der Soldat verächtlich.

„Wegen seiner Frau hat er sich mit dem blinden Fedka gerauft", fügte ein ihnen folgender Gefangener hinzu.

„Wie geht es denn Fedossja?" fragte Nechljudow.

„Danke, ganz gut. Ich bringe ihr eben heißes Wasser zum Teebrühen", sagte Taras und begab sich in den Raum für Familien.

Nechljudow warf einen Blick durch die Tür. Der ganze Raum war mit Frauen und Männern vollgestopft, die teils auf den

Pritschen saßen, teils darunter lagen. Die Luft war erfüllt vom Dunst ihrer allmählich trocknenden durchnäßten Kleider, und rundum hörte man Weibergekreisch. Die nächste Tür führte zum Unterkunftsraum der Ledigen. Dieser war noch voller, und selbst in der Tür und unmittelbar davor auf dem Korridor staute sich eine lärmende Menge von Gefangenen in nassen Kleidern, die untereinander irgendeine Verteilung oder Abrechnung vornahmen. Der Nechljudow begleitende Unteroffizier erklärte ihm, daß ein Obmann die Verpflegungsgelder verteile, die sie meist an Hand kleiner, aus Spielkarten zurechtgeschnittener Lose im voraus gewonnen oder verspielt hatten. Als die Nächststehenden den Unteroffizier und Nechljudow vorbeigehen sahen, verstummten sie und musterten sie mit feindseligen Blicken. Unter den an der Verteilung Beteiligten bemerkte Nechljudow auch den ihm schon bekannten Zwangsarbeiter Fjodorow, in dessen Gesellschaft sich stets ein jämmerlich aussehender Bursche mit blassem, aufgedunsenem Gesicht und hochgezogenen Brauen befand, und einen widerlichen, pockennarbigen Vagabunden mit verstümmelter Nase, von dem es hieß, er habe, als er einmal ausgebrochen war, in der Taiga einen Kameraden umgebracht und sich von seinem Fleisch ernährt. Der Vagabund, der seinen nassen Sträflingskittel über die Schulter geworfen hatte, stand im Korridor und blickte Nechljudow, ohne ihm Platz zu machen, mit spöttischer, frecher Miene ins Gesicht. Nechljudow ging um ihn herum.

So bekannt dieses Schauspiel Nechljudow nun auch schon war und sooft er im Laufe der letzten drei Monate immer wieder dieselben vierhundert kriminellen Sträflinge in den verschiedensten Situationen gesehen hatte: auf dem Marsch in glühender Hitze, von Staubwolken eingehüllt, die sie mit den Ketten ihrer gefesselten Füße aufwirbelten, bei der Rast unterwegs, in den Etappenstationen und in der warmen Jahreszeit auf den Höfen, wo sich die schamlosesten Szenen offener Unzucht abspielten – er empfand doch jedesmal, wenn er sich unter ihnen aufhielt und ihre Aufmerksamkeit, wie eben jetzt, auf sich gerichtet fühlte, ein bedrückendes Gefühl der Scham und des Bewußtseins seiner Schuld. Am bedrückendsten war es für ihn, daß dieses Schuld-

und Schamgefühl von unüberwindlichem Grauen und Entsetzen begleitet war. Er sah ein, daß man unter den Verhältnissen, denen diese Menschen ausgesetzt waren, nichts anderes von ihnen erwarten konnte, vermochte aber dennoch nicht, seinen Widerwillen gegen sie zu unterdrücken.

„Die haben's gut, diese vollgefressenen Schmarotzer. Was kann diesen Satansbrüdern schon geschehen? Bauchschmerzen werden sie nicht kriegen", hörte Nechljudow, als er auf die Tür der Politischen zuging, hinter sich eine rauhe Stimme, dann folgte ein unflätiges Schimpfwort, und es erscholl gehässiges, hämisches Gelächter.

10

Nachdem sie am Unterkunftsraum der Ledigen vorüber waren, sagte der begleitende Unteroffizier zu Nechljudow, daß er ihn vor der Kontrolle abholen werde, und entfernte sich. Kaum hatte der Unteroffizier den Rücken gekehrt, als ein barfüßiger Sträfling, die Ketten der Fußfesseln mit der Hand anhebend, hastig auf Nechljudow zukam, sich mit seinem penetrant nach Schweiß riechenden Körper dicht zu ihm vorbeugte und ihm zuflüsterte: „Treten Sie für ihn ein, Herr. Man hat dem Burschen ganz den Kopf verdreht. Betrunken haben sie ihn gemacht. Heute, bei der Übernahme, hat er sich schon für Karmanow ausgegeben. Treten Sie für ihn ein, unsereins kann es nicht, den würden sie umbringen", sagte der Sträfling, während er sich ängstlich nach allen Seiten umblickte und sich gleich wieder zurückzog.

Es handelte sich darum, daß ein zu Zwangsarbeit Verurteilter namens Karmanow einen jungen Mann, der nur zur Ansiedlung nach Sibirien verbannt war und ihm sehr ähnlich sah, durch ständiges Zureden dazu gebracht hatte, mit ihm die Rollen zu tauschen, so daß der junge Mann statt seiner die Zwangsarbeit übernehmen sollte und er selbst dafür in die Verbannung gehen würde.

Über diesen Fall war Nechljudow bereits unterrichtet, da ihm der Sträfling, der eben an ihn herangetreten war, schon vor einer

Woche davon erzählt hatte. Er nickte, zum Zeichen, daß er ihn verstanden habe und tun würde, was ihm möglich sei, und ging dann, ohne sich nochmals umzusehen, weiter.

Nechljudow, der diesen Sträfling in Jekaterinburg kennengelernt hatte – wo er von ihm gebeten worden war, für seine Frau die Erlaubnis zu erwirken, ihm nachzufolgen –, wunderte sich über sein jetziges Verhalten. Er war ein mittelgroßer, wie ein harmloser Bauer aussehender Mann von etwa dreißig Jahren, den man wegen versuchten Raubmordes zu Zwangsarbeit nach Sibirien verbannt hatte. Er hieß Makar Dewkin. Zu dem Raubmordversuch war es unter höchst seltsamen Umständen gekommen. Er hatte ihn, wie er Nechljudow erzählte, nicht aus eigenem Antrieb verübt, sondern war vom Teufel als Werkzeug benutzt worden. Eines Tages, so erzählte Makar, war bei seinem Vater ein durchreisender Fremder eingekehrt und hatte mit ihm ausgemacht, man solle ihn für zwei Rubel in ein vierzig Werst entferntes Dorf fahren. Der Vater wies Makar an, den Fremden hinzufahren. Makar spannte ein Pferd vor den Schlitten, zog sich an und trank vor der Abfahrt mit dem Fremden noch ein Glas Tee. Beim Tee erzählte der Fremde, daß er in jenem Dorf heiraten wolle und fünfhundert Rubel mitbringe, die er in Moskau verdient habe. Als Makar dies hörte, ging er auf den Hof und steckte ein Beil unter das im Schlitten liegende Stroh.

„Ich weiß selber nicht, wozu ich das Beil genommen hab", erzählte er. „‚Nimm ein Beil mit!' raunte mir der Satan zu – und da nahm ich es. Wir setzten uns in den Schlitten und fuhren los. Alles ging gut. An das Beil dachte ich überhaupt nicht mehr. Aber als wir schon nahe an das Dorf herangekommen waren – nur noch sechs Werst vielleicht waren es –, da mußten wir vom Feldweg über einen Berg zur großen Landstraße rüberfahren. Ich stieg aus dem Schlitten und ging zu Fuß hinterher. Da raunte er mir wieder zu: ‚Was wartest noch? Bist erst auf dem Berg, dann fängt die Landstraße an, da kommen viele Leute, und da ist auch gleich das Dorf. Dann steigt er aus und geht mit dem Geld fort. Wenn überhaupt, dann mußt es jetzt machen, sonst ist's zu spät.' Ich bückte mich über den Schlitten, tat so, als wollte ich das Stroh aufschütteln, und das Beil sprang mir dabei wie von selbst in die Hände. Der Fremde drehte sich zu mir um. ‚Was willst du?' fragte er. Ich schwang das Beil und wollte ihn niederschlagen, aber er, ein starker Mann, sprang aus dem Schlitten und packte mich beim Arm. ‚Was machst du, Halunke?' rief er und schleuderte mich in den Schnee. Ich versuchte gar nicht, mich zu wehren, ich ergab mich freiwillig. Er schnürte meine Hände mit seinem Gurt zusammen, warf mich in den Schlitten und fuhr mit mir geradewegs zum Revier. Man steckte mich ins Gefängnis, stellte mich vors Gericht. Die Gemeinde sagte gut für mich aus: daß ich ein anständiger Mensch bin und noch nie was verbrochen habe. Auch die Leute, bei denen ich arbeitete, sagten nur Gutes. Aber wir hatten kein Geld, einen Awokat zu nehmen", erzählte Makar, „und so haben sie mich zu vier Jahren Zwangsarbeit verurteilt."

Und nun war dieser Mensch, um einen Landsmann zu retten, zu Nechljudow gekommen und hatte ihm, obwohl er wußte, daß er damit sein Leben riskierte, dieses Komplott seiner Mitgefangenen verraten, die ihn, wenn sie davon erführen, unweigerlich erdrosseln würden.

II

Die Politischen waren in zwei kleinen Räumen untergebracht, deren Türen auf einen vom Korridor abgetrennten Teil hinausführten. Als Nechljudow diesen Teil des Korridors betrat, stieß er auf Simonson, der in seiner kurzen Jacke mit einem Fichtenscheit vor dem Ofen hockte und die im Luftzug des eben angefachten Feuers vibrierende Ofenklappe beobachtete.

Als er Nechljudow bemerkte, blickte er, ohne aufzustehen, unter seinen buschigen Brauen hervor zu ihm auf und reichte ihm die Hand.

„Schön, daß Sie gekommen sind, ich habe etwas mit Ihnen zu besprechen", erklärte er in vielsagendem Ton und sah Nechljudow gerade in die Augen.

„Worum handelt es sich?" fragte Nechljudow.

„Später. Im Augenblick bin ich beschäftigt", antwortete Simonson und wandte sich wieder dem Ofen zu, den er nach einer besonderen, mit dem geringsten Wärmeverlust verbundenen Methode heizte.

Nechljudow war schon im Begriff, auf die erste Tür zuzugehen, als aus der zweiten die Maslowa heraustrat, gebückt, um mit einem Reisigbündel einen großen Haufen Kehricht zum Ofen zu fegen. Sie war mit einer weißen Bluse, aufgeschürztem Rock und Strümpfen bekleidet und hatte zum Schutz gegen den Staub bis tief über die Stirn ein weißes Tuch gebunden. Als sie Nechljudow sah, richtete sie sich auf und wurde feuerrot; sie legte das Reisigbündel hin, wischte die Hände am Rock ab und blieb sichtlich erfreut vor ihm stehen.

„Sorgen Sie hier für Sauberkeit?" fragte Nechljudow und reichte ihr die Hand.

„Ja, meine von alters her gewohnte Beschäftigung", antwortete sie lächelnd. „Verschmutzt war hier alles, wie man es sich gar nicht vorstellen kann. Wir haben schon die ganze Zeit gescheuert und den Schmutz fortgeschafft ... Nun, ist das Plaid trocken?" wandte sie sich an Simonson.

„Ja, fast", antwortete Simonson und sah sie dabei mit einem besonderen, Nechljudow merkwürdig erscheinenden Blick an.

„Schön, dann werde ich es holen und die Pelze zum Trocknen bringen", sagte sie. „Unsere ganze Gruppe ist beisammen", fügte sie, zu Nechljudow gewandt, hinzu und zeigte auf die nächstliegende Tür, während sie selbst auf die zweite zuging.

Nechljudow öffnete die Tür und kam in einen kleinen Raum, der spärlich von einem Lämpchen beleuchtet war, das auf einer der Pritschen stand. Es war kalt hier und roch nach aufgewirbeltem Staub, nach Feuchtigkeit und Tabaksrauch. Der Schein der kleinen Lampe fiel nur auf den nächsten Umkreis, so daß die Pritschen im Dunkel lagen und an den Wänden Schatten hin und her huschten.

In dem engen Raum waren alle politischen Gefangenen versammelt, ausgenommen zwei Männer, die die Verpflegung besorgten und gerade hinausgegangen waren, um Teewasser und Eßwaren zu holen. Nechljudow sah seine alte Bekannte, Wera Bogoduchowskaja, die noch abgemagerter und gelber im Gesicht geworden war und mit ihrem kurzen Haar, den immer bestürzt blickenden Augen und der auf der Stirn stark vortretenden Ader in einer grauen Jacke vor einem Zeitungsblatt saß und den darauf ausgeschütteten Tabak mit hastigen Bewegungen in Zigarettenhülsen stopfte.

Ferner befand sich hier eine der Nechljudow sympathischsten politischen Gefangenen, eine junge Frau namens Emilja Ranzewa; sie kümmerte sich um das Quartier und verstand es, ihm selbst unter den schwierigsten Bedingungen einen Anstrich von Behaglichkeit und weiblicher Häuslichkeit zu geben. Sie saß mit aufgekrempelten Ärmeln neben der Lampe und war damit beschäftigt, mit ihren schönen sonnengebräunten und geschickten Händen Becher und Tassen nachzupolieren, bevor sie diese auf ein über der Pritsche ausgebreitetes Handtuch stellte. Das kluge, sanftmütige Gesicht Emilja Ranzewas war nicht schön, hatte jedoch die Eigenheit, daß es unvermittelt einen fröhlichen, munteren, ungemein bestrickenden Ausdruck annahm, wenn sie lächelte. Mit einem solchen Lächeln begrüßte sie jetzt auch Nechljudow.

„Wir hatten schon angenommen, Sie seien nach Hause zurückgefahren“, sagte sie.

Etwas abseits, in einer dunklen Ecke, entdeckte Nechljudow auch Marja Pawlowna, die sich mit einem blonden Mädelchen zu schaffen machte, das mit seinem lieblichen Kinderstimmchen unaufhörlich plapperte.

„Wie schön, daß Sie gekommen sind. Haben Sie Katjuscha schon gesehen?“ fragte sie Nechljudow. „Schauen Sie her, was für einen kleinen Gast wir haben“, fuhr sie fort und zeigte auf das Mädchen.

Anatoli Krylzow befand sich ebenfalls hier. Abgemagert und blaß, die Hände in die Ärmel der Pelzjacke geschoben und die in Filzstiefeln steckenden Füße dicht an den Körper gezogen, kauerte er zitternd in einer entfernten Ecke auf der Pritsche und blickte mit fiebrig glänzenden Augen zu Nechljudow herüber. Nechljudow wollte sich zu ihm begeben, konnte dabei aber nicht einen rothaarigen, krausköpfigen Gefangenen mit Brille umgehen, der in einer Guttaperchajacke rechts neben der Tür saß, in seinem Reisesack kramte und sich mit der hübschen, ihm lächelnd zuhörenden Gefangenen Grabez unterhielt. Er war der berühmte Revolutionär Nowodworow. Nechljudow bemühte sich, die Begrüßung mit Nowodworow möglichst schnell abzumachen, weil er ihm als einziger unter allen politischen Häftlingen dieses Transports ausgesprochen unsympathisch war. Nowodworow sah Nechljudow durch die Brille mit blitzenden blauen Augen an, runzelte die Stirn und reichte ihm die schmale Hand.

„Na, wie geht's? Verläuft die Reise angenehm?" fragte er mit unverhohlener Ironie.

„Doch, man sieht viel Interessantes", antwortete Nechljudow, der so tat, als habe er die Ironie nicht bemerkt, sondern Nowodworows Frage als Liebenswürdigkeit aufgefaßt, und ging zu Krylzow hinüber.

Äußerlich gab sich Nechljudow den Anschein, gleichmütig zu sein, aber in seinem Innern war er aufgebracht gegen Nowodworow. Sein spöttischer Ton, sein offenkundiger Wunsch, ihm etwas Unangenehmes zu sagen und anzutun, hatten die gute Gemütsverfassung zerstört, in der er bis dahin gewesen war. Er wurde mißgestimmt und fühlte sich bedrückt.

„Nun, was macht die Gesundheit?" fragte er, als er die kalte, zitternde Hand Krylzows drückte.

„Es geht einigermaßen, ich kann nur nicht warm werden, ich bin ganz durchnäßt", antwortete Krylzow und steckte seine Hand schnell wieder in den Ärmel der Pelzjacke. „Es ist ja auch eine Hundekälte hier. Und obendrein zieht es vom Fenster", sagte er und zeigte auf das vergitterte Fenster, an dem zwei Scheiben zerschlagen waren. „Warum haben Sie sich so lange nicht blikken lassen?"

„Man ließ mich nicht durch, es ging sehr streng zu. Erst diesmal hat sich der Offizier umgänglicher gezeigt."

„Na, schön umgänglich!" sagte Krylzow. „Fragen Sie Marja Pawlowna, was er heute morgen angestellt hat."

Marja Pawlowna erzählte, ohne aufzustehen, von ihrem Platz aus, was sich morgens vor dem Ausmarsch wegen des kleinen Mädchens zugetragen hatte.

„Meines Erachtens ist es unbedingt nötig, einen kollektiven Protest einzulegen", erklärte in energischem Ton Wera Jefremowna, während sie die Anwesenden, einen nach dem andern, mit unentschlossener, zaghafter Miene ansah. „Wladimir hat protestiert, aber das genügt nicht."

„Wogegen protestiert?" warf, verdrießlich das Gesicht verziehend, Krylzow ein, dem das unnatürliche, gekünstelte Gehabe und die Überspanntheit Wera Jefremownas offenbar schon seit langem auf die Nerven fielen. „Suchen Sie Katja?" wandte er sich an Nechljudow. „Sie ist unentwegt bei der Arbeit, beim Reinemachen. Hier, die Männerabteilung, hat sie schon gesäubert, jetzt hat sie sich die Frauenabteilung vorgenommen. Nur die Flöhe wird sie nicht vertreiben können, die lassen einem keine Ruhe. Was macht denn Mascha dort?" fragte Krylzow und deutete mit dem Kopf auf die Ecke, in der Marja Pawlowna saß.

„Sie ist dabei, ihrem Pflegetöchterchen das Haar durchzukämmen", sagte die Ranzewa.

„Na, hoffentlich bekommen wir da kein Ungeziefer ab", bemerkte Krylzow.

„Nein, nein, ich habe achtgegeben. Sie ist jetzt sauber", versicherte Marja Pawlowna und wandte sich dann an die Ranzewa: „Nehmen Sie sie. Ich will zu Katja gehen, ihr etwas helfen. Und dann bringe ich ihm das Plaid."

Die Ranzewa nahm die Kleine auf den Schoß, drückte mit mütterlicher Zärtlichkeit die nackten weichen Beinchen an sich und gab ihr ein Stück Zucker.

Marja Pawlowna ging hinaus, und gleich darauf traten die beiden Gefangenen ein, die heißes Wasser und Verpflegung geholt hatten.

12

Einer der Eintretenden war ein mittelgroßer, hagerer junger Mann in pelzgefütterter Jacke und hohen Stiefeln. Er kam mit schnellen, elastischen Schritten herein und trug außer zwei dampfenden Teekesseln mit heißem Wasser unter der Achsel ein in ein Tuch eingewickeltes Brot.

„Na, da ist ja unser Fürst wieder", sagte er, während er einen der Teekessel neben die Tassen stellte und der Maslowa das

Brot aushändigte. „Wir haben großartig eingekauft", fuhr er fort und schleuderte die ausgezogene Pelzjacke über den Kopf hinweg auf eine der in der Ecke stehenden Pritschen. „Markel hat Milch und Eier aufgetrieben – ein wahres Festessen wird das heute! Und Emilja Kirillowna hat hier wieder ihren Sinn für Schönheit und Sauberkeit walten lassen", sagte er lächelnd mit einem Blick auf die Ranzewa. „So, jetzt kannst du den Tee anrichten", rief er ihr zu.

Aus dem ganzen Äußeren dieses Mannes, aus seinen Bewegungen, dem Klang seiner Stimme, seinem Blick sprach ein heiteres Gemüt und Lebensfreude. Der zweite der Eingetretenen – ebenfalls nicht sehr groß und hager, mit fahlem Gesicht, starken Backenknochen, schmalen Lippen und schönen, weit auseinanderstehenden grünlichen Augen – hingegen war ein Mensch von finsterem, mißmutigem Aussehen. Er trug einen alten, wattierten Mantel und Galoschen über den Stiefeln und war mit zwei Krügen und zwei Körben beladen. Nachdem er seine Bürde vor der Ranzewa abgestellt und Nechljudow, den er dabei die ganze Zeit im Auge behielt, zunächst durch ein Kopfnicken begrüßt hatte, reichte er ihm unlustig die schweißnasse Hand und begann dann umständlich die in den Körben mitgebrachten Lebensmittel auszupacken.

Diese beiden politischen Sträflinge waren Leute aus dem Volk. Der erste war ein Bauernsohn namens Nabatow, der zweite, Markel Kondratjew, ein Fabrikarbeiter. Markel hatte sich der revolutionären Bewegung erst in reiferem Alter, mit fünfunddreißig Jahren, angeschlossen, Nabatow dagegen schon als Achtzehnjähriger. Nachdem Nabatow, dank seiner ungewöhnlichen Begabung, von der Dorfschule aufs Gymnasium gekommen war, sich seinen Unterhalt bis zum Abitur durch Nachhilfestunden verdient hatte, war er bei der Abschlußprüfung mit einer Goldmedaille ausgezeichnet worden. Studieren wollte er nicht, da er bereits in den oberen Gymnasialklassen beschlossen hatte, sich ganz dem einfachen Volk zu widmen, aus dem er kam, und für die Aufklärung seiner vergessenen Brüder zu sorgen. Seinem Beschluß getreu, hatte er zunächst in einem großen Dorf den Posten eines Schreibers angenommen, doch er wurde schon bald verhaftet, weil er den Bauern aus Büchern vorgelesen und die Gründung einer Konsum- und Produktionsgenossenschaft in die Wege geleitet hatte. Man verurteilte ihn zu anderthalb Jahren Gefängnis und stellte ihn anschließend unter Polizeiaufsicht. Nach Verbüßung der Strafe begab er sich sofort in ein anderes Gouvernement, nahm dort in einem Dorf die Stellung eines Lehrers an und betätigte sich wieder im gleichen Sinne. Er wurde aufs neue verhaftet und diesmal für ein Jahr und zwei Monate hinter Schloß und Riegel gesetzt.

Nach der zweiten Haftzeit, während der er nur noch mehr in seinen Überzeugungen bestärkt worden war, verbannte man ihn in das Gouvernement Perm. Von dort entfloh er. Man wurde seiner bald wieder habhaft und verbannte ihn nach sieben Monaten Untersuchungshaft in das Gouvernement Archangelsk. Dort weigerte er sich, dem neuen Zaren den Treueid zu leisten, und wurde dafür in das Jakutsker Gebiet verbannt. Auf diese Weise hatte er seit seiner Schulzeit die Hälfte des Lebens in Gefängnissen und in der Verbannung zugebracht. Doch alle diese Schicksalsschläge hatten ihn keineswegs verbittert oder seine Energie geschwächt, sondern sie eher gesteigert. Nabatow war sehr lebhaft, hatte eine vorzügliche Verdauung und war immer rührig, guter Laune und frohen Muts. Er bereute nie, was er getan hatte, und machte sich keine Gedanken über die Zukunft, sondern wirkte mit der ganzen Kraft seines Verstandes, mit seiner Geschicklichkeit und seinem praktischen Sinn in der Gegenwart. Wenn er sich in Freiheit befand, arbeitete er für das Ziel, das er sich gesteckt hatte – für die Aufklärung und den Zusammenschluß der Arbeiter und insbesondere der ländlichen Bevölkerung; und wenn er sich in Haft befand, war er mit der gleichen Energie, der gleichen Zielstrebigkeit darum bemüht, Verbindungen mit der Außenwelt herzustellen und das Leben nicht nur für sich, sondern auch für seine Schicksalsgefährten so erträglich zu gestalten, wie es unter den gegebenen Umständen irgend möglich war. Er war vor allem auf das Gemeinwohl bedacht. Seine eigenen Ansprüche waren höchst bescheiden, für sich selbst benötigte er nie etwas, doch für die Gemeinschaft seiner Kameraden stellte er hohe Ansprüche; um ihretwillen war er fähig, unermüdlich, ohne zu schlafen und zu essen, jede körperliche oder geistige Arbeit zu vollbringen. Als Bauer war er fleißig, findig und geschickt bei der Arbeit, von natürlicher Zurückhaltung und ungezwungener Höflichkeit, er achtete nicht nur die Gefühle, sondern auch die Ansichten anderer. Seine alte Mutter, eine verwitwete Bäuerin ohne jegliche Schulbildung und voll Aberglauben, lebte noch, und wenn er sich in Freiheit befand, unterstützte er sie und besuchte sie auch. Während seiner Aufenthalte zu Hause kümmerte er sich um die Einzelheiten ihres Lebens, half ihr bei der Arbeit und hielt zugleich die Beziehungen zu seinen früheren Kameraden, den Bauernburschen, aufrecht; er rauchte mit ihnen den billigsten Machorka in sogenannten Hundefüßchen, trug mit ihnen Faustkämpfe aus und setzte ihnen auseinander, wie man sie alle hinters Licht führe und daß sie sich von dem Lug und Trug befreien müßten, mit dem man sie verdumme. Wenn er darüber nachdachte oder davon sprach, was das einfache Volk, zu dem er gehörte, von der Revolution zu erwarten hätte, stellte er sich immer vor, daß die Bauern im großen und ganzen unter den bisherigen Bedingungen weiterleben, aber über eigenes Land verfügen und nicht mehr von Großgrundbesitzern und Beamten abhängig sein würden. Im Gegensatz zu Nowodworow und seinem Anhänger Markel Kondratjew vertrat Nabatow die Ansicht, die Revolution sollte nicht die Grundformen des Volkslebens ändern, nicht das ganze Bauwerk zerstören, sondern nur eine andere Einteilung im Innern dieses schönen, soliden, riesengroßen und von ihm heißgeliebten Gebäudes herbeiführen.

In religiöser Hinsicht war Nabatow ebenfalls ein typischer Bauer, der sich über metaphysische Fragen, den Ursprung alles Seins und das jenseitige Leben nie den Kopf zerbrach. Gott stellte für ihn, ebenfalls wie für Arago, eine Hypothese dar, mit der er sich bisher nicht hatte zu befassen brauchen. Er kümmerte sich nicht darum, auf welche Weise die Welt entstanden war, ob nach der Lehre Moses' oder Darwins, und betrachtete den ganzen Darwinismus, dem seine Kameraden so große Bedeutung beimaßen, als ein ebensolches Gedankenspiel wie die Geschichte von der Erschaffung der Welt in sechs Tagen.

Die Frage der Entstehung der Welt interessierte ihn gerade deshalb nicht, weil er immer mit der Frage beschäftigt war, wie man das Leben in dieser Welt am besten gestalten könne. Über das künftige Leben dachte er auch nie nach, denn im Grunde seines Herzens vertrat er die von seinen Vorfahren ererbte feste und beruhigende Überzeugung, die allen Landleuten eigen ist, daß ebenso wie im Tier- und Pflanzenreich nichts zu Ende geht, sondern sich alles ständig aus einer Form in eine andere umwandelt – Dünger in Korn, das Korn in Hühner, die Kaulquappe in einen Frosch, die Raupe in einen Schmetterling, die Eichel in eine Eiche –, daß in gleicher Weise auch der Mensch nie aufhört zu leben, sondern nur die Gestalt wechselt. Er glaubte daran, und dank diesem Glauben blickte er dem Tod stets mutig, ja sogar heiter ins Auge und ertrug standhaft alle Leiden, die ihn zur Folge haben konnten; aber er sprach nicht gern darüber und war dazu auch nicht genügend wortgewandt. Er liebte die Arbeit, war immer mit praktischen Dingen beschäftigt und hielt auch seine Gefährten zu praktischer Betätigung an.

Der zweite aus dem Volk hervorgegangene politische Sträfling dieses Transportes, Markel Kondratjew, war von anderem Schlag. Mit fünfzehn Jahren hatte er seine erste Arbeitsstelle angetreten und zu rauchen und zu trinken begonnen, um das dunkel empfundene Gefühl eines ihm zugefügten Unrechts zu betäuben. Erstmalig hatte er dieses Unrecht empfunden, als sie, die Arbeitsburschen, zur Weihnachtsbescherung an den von der Frau des Fabrikbesitzers geschmückten Tannenbaum geführt wurden und er und seine Kameraden mit einer kleinen Rohrpfeife für eine Kopeke, einem Apfel, einer vergoldeten Nuß und einer Feige beschenkt wurden, während die Kinder des Fabrikanten Spielsachen erhielten, die ihm wie Gaben einer märchenhaften Fee erschienen waren und, wie er später erfuhr, über fünfzig Rubel gekostet hatten. Als Zwanzigjähriger machte er die Bekanntschaft einer berühmten Revolutionärin, die als Arbeiterin in die Fabrik eingetreten war und ihm, nachdem sie seine außergewöhnlichen Fähigkeiten erkannt hatte, Bücher und Broschüren gab, sich mit ihm unterhielt, ihm seine mißliche Lage vorhielt und ihn über deren Ursache und die Mittel zu ihrer

Verbesserung aufklärte. Seitdem sich vor ihm die Möglichkeit abzeichnete, sich und andere aus der Unterjochung zu befreien, in der sie sich befanden, erschien ihm die Ungerechtigkeit dieses Zustandes noch unerträglicher und grausamer als früher, und er war fortan von dem heißen Wunsch beherrscht, nicht nur die Befreiung aus diesen grausamen, ungerechten Verhältnissen, sondern auch die Bestrafung der Menschen zu erreichen, die sie geschaffen hatten und aufrechterhielten. Da man ihm gesagt hatte, man könne sich die Möglichkeit dazu durch Bildung verschaffen, stürzte er sich voller Leidenschaft auf die Bücher. Es war ihm nicht klar, auf welche Weise sich die Verwirklichung des sozialistischen Ideals durch Bildung erreichen lassen sollte, aber da ihm Bildung zu der Erkenntnis der Ungerechtigkeit seiner jetzigen Lage verholfen hatte, glaubte er, sie würde auch zur Beseitigung dieser Ungerechtigkeit dienlich sein. Außerdem hob ihn seiner Meinung nach Bildung aus der Masse der andern Menschen empor. Er gab daher das Rauchen und Trinken auf und widmete die ganze freie Zeit, die ihm seit seiner Ernennung zum Lagerverwalter reichlicher als früher zur Verfügung stand, dem Studium von Büchern.

Die Revolutionärin half ihm bei seinen Studien und bewunderte immer wieder die erstaunliche Fähigkeit, mit der er sich unersättlich die verschiedensten Kenntnisse aneignete. Im Laufe von zwei Jahren hatte er Algebra und Geometrie erlernt, mit besonderer Hingabe Geschichte studiert und außerdem die gesamte künstlerische, kritische und vor allem sozialistische Literatur gelesen.

Die Revolutionärin wurde verhaftet und mit ihr auch Kondratjew, bei dem man verbotene Bücher gefunden hatte; er wurde ins Gefängnis gesteckt und dann ins Gouvernement Wologda verbannt. Dort lernte er Nowodworow kennen, las noch mehr revolutionäre Bücher, prägte sich alles ein und wurde dadurch in seinen sozialistischen Ansichten bestärkt. Nach Ablauf der Verbannungsfrist leitete er einen großen Streik, der mit der Zerstörung der Fabrik und der Ermordung des Direktors endete. Er wurde aufs neue verhaftet und unter Aberkennung aller Rechte diesmal zur Verbannung nach Sibirien verurteilt.

Der Religion stand er ebenso ablehnend gegenüber wie der bestehenden Wirtschaftsordnung. Nachdem er den Unsinn der Glaubenslehre, in der er aufgewachsen war, erkannt und sich mühsam, zuerst zögernd, doch dann mit zunehmendem Eifer davon befreit hatte, wurde er nicht müde, sich gleichsam aus Rache für die an ihm und seinen Vorfahren verübte Irreführung in gehässiger und höhnischer Weise über die Popen und die religiösen Dogmen auszulassen.

Auf Grund seiner asketischen, äußerst genügsamen Lebensweise war er, wie alle von Kindheit auf an Arbeit gewöhnten und durch Arbeit gestählten Menschen, imstande, rasch und ohne sich anzustrengen oder zu ermüden, jede beliebige körperliche Arbeit zu verrichten; doch am meisten schätzte er die freie Zeit, um sie in Gefängnissen und auf den Etappenstationen zur Fortsetzung seiner Studien zu nutzen. Jetzt arbeitete er den ersten Band von Marx durch, den er sorgfältig wie eine große Kostbarkeit in seinem Reisesack behütete. Zu seinen Leidensgefährten verhielt er sich zurückhaltend und gleichgültig, ausgenommen Nowodworow, dem er besonders ergeben war und dessen Ansichten für ihn unumstößliche Wahrheiten bildeten.

Gegen weibliche Wesen, die er als Hindernis bei allen notwendigen Unternehmungen betrachtete, hegte er eine unüberwindliche Geringschätzung. Allein die Maslowa behandelte er freundlich, weil sie ihm leid tat und er in ihr ein personifiziertes Beispiel für die Ausbeutung der unteren Klassen durch die höheren sah. Aus diesem Grund konnte er auch Nechljudow nicht leiden; er war ihm gegenüber verschlossen, und wenn er ihn begrüßte, drückte er ihm nicht die Hand, sondern ließ sich höchstens die eigene von ihm drücken.

13

Im Ofen loderte das Feuer und strahlte Wärme aus, der Tee war fertig, in Gläser oder Becher gefüllt und mit Milch geweißt, und zum Zulangen bereit lagen Brezeln, frisches Grau- und Weißbrot, harte Eier, Butter, Kalbskopf und Kalbsknochen.

Alle waren an die als Tisch dienende Pritsche herangerückt, tranken, aßen und unterhielten sich. Emilja Ranzewa saß auf einer Kiste und schenkte Tee aus. Um sie herum drängten sich alle anderen; nur Krylzow, der inzwischen seine Pelzjacke ausgezogen und sich in ein trockenes Plaid eingewickelt hatte, lag auf seinem Platz und unterhielt sich mit Nechljudow.

Nach der Kälte und Feuchtigkeit auf dem Marsch, nach dem Schmutz und der Unordnung, die sie hier vorgefunden hatten, nach der Arbeit, die nötig gewesen war, um alles in Ordnung zu bringen, und nachdem sie etwas gegessen und heißen Tee getrunken hatten, waren alle in angenehmster, froher Stimmung.

Daß hinter der Wand das Getrappel, Grölen und Geschimpfe der Kriminellen zu hören war und sie dadurch an die Umgebung erinnert wurden, in der sie sich aufhielten, erhöhte das Gefühl der Behaglichkeit. Diese Menschen fühlten sich gleichsam auf eine kleine Insel mitten im Meer versetzt, auf der sie wenigstens zeitweilig vor den Demütigungen und Leiden sicher waren, die sie sonst zu erdulden hatten, und befanden sich daher in gehobener, angeregter Stimmung. Sie unterhielten sich über alles mögliche, nur nicht über ihre Lage und über das, was ihrer harrte. Hinzu kam noch, daß sich zwischen ihnen, wie es unter jungen Menschen beiderlei Geschlechts immer und insbesondere dann geschieht, wenn sie, wie diese hier, zu einem engen Zusammenleben gezwungen sind, teils einseitige, teils auf Gegenseitigkeit beruhende und sich verschiedentlich verflechtende Zuneigungen angebahnt hatten. Fast alle waren verliebt. Nowodworow war in die hübsche, ewig lächelnde Grabez verliebt. Die Grabez war eine oberflächliche junge Studentin, die den Ideen der Revolution völlig gleichgültig gegenüberstand. Aber sie hatte sich der Zeitströmung angepaßt, sich auf irgendeine Weise kompromittiert und war verbannt worden. So wie sie bis zu ihrer Verhaftung vor allem auf Erfolge bei den Männern erpicht gewesen war, so war sie es auch bei den Verhören, im Gefängnis und auf dem Weg in die Verbannung. Jetzt tröstete sie sich damit, daß Nowodworow Gefallen an ihr gefunden hatte, und verliebte sich auch ihrerseits in ihn. Wera Jefremowna, die ihr Herz leicht verschenkte, aber in der Hoffnung auf Gegenliebe jedesmal enttäuscht wurde, schwärmte bald für Nabatow, bald für Nowodworow. Eine Art Schwärmerei war es auch, was Krylzow für Marja Pawlowna empfand. Er liebte sie, wie Männer Frauen lieben, da er aber ihre Einstellung zur Liebe kannte, verbarg er sein Gefühl hinter dem Anschein kameradschaftlicher Freundschaft und der Dankbarkeit dafür, daß sie mit besonderer Zärtlichkeit für ihn sorgte. Sehr kompliziert waren die Gefühle, die Nabatow und Emilja Ranzewa miteinander verbanden. So wie Marja Pawlowna ein vollkommen keusches junges Mädchen war, ebenso war Emilja Kirillowna, deren Mann bereits in der Verbannung lebte, eine keusche verheiratete Frau.

Mit sechzehn Jahren, als sie noch das Gymnasium besuchte, hatte sie sich in Ranzew, der auf der Petersburger Universität studierte, verliebt und ihn als Neunzehnjährige geheiratet, noch vor Abschluß seines Studiums. Im vierten Studienjahr hatte man ihren Mann wegen indirekter Beteiligung an irgendwelchen illegalen Aktionen von Studenten aus Petersburg verbannt, und so wurde er zum Revolutionär. Sie brach daraufhin das begonnene Medizinstudium ab, fuhr ihm nach und wurde ebenfalls Revolutionärin. Wäre ihr Mann in ihren Augen nicht der beste und klügste Mensch auf Erden gewesen, hätte sie ihn nicht liebgewonnen und ihn ohne Liebe auch nicht geheiratet. Nachdem sie ihn aber aus Liebe geheiratet und die Frau dieses ihrer Überzeugung nach besten und klügsten Menschen der Welt geworden war, ergab es sich ganz von selbst, daß sie den Sinn und das Ziel des Lebens genauso auffaßte wie ihr Mann. Er hatte das Wichtigste im Leben zunächst darin gesehen, sich zu bilden – und auch sie hatte das für das Wichtigste gehalten. Er schloß sich der revolutionären Bewegung an – sie tat dasselbe. Sie verstand es, sehr einleuchtend nachzuweisen, daß die bestehende Ordnung unerträglich und daß es Pflicht eines jeden Menschen sei, sich gegen diese Ordnung aufzulehnen und für die Einführung politischer und wirtschaftlicher Lebensformen zu kämpfen, unter denen sich die Persönlichkeit jedes einzelnen frei entfalten könnte, und dergleichen mehr. Dabei war sie immer überzeugt, ihre eigenen Gedanken und Ideen zu entwickeln, während sie in Wirklichkeit nur die Gedanken ihres Mannes, die sie für den Inbegriff aller Wahrheit hielt, wiedergab und eins erstrebte: den völligen Einklang, die Verschmelzung mit der Seele ihres Mannes, worin allein sie eine innerliche Befriedigung fand.

Sie litt sehr unter der Trennung von ihrem Mann und dem Kind, das ihre Mutter zu sich genommen hatte. Doch sie ertrug diesen Kummer standhaft und ohne zu klagen, in dem Bewußtsein, es für ihren Mann und um einer Sache willen zu tun, die unbedingt gut sein mußte, weil er ihr diente. In Gedanken weilte sie unablässig bei ihrem Mann, und wie sie vor der Verheiratung mit ihm keinem andern ihr Herz geschenkt hatte, so konnte sie auch jetzt keinen andern lieben als ihren Mann. Nichtsdestoweniger rührte und erregte sie Nabatows selbstlose, reine Liebe zu ihr. Er, ein moralischer, charakterfester Mensch und Freund ihres Mannes, bemühte sich, mit ihr wie mit einer Schwester zu verkehren; aber in seinem Umgang mit ihr verriet sich dennoch zuweilen etwas mehr – etwas, das beide erschrecken ließ und doch zugleich ihr jetziges schweres Leben verschönte.

Die einzigen von Verliebtheit völlig freien Menschen in diesem Kreise waren Marja Pawlowna und Kondratjew.

14

Nechljudow, der damit rechnete, Katjuscha, wie auch bei den vorigen Malen nach dem gemeinsamen Tee und Abendbrot, unter vier Augen zu sprechen, hatte sich zunächst zu Krylzow gesetzt und unterhielt sich mit ihm. Unter anderem erzählte er ihm von der Angelegenheit, wegen der Makar an ihn herangetreten war, und von den Umständen, unter denen dieser Mann zum Verbrecher geworden war. Krylzow hatte seine fiebrig glänzenden Augen auf Nechljudows Gesicht gerichtet und hörte aufmerksam zu.

„Ja, mich beschäftigt oft der Gedanke“, sagte er plötzlich, „daß wir mit diesen Menschen Seite an Seite nach Sibirien gehen, ohne zu wissen, wer und was sie eigentlich sind. Und dabei sind sie es doch, um derentwillen wir die Verbannung auf uns nehmen! Aber wir wissen nicht nur nichts von ihnen, sondern wollen auch nichts mit ihnen gemein haben. Und sie, was noch schlimmer ist, hassen uns und halten uns für ihre Feinde. Das ist ein entsetzlicher Gedanke."

„Daran ist gar nichts Entsetzliches", warf Nowodworow, der dem Gespräch zugehört hatte, mit seiner schnarrenden Stimme ein. „Die Menschen vergöttern immer nur die Macht. Solange die jetzige Regierung die Macht hat, werden sie die vergöttern und uns hassen; kommen wir morgen an die Macht, werden sie uns vergöttern!"

In diesem Augenblick brach im Nebenraum ein wüstes Getöse aus; offenbar war eine Rauferei entstanden, man hörte durch die Wand Schreie, Schimpfen, Kettengeklirr. Jemand wurde geprügelt, es wurde nach dem Wächter gerufen.

„Da hört man, was das für Tiere sind!" bemerkte Nowodworow ruhig. „Wie kann es zwischen uns und ihnen eine Gemeinschaft geben?"

„Du sagst – Tiere. Aber eben hat mir Nechljudow folgendes erzählt", erwiderte Krylzow gereizt und schilderte nun, wie Makar sein Leben aufs Spiel setzte, um einen Landsmann zu retten. „Das ist doch keine tierische Gesinnung, das ist Heldenmut!"

„Sentimentale Betrachtungen!" sagte Nowodworow ironisch. „Wir können die Gemütsbewegungen dieser Menschen und die Triebfeder ihrer Handlungen kaum verstehen. Du siehst in diesem Fall Hochherzigkeit, aber vielleicht ist es nur Neid gegen den betreffenden Sträfling."

„Daß du auch nie in einem andern etwas Gutes sehen willst!" ereiferte sich plötzlich Marja Pawlowna, die sich mit allen duzte.

„Man kann nicht sehen, was nicht vorhanden ist."

„Das verstehe ich nicht. Ist ein Mensch nicht vorhanden, der sich freiwillig der Gefahr eines fürchterlichen Todes aussetzt?"

„Ich meine", sagte Nowodworow, „wenn wir unser Ziel erreichen wollen, so ist die erste Bedingung, daß wir uns keinen Phantastereien hingeben, sondern die Dinge sehen, wie sie tatsächlich sind ..." Kondratjew blickte von dem Buch auf, mit dem er vor der Lampe saß, und hörte seinem Lehrer aufmerksam zu. „Wir müssen alles für die Volksmassen tun, ohne etwas von ihrer Seite zu erwarten. Die Massen", fuhr er in so belehrendem Ton fort, als hielte er eine Vorlesung, „stellen das Objekt unserer Tätigkeit dar, können aber nicht unsere Mitarbeiter sein, solange sie in ihrer bisherigen Indolenz verharren. Und deshalb ist es völlig illusorisch, auf Hilfe von ihnen zu rechnen, bevor sich ein gewisser Entwicklungsprozeß vollzogen hat, bevor sie die Entwicklungsstufe erlangt haben, auf die wir sie vorbereiten."

„Ach was – Entwicklungsprozeß!" fiel Krylzow ein, auf dessen Gesicht rote Flecke hervortraten. „Wir behaupten immer, gegen Willkür und Despotismus zu sein, aber läuft das nicht auf den allerschlimmsten Despotismus hinaus?"

„Von Despotismus ist keine Rede", erwiderte Nowodworow ruhig. „Ich sage lediglich, daß ich weiß, welchen Weg das Volk einschlagen muß, und daß ich ihm diesen Weg zeigen kann."

„Wieso bist du denn überzeugt, daß der von dir gezeigte Weg der richtige ist? Ist das nicht der gleiche Despotismus, der in der Französischen Revolution die Inquisition und all die Hinrichtungen gezeitigt hat? Die Franzosen haben auch geglaubt, den allein richtigen Weg zu wissen."

„Wenn sich die Franzosen geirrt haben, ist das noch kein Beweis, daß ich mich irre. Und außerdem besteht ein großer Unterschied zwischen Hirngespinsten von Ideologen und den exakten Erkenntnissen der nationalökonomischen Wissenschaft."

Nowodworows Stimme schallte durch den ganzen Raum. Er sprach allein, alle andern schwiegen.

„Immer gibt es Streit", bemerkte Marja Pawlowna, als Nowodworow für einen Augenblick innehielt.

„Und wie denken Sie selbst darüber?" fragte Nechljudow Marja Pawlowna.

„Ich finde, Anatoli hat recht damit, daß wir dem Volk unsere Ansichten nicht aufzwingen dürfen."

„Nun, und Sie, Katjuscha, was meinen Sie?" wandte sich Nechljudow lächelnd an die Maslowa und wartete, nicht ohne

Besorgnis, daß sie etwas Unpassendes sagen könnte, gespannt auf ihre Antwort.

„Ich meine, daß dem einfachen Volk viel Unrecht angetan wird", sagte sie und wurde feuerrot. „Das einfache Volk hat ein sehr schweres Leben.

„Richtig, Jekaterina Michailowna, sehr richtig!" rief Nabatow. „Ein ungeheures Unrecht wird dem Volk angetan. Und dieses Unrecht muß beseitigt werden. Darin besteht unsere ganze Aufgabe."

„Eine merkwürdige Vorstellung von den Aufgaben einer Revolution", brummte Nowodworow und begann, ohne noch etwas zu sagen, verbissen zu rauchen.

„Ich kann nicht mit ihm sprechen", flüsterte Krylzow Nechljudow zu.

„Es ist auch viel besser, Sie lassen es", erwiderte Nechljudow.

15

Obgleich Nowodworow bei allen Revolutionären großes Ansehen genoß und obgleich er sehr gelehrt war und für außergewöhnlich klug gehalten wurde, zählte Nechljudow ihn zu den Revolutionären, die charakterlich unter, ja sogar erheblich unter dem Durchschnittsniveau der Allgemeinheit standen. Die Geisteskräfte dieses Menschen – sein Zähler – waren sehr bedeutend; doch seine Meinung von sich – sein Nenner – war unermeßlich größer und überwog seit langem seine Geisteskräfte.

Nowodworow war, was das geistige Leben betrifft, der genaue Gegensatz zu Simonson. Simonson war einer jener Menschen ausgesprochen männlicher Mentalität, deren Handlungen sich aus ihrer Gedankenarbeit ergeben und von ihr bestimmt werden. Nowodworow hingegen gehörte zu jenem mehr weiblichen Menschentypus, bei dem die Gedankenarbeit teils auf die Erreichung gefühlsbetonter Ziele gerichtet ist, teils zur Rechtfertigung eines von Gefühlen bestimmten Verhaltens dient.

Obwohl Nowodworow seine Ansichten in wohlgesetzter Rede und mit sehr überzeugenden Argumenten zu begründen wußte, hatte Nechljudow den Eindruck, seine ganze revolutionäre Tätigkeit beruhe allein auf Geltungsbedürfnis, auf dem Wunsch, in seinem Umkreis eine überragende Stellung einzunehmen. Dank seiner Fähigkeit, sich fremde Gedanken anzueignen und sie genau wiederzugeben, hatte er sich während seiner Schul- und Studienjahre – auf dem Gymnasium, auf der Universität, bei der Promotion, wo eine solche Fähigkeit von Lehrern und Dozenten hoch bewertet wird – in der Tat unter seinen Mitschülern und Studiengefährten einer Vorrangstellung erfreut und war befriedigt gewesen. Doch als er sein Diplom erhalten hatte, das Studium beendet und seine bisherige Sonderstellung damit gegenstandslos geworden war, da hatte er, um auch auf dem neuen Betätigungsfeld die erste Rolle zu spielen – das war Nechljudow von Krylzow, der Nowodworow nicht leiden konnte, erzählt worden –, von einem Tag zum andern seine Ansichten von Grund auf geändert, aus einem gemäßigten Liberalen war ein radikaler Sozialist geworden. Und da seinem Charakter alle moralischen und ethischen Eigenschaften fehlten, die vor einer Entscheidung zögern lassen und Zweifel an ihrer Richtigkeit hervorrufen, hatte er in der revolutionären Bewegung sehr bald die seinen Ehrgeiz befriedigende Stellung eines Parteiführers erlangt. Wenn er einmal eine bestimmte Richtung eingeschlagen hatte, zweifelte er nie mehr an ihrer Richtigkeit und war daher überzeugt, nie zu irren. Alles schien ihm ungemein einfach, klar und selbstverständlich zu sein. Und bei der Enge und Einseitigkeit seiner Ansichten war auch wirklich alles sehr klar und einfach, und man brauchte nur, wie er zu sagen pflegte, logisch zu handeln. Sein Selbstbewußtsein war so groß, daß er die Menschen damit nur entweder abstoßen oder sich unterwerfen konnte. Und da er unter sehr jungen Menschen tätig war, die in seinem maßlosen Selbstbewußtsein Scharfsinn und ungewöhnliche Klugheit zu sehen glaubten, ordneten sich ihm die meisten unter, und er hatte in revolutionären Kreisen großen Erfolg. Sein Wirken war auf die Vorbereitung einer Volkserhebung gerichtet, in deren Verlauf er die Macht ergreifen und eine konstituierende Versammlung einberufen wollte. Der konstituierenden Versammlung beabsichtigte er ein von ihm ausgearbeitetes Programm zu unterbreiten, das seiner Überzeugung nach eine erschöpfende Lösung sämtlicher Fragen bedeutete und keinesfalls abgelehnt werden konnte.

Unter den Kameraden war Nowodworow wegen seines Muts und seiner Entschlossenheit geachtet, aber nicht beliebt. Er selbst hatte für niemand etwas übrig, sah in allen hervorragend begabten Menschen Rivalen und wäre mit ihnen am liebsten so verfahren, wie es alte männliche Affen mit jungen tun: Wenn es ihm möglich gewesen wäre, hätte er den andern Menschen das Gehirn aus dem Kopf gerissen und sie aller ihrer Fähigkeiten beraubt, um von ihnen nicht bei der Entfaltung seiner eigenen Fähigkeiten behindert zu werden. Freundlich war er einzig zu Leuten, die ihn verehrten. So zum Beispiel behandelte er hier, auf der Etappe, den Arbeiter Kondratjew freundlich, den er ganz unter seinen Einfluß gebracht hatte, und ferner Wera Jefremowna und die hübsche Grabez, die beide in ihn verliebt waren. Obwohl er aus prinzipiellen Gründen für die Gleichberechtigung der Frau eintrat, hielt er im Grunde seines Herzens alle weiblichen Wesen für dumm und unbedeutend, ausgenommen diejenigen, in die er häufig, wie eben jetzt in die Grabez, schwärmerisch verliebt war und die ihm dann außergewöhnliche Geschöpfe zu sein schienen, deren Vorzüge nur er allein zu erkennen vermochte.

Die Frage der Beziehungen zwischen den Geschlechtern betrachtete er als eine höchst einfache, klare und durch die Anerkennung freier Liebe endgültig entschiedene Angelegenheit.

Von seiner rechtmäßigen Frau hatte er sich getrennt, nachdem er zu der Überzeugung gekommen war, daß zwischen ihnen keine wahre Liebe bestehe, hatte dann mit einer anderen zusammen gelebt und beabsichtigte jetzt, mit der Grabez eine neue freie Ehe einzugehen.

Auf Nechljudow blickte er verächtlich herab, weil er sich in bezug auf die Maslowa „aufspielte", wie er sagte, und vor allem, weil er sich erlaubte, über die Mängel der bestehenden Staatsordnung sowie über die Mittel zu ihrer Beseitigung nicht haargenau so zu denken wie er, Nowodworow, sondern darüber hinaus seine „fürstlich dünkelhaften", also hirnverbrannten Ansichten vertrat. Nechljudow kannte Nowodworows Meinung über ihn und nahm zu seinem Leidwesen wahr, daß er ihm ungeachtet der freundlichen Gemütsverfassung, in der er sich während der ganzen Reise befand, mit gleicher Münze heimzahlte und außerstande war, seine tiefe Abneigung gegen diesen Menschen zu unterdrücken.

16

Im Nebenraum ertönten Kommandostimmen. Alles wurde still, und bald darauf erschien der Feldwebel mit zwei Soldaten, um die Kontrolle vorzunehmen. Der Feldwebel zählte alle Anwesenden, wobei er auf jeden einzelnen mit dem Finger zeigte. Als er bis zu Nechljudow gekommen war, sagte er zu ihm in gutmütig-kordialem Ton: „Jetzt, nach der Kontrolle, geht es nicht mehr, daß Sie hierbleiben, Fürst. Sie müssen gehen."

Nechljudow, der bereits wußte, was das bedeutete, trat an ihn heran und steckte ihm unauffällig einen bereitgehaltenen Dreirubelschein zu.

„Na, was soll man schon mit Ihnen machen! Bleiben Sie noch ein Weilchen."

Der Feldwebel war schon im Begriff, wieder zu gehen, als ein Unteroffizier eintrat, dem ein großer, hagerer Gefangener mit blauunterlaufenen Augen und schütterem Bärtchen folgte.

„Ich will meine Kleine holen", erklärte der Gefangene.

„Da kommt schon mein Papi", ertönte plötzlich eine helle Kinderstimme, und hinter dem Rücken Emilja Ranzewas, die aus einem von ihr gestifteten Rock zusammen mit Marja Pawlowna und der Maslowa ein neues Kleid für das kleine Mädchen nähte, erhob sich das blonde Köpfchen.

„Ja, mein Liebes, ja, ich bin es", sagte Busowkin zärtlich.

„Sie hat es gut hier", sagte Marja Pawlowna, während sie mitleidig auf Busowkins zerschlagenes Gesicht blickte. „Lassen Sie sie bei uns."

„Die Tanten nähen mir ein neues Kleidchen", sagte das Mädchen und wies auf die Näharbeit der Ranzewa. „Sooo ein feines!"

„Willst du bei uns auch in der Nacht schlafen?“ fragte Emilja Ranzewa und streichelte die Kleine.

„Ja. Papi auch.“

Die Ranzewa lächelte über das ganze Gesicht.

„Nein, dein Papi kann nicht hierbleiben“, sagte sie und wandte sich zum Vater um. „Also lassen Sie sie bei uns.“

„Meinetwegen können Sie das Kind dalassen“, sagte der Feldwebel, der an der Tür stehengeblieben war, und ging mit dem Unteroffizier hinaus.

Sobald sich die Tür hinter ihnen geschlossen hatte, trat Nabatow an Busowkin heran, legte ihm die Hand auf die Schulter und fragte:

„Stimmt es, guter Freund, daß der Karmanow bei euch mit einem andern den Namen getauscht hat, um seine Strafe auf den abzuwälzen?“

Busowkins gutmütiges, freundliches Gesicht nahm unvermittelt einen bekümmerten Ausdruck an, und seine Augen verschleierten sich seltsam.

„Davon hab ich nichts gehört. Es wird wohl nicht stimmen“, sagte er, ohne daß der Schleier von seinen Augen verschwand. „Na, dann laß es dir gut gehn bei den Damen, Axjutka“, fügte er, zu seinem Töchterchen gewandt, hinzu und ging schnell hinaus.

„Er weiß natürlich Bescheid, und die Sache stimmt zweifellos“, sagte Nabatow zu Nechljudow. „Was gedenken Sie zu unternehmen?“

„Ich werde es in der Stadtkommandantur melden. Mir sind beide dem Aussehen nach bekannt“, antwortete Nechljudow.

Alle schwiegen, offenbar aus Besorgnis, es könnte aufs neue Streit geben.

Simonson, der die ganze Zeit geschwiegen und mit hinter dem Kopf verschränkten Armen in der Ecke auf seiner Pritsche gelegen hatte, stand mit einem energischen Ruck auf und ging, vorsichtig an den Sitzenden vorbeilavierend, auf Nechljudow zu.

„Haben Sie jetzt etwas Zeit für mich?“

„Selbstverständlich“, antwortete Nechljudow und erhob sich, um mit Simonson hinauszugehen.

Als die Maslowa Nechljudow aufstehen sah und seinem Blick begegnete, wurde sie rot und schüttelte verwundert den Kopf.

„Ich wollte mit Ihnen folgendes besprechen“, begann Simonson, als er mit Nechljudow in den Korridor hinausgetreten war und ihm mit seinen gütigen Augen aufmerksam und offen ins Gesicht sah. Hier draußen war das Lärmen und Grölen der Kriminellen besonders stark zu hören. Nechljudow verzog unwillig das Gesicht, doch Simonson schien der Lärm nicht weiter zu stören. „Da ich Ihre Beziehungen zu Jekaterina Michailowna kenne, halte ich mich für verpflichtet ...“, fuhr er fort, mußte den Satz aber abbrechen, weil unmittelbar an der Tür anscheinend ein Streit zwischen zwei Gefangenen ausgebrochen war, die einander überschrien.

„Ich sag dir doch, es sind nicht meine!“ brüllte der eine.

„Sollst dran verrecken, Satan!“ schrie mit heiserer Stimme der zweite.

In diesem Augenblick kam Marja Pawlowna in den Korridor.

„Hier kann man doch kein Wort verstehen, kommen Sie mit in die Kammer nebenan“, sagte sie. „Dort hält sich im Augenblick nur Wera auf“, fügte sie hinzu, während sie beide in eine winzig kleine Einzelzelle führte, in der jetzt die weiblichen politischen Gefangenen untergebracht waren. Auf einer Pritsche lag, die Decke bis über den Kopf gezogen, Wera Jefremowna.

„Sie hat Migräne, ist eingeschlafen und hört nichts; und ich gehe gleich wieder“, sagte Marja Pawlowna.

„Nein, bleib ruhig hier“, erwiderte Simonson. „Ich habe vor niemand Geheimnisse und schon gar nicht vor dir.“

„Nun gut“, sagte Marja Pawlowna, worauf sie sich, auf Kinderart mit dem ganzen Körper hin und her rückend, möglichst bequem auf die Pritsche setzte, ihre schönen Lammaugen in die Ferne richtete und sich zum Zuhören anschickte.

„Also es handelt sich darum“, nahm Simonson das abgebrochene Gespräch wieder auf, „daß ich mich in Kenntnis Ihrer Beziehungen zu Jekaterina Michailowna für verpflichtet halte, Ihnen zu eröffnen, wie ich meinerseits zu ihr stehe.“

„Und zwar?" fragte Nechljudow, unwillkürlich angetan von der freimütigen, offenherzigen Art, in der Simonson mit ihm sprach.

„Ich möchte Jekaterina Michailowna heiraten und . . ."

„Ach, wirklich?" warf Marja Pawlowna ein und sah Simonson mit großen Augen an.

„Und will sie bitten, meine Frau zu werden", fügte Simonson hinzu.

„Ja, doch was kann ich dazu tun? Das hängt von ihr ab", sagte Nechljudow.

„Gewiß, aber sie wird sich ohne Ihre Zustimmung zu nichts entschließen."

„Wieso nicht?"

„Weil sie, solange Ihre Absichten in bezug auf sie nicht endgültig feststehen, keinen Entschluß fassen kann."

„Von meiner Seite aus steht alles endgültig fest. Ich habe den Wunsch, das auszuführen, wozu ich mich verpflichtet fühle, und außerdem ihr Schicksal zu erleichtern, will aber unter keinen Umständen ihre Beschlüsse beeinflussen."

„Ja, aber sie will Ihr Opfer nicht annehmen."

„Von einem Opfer kann dabei keine Rede sein."

„Und ich weiß, daß ihr Entschluß unwiderruflich ist."

„Nun, weshalb wenden Sie sich dann noch an mich?" fragte Nechljudow.

„Ihr kommt es darauf an, daß auch Sie ihrem Entschluß zustimmen."

„Wie kann ich zustimmen, nicht das tun zu müssen, was mir mein Gewissen vorschreibt? Ich kann höchstens sagen, daß ich mich gebunden fühle, sie dagegen in ihren Entschlüssen frei ist."

Simonson sann ein paar Augenblicke nach.

„Schön, das werde ich ihr auseinandersetzen", sagte er dann. „Sie müssen nicht glauben, daß ich Jekaterina Michailowna aus Verliebtheit heiraten will. Ich liebe sie als einen edlen, ungewöhnlich guten Menschen, der viel Leid erduldet hat. Ich brauche nichts von ihr, sondern habe nur den sehnlichen Wunsch, ihr zu helfen, ihr . . ." Nechljudow war betroffen, ein Zittern in Simonsons Stimme wahrzunehmen. „... ihr in ihrer Lage beizustehen", fuhr Simonson fort. „Wenn sie nicht Ihre Hilfe annehmen will, soll sie sich von mir helfen lassen. Sofern sie einwilligt, würde ich um die Genehmigung nachsuchen, mich an ihrem Verbannungsort niederzulassen. Vier Jahre sind keine Ewigkeit. Ich würde die ganze Zeit in ihrer Nähe sein, vielleicht ihr Schicksal erleichtern können ..." Vor Erregung unfähig weiterzusprechen, hielt er wieder inne.

„Was kann ich dazu sagen?" meinte Nechljudow. „Ich bin froh, daß sie einen Beschützer wie Sie gefunden hat."

„Das eben wollte ich von Ihnen hören", fuhr Simonson fort. „Nachdem Sie nun wissen, daß ich Jekaterina Michailowna liebe, daß mir ihr Wohl am Herzen liegt, wollte ich hören, ob Sie ihre Heirat mit mir für gut halten würden?"

„O ja", erklärte Nechljudow mit Bestimmtheit.

„Dann hängt alles nur noch von ihr ab; denn ich will ja nichts anderes, als daß diese vielgepeinigte Seele endlich Ruhe findet", sagte Simonson und sah Nechljudow dabei mit einer so kindlichen Zärtlichkeit an, wie man sie diesem äußerlich finsteren Menschen gar nicht zugetraut hätte.

Er stand auf, ergriff Nechljudows Hand, beugte verlegen lächelnd sein Gesicht vor und küßte ihn.

„So werde ich es ihr also erklären", sagte er und ging hinaus.

17

„Nein, wer hätte das gedacht!" sagte Marja Pawlowna, als Simonson gegangen war. „Er ist verliebt, bis über die Ohren verliebt. Ich hätte es nie für möglich gehalten, daß sich Wladimir Simonson auf eine so einfältige, jungenhafte Art verlieben könnte. Es ist unfaßbar und, offen gesagt, auch betrüblich."

„Und Katja? Was meinen Sie, wie die sich dazu stellen wird?" fragte Nechljudow.

„Katja?" Marja Pawlowna sann einen Augenblick nach, weil sie die Frage offenbar möglichst erschöpfend beantworten wollte.

„Katja? Sehen Sie, Katja ist ungeachtet ihrer Vergangenheit eine Frau von ungemein hoher Moral und sehr feinem Empfinden ... Sie liebt Sie, liebt Sie selbstlos und ist glücklich, Ihnen wenigstens indirekt etwas Gutes antun zu können, indem sie nicht zuläßt, daß Sie Ihr Schicksal an das ihrige ketten. Sie würde sich eine Heirat mit Ihnen als ungeheuere Schlechtigkeit anrechnen, eine schlimmere als alles Vorausgegangene, und wird deshalb niemals darauf eingehen. Aber zugleich regt Ihre Anwesenheit sie auf."

„Das heißt dann wohl, daß ich verschwinden soll?" fragte Nechljudow.

Marja Pawlowna lächelte in ihrer anmutig kindlichen Weise.

„Ja, gewissermaßen."

„Wie verschwindet man denn gewissermaßen?"

„Ich habe mich falsch ausgedrückt. Aber von Katja wollte ich Ihnen sagen, daß sie wahrscheinlich das Törichte an Simonsons überschwenglicher Liebe bemerkt (obwohl er ihr noch nichts davon gesagt hat) und sich einerseits geschmeichelt fühlt, andererseits davor zurückschreckt. Sie wissen, ich bin in diesen Dingen nicht maßgebend, aber nach meinem Dafürhalten beruht seine Liebe, wenn auch unbewußt, ganz einfach auf dem üblichen sinnlichen Gefühl der Männer. Er sagt, diese Liebe erhöhe seine Willenskraft, sie sei platonisch. Aber ich weiß, daß auch der allergrößten Liebe im Grunde genommen immer etwas Abstoßendes innewohnt."

Auf ihr Lieblingsthema gekommen, wich Marja Pawlowna von der eigentlichen Frage ab.

„Ja, was soll ich denn nun tun?" fragte Nechljudow.

„Ich meine, Sie müßten sich offen mit ihr aussprechen. Es ist immer besser, wenn alles klar ist. Sprechen Sie doch mit ihr, ich kann sie herschicken. Soll ich?"

„Ja, bitte", antwortete Nechljudow, und Marja Pawlowna ging hinaus.

Es war ein eigentümliches Gefühl, das Nechljudow empfand, als er in der kleinen Kammer allein zurückblieb, die leisen, hin und wieder von einem Stöhnen unterbrochenen Atemzüge Wera Jefremownas hörte und den wüsten Lärm vernahm, der ununterbrochen aus dem zwei Türen weiter liegenden Aufenthaltsraum der Kriminellen herüberschallte.

Simonsons Eröffnung entband ihn von der Verpflichtung, die er in schwachen Augenblicken als bedrückend und widersinnig empfand; und doch fühlte er sich davon irgendwie unangenehm, ja schmerzlich berührt. Zum Teil war dieses Gefühl wohl darauf zurückzuführen, daß Simonsons Vorschlag seiner eigenen Handlungsweise den Nimbus des Außergewöhnlichen nahm und daß dadurch in seinen und anderer Leute Augen der Wert seines Opfers vermindert wurde; denn wenn jemand, und zumal ein so ehrbarer Mann wie Simonson, der durch nichts an die Maslowa gebunden war, sein Schicksal mit dem ihrigen zu verbinden wünschte, dann erschien sein, Nechljudows, Opfer nicht mehr so erheblich. Außerdem sprach vielleicht auch eine Regung von Eifersucht mit: er war so daran gewöhnt, sich von ihr geliebt zu wissen, daß er sich nicht ohne weiteres mit dem Gedanken abzufinden vermochte, sie könnte jetzt einen andern lieben. Ferner wurde dadurch sein Plan umgestoßen, dem zufolge er sich während der ganzen Strafzeit der Maslowa in ihrer unmittelbaren Nähe aufhalten wollte. Heiratete sie Simonson, dann würde seine Anwesenheit überflüssig, und er müßte einen neuen Lebensplan aufstellen. Er war mit seinen Gedanken noch nicht ins reine gekommen, als durch die aufgehende Tür der Lärm der Kriminellen lauter wurde – bei ihnen war es heute besonders turbulent – und die Maslowa ins Zimmer trat.

Sie kam mit schnellen Schritten herein und blieb dicht vor ihm stehen.

„Marja Pawlowna hat mich hergeschickt", sagte sie.

„Ja, ich muß mit Ihnen sprechen. Aber setzen Sie sich doch. Wladimir Iwanowitsch hat mit mir gesprochen."

Sie setzte sich, legte die Hände über den Knien zusammen und machte einen ganz ruhigen Eindruck; doch sobald Nechljudow den Namen Simonson nannte, wurde sie feuerrot.

„Was hat er Ihnen denn gesagt?" fragte sie.

„Er sagte, daß er Sie heiraten möchte."

Ihr Gesicht verzerrte sich und nahm einen gequälten Ausdruck an. Sie senkte die Augen und verharrte in Schweigen.

„Er bittet mich um mein Einverständnis oder um meinen Rat. Ich habe ihm erklärt, daß alles von Ihnen abhänge, daß Sie sich entscheiden müßten."

„Ach, was soll das wieder? Wozu?" stammelte sie und sah Nechljudow dabei in jener eigentümlichen, schielenden Weise in die Augen, die ihn immer besonders stark faszinierte. Einige Sekunden schauten sie sich schweigend an, und dieser Blick sagte ihnen alles.

„Sie müssen sich entscheiden", wiederholte Nechljudow.

„Was soll ich entscheiden? Alles ist längst entschieden", sagte sie.

„Nein, Sie müssen entscheiden, ob Sie Wladimir Iwanowitschs Antrag annehmen wollen", erklärte Nechljudow.

„Was kann ich ihm für eine Frau sein – ich, eine Zwangsarbeiterin? Warum soll ich auch noch Wladimir Iwanowitsch ins Unglück stürzen?" fragte sie finster.

„Es könnte ja auch sein, daß Ihr Gnadengesuch bewilligt wird", gab Nechljudow zu bedenken.

„Ach, lassen Sie mich! Darüber ist nichts mehr zu reden", sagte sie, stand auf und ging hinaus.

18

Als Nechljudow unmittelbar nach der Maslowa in den Unterkunftsraum der Männer zurückkehrte, traf er alle in Aufregung. Nabatow, der immer überall umherstreifte, mit allen Beziehungen anknüpfte und auf alles achtgab, hatte eine überraschende Entdeckung gemacht. Und zwar hatte er an einer Wand eine Inschrift entdeckt, die von Petlin herrührte, einem zu Zwangsarbeit verurteilten Revolutionär. Alle waren der Meinung gewesen, daß sich Petlin schon lange an der Kara befinde, während sich nun herausstellte, daß er erst vor kurzem als einziger politischer Sträfling mit einem Transport Krimineller diese Etappenstation passiert hatte.

„Am 17. August", hieß es in der Inschrift, „wurde ich als einziger Politischer mit einer Kolonne Krimineller in Marsch gesetzt. Newerow, der mit mir zusammen in Haft war, hat sich in Kasan in der Irrenanstalt erhängt. Ich bin gesund und wohlauf und lasse den Mut nicht sinken."

Alle besprachen die Lage Petlins und die Gründe für Newerows Selbstmord. Nur Krylzow schwieg und starrte mit seinen fiebrig glänzenden Augen grimmig vor sich hin.

„Von meinem Mann habe ich gehört, daß Newerow schon in der Peter-Pauls-Festung Gespenster gesehen haben will", sagte Emilja Ranzewa.

„Ja, er war ein Poet, ein Phantast, und solche Leute sind der Einzelhaft nicht gewachsen", bemerkte Nowodworow. „Sooft ich mich in Einzelhaft befand, habe ich meine Phantasie vollständig ausgeschaltet und mich strikt an eine systematische Einteilung meiner Zeit gehalten. Deshalb habe ich sie auch immer gut überstanden."

„Warum sollte man sie auch nicht überstehen? Ich bin oft sogar froh gewesen, wenn ich in eine Einzelzelle gesteckt wurde", sagte Nabatow, der offenbar die düstere Stimmung zerstreuen wollte, in aufmunterndem Ton. „Da hat man dauernd in Furcht gelebt, gefaßt zu werden, andere mit hereinzuziehen und der gemeinsamen Sache zu schaden; bist du aber erst im Gefängnis, ist man aller Verantwortung enthoben und kann ausruhen. Man sitzt in seiner Zelle, zündet sich eine Zigarette an, döst vor sich hin."

„Hast du ihn näher gekannt?" fragte Marja Pawlowna, während sie besorgt auf das plötzlich veränderte, eingefallene Gesicht Krylzows blickte.

„Newerow soll ein Phantast gewesen sein?" begann plötzlich Krylzow, mühsam nach Luft ringend, als ob er lange geschrien oder gesungen hätte. „Newerow gehörte zu den Menschen, wie sie, so pflegte unser Portier zu sagen, die Erde nur selten hervorbringt . . . Ja, er war ein kristallklarer Mensch, durchsichtig wie Glas. Nicht nur, daß er niemals eine Lüge über die Lippen gebracht hätte, nein, er konnte sich überhaupt nicht verstellen. Er war nicht nur feinfühlig – nein, seine Nerven schienen einfach bloßzuliegen . . . Ja, eine komplizierte, reiche Natur, nicht wie . . . Na, was soll man da viel reden!" Er schwieg eine Weile und fuhr dann mit verbissener Miene fort: „Wir streiten immer darüber, was richtiger sei: ob man zuerst für die Bildung des Volkes sorgen und dann erst die Lebensformen ändern soll oder ob wir zuerst die Lebensformen ändern müssen und wie das zu erreichen ist – durch friedliche Propaganda oder durch Terror. Ja, wir debattieren immer. Aber die andern debattieren nicht lange, die wissen, was sie zu tun haben, die läßt es völlig kalt, wenn Dutzende, Hunderte von Menschen ums Leben kommen – und was für Menschen! Im Gegenteil, ihnen liegt gerade daran, daß die besten Menschen zugrunde gehen ... Herzen hat einmal gesagt, nach Ausschaltung der Dekabristen aus dem Volksleben sei das allgemeine Niveau gesunken. Und ob es gesunken war! Dann hat man Herzen selbst und seine Generation ausgemerzt. Jetzt sind die Newerows an der Reihe ..."

„Alle kann man nicht ausmerzen", erklärte Nabatow in seiner forschen Art. „Es werden immer noch welche zur Fortpflanzung übrigbleiben."

„Nein, es werden keine übrigbleiben", erwiderte Krylzow, unwillig über die Unterbrechung, mit erhobener Stimme, „wenn wir diese Leute aus Mitleid schonen ... Gib mir eine Zigarette!"

„Das ist doch nicht gut für dich, Anatoli", ermahnte ihn Marja Pawlowna. „Ich bitte dich, rauche nicht."

„Ach, laß mich!" antwortete er gereizt und zündete die Zigarette an. Doch schon nach den ersten Zügen begann er zu husten und zu würgen, als müßte er sich übergeben. Nachdem er ausgespien hatte, fuhr er fort: „Nein, wir gehen nicht richtig vor, nicht so, wie es richtig wäre. Wir dürfen nicht immer nur debattieren, sondern müssen uns fest zusammenschließen ... und diese Leute vernichten."

„Aber es sind doch auch Menschen", wandte Nechljudow ein.

„Nein, Leute, die zu solchen Verbrechen fähig sind, wie sie von ihnen verübt werden, sind keine Menschen ... Es heißt, man habe Ballons erfunden, in denen Menschen in die Luft aufsteigen können. Ja, in einem solchen Ballon müßte man aufsteigen und sie wie Ungeziefer so lange mit Bomben bewerfen, bis alle vernichtet sind. Denn ...", wollte er fortfahren, wurde aber von einem neuen, heftigeren Hustenanfall unterbrochen; er wurde über und über rot, und ein Blutstrom ergoß sich aus seinem Mund.

Nabatow lief hinaus, um Schnee zu holen. Marja Pawlowna wollte Krylzow Baldriantropfen geben, aber er stieß sie mit seiner kreideweißen, abgezehrten Hand zurück, schloß die Augen und atmete schwer. Nachdem ihm der Schnee und kaltes Wasser etwas Erleichterung verschafft und man ihn zur Nacht gebettet hatte, verabschiedete sich Nechljudow von allen und ging in Begleitung des Unteroffiziers, der gekommen war, ihn abzuholen, und schon lange auf ihn wartete, auf die Ausgangstür zu.

Bei den Kriminellen war es inzwischen still geworden – die meisten schliefen. Obgleich die Leute in den Unterkünften nicht nur auf den Pritschen, sondern auch darunter und in den Zwischengängen lagen, hatten viele keinen Platz mehr gefunden und sich im Korridor auf dem Fußboden ausgestreckt, einen Sack unter den Kopf geschoben und sich mit den feuchten Sträflingskitteln zugedeckt.

In den Unterkunftsräumen und im Korridor hörte man lautes Schnarchen, Stöhnen und wirres Gestammel der schlafenden Sträflinge. Überall waren dicht beieinanderliegende, mit Kitteln bedeckte menschliche Gestalten zu sehen. Nur im Raum für Ledige schliefen etliche Sträflinge noch nicht, sie hockten in einer Ecke um einen Lichtstumpf, den sie, als der Wachposten kam, schnell löschten, und im Korridor saß unter der Lampe ein alter Mann mit nacktem Oberkörper und suchte sein Hemd nach Ungeziefer ab. War schon die Luft im Unterkunftsraum für politische Sträflinge stickig, so erschien sie doch rein, verglichen mit dem hier herrschenden Gestank, der einem den Atem benahm. Das Flämmchen der blakenden Lampe schimmerte trübe wie aus einer Nebelhülle hervor. Um im Korridor vorwärts zu kommen, ohne auf Schlafende zu treten oder über sie zu stolpern, mußte man sich Schritt für Schritt eine freie Stelle suchen, wohin man den Fuß setzen konnte. Drei Menschen, die offenbar auch im Korridor keinen Platz mehr gefunden hatten, lagen im Vorraum unmittelbar neben dem stinkenden, undichten Kotkübel. Der eine war ein geistesschwacher Greis, den Nechljudow schon unterwegs gesehen hatte. Der zweite, ein Junge von etwa zehn

Jahren, lag zwischen ihm und einem anderen Sträfling, hatte eine Hand unter die Wange geschoben und schlief auf dem Bein des einen.

Als Nechljudow ins Freie hinausgetreten war, blieb er stehen und atmete lange aus voller Brust die frische kalte Luft ein.

19

Der Himmel war inzwischen klar geworden und mit Sternen besät. Nachdem Nechljudow auf dem jetzt gefrorenen, nur noch stellenweise schlammigen Weg wieder an der Herberge angelangt war, klopfte er an das dunkle Fenster. Ein breitschultriger barfüßiger Knecht öffnete und ließ ihn in den Flur eintreten. Rechts vom Flur ertönte das laute Schnarchen der in der Gesindestube schlafenden Fuhrleute; weiter vorn, vom Hof her, war das Kauen einer großen Anzahl Hafer fressender Pferde zu hören. Linker Hand führte eine Tür zur Gaststube, in der vor den Heiligenbildern ein rotes Lämpchen brannte. In der Stube roch es nach Wermut und Schweiß, und hinter einer Scheidewand ertönte ein gleichmäßiges, glucksendes Schnarchen aus mächtigen Lungen. Nechljudow zog sich aus, breitete seine Decke über das Wachstuchsofa, tat sein Lederkissen darauf und legte sich hin. Im Liegen rief er sich noch einmal alles ins Gedächtnis, was er an diesem Tag gesehen und gehört hatte. Am entsetzlichsten von allem erschien ihm dabei jener Junge, der in der aus dem Kotkübel gesickerten Jauche schlief und den Kopf auf das Bein eines Sträflings gelegt hatte.

So unerwartet und wichtig auch das Gespräch gewesen war, das er heute abend mit Simonson und der Maslowa geführt hatte, er verweilte mit den Gedanken nicht bei diesem Ereignis; diese Angelegenheit war zu kompliziert und zuwenig geklärt; deshalb versuchte er, die Gedanken daran zu verscheuchen. Doch um so klarer vergegenwärtigte er sich den grauenvollen Anblick jener unglücklichen Menschen, die in der stickigen Luft mühsam nach Atem rangen und in der aus dem stinkenden Kübel sickernden Jauche lagen; besonders aber ging ihm der Gedanke an den

Jungen mit dem unschuldigen Gesicht nicht aus dem Kopf, der auf dem Bein eines Sträflings schlief.

Es ist etwas anderes, ob jemand vom Hörensagen weiß, daß irgendwo in der Welt Menschen andere Menschen quälen und sie allen erdenklichen Torturen, unmenschlichen Erniedrigungen und Leiden unterwerfen, oder ob er diese Torturen und Erniedrigungen drei Monate lang Tag für Tag mit ansieht und vor Augen hat. Diese Erfahrung machte auch Nechljudow. Im Laufe der drei Monate hatte er sich mehr als einmal gefragt: Bin ich irrsinnig, daß ich sehe, was andere nicht sehen, oder sind jene irrsinnig, die das tun, was ich sehe? Doch diese Menschen – und es waren unendlich viele – taten das, was ihn so befremdete und entsetzte, sichtlich in der festen Überzeugung, nicht nur ein unbedingt nötiges, sondern darüber hinaus auch höchst wichtiges und nützliches Werk zu verrichten, und es ging daher nicht an, alle diese Leute für irrsinnig zu halten. Und da er sich wiederum nicht für irrsinnig halten konnte, weil er sich der Klarheit seiner Gedanken bewußt war, befand er sich in einem ständigen Zustand der Fassungslosigkeit.

Nechljudows Beobachtungen während dieser drei Monate ergaben folgendes. Aus der Gesamtheit der in Freiheit lebenden Menschen wurden durch Gerichte und Exekutivorgane die temperamentvollsten, am leichtesten erregbaren, begabtesten und charakterlich stärksten, die aber weniger listig und vorsichtig waren als die übrigen, herausgegriffen; und alle diese Menschen, die in keiner Weise schuldiger oder für die Allgemeinheit gefährlicher waren als die in Freiheit, steckte man in Gefängnisse, Etappenstationen oder Zuchthäuser, wo sie, der Sorge um ihren Unterhalt enthoben, Monate und Jahre in völliger Untätigkeit, abgesondert von der Natur, von ihren Familien und Arbeitsplätzen, das heißt unter Entzug aller natürlichen und sittlichen menschlichen Lebensbedingungen, zubringen mußten. Dies als erstes. Zweitens wurden diesen Menschen unnötigerweise alle möglichen Erniedrigungen auferlegt – Fesselung, Rasur der Köpfe, verunglimpfende Kleidung – und ihnen damit der bei schwachen Menschen wesentlichste Antrieb zu einem anständigen Leben genommen: die Sorge, wie andere über sie denken, das Schamgefühl, das Bewußtsein menschlicher Würde. Drittens waren diese Menschen, ganz zu schweigen von außergewöhnlichen Todesfällen durch Hitzschlag, Ertrinken oder bei Feuersbrünsten, einer steten Lebensgefahr ausgesetzt infolge der in den Strafanstalten üblichen Epidemien sowie durch Erschöpfung und körperliche Züchtigung, das heißt, sie lebten in Verhältnissen, unter denen auch der gutmütigste, sittlichste Mensch einfach aus Selbsterhaltungstrieb die abscheulichsten Verbrechen begehen kann oder verzeihlich findet. Viertens wurde diesen Menschen eine enge Gemeinschaft mit durch das Leben und besonders durch den Aufenthalt in den Strafanstalten völlig demoralisierten Elementen aufgezwungen – mit Wüstlingen, Mördern und Räubern, die auf alle durch den Strafvollzug noch nicht gänzlich Verdorbenen wie Hefe auf Brotteig wirkten. Und fünftens endlich führte man allen diesen Menschen, die einem solchen Dasein ausgeliefert waren, aufs anschaulichste vor Augen – und zwar indem man ihnen alle möglichen unmenschlichen Strafen auferlegte, Kinder, Frauen und Greise prügelte oder mit Ruten peitschte, eine Belohnung für jeden aussetzte, der einen entflohenen Sträfling lebend oder tot wiederbrachte, Eheleute voneinander trennte und Frauen zum Zusammenleben mit fremden Männern zwang, Hinrichtungen durch Erschießen oder den Strang vornahm –, führte man ihnen aufs anschaulichste vor Augen, daß derartige Vergewaltigungen, Grausamkeiten und Greueltaten von der Regierung nicht nur keineswegs verboten, sondern sogar gebilligt wurden, wenn sie für sie nützlich waren; um wieviel mehr mußten sie also Menschen erlaubt sein, die in Unfreiheit, Not und Elend lebten.

Man hätte meinen können, alle diese Methoden seien mit Vorbedacht zu dem Zweck ausgeklügelt worden, unter den Verbannten einen Grad von Verkommenheit und Unmoral zu züchten, wie er unter anderen Bedingungen nicht zu erreichen war, und diese Vollkommenheit und Unmoral dann in weitestem Maße im ganzen Volk zu verbreiten. Als ob die Aufgabe zu lösen gewesen wäre, wie sich eine möglichst große Anzahl Menschen auf die gründlichste und sicherste Weise demoralisieren ließ! sagte sich Nechljudow, als er alles überdachte, was sich in den Strafanstalten und auf der Etappe abspielte. Hunderttausende wurden alljährlich bis zum höchsten Grad demoralisiert, und wenn dies erreicht war, setzte man sie in Freiheit, damit sie ihre in den Strafanstalten erworbene Verkommenheit auf das ganze Volk übertrugen.

In den Strafanstalten von Tjumen, Jekaterinburg und Tomsk hatte Nechljudow gesehen, wie dieses Ziel, das sich die menschliche Gesellschaft gestellt zu haben schien, offenbar erreicht wurde. Schlichte, harmlose, in den christlichen Sitten russischer Bauern aufgewachsene Menschen wandten sich von diesen Sitten ab und machten sich neue, in den Strafanstalten erworbene Anschauungen zu eigen, nach denen jede Schändung, Vergewaltigung und Vernichtung der menschlichen Persönlichkeit erlaubt war, wenn es einen Vorteil brachte. Leute, die eine Zeitlang in Gefängnissen saßen, kamen auf Grund dessen, was man ihnen antat, zu der festen Überzeugung, daß alle Gebote von Nächstenliebe und Achtung vor dem Mitmenschen, die in den Kirchen und Schulen gelehrt wurden, in Wirklichkeit nicht galten und daher auch nicht befolgt zu werden brauchten. Nechljudow hatte das bei allen ihm bekannten Sträflingen beobachtet – bei Fjodorow, bei Makar, ja selbst bei Taras, der ihn nach zwei Monaten Zusammensein mit den Sträflingen durch die Skrupellosigkeit seiner Ansichten in Erstaunen versetzte. Unterwegs war Nechljudow erzählt worden, daß Verbrecher, die in die Taiga entfliehen, oft Kameraden zum Mitkommen überreden und sie dann töten, um sich von ihrem Fleisch zu ernähren. Er hatte mit eigenen Augen einen Sträfling gesehen, der dieses Verbrechens angeklagt war und es auch zugegeben hatte. Und am erschreckendsten war dabei, daß solche Fälle von Kannibalismus keine Ausnahmen darstellten, sondern immer wieder vorkamen.

Nur durch die konsequente Züchtung von Lastern, wie sie in den Strafanstalten stattfand, war es möglich, russische Menschen so weit zu bringen, daß sie zu Verbrechern wurden, die in Übereinstimmung mit der neuen Lehre Nietzsches alles für zulässig und nichts für verboten hielten und diese Ansicht zuerst im Kreise der Sträflinge und dann im ganzen Volk verbreiteten.

Die einzige Erklärung für alles, was sich in den Strafanstalten zutrug, war die, daß man damit, wie es in der Theorie hieß, Verbrechen verhindere, Verbrecher abschrecke, sie bessere und in der gesetzlich festgelegten Weise bestrafe. Doch in der Praxis geschah nichts von alledem. Statt seltener zu werden, wurden die Verbrechen häufiger. Statt verbrecherische Elemente abzuschrecken, wurden sie angespornt, und von denen, die obdachlos herumstrolchten, ließen sich viele freiwillig hinter Schloß und Riegel setzen. Statt gebessert zu werden, wurden sie in den Gefängnissen vollends demoralisiert. Und das Bedürfnis nach Vergeltung wurde durch die von der Regierung verhängten Strafen keinesfalls gemildert, sondern da, wo es gar nicht vorhanden war, erst geweckt.

Ja, warum wird das alles getan? fragte sich Nechljudow, fand aber keine Antwort.

Am unbegreiflichsten erschien ihm, daß alles nicht etwa zufällig, nicht infolge eines Mißverständnisses nur in einem besonderen Fall, sondern schon seit Jahrhunderten so gehandhabt wurde, lediglich mit dem Unterschied, daß man den Sträflingen früher die Nasen verstümmelte, die Ohren abschnitt, ihnen ein Brandmal aufdrückte und die Arme auf dem Rücken an einer Eisenstange festband, während man ihnen jetzt Handfesseln anlegte und sie mit der Bahn statt auf Fuhrwerken beförderte.

Die Ansicht von Gefängnisbeamten, daß die empörenden Zustände an den unvollkommenen Einrichtungen in den Strafanstalten und Verbannungsorten lägen und daß sich alles durch den Bau neuartiger Gefängnisse verbessern ließe, überzeugte ihn nicht, weil er fühlte, daß diese Zustände nicht von einem mehr oder weniger vollkommenen Strafvollzug abhingen. Er hatte von modernen Gefängnissen gelesen, die mit elektrischem Läutewerk und den von Tarde empfohlenen elektrischen Hinrichtungsstühlen ausgestattet waren, aber diese vervollkommneten Mittel der Gewaltanwendung empörten ihn noch mehr.

Vor allem empörte ihn, daß in den Gerichten und Ministerien Leute saßen, denen von dem Geld, das man dem Volk abgepreßt hatte, hohe Gehälter gezahlt wurden, und die dafür, wenn Menschen irgendein Gesetz übertreten hatten, in Büchern nachschlugen, die ihnen gleichgesinnte Beamte verfaßt hatten, bis sie einen passenden Paragraphen ausfindig machten, auf Grund dessen sie die Angeklagten in irgendwelche entfernte Gegenden verbannen konnten, wo sie sie nicht mehr sahen und wo diese Menschen der vollen Willkür grausamer, verrohter Inspektoren, Aufseher und Eskortesoldaten ausgeliefert waren und zu Millionen geistig und körperlich zugrunde gerichtet wurden.

Nachdem Nechljudow die Zustände in den Gefängnissen und auf der Etappe näher kennengelernt hatte, kam er zu der Überzeugung, daß alle sich unter Gefangenen ausbreitenden Laster: Trunksucht, Spielleidenschaft, Grausamkeit sowie die furchtbaren, bis zur Menschenfresserei gehenden Verbrechen, die von Kriminellen verübt wurden, nicht Zufallserscheinungen oder Merkmale angeborener verbrecherischer Neigungen waren, wie dies – für die Regierungen sehr gelegen – weltfremde Gelehrte behaupteten, sondern daß es sich um die zwangsläufige Folge des unbegreiflichen Irrtums handelte, nach dem die einen Menschen andere bestrafen dürfen. Er sah, daß sich die Menschenfresserei nicht erst aus den Verhältnissen in der Taiga ergab, sondern daß der Keim dazu bereits in den Ministerien, Komitees und Kanzleien der Verwaltungsbehörden gedieh und in der Taiga nur noch ausreifte; sah, daß es seinem Schwager zum Beispiel und all den Richtern und Beamten nicht im geringsten um Gerechtigkeit und Volkswohl zu tun war, wie sie vorschützten, sondern daß es ihnen einzig auf die Gelder ankam, die man ihnen dafür zahlte, daß sie alles verrichteten, was zu dieser Demoralisierung und diesen Leiden führte. Das war Nechljudow jetzt völlig klar.

Ist es denn wirklich möglich, daß das alles nur auf Grund von Mißverständnissen geschieht? fragte sich Nechljudow. Wenn man es doch so einrichten könnte, daß allen diesen Beamten ihr Gehalt garantiert bliebe und sie überdies noch eine Prämie bekämen, falls sie ihr verderbliches Tun einstellten ...

Mit solchen Gedanken schlief Nechljudow trotz der Flöhe, die ihn, sobald er sich rührte, wie eine Fontäne umsprühten, gegen Morgen schließlich ein.

20

Als Nechljudow nach einem tiefen Schlaf erwachte, waren die Fuhrleute längst weitergefahren, und die Wirtin, die bereits Tee getrunken hatte und sich mit einem Tuch den Schweiß von ihrem dicken Hals abwischte, empfing ihn mit der Mitteilung, einer der Eskortesoldaten habe ein Briefchen gebracht. Das Briefchen war von Marja Pawlowna. Sie schrieb, Krylzows Anfall sei ernster, als sie zuerst angenommen hatten. „Eigentlich wollten wir ihn hierlassen und bei ihm bleiben, aber das wurde nicht gestattet. Wir nehmen ihn also mit, sind jedoch auf das Schlimmste gefaßt. Sehen Sie doch zu, in der Stadt die Erlaubnis zu erwirken, daß, wenn man ihn dort zurückbehält, jemand von uns bei ihm bleiben darf. Falls es hierfür erforderlich sein sollte, daß ich ihn heirate, bin ich selbstverständlich dazu bereit."

Nechljudow schickte den jungen Hausknecht zur Station, um den Wagen zur Weiterfahrt zu bestellen, und packte in aller Eile seinen Koffer. Er hatte noch nicht das zweite Glas Tee ausgetrunken, als eine dreispännige Postkutsche unter Schellengeläut und mit den Rädern auf dem hartgefrorenen Schlamm wie über Pflastersteine rasselnd, an der Haustür vorfuhr. Nachdem Nechljudow bei der dickhalsigen Wirtin seine Schuld beglichen hatte, brach er unverzüglich auf, setzte sich auf den Quersitz des Wagens und wies den Kutscher an, möglichst schnell zu fahren, da er die Sträflingskolonne einholen wollte. Kurz hinter dem Tor zu den eingehegten Weideplätzen erreichte er denn auch die Fuhren mit dem Gepäck und den Kranken, die sich polternd über dem hartgefrorenen Schlamm des noch nicht glattgefahrenen Weges fortbewegten. Der Offizier war vorausgefahren, und die offensichtlich angeheiterten Soldaten gingen lustig schwatzend zu beiden Seiten der Fuhrwerke oder hinter ihnen. Es war ein langer Wagenzug. Auf den vorderen Fuhren saßen dicht zusammengepfercht jeweils sechs oder sieben gebrechliche Kriminelle, und die hinteren drei Wagen waren von je drei politischen Häftlingen besetzt. Im letzten Wagen saßen Nowodworow, die Grabez und Kondratjew, im nächsten Emilja Ranzewa, Nabatow und die an Rheumatismus leidende Gefangene, der Marja

Pawlowna ihren Platz abgetreten hatte, und im dritten von hinten lag auf Heu und Kissen gebettet Krylzow. Neben ihm saß Marja Pawlowna auf dem Bock. Nechljudow ließ seinen Kutscher halten und ging zu Krylzow hinüber. Ein beschwipster Eskortesoldat wollte ihn durch eine Armbewegung zurückweisen, aber Nechljudow achtete nicht darauf, legte die Hand auf den Wagenrand und ging daneben her. In dickem Schafpelz und Lammfellmütze, mit einem vor den Mund gebundenen Tuch, sah Krylzow noch eingefallener und blasser aus als sonst. Seine schönen Augen waren besonders groß und glänzend. In dem holpernden Wagen leicht hin und her gerüttelt, sah er Nechljudow unverwandt an, schloß aber auf die Frage nach seinem Befinden die Augen und schüttelte nur mißmutig den Kopf. Seine ganze Energie war offenbar davon in Anspruch genommer sich so gut wie möglich gegen die Stöße des Wagens zu schutzen. Marja Pawlowna warf Nechljudow einen vielsagenden Blick zu, in dem ihre ganze Besorgnis um den Zustand Krylzows zum Ausdruck kam, und begann dann sofort in gemacht fröhlichem Ton ein Gespräch.

„Der Offizier hat sich wohl doch Gewissensbisse gemacht", rief sie, um sich bei dem Rädergerassel verständlich zu machen, Nechljudow mit lauter Stimme zu. „Busowkin hat man die Handfesseln abgenommen. Er trägt sein Töchterchen jetzt wieder selbst, und zusammen mit ihm marschieren Katja, Simonson und für mich Wera."

Krylzow deutete mit dem Kopf auf Marja Pawlowna und sagte etwas, das nicht zu verstehen war, worauf er, offenbar mühsam einen Hustenanfall unterdrückend, den Kopf schüttelte. Nechljudow beugte sich zu ihm vor, um ihn zu verstehen. Nun schob Krylzow das Tuch vom Mund zurück und murmelte:

„Es geht mir schon erheblich besser. Nur erkälten darf ich mich nicht."

Nechljudow nickte zustimmend und tauschte mit Marja Pawlowna verständnisvolle Blicke.

„Nun, wie steht es mit dem Problem der drei Körper?" fuhr Krylzow fort und zwang sich mühsam ein Lächeln ab. „Ist die Lösung geglückt?"

Nechljudow begriff nicht, was er meinte, aber Marja Pawlowna erklärte ihm, daß Krylzow auf das berühmte mathematische Problem zur Bestimmung des Verhältnisses der drei Weltkörper – Sonne, Mond und Erde – zueinander anspiele und auf den Einfall gekommen sei, diese Konstellation scherzhaft mit dem Verhältnis zwischen Nechljudow, Katjuscha und Simonson zu vergleichen. Krylzow bekräftigte durch ein Kopfnicken, daß Marja Pawlowna seinen Scherz richtig erklärt habe.

„Die Lösung hängt nicht von mir ab“, sagte Nechljudow.

„Haben Sie meine Zeilen bekommen und werden Sie in der Stadt Schritte unternehmen?“ fragte Marja Pawlowna.

„Selbstverständlich“, antwortete Nechljudow und begab sich, da er in Krylzows Gesicht einen Zug von Unwillen wahrnahm, zu seinem Wagen zurück. Er erklomm den eingedrückten Sitz, hielt sich am Rand des Wagens fest, auf dem er hin und her geschüttelt wurde, und fuhr schnell an der über eine Werst langen Kolonne der in graue Gefängniskittel oder Pelzjoppen gekleideten, teils an den Füßen gefesselten, teils paarweise an den Händen zusammengeketteten Sträflinge entlang. Auf der andern Seite des Weges erkannte Nechljudow das blaue Tuch Katjuschas, den schwarzen Mantel Wera Jefremownas sowie die Jacke und Strickmütze Simonsons, der seine weißen wollenen Strümpfe unten wie Sandalen mit Riemen umschnürt hatte. Er ging neben den Frauen und redete lebhaft auf sie ein.

Als die Frauen Nechljudow bemerkten, nickten sie ihm zu, während Simonson feierlich die Mütze lüftete. Nechljudow hatte im Augenblick nichts mit ihnen zu besprechen und setzte, ohne den Kutscher halten zu lassen, die Fahrt fort. Als der Wagen wieder auf einen glatteren Weg gelangt war, trieb der Kutscher die Pferde an, mußte aber immer wieder ausweichen, um an den Wagenzügen vorbeizukommen, die sich in beiden Richtungen fortbewegten.

Der von tiefen Radspuren zerfurchte Weg führte durch einen dunklen Nadelwald und war zu beiden Seiten von Birken und Lärchen eingesäumt, deren noch nicht abgefallene Blätter und Nadeln sich goldgelb oder sandfarben von dem düsteren Hintergrund abhoben. Auf der halben Strecke brach der Wald ab, die Aussicht auf weite Felder tat sich auf, und die goldenen Kreuze und Kuppeln eines Klosters wurden sichtbar. Der Himmel hatte sich völlig aufgeklärt, die Wolken hatten sich verteilt, die Sonne stand schon hoch über dem Wald, und das feuchte Laub, die Pfützen sowie die Kuppeln und Kreuze der Kirche glänzten und blitzten in der Sonne. Weiter vorn in der Ferne schimmerten durch bläulichen Dunst schneebedeckte Berge hervor. Die Troika fuhr in ein nahe an der Stadt liegendes großes Dorf ein. Auf der Hauptstraße des Dorfes wimmelte es von Menschen – von Russen und Einheimischen in eigentümlichen Kitteln und Mützen. Teils betrunkene, teils nüchterne Männer und Frauen drängten sich lärmend vor den Läden, Wirtschaften, Schenken und Fuhrwerken. Man spürte die Nähe der Stadt.

Der Kutscher setzte sich seitlich auf den Bock, so daß er die Leine rechts hatte, zog die Zügel des rechten Seitenpferdes an, knallte mit der Peitsche und fuhr, sichtlich bemüht, einen schneidigen Eindruck zu machen, in forscher Fahrt die lange Straße zum Fluß hinunter, wo man sich auf einer Fähre übersetzen lassen mußte. Die Fähre befand sich gerade auf der Rückfahrt vom jenseitigen Ufer und hatte schon die Mitte des Flusses erreicht. Diesseits hatten sich bereits zwanzig Fuhrwerke zum Übersetzen angesammelt. Nechljudow brauchte nicht lange zu warten. Sich hoch gegen die starke Strömung aufbäumend, legte die Fähre bald vor dem Brettersteg der Landungsstelle an.

Die hünenhaften Fährleute in Pelzjacken und hohen Stiefeln warfen mit geübten Handgriffen schweigend die Taue aus, befestigten sie an den Pfählen, schoben die Sperre zurück und ließen die auf der Fähre angekommenen Fuhrwerke an Land. Gleich darauf wurden die wartenden Fahrzeuge mit ihren vor dem Wasser scheuenden Pferden auf die Fähre gelassen und dicht nebeneinander aufgestellt. Die Wellen des breiten Flusses schlugen gegen die Boote der Fähre und strafften die Taue. Als die Fähre voll besetzt war, an deren einem Rand Nechljudows Wagen, mit ausgespannten Pferden, eingepfercht zwischen anderen Fahrzeugen stand, schlossen die Fährleute, ohne sich um die Bitten der mangels Platz Zurückbleibenden zu kümmern, die Sperre, zogen die Taue ein und fuhren ab. Auf der Fähre herrschte Stille, es waren nur die Schritte der Fährleute und das ungeduldige Stampfen der Pferde zu hören.

21

Nechljudow stand am Geländer der Fähre und blickte auf den breiten, schnell dahinströmenden Fluß. In Gedanken stellte er sich immer wieder zwei Bilder vor: den bei jedem Stoß des Wagens hin und her schaukelnden Kopf des in Verbitterung sterbenden Krylzow und die Gestalt Katjuschas, wie sie am Wegrand aufrecht neben Simonson einherschritt. Der Gedanke an Krylzow, der im Sterben lag, ohne auf den Tod gefaßt zu sein, stimmte ihn traurig und bedrückte ihn. Der Gedanke an das muntere Aussehen Katjuschas hingegen, die sich die Liebe eines Menschen wie Simonson erworben und jetzt den festen, rechten Weg zum Guten betreten hatte – dieser Gedanke hätte ihn eigentlich froh stimmen müssen; aber er fühlte sich auch durch ihn bedrückt und war außerstande, dieses Gefühl zu überwinden.

Aus der Stadt hallten über das Wasser die dumpfen, vibrierenden Klänge einer großen, zur Messe rufenden Glocke herüber. Der neben Nechljudow stehende Kutscher und sämtliche Fährleute nahmen nacheinander die Mützen ab und bekreuzigten sich. Nur ein unmittelbar am Geländer stehender mittelgroßer alter Mann mit zottigem Haar, den Nechljudow zunächst nicht bemerkt hatte, bekreuzigte sich nicht, sondern hob den Kopf und heftete seinen Blick auf Nechljudow. Dieser Alte war mit einem breiten baumwollenen, schon an vielen Stellen geflickten Bauernrock, Tuchhosen und abgetragenen, ausgebesserten Stiefeln bekleidet. Über der Schulter hatte er einen kleinen Sack hängen, und sein Kopf war mit einer zerschlissenen hohen Pelzmütze bedeckt.

„Was betest denn gar nicht, Alter?" fragte ihn Nechljudows Kutscher, während er seine Mütze wieder aufsetzte und zurechtrückte. „Oder bist ein Ungetaufter?"

„Zu wem soll ich denn beten?“ fragte, sich nach dem Kutscher umwendend, der Alte herausfordernd.

„Na, zu Gott, das ist doch klar“, erwiderte spöttisch der Kutscher.

„Dann zeig mir erst mal, wo er ist, dieser Gott. Wo ist er denn?“

Aus dem Äußeren und dem Auftreten des Alten sprach ein solcher Ernst, eine solche Entschlossenheit, daß auch der Kutscher merkte, daß er es mit einem willensstarken Menschen zu tun hatte, und verlegen wurde; doch um sich nicht vor den Anwesenden zu blamieren, die alle zuhörten, ließ er seine Verlegenheit nicht merken und antwortete schnell:

„Wo er ist? Im Himmel natürlich!“

„Bist denn schon mal dort gewesen?“

„Ob gewesen oder nicht – jeder weiß, daß man zu Gott beten muß.“

„Gott hat noch niemand irgendwo gesehn. Sein eingeborner Sohn, der aus dem Schoße des Vaters gekommen ist, der hat sich offenbart“, erklärte der Alte mit strenger Miene und in unverändert selbstsicherem Ton.

„Du bist, sieht man, ein Heide, ein Lochanbeter. Betest das Loch an“, sagte der Kutscher, indem er die Peitsche hinter den Gürtel steckte und das Hintergeschirr des Seitenpferdes zurechtzog.

In der Menge ertönte Gelächter.

„Zu welchem Glauben bekennst du dich denn, Großväterchen?“ fragte ein Mann mittleren Alters, der mit seiner Fuhre am Rande der Fähre stand.

„Zu gar keinem. Ich hab keinen Glauben und glaube niemandem außer mir selbst“, erwiderte prompt und entschieden der Alte.

„Wie kann man nur sich selbst glauben?“ mischte sich Nechljudow ins Gespräch. „Man kann sich doch irren?“

„Nie im Leben“, antwortete der Alte entschieden und schüttelte den Kopf.

„Wie kommt es denn, daß es verschiedene Glaubensbekenntnisse gibt?“ fragte Nechljudow.

„Das kommt davon, das Volk glaubt den Menschen und nicht sich selbst. Auch ich hab den Menschen geglaubt und bin herumgeirrt wie in der Taiga; so in die Irre war ich geraten, daß ich schon gar nicht mehr hoffte, noch herauszufinden. Da gibt es die Altgläubigen und die Neubekehrten, die Sabbatfaster und die Geißler, Sekten, in denen die Popen anerkannt werden, und andere, die keine Popen anerkennen, dann die Österreichischen, die Molokanen, die Skopzen. Jeder Glaube preist nur sich als den allein richtigen. Und da tappen denn alle herum wie blinde junge Hunde. Glaubensbekenntnisse gibt es viele, aber nur einen einzigen Geist. In dir, in mir, in ihm. Jeder muß also seinem eigenen Geist glauben, dann werden alle einig sein. Wenn jeder seinem Glauben folgt, wird es allgemeine Einigkeit geben."

Der Alte sprach mit erhobener Stimme und ließ seine Blicke dauernd über die Anwesenden schweifen; es lag ihm offenbar daran, von möglichst vielen gehört zu werden.

„Halten Sie schon lange an diesem Glauben fest?" fragte Nechljudow.

„Ich? Ja, schon lange. Dreiundzwanzig Jahre schon werd ich gehetzt."

„Wieso gehetzt?"

„So gehetzt, wie man auch Christus gehetzt hat. Sie nehmen mich fest und schleppen mich dann vor die Gerichte und Popen, wie sie ihn vor die Pharisäer und Schriftgelehrten geschleppt haben; auch ins Irrenhaus haben sie mich schon eingesperrt. Aber sie können mir nichts anhaben, da ich nichts verbrochen hab. ‚Wie heißt du?' fragen sie mich. Sie meinen wohl, daß ich mich unter irgendeinem Namen eintragen lassen werde. Aber das tu ich nicht. Ich hab mich von allem losgesagt, hab keinen Namen, keinen Wohnort, kein Vaterland – nichts hab ich. Ich hab nur mich selbst. ‚Was bist du?' fragen sie. ‚Ein Mensch', antworte ich. ‚Wie alt?' – ‚Die Jahre zähle ich nicht', sage ich, ‚und kann sie auch gar nicht zählen, weil ich von allem Anfang an dagewesen bin und immer dasein werde.' – ‚Wer sind deine Eltern?' wollen sie wissen. ‚Ich hab keinen Vater, keine Mutter', antworte ich, ‚außer Gott und der Erde. Gott ist mein Vater, die Erde meine Mutter.' – ‚Erkennst du den Zaren an?' – ‚Warum soll ich ihn nicht anerkennen? Er ist für sich der Zar, und ich bin für mich ein Zar.' – ‚Na, mit dir kann man überhaupt nicht reden!' – ‚Ich hab euch ja auch nicht gebeten, mit mir zu reden!' antworte ich . . . Ja, so quält man mich."

„Und wohin wollen Sie jetzt?" fragte Nechljudow.

„Wie Gott es fügen wird. Bin auf der Suche nach Arbeit, und wenn ich keine finde, bettele ich mich durch", schloß der Alte, als sich die Fähre dem jenseitigen Ufer näherte, und sah sich mit triumphierender Miene im Kreis seiner Zuhörer um.

Nachdem die Fähre angelegt hatte, zog Nechljudow sein Portemonnaie und wollte dem Alten etwas Geld geben. Doch das lehnte er ab.

„Geld nehm ich keins", sagte er, „nur Brot."

„Nun, dann nichts für ungut!"

„Brauchst dich nicht zu entschuldigen, hast mich ja nicht kränken wollen. Und mich kann auch niemand kränken", sagte der Alte, während er sich den Sack wieder über die Schulter warf.

Inzwischen hatte der Kutscher den Postwagen mit Hilfe der Fährleute an Land geschoben und die Pferde wieder angespannt.

„Daß Sie Lust haben, sich mit so einem Alten zu unterhalten, Herr", sagte der Kutscher, als Nechljudow, nachdem er den hünenhaften Fährleuten ein Trinkgeld gegeben hatte, in den Wagen stieg. „So ein närrischer Landstreicher."

22

Nachdem sie die zur Stadt führende Anhöhe hinaufgefahren waren, drehte sich der Kutscher zu Nechljudow um.

„In welches Hotel wollen Sie?"

„Welches ist denn das beste?"

„Am besten ist wohl der ‚Sibirische Hof'. Aber bei Djukow ist's auch gut."

„Nun, ich überlasse es dir."

Der Kutscher setzte sich wieder seitlich auf den Bock und trieb die Pferde an. Die Stadt sah aus wie alle Städte. Auch hier hatten die Häuser die üblichen Mansardengeschosse und grünen

Dächer, auch hier gab es eine Kathedrale, Buden und Geschäfte in der Hauptstraße und die unvermeidlichen Polizisten an den Straßenecken. Nur waren die Häuser fast alle aus Holz und die Straßen ungepflastert. In einer der lebhaftesten Straßen hielt der Kutscher die Troika vor der Tür eines Hotels an. Hier waren jedoch alle Zimmer besetzt, so daß man es anderswo versuchen mußte. Im nächsten Hotel gab es noch ein freies Zimmer, und zum erstenmal nach zwei Monaten sah sich Nechljudow wieder von einiger Bequemlichkeit und Sauberkeit umgeben. Sowenig luxuriös sein Zimmer auch war, er atmete nach den endlosen Fahrten in Postkutschen und den Aufenthalten in Herbergen und Etappenstationen doch erleichtert auf. Vor allem hatte er das Bedürfnis, sich von den Läusen zu befreien, die er seit dem Besuch der Etappenstationen nie mehr ganz losgeworden war. Nachdem er das Nötigste ausgepackt hatte, fuhr er sofort in die Badeanstalt, wo er sich nach dem Bade wieder ein städtisches Aussehen gab, indem er ein gestärktes Hemd, Hosen mit Bügelfalten und einen Gehrock anlegte. Dann zog er seinen Mantel an und fuhr zum Bezirkskommandanten. Die von dem Portier des Hotels besorgte Droschke – ein klappriger, mit einem großen, dickbäuchigen Kirgisenpferd bespannter Wagen – brachte ihn zu einem großen, ansehnlichen Gebäude, vor dem Schildwachen und ein Schutzmann standen. Das Haus war von einem Garten umgeben, in dem zwischen den entblätterten Zweigen von Birken und Espen das saftige dunkle Grün der Tannen und Fichten hervorstach.

Der General war unpäßlich und empfing keine Besucher. Nechljudow bat den Diener dennoch, seine Karte zu überbringen. Er kehrte mit einer günstigen Antwort zurück: „Der Herr General läßt bitten."

Die Vorhalle, der Diener, der Ordonnanzsoldat, der Saal mit dem gebohnerten Parkettfußboden – alles erinnerte an Petersburg, machte jedoch einen weniger sauberen und zugleich protzigeren Eindruck. Nechljudow wurde ins Arbeitszimmer des Bezirkskommandanten geführt.

Der General, ein vollblütiger Mann mit aufgedunsenem Gesicht, Kartoffelnase und vorstehenden Höckern auf der Stirn, kahlköpfig und mit Tränensäcken unter den Augen, saß in einem seidenen tatarischen Schlafrock mit einer Zigarette in der Hand beim Tee, den er aus einem Glas in silbernem Behälter zu sich nahm.

„Guten Tag, Verehrtester! Entschuldigen Sie, daß ich Sie im Schlafrock empfange, doch besser so, meine ich, als gar nicht", sagte er, indem er den Schlafrock um seinen feisten, schwulstigen Nacken zusammenschlug. „Ich fühle mich nicht ganz wohl und gehe nicht aus. Was hat Sie denn in unsere weltentlegenen Gefilde verschlagen?"

„Ich bin einer Kolonne von Sträflingen gefolgt, unter denen sich eine mir nahestehende Gefangene befindet", antwortete Nechljudow, „und möchte Euer Exzellenz wegen dieser Gefangenen und noch wegen einer anderen Sache ein Anliegen vortragen."

Der General machte einen Zug aus der Zigarette, nahm einen Schluck Tee, drückte den Stummel in einem Malachitaschenbecher aus, richtete seine verquollenen, glänzenden Schlitzaugen auf Nechljudow und hörte ihm aufmerksam zu. Er unterbrach ihn nur einmal, um ihm eine Zigarette anzubieten.

Dieser General gehörte zu jener Kategorie akademisch gebildeter Offiziere, die es für möglich halten, ihren Beruf mit liberaler, humaner Gesinnung in Einklang zu bringen. Doch als von Natur aus kluger und anständiger Mensch sah er sehr bald ein, wie unmöglich das war, und um sich nicht des inneren Zwiespalts bewußt zu werden, in dem er sich dauernd befand, gewöhnte er sich immer mehr den in Offizierskreisen verbreiteten übermäßigen Genuß von Alkohol an. Dieser Gewohnheit gab er so sehr nach, daß er nach fünfunddreißigjährigem Militärdienst ein regelrechter, wie die Ärzte es nennen, Alkoholiker geworden war. Er war von Alkohol förmlich durchtränkt. Schon eine kleine Menge eines geistigen Getränks genügte, um ihn in einen Rausch zu versetzen. Der Genuß von Wein war ihm zu einem solchen Bedürfnis geworden, daß er ohne zu trinken nicht leben konnte und gegen Abend immer total betrunken war. An diesen Zustand hatte er sich indessen so gewöhnt, daß er beim Gehen nicht taumelte und fast nie besonders dummes Zeug redete; und wenn er doch einmal etwas Dummes sagte, so nahm er ja eine so wichtige, überragende Stellung ein, daß selbst die unsinnigsten Äußerungen von ihm allgemein für klug gehalten wurden. Nur in den Morgenstunden, wie eben jetzt, beim Besuch Nechljudows, war er einigermaßen klar bei Verstand, konnte verstehen, was man ihm sagte, und setzte mit mehr oder weniger Erfolg das von ihm gern zitierte Sprichwort in die Tat um: Verstand und Geist des Weins – zwei Vorzüge in eins! Höheren Orts wußte man von seiner Trunksucht, da er aber immerhin eine bessere Bildung als die anderen besaß – obwohl seine Bildung nicht weiter reichte als bis zu dem Zeitpunkt, da er mit dem Trinken begonnen hatte – und zudem tapfer, gewandt und repräsentabel war und sich auch in betrunkenem Zustand taktvoll zu benehmen verstand, hatte man ihm den hohen und verantwortungsvollen Posten, den er jetzt innehatte, übertragen und belassen.

Nechljudow teilte ihm mit, daß es sich bei der Gefangenen, für die er sich interessiere, um eine zu Unrecht verurteilte Frau handele und daß ihretwegen bereits ein Gesuch an die allerhöchste Stelle eingereicht worden sei.

„Soso. Nun und?“

„In Petersburg wurde mir zugesagt, daß man mir die Entscheidung über das Schicksal dieser Frau spätestens im Laufe dieses Monats nachschicken werde, und zwar hierher ...“

Der General, der unentwegt den Rauch seiner Zigarette einzog und sich dabei besonders laut räusperte, streckte, ohne die Augen von Nechljudow abzuwenden, seine kurzen Finger zum Tisch aus, klingelte und hörte weiterhin schweigend zu.

„Ich möchte daher bitten“, fuhr Nechljudow fort, „diese Frau so lange hier zu lassen, bis die Antwort auf das eingereichte Gesuch eintrifft.“

Jetzt erschien ein Soldat, einer der als Diener fungierenden Burschen des Generals.

„Frage nach, ob Anna Wassiljewna aufgestanden ist, und bring noch Tee!“ befahl der General dem Burschen und wandte sich dann wieder Nechljudow zu. „Und was haben Sie noch auf dem Herzen?“

„Meine zweite Bitte", antwortete Nechljudow, „betrifft einen politischen Sträfling, der zu derselben Kolonne gehört."

„Soso", sagte der General wieder und wiegte bedeutsam den Kopf.

„Er ist schwerkrank und kann jeden Augenblick sterben. Wahrscheinlich wird man ihn im hiesigen Krankenhaus zurücklassen. Und da möchte eine der politischen Gefangenen bei ihm bleiben."

„Ist sie seine Frau?"

„Nein, das ist sie nicht, aber sie ist bereit, ihn sofort zu heiraten, sofern sie dadurch die Möglichkeit erhält, bei ihm zu bleiben."

Der General, der ununterbrochen rauchte, sah Nechljudow mit seinen glänzenden Augen durchdringend an und schwieg beharrlich, offenbar in der Absicht, ihn durch seinen Blick in Verwirrung zu bringen.

Nachdem Nechljudow ihm alles vorgetragen hatte, nahm der General ein Buch vom Tisch, suchte darin, es mit seinen an der Zunge benetzten Fingern schnell durchblätternd, die Bestimmungen über Eheschließungen heraus und las sie aufmerksam durch.

„Zu welcher Strafe ist sie verurteilt?" fragte er und blickte vom Buch auf.

„Die Frau? Zu Zwangsarbeit."

„Nun, dann kann dem Sträfling durch eine Heirat mit ihr nicht geholfen werden."

„Ja, aber . . ."

„Erlauben Sie. Selbst wenn ein auf freiem Fuß stehender Mann sie heiraten würde, müßte sie dennoch ihre Strafe abbüßen. Da fragt es sich nur, wessen Strafe härter ist – seine oder ihre?"

„Beide sind zu Zwangsarbeit verurteilt."

„Nun, dann sind sie ja quitt", sagte der General lachend. „Was er zu tragen hat, hat auch sie zu tragen. Ihn kann man wegen seiner Krankheit hierlassen, und selbstverständlich wird alles getan werden, was sich tun läßt, um ihm seinen Zustand zu erleichtern. Sie aber darf, selbst wenn sie ihn heiraten würde, nicht hierbleiben . . ."

„Die Frau Generalin trinkt schon Kaffee", meldete der Bursche.

Der General nickte und fuhr fort:

„Übrigens will ich mir die Sache noch überlegen. Wie heißen die beiden? Schreiben Sie ihre Namen auf."

Nechljudow schrieb sie auf.

„Auch das kann ich nicht", sagte der General, als Nechljudow ihn bat, ihm die Erlaubnis zu erteilen, den Kranken zu besuchen. „Ich will Sie selbstverständlich nicht verdächtigen", fuhr er fort, „aber es ist doch so, daß Sie sich für den einen oder anderen Sträfling interessieren und über Geld verfügen. Und bei uns ist für Geld alles zu erreichen. Man sagt mir, ich solle das Bestechungswesen ausrotten. Ja, wie soll ich es ausrotten, wenn alle durch die Bank auf Schmiergelder erpicht sind? Und je niedriger einer im Rang steht, um so empfänglicher ist er dafür. Ich kann ja nicht alles kontrollieren, was fünftausend Werst von hier geschieht. Da ist jeder Aufseher ebenso ein kleiner König, wie ich es bin", sagte er und brach in Gelächter aus. „Sie sind doch sicherlich mit den politischen Gefangenen zusammengekommen, haben Geld gegeben, und man hat Ihnen dafür Einlaß gewährt. So ist es doch?" fragte er lächelnd.

„Ja, das stimmt."

„Ich habe Verständnis dafür, daß Sie so handeln. Sie wollen den einen oder andern Politischen besuchen. Er tut Ihnen leid. Und der Inspektor oder Eskorteunteroffizier läßt sich bestechen, er ist Familienvater, kommt mit seinem Groschengehalt nicht aus und ist auf Schmiergelder angewiesen. Auch ich würde an seiner und Ihrer Stelle so handeln wie Sie und er. Doch in meiner Stellung untersage ich es mir streng, auch nur im geringsten vom Buchstaben des Gesetzes abzuweichen, und zwar gerade, weil ich auch ein Mensch bin und mich durch Mitleid erweichen lassen könnte. Denn ich trage die Verantwortung, meine Stellung ist mir unter bestimmten Bedingungen anvertraut, und ich muß das in mich gesetzte Vertrauen rechtfertigen. So, diese Frage ist also erledigt. Und nun erzählen Sie mir, was sich bei Ihnen in der Residenz tut."

Der General stellte Fragen und erzählte auch selbst; offenbar wollte er zugleich Neuigkeiten erfahren und seine Bedeutung und humane Gesinnung hervorheben.

23

„Wo, sagen Sie, sind Sie abgestiegen – bei Djukow?" fragte der General, als Nechljudow sich zum Gehen anschickte. „Nun, da ist die Küche auch nicht berühmt. Kommen Sie zum Mittagessen zu uns. Um fünf. Sprechen Sie Englisch?"

„Doch, ja."

„Ausgezeichnet. Hier in der Stadt hält sich nämlich gerade ein durchreisender Engländer auf. Er studiert die Verhältnisse in den sibirischen Verbannungsorten und Gefängnissen. Der wird bei uns essen, und Sie kommen, bitte, ebenfalls. Wir speisen um fünf, und meine Frau besteht auf Pünktlichkeit. Dann werde ich Ihnen auch Bescheid geben, wie die Sache mit jener Frau und mit dem Kranken geregelt werden soll. Vielleicht läßt es sich doch machen, daß jemand bei ihm bleibt."

Nachdem sich Nechljudow vom General verabschiedet hatte, fuhr er in besonders angeregter, unternehmungslustiger Stimmung zur Post.

Das Postamt war ein niedriger, gewölbeartiger Raum. An einem Pult saßen mehrere Beamte und händigten den sich vor dem Schalter drängenden Leuten Postsachen aus. Ein Beamter drückte, den Kopf zur Seite geneigt, unaufhörlich Stempel auf die ihm in schneller Reihenfolge zugeschobenen Briefe. Nachdem Nechljudow seinen Namen genannt hatte, ließ man ihn nicht lange warten, sondern einer der Beamten übergab ihm sogleich eine ziemlich umfangreiche Korrespondenz. Darunter befanden sich eine Geldüberweisung, mehrere Briefe und Bücher sowie die letzte Nummer der „Otetschestwennyje sapiski". Nechljudow nahm alles an sich, ging zu einer Bank, setzte sich neben einen Soldaten, der dort mit einem Buch in den Händen auf etwas wartete, und begann die für ihn eingegangenen Briefe durchzusehen. Es befand sich darunter ein rekommandierter

Brief in prächtigem Kuvert und mit sorgfältig aufgedrücktem Siegel aus grellrotem Lack. Er riß das Kuvert auf, und als er darin einen Brief von Selenin vorfand, dem ein amtliches Schriftstück beigefügt war, fühlte er, wie ihm das Blut ins Gesicht schoß und sich sein Herz zusammenkrampfte. Es war die Entscheidung auf das für Katjuscha eingereichte Gesuch. Wie war sie ausgefallen? Konnte es womöglich eine Ablehnung sein? Er überflog hastig die kleinen, wie gestochen wirkenden und schwer leserlichen Schriftzüge und atmete erleichtert auf. Die Entscheidung war günstig.

„Lieber Freund!" schrieb Selenin. „Unser letztes Gespräch hat in mir einen nachhaltigen Eindruck hinterlassen. Du hast wegen des Falles Maslowa recht gehabt. Ich habe die Akten aufmerksam durchgesehen und mich überzeugt, daß man ihr ein empörendes Unrecht zugefügt hat. Zu korrigieren war das nur auf dem Weg über die Kommission für Gnadengesuche, an die Du Dich ja auch gewandt hast. Mir ist es gelungen, dort auf die Entscheidung Einfluß zu nehmen, und ich sende Dir nun eine Kopie des Begnadigungserlasses an die Adresse nach, die mir von der Gräfin Jekaterina Iwanowna mitgeteilt wurde. Das Original wurde der Stelle zugeleitet, an der sich die Angeklagte zur Zeit der Gerichtsverhandlung in Haft befunden hat, und wird wahrscheinlich sofort an die Hauptverwaltung in Sibirien weiterbefördert werden. Ich beeile mich, Dir diese erfreuliche Nachricht zu übermitteln, und drücke Dir freundschaftlich die Hand.

Dein Selenin"

Der Begnadigungserlaß selbst hatte folgenden Wortlaut:

„Kanzlei Seiner Kaiserlichen Majestät zur Entgegennahme auf den Allerhöchsten Namen eingereichter Gesuche. Betrifft den und den Fall, Nummer soundso, Abteilung X, das und das Datum. Auf Befehl des Chefs der Kanzlei Seiner Kaiserlichen Majestät zur Entgegennahme auf den Allerhöchsten Namen eingereichter Gesuche wird die Kleinbürgerin Jekaterina Maslowa hiermit benachrichtigt, daß Seine Kaiserliche Majestät auf Grund des Allerhöchstdemselben gehaltenen Vortrags geruht hat, der Bitte der Maslowa nachzukommen und die Umwandlung der ihr auferlegten Zwangsarbeit in Ansiedlung in weniger entfernten Gegenden Sibiriens zu befehlen."

Die Entscheidung war erfreulich und wichtig, bedeutete sie doch die Erfüllung alles dessen, was Nechljudow für Katjuscha und für sich selbst gewünscht hatte. Allerdings brachte diese Veränderung ihrer Lage auch wieder Komplikationen in seinem Verhältnis zu ihr mit sich. Solange sie Zwangsarbeiterin war, wäre die von ihm angebotene Ehe mit ihr lediglich eine Formsache gewesen, die dem Zweck dienen sollte, ihr Los zu erleichtern. Nunmehr jedoch stand ihrem ehelichen Zusammenleben nichts mehr entgegen, und darauf war Nechljudow nicht vorbereitet. Und wie verhielt es sich außerdem mit ihrem Verhältnis zu Simonson? Welchen Sinn hatten ihre gestrigen Äußerungen gehabt? Und angenommen, sie willigte ein, Simonson zu heiraten – sollte er das gutheißen oder nicht? Er konnte sich in diesen Fragen vorläufig nicht schlüssig werden und stellte die Gedanken daran zunächst zurück. Alles, dachte er, wird sich nunmehr von selbst ergeben. Jetzt muß ich sie vor allem sofort aufsuchen, um ihr die freudige Nachricht zu überbringen und ihre Freilassung zu erreichen. Er nahm an, daß die Kopie, die er in Händen hatte, genügen würde, und fuhr von der Post direkt zum Gefängnis.

Der General hatte ihm zwar am Morgen die Erlaubnis zum Besuch des Gefängnisses verweigert, da er aber aus Erfahrung wußte, daß manches, was bei den höchsten Beamten auf keine Weise zu erlangen war, sich oft sehr leicht bei den untergeordneten Stellen erreichen ließ, wollte er dennoch versuchen, sich Zutritt ins Gefängnis zu verschaffen, um Katjuscha die freudige Neuigkeit mitzuteilen und möglichst auch gleich ihre Entlassung zu erwirken. Außerdem hoffte er, bei dieser Gelegenheit Näheres über Krylzows Zustand zu erfahren und ihn sowie Marja Pawlowna über seine Unterredung mit dem General unterrichten zu können.

Der Gefängnisvorsteher war ein großer und dicker, sehr majestätisch aussehender Mann, dessen Backenbart an den Mundwinkeln mit dem Schnurrbart zusammenlief. Er empfing Nechljudow mit äußerst strengem Gehabe und erklärte kurz und bündig, er könne Unbefugten keine Besuche von Gefangenen ohne Genehmigung des Stadtkommandanten gestatten. Auch Nechljudows Bemerkung, daß man es ihm in den Hauptstädten gestattet habe, half nichts.

„Das mag wohl sein, aber ich gestatte es nicht“, antwortete er in einem Ton, aus dem deutlich herausklang: Ihr großstädtischen Herren glaubt, uns verblüffen und in Verlegenheit bringen zu können; aber auch wir in Ostsibirien kennen die Vorschriften genau, und wir erklären sie euch sogar, wenn ihr wollt.

Selbst die Kopie der Urkunde aus der Sonderkanzlei des Zaren übte auf den Gefängnisvorsteher keine Wirkung aus. Er lehnte es rundweg ab, Nechljudow Einlaß ins Gefängnis zu gewähren. Und die einfältige Annahme, zur Entlassung der Maslowa würde das Vorzeigen dieser Kopie genügen, beantwortete er nur mit einem geringschätzigen Lächeln und der Erklärung, daß niemand ohne Anordnung seines unmittelbaren Vorgesetzten entlassen werden könne. Das einzige, was er versprach, war, der Maslowa ihre Begnadigung mitzuteilen und sie unverzüglich zu entlassen, sobald hierzu die Anordnung der ihm vorgesetzten Behörde eingegangen sei.

Eine Auskunft über Krylzows Gesundheitszustand lehnte er ebenfalls ab und fügte hinzu, daß er nicht einmal sagen könne, ob sich im Gefängnis ein Mann dieses Namens befinde. Nechljudow mußte somit umkehren, ohne etwas erreicht zu haben; er setzte sich in die wartende Droschke und ließ sich in sein Hotel fahren.

Die Strenge des Vorstehers hatte vornehmlich darin ihren Grund, daß in dem überfüllten Gefängnis – es beherbergte zur Zeit doppelt so viele Sträflinge wie gewöhnlich – eine Typhusepidemie ausgebrochen war. Der Droschkenkutscher erzählte Nechljudow unterwegs, daß die Leute im Gefängnis „wie die Fliegen hinsterben. Sie sind von irgendeiner Seuche befallen. Wohl an zwanzig Mann täglich werden in die Erde verscharrt.“

24

Ungeachtet seines Mißerfolgs im Gefängnis fuhr Nechljudow in unverändert gehobener, unternehmungslustiger Stimmung in die Gouvernementsverwaltung, um sich zu erkundigen, ob dort vielleicht schon der Begnadigungserlaß für die Maslowa eingegangen war. Da der Erlaß noch nicht vorlag, fuhr er ins Hotel zurück und schrieb deshalb unverzüglich an Selenin und an den Rechtsanwalt. Als er mit den Briefen fertig war und einen Blick auf die Uhr warf, sah er, daß es schon Zeit war, zum Mittagessen beim General aufzubrechen.

Während der Fahrt ging ihm wieder der Gedanke durch den Kopf, wie Katjuscha ihre Begnadigung aufnehmen würde. In welcher Gegend würde man sie wohl ansiedeln? Wie sollte sich sein Zusammenleben mit ihr gestalten? Und Simonson? Welcherart ist ihr Verhältnis zu ihm? Er vergegenwärtigte sich die Wandlung, die sich in ihr vollzogen hatte, und dachte in diesem Zusammenhang auch an ihre Vergangenheit zurück.

Das alles muß vergessen, muß aus dem Gedächtnis gestrichen werden, sagte er sich und versuchte, die Gedanken daran zu verscheuchen. Jetzt wird sich bald alles finden, dachte er und überlegte nun, was er dem General sagen würde.

Das Diner beim General und der übliche, Nechljudow vertraute Luxus, in dem viele Reiche und hohe Beamte leben, wurden von ihm, nachdem er so lange nicht nur jeglichen Komfort, sondern selbst die primitivsten Bequemlichkeiten entbehrt hatte, als besonders angenehm empfunden.

Die Hausfrau erwies sich als eine Petersburger grande dame alten Stils, eine ehemalige Hofdame am Hofe Nikolais I., die fließend Französisch und mangelhaft Russisch sprach. Sie hielt sich ungewöhnlich aufrecht, so daß sich, wenn sie etwas mit den Händen verrichtete, die Ellbogen nicht von der Taille hoben. Ihren Mann behandelte sie mit achtungsvoller, ein wenig wehmütig anmutender Gelassenheit, und zu ihren Gästen war sie von bestrickender, wenn auch, je nachdem, um wen es sich handelte, leicht abgestufter Liebenswürdigkeit. Nechljudow empfing sie wie einen Gleichgestellten und mit besonderer, dezent schmeichelnder Freundlichkeit, die ihm aufs neue alle seine Vorzüge zum Bewußtsein brachte und ihn sehr angenehm berührte. Sie gab ihm zu verstehen, daß sie über seine zwar eigenartige, aber eine anständige Gesinnung verratende Handlungsweise, die ihn nach Sibirien geführt hatte, unterrichtet sei und ihn für einen außergewöhnlichen Menschen halte. Unter dem Einfluß dieser feinen Schmeichelei und der ganzen vornehm-luxuriösen Lebensform im Hause des Generals genoß Nechljudow mit vollen Zügen die Freude an der schönen Einrichtung, dem guten Essen und dem zwanglosen, angenehmen Umgang mit guterzogenen Leuten seines gewohnten Kreises; er hatte das Gefühl, als sei die ganze Umgebung, in der er die letzte Zeit gelebt hatte, ein Traum gewesen, aus dem er jetzt zum wirklichen Leben erwacht war.

Außer den Hausangehörigen – der Tochter des Generals, ihrem Mann und einem Adjutanten – nahmen an dem Essen noch ein Engländer, ein Goldgrubenbesitzer und der Gouverneur einer entlegenen sibirischen Stadt teil, der sich vorübergehend hier aufhielt. Alle diese Menschen machten auf Nechljudow einen sympathischen Eindruck.

Der Engländer, ein vor Gesundheit strotzender, rotbackiger Mann, der sehr schlecht Französisch sprach, sich aber ungemein gewandt und anschaulich im Englischen ausdrückte, war weit herumgekommen und wußte viel Interessantes aus Amerika, Indien, Japan und Sibirien zu erzählen.

An dem jungen Goldgrubenbesitzer, einem Menschen bäuerlicher Herkunft, der in einem aus London bezogenen Frack und mit Brillantknöpfen am Oberhemd erschienen war, eine große Bibliothek besaß, viel Geld für Wohltätigkeitszwecke spendete und europäisch-liberalen Ansichten huldigte, fand Nechljudow Gefallen und Interesse, weil er einen ganz neuen Typus darstellte, in dem sich europäische Bildung und Kultur harmonisch mit gesunder bäuerlicher Urwüchsigkeit vereinigte.

Der von auswärts gekommene Gouverneur war jener ehemalige hohe Ministerialbeamte, der während Nechljudows Aufenthalt in Petersburg soviel Gerede verursacht hatte. Es war ein aufgedunsener, breithüftiger Mann mit dünnem, künstlich gewelltem Haar, träumerischen blauen Augen, mehreren Ringen an den gepflegten Händen und einer angenehmen Art zu lächeln. Der Hausherr schätzte diesen Gouverneur, weil er der einzige unter allen Beamten war, der keine Bestechungsgelder annahm. Und die Hausfrau, eine große Musikliebhaberin und selber eine ausgezeichnete Pianistin, war ihm gewogen, weil er sehr musikalisch war und mit ihr vierhändig spielte. Und Nechljudow war heute in so großmütiger Stimmung, daß er sich auch von diesem Menschen nicht abgestoßen fühlte.

Der fröhliche, temperamentvolle Adjutant mit bläulich schimmerndem Kinn, der bei jeder Gelegenheit hilfsbereit seine Dienste anbot, wirkte angenehm durch seine Gutmütigkeit.

Am sympathischsten von allen aber war Nechljudow das nette junge Paar – die Tochter des Generals und ihr Mann. Die junge Frau war nicht hübsch, hatte aber ein ungemein treuherziges Wesen und ging ganz in der Sorge um ihre beiden Kinder auf. Ihr Mann, ein liberal gesinnter Absolvent der Moskauer Universität, den sie nach langem Kampf mit den Eltern aus Liebe geheiratet hatte, war im Statistischen Amt angestellt und befaßte sich mit dem Studium der Sitten und Bräuche der fremdstämmigen Völker Rußlands, die er liebte und vor dem Aussterben zu bewahren trachtete.

Alle behandelten Nechljudow äußerst höflich und freundlich und waren offensichtlich erfreut, in ihm einen interessanten Menschen kennengelernt zu haben. Der General, der zum Essen in voller Uniform mit weißem Kreuz am Hals erschien, begrüßte Nechljudow wie einen alten Bekannten und forderte die Gäste sofort zu einem Imbiß mit einem Gläschen Wodka auf. Als sich der General bei Nechljudow erkundigte, was er nach seinem Besuch bei ihm unternommen habe, berichtete er, daß er auf der Post gewesen sei und dort die Nachricht von der Begnadigung der von ihm am Morgen erwähnten Gefangenen erhalten habe und nun nochmals um die Erlaubnis bitten möchte, das Gefängnis zu besuchen.

Der General, den es offenbar verstimmte, daß Nechljudow beim Mittagessen auf amtliche Dinge zu sprechen kam, legte die Stirn in Falten und ging auf Nechljudows Bitte nicht weiter ein.

„Trinken Sie einen Schnaps?“ fragte der General den hinzugekommenen Engländer. Der Engländer leerte ein Gläschen und sagte, er habe heute die Kathedrale und eine Fabrik besichtigt und möchte nun noch das große Etappengefängnis besuchen.

„Das trifft sich gut“, wandte sich der General an Nechljudow, „da können Sie beide zusammen hin ... Stellen Sie den Herren einen Passierschein aus“, sagte er zum Adjutanten.

„Wann beabsichtigen Sie hinzufahren?“ fragte Nechljudow den Engländer.

„Ich besuche die Gefängnisse mit Vorliebe abends“, erwiderte der Engländer. „Dann sind alle an Ort und Stelle, es wird nichts vorbereitet, und man trifft alles so an, wie es gewöhnlich ist.“

„Aha, Sie wollen die Zustände dort in ihrer ganzen Herrlichkeit sehen! Na, meinetwegen! Ich habe x Eingaben gemacht, aber auf mich wird nicht gehört. So mag man es denn durch die ausländische Presse erfahren“, sagte der General und trat an die Mittagstafel heran, wo die Hausfrau den Gästen ihre Plätze anwies.

Nechljudow hatte seinen Platz zwischen der Hausfrau und dem Engländer. Ihm gegenüber saßen die Tochter des Generals und der ehemalige Ministerialdirektor.

Bei Tisch unterhielt man sich abwechselnd über Indien, von dem der Engländer erzählte, über die Expedition nach Tongking, die der General scharf verurteilte, über die in Sibirien allgemein herrschende Korruption und Bestechlichkeit. Alle diese Gespräche interessierten Nechljudow wenig.

Doch im Anschluß an das Essen, bei einer Tasse Kaffee im Salon, entspann sich dann zwischen ihm, der Hausfrau und dem Engländer ein sehr interessantes Gespräch über Gladstone, zu dem er selbst viele, wie er glaubte, kluge und von seinen Gesprächspartnern entsprechend gewürdigte Bemerkungen beisteuerte. Nachdem er gut gegessen und guten Wein getrunken hatte und jetzt unter höflichen, gebildeten Menschen in einem weichen Sessel beim Kaffee saß, fühlte er sich immer wohler. Und als sich dann die Hausfrau auf Bitten des Engländers mit dem ehemaligen Ministerialdirektor an den Flügel setzte und beide vierhändig die von ihnen gut eingeübte V. Symphonie von Beethoven anstimmten, war Nechljudow von einer so uneingeschränkten, schon seit langem nicht mehr empfundenen Selbstzufriedenheit erfüllt, als hätte er eben jetzt erkannt, was für ein guter Mensch er war.

Der Flügel war erstklassig, und der Vortrag ließ nichts zu wünschen übrig. Zum mindesten fand das Nechljudow, der diese Musik kannte und liebte. Während er dem wundervollen Andante lauschte, verspürte er vor Rührung über sich selbst und seine guten Eigenschaften einen Kitzel in der Nase und mußte die aufsteigenden Tränen hinunterschlucken.

Nachdem Nechljudow der Hausfrau für den seltenen, so lange entbehrten Genuß gedankt hatte und schon im Begriff war, sich zu verabschieden und aufzubrechen, trat die Tochter des Hauses entschlossen an ihn heran und sagte errötend:

„Sie fragten nach meinen Kindern: wollen Sie sie sehen?"

„Sie glaubt immer, alle müßten sich für ihre Kinder interessieren", sagte, über die unschuldige Aufdringlichkeit der Tochter lächelnd, die Generalin. „Der Fürst hat dafür kein Interesse."

„Im Gegenteil, sehr großes Interesse", beeilte sich Nechljudow, gerührt von der überströmenden Mutterliebe, zu versichern. „Bitte, zeigen Sie sie mir."

„Sie führt den Fürsten weg, damit er ihre Küken bestaunt", rief der General laut lachend vom Spieltisch herüber, an dem er mit seinem Schwiegersohn, dem Goldgrubenbesitzer und dem Adjutanten beim Kartenspiel saß. „Nun, tun Sie ihr schon den Gefallen!"

Die junge Mutter, im Hinblick auf die nun bevorstehende Beurteilung ihrer Kinder sichtlich aufgeregt, ging indessen mit schnellen Schritten voraus und führte Nechljudow in die inneren Gemächer. Im dritten der hohen Zimmer, das weiß tapeziert und von einer kleinen Lampe mit dunklem Schirm beleuchtet war, standen zwei Bettchen, zwischen denen mit einem weißen Umhang um die Schultern die Kinderwärterin saß. Die Wärterin, eine Frau mit typisch sibirisch-breitknochigem, gutmütigem Gesicht, stand auf und verneigte sich. Die Mutter beugte sich über das erste Bettchen, in dem mit geöffnetem Mündchen friedlich ein zweijähriges Mädchen schlief, dessen langes gelocktes Haar sich wirr über das Kissen ausgebreitet hatte.

„Das ist Katja“, sagte die Mutter, während sie die gehäkelte blaugestreifte Decke zurechtzog, unter der am Ende ein kleiner nackter Fuß hervorlugte. „Ist sie nicht süß? Sie ist erst zwei Jahre alt.“

„Ganz allerliebst!“

„Und dies hier ist Wassjuk, wie der Großvater ihn nennt. Ein ganz anderer Typ. Ein richtiger Sibirier, nicht wahr?“

„Ein reizendes Bürschchen“, sagte Nechljudow, als er den auf dem Bauch schlafenden kleinen Dickwanst betrachtete.

„Ja, finden Sie?“ fragte glückselig lächelnd die Mutter.

Nechljudow dachte an die Ketten und kahlen Köpfe der Sträflinge, an die Prügelei und die Unmoral in den Gefängnissen, an den im Sterben liegenden Krylzow, an Katjuscha und ihre Vergangenheit – und er empfand einen Anflug von Neid und wurde von Sehnsucht nach einem ebenso gediegenen und glücklichen Familienleben ergriffen, wie er es hier vor Augen zu haben glaubte.

Nachdem er sich immer wieder bewundernd über die Kinder ausgesprochen und die Mutter damit wenigstens einigermaßen zufriedengestellt hatte, die gierig auf jede lobende Äußerung lauschte, wurde er von ihr in den Salon zurückgeführt. Dort wartete bereits der Engländer auf ihn, um mit ihm, wie verabredet, zusammen ins Gefängnis zu fahren. Nechljudow verabschiedete sich von den alten und den jungen Gastgebern und trat mit dem Engländer auf die Freitreppe des Hauses hinaus.

Das Wetter war umgeschlagen. Es schneite in großen Flocken, und auf der Straße und den Dächern, auf den Bäumen im Garten, auf der Freitreppe, dem Wagenverdeck und den Rücken der Pferde hatte sich schon eine dichte Schneedecke gebildet. Der Engländer hatte einen eigenen Wagen, und nachdem Nechljudow dem Kutscher Anweisung gegeben hatte, ins Gefängnis zu fahren, fuhr er mit dem drückenden Gefühl, einer unangenehmen Pflicht nachzukommen, in der auf dem Schnee weich federnden und nur mühsam vorwärtskommenden Droschke dem Engländer nach.

25

Das düstere Gefängnisgebäude, an dessen Tor eine Laterne brannte und ein Soldat auf Posten stand, machte trotz der weißen Schneedecke, die jetzt auf dem Vorplatz, dem Dach und den Mauern lag, mit seinen an der ganzen Frontseite erleuchteten Fenstern einen noch düstereren Eindruck als am Morgen.

Der majestätisch aussehende Gefängnisvorsteher kam an das Tor und zuckte, als er im Schein der Laterne den für Nechljudow und den Engländer ausgestellten Passierschein las, verwundert die breiten Schultern; doch konnte er nicht umhin, die Anordnung auszuführen, und forderte die Besucher auf, ihm zu folgen. Er führte sie zuerst in den Hof und dann durch eine rechter Hand liegende Tür die zum Gefängnisbüro führende Treppe hinauf. Nachdem er sie aufgefordert hatte, Platz zu nehmen, fragte er, womit er dienen könne, und als er hörte, daß Nechljudow die Maslowa sprechen wolle, schickte er einen Aufseher nach ihr und setzte sich selbst in Positur, um die Fragen zu beantworten, mit denen ihn der Engländer durch Nechljudows Vermittlung sofort zu überschütten begann.

Zur Unterbringung von wieviel Häftlingen ist dieses Gefängnis berechnet? wollte der Engländer wissen. Und wie viele befinden sich zur Zeit darin? Wie viele Männer, wie viele Frauen, Kinder? Wie viele Kriminelle, Verbannte und freiwillig Folgende? Wie viele Kranke?

Nechljudow, der übersetzte, was der Engländer und der Gefängnisvorsteher sagten, ohne den Sinn ihrer Worte aufzunehmen, fühlte sich in Erwartung des bevorstehenden Zusammentreffens mit Katjuscha zu seiner eigenen Überraschung sehr befangen. Als er, während er dem Engländer gerade etwas übersetzte, Schritte näher kommen hörte, die Tür aufging und Katjuscha, wie er sie schon so oft gesehen, in Kopftuch und kurzer Sträflingsjacke, von dem Aufseher geleitet, das Zimmer betrat, wurde er bei ihrem Anblick von einem niederdrückenden Gefühl übermannt.

Ich will leben, will Familie und Kinder haben, will ein menschliches Dasein führen! ging es ihm durch den Kopf, während sie, ohne die Augen zu heben, mit schnellen Schritten auf ihn zukam.

Er stand auf und ging ihr ein paar Schritte entgegen. In ihrem Gesicht glaubte er wieder denselben harten, abweisenden Ausdruck wahrzunehmen wie damals, als sie ihm Vorwürfe gemacht hatte. Sie wurde abwechselnd rot und blaß, nestelte mit den Fingern nervös am Saum der Jacke und blickte bald zu ihm auf, bald senkte sie die Augen.

„Wissen Sie schon, daß Ihre Begnadigung erfolgt ist?" fragte Nechljudow.

„Ja, der Aufseher hat es mir gesagt."

„Sobald der Erlaß eintrifft, sind Sie frei und können sich niederlassen, wo Sie wünschen. Wir werden noch überlegen ..."

Sie unterbrach ihn hastig:

„Was soll ich da noch viel überlegen? Wohin man Wladimir Iwanowitsch bringen wird, dorthin werde auch ich ihm folgen", sagte sie und blickte Nechljudow in die Augen.

Obwohl sie sichtlich aufgeregt war, sprach sie ohne zu stocken und in bestimmtem Ton; sie schien sich ihre Worte im voraus zurechtgelegt zu haben.

„So, das haben Sie beschlossen?" sagte Nechljudow.

„Nun ja, Dmitri Iwanowitsch, wenn er will, daß ich mit ihm zusammen lebe" – sie hielt erschrocken inne und verbesserte sich: „daß ich bei ihm bleibe, was kann ich mir da noch Besseres wünschen? Ich muß das als ein Glück ansehen. Was könnte ich sonst schon anfangen?"

Eins von beiden, dachte Nechljudow: entweder sie hat Simonson liebgewonnen und wünscht gar nicht mehr das Opfer, das ich mir einbildete, ihr zu bringen, oder sie verzichtet gerade deshalb darauf, daß ich sie heirate, weil sie mich noch immer liebt, und verbrennt gerade um meines Glückes willen alle Schiffe hinter sich, indem sie ihr Schicksal mit dem Simonsons vereinigt, sagte sich Nechljudow und wurde von Scham erfüllt. Er fühlte, wie ihm das Blut ins Gesicht schoß.

„Ja, wenn Sie ihn lieben ..."

„Was heißt schon, ob ich ihn liebe oder nicht liebe! Das ist für mich sowieso vorbei. Und Wladimir Iwanowitsch ist ein besonderer Mensch."

„Ja, gewiß", stimmte Nechljudow zu, „er ist ein ausgezeichneter Mensch, und ich glaube ...", wollte er fortfahren, wurde aber wieder von ihr unterbrochen.

Es schien, als fürchtete sie, er könnte etwas Unerwünschtes sagen oder sie käme nicht dazu, alles auszusprechen, was ihr auf dem Herzen lag.

„Sie müssen mir schon verzeihen, Dmitri Iwanowitsch, wenn ich nicht so handele, wie Sie es sich gedacht haben", sagte sie und sah ihm dabei mit ihrem schielenden, geheimnisvoll verschleierten Blick in die Augen. „Es sollte wohl so sein. Auch Sie müssen leben."

Sie sagte ihm das, was er eben erst gedacht hatte; doch nun dachte er es nicht mehr, sondern war von ganz anderen Gedanken und Empfindungen bewegt. Er fühlte sich nicht nur beschämt, es tat ihm auch leid um alles, was er mit ihr verlor.

„Ich habe es nicht erwartet", sagte er.

„Warum sollen Sie hier leben und sich quälen. Sie haben sich genug gequält", sagte sie mit einem erzwungenen Lächeln.

„Ich habe mich nicht gequält, sondern es von Herzen gern getan und würde Ihnen auch weiterhin gern dienlich sein, wenn ich es könnte."

„Wir", sagte sie, und sie sah Nechljudow an, als sie „wir" sagte, „wir brauchen nichts mehr. Sie haben schon soviel für mich getan. Wenn Sie nicht gewesen wären ..." Sie wollte noch etwas hinzufügen, aber ihr versagte die Stimme.

„Sie schulden mir wahrlich keinen Dank", sagte Nechljudow.

„Was sollen wir uns gegenseitig unsere Schuld aufrechnen? Unsere Rechnung wird Gott ausgleichen", sagte sie, während ihre schwarzen Augen einen feuchten Schimmer annahmen.

„Was sind Sie doch für ein guter Mensch!" sagte Nechljudow.

„Ich – ein guter Mensch?" stammelte sie unter Tränen, und ein wehmütiges Lächeln verklärte ihr Gesicht.

„Are you ready?" meldete sich jetzt der Engländer.

„Directly", antwortete Nechljudow und fragte die Maslowa noch nach Krylzows Befinden.

Sie hatte sich inzwischen wieder gefaßt und berichtete ruhig, was sie wußte. Krylzow war, wie sie sagte, unterwegs vor Schwäche völlig zusammengebrochen und hier sofort ins Krankenhaus gebracht worden. Marja Pawlowna sei in großer Sorge gewesen und habe gebeten, sie im Krankenhaus als Pflegerin zuzulassen, aber das habe man abgelehnt.

„Soll ich jetzt gehen?" fragte sie, als sie merkte, daß der Engländer auf Nechljudow wartete.

„Ich verabschiede mich noch nicht von Ihnen, wir werden uns noch sehen", antwortete Nechljudow.

„Verzeihen Sie mir", flüsterte sie kaum hörbar. Beider Blicke begegneten sich, und an dem eigentümlich schielenden Ausdruck ihrer Augen sowie dem wehmütigen Lächeln, mit dem sie ihn beim Abschied nochmals um Verzeihung bat, erkannte Nechljudow, daß von den beiden Möglichkeiten, die er als Grund für ihren Beschluß erwogen hatte, die zweite zutraf. Sie liebte ihn, glaubte aber, ihm durch eine Bindung an sie sein Lebensglück zu zerstören, wogegen sie ihm, indem sie sich Simonson anschloß, seine Freiheit wiedergab; und nun freute sie sich, daß sie ausgeführt hatte, was sie wollte, litt aber zugleich unter der Trennung von ihm.

Sie drückte ihm die Hand, wandte sich schnell um und verließ das Zimmer.

Nechljudow blickte zu dem Engländer hinüber, der schon auf ihn gewartet hatte, jetzt aber irgend etwas in sein Notizbuch eintrug. Nechljudow unterbrach ihn nicht, sondern setzte sich auf die an der Wand stehende Bank und wurde unversehens von Müdigkeit übermannt. Diese Müdigkeit war nicht eine Folge der schlaflos verbrachten Nacht, der Reise oder seiner Aufregung – nein, er fühlte sich einfach vom Leben zermürbt. Er stützte sich auf die Rücklehne der Bank, schloß die Augen und sank in einen tiefen, todähnlichen Schlaf.

„Wünschen Sie jetzt den Rundgang durch die Zellen zu machen?" fragte der Vorsteher.

Nechljudow wachte auf und wußte im ersten Augenblick nicht, wo er sich befand. Der Engländer war mit seinen Notizen fertig und erklärte sich bereit, die Zellen zu besichtigen. Nechljudow, müde und abgespannt, folgte ihm teilnahmslos.

26

Nachdem Nechljudow und der Engländer in Begleitung des Gefängnisvorstehers und mehrerer Aufseher den Flur und den stinkenden, geradezu Übelkeit erregenden Korridor durchschritten hatten, wo sie zu ihrem Erstaunen zwei Sträflinge dabei antrafen, wie sie gerade ihr Wasser abschlugen, begaben sie sich in die erste Zelle, die mit Kriminellen belegt war. Sämtliche Sträflinge hatten sich bereits zur Nacht auf die in der Mitte der Zelle stehenden Pritschen gelegt. Es waren etwa siebzig Mann. Sie lagen Kopf an Kopf und Seite an Seite dicht aneinandergedrängt. Beim Eintritt der Besucher sprangen alle mit den Ketten klirrend auf und blieben mit ihren frischrasierten, glänzenden Hinterköpfen vor den Pritschen stehen. Nur zwei blieben liegen. Der eine war ein junger Mann mit glühendrotem Gesicht, der offensichtlich Fieber hatte, der andere ein Greis, der ununterbrochen stöhnte.

Auf die Frage des Engländers, ob der junge Gefangene schon lange krank sei, antwortete der Vorsteher, seit heute morgen, wogegen der Alte schon eine ganze Zeit an einer Magenkrankheit leide; ins Krankenhaus könnte man ihn aber nicht bringen, weil es schon seit langem überfüllt sei. Der Engländer schüttelte mißbilligend den Kopf und sagte, daß er zu den Gefangenen ein paar Worte sprechen möchte, und bat Nechljudow, zu übersetzen, was er sagen werde. Es erwies sich nun, daß der Engländer mit dem einen Zweck seiner Reise – einem Bericht über die in den Strafanstalten und Verbannungsorten Sibiriens herrschenden Zustände – noch einen andern verband: das Seelenheil durch Glauben und Buße zu verkünden.

„Erklären Sie diesen Leuten", sagte er zu Nechljudow, „daß Christus sie geliebt habe, daß er sich ihrer erbarmt habe und um ihretwillen gestorben sei." Während der Engländer sprach, schwiegen die Gefangenen und standen, die Hände an der Hosennaht, vor den Pritschen. „In diesem Buch, übersetzen Sie ihnen bitte, ist alles gesagt", fügte er hinzu. „Gibt es unter ihnen welche, die lesen können?"

Mehr als zwanzig der Sträflinge, stellte sich heraus, waren des

Lesens kundig. Der Engländer entnahm seiner Mappe einige Exemplare des Neuen Testaments, und sich gegenseitig zurückstoßend, streckten ihm die Leute ihre aus den Ärmeln der hanfleinenen Sträflingskittel herausragenden groben Hände mit den schwarzgeränderten Fingernägeln entgegen. Er überließ ihnen zwei Exemplare und begab sich in die nächste Zelle.

Hier bot sich ihnen das gleiche Bild. Ebenso wie in der ersten Zelle war der ganze Raum von stickiger Luft und Gestank erfüllt, hing vorn zwischen den Fenstern ein Heiligenbild und stand links neben der Tür der Kotkübel; auch hier lagen die Sträflinge dicht aneinandergedrängt, sprangen mit Ausnahme von drei Kranken alle auf und stellten sich in strammer Haltung vor die Pritschen. Zwei der Kranken richteten sich auf und setzten sich auf der Pritsche hin, während der dritte liegenblieb und nicht einmal zu den Eingetretenen hinüberblickte. Der Engländer hielt wieder dieselbe Ansprache und ließ auch hier zwei Bände des Evangeliums zurück.

In der dritten Zelle hörte man schon von weitem Geschrei und Lärm. Der Vorsteher hämmerte gegen die Tür und rief: „Achtung!" Als die Tür aufging, nahmen auch hier alle Haltung an, ausgenommen einige Kranke und zwei Gefangene, die sich prügelten. Sie hatten sich mit wutverzerrten Gesichtern gegenseitig in ihre Haare und Bärte verkrallt und ließen voneinander erst ab, als der Vorsteher auf sie zustürzte. Der eine, dem die Nase blutig geschlagen war, wischte mit dem Ärmel das über den Mund strömende Blut ab, während der andere seinen zerzausten Bart glattstrich.

„Der Obmann!" rief wütend der Vorsteher.

Ein gut aussehender, kräftiger Gefangener trat vor.

„Sie lassen sich auf keine Weise zur Vernunft bringen, Euer Hochwohlgeboren", erklärte der Obmann mit pfiffig blitzenden Augen.

„Na, dann werde ich sie ihnen gleich beibringen!" sagte der Vorsteher ergrimmt.

„What did they fight for?" fragte der Engländer.

Nechljudow erkundigte sich beim Obmann, weswegen die Schlägerei entstanden war.

„Einer hat dem andern die Fußlappen geklaut", berichtete, immer noch lächelnd, der Obmann. „Der hat ihm eine runtergehauen, und der andere hat zurückgeschlagen."

Nechljudow übersetzte das dem Engländer.

„Ich möchte den Leuten ein paar Worte sagen", wandte sich der Engländer an den Vorsteher.

Der Vorsteher stimmte zu, und der Engländer entnahm seiner Mappe ein in Leder gebundenes Neues Testament.

„Bitte übersetzen Sie ihnen folgendes", sagte der Engländer zu Nechljudow. „Ihr seid in Streit geraten und habt euch geprügelt; aber Christus, der für uns gestorben ist, hat uns gelehrt, unsere Streitigkeiten auf andere Weise zu schlichten. Fragen Sie die Leute, ob sie wissen, wie man nach dem Gebot Christi handeln muß, wenn man von einem andern geschlagen wurde."

Nechljudow übersetzte die Worte und die Frage des Engländers.

„Na, sich doch wohl bei der Obrigkeit beklagen, die dann alles untersuchen wird?" meinte, mit einem Seitenblick auf den majestätischen Vorsteher, einer der Sträflinge.

„Ihm 'ne Maulschelle versetzen, dann wird er keinen Streit anzetteln", sagte ein anderer.

Unter den Sträflingen ertönte zustimmendes Gelächter. Nechljudow übersetzte dem Engländer die Antworten.

„Nein, erklären Sie ihnen, daß man nach dem Gebot Christi genau das Gegenteil tun muß: Wenn dich jemand auf die eine Backe geschlagen hat, sollst du ihm auch noch die andere hinhalten", sagte der Engländer und streckte seine eigene Wange vor, um zu veranschaulichen, wie das zu machen sei.

„Na, das soll er mal selbst ausprobieren", rief einer der Sträflinge.

„Und wenn er einem auch die zweite Backe wundgeschlagen hat, welche soll man ihm dann noch hinhalten?" fragte einer der auf den Pritschen liegenden Kranken.

„Dann wird er einen ganz und gar vermöbeln."

„Na, probier's doch mal!" rief jemand laut lachend von hinten, und nun brachen sämtliche Insassen der Zelle in schallendes

Gelächter aus. Selbst der Gefangene mit der blutiggeschlagenen Nase und die Kranken stimmten in das allgemeine Gelächter ein.

Der Engländer ließ sich nicht beirren und bat Nechljudow, den Leuten zu erklären, daß auch das scheinbar Unmöglichste möglich werde und sich leicht ausführen lasse, wenn man gläubig sei.

„Und fragen Sie die Leute auch, ob sie trinken."

„Jawohl, das tun wir!" rief einer der Gefangenen und erntete damit wieder lautes Gelächter.

In der Zelle befanden sich vier Kranke. Auf die Frage des Engländers, warum man die Kranken nicht alle zusammen in einen Raum lege, antwortete der Vorsteher, daß sie das selbst nicht wünschten. Im übrigen, fügte er hinzu, hätten sie keine ansteckenden Krankheiten, und der Heilgehilfe sehe nach ihnen und behandele sie.

„Der hat sich bald zwei Wochen nicht blicken lassen", rief einer der Sträflinge.

Der Vorsteher antwortete nichts und führte den Engländer und Nechljudow in die nächste Zelle. Auch hier standen bei ihrem Eintritt alle auf und wurden still, und der Engländer verteilte wieder seine Neuen Testamente. Dasselbe wiederholte sich in der fünften, der sechsten und allen weiteren der rechts und links zu beiden Seiten des Korridors liegenden Zellen.

Von den Kriminellen ging man zu den Verbannten, von den Verbannten zu den Narodowolzen und den freiwillig Folgenden. Überall das gleiche Bild: überall waren die Zellen mit frierenden, hungernden, zur Untätigkeit gezwungenen, von Krankheiten befallenen, geschändeten und wie wilde Tiere eingesperrten Menschen überfüllt.

Nachdem der Engländer die vorgesehene Anzahl von Neuen Testamenten verteilt hatte, stellte er die Verteilung ein und sah sogar davon ab, noch Ansprachen an die Gefangenen zu halten. Das grauenvolle Bild, das sich ihm überall bot, und vor allem der widerwärtige Gestank hatten offenbar auch seine Energie erschöpft, denn bei dem weiteren Rundgang murmelte er auf alle Erklärungen, die der Vorsteher über die Art der Gefangenen in den einzelnen Zellen gab, immer nur: „All right.“ Nechljudow folgte ihnen wie im Schlaf, brachte indes nicht die Kraft auf, sich zu verabschieden, und war vor Müdigkeit und Hoffnungslosigkeit wie gelähmt.

27

In einer der mit Verbannten belegten Zellen traf Nechljudow zu seiner Überraschung auch jenen Alten, den er auf der Fähre gesehen hatte. Der Alte, der mit seinem zottigen Haar und dem von Runzeln durchfurchten Gesicht ohne Rock in einem vor Schmutz aschgrauen, an der Schulter zerrissenen Hemd und ebensolchen Hosen vor den Pritschen barfüßig auf dem Fußboden hockte, blickte den Eintretenden streng und erwartungsvoll entgegen. Durch die Risse in seinem schmutzigen Hemd sah man, wie abgezehrt und elend sein Körper war, aber sein Gesicht hatte einen noch konzentrierteren und lebhafteren Ausdruck als auf der Fähre. Während alle übrigen Gefangenen ebenso wie in den andern Zellen beim Eintritt des Gefängnisvorstehers aufsprangen und Haltung annahmen, blieb der Alte als einziger sitzen. Seine Augen funkelten, und die Brauen darüber zogen sich grimmig zusammen.

„Aufstehen!“ schrie ihn der Vorsteher an.

Der Alte rührte sich nicht und verzog nur das Gesicht zu einem verächtlichen Lächeln.

„Die vor dir aufstehen, sind deine Knechte. Ich aber bin dein Knecht nicht. Du trägst das Schandmal“, sagte der Alte und zeigte auf die Stirn des Vorstehers.

„Was redest du?“ schrie der Vorsteher drohend und machte Miene, sich auf den Alten zu stürzen.

„Ich kenne diesen Menschen“, beeilte sich Nechljudow zu sagen. „Weswegen hat man ihn verhaftet?“

„Die Polizei hat ihn eingeliefert, weil er keine Ausweispapiere besitzt. Wir haben schon gebeten, uns diese Leute nicht auf den Hals zu schicken, aber es wird immer wieder gemacht“, antwortete der Vorsteher mit einem wütendem Blick auf den Alten.

„Du scheinst ja auch zur Heerschar des Antichrist zu gehören?" wandte sich der Alte an Nechljudow.

„Nein, ich habe hier nur jemand besucht", erklärte Nechljudow.

„So, da bist wohl gekommen, dich dran zu weiden, wie der Antichrist die Leute quält. Na, schau nur her! Eine ganze Volksmenge hat er gefangengenommen und im Käfig eingesperrt. Die Menschen sollen im Schweiße des Angesichts ihr Brot essen, aber er sperrt sie ein; da werden sie wie Schweine gefüttert, ohne arbeiten zu müssen, damit sie vertieren."

„Was sagt er?" fragte der Engländer.

Nechljudow antwortete, der Alte sei über den Gefängnisvorsteher entrüstet, weil er Menschen gefangenhalte.

„Nun, dann fragen Sie ihn doch mal, was man seiner Ansicht nach mit Leuten tun soll, die gegen die Gesetze verstoßen", sagte der Engländer.

Nechljudow übersetzte die Frage.

Der Alte lachte, die lückenlose Reihe seiner Zähne entblößend, höhnisch auf.

„Die Gesetze!" wiederholte er verächtlich. „Zuerst hat er alle ausgeraubt, hat den Menschen alles Land, ihren ganzen Besitz genommen und sich selbst angeeignet, hat alle niedergemacht, die sich gegen ihn erhoben, und dann hat er ein Gesetz geschrieben, daß man nicht rauben und nicht töten darf. Dieses Gesetz hätte er vorher schreiben sollen."

Nechljudow übersetzte, was der Alte sagte. Der Engländer lächelte.

„Nun, fragen Sie ihn doch, wie man trotz allem jetzt mit Dieben und Mördern verfahren solle."

Nechljudow übersetzte auch diese Frage. Der Alte verzog grimmig das Gesicht.

„Sag ihm, er soll das Schandmal des Antichrist von sich nehmen, dann wird er nirgends mehr Diebe und Mörder sehen. Das sag ihm nur!"

„He is crazy", bemerkte der Engländer, als Nechljudow ihm die Worte des Alten übersetzte, und ging achselzuckend hinaus.

„Tue recht und scheue niemand", fuhr indessen der Alte fort.

„Jeder ist vor sich selbst verantwortlich. Gott weiß, wen er bestrafen und wen er begnadigen soll, wir aber wissen das nicht. Jeder muß sein eigener Richter sein, dann wird man auch keine Gerichte mehr brauchen. Geh schon, geh schon!" rief er mit zornig blitzenden Augen Nechljudow zu, der noch zögerte hinauszugehen. „Hast dich noch nicht satt gesehn daran, wie der Antichrist den Läusen Menschen zum Fraß ausliefert? Geh schon, geh schon!"

Als Nechljudow in den Korridor trat, traf er den Engländer und den Vorsteher vor der geöffneten Tür einer anscheinend leeren Zelle an. Auf die Frage des Engländers, wozu dieser Raum diene, erwiderte der Vorsteher, das sei die Leichenkammer.

„Oh!" sagte der Engländer und äußerte den Wunsch, sie zu besichtigen.

Die Leichenkammer, ein Raum von der Größe einer gewöhnlichen Zelle, war spärlich von einer an der Wand hängenden kleinen Lampe beleuchtet. In einer Ecke sah man auf einem Haufen Säcke und Holz, und rechts vom Eingang lagen auf Pritschen vier Leichen. Der erste Tote, in hanfleinenem Hemd und Hosen, war ein großer Sträfling mit einem kleinen Spitzbart und kahlgeschorenem Hinterkopf. Sein Körper war bereits erstarrt, die bläulichen Hände, die offenbar über der Brust gefaltet gewesen waren, hingen zu beiden Seiten schlaff herab, und die Beine mit den nackten Füßen lagen steif gespreizt auf der Pritsche. Neben ihm lag in weißer Jacke und weißem Rock die barfüßige Leiche einer alten Frau, aus deren kleinem, verschrumpeltem gelbem Gesicht spitz die Nase hervorragte und deren dünnes Haar zu einem winzigen Zöpfchen geflochten war. An der andern Seite der Alten lag die Leiche eines Mannes in einem lila Kleidungsstück. Die lila Farbe machte Nechljudow stutzig. Er ging näher heran und betrachtete den Toten.

Diesen kleinen, nach oben gerichteten Spitzbart, die hohe weiße Stirn, die ebenmäßige Nase, das dünne gewellte Haar, die Gesichtszüge des Toten – das kannte er doch? Nechljudow traute seinen Augen nicht. Gestern hatte er dieses Gesicht schmerzverzerrt und von Zorn erregt gesehen. Jetzt war es ruhig, starr und schauerlich schön.

Ja, es war Krylzow, oder vielmehr das, was der Tod von seinem Erdenleben übriggelassen hatte.

Wofür hatte er gelitten? Wozu gelebt? Ob er das jetzt wohl wußte? fragte sich Nechljudow; aber es schien ihm, daß es darauf keine Antwort gebe, daß alles mit dem Tod ende – und ihm wurde übel.

Ohne sich von dem Engländer zu verabschieden, bat er einen Aufseher, ihn auf den Hof hinauszugeleiten; er hatte das Bedürfnis, allein zu sein und alles zu überdenken, was er an diesem Abend gesehen und erlebt hatte, und fuhr in sein Hotel.

28

Ins Hotel zurückgekehrt, ging Nechljudow nicht zu Bett, sondern wanderte in seinem Zimmer lange auf und ab. Seine Angelegenheit mit Katjuscha war bereinigt. Sie brauchte ihn nicht – ein Gedanke, der ihn mit Bitterkeit und Scham erfüllte. Doch nicht dieser Gedanke quälte ihn im Augenblick. Eine andere Angelegenheit war längst noch nicht bereinigt, sie quälte ihn stärker denn je und verlangte von ihm Aktivität.

All das himmelschreiende Unrecht, das er im Laufe der letzten Zeit und insbesondere heute in diesem grauenvollen Gefängnis gesehen und kennengelernt hatte, all dieses Unrecht, das auch zum Tode des sympathischen Krylzow geführt hatte, regierte uneingeschränkt, und es war nicht nur keine Möglichkeit zu seiner Vernichtung abzusehen, nein, er vermochte sich nicht einmal vorzustellen, auf welche Weise man etwas dagegen unternehmen konnte.

Er vergegenwärtigte sich die Hunderte und Tausende geschändeter und von gleichmütigen Generälen, Staatsanwälten und Gefängnisbeamten in verpesteter Luft eingekerkerter Menschen, dachte an den wunderlichen Alten, der für verrückt gehalten wurde, weil er gegen die Obrigkeit aufbegehrte, und an das schöne, wächserne Antlitz des in Verbitterung gestorbenen Krylzow, das er in der Leichenkammer gesehen hatte. Und die Frage, ob er selbst den Verstand verloren habe oder ob jene Menschen irrsinnig seien, die sich für vernünftig hielten und alle diese Greuel ausführten, erhob sich vor ihm mit verstärkter Dringlichkeit und verlangte Antwort.

Erschöpft vom Herumwandern und angestrengten Nachdenken, setzte sich Nechljudow vor die Lampe aufs Sofa und schlug mechanisch das ihm von dem Engländer als Andenken hinterlassene Neue Testament auf, das er beim Entleeren seiner Taschen mit dem übrigen Inhalt auf den Tisch gelegt hatte. Es heißt ja, es enthalte Lösung für alles, dachte er und begann, das Buch an der von ihm zufällig aufgeschlagenen Stelle zu lesen. Es war das Evangelium des Matthäus, Kapitel 18.

1. Zu derselben Stunde traten die Jünger zu Jesu und sprachen: Wer ist doch der Größte im Himmelreich?

2. Jesus rief ein Kind zu sich und stellte das mitten unter sie

3. und sprach: Wahrlich ich sage euch: Es sei denn, daß ihr euch umkehret und werdet wie die Kinder, so werdet ihr nicht ins Himmelreich kommen.

4. Wer nun sich selbst erniedrigt wie dies Kind, der ist der Größte im Himmelreich.

Ja, das ist richtig, sagte sich Nechljudow eingedenk dessen, daß er Ruhe und Lebensfreude immer nur in dem Maße empfunden hatte, wie er sich selbst erniedrigte. Er las weiter:

5. Und wer ein solches Kind aufnimmt in meinem Namen, der nimmt mich auf.

6. Wer aber ärgert dieser Geringsten einen, die an mich glauben, dem wäre besser, daß ein Mühlstein an seinen Hals gehänget und er ersäufet würde im Meer, da es am tiefsten ist.

Das verstehe ich nicht: wer soll ein Kind aufnehmen, und wohin soll er es aufnehmen? Und was bedeutet es, wenn da steht: in meinem Namen?, fragte er sich, weil ihm diese Worte nichts sagten. Und wieso ist von einem Mühlstein und Ertränken im tiefsten Meer die Rede? Nein, da stimmt etwas nicht, das ist ungenau und unklar, dachte er und erinnerte sich dabei, daß er im Laufe des Lebens schon mehrmals einen Anlauf genommen hatte, die Evangelien zu lesen, und jedesmal durch die Unklarheiten solcher Stellen abgestoßen worden war. Er las anschließend den 7., 8., 9. und 10. Vers, in denen über Ärgernisse geschrieben steht, die in die Welt kommen müßten, über die Bestrafung von Menschen, indem man sie in das Fegefeuer der Hölle werfen würde, und über Engel der Kinder, die das Angesicht des himmlischen Vaters sehen. Wie schade, dachte er, daß das alles so unklar ist, denn man spürt, daß etwas Hohes gemeint ist. Und er las weiter:

11. Denn des Menschen Sohn ist gekommen, selig zu machen, das verloren ist.

12. Was dünkt euch? Wenn irgendein Mensch hundert Schafe hätte und eins unter ihnen sich verirrte: läßt er nicht die neunundneunzig auf den Bergen, geht hin und suchet das verirrte?

13. Und so sich's begibt, daß er's findet, wahrlich ich sage euch, er freuet sich darüber mehr denn über die neunundneunzig, die nicht verirrt sind.

14. Also auch ist's vor eurem Vater im Himmel nicht der Wille, daß jemand von diesen Kleinen verloren werde.

Nein, es ist nicht der Wille des Vaters, daß sie verlorengehen, aber dennoch werden jetzt Hunderte und Tausende zugrunde gerichtet. Und es gibt keine Mittel, sie davor zu bewahren, dachte Nechljudow und las weiter:

21. Da trat Petrus zu ihm und sprach: Herr, wie oft muß ich denn meinem Bruder, der an mir sündigt, vergeben? Ist's genug siebenmal?

22. Jesus sprach zu ihm: Ich sage dir: Nicht siebenmal, sondern siebzigmal siebenmal.

23. Darum ist das Himmelreich gleich einem König, der mit seinen Knechten rechnen wollte.

24. Und als er anfing zu rechnen, kam ihm einer vor, der war ihm zehntausend Pfund schuldig.

25. Da er's nun nicht hatte, zu bezahlen, hieß der Herr verkaufen ihn und sein Weib und seine Kinder und alles, was er hatte, und bezahlen.

26. Da fiel der Knecht nieder und betete ihn an und sprach: Herr, habe Geduld mit mir; ich will dir's alles bezahlen.

27. Da jammerte den Herrn des Knechts, und er ließ ihn los, und die Schuld erließ er ihm auch.

28. Da ging derselbe Knecht hinaus und fand einen seiner Mitknechte, der war ihm hundert Groschen schuldig; und er griff ihn an und würgte ihn und sprach: Bezahle mir, was du mir schuldig bist!

29. Da fiel sein Mitknecht nieder und bat ihn und sprach: Hab Geduld mit mir; ich will dir's alles bezahlen.

30. Er wollte aber nicht, sondern ging hin und warf ihn ins Gefängnis, bis daß er bezahlte, was er schuldig war.

31. Da aber seine Mitknechte solches sahen, wurden sie sehr betrübt und kamen und brachten vor ihren Herrn alles, was sich begeben hatte.

32. Da forderte ihn sein Herr vor sich und sprach zu ihm: Du Schalksknecht, alle diese Schuld habe ich dir erlassen, dieweil du mich batest;

33. solltest du denn dich nicht auch erbarmen über deinen Mitknecht, wie ich mich über dich erbarmt habe?

„Ja, ist wirklich nur das nötig?" rief Nechljudow beim Lesen dieser Worte unversehens laut. Und eine Stimme in seinem Innern antwortete mit aller Bestimmtheit: Ja, nur das!

Nechljudow ging es so, wie es oft Menschen geht, die sich Gedanken über den Sinn des Lebens machen. Ein Gedanke, der ihm zunächst absonderlich, paradox, ja sogar lächerlich erschienen war, hatte sich im Leben immer häufiger als richtig erwiesen und offenbarte sich ihm jetzt plötzlich als eine völlig natürliche, unzweifelhafte Tatsache. Er kam zu der Erkenntnis, daß eine Befreiung von den Qualen, unter denen so viele Menschen litten, nur dann möglich und sicher sei, wenn sich alle Menschen immer ihrer Schuld vor Gott bewußt wären und daher ihre Unfähigkeit einsehen würden, andere Menschen zu bestrafen und zu bessern. Er erkannte jetzt klar, daß die Greuel, die er in den Strafanstalten gesehen hatte, und die ruhige Selbstsicherheit, mit der sie dort verübt wurden, nur darin ihren Grund hatten, daß Menschen etwas Unmögliches ausführen wollten: trotz ihrer eigenen Schlechtigkeit andere bessern. Demoralisierte Menschen maßten sich an, andere demoralisierte Menschen zur Moral zu erziehen, und glaubten, dies durch drakonische Mittel erreichen zu können. Doch dies führte lediglich dazu, daß auf Verdienst angewiesene und eigennützige Leute sich diese vermeintliche Bestrafung und Besserung anderer Menschen zum Beruf machten und selbst den höchsten Grad von Unmoral erreichten, indem sie ständig jene demoralisierten, die von ihnen gequält wurden. Jetzt war ihm klar, wodurch das Entsetzliche verursacht wurde, das er gesehen hatte, und was getan werden mußte, um es zu unterbinden. Die Antwort auf diese Frage, die er so lange nicht gefunden, war dieselbe, die Christus Petrus gegeben hatte: sie besagte, daß man allen immer, ungezählte Male verzeihen muß, weil es keine Menschen gibt, die selbst ohne Schuld sind und befugt wären, andere zu bestrafen oder zu bessern.

Ja, ist denn wirklich eine so einfache Lösung möglich? fragte sich Nechljudow, während er schon deutlich erkannte, daß es, so seltsam das ihm, der an das Gegenteil gewöhnt war, auch erscheinen mochte, daß es nicht nur theoretisch, sondern auch praktisch die einzig richtige Lösung darstellte. Durch den ständig vorgebrachten Einwand, Verbrecher dürften doch nicht unbestraft bleiben, ließ er sich nicht mehr beirren. Dieser Einwand hätte Berechtigung, wenn sich beweisen ließe, daß durch die verhängten Strafen eine Eindämmung des Verbrechertums und eine Besserung der Verbrecher erreicht worden wären; doch in Wirklichkeit hatte sich genau das Gegenteil erwiesen: nämlich, daß es nicht in der Macht von Menschen stand, andere Menschen zu bessern, und daß das einzig Vernünftige, was man tun kann, somit darin besteht, mit Handlungen aufzuhören, die nicht nur ohne Nutzen, sondern schädlich und darüber hinaus unmoralisch und grausam sind. Seit Jahrhunderten werden als Verbrecher bezeichnete Menschen bestraft und hingerichtet. Nun, sind die Verbrecher ausgemerzt? Nein, sie sind es nicht, sondern ihre Zahl hat sich nur noch um die jener vergrößert, die bei der Verbüßung der Strafe demoralisiert werden, sowie um all die verbrecherischen Richter, Staatsanwälte und Gefängnisbeamten, die kraft ihres Amtes andere Menschen bestrafen. Nechljudow begriff nunmehr, daß die Gesellschaft und die allgemeine Ordnung nicht deshalb bestanden, weil durch ihr Amt zu Verbrechern gewordene Menschen existierten, die über andere Menschen zu Gericht saßen und sie bestraften, sondern weil es trotz dieser Demoralisierung immer noch Menschen gab, die für ihre Mitmenschen Mitleid und Nächstenliebe empfanden.

In der Hoffnung, in demselben Evangelium auch eine Bestätigung für diesen Gedanken zu finden, beschloß Nechljudow, es von Anfang an zu lesen. Als er die Bergpredigt las, die ihn immer besonders gerührt hatte, erkannte er heute zum erstenmal, daß sie keineswegs nur aus abstrakten, schönen und zum größten Teil übertriebenen, unausführbaren Forderungen bestand, sondern einfache, klare und durchaus erfüllbare Gebote enthielt, die im Falle ihrer Befolgung eine ganz neue Weltordnung entstehen lassen würden – eine Weltordnung, in der nicht nur die ihn so empörenden Gewalttaten von selbst ein Ende fänden, sondern überhaupt das höchste der Menschheit erreichbare Heil verwirklicht wäre: das Reich Gottes auf Erden.

Es waren fünf Gebote.

Das erste Gebot (Matthäus 5, 21–26) besagte, daß der Mensch nicht nur nicht töten, sondern seinem Bruder auch nicht zürnen soll, daß er niemand verachten, zu niemand Racha sagen darf und daß er, wenn er mit jemand Streit gehabt hat, sich mit ihm versöhnen muß, ehe er Gott eine Opfergabe darbringt, das heißt zu ihm betet.

Das zweite Gebot (Matthäus 5, 27–32) besagte, daß der Mensch nicht ehebrechen und sich davor hüten soll, ein schönes Weib begehrlich zu betrachten, und daß er, wenn er sich einmal mit einem Weib verbunden hat, ihm nie untreu werden darf.

Das dritte Gebot (Matthäus 5, 33–37) besagte, daß der Mensch nie ein Versprechen unter Eid abgeben soll.

Das vierte Gebot (Matthäus 5, 38–42) besagte, daß der Mensch nicht Auge um Auge vergelten, sondern jemandem, der ihn auf die rechte Backe geschlagen hat, auch noch die linke darbieten soll, daß er Kränkungen verzeihen und mit Demut ertragen muß und keinem Menschen etwas abschlagen darf, worum ihn dieser bittet.

Das fünfte Gebot (Matthäus 5, 43–48) besagte, daß man seine Feinde nicht hassen, nicht Krieg mit ihnen führen soll, sondern daß man sie lieben, ihnen helfen und dienen muß.

Nechljudow blickte auf die brennende Lampe und versank

in Gedanken. Er vergegenwärtigte sich die ganze Schändlichkeit des Lebens und stellte sich deutlich vor, wie das Leben sein könnte, würden die Menschen im Geiste dieser Gebote erzogen – und eine Hochstimmung, wie er sie seit langem nicht mehr empfunden hatte, bemächtigte sich seiner Seele: Es war ihm, als hätte er nach langen Qualen und Leiden auf einmal Ruhe und Frieden gefunden.

Er schlief die ganze Nacht nicht und erkannte beim Lesen der Evangelien jetzt zum erstenmal die ganze Bedeutung der Worte, über die er, wie unzählige andere Menschen, schon so oft hinweggelesen hatte, ohne in ihren Sinn einzudringen. Wie ein Schwamm Wasser aufsaugt, so sog er all das Notwendige, Wichtige und Beglückende in sich ein, was sich ihm im Neuen Testament offenbarte. Alles, was er las, kam ihm bekannt vor, schien zu bekräftigen und ihm zum Bewußtsein zu bringen, was er im Unterbewußtsein schon lange empfunden hatte, ohne es voll zu erkennen und daran zu glauben. Erst jetzt hatte er alles ganz erfaßt und nahm es gläubig auf.

Doch über die Erkenntnis hinaus, daß die Menschen durch Befolgung dieser Gebote in den Genuß des höchsten ihnen erreichbaren Glücks gelangen würden, wußte er jetzt auch und glaubte daran, daß die Menschen nichts weiter zu tun brauchten, als diese Gebote zu erfüllen, daß darin der einzige vernünftige Sinn des menschlichen Lebens bestehe und jedes Abweichen davon ein Fehler wäre, dem sofort seine Bestrafung folgen würde. Das alles ergab sich aus der ganzen Lehre und kam besonders anschaulich und überzeugend in dem Gleichnis von den Weinbauern zum Ausdruck. Die Weinbauern bildeten sich ein, daß der Weingarten, in den sie von ihrem Herrn zur Arbeit geschickt worden waren, ihnen gehöre, daß alles, was sich im Weingarten befand, für sie bestimmt sei und daß es ihnen nur oblag, sich in diesem Garten ihres Lebens zu erfreuen; sie dachten nicht mehr an ihren Herrn und töteten jeden, der sie an ihn und ihre Pflichten gegen ihn erinnerte.

Genauso handeln wir, dachte Nechljudow, indem wir in der wahnwitzigen Überzeugung leben, wir seien selber Herren unseres Lebens und hätten es zu unserer Ergötzung bekommen.

Das aber ist offenkundiger Unsinn. Denn wenn wir hierhergesandt wurden, dann ist das doch irgend jemandes Wille gewesen und zu einem bestimmten Zweck geschehen. Wir hingegen sind der Meinung, daß wir nur zu unserer Freude leben, und da ist es ganz selbstverständlich, daß es uns ebenso schlecht geht wie einem Arbeiter, der nicht den Willen seines Herrn erfüllt. Der Wille des Herrn aber ist in diesen Geboten enthalten. Die Menschen brauchen nur diese Gebote zu erfüllen, dann wird sich das Reich Gottes auch auf Erden ausbreiten, und die Menschheit wird des größten Heils teilhaftig werden, das ihr erreichbar ist.

Trachte ein jeder nach dem Reich Gottes und seiner Wahrhaftigkeit, dann wird ihm alles übrige von selbst zufallen. Wir aber suchen dieses übrige und können es offenbar nicht finden.

Ja, das ist der Sinn meines Lebens! dachte Nechljudow. Das alte ist jetzt abgeschlossen, und ein neues fängt an ...

Mit jener Nacht begann für Nechljudow ein völlig neues Leben, und zwar weniger infolge der veränderten Bedingungen seines Lebens, sondern deshalb, weil alles, was er erlebte, für ihn fortan eine ganz andere Bedeutung gewann als früher. Womit dieser neue Abschnitt seines Lebens enden wird, das wird die Zukunft lehren.

ANHANG

Nachwort

I

Tolstois dritter und letzter Roman stellt die künstlerische Umsetzung seiner philosophischen Einsichten, sozialen Bestrebungen und ethischen Forderungen dar, von denen er sich zeit seines Lebens, insbesondere aber seit seiner geistigen Krise, hatte leiten lassen. Es entstand damit ein Werk von höchster gesellschaftlicher und literarischer Aktualität, das sofort weltweite Verbreitung und lebhaften, ja stürmischen Widerhall fand. „Auferstehung" erschien im Jahre 1899 in der Petersburger Zeitschrift „Niwa" (Die Flur) – hervorragend illustriert von L. O. Pasternak, dem Vater des Dichters B. Pasternak – und gleichzeitig in dem von W. G. Tschertkow, einem Anhänger Tolstois, in London gegründeten Verlag „Freies Wort". Der hohe gesellschaftskritische Gehalt des Romans hatte den Zensor der Petersburger Erstausgabe zu über fünfhundert Streichungen veranlaßt, während im Londoner Verlag der volle Text erschien. Diesen Erstausgaben folgten sogleich Übersetzungen in England, Frankreich, Deutschland, den Vereinigten Staaten und anderen Ländern. Allein in den Jahren 1899 bis 1900 erreichte der Roman in Frankreich insgesamt fünfzehn und in Deutschland zwölf Auflagen. Die erste deutsche Übersetzung erschien bereits 1899 in der Franckhschen Druckerei in Stuttgart.

Von der konservativen und selbst bürgerlich-liberalen deutschen Kritik wurde das Alterswerk des russischen Schriftstellers wegen seiner gegen die Grundfesten der bestehenden Ordnung gerichteten Angriffe mit Skepsis oder offener Ablehnung aufgenommen. Dagegen würdigten einige progressive bürgerliche Kritiker und Autoren, vor allem aber die deutsche sozialistische Presse den Roman als ein außergewöhnliches gesellschaftliches und literarisches Ereignis. Franz Mehring veröffentlichte im Jahre 1900, unmittelbar nach Erscheinen des Werkes, in der sozialdemokratischen Zeitschrift „Der wahre Jacob" seinen Aufsatz „Leo Tolstoi" und begrüßte darin die russische Literatur als eine „Anklage-, Kampf-, eine Trotzliteratur", als Wegbereiterin der sozialen Revolution. Er feierte „Auferstehung" als künstlerische Wiedergeburt Tolstois und als Fanal der russischen Revolution: „‚Auferstehung' in der Tat! Glorreicher als die christliche Auferstehung, in die der Roman zuletzt verläuft, ist er selbst als Auferstehung des dichterischen Genius aus aller niederdrückenden Qual, ein sinnbildliches Vorzeichen zugleich für die dereinstige Auferstehung der russischen Nation." Und Rosa Luxemburg bezeichnete in ihrem Artikel „Tolstoi" (1910) den Dichter als „den größten Künstler der zweiten Hälfte des neunzehnten Jahrhunderts nicht bloß in der russischen, sondern in der Weltliteratur". – „In seinen Novellen und Romanen – ‚Die Kosaken', ‚Sebastopol', ‚Krieg und Frieden', ‚Anna Karenina', ‚Auferstehung' – wie in dem Drama ‚Macht der Finsternis' ", so führte die deutsche Sozialistin aus, „hat er für Rußland die gewaltigste Epopöe des gesellschaftlichen Lebens von Anbeginn bis zum Ausgang des neunzehnten Jahrhunderts geschaffen, die irgend eins von den modernen Völkern aufzuweisen vermag."

Von den zeitgenössischen deutschen Schriftstellern wurde Arnold Zweig von dem Roman besonders stark beeindruckt. Der Dichter teilte in einem kurzen Referat über sein Verhältnis zu Tolstoi, das er 1952 in Moskau vortrug, mit, er habe „Auferstehung" in einer Taschenbuchausgabe längere Zeit stets bei sich getragen und mehrere Male gelesen. Ihn fesselten an diesem Roman wie an dem gesamten dichterischen Werk Tolstois nicht nur die kritisch-realistische Meisterung der Umwelt, sondern auch die in die Zukunft weisenden Aspekte. Arnold Zweig bezeichnete in seinem Gedenkartikel „Leo Tolstoi" (1949) den russischen Dichter als „Ahnherrn eines neuen Lebensgefühls, einer schöpferischen Veränderung der Welt". – „Denn wer seine Zeitgenossen durchsichtig zu machen versteht", stellte der deutsche Romancier hier fest, „der rührt an den Kern und das Rätsel des

Menschen selbst, und nur so hilft er, aber so am allerbesten, Generationen zum Verständnis und zur Einsicht zu bringen des einen, das not tut, nämlich eines innerlich verbundenen, gemeinschaftsbildend-sozialistisch-erlebten Fortwirkens aus jeder Gegenwart in jede Zukunft."

2

Die rasche und weitreichende Resonanz von „Auferstehung" spiegelte auf ihre Art die Weltbedeutung der russischen revolutionären Bewegung, die um die Jahrhundertwende in ihre entscheidende Phase eintrat. Während der neunziger Jahre, in denen Tolstoi an seinem letzten Roman arbeitete, vollzog sich der Übergang von der revolutionär-demokratischen zur proletarischen Periode der russischen Revolution. Obwohl Tolstoi die revolutionäre Gewalt verwarf und der Arbeiterklasse fernstand, in deren Vertretern er nur durch die städtische Zivilisation verdorbene Bauern sah, erfaßte er dennoch mit seinem belletristischen und publizistischen Schaffen – wie Lenin in „Leo Tolstoi als Spiegel der russischen Revolution" und seinen anderen Tolstoi-Aufsätzen gezeigt hat – „wenigstens einige wesentliche Seiten der Revolution". Tolstoi nahm, nachdem er sich 1879 in dem Artikel „Beichte" öffentlich von seiner Klasse losgesagt hatte, die widersprüchliche Position der patriarchalischen Bauernschaft ein. Er lehnte wie diese die Klassenherrschaft des Adels und der Bourgeoisie ab, wollte aber die Notwendigkeit des revolutionären Sturzes dieser Herrschaft nicht anerkennen.

„Auferstehung" entstand zu einer Zeit, da sich die russischen Revolutionen von 1905 und 1917 bereits ankündigten. Das russische Volk – die Bauern und das sich formierende Proletariat –, aber auch ein großer Teil der Intelligenz befanden sich im revolutionären Aufbruch. Lenin gründete 1895 in Petersburg den „Kampfbund zur Befreiung der Arbeiterklasse" und gab damit der spontanen Arbeiterbewegung ein festes organisatorisches Zentrum und ein sich theoretisch konsequent auf den Marxismus stützendes Führungsorgan. Im Jahre 1898, als Tolstoi besonders intensiv an seinem Roman arbeitete, wurde in Minsk die Gründung der „Sozialdemokratischen Arbeiterpartei Rußlands" beschlossen.

In der Bauernschaft wuchsen im letzten Jahrzehnt des 19. Jahrhunderts ökonomische Unsicherheit und zugleich der Wille zum Protest. Hunderttausende landloser Bauern, die in der noch ungenügend entwickelten Industrie keine Arbeit fanden, zogen als „Barfüßler" durchs Land. Die Anklage der allgemeinen Verelendung der Bauernschaft, die unter der doppelten Ausbeutung durch die Feudalherren und die Kulaken litt, wurde daher nicht zufällig zu einem der wesentlichen Anliegen in Tolstois Roman.

Die Zuspitzung der sozialen Widersprüche und Konflikte führte auch zu einer scharfen Gegenüberstellung der ideologischen Fronten. In den neunziger Jahren ging der fortschrittlichste Teil der russischen Intelligenz zum Marxismus über und sagte sich endgültig von den Ideen der Volkstümler, von dem revolutionären Terror der Narodowolzen sowie von der reformistischen „Theorie der kleinen Taten" los. Auf der anderen Seite sammelte sich die Reaktion um verschiedene idealistische, antidemokratische, zuweilen offen konterrevolutionäre Theorien. Die idealistische Mystik W. Solowjows und Nietzsches These vom Übermenschen fanden Verbreitung. Diese Entwicklung hat vor allem im Schlußteil von „Auferstehung" einen gewissen Widerhall gefunden. In der Auseinandersetzung zwischen materialistischer und idealistischer Philosophie spielte der Darwinismus eine große Rolle. Auf diese Polemik ging Tolstoi besonders in der stark ironisierten Rede des Staatsanwalts und in den Gesprächen im Salon der Familie Kortschagin ein. Seine eigene, im wesentlichen indifferente Haltung zu dieser Frage legte er dem Bauernrevolutionär Nabatow in den Mund.

Zu den gleichen prinzipiellen Auseinandersetzungen kam es in den neunziger Jahren auch auf dem Gebiet der Ästhetik, wo sich die Verfechter des Realismus und der Dekadenz gegenüberstanden. G. W. Plechanow verteidigte in seinen Belinski und Tschernyschewski gewidmeten Aufsätzen (1897) die realistische Ästhetik und Literaturkritik, die von D. S. Mereshkowski, einem der Wortführer der Dekadenz, verworfen worden war. Er vertrat die Ansicht, daß die Kunst nur als Waffe des Proletariats eine Zukunft habe. In diese Polemik griffen auch Gorki mit seinem Aufsatz „Paul Verlaine und die Dekadenten" (1896) und Tolstoi mit seinem Traktat „Was ist Kunst?" (1898) ein. Darüber hinaus traten neben Gorki und Tolstoi hervorragende Schriftsteller wie Tschechow, Korolenko, Weressajew, Kuprin, Bunin und Serafimowitsch durch ihr dichterisches Werk für die Bewahrung der realistischen Traditionen und deren Weiterentwicklung ein.

3

Den Stoff für den Handlungskern seines letzten Romans erhielt Tolstoi von dem Juristen und Schriftsteller A. F. Koni, der als Staatsanwalt des Petersburger Bezirksgerichts 1883 von dem ungewöhnlichen Vorfall zwischen der Prostituierten Rosalie Oni und ihrem Verführer erfahren hatte. Koni berichtete Tolstoi davon bei einem Besuch in Jasnaja Poljana im Juni 1887. Uns ist dieser Fall aus Konis Lebenserinnerungen bekannt: Rosalie Oni, die Tochter eines Esten, der Land von einer Petersburger Adligen gepachtet hatte, wurde nach dem Tod ihrer Eltern von dieser russischen Gutsbesitzerin aufgenommen und wuchs in deren Haus halb als Haustochter, halb als Dienstmädchen heran. Als sie von einem jungen Aristokraten, einem Verwandten der Dame, ein Kind erwartete, wurde sie aus dem Haus gejagt. Mittellos und nicht imstande, sich und ihr Kind zu ernähren, sank das Mädchen zur Prostituierten herab. Im Jahre 1883 wurde sie wegen Diebstahls vor Gericht gestellt und zu Gefängnis verurteilt. Unter den Geschworenen befand sich auch ihr einstiger Verführer. Dieser erkannte seine große Schuld und beschloß, Rosalie zu heiraten, um so sein Vergehen zu sühnen. Da das Mädchen bald darauf im Gefängnis an Typhus starb, konnte er sein Vorhaben nicht mehr verwirklichen.

Tolstoi beeindruckte die moralische und soziale Problematik dieses Geschehnisses stark, und er riet Koni, darüber eine Erzählung zu schreiben. Als Koni zögerte, fragte Tolstoi durch einen Bekannten an, ob er ihm das Sujet überlassen wolle. Koni erwiderte darauf, er gebe nicht nur gern die Einwilligung, sondern er bitte den Dichter dringend, den Stoff zu behandeln. „Aus Ihrer Feder", so schrieb er am 1. Juli 1888 an Tolstoi, „wird diese Geschichte in einer solchen Gestalt hervorgehen, daß sie das härteste Herz rührt und den gleichgültigsten Menschen zum Nachdenken zwingt."

Aber erst eineinhalb Jahre später, im Dezember 1889, nahm Tolstoi die Arbeit an dem Stoff auf. „Gestern, am 26.", so trug er am 27. Dezember 1889 in sein Tagebuch ein, „begann ich morgens unerwartet Konis Erzählung zu schreiben, und, wie es scheint, nicht schlecht." In der ersten Fassung des Werkes, die durch die aktive Teilnahme an der Hilfsaktion für die von einer Hungerkatastrophe heimgesuchten Gebiete Zentralrußlands (1891/92) sowie durch die Fertigstellung des umfangreichen Traktats „Das Reich Gottes ist in euch" (1891–93) für längere Zeit unterbrochen und erst am 1. Juli 1895 abgeschlossen wurde, konzentrierte sich der Autor auf die psychologische Charakteristik und die moralische Wiedergeburt seines Helden. Die sozialkritische Aussage war noch sehr verhalten im Vergleich zu den späteren Redaktionen. Diese erste Fassung, die nur aus sieben Kapiteln bestand, endete damit, daß Dmitri Nechljudow – in den ersten Entwürfen noch Valerian Juschkin genannt – Katjuscha Maslowa heiratet und sich mit ihr in der Vorstadt des westsibirischen Ortes Troizko-Sawsk niederläßt. Nechljudow arbeitet dort an einem Buch über die Beseitigung des privaten Landbesitzes und wirkt als Lehrer. Katjuscha, die sich nach ihrer moralischen Genesung eifrig bildet, unterstützt die Reform- und Aufklärungstätigkeit ihres Mannes. Als beide von der Regierung verfolgt werden und ihnen eine Verbannung in das Amurgebiet droht, fliehen sie nach London, wo Nechljudow seine Reformprojekte in der Landfrage weiter verfolgt.

Als Tolstoi das Manuskript im November 1895 überarbeitete, stellte er fest, daß das Werk allein durch die Darstellung der Entwicklung eines reuigen Adligen nicht die gewünschte soziale Perspektive bekam, und er beschloß, seine Konzeption zu ändern, die er dann in einer Tagebuchnotiz vom 5. November 1895 folgendermaßen festhielt: „Ich machte soeben einen Spaziergang und begriff deutlich, warum es mit ‚Auferstehung' nicht vorwärtsgeht: der Anfang ist falsch. Ich begriff das, als ich über die Kindererzählung ‚Wer hat recht?‘ nachdachte. Da erkannte ich, daß man mit dem Leben der Bauern anfangen muß, daß sie das Objekt sind, das Positive; das andere, das ist Schatten, das ist das Negative. Und das wurde mir auch bezüglich ‚Auferstehung‘ klar. Man muß mit ihr (Katjuscha Maslowa – G. D.) beginnen. Ich will sofort anfangen." So vertiefte der Autor bereits in der zweiten Fassung, die im Februar 1896 abgeschlossen wurde, die psychologische Charakteristik seiner Heldin. Wenig später nahm er eine grundlegende Umwertung der Hauptgestalten vor und verzichtete endgültig darauf, das Buch mit der Heirat Nechljudows und Katjuschas und ihrem gemeinsamen Wirken abzuschließen. Dazu notierte er im Tagebuch unter dem 5. Januar 1897: „Ich las ‚Auferstehung‘. Als ich an jene Stelle gelangte, wo mein Held zu heiraten beschließt, warf ich das Buch angeekelt weg. Alles unwahr, erdacht, schwach. Das Verdorbene zu korrigieren ist schwer. Um die Sache zu verbessern, muß ich erstens unbedingt die Gefühle und das Leben der beiden beschreiben, zweitens ihre Gefühle positiv und ernst, seine negativ und ironisch ..."

Mit dieser Umwertung mußten neue positive Gestalten eingeführt werden, die, über Nechljudow hinausgehend, an der Wiedergeburt Katjuschas mitwirkten. Dies zeichnete sich bereits in der dritten Redaktion ab, die zwischen Juli und August 1898 entstand. Hier tauchte zum erstenmal die Gestalt eines verbannten Revolutionärs auf – sein Name ist Wilhelmson, später Simonson –, der Katjuscha heiratet und sich mit ihr in Sibirien ansiedelt. Zugleich ergab sich jetzt die Möglichkeit, die gesellschaftskritischen Szenen auszuweiten. Erst in diesem Stadium der Arbeit wuchs die Erzählung über ihren Rahmen hinaus und wurde zu einem großen sozialen Roman.

Nachdem Tolstoi den Text nochmals überarbeitet hatte (September 1898 bis Januar 1899), wobei die ausführliche Charakterisierung der politischen Gefangenen erfolgte, gab er das Werk in Druck. Allerdings nahm er an den Druckbogen zweimal umfangreiche Korrekturen vor; die sechste Fassung endlich befriedigte ihn. Der Abschluß von „Auferstehung" wurde auch noch durch einen äußeren Anlaß beschleunigt: Tolstoi wollte etwa achttausend Duchoboren, Angehörigen einer Sekte, die den Ideen des Dichters nahestanden und von der zaristischen Regierung verfolgt wurden, finanzielle Hilfe zukommen lassen. Die dafür erforderlichen Mittel konnte Tolstoi, der nach langem Kampf mit seiner Familie 1891 für sich persönlich auf jeden Privatbesitz verzichtet hatte, nur durch die Veröffentlichung eines größeren literarischen Werkes aufbringen.

Der offene Schluß von „Auferstehung" veranlaßte den Dichter, einen zweiten Teil zu planen. Er trug dazu am 23. Juni 1900 in sein Tagebuch ein: „Überaus gern ginge ich an ein dichterisches Werk; aber nichts Dramatisches sollte es sein, sondern etwas Episches – die Fortsetzung der ‚Auferstehung', das Bauernleben Nechljudows." Nach einer weiteren Tagebuchnotiz vom 17. Juli 1904 sollte Nechljudow darin als ein zweiter Robinson dargestellt werden, der in Sibirien unter russischen Umsiedlern ein bäuerliches Leben in einer Art Kommune beginnt, verschiedenen Anfechtungen ausgesetzt ist und sich dennoch nicht von seinem Weg der sittlichen Selbstvervollkommnung abbringen läßt. Auf die literarische Realisierung dieser ihn seit den achtziger Jahren bewegenden sozialen und moralischen Utopie hat Tolstoi dann verzichtet, weil er wohl einsah, daß sein Plan nicht der Wirklichkeit entsprach. Der rasche Zerfall der Kolonien der Tolstojaner, die in den achtziger Jahren zahlreich entstanden waren, hatte bereits vorher die Unmöglichkeit eines „russischen Robinson" bewiesen.

4

In „Auferstehung" machte Tolstoi – wie vorher nur in dem historischen Roman „Krieg und Frieden" – erstmals bei einem aktuellen Zeitroman maximale dokumentarische Treue zum grundlegenden Gestaltungsprinzip. Während der Zeit, da „Auferstehung" entstand, stellte der Romancier, wie zahlreiche Bemerkungen des Tagebuches 1893 bis 1895 beweisen, die künstlerische Fiktion generell in Frage. So notierte er unter dem 14. Juni 1894: „Ich überlas die Anfänge aller meiner künstlerischen Projekte. Alles taugt nichts. Wenn ich schreiben will, so muß ich alles neu beginnen, wahrhaftiger und ohne Erdichtungen." Ähnlich äußerte er sich in seinen Briefen an den bekannten Schriftsteller N. S. Leskow. Es sei ihm unangenehm, so schreibt er am 10. Juli 1893, über Menschen zu schreiben, die es nicht gegeben habe und die nichts von dem getan hätten, was er ihnen zuschrieb.

Trotz dieser Bedenken verzichtete Tolstoi nicht schlechthin auf die dichterische Fiktion, sondern verwarf nur solche Gebilde der künstlerischen Phantasie, hinter denen nichts stand (Brief an Leskow vom 14. Mai 1894), und orientierte sich auf eine konsequent dokumentarisch-realistische Schreibweise. Die Grundlage hierfür gab nicht nur der authentische Bericht Konis, sondern auch das systematische Studium aller Lebensbereiche, die in dem Roman dargestellt werden. Der Dichter besuchte Gefängnisse in Moskau, Tula und Orjol und führte dort ausgedehnte Gespräche mit Wärtern und Insassen über alle Einzelheiten des Gefängnislebens. Kurz vor Beendigung des Romans begab er sich im April 1899 in ein Moskauer Etappengefängnis und begleitete wie Nechljudow die Arrestanten auf ihrem Marsch zum Bahnhof. Er arbeitete zahllose Gerichtsakten durch, studierte die Strafprozeßordnung bei einem Staatsanwalt und besuchte eine Verhandlung vor dem Schwurgericht. Für Katjuschas Bericht über ihren Aufenthalt im Freudenhaus verwertete er den Brief einer Frau – sie hieß kurioserweise Klawdija Tolstoja –, die flehentlich bat, sie aus ihrer erniedrigenden Lage zu befreien. Der Dichter setzte sich für diese Frau ein und half ihr, ein neues Leben zu beginnen.

Authentisches Material über den Gefangenentransport nach Sibirien und über die Lage der politischen Häftlinge in der Katorga entnahm Tolstoi unter anderem dem Buch „In der Welt der Ausgestoßenen" (1896) des Volkstümlerrevolutionärs L. Melschin (P. F. Jakubowitsch) sowie dem Werk „Die russische Gemeinde im Gefängnis und in der Verbannung" (1872) von N. M. Jadrinzew. Weitere Angaben erhielt er von dem amerikanischen Gelehrten George Kennan, und zwar aus dessen Buch „Siberia and the Exile System" (1891, Sibirien und das Verbannungssystem) und von ihm persönlich bei dessen Besuch in Jasnaja Poljana. Für Krylzows Bericht über die Hinrichtung der Revolutionäre Losinski und Rosowski, die 1880 in Kiew stattgefunden hatte, benutzte er den Brief eines Augenzeugen, der ihm von dem Sohn des bekannten Malers N. N. Gay übermittelt worden war.

Viele Nebengestalten zeichnete der Autor nach realen Prototypen. So verlieh er der Gestalt Toporows unverkennbar die Züge des wegen seines Obskurantismus berüchtigten Oberprokurators des Heiligen Synods Pobedonoszew. Bei der Charakteristik von Baron Kriegsmut, Kommandant der Peter-Pauls-Festung, stützte er sich auf Eindrücke, die er beim Besuch der Festung von deren Kommandant Baron von Maidell erhalten hatte. Für die Gestalt des Alten auf der Fähre, der keine staatliche und kirchliche Autorität anerkennt, diente der Sektant A. W. Wlassow als Vorbild, von dem der Dichter während der letzten Arbeiten an dem Roman einen Brief bekam. Und den englischen Missionar schuf er nach dem Muster des englischen Predigers Baedeker, der zu dieser Zeit in Petersburg und Sibirien von sich reden machte.

Die dokumentarische Form seines Romans unterstrich der Autor ferner durch die Einbeziehung von authentischen, beziehungsweise authentischen Dokumenten nachgebildeten Materialien (Anklageschrift gegen Katjuscha Maslowa, Befund des Gerichtsmediziners, Gerichtsurteil, Predigt des Gefängnisgeistlichen, Texte aus dem Evangelium).

Die von Tolstoi in „Auferstehung“ erfolgreich angewandte dokumentarisch-realistische Darstellungsweise wirkte fruchtbringend weiter. Sie wurde von Gorki und den sowjetischen Romanciers der zwanziger Jahre aufgenommen und vervollkommnet.

5

Mit „Auferstehung“ schuf Tolstoi seinen in sozialkritischer Hinsicht umfassendsten und bedeutendsten Roman. Er erreichte hier den Höhepunkt in der kritisch-realistischen Darstellungskunst, indem er durch seine enthüllende Analyse bis zu den Wurzeln der Klassengesellschaft vordrang. Es gelang ihm, alle wesentlichen Seiten der zaristischen Herrschaft – den Staatsapparat, das Gerichtswesen, die orthodoxe Kirche, die ökonomische Ausbeutung und den geistigen Obskurantismus – mit unerhörter Schärfe bloßzustellen. Seine Anklage gegen die orthodoxe Kirche als Stütze des zaristischen Staates, die im Roman in der Szene des Gefängnisgottesdienstes besonders stark zutage tritt, nahm die oberste Kirchenbehörde zum Anlaß, den seit langem unliebsamen Dichter als „Ketzer“ und „Irrlehrer“ – wie es in der Verordnung des Allerheiligsten Synods vom 20.–22. Februar 1901 heißt – zu exkommunizieren und ihn von allen Kanzeln herab verdammen zu lassen.

Neben der Entlarvung und Verurteilung der feudalbürgerlichen Klassenherrschaft stellte Tolstoi in seinem letzten Roman umfassend jene Kräfte dar, die sich anschickten, den Zarismus zu stürzen und ein neues Rußland aufzubauen. Damit wurde „Auferstehung“ zu einem Werk, das in seinem ideellen Gehalt bis zu den Grenzen kritisch-realistischer Darstellungsmöglichkeiten vorstieß.

„Auferstehung“ kommt von allen Romanen Tolstois in der Form einem Drama am nächsten. Der ursprüngliche Sujetkern – Wiederbegegnung, Wandlung und Wiedergeburt Nechljudows und Katjuscha Maslowas – ist von novellistischer Gedrängtheit und konfliktgeladener Spannkraft. Die Komposition der Haupthandlung entspricht den Baugesetzen des klassischen Dramas. Die Handlung setzt unmittelbar vor der Schürzung des Konflikts – dem Wiedersehen im Gerichtssaal – ein und führt die Helden über verschiedene Kollisionen zur Wandlung und Auferstehung (Katharsis). Die dem Drama entsprechende unerwartete Wendung (Peripetie) erhält der Roman durch Katjuschas Ablehnung von Nechljudows Heiratsangebot, wodurch er gegenüber dem Vorwurf eine weit bedeutsamere Perspektive gewinnt.

Eine Untersuchung der Zeitstruktur beweist die novellistisch-dramatische Anlage des Werkes. Die ursprünglich geplante episch-chronologische Handlungsführung – in den frühesten Manuskripten steht die erste Begegnung zwischen dem jungen Valerian Juschkin und Katjuscha auf dem Gut der Tanten am Anfang – wurde vom Autor bald verworfen. Die gesamte Vorgeschichte seiner Helden nahm der Dichter später nur in Form von Erinnerungen und Rückblenden in den Roman auf. Dadurch konnte er die eigentliche Handlungszeit auf etwa ein halbes Jahr zusammendrängen, während sie in „Krieg und Frieden" etwa acht und in „Anna Karenina" etwa vier Jahre beträgt. Diese für einen großen Gesellschaftsroman ungewöhnlich kurze Handlungsspanne verleiht dem Werk die Dichte und intensiviert die Wucht der sozialkritischen Aussage. Andererseits erhält der Roman dank der Rückblenden und den überaus zahlreichen, ein ganzes Menschenleben umreißenden Porträts der Nebengestalten in der zweiten Zeitebene genügend Weite, um eine ganze Epoche russischer Geschichte in sich aufzunehmen.

Auch die Handlungsräume sind so gewählt, daß trotz der Konzentration auf wenige Orte – die beiden Hauptstädte Moskau und Petersburg, das Adelsgut, das Dorf und Sibirien – der Eindruck der geographischen und epischen Breite entsteht. Besonders bemerkenswert erscheint, daß große Teile des Romangeschehens sich außerhalb geborgener Wohnsitze abspielen – im Gefängnis, auf dem Polizeirevier, in der Dorfversammlung, an den Etappenstationen und auf den Straßen des weiten Zarenreiches. Auf der Straße begegnen wir gleich zu Beginn des Romans Katjuscha, als sie zur Gerichtsverhandlung gebracht wird; auf den Straßen Moskaus ereignen sich die schrecklichen Szenen beim Abtransport der Gefangenen; auf den endlosen Straßen Nordrußlands und Sibiriens ziehen die Arrestanten von Etappenort zu Etappenort.

Seine epische Breite und damit den Charakter eines Gesellschaftsromans großen Stils erhält „Auferstehung" aber vor allem durch die Anlagerung von überaus reichen Materialien an den novellistischen Sujetkern. Eine große Zahl von Charakterporträts, meist mit Kurzbiographien verbunden, bereichern das zentrale Geschehen und geben dem Werk seine gesellschaftliche Totalität. So sind in die Schilderung des Gerichtsverfahrens und der Bemühungen um die Kassation des gegen Katjuscha gefällten Fehlurteils eine ganze Reihe enthüllender Porträtsstudien von Repräsentanten des zaristischen Gerichtswesens eingeflochten, angefangen von den Geschworenen über Richter und Staatsanwalt bis zu den Vertretern der höchsten Stufe in der Hierarchie – den Mitgliedern des Senats in Petersburg. Dazu kommt eine Reihe ebenso satirischer Charakter- und Milieustudien aus dem Bereich der Aristokratie. Diese Porträts zusammengenommen offenbaren in umfassender Weise den Parasitismus der herrschenden Kreise, die sich im Stadium völligen geistigen und moralischen Niedergangs befinden.

Bedingt durch die Szenen im Gefängnis, beim Gefangenentransport und bei Nechljudows Reformen auf den Gütern Kusminskoje und Panowo, taucht in dem Werk eine Fülle von Gestalten aus dem Volk auf. Durch die mit echtem Einfühlungsvermögen und liebevollem Verstehen gezeichneten Porträts der wegen Paßvergehen arretierten Steinmetzen, von Mutter und Sohn Menschow, von Fedossja und ihrem Mann Taras, von Wassiljew, den Sektierern, den Bauern von Kusminskoje und Panowo, schließlich den Torfarbeitern im Zug machte Tolstoi deutlich, daß die einfachen Menschen aus dem Volk „die wahre große Welt" verkörpern.

Nechljudows Wiederbegegnung mit Wera Bogoduchowskaja, der einstigen Lehrerin und Volkstümlerrevolutionärin, bot schließlich die Möglichkeit, die politischen Gefangenen organisch in die Darstellung einzubeziehen. Die Schilderung des Etappenmarsches der Politischen in die Verbannung erfuhr durch die Einblendung einer ganzen Reihe von Porträtstudien und biographischen Skizzen ebenfalls eine große epische Ausweitung.

Die von Tolstoi mit „Auferstehung" erarbeitete Struktur, die die Gedrängtheit der Novelle, den auf einen Konflikt zugeschnittenen Aufbau des Dramas und die gesellschaftliche Breite und Vielschichtigkeit des Romans in sich vereint, verlieh dem Werk seine literarische Modernität und trug wesentlich zu seiner sozialen Wirkung bei.

6

Die beiden Hauptgestalten demonstrieren Tolstois Glaube an den Menschen, an die Möglichkeit menschlicher Wiedergeburt auch unter den schwierigsten Bedingungen.

Bei Nechljudows Entwicklung verband der Dichter von Anfang an das Problem der moralischen Sühne mit dem der sozialen Bewußtwerdung. Er notierte bereits in einem frühen Romanmanuskript: „Der Gedanke an seine (Nechljudows – G. D.) Verpflichtungen gegenüber dieser unglücklichen Katjuscha verknüpfte sich bei ihm mit dem Gedanken an seine Verpflichtungen gegenüber dem Land." Die Erschütterung, die Nechljudow bei dem Wiedersehen mit Katjuscha im Gerichtssaal erlebt, erhellt nicht nur blitzartig sein moralisches Versagen, löst nicht allein das Ringen zwischen dem „geistigen" und „tierischen" Ich in ihm aus, sondern läßt ihn auch die Verderbtheit jener Welt bewußt erkennen, zu der er nach Geburt und Erziehung gehört und die er bisher kritiklos akzeptiert hat. Im Laufe der Handlung gewinnt Nechljudow immer mehr Klarheit darüber, daß es nicht genügt, die persönliche, moralische Schuld gegenüber Katjuscha zu sühnen, sondern daß es notwendig ist, die allgemeine, soziale Schuld des Adels, ja der Ausbeuterklassen überhaupt gegenüber den Bauern und dem ganzen Volk wiedergutzumachen. Daher gelangt Nechljudow zu einem entschiedenen Bruch mit seiner Klasse und zu tieferen Einsichten in die gesellschaftliche Wahrheit, als es seinen Vorgängern, den Suchergestalten Nikolenka Irtenjew („Kindheit, Knabenjahre, Jugendzeit"), Nechljudow („Der Morgen eines Gutsbesitzers"), Olenin („Die Kosaken"), Pierre Besuchow und Andrej Bolkonski („Krieg und Frieden") sowie Konstantin Lewin („Anna Karenina") möglich gewesen war. Nechljudow erscheint weniger als Suchender – seine erste, moralische und soziale Wandlung erfolgt gleich zu Beginn des Romans –, sondern mehr als ein Mensch, der auf Grund neuer Einsichten sich und seine gesamte Umwelt einer vernichtenden Kritik unterzieht und sein Leben grundlegend zu verändern bemüht ist. Zweifellos spiegelt sich in Nechljudows Entwicklung Tolstois eigener Lebensweg. Dennoch wird die Gestalt nicht zum bloßen Doppelgänger und Sprachrohr des Autors, vielmehr ist Nechljudow ein objektiver sozialer Typus, ein „weißer Rabe" seiner Klasse und verkörpert jene besten Kräfte im russischen Adel, die mit ihrer Welt brachen und die Verbindung mit dem Volk anstrebten.

Nechljudows Auferstehung beruht, gemäß Tolstoi, im wesentlichen auf zwei Voraussetzungen: dem im Kern unverdorbenen menschlichen Wesen des Helden und der Bewußtwerdung des wahren Charakters seiner Existenz sowie der herrschenden Ordnung. Tolstoi teilte Rousseaus Ansicht, daß der Mensch von Natur aus gut sei und nur durch die gesellschaftlichen Einflüsse verdorben werde, wobei er schon deutlicher als der französische Aufklärer den Klassencharakter dieser Einflüsse erkannte. Nechljudows Wiedergeburt erhält daher den Charakter einer Rückkehr zu seiner eigenen guten Natur, die von der verderbten Umwelt verschüttet, aber nicht ausgelöscht werden konnte. Eine solche Rückkehr zu sich selbst hielt Tolstoi für die ganze Menschheit als notwendig, wie es das den Roman einleitende Bild des Frühlings, der sich in einer versteinerten Welt trotz allem Bahn bricht, symbolisch zum Ausdruck bringt.

In dem Prozeß seiner sozialen Bewußtwerdung gelangt Nechljudow auch zur Verurteilung des privaten Landbesitzes. Sein Ringen um diese Frage hat einen stark autobiographischen Hintergrund. Wie sein Held führte Tolstoi bereits in der Jugend auf seinem Gut Reformen durch und wurde später zum Anhänger von Henry Georges Forderung, das Land zu nationalisieren und den Bauern gegen die Zahlung einer Grundrente zu übergeben. Nechljudows verschiedenes Verhalten in Kusminskoje und Panowo läßt die Etappen von Tolstois Entwicklung vom Reformer zum Gegner des privaten Eigentums an Land erkennen. Über seinen Helden in „Auferstehung" hinausgehend, hat Tolstoi in den letzten Lebensjahren die Regierung mehrmals aufgefordert, die Grundbesitzer zu expropriieren und das Land den Bauern zu geben. Diese seine Vorschläge blieben aber wegen ihres utopischen Charakters ohne Ergebnis.

Nechljudows Angriffen gegen die bestehenden gesellschaftlichen Verhältnisse nahm der Dichter allerdings dadurch die volle Wirkung, daß er seinen Helden in einer zweiten, religiös-ethischen Erleuchtung zur Philosophie des Allesverzeihens und des Verzichts auf Gewalt im Kampf mit dem Bösen finden ließ. Dieser versöhnende Schluß erinnert an das Ende von Gogols Komödie „Der Revisor“: Dort soll durch das Erscheinen des richtigen Revisors die mit beißendem Spott vorgetragene Entlarvung der zaristischen Bürokratie gedämpft werden. Doch dieser Schluß überzeugt niemanden. Ebensowenig kann Nechljudows Griff zur Bibel den Leser von „Auferstehung“ überzeugen, und zwar weder in ideeller noch in künstlerischer Hinsicht. Eine solche Einschätzung hat dieser Romanschluß bereits durch einsichtige Zeitgenossen erfahren. So schrieb A. P. Tschechow in einem Brief an M. O. Menschikow vom 28. Januar 1900: „Die Erzählung hat keinen Abschluß; denn das, was dasteht, kann man nicht Abschluß nennen. Schreiben, schreiben, und dann alles nehmen und auf einen Evangelientext abwälzen – das ist schon richtige Theologenart. Alles mit einem Evangelientext zu lösen, das ist ebenso willkürlich, wie die Arrestanten in fünf Klassen einzuteilen. Warum in fünf und nicht in zehn? Warum einen Text aus dem Evangelium und nicht aus dem Koran?“

Die im Schlußteil des Romans offen zutage tretende Inkonsequenz und Widersprüchlichkeit entsprachen Tolstois utopischen Vorstellungen, die sozialen Konflikte durch Vereinfachung und sittliche Selbstvervollkommnung des einzelnen zu lösen. Zum anderen spiegelte sich darin aber auch die politische Schwäche der patriarchalischen Bauernschaft, die zwar gegen das bestehende Unrecht aufbegehrte, sich zu diesem Zeitpunkt aber noch nicht dem revolutionären Kampf anschloß, sondern – nach den Worten Lenins – „jammerte und betete, räsonierte und träumte, Petitionen schrieb und ‚Fürbitter‘ entsandte – ganz im Geiste Lew Nikolajewitsch Tolstois!“

7

Ebenso wie Nechljudow erlebt auch Katjuscha Maslowa eine Auferstehung, wenn auch in anderer Weise und auf anderen Wegen. Da Katjuscha aus dem Volk stammt, braucht sie in ihrer Entwicklung nicht den komplizierten Prozeß der Loslösung von der eigenen Klasse durchzumachen wie Nechljudow. Dennoch umschließt ihre Wiedergeburt – ebenso wie die Nechljudows – nicht nur die moralische Gesundung, sondern auch eine soziale Bewußtwerdung.

Für Katjuschas sittliche Auferstehung hat – wie bei ihrem Verführer – das Zurückfinden zu ihrer reinen Jugend, da ihr „geistiges Ich" noch unverletzt war, entscheidende Bedeutung. Der Fall der Heldin wird nicht nur durch den Verlust ihrer Mädchenehre bedingt, sondern vor allem dadurch, daß sie das Vertrauen in die Menschen, in die Gerechtigkeit und in ihr besseres Ich verliert. Daher steht sie, nachdem die Tanten sie aus dem Haus gewiesen haben, den Reichen und Mächtigen nicht nur äußerlich wehrlos gegenüber, sondern auch innerlich, sie vermag nicht einmal mehr ihren Stolz und ihre Ehre schützend vor sich zu stellen. Katjuschas moralische Wiedergeburt vollzieht sich daher in einem schwierigen, von Rückfällen verzögerten inneren Ringen um die Erweckung und Rückgewinnung ihres Glaubens an ihr ursprüngliches „geistiges Ich" und an den ideellen Wert des menschlichen Lebens.

Ihre positive Entwicklung wird dadurch erschwert, daß sie sich als Prostituierte eine eigene Lebensphilosophie zurechtgelegt hat, mit der sie ihren „Beruf" rechtfertigen, ja als völlig normal betrachten kann. Einer solchen Haltung lag, nach Tolstois Beobachtungen, eine allgemeine psychologische Erscheinung zugrunde: Ein Gestrandeter, selbst ein Verbrecher, hält sich, solange er sich in seinem Milieu bewegt, keineswegs für schlechter als die anderen Menschen und lehnt Mahnungen von außen als ungerechtfertigte Bevormundungen ab. Daraus erklärt sich die hartnäckige Furcht der Maslowa, sich durch den Fürsten aus ihrem zur Gewohnheit gewordenen und nun mit Selbstbewußtsein zur Schau getragenen Habitus herausreißen zu lassen.

Die eigentliche Schuld für den Fall seiner Heldin schrieb Tolstoi nicht dieser selbst, sondern ihrer Umwelt zu. Der Dichter polemisierte in diesem Zusammenhang mit bürgerlichen Wissenschaftlern, die, wie der italienische Gerichtsmediziner Lombroso, der ihn 1897 in Jasnaja Poljana aufgesucht hatte, die Ansicht vertraten, die Anlage zum Verbrechen sei einzelnen Menschen angeboren. Die Irrigkeit einer solchen Meinung widerlegte er nicht allein am Beispiel der Maslowa, sondern auch in der Gerichtsszene mit dem armen Jungen, der wegen Diebstahls völlig wertloser Dielenläufer angeklagt wird. Er machte in dieser Szene mit beißender Ironie deutlich, daß nur äußerste Not, nicht aber ein angeborener Trieb den Jungen zu der Verzweiflungstat des Diebstahls veranlaßt hatte. Damit wies er nach, daß die Ursachen für Verbrechen in erster Linie nicht in der Natur, nicht in den Erbanlagen des Menschen, sondern in den unnatürlichen Verhältnissen der Klassengesellschaft zu suchen seien.

Tolstois tiefe soziale Einsicht und realistische Gestaltungsweise bewährten sich in hervorragendem Maße bei der Schilderung der Endphase von Katjuschas Auferstehung. Während es der Dichter dem Adligen Nechljudow überließ, den Anstoß für die moralische Erneuerung seiner Heldin zu geben, schrieb er die Vollendung ihrer sittlichen Wandlung und den Beginn ihrer sozialen Bewußtwerdung den politischen Gefangenen, den Revolutionären, zu. Damit folgte er der geschichtlichen Wahrheit, nicht seiner subjektiven philosophischen Konzeption. Katjuscha findet im Kreis der Politischen nicht nur sittliche Lauterkeit, die den Prozeß ihrer moralischen Gesundung beschließt, welche mit der selbstlosen Ablehnung von Nechljudows Eheangebot den kritischen Punkt überschritten hatte, sondern sie findet auch die notwendige Aufklärung, ihre eigene soziale Lage zu erkennen und ihre gesellschaftliche Position – wenn auch nur im Ansatz – zu bestimmen. Erst unter den Revolutionären gelangt sie zu der Einsicht, daß sie zu den einfachen Menschen, zum Volk gehört, und sie ist stolz darauf. Durch diese Einsicht begreift sie jetzt, daß ihr eigenes Leid nur einen Bruchteil der allgemeinen Not der Volksmassen darstellt. Sie empört sich gegen die Herren, die „das einfache Volk gedemütigt und getreten" haben. Und sie stellt sich, ohne zu zögern, an die Seite der Revolutionäre und versteht sehr schnell deren Handlungsmotive.

Unter den politischen Gefangenen üben die Volkstümler Marja Pawlowna Stschetinina und Simonson den nachhaltigsten Einfluß auf Katjuscha aus. Beide sind zwar mehr Aufklärer als Revolutionäre und stehen in manchem – so Simonson mit der Ansicht, man dürfe nichts Lebendiges töten, Marja Pawlowna mit ihrer Selbstlosigkeit und Vereinfachung – den Ideen des Autors nahe; doch entscheidend ist, sie wecken in Katjuscha die Bereitschaft, nicht nur für ihre eigene Würde, sondern auch für die Befreiung und das Glück des Volkes einzustehen.

Die Bedeutung der Gestalt Katjuscha Maslowas beruht nicht nur darauf, daß Tolstoi mit ihr erstmals eine Frau aus dem Volk in den Mittelpunkt eines seiner Romane rückte, sondern daß er darüber hinaus in ihrer Entwicklung den Aufbruch des sich aus seiner Erniedrigung aufrichtenden Volkes zeigte. Er schuf damit eine Figur, die in ihrer Grundhaltung die Gestalt der Nilowna in Gorkis „Mutter“ ankündigt.

8

Die Schilderung von Revolutionären stellte für Tolstois Dichtung keineswegs etwas völlig Neues dar, jedoch in dieser Vielschichtigkeit und Intensität etwas völlig Ungewöhnliches. Sein Interesse für die revolutionären Epochen russischer Geschichte hatte Tolstoi schon bekundet, als er sich mit der Zeit Peters I. und mit dem Dekabristenaufstand 1825 beschäftigte. Im Epilog von „Krieg und Frieden“ deutete er an, daß Pierre Besuchow und Andrej Bolkonskis Sohn Nikolai zu den Adelsrevolutionären stießen. Und in dem Fragment „Die Dekabristen“ skizzierte er die Gestalt eines aus der Verbannung heimgekehrten Teilnehmers des Aufstandes vom 14. Dezember 1825. In zwei Komödien der sechziger Jahre („Die verseuchte Familie“, „Der Nihilist“) polemisierte er dann heftig, aber etwas oberflächlich gegen die revolutionären Demokraten. Doch schon in „Anna Karenina“ schilderte er den zu kommunistischen Ideen neigenden Nikolai Lewin nicht nur negativ. Als Tolstoi sich um 1880 offen und rückhaltlos zur Idee des Gewaltverzichts bekannte, stellte er sich damit in Opposition zu der revolutionären Bewegung und blieb eine Zeitlang in dem Vorurteil befangen, die Revolutionäre handelten nur aus einem persönlichen Rachebedürfnis. Andererseits näherte er sich bereits in den achtziger Jahren durch seine intensive Beschäftigung mit den sozialen Problemen und seine immer schärfer werdende Kritik an der feudalbürgerlichen Ordnung dem Standpunkt der progressiven, antizaristischen Kräfte. Tolstoi fühlte sich zu den Revolutionären hingezogen, auch wenn er die Formen ihres Kampfes, wie zum Beispiel das Attentat auf Alexander II. im Jahre 1881, nicht billigen konnte. In den beiden letzten Jahrzehnten seines Lebens stellte er in seinen belletristischen Werken immer wieder Revolutionäre dar, außer in „Auferstehung" auch in „Göttliches und Menschliches" (1906), „Wofür" (1906), „Es gibt keine Schuldigen in der Welt" (1908–10), „Alle Eigenschaften kommen von ihm" (1910). Die erhebliche Änderung, die seine Einstellung zu den Revolutionären vor allem in den neunziger Jahren erfuhr, machte Tolstoi in „Auferstehung" sichtbar. Er anerkannte darin die hohe Sittlichkeit und den selbstlosen Opfermut der russischen Revolutionäre und brachte sogar – durch den Mund Nechljudows – Verständnis dafür auf, daß sie die Gewaltakte der Regierung mit Gewalt erwiderten.

Seine volle Sympathie bezeugte der Dichter jenen Volkstümlern und „friedlichen Sozialisten", die sich wie Marja Pawlowna, Simonson und Nabatow auf uneigennützige und nur gewaltlose Weise für das Volk einsetzten. Ebenso galt sie den Sektanten, die sich unerschrocken gegen den zaristischen Staat und die orthodoxe Kirche auflehnten. Er versagte aber selbst dem Narodowolzen Krylzow, das heißt einem Verfechter des revolutionären Terrors, nicht seine Achtung. Nechljudows Feststellung, ihm sei durch Krylzows Geschichte und die nähere Bekanntschaft mit ihm vieles klargeworden, was ihm bis dahin unverständlich war, läßt ahnen, daß sich Tolstoi gerade mit den Narodowolzen intensiv befaßt hat und dadurch zu einem tieferen Verständnis der russischen revolutionären Bewegung überhaupt gelangt ist.

Allerdings erlaubte es Tolstois Weltanschauung nicht, auch jene Revolutionäre unvoreingenommen und wahrhaftig darzustellen, die konsequent den gewaltsamen Sturz des Zarismus vorbereiteten. Das zeigt die einseitige und abfällige Charakteristik des Narodowolzen Nowodworow; sie wird dem Heroismus und der sittlichen Lauterkeit gerade der führenden revolutionären Persönlichkeiten in der Volkstümlerbewegung nicht gerecht.

Als einzigen Arbeiterrevolutionär und Vertreter des Marxismus nahm Tolstoi die Gestalt Markel Kondratjews in seinen Roman auf. Er zeichnete ihn weit weniger sympathisch als den mit ihm kontrastierenden bäuerlichen Reformer Nabatow und ließ damit erkennen, daß ihm das Leben des Proletariats, dessen revolutionärer Kampf und historische Bedeutung unverständlich blieben. Dennoch ist bemerkenswert, daß er den großen Wissensdrang der Arbeiterklasse richtig hervorhob und auch auf die große Verehrung hinwies, die „Das Kapital" von Karl Marx unter den russischen Proletariern genoß. Schließlich sollte nicht übersehen werden, daß Kondratjew in der russischen Literatur eine der ersten Gestalten ist, die einen Arbeiterrevolutionär und Marxisten verkörpert.

Trotz gewisser Widersprüche und einer teilweisen Verzeichnung gerade der konsequenten Revolutionäre bleibt der Gesamteindruck, daß der Dichter – entgegen den Mahnungen seines eifrigen Anhängers W. G. Tschertkow, die negativen Seiten der Revolutionäre stärker ins Bild zu bringen – die Politischen mit echter Hochachtung und der größten ihm möglichen Objektivität wiedergegeben hat.

9

Mit „Auferstehung" stellte Tolstoi unter Beweis, daß er auch im Alter bei der Darstellung von Menschen nichts an künstlerischer Kraft und psychologischer Tiefe verloren hatte. Mag Nechljudow auch etwas blutleer und zu sehr räsonierend erscheinen, so bleibt er doch eine lebendige Gestalt mit einem nicht nur intellektuellen, sondern auch seelischen Eigenleben. Die gelungenste Gestalt des Werkes ist aber zweifellos Katjuscha Maslowa. Sie ist eine der einprägsamsten Frauengestalten, die Tolstoi, ein Meister gerade in der Formung lebensvoller weiblicher Charaktere, geschaffen hat. Die einfühlende und zugleich plastische Art der Darstellung, mit der der Autor die feinsten Veränderungen im Äußeren wie in der Psyche seiner Heldin erschließt und so ihre allmähliche, von Verzögerungen und Rückfällen begleitete Wandlung Stufe für Stufe sichtbar macht, verleiht der Gestalt eine zwingende menschliche Überzeugungskraft.

Für die Charakteristik Nechljudows ist der rhythmische Wechsel von Erlebnisimpuls, dadurch ausgelöster geistiger und seelischer Selbstzergliederung und -prüfung sowie darauf folgender Aktion kennzeichnend. Der Fürst wird nach dem aufrüttelnden Grunderlebnis im Gerichtssaal mit immer neuen Bereichen der zaristischen Wirklichkeit konfrontiert und legt in großen inneren Monologen, die den Charakter einer Seelenreinigung annehmen, Rechenschaft über seine geistige Haltung, die Schwächen seines Charakters und sein Verhältnis zur Umwelt ab, um dann gemäß dem als wahr Erkannten und unter Einsatz seiner ganzen Willenskraft, der sich verschiedene Hindernisse in ihm und außer ihm in den Weg stellen, zu handeln.

Da sowohl Nechljudow wie auch Katjuscha eine ungewöhnlich große Anzahl von charakterlichen, sittlichen und sozialen Entwicklungsphasen durchlaufen – reine Liebe und Verführung, moralische Verrohung und Wiedergeburt, soziale Dumpfheit und Bewußtseinserhellung –, verwandte der Dichter bei ihnen noch konsequenter als in früheren Werken das Prinzip der fließenden Charakterdarstellung. Er entschlüsselte dieses Prinzip in einer Tagebuchnotiz vom 21. März 1898 wie folgt: „Wie schön wäre es, ein literarisches Werk zu schreiben, um darin klar den fließenden Charakter des Menschen auszudrücken und zu zeigen, daß ein und derselbe Mensch bald Bösewicht, bald Engel, bald Weiser, bald Idiot, bald das kraftvollste, bald das machtloseste Wesen sein kann." In „Auferstehung" veranschaulicht er dann diesen Gedanken in dem berühmten Flußgleichnis. Ebenso wie das Wasser immer ein und dasselbe ist, obwohl sich der Fluß ständig verändert, da sein Bett bald eng, bald breit ist und da das Wasser bald schnell, bald ruhig, bald klar und bald trüb dahinströmt, ebenso ist auch der Mensch immer ein und derselbe, obwohl er die Keime zu allen Eigenschaften, guten wie schlechten, in sich trägt und nicht auf eine einzige Eigenschaft – Güte oder Bosheit, Klugheit oder Dummheit – festgelegt werden kann. Eine solche Konzeption barg natürlich die Gefahr der Relativierung des Wertes der Gestalten in sich. Ihr begegnete der Autor dadurch, daß er seine Helden nicht nur in ihren polaren Möglichkeiten und divergierenden Widersprüchen zeigte, sondern auch die Grundlinie ihres Charakters und ihres gesellschaftlichen Verhaltens sichtbar machte und so eine klare Wertung der Persönlichkeit in ihrer Gesamtheit ermöglichte.

Neben der direkten psychologischen Analyse in Form des inneren Monologs oder der Seelenstudie verwandte Tolstoi auch Naturschilderungen, um verborgene Bewußtseinsinhalte durch korrespondierende oder kontrastierende Vorgänge in der Natur erahnbar zu machen. So signalisierte er das seelische Zerbrechen Katjas in der Nacht der Verführung durch das anschwellende Dröhnen des berstenden Eises. Das Gefühl einer inneren Befreiung, das Nechljudow ergreift, als er sich in Panowo endgültig zum Verzicht auf seinen Landbesitz durchgerungen hat, veranschaulichte er durch ein Gewitter, das die Schwüle reinigt und die Nacht mit seinen Blitzen erhellt. Und Katjuschas Auferstehung deutete er gleich zu Beginn ihres Erscheinens in der Szene an, da sie die Tauben – Symbol der Reinheit – aufscheucht und eine Taube dicht an ihrem Ohr vorbeifliegt.

Für die prägnante Zeichnung der zahlreichen Nebengestalten entwickelte Tolstoi in „Auferstehung“ vor allem die Kunst des literarischen Porträts. Obwohl die meisten Nebenfiguren nur punktuell an der Handlung teilhaben, verschwimmt ihr Bild nicht in der Fülle der Gestalten, da jede von ihnen durch eine knappe Charakterskizze und eine kurze, aber gerundete Biographie unverwechselbare Individualität erhält.

Die höchste künstlerische Gestaltungskraft erreicht der Dichter zweifellos in dem Porträt Katjuscha Maslowas: Während die Blässe ihres Gesichts und die kokett in die Stirn gezogenen Locken von ihrer naturwidrigen, dumpfen Existenz sprechen, künden die lebhaften Augen und der gerade Gang von dem

„geistigen“ Menschen in ihr. Mit dieser ausgewogenen Porträtstudie vermochte Tolstoi nicht nur die äußere Erscheinung, sondern auch das verborgene Wesen seiner Heldin in einem einzigen dichterischen Zugriff deutlich zu machen.

10

Mit „Auferstehung“ schuf Tolstoi ein Werk, das nicht nur als glänzender Höhepunkt und Abschluß des russischen kritischen Realismus, sondern auch als wegweisender Ansatz für die Weiterentwicklung des großen Gesellschaftsromans, der in der jungen Sowjetliteratur zur vollen Entfaltung kommen sollte, zu werten ist.

Die soziale Kritik des Romans zielte zwar unmittelbar auf das zaristische Rußland jener Tage, doch war sie so breit und so tief angelegt, daß sie ihre Aktualität überall dort behalten hat, wo der Mensch der Ausbeutung und Unterdrückung der feudalkapitalistischen Klassengesellschaft ausgeliefert ist.

Tolstois Moralphilosophie, die das ganze Werk durchdringt, ohne aber – mit Ausnahme des Schlusses – das künstlerische Gewebe zu zerstören, minderte zwar die gesellschaftskritische Wirkung, konnte sie aber nicht ernsthaft gefährden. Sie verlor überdies bald nach dem Erscheinen des Romans ihre soziale Basis, da die russische Bauernschaft nach der Revolution von 1905 immer rascher ihre patriarchalischen Illusionen aufgab und sich in immer größerer Zahl der revolutionären Bewegung anschloß.

Lebendig geblieben ist dagegen der aus „Auferstehung“ mit der Eindringlichkeit eines Bekenntnisses erklingende Appell zu ethischer Verantwortung und zum Glauben an das Gute im Menschen. Lebendig geblieben ist auch die dichterische Überzeugungskraft dieses Werkes, in dem sich Tolstois Gabe der plastisch greifbaren Schilderung und psychologischen Charakterdarstellung, publizistisch geschärft und dramatisch verdichtet, an einem sozial bedeutsamen und menschlich ergreifenden Gegenstand noch einmal in vollem Umfang entfaltete.

Gerhard Dudek

Anmerkungen

14 *gelbe Billett* – Kontrollkarte der polizeilich überwachten Prostituierten im zaristischen Rußland.

18 *Revue des Deux Mondes* – 1829 gegründete französische literarische Zeitschrift.

20 *à moins que ...* – (franz.) es sei denn, Sie sind geneigt, dem Schwurgericht die 300 Rubel Strafe zu zahlen, die Sie selbst für Ihr Pferd ungern ausgeben wollen.

Maman vous fait dire ... – (franz.) Mama läßt Ihnen bestellen, daß Ihr Gedeck bis zum späten Abend bereitstehen wird. Kommen Sie unbedingt, wann es auch sei.

21 *Semstwo-Verwaltung* – ein 1864 im zaristischen Rußland geschaffenes Organ der Selbstverwaltung, das sich überwiegend mit Fragen des Handels, der Industrie, der Volksbildung und der Volksgesundheit befaßte. Da die Wahlen auf dem Vermögenszensus beruhten, war den adligen Grundbesitzern die Vormachtstellung gesichert.

donner un coup d'épaule – (franz.) Hilfestellung zu leisten.

Alexander III. – (1845–1894), russischer Zar ab 1881; betrieb eine reaktionäre und chauvinistische Politik und versuchte die unter seinem Vater, Zar Alexander II., durchgeführten Reformen rückgängig zu machen.

22 *Herbert Spencer* – (1820–1903), englischer Philosoph und Soziologe, Hauptvertreter des englischen Positivismus der zweiten Hälfte des 19. Jahrhunderts; erkannte die Evolutionstheorie als das höchste Gesetz alles Bestehenden an. In seinem Frühwerk „Social statics" (Soziale Statik, 1850) bewies er die Ungerechtigkeit des Privateigentums an Grund und Boden, später distanzierte er sich jedoch von dieser Ansicht.

23 *Henry George* – (1839–1897), amerikanischer Nationalökonom; forderte in seinem Hauptwerk „Progress and Poverty" (Fortschritt und Armut, 1879) sowie in anderen Schriften die Beseitigung des privaten Landbesitzes durch die Nationalisierung von Grund und Boden und die Einführung einer einheitlichen Bodenrente. Tolstoi war begeisterter Anhänger dieser Ideen und propagierte sie auf verschiedene Weise.

26 *Buridans Esel* – ein dem französischen Scholastiker Johannes Buridanus (gest. um 1358) fälschlich zugeschriebenes Beispiel, das die angebliche Unfreiheit des Willens erläutern soll.

33 *Skopzen* – (russ.) Verschnittene; Angehörige einer Ende des 18. Jahrhunderts entstandenen Sekte, die besonders in den Gouvernements Orjol und Tambow verbreitet war. Sie sahen die einzige Möglichkeit, die Seele zu retten, in der Bekämpfung des Fleisches, der Kastration. Nach russischem Gesetz wurde die Zugehörigkeit zu dieser Sekte mit der Verbannung nach Sibirien bestraft.

40 *Epitrachilion* – breites, mit sieben Kreuzen besticktes Band, das der Priester in der orthodoxen Kirche bei der Messe trägt; entspricht der römischen Stola.

66 *notre cher philosophe* – (franz.) unser lieber Philosoph.

68 *nach der Kriegserklärung an die Türkei* – Rußland erklärte 1877 der Türkei den Krieg, der 1878 mit einer Niederlage der Türken und der Befreiung Bulgariens endete.

74 *Ikonostas* – in der russisch-orthodoxen Kirche eine mit Ikonen (Heiligenbildern) geschmückte Wand, die den Altarraum von dem Raum trennt, in dem sich die Gläubigen versammeln.

99 *Lombroso* – Cesare Lombroso (1836–1900), italienischer Psychiater und Kriminalist; gilt als Begründer der italienischen Kriminalistenschule. Lombroso vertrat die irrige Ansicht, daß die Ursachen des Verbrechens nicht in den sozialen Bedingungen, sondern in den angeborenen, erblichen Eigenschaften eines bestimmten psychisch-physiologischen Menschentyps zu suchen seien, und forderte dessen Isolierung und Unschädlichmachung.

Tarde – Gabriel Tarde (1843–1904), französischer Soziologe und Kriminalist; gab der französischen Soziologie eine reaktionär subjektivistische, die Bedeutung der Volksmassen negierende Richtung.

Charcot – Jean-Martin Charcot (1825–1893), französischer Mediziner; erwarb sich Verdienste bei der Erforschung der pathologischen Anatomie des Nervensystems; verfaßte Arbeiten über die Hypnose.

Sadko – sagenhafter Kaufherr aus Nowgorod am Ilmensee, Held altrussischer Helden- und Spielmannslieder (Bylinen).

109 *Artel* – im zaristischen Rußland Erwerbs- und Wirtschaftsgenossenschaft von Handwerkern und Gewerbetreibenden.

123 *Slawophile* – (griech.) Slawenfreund; Anhänger einer zunächst liberalen, später reaktionären Richtung des russischen gesellschaftlichen Denkens um die Mitte des 19. Jahrhunderts. Die Slawophilen lehnten im Gegensatz zu den sogenannten Westlern für Rußland die bürgerlich-kapitalistische Entwicklung des westlichen Europas ab. Sie beriefen sich dabei auf die bäuerliche Urwüchsigkeit Rußlands.

125 *distinguée* – (franz.) vornehm.

129 *Comme c'est vrai* – (franz.) Wie wahr das ist.

133 *mauvaise humeur* – (franz.) schlechte Laune.
Comme cela m'intrigue – (franz.) Wie mich das beschäftigt.
affaire d'amour-propre ... – (franz.) Angelegenheit, die seine Eigenliebe verletzt hat: er ist sehr empfindlich, unser lieber Mitja.
Plutôt une affaire d'amour sale – (franz.) Eher eine Angelegenheit, die schmutziger Liebe entspringt.

139 *turning a new leaf* – (engl.) er schlug ein neues Blatt auf.

177 *Sachalin* – Die Insel Sachalin wurde in den sechziger Jahren des 19. Jahrhunderts von der zaristischen Regierung als Verbannungsort für Sträflinge ausersehen. Anton Tschechow hat die Zustände auf der Sträflingsinsel eingehend studiert und in seinem Buch „Die Insel Sachalin" (1890–1894) dargestellt.

190 *Akathistos* – in der Liturgie der russisch-orthodoxen Kirche ein Lobgesang zu Ehren Christi, der Jungfrau Maria und der Heiligen, bei dem die Betenden nicht sitzen dürfen.

211 *den Inhalt selbiger nicht gebilligt* – Zitat aus Iwan Turgenjews Erzählung „Tagebuch eines überflüssigen Menschen" (1850).

232 *mon cher* – (franz.) mein Lieber.

233 *Ils n'en font point d'autres ... c'est mon opinion bien arrêtée* – (franz.) Sie machen nichts anderes ... das ist meine ganz feste Meinung.
Fanarin est un homme taré – (franz.) Fanarin ist ein Mann von zweifelhaftem Ruf.

234 *Je sais que vous n'abuserez pas ... Elle est jolie? ... Hideuse* – (franz.) Ich weiß, daß Sie ihn nicht mißbrauchen werden ... Ist sie hübsch? ... Häßlich.

235 *Elle fait beaucoup de bien* – (franz.) Sie tut viel Gutes.

236 *Clementi* – Muzio Clementi (1752–1832), italienischer Komponist und Klaviervirtuose.

249 *Narodowolzen* – Angehörige der revolutionären Geheimorganisation Narodnaja wolja = (russ.) Volkswille; versuchten durch individuellen Terror den Sturz des Zarismus herbeizuführen, erlitten jedoch infolge ihrer falschen, auf einer einseitigen Heldentheorie und der Unterschätzung der Volksmassen beruhenden Taktik eine Niederlage.

250 *Narodniki* – (russ.) Volkstümler; Anhänger einer kleinbürgerlich-demokratischen Bewegung der sechziger und siebziger Jahre in Rußland. Die Narodniki hielten die kapitalistische Entwicklung in Rußland für einen Rückschritt und glaubten, daß nach einer Bauernrevolution der Sozialismus auf der Grundlage der halbfeudalen Dorfgemeinde aufgebaut werden könnte. Sie wurden von Plechanow und Lenin widerlegt.

256 *Qu'elles s'amusent et que le bon Dieu les bénisse ... Allez présenter vos devoirs à madame ... Toutes les jolies femmes de la ville ... Au revoir, mon cher* – (franz.) Sollen sie sich doch amüsieren, und der liebe Gott mag seinen Segen dazu geben ... Gehen Sie und be-

zeigen Sie der Dame des Hauses Ihre Ehrerbietung ... Alle hübschen Frauen der Stadt ... Auf Wiedersehen, mein Lieber.

257 *Vous n'avez qu'à ordonner* – (franz.) Sie brauchen nur zu befehlen.

Enfin – (franz.) Endlich.

Missy, venez donc à notre table ... – (franz.) Missy, kommen Sie doch an unseren Tisch. Man wird Ihnen Ihren Tee bringen.

258 *C'est excellent* – (franz.) Ausgezeichnet.

259 *Il est d'une bonté* – (franz.) Er ist von einer Güte.

je suis à vous – (franz.) Ich stehe Ihnen zu Diensten.

Jamais, jamais je ne croirais – (franz.) Nie, nie würde ich glauben.

261 *C'est un souffre-douleur* – (franz.) Das ist eine Dulderseele.

262 *à la française – à la zoulou* – (franz.) auf französische Art – auf die Art der Zulu.

jour fixe – (franz.) Empfangstag.

297 *single-tax* – (engl.) einheitliche Bodenrente (s. Anm. zu S. 23).

vieux-saxe-Terrine – (franz.) altsächsische Terrine.

305 *Nikolenka Irtenjew* – Hauptgestalt aus Tolstois autobiographischer Trilogie „Kindheit, Knabenjahre, Jugendzeit", in der sich, wie auch in der dort schon auftretenden Nechljudowfigur, der Dichter selbst spiegelt.

319 *ramolli* – (franz.) völlig erledigt.

334 *Dritte Abteilung* – persönliche Kanzlei des Zaren, die von Nikolai I. in den dreißiger Jahren des 19. Jahrhunderts zur Bearbeitung von persönlichen Bittgesuchen, Anzeigen, Bestechungsfällen u. a. eingerichtet worden war, bald aber in den Ruf eines Organs der zaristischen Geheimpolizei geriet.

335 *Vous posez pour un Howard?* – (franz.) Sie spielen sich als ein Howard auf?

Howard – John Howard (1726–1790), englischer Philanthrop, Reformator des englischen Gefängniswesens.

336 *Elle est encore jolie?* – (franz.) Ist sie noch hübsch?

corps et âme – (franz.) Leib und Seele.

337 *tout l'alphabet ... pour varier. Des gens de l'autre monde ... C'est un parti pris* – (franz.) das ganze Alphabet ... der Abwechslung halber. Leute aus einer anderen Welt ... Das steht im voraus fest.

338 *Videz votre sac* – (franz.) Nun packen Sie aus.

C'est un très brave homme ... Il donne dans le spiritisme – (franz.) Das ist ein sehr rechtschaffener Mensch ... Er gibt sich mit Spiritismus ab.

Elle est très gentille – (franz.) Sie ist sehr nett.

Nihilist – Anhänger des Nihilismus, einer Weltanschauung, die alle bestehenden Auffassungen und Verhältnisse verneint, ohne selbst Positives zu entwickeln. In Rußland abwertende Bezeichnung für die Vertreter der revolutionär-demokratischen Bewegung der sechziger und siebziger Jahre des 19. Jahrhunderts.

338 *1. März* – Der Höhepunkt der Ende der siebziger Jahre einsetzenden Attentate der Narodowolzen (s. Anm. zu S. 249) auf führende Staatsvertreter war der Bombenanschlag auf Zar Alexander II. (1818 bis 1881) am 1. März 1881.

339 *Mon cher, vous finirez mal* – (franz.) Mein Lieber, Sie werden schlecht enden.

Non, il est impayable – (franz.) Nein, er ist unbezahlbar.

340 *en blanc ... je ne leur veux pas de mal* – (franz.) offen ... ich wünsche ihnen nichts Schlechtes.

ça vous fera beaucoup de bien – (franz.) wird dir das sehr wohltun.

342 *dans tous les cas c'est un homme très comme il faut* – (franz.) auf jeden Fall ist er ein wirklicher Gentleman.

343 *petit comité* – (franz.) Besprechung im kleinen Kreise.

356 *Pour vous faire plaisir ... Je vous attend. M.* – (franz.) Um Ihnen einen Gefallen zu tun, habe ich völlig gegen meine Prinzipien gehandelt und habe mich bei meinem Mann für Ihren Schützling verwendet. Es ergab sich, daß die betreffende Person auf der Stelle freigelassen werden kann. Mein Mann hat an den Kommandanten geschrieben. Kommen Sie also ... Ich erwarte Sie. M.

360 *Dekabristen* – russische Adelsrevolutionäre; wollten Rußland von der Leibeigenschaft und von der zaristischen Selbstherrschaft befreien. Ihre revolutionäre Erhebung am 14. Dezember 1825 in Petersburg wurde niedergeschlagen, ihre Führer wurden vor ihrer Hinrichtung oder Verbannung in der Petersburger Peter-Pauls-Festung eingekerkert. Lenin schrieb über die Dekabristen: „Furchtbar fern stehen sie dem Volk. Aber ihre Sache ist nicht verloren."

367 *Einführung der Gerichtsreform* – Im Zuge der durch gesellschaftlichen Druck unumgänglich gewordenen Maßnahmen wurde nach Aufhebung der Leibeigenschaft (1861) und nach anderen Reformen am 20. November 1864 von der zaristischen Regierung eine neue Strafgesetzgebung verabschiedet. Danach wurden erstmals in Rußland Geschworenengerichte eingeführt.

372 *Traditionen der sechziger Jahre* – Gemeint sind die bürgerlichdemokratischen Reformen, die Ideen des gesellschaftlichen Fortschritts und des Liberalismus in den sechziger Jahren des 19. Jahrhunderts, die allerdings bereits von den revolutionären Demokraten (Tschernyschewski, Dobroljubow u. a.) wegen ihrer Begrenztheit einer Kritik unterzogen wurden.

382 *Comte* – Auguste Comte (1798–1857), französischer bürgerlicher Philosoph, Begründer des Positivismus; er ließ nur Erfahrungstatsachen gelten und lehnte sowohl den spekulativen Idealismus als auch den philosophischen Materialismus als „metaphysisch" ab.

Vinet – Alexandre Vinet (1797–1847), schweizerischer protestantischer Theologe und Literaturhistoriker, geistiger Urheber der „Freien Kirche" im Schweizer Kanton Waadt.

382 *Chomjakow* – Alexej Stepanowitsch Chomjakow (1804–1860), konservativer Schriftsteller und idealistischer Philosoph, Wortführer der Slawophilen (s. Anm. zu S. 123); in seinen theologischen Schriften stellte er den religiösen Glauben über die wissenschaftliche Erkenntnis.

387 *chevalier sans peur et sans reproche* – (franz.) Ritter ohne Furcht und Tadel.

Il vous a remarqué – (franz.) Er hat Sie bemerkt.

389 *C'est le secret de polichinelle* – (franz.) Das ist ein offenes Geheimnis.

402 *Unierte* – Angehörige der unierten (vereinigten katholischen und russisch-orthodoxen) Kirche, die in den von Polen eroberten weißrussischen und ukrainischen Gebieten von 1596 bis 1839 bestand.

407 *„Dame aux camélias"* – (franz.) Kameliendame; Schauspiel von Alexandre Dumas dem Jüngeren (1824–1895).

411 *Thoreau* – Henry David Thoreau (1817–1862), nordamerikanischer Schriftsteller und Philosoph; zeichnete in seinem Roman „Walden, or Life in the Woods" (Walden oder ein Leben in den Wäldern, 1854) das Ideal eines naturverbundenen Lebens als utopischen Ausweg aus der Ausbeutergesellschaft. Tolstoi bezieht sich hier auf Thoreaus Essay „Civil Disobedience" (Ziviler Ungehorsam, 1849).

422 *italienische Kriminalistenschule* – s. Anm. *Lombroso* zu S. 99.

423 *Garofalo* – Raffaele Garofalo (geb. 1852), italienischer Kriminalist, Anhänger der Theorie Lombrosos.

Ferri – Enrico Ferri (1856–1929), italienischer Kriminalist, Mitbegründer der italienischen Kriminalistenschule.

Liszt – Franz von Liszt (1851–1919), österreichischer Soziologe und Kriminalist; gehörte zu den führenden Vertretern der soziologischen Strafrechtsschule, die die Ursachen des Verbrechens in den individuellen Anlagen des Täters suchte.

Maudsley – Henry Maudsley (1835–1918), englischer Psychologe und Nervenarzt; betrachtete das Verbrechen als eine krankhafte Neigung des Individuums und forderte, man solle die Delinquenten eher als Kranke, denn als Schuldige behandeln.

468 *Epouvantable ... Ce climat me tue* – (franz.) Schrecklich ... Dieses Klima tötet mich.

469 *Ecrivez!* – (franz.) Schreiben Sie!

474 *Pugatschow* – Jemeljan Iwanowitsch Pugatschow (1742–1775), Führer des Bauern- und Kosakenaufstandes im Ural- und Wolgagebiet 1773 bis 1775; wurde 1775 in Moskau hingerichtet.

Rasin – Stepan Timofejewitsch Rasin (gest. 1671), Führer des Kosaken- und Bauernaufstandes im Wolgagebiet 1670/71; wurde 1671 in Moskau hingerichtet.

476 *Butterwoche* – in Rußland die Woche vor den Osterfasten, in der nach altem Brauch Plinsen mit ausgelassener Butter gegessen werden; entspricht unserer Fastnachtswoche.

483 *Oh, il est du vrai grand monde ...* – (franz.) Oh, er gehört zur wahren großen Welt, zur wahren großen Welt.

484 *Voilà encore des nouvelles* – (franz.) Wieder was Neues.

491 *Linjow* – Dmitri Alexandrowitsch Linjow, Pseudonym Dalin (1853 bis 1920), Publizist und Schriftsteller; verfaßte zahlreiche Skizzen und Erzählungen über das Leben der Gefangenen. In der Skizze „Auf der Etappe" (1886) beschrieb er die unmenschliche Behandlung der Häftlinge bei der Überführung von einem Etappengefängnis zum anderen.

530 *Arago* – Dominique-François Arago (1786–1853), französischer Physiker und Astronom.

549 *Kara* – russischer Fluß östlich des Baikalsees. An seinen Ufern befanden sich Goldvorkommen, die von politischen Gefangenen abgebaut wurden.

551 *Herzen* – Alexander Iwanowitsch Herzen (1812–1870) Schriftsteller und materialistischer Philosoph. Tolstoi gibt hier eine Stelle aus Herzens „Brief an den Kaiser Alexander II. (aus Anlaß des Buches von Baron Korff)" vom 20. 9. 1857 wieder, in dem dieser auf das Buch des russischen Staatssekretärs Baron Modest Andrejewitsch Korff (1800–1876) „Die Thronbesteigung des Kaisers Nikolai I." (1857) antwortet.

565 *Altgläubige* – Die im 17. Jahrhundert von dem Patriarchen Nikon durchgeführten Kirchenreformen, vor allem in der orthodoxen Liturgie, wurden von einem Teil der Gläubigen und der niederen Geistlichkeit abgelehnt, die sich selbst Altgläubige nannten, von der offiziellen Kirche jedoch als Raskolniki (Abtrünnige) bezeichnet wurden. Die Altgläubigen hielten fanatisch an den alten kirchlichen Gebräuchen, zum Beispiel dem Bekreuzigen mit zwei, statt mit drei Fingern fest. Sie wurden von der russischen Staatskirche zu Ketzern erklärt und von den zaristischen Behörden zeitweise grausam verfolgt.
Sabbatfaster – besondere Sekte der Altgläubigen, die am Sonnabend fastete.

Geißler – Angehörige einer religiösen Sekte, die um die Mitte des 17. Jahrhunderts in Rußland entstand und deren Kult mit Geißelungen verbunden war. Sie brachte ursprünglich einen sozialen Protest der Bauern, Handwerker und Kleinbürger zum Ausdruck und wurde deshalb von seiten der Regierung und der orthodoxen Kirche verfolgt, jedoch verlor sie diese Haltung Mitte des 19. Jahrhunderts völlig.

Österreichische – verächtliche Bezeichnung für eine Gruppe von Altgläubigen, die den Erzbischof von Österreich als ihr kirchliches Oberhaupt anerkannten.

Molokanen – (russ.) Milchesser; Anhänger einer im 18. Jahrhundert entstandenen religiösen Sekte, die aus ethischen Gründen das Essen von Fleisch verbot. Die Molokanen wandten sich zugleich gegen jegliche Staatsgewalt und gegen die Riten der orthodoxen Kirche.

572 *Otetschestwennyje sapiski* – (russ.) Vaterländische Annalen; bedeutende literarische Zeitschrift in den Jahren 1818 bis 1884.

579 *Expedition nach Tongking* – Gemeint ist der Kolonialkrieg, den Frankreich 1883 gegen die indochinesische Provinz Tongking eröffnete.

Gladstone – William Gladstone (1809–1898), englischer Staatsmann; war lange Zeit Premierminister seines Landes.

584 *Are you ready? ... Directly* – (engl.) Sind Sie fertig? ... Sofort.

587 *What did they fight for?* – (engl.) Warum haben sie sich geschlagen?

591 *He is crazy* – (engl.) Er ist verrückt.

Leben und Werk von Lew Tolstoi

1828 Am 28. August (alten Stils) wird Lew Nikolajewitsch Tolstoi als vierter Sohn des Grafen Nikolai Iljitsch Tolstoi und seiner Frau, einer geborenen Fürstin Wolkonskaja, auf dem Gut Jasnaja Poljana geboren.

1830 Tod der Mutter.

1837 Übersiedlung der Tolstois nach Moskau. Plötzlicher Tod des Vaters. Die Vormundschaft übernimmt die älteste Schwester des Vaters, die Gräfin von der Osten-Sacken.

1841 Übersiedlung nach Kasan zur zweitältesten Schwester des Vaters, die nach dem Tode der Gräfin von der Osten-Sacken die Vormundschaft übernimmt.

1844 Immatrikulation an der Fakultät für orientalische Sprachen an der Kasaner Universität.

1845 Tolstoi wechselt zur juristischen Fakultät über.

1847 Am 17. März (alten Stils) beginnt er Tagebuch zu führen. Er scheidet aus der Universität aus und läßt sich in Jasnaja Poljana nieder.

1851 Im März schreibt Tolstoi sein erstes literarisches Werk – die Fragment gebliebene Erzählung *Die Geschichte des gestrigen Tages.* Im April begleitet er seinen Bruder Nikolai in den Kaukasus und tritt als Junker in die Armee ein. Hier entstehen seine ersten Werke, die ihm literarischen Ruhm einbringen.

1852 Veröffentlichung der *Kindheit* in der Zeitschrift *Sowremennik.* Tolstoi schreibt die Erzählung *Der Überfall.*

1854 Tolstoi wird zur Donauarmee versetzt, später auf die Krim. Im Oktober erscheinen die *Knabenjahre* im *Sowremennik.*

1855 Die Erzählungen *Aufzeichnungen eines Markörs* und *Der Holzschlag* erscheinen. Tolstoi nimmt an der Verteidigung Sewastopols teil und schreibt die Erzählungen *Sewastopol im Dezember, Sewastopol im Mai* und *Sewastopol im August 1855.* Im November reist er nach Petersburg und wird von der literarischen Öffentlichkeit begeistert aufgenommen.

1856 Die Erzählungen *Der Schneesturm, Zwei Husaren, Der Morgen eines Gutsbesitzers.* Im Mai scheidet Tolstoi aus dem Militärdienst aus und begibt sich nach Jasnaja Poljana.

1857 Im Januar erscheint *Jugendzeit* im *Sowremennik.* Tolstoi unternimmt seine erste Auslandsreise und besucht Deutschland, Frankreich, Italien und die Schweiz. Einige Eindrücke finden ihren Niederschlag in der Erzählung *Luzern.*

1858/59 Die Erzählungen *Albert, Drei Tode* und *Familienglück.* Beginn einer systematischen pädagogischen Tätigkeit.

1860/61 Zweite Auslandsreise nach Deutschland, Frankreich, Italien, Belgien und England. Tolstoi studiert das Schulwesen in diesen Ländern.

1861/62 Tolstoi übt das Amt eines Friedensrichters aus und setzt sich für die Interessen der von der Leibeigenschaft befreiten Bauern ein.

1862 Am 23. September (alten Stils) heiratet er Sofja Andrejewna Behrs (geb. 1844), die Tochter eines Moskauer Arztes.

1862/63 Tolstoi gibt die pädagogische Zeitschrift *Jasnaja Poljana* heraus, von der insgesamt zwölf Nummern erscheinen. Die Erzählungen *Die Kosaken* und *Polikuschka.*

1868/69 *Krieg und Frieden* erscheint.

1875 *Das neue Alphabet, Die russischen Lesebücher.*

1875–1877 *Anna Karenina* erscheint. Die erste vollständige Buchausgabe erfolgt 1878.

1879–1882 Tolstoi sagt sich von der orthodoxen Kirche, von seinem bisherigen Leben und von seiner Klasse los, geht auf die Position der patriarchalischen Bauernschaft über und predigt ein „wahres", sittliches Christentum. Er verfaßt das religiös-ethische Traktat *Die Beichte.*

1880–1886 Tolstoi schreibt eine Reihe Erzählungen, die für das einfache Volk bestimmt sind und zum größten Teil in dem von ihm 1884 gegründeten Verlag *Posrednik* herausgegeben werden.

1881 Übersiedlung nach Moskau.

1882 Tolstoi nimmt in einem Armenviertel Moskaus an der Volkszählung teil. Er verfaßt eine Reihe publizistischer Artikel gegen die herrschende soziale Ordnung in Rußland und in der kapitalistischen Welt überhaupt.

1882–1886 Tolstoi schreibt den programmatischen sozialkritischen Aufsatz *Was sollen wir denn tun?*

1883/84 In dem Traktat *Worin besteht mein Glaube?* richtet er heftige Angriffe gegen die offizielle Kirche.

1885/86 Die Erzählungen *Der Leinwandmesser, Der Tod des Iwan Iljitsch* und das Bauerndrama *Die Macht der Finsternis.*

1889/90 Die Erzählung *Die Kreutzersonate,* die Komödie *Früchte der Bildung* und die Erzählung *Der Teufel* werden vollendet.

1891–1894 Tolstoi beteiligt sich an der Organisierung der Hilfe für die hungernden Bauern in den von Mißernten heimgesuchten Gebieten und schreibt Aufsätze und umfangreiche Arbeiten über die Hungersnot *(Über den Hunger, Eine schreckliche Frage).*

1895 Die Erzählung *Herr und Knecht.*

1897/98 In dem Traktat *Was ist Kunst?* polemisiert Tolstoi gegen die zeitgenössische bürgerliche Dekadenz und fordert eine Kunst für das Volk.

1899 *Auferstehung* erscheint.

1900 Tolstoi schreibt das Drama *Der lebende Leichnam.*

1901 Im Februar wird Tolstoi auf Anordnung des Heiligen Synods exkommuniziert. Ende des Jahres erkrankt er lebensgefährlich und reist auf die Krim. Nach seiner Rückkehr siedelt er wieder für ständig nach Jasnaja Poljana über.

1902–1910 Es entstehen die Erzählungen *Nach dem Ball, Hadschi Murat, Wofür?, Das Göttliche und das Menschliche, Es gibt keine Schuldigen in der Welt.*

1908 Im Zusammenhang mit den vielen Hinrichtungen in der Periode der Stolypinschen Reaktion schreibt Tolstoi das Pamphlet *Ich kann nicht schweigen.*

1909 Er verfaßt ein Referat für den Friedenskongreß in Stockholm.

1910 Am 7. November (alten Stils) stirbt Lew Nikolajewitsch Tolstoi, der Jasnaja Poljana heimlich verlassen hat, auf der Station Astapowo nach kurzer Krankheit. Sein Leichnam wird unter Anteilnahme der fortschrittlichen russischen Intelligenz und der revolutionären Arbeiterschaft nach Jasnaja Poljana übergeführt.